Das Buch

Seitdem Alexa Holland weiß, dass ihr Vater gar nicht der strahlende Held ist, für den sie ihn immer gehalten hat, geht es in ihrem Leben drunter und drüber. Zum Glück hat sie ihre Arbeit als Assistentin eines Starfotografen, die ihr Halt gibt – bis sie bei einem Shooting ausgerechnet auf den Mann trifft, dessen Kindheit ihr Vater zerstört hat: Caine Carraway reagiert alles andere als erfreut auf Alexas Erklärungsversuche, und schon ist sie ihren Job los. Schließlich ist Caine nicht irgendwer, sondern mittlerweile einer der einflussreichsten – und nicht zu vergessen attraktivsten – Junggesellen Bostons.

Doch Alexa lässt sich so schnell nicht unterkriegen und sucht Caine nach dem Shooting-Fauxpas in seinem Büro auf. Er lässt sich darauf ein, ihr einen Job anzubieten, natürlich nur, um sein schlechtes Gewissen zu beruhigen. Insgeheim hofft er, dass sie schnell wieder kündigen wird, und setzt alles daran, ihr die Arbeit so schwer wie möglich zu machen. Allerdings hat er nicht damit gerechnet, dass Alexa der Herausforderung mehr als gewachsen ist. Er ist tief beeindruckt – nicht nur in professioneller Hinsicht. Es knistert und funkt, und eine geradezu explosive Affäre bahnt sich an. Caine ahnt, dass es in einem Desaster enden wird, doch er schafft es einfach nicht, sich von Alexa fernzuhalten ...

Die Autorin

Samantha Young wurde 1986 in Stirlingshire, Schottland, geboren. Seit ihrem Abschluss an der University of Edinburgh arbeitet sie als freie Autorin und hat bereits mehrere Jugendbuchserien geschrieben. Mit *Dublin Street* und *London Road*, ihren ersten beiden Romanen für Erwachsene, stürmte sie die internationalen Bestsellerlisten. Homepage der Autorin: authorsamanthayoung.com

Von Samantha Young sind in unserem Hause bereits erschienen:

Dublin Street – Gefährliche Sehnsucht • *London Road – Geheime Leidenschaft* • *Jamaica Lane – Heimliche Liebe* • *India Place – Wilde Träume* • *Scotland Street – Sinnliches Versprechen* • *Fountain Bridge – Verbotene Küsse* (E-Book) • *Castle Hill – Stürmische Überraschung* (E-Book) • *Into the Deep – Herzgeflüster* • *Out of the Shallows – Herzsplitter*

Samantha Young

Hero

Ein Mann zum Verlieben

Roman

Aus dem Englischen von Sybille Uplegger

Ullstein

Besuchen Sie uns im Internet:
www.ullstein-taschenbuch.de

Deutsche Erstausgabe im Ullstein Taschenbuch
1. Auflage Juni 2015
© für die deutsche Ausgabe Ullstein Buchverlage GmbH, Berlin 2015
© 2015 by Samantha Young
Titel der Originalausgabe: *Hero*
(Published by arrangement with NAL Signet,
a member of Penguin Group USA Inc.)
Umschlaggestaltung: ZERO Werbeagentur, München
Titelabbildung: © FinePic®, München
Satz: Pinkuin Satz und Datentechnik, Berlin
Gesetzt aus der Dorian
Papier: Pamo Super von Arctic Paper Mochenwangen GmbH
Druck und Bindearbeiten: CPI books GmbH, Leck
Printed in Germany
ISBN 978-3-548-28749-2

*Heldentum fühlt, es vernünftelt nicht,
und deshalb hat es immer recht.*

Ralph Waldo Emerson

Kapitel 1

Boston, Massachusetts

Das hier war nicht real.
Es *konnte* nicht real sein.
Ich ballte die Hände zu Fäusten, damit sie aufhörten zu zittern, und ging durch den Flur in den großen, offenen Wohnbereich des Penthouse-Apartments. Es hatte hohe Decken, und eine Wand war vollständig verglast und führte auf einen riesigen Balkon hinaus. Unten am Hafen glitzerte das Wasser in der Sonne. Es war ein wunderschönes Gebäude vor einer atemberaubenden Kulisse, aber ich konnte den Blick nicht genießen, weil ich die ganze Zeit daran denken musste, dass *er* hier war.

Als ich ihn draußen auf dem Balkon stehen sah, setzte fast mein Herzschlag aus.

Caine Carraway.

»Alexa!«

Abrupt wandte ich den Kopf. Im Küchenbereich stand mein Boss Benito, zwischen zwei Laptops und diversen anderen Ausrüstungsgegenständen für das geplante Fotoshooting. Eigentlich wäre das jetzt der Moment gewesen, in dem ich ein Begrüßungslächeln aufsetzte und ihm mitteilte, ich stünde ihm zu Diensten und er solle mir nur sagen, wo er mich brauchte.

Stattdessen drehte ich mich wieder nach Caine um.

Der Orangensaft, den ich am Morgen getrunken hatte, gluckerte unangenehm in meinem Magen.

»Alexa!«

Plötzlich stand Benito vor mir und funkelte mich wütend an.

»Hi«, sagte ich gepresst. »Was soll ich tun?«

Benito legte den Kopf schief und beäugte mich auf eine Art, die beinahe etwas Komisches hatte. Ich war mit meinen eins fünfundsiebzig ziemlich groß, und er selbst maß nur eins siebenundsechzig. Doch was ihm an Größe fehlte, machte er durch seine Persönlichkeit mehr als wett.

»Bitte«, ... er stieß einen leidgeprüften Seufzer aus ..., »sag mir, dass ich meine normale Alexa wiederhabe. Mit der Alexa vom Muttertags-Fiasko kann ich nämlich gerade nicht umgehen. Ich fotografiere heute Caine Carraway für die *Mogul Magazine*-Liste der 10 erfolgreichsten Selfmademen unter vierzig. Caine soll aufs Cover.« Er schielte über meine Schulter zu besagtem Cover-Model hinüber. »Logisch, warum die Wahl auf ihn gefallen ist.« Er zog eine Augenbraue hoch. »Das Shooting heute ist enorm wichtig. Für den Fall, dass du es nicht weißt: Caine Carraway ist einer der begehrtesten Junggesellen von ganz Boston. Er ist der CEO von Carraway ...«

»Financial Holdings«, ergänzte ich leise. »Ja, das ist mir bekannt.«

»Gut. Dann weißt du ja sicher auch, dass er Geld wie Heu hat und extrem einflussreich ist. Außerdem ist er ein vielbeschäftigter Mann und notorisch schwer zufriedenzustellen, mit anderen Worten: Das Shooting muss perfekt werden, und es muss schnell gehen.«

Meine Aufmerksamkeit richtete sich wieder auf den Mann, der gleich nach der Universität erfolgreich seine eigene Bank gegründet hatte. Diese Bank hatte er in den darauffolgenden Jahren zu einem Finanzimperium ausgebaut, dessen Geschäftsfelder Bankdienstleistungen für

Großkunden, Hypotheken, Versicherungen, Investmentfonds, Wertpapierhandel, Asset-Management und noch vieles andere umfassten. Mittlerweile war Caine Chef einer großen Holdinggesellschaft, in deren Vorstand mächtige und wohlhabende Leute saßen.

Berichten zufolge hatte er all dies durch rücksichtslose Entschlossenheit, eiserne Kontrolle über sämtliche Geschäftsbelange und einen an Machtgier grenzenden Ehrgeiz erreicht.

In diesem Augenblick telefonierte er gerade, während die Maskenassistentin Marie die Falten aus seinem maßgeschneiderten Anzug bürstete. Das marineblaue Designerteil saß wie angegossen. Caine war groß, mindestens eins fünfundachtzig, wenn nicht gar eins neunzig, breitschultrig und sichtbar gut in Form. Er hatte ein markantes Profil mit scharfen Wangenknochen und Adlernase, und seine Haare, von denen er genervt Maries Hand wegschob, waren so dicht und dunkel wie meine. Obwohl er die Lippen zusammenkniff, wusste ich von Fotos, dass er einen sinnlichen, leicht grüblerisch wirkenden Mund hatte.

Definitiv covertauglich.

Und definitiv ein Mann, mit dem man es sich nicht verscherzen wollte.

Ich versuchte, den Kloß herunterzuschlucken, der in meinem Hals saß.

Es war eine bittere Ironie, dass er nun auf einmal hier stand, direkt vor meiner Nase. Der unerwartete Tod meiner Mutter vor wenigen Monaten hatte viele schlimme Wahrheiten ans Licht gebracht ... und eine dieser Wahrheiten war Caine Carraway.

Ich arbeite seit mittlerweile sechs Jahren als persönliche Assistentin für Benito, einen der meistgebuchten Fotografen der Stadt ... und ohne jeden Zweifel der launischste. Selbstverständlich verlor Benito nie vor den Kunden die Beherrschung, o nein, in den Genuss seiner Wutausbrüche kamen allein seine Angestellten. Allerdings war ich nun schon so lange für ihn tätig, dass mein Arbeitsplatz sicher war. Eigentlich hätte ich mir also keine Sorgen machen müssen. Warum tat ich es dann trotzdem?

Nun ja, strenggenommen war mein Arbeitsplatz bis vor kurzem sicher *gewesen*.

Aber dann war vor drei Monaten meine Mutter gestorben. Im Zuge dessen waren all die alten Familiengeschichten wieder hochgekommen und dazu noch einige hässliche Wahrheiten mehr, von denen ich oft wünschte, ich hätte sie nie erfahren. Ich ging zur Arbeit wie immer und versuchte tapfer, mir nichts anmerken zu lassen. Doch es ist unmöglich, stark zu sein, wenn man gerade ein Elternteil verloren hat, und deshalb kam es während eines Fotoshootings für eine große Frauenzeitschrift leider zu einer kleinen emotionalen Kernschmelze. Es war ein Fotoshooting anlässlich des bevorstehenden Muttertags.

Benito hatte sich um Verständnis bemüht, auch wenn sonnenklar war, dass er mir den Vorfall übelnahm. Trotzdem feuerte er mich nicht, sondern befahl mir lediglich, einige Zeit freizunehmen und Urlaub zu machen.

Und nun war ich wieder da, meine Haut braun gebrannt von der hawaiianischen Sonne. Als ich am Morgen zu der Location gefahren war, hatte ich keinen Schimmer gehabt, worum es bei diesem Shooting ging. Nach meiner Rückkehr von der Reise hatte ich lediglich eine knappe E-Mail von Benito in meinem Postfach vorgefunden. Darin stand die Adresse und weiter nichts. Ich als seine persönliche Assistentin hatte keine Ahnung, worum es bei diesem Auftrag ging … das war schon mal keine optimale Ausgangslage.

Ich war sonnengebräunt, ja, aber den Tod meiner Mutter hatte ich im Urlaub nicht verarbeitet, und nun hing meine Karriere, für die ich mir seit sechs Jahren den Hintern aufriss, gewissermaßen am seidenen Faden eines sündhaft teuren Designer-Maßanzugs. Das Shooting heute musste unbedingt gut laufen.

Als ich aus dem Fahrstuhl gestiegen war und die vielen Leute gesehen hatte, die im Hausflur und im Türeingang der Wohnung herumschwirrten, hatte sich meine Nervosität sogleich verzehnfacht. Das waren viel mehr Leute als sonst bei Fotoshootings üblich, was darauf schließen ließ, dass wir eine besonders wichtige Persönlichkeit ablichten würden. Und als unsere Praktikantin Sofie mir dann auch noch mitteilte, dass es sich bei besagter Persönlichkeit um niemand Geringeren als um Caine Carraway handelte, schlug meine Nervosität in echte Panik um.

Kaum hatte sie den Namen ausgesprochen, war ich zusammengezuckt, als hätte mir jemand einen Stromstoß versetzt, und ich hatte angefangen, am ganzen Leib zu zittern.

Bislang war nicht absehbar, wann ich mit dem Zittern aufhören würde.

Unvermittelt drehte Caine sich um und musterte mich scharf, als hätte er gespürt, dass ich ihn beobachtete. Wir starrten uns an, und ich konnte nur mit Mühe meine Gefühle in Schach halten, als er schließlich den Blick von meinem Gesicht losriss und langsam mit seinen Augen meinen Körper hinabwanderte.

Benito vertrat die Auffassung, dass man sich, wenn man mit Prominenten zu tun hatte, möglichst leger kleiden sollte. Damit setzten er und seine Leute das klare Signal, dass sie sich von so etwas wie Berühmtheit nicht einschüchtern ließen, zumal sie genauso viel Talent und Können besaßen wie irgendwelche Stars. Er war der Ansicht, dass seine Klienten ihm dann mehr Respekt entgegenbrachten. Ich persönlich hielt die Theorie zwar für oberflächlichen Blödsinn, aber wenn sie bedeutete, dass ich anziehen durfte, was ich wollte, würde ich den Teufel tun und mich beschweren. Bei Shootings trug ich meistens praktische, bequeme Sachen. Heute waren das Shorts und T-Shirt.

So wie Caine Carraway mich gerade ansah … hätte ich genauso gut nackt sein können.

Ich bekam eine Gänsehaut, und mir lief ein Schauer den Rücken hinab.

»Alexa!«, bellte Benito.

»Entschuldige«, sagte ich hastig und versuchte, nicht an Caines heiße Blicke oder den stechenden Schmerz zu denken, der sich plötzlich in meiner Brust bemerkbar machte.

Mein Boss schüttelte ungehalten den Kopf. »Schon gut, schon gut. Mach einfach … Hier hast du dein Blackberry wieder.« Er klatschte mir das Gerät in die offene Handfläche. Ich hatte ihm das Blackberry überlassen, ehe ich in den Urlaub geflogen war, damit er es meiner Vertretung geben konnte. In diesem Blackberry war Benitos ganze Welt gespeichert. Es enthielt sämtliche Geschäftskontakte, seine E-Mails, seinen Terminkalender … einfach alles. Ich warf einen Blick auf das Mail-Symbol. Fünfzehn ungelesene Mails allein heute Morgen.

»Weis die Mannschaft ein, bevor du dich an die Arbeit machst. Wir fotografieren als Erstes auf dem Balkon mit dem Hafen als Hintergrund, danach im Wohnzimmer. Drinnen ist es ein bisschen dunkler, also sorg dafür, dass alles entsprechend aufgebaut wird.«

Ab da schaltete ich auf Autopilot. Ich beherrschte meinen Job im Schlaf, und das war vermutlich der einzige Grund, weshalb ich überhaupt etwas auf die Reihe brachte, denn meine Gedanken waren ganz woanders. Sie waren bei dem Mann, den ich einerseits kaum anzusehen wagte und andererseits immer wieder ansehen *musste*, während ich einem unserer Leute erklärte, wie er Benitos Kamera und Laptop draußen auf dem Balkon aufstellen musste, und den Beleuchtern sagte, sie sollten im Wohnzimmer schon mal das Licht einrichten.

Caine Carraway.

Ich wusste mehr über ihn, als in den Zeitungen stand. Aus einer morbiden Neugier heraus hatte ich, wann immer in den letzten Monaten irgendwo sein Name fiel oder ich zufällig etwas über ihn las, genau aufgepasst.

Er war mit dreizehn Jahren Waise geworden und ins Heim gekommen, hatte aber gegen jede Prognose den Highschool-Abschluss mit Bestnoten geschafft. Danach hatte er mit einem Vollstipendium an der Wharton Business School studiert. Kaum mit dem Examen fertig, gründete er bereits seine erste Bank, die der Grundstein von Carraway Financial Holdings werden sollte. Bereits mit neunundzwanzig Jahren war er einer der erfolgreichsten Unternehmer in Boston. Und jetzt, mit dreiunddreißig, war er unter Geschäftsleuten geschätzt und gefürchtet, eine feste Größe in der High Society und galt als einer der begehrtesten Junggesellen der Stadt. Obwohl er sein Privatleben streng unter Verschluss hielt, druckten die Klatschblätter, sooft sie konnten, Paparazzi-Fotos von ihm. Meistens sah man ihn darauf bei irgendwelchen Gala-Veranstaltungen mit einer schönen Frau am Arm, wenngleich selten zweimal mit derselben.

All das sprach für mich eine klare Sprache: allein. Einsam. Unnahbar.

Der Druck in meiner Brust wurde stärker.

»Alexa, komm und begrüße Mr Carraway!«

Meine Atmung beschleunigte sich. Als ich mich von Scott, unserem Chefbeleuchter, abwandte, sah ich Benito neben Caine stehen.

Mühsam gegen die vielen Emotionen ankämpfend, die in mir brodelten, ging ich langsam zu den beiden hinüber. Meine Wangen brannten unter Caines Blick. Bei näherem Hinsehen erkannte ich, dass seine Iris nicht wirklich schwarz waren, wie es von weitem den Anschein gehabt hatte, sondern von einem sehr dunklen Braun. Sein Gesicht war eine ausdruckslose Maske, nur seine Augen wirkten lebendig.

Erneut überlief mich ein Schauer, als er mich taxierte.

»Mr Carraway, das hier ist meine Assistentin Alexa …«

»Freut mich sehr«, fiel ich meinem Boss ins Wort, bevor der meinen Nachnamen sagen konnte. »Wenn Sie irgendwas brauchen, wenden Sie sich an mich.« Ehe Caine oder Benito reagieren konnten, huschte ich bereits wieder davon, zurück zu Scott.

Dieser sah an mir vorbei zu unserem Boss. Seinem Blick war deutlich anzusehen, dass Benito über mein merkwürdiges Verhalten alles andere als erfreut war. »Was hast du?«, wollte Scott von mir wissen.

Ich zuckte die Achseln. Wie hätte ich ihm erklären sollen, weshalb ich mich wie ein verschrecktes Huhn benahm? Das wäre eine ziemlich lange Erklärung geworden. Zu lang. Und zu persönlich: Vor drei Monaten hatte ich erfahren müssen, dass mein Vater Caines Kindheit zerstört hatte.

Und jetzt war Caine *hier*.

Als Benito erneut meinen Namen bellte, wirbelte ich herum. Er sah mich verärgert an und deutete ungeduldig in Richtung Balkon. Das Shooting würde gleich beginnen.

Ich bezog hinter ihm Position, schaute mir die Fotos am Laptop an und warf hin und wieder einen verstohlenen Blick auf das Original. Mein Standort erlaubte es mir, Caine unbemerkt zu beobachten. Er lächelte kein einziges Mal, sondern blickte die ganze Zeit finster in die Kamera, und Benito traute sich nicht, ihn aufzufordern, mal einen anderen Gesichtsausdruck auszuprobieren. Er instruierte ihn zwar, wie er Kopf und Körper mal zu dieser, mal zu jener Seite drehen sollte, aber zu mehr fehlte ihm der Mut.

»Diese grimmige Nummer beherrscht er jedenfalls aus dem Effeff«, raunte Sofie mir ins Ohr, als sie mir einen Kaffee brachte. »Wenn ich nicht glücklich verlobt wäre, würde ich zu gerne ausprobieren, ob ich ihm nicht ein Lächeln ins Gesicht zaubern könnte. Du bist Single, versuch du es doch mal. Du würdest es garantiert schaffen.«

Ich wurde blass, überspielte meinen Schock jedoch mit einem Grinsen. »Ich glaube, dazu bräuchte es schon eine Leistungsturnerin und ihre Zwillingsschwester.«

Wir wechselten einen Blick und mussten prompt lachen. Wir versuchten, es zu unterdrücken, aber es gelang uns nicht so richtig. Außerdem tat es gut, unter derart angespannten Umständen lachen zu können.

Leider zogen wir dadurch Caines Aufmerksamkeit auf uns. Plötzlich wurde es ganz still, und als wir uns umdrehten, sah ich, wie er mich interessiert musterte, während Benito ... nun ja, Benito starrte Sofie und mich an, als wolle er uns mit seinen Blicken bei lebendigem Leibe rösten.

Sofie machte, dass sie wegkam.

»Kurze Pause«, verkündete Benito seufzend und kam zum Laptop. »Du bist schon den ganzen Morgen so komisch«, raunte er mir halb laut zu. »Ist irgendwas passiert, wovon ich nichts weiß?«

»Nein.« Ich sah ihn an, bemüht, mir nichts anmerken zu lassen. »Kaffee?«

Er nickte. Er schien nicht länger wütend zu sein, nur ein wenig enttäuscht. Was noch schlimmer war.

Einer weisen Eingebung folgend, eilte ich zurück in die Wohnung und nahm Kurs aufs Badezimmer. Eine Ladung kaltes Wasser im Gesicht konnte mir nur guttun. Meine Hände zitterten, als ich sie unter den Wasserstrahl hielt. »Scheiße«, fluchte ich.

Ich war mit den Nerven völlig am Ende.

Schon wieder.

Es reichte. Einen weiteren Ausfall in Gegenwart von Kunden würde mein Job nicht überleben. Sicher, es war eine denkbar unangenehme Situation, aber ich musste mich am Riemen reißen und mich wie ein Profi verhalten. Entschlossen trat ich mit gestrafften Schultern aus dem Bad und wäre um ein Haar mit einer Kaffeetasse zusammengestoßen.

Die Kaffeetasse wurde von einer Hand gehalten, und diese Hand gehörte Caine.

Ich starrte ihn an und brachte kein Wort heraus. Das lag größtenteils daran, dass mein Puls ungewöhnlich hoch war und ich mich auf nichts richtig konzentrieren konnte, schon gar nicht darauf, vernünftige Sätze zu formulieren.

Caine zog eine Augenbraue hoch und hielt mir die Kaffeetasse hin.

Ich nahm sie entgegen, unfähig, mein Erstaunen zu verbergen.

»Ein Friedensangebot«, erklärte er, und als ich seine tiefe, glasklare Stimme hörte, erschauerte ich erneut. »Aus unerfindlichen Gründen scheine ich Sie verängstigt zu haben.« Unsere Blicke trafen sich. Jetzt raste mein Puls aus ganz anderen Gründen. »Was erzählt man sich denn dieser Tage über mich?«

Im ersten Moment vergaß ich alles andere und verlor

mich ganz in seinen wunderschönen Augen. »So einiges«, antwortete ich leise. »Man erzählt sich so einiges über Sie.«

Er grinste und bewies mir damit, dass ich mich geirrt hatte ... es bedurfte keiner Leistungsturnerin nebst Zwillingsschwester, um ihm ein Lächeln ins Gesicht zu zaubern. »Nun, dann sind Sie mir gegenüber im Vorteil. Sie kennen mich, aber ich kenne Sie nicht.« Er kam noch einen Schritt näher, und plötzlich spürte ich nichts mehr als seine überwältigende, atemberaubende Nähe.

O Gott, o Gott, o Gott, o Gott. »Da gibt's nicht viel zu wissen.«

Caine neigte den Kopf zur Seite. Das Glühen in seinen dunklen Augen machte sich mittlerweile zwischen meinen Beinen bemerkbar. »Irgendwie nehme ich Ihnen das nicht ganz ab.« Sein Blick glitt kurz zu meinen Lippen, ehe er mir wieder in die Augen sah. »Ich würde sehr gern mehr über Sie erfahren, Alexa.«

»Ähm ...« Plötzlich kam mir dieses alte Klischee in den Sinn: *Sei vorsichtig mit dem, was du dir wünschst.*

Ich war ein nervöses, wortkarges Häufchen Elend, doch er schien mein Verhalten so zu interpretieren, dass ich absichtlich ein Geheimnis aus meiner Person machte, denn er warnte mich: »Ich fahre erst mit dem Shooting fort, wenn Sie mir etwas über sich verraten. Zeit ist Geld.« Er grinste. »Und Sie wollen doch, dass der Boss zufrieden ist, oder?«

Meinte er damit sich oder Benito?

Ich starrte ihn an und merkte, wie meine Handflächen feucht wurden und mein Herzschlag sich mit jeder Sekunde des geladenen Schweigens zwischen uns noch weiter beschleunigte. Und dann passierte es. Ihn plötzlich leibhaftig vor mir zu sehen hatte mich völlig aus der Fassung gebracht ... noch dazu, nachdem ich gerade erst erfahren hatte, dass er der kleine Junge gewesen war, den mein verabscheuungswürdiger Vater ins Unglück gestürzt hatte. In meinem Hirn brannte eine Sicherung durch. »Ich kenne Sie«, platzte ich heraus. »Nein, ich meine ...« Ich trat einen Schritt zur Seite, so dass wir uns tiefer in den Flur zurückzogen, wo wir halbwegs ungestört waren. Der Kaffeebecher zitterte in meinen Händen. »Ich bin Alexa Holland.«

Ein Schock ging durch seinen Körper.

Das mit anzusehen war furchtbar. Caine zuckte zusammen, als hätte ich ihn geschlagen, und dann wurde der mächtige Geschäftsmann vor meinen Augen totenbleich.

Ich redete weiter. »Mein Vater ist Alistair Holland. Ich weiß, dass er eine Affäre mit Ihrer Mutter hatte, und ich weiß auch, wie die Sache ausgegangen ist, von daher ...«

Caines Hand durchschnitt zwischen uns die Luft ... eine Geste, die mich zum Schweigen bringen sollte. Nach dem ersten Schrecken kam bei ihm nun die Wut. Seine Nasenflügel bebten. »Wenn ich Sie wäre, würde ich jetzt nicht weiterreden.« Seine Stimme klang drohend.

Und trotzdem konnte ich nicht anders.

»Ich habe es erst vor kurzem erfahren. Bis vor ein paar Monaten hatte ich keine Ahnung, dass *Sie* das waren. Ich wusste nicht mal ...«

»Ich habe gesagt, Sie sollen nicht weiterreden.« Er kam auf mich zu und drängte mich gegen die Wand. »Ich will kein Wort mehr von Ihnen hören.«

»Bitte, jetzt lassen Sie mich doch ...«

»Wollen Sie mich verarschen?« Er schlug mit der Handfläche gegen die Wand, ganz dicht über meinem Kopf, und ich erkannte, dass hinter der Fassade des kultivierten, wenngleich skrupellosen Unternehmers ein sehr viel ungeschliffenerer, gefährlicherer Mann lauerte, von dessen Existenz vermutlich die wenigsten etwas ahnten. »Ihr Vater hat meine Mutter verführt. Er hat sie drogenabhängig gemacht und in einem Hotelzimmer sterben lassen, nachdem sie eine Überdosis genommen hatte, denn sie zu retten hätte bedeutet, dass ihm sein dickes, fettes Erbe durch die Lappen geht.« Sein Gesicht war meinem so nahe, dass ich seinen heißen Atem auf den Lippen spürte. »Er hat meine Familie zerstört. Ich will weder mit ihm noch mit Ihnen irgendetwas zu tun haben. Ich will nicht mal dieselbe Luft atmen wie Sie.«

Abrupt stieß er sich von der Wand ab und ging.

Die meisten Frauen wären nach einer solchen verbalen Attacke vermutlich in Tränen ausgebrochen. Aber ich war nicht wie die meisten Frauen. Als Kind hatte ich aus nächster Nähe miterlebt, wie meine Mutter bei jedem Streit weinte. Ich hatte das gehasst. Selbst wenn sie wütend war, weinte sie, obwohl sie doch eigentlich nichts anderes wollte, als ihre Wut zu zeigen.

Ich weinte nie, wenn ich wütend war.

Und jetzt gerade *war* ich wütend. Ich war wütend auf meinen Vater, weil ich durch seine Schuld in eine Situation geraten war, in der man mich mit ihm in einen Topf warf. Und das war nicht richtig.

Caines letzte Worte schossen mir durch den Kopf.

»Ach du Scheiße.« Ich stürzte aus dem Flur.

Caine sprach gerade in der Küche mit Benito.

Mein Magen machte einen Satz, als ich sah, wie Benito bei Caines Worten zurückzuckte. Er schaute verdattert zu mir, dann wandte er sich wieder an Caine, um ihm zu antworten.

Caine blickte sich derweil mit versteinerter Miene im Raum um, als suche er jemanden. Schließlich fiel sein Blick auf einen jungen Mann im modischen Anzug. »Ethan. Ich will einen anderen Fotografen.« Seine Stimme trug durchs ganze Zimmer, so dass alle ihn hörten und prompt in ihrer Arbeit innehielten. »Oder das Cover platzt.«

Ethan nickte zackig. »Ich kümmere mich darum, Sir.«

Entsetzt starrte ich zu Benito, dem vor lauter Schrecken der Mund offen stand. Caine allerdings hielt sich nicht weiter auf. Er kam bereits auf mich zu, und als er an mir vorbei zur Tür ging, sah er mich nicht einmal an.

Mir wurde schlecht.

Benitos Tonfall war leise und erstaunlich zivil. Seine Worte allerdings weniger. »Verdammte Scheiße, was hast du angestellt?«

Meine Freundin Rachel verlagerte das zappelige Kind, das auf ihrem Schoß saß, vom linken aufs rechte Bein. »Das ist jetzt fünf Stunden her. Komm langsam mal runter. Dein Boss ruft dich bestimmt bald an, und dann könnt ihr das Missverständnis aufklären.«

Ich beäugte in wachsender Sorge ihre Tochter Maisy. »Ist das normal, dass ihr Gesicht so rot ist?«

Rachel runzelte angesichts meines plötzlichen Themenwechsels verdutzt die Stirn, dann warf sie einen Blick auf ihre Tochter. »Maisy, hör auf, die Luft anzuhalten.«

Maisy blickte trotzig zu ihr hoch.

»Äh ... sie hält immer noch die Luft an.« Ich verstand nicht, weshalb Rachel deswegen kein bisschen beunruhigt war.

Rachel schnitt eine entnervte Grimasse. »Wenn du weiter die Luft anhältst, kriegst du kein Spielzeug.«

Maisy stieß übertrieben dramatisch die Luft aus. Dann grinste sie mich an.

»Sie ist ein Satansbraten«, murmelte ich mit einem argwöhnischen Blick auf das Kind.

»Wem sagst du das.« Rachel zuckte die Schultern. »Angeblich hatte ich in ihrem Alter genau dieselbe Masche drauf.«

Ich blickte auf mein halb aufgegessenes Mittagessen. »Wenn ihr langweilig ist, können wir auch einen Spaziergang durch den Park machen.«

»Wir sind aber noch nicht damit fertig, dich zu beruhigen.« Rachel winkte einem vorbeieilenden Kellner. »Noch zwei Cola light und einen O-Saft, bitte.«

Ich erhob keine Einwände. Von all meinen Freundinnen war Rachel die treueste ... und die herrischste. Vermutlich war das der Grund, weshalb ich mich mit ihr als Einziger noch regelmäßig traf.

Auf dem College waren wir zu viert gewesen: ich, Rachel, Viv und Maggie. Von diesen vieren war ich mittlerweile die Einzige, die weder Mann noch Kind hatte. Die anderen drei brachten es zusammen bereits auf vier Sprösslinge. Der Kontakt zu Viv und Maggie war im Laufe der Jahre eingeschlafen, jetzt traf ich mich nur noch alle paar Wochen mit Rachel. Ich war so auf meinen Job und meine Kollegen fixiert gewesen, dass ich mir nie die Mühe gemacht hatte, neue Freundschaften außerhalb der Arbeit zu knüpfen.

Wenn mein Bauchgefühl sich bewahrheitete und Benito mich auf die Straße setzte, blickte ich folglich einer überaus tristen Zukunft entgegen: ohne Geld, ohne meine hübsche Wohnung, ohne Freunde.

»Vielleicht solltest du mir lieber einen Wodka bestellen«, brummelte ich.

Rachel stieß einen Seufzer aus. »Benito wird dich garantiert behalten. Denk daran, wie hart du für ihn geschuftet hast. Stimmt's, Mäuschen?« Sie wippte ihre Tochter auf dem Knie auf und ab.

Maisy kicherte mich an und schüttelte den Kopf. Ihre dunklen Locken flogen Rachel ins Gesicht.

»Toll, selbst der Dreijährigen ist klar, dass ich am Arsch bin.«

Rachel schmunzelte. »Man darf in Gegenwart von kleinen Kindern nicht ›Arsch‹ sagen, Lex.« Unsere Getränke kamen, und sie schob mir mein Glas hin. »Und jetzt hör mit deinem Scheißgejammer auf, damit wir zur Abwechslung mal ein bisschen über mich reden können.«

Zum ersten Mal in dieser Woche war mein Lächeln echt. »Nur wenn du mir noch mal sagst, dass ich nicht gefeuert werde.«

»Du wirst nicht gefeuert, Lex.«

»Alexa, du bist gefeuert!«

Das Herz rutschte mir in die Hose, als ich diese zorngeladenen ersten Worte der Voicemail abhörte, die Benito mir aufs Handy gesprochen hatte.

»Keine Ahnung, was da heute Morgen los war, aber damit ist das Maß voll. Das war's für dich. Und nicht nur bei mir! O nein! Ist dir überhaupt klar, was dein Verhalten mich gekostet hat? Caine Carraway war so sauer auf dich, dass ich *Mogul* und zwei andere Magazine des Verlags als Kunden verloren habe! Mein Ruf steht auf dem Spiel. Und das, nachdem ich so hart gekämpft habe! Wie auch immer …« Er senkte die Stimme, was mir noch mehr Angst machte als sein Gebrüll zuvor. »Du bist jedenfalls untendurch. Ich werde persönlich dafür sorgen, dass du in dieser Branche nie wieder ein Bein auf den Boden kriegst!«

Ich kniff mir in die Nase und holte zitternd Luft. Ich war den Tränen nahe.

Das war übel.

Das war richtig, richtig übel.

Kapitel 2

Ich blickte trotzig auf mein Telefon, während ich mir einen Schluck aus meinem riesigen Glas Rotwein genehmigte. »Nein.«

Mein Großvater seufzte laut, so dass es im Lautsprecher rauschte. »Vergiss doch ein einziges Mal deinen Stolz, und lass dir von mir helfen. Oder willst du deine Wohnung verlieren? Du hängst doch so sehr an ihr.«

Nein, ich wollte meine Wohnung nicht verlieren. Ich hatte mir praktisch den Buckel krummgeschuftet, um mir die Miete für die Zweizimmerwohnung in Back Bay leisten zu können. Sie war wunderschön, mit hohen Räumen und großen Fenstern und Blick auf eine Allee. Die Lage war ein Traum. Ich wohnte einen kaum zwanzigminütigen Fußmarsch von all meinen Lieblingsplätzen in der Stadt entfernt ... dem Stadtpark, der Newbury Street, der Charles Street ... Und die Tatsache, dass meine Wohnung darüber hinaus auch noch hübsch und gemütlich aussah, war das Sahnehäubchen auf dem ohnehin bereits sehr appetitlichen Kuchen. So eine Wohnung hatte ich mir immer gewünscht, und ich hegte die Hoffnung, eines Tages genug Geld gespart zu haben, um sie ... oder eine ähnliche Wohnung in der Nachbarschaft ... kaufen zu können.

Materielle Dinge waren vergänglich, das war mir klar. Aber im Moment brauchte ich meine schöne Wohnung. Sie gab mir Trost und Sicherheit.

Brauchte ich sie so nötig, dass ich bereit wäre, ihretwegen meine Prinzipien zu verraten?

Leider nein.

»Ich nehme kein Geld von dir, Grandpa.« Natürlich konnte Edward Holland nichts dafür, aber das Diamantenimperium, das er von seiner Familie geerbt und dank kluger Investitionsentscheidungen immer weiter ausgebaut hatte, war genau das, was meinen Vater auf die schiefe Bahn gebracht hatte. Für ihn war der Reichtum pures Gift gewesen, folglich wollte ich nichts damit zu tun haben.

»Dann rede ich eben mit Benito.«

Ich dachte daran, dass mein Großvater mich dem Rest der Familie verheimlichte. Keiner außer ihm wusste, dass Alexa Holland eine *der* Hollands war ... mein Vater hatte seine kleine Indiskretion mit meiner Mutter, die zu meiner Geburt geführt hatte, erfolgreich vor seiner Familie verborgen. Nur sein Vater, mein Großvater, wusste Bescheid; er hatte seiner Frau und seinen Kindern nichts davon gesagt, dass er, als ich mit einundzwanzig ganz allein nach Boston gekommen war, den Kontakt zu mir gesucht hatte.

Mir war klar, dass es jede Menge Drama und Ärger gegeben hätte, wenn er mit der Wahrheit herausgerückt wäre. Bitter war es trotzdem. Manchmal wurde ich das Gefühl nicht los, dass er sich für mich schämte. Aber ob mir die Situation nun gefiel oder nicht, er war alles, was ich hatte, und ich liebte ihn.

Ich schluckte meine Bitterkeit hinunter. »Das geht nicht«, sagte ich. »Benito hat ein loses Mundwerk. Er würde überall herumerzählen, wer ich bin.«

»Was dann? Suchst du dir eine neue Stelle? Als was?«

Bei jedem anderen Job würde ich große Gehaltseinbußen in Kauf nehmen müssen. Als leitende Assistentin eines erfolgreichen Fotografen hatte ich ganz ordentlich verdient, mehr als doppelt so viel wie anderswo für Assistentenstellen üblich. Ich nippte an meinem Wein und ließ den Blick über all die hübschen Sachen in meinem gemütlichen Zuhause schweifen.

»Ich hatte nicht mal Gelegenheit, mich zu entschuldigen«, murmelte ich.

»Was?«

»Ich hatte nicht mal Gelegenheit, mich zu entschuldigen«, wiederholte ich. »Er ist sofort ausgerastet und hat mein Leben kaputtgemacht.« Ich stöhnte. »Sag nichts. Die Ironie ist mir durchaus bewusst. Meine Familie hat vorher *sein* Leben kaputtgemacht ... Auge um Auge.«

Grandpa räusperte sich. »Du hast sein Leben nicht kaputtgemacht. Er fühlte sich einfach überrumpelt.«

Schuldgefühle kamen in mir hoch. »Stimmt.«

»Außerdem habe ich dir gesagt, dass ich in der Vergangenheit bereits versucht habe, mich zu entschuldigen, und dass ich dabei auf taube Ohren gestoßen bin. Es ist nicht an uns, ihn um Verzeihung zu bitten.«

»Das weiß ich.« Ich wusste es wirklich. Das war auch nicht die Ursache meiner Enttäuschung. Ich war enttäuscht, weil ich in dem Augenblick, als Caine klarwurde, wer ich war, einen Schmerz in seinen Augen gesehen hatte, der mir sehr bekannt vorkam. Und beim Anblick dieses Schmerzes, der für ihn offenbar immer noch frisch war, hatte ich eine Art Seelenverwandtschaft zu ihm empfunden. Wir waren beide Teil dieser tragischen Geschichte. Ich hatte noch nie mit jemandem darüber sprechen können, weil alles unter den Teppich gekehrt worden war, wo es auch unbedingt bleiben sollte. Jahrelang hatte ich den ganzen elenden Mist alleine mit mir herumgetragen. Als dann vor drei Monaten meine Mutter gestorben war, war alles wieder an die Oberfläche geschwappt, und während eines Streits mit meinem

Großvater am Telefon hatte dieser endlich den Namen des kleinen Jungen genannt, der Leidtragender der ganzen schrecklichen Affäre gewesen war.

Caine Carraway. Abgesehen von meinen Eltern und meinem Großvater war er der einzige Mensch, der die Wahrheit kannte. Der einzige Mensch, der in der Lage gewesen wäre, mich zu verstehen.

Ich konnte die Verbindung, die ich zu ihm gespürt hatte, nicht erklären. Ich hatte einfach gewusst, dass *ich* vielleicht wiederum die Einzige war, die *sein* Leid verstehen konnte, und ... irgendwie wollte ich für ihn da sein. Es ergab keinen Sinn. Ich kannte ihn ja kaum. Das war mir bewusst, nur änderte das nicht das Geringste an meinen Gefühlen.

Deshalb war es umso vernichtender gewesen, als er mich angeschaut hatte, als wäre ich an allem schuld. Ich konnte den Gedanken nicht ertragen, dass er so über mich dachte, und ich wollte keinesfalls, dass dies das letzte Wort zwischen uns gewesen war. Ich wollte nicht Teil einer schlechten Erinnerung sein. »Ich sollte hinfahren und mich dafür entschuldigen, dass ich ihn so überfallen habe. Und wenn ich schon mal dabei bin, könnte ich ihn gleich bitten, das mit meinem Job wieder in Ordnung zu bringen. Ein Anruf bei Benito, und alles wäre vergessen.«

»Alexa, das halte ich nicht für klug.«

Vermutlich war es das auch nicht. Aber ich musste unbedingt meinen Job wiederhaben und dafür sorgen, dass Caine seine Meinung über mich änderte. »Seit Mom ... ich ... Ich will einfach, dass er mir zuhört, und ich wüsste nicht, was es schaden könnte, ihn zu bitten, bei Benito ein gutes Wort für mich einzulegen.«

»Das alles klingt sehr danach, was *du* brauchst. Denk auch daran, was *er* vielleicht jetzt braucht.«

Ich schob seinen Einwand beiseite und hielt dagegen.

»Hast du Caine Carraway schon mal getroffen? Ich glaube nicht, dass der Mann überhaupt *weiß*, was er braucht.«

Die Frau am Empfang starrte mich an, als sei ich die Lächerlichkeit in Person.

»Sie wollen Mr *Carraway* von *Carraway* Financial Holdings sprechen? *Ohne* Termin?«

Ich hatte gewusst, dass es nicht leicht werden würde. Ich konnte nicht einfach in das riesige Gebäude aus rosenfarbenem Granit am International Place spazieren und erwarten, dass man mich postwendend in Caines Büro geleitete. Trotzdem ... die Empfangsdame tat ja gerade so, als hätte ich eine Unterredung mit dem Präsidenten verlangt. »Ja.« Ich unterdrückte den natürlichen Impuls, mit einer sarkastischen Bemerkung zu kontern. Sie sah nicht so aus, als würde sie gut darauf ansprechen.

Sie seufzte. »Einen Moment, bitte.«

Ich schielte zu dem Wachmann, der bei den Metalldetektoren in der Nähe der Fahrstühle stand. Carraway Financial Holdings teilte sich das Gebäude mit einer anderen Firma, deshalb gab es an jeder Ecke Überwachungskameras. Ganz egal, was ich versuchte, man würde mich erwischen. Es war alles eine Frage des Timings. Geschnappt zu werden machte mir nichts aus ... solange es passierte, *nachdem* ich mit Caine gesprochen hatte.

Unauffällig entfernte ich mich ein paar Schritte vom Empfangstresen, während die Frau mit zusammengekniffenen Lippen ihre Nägel begutachtete. Da sie mit ihrer Aufmerksamkeit gerade woanders war, setzte ich kurzerhand eine nonchalante Miene auf und spazierte in Richtung Metalldetektoren davon.

»Ausweis.« Der Wachmann stoppte mich mit erhobener Hand.

Ich betrachtete sein bärtiges Gesicht, und dabei fielen mir seine wachen Augen auf. Dumm gelaufen. Gab es notorisch unaufmerksames Sicherheitspersonal etwa nur im Film?

Ich lächelte unschuldig. »Die Dame vorn am Empfang meinte, sie hätten gerade keine Besucherausweise mehr. Sie hat gesagt, ich kann so durchgehen.«

Er sah mich aus schmalen Augen argwöhnisch an.

Ich zeigte in ihre Richtung. »Fragen Sie sie doch.«

Er machte »Hmpf« und spähte zum Empfang. Er würde ihr die Frage zurufen, um seinen Posten nicht verlassen zu müssen.

Das war meine einzige Chance.

Ich flitzte an ihm vorbei durch die Metalldetektoren und hörte ihn hinter mir herrufen, gerade als ich in den Fahrstuhl sprang, der mich nach oben zu Caine bringen würde. Ich sah den Schuh des Wachmanns in meinem Blickfeld auftauchen, und im selben Moment schlossen sich die Fahrstuhltüren.

»Jetzt bist du endgültig durchgedreht«, murmelte ich zu mir selbst, als der Fahrstuhl sich in Bewegung setzte. »Endgültig. Hättest du mal lieber eine Therapie angefangen.«

Rechts neben mir hörte ich ein unterdrücktes Prusten. Mit mir im Aufzug befand sich ein Mann, der mich belustigt angrinste. »Das ist eben nicht für jeden etwas«, sagte er.

Ich war verwirrt. »Was?«

»Eine Therapie«, erklärte er. »Bei einigen bringt es was, bei anderen nicht.«

Ich betrachtete seinen schicken Anzug und die teure Armbanduhr. Er sah sehr gut aus, mit perfekt frisierten hellbraunen Haaren und lebhaften blauen Augen. Ein Blick auf ihn genügte, um zu sehen, dass er nicht nur einen Designer-Anzug, sondern auch ein Designer-Selbstbewusstsein sein Eigen nannte. Darüber hinaus kam er mir vage bekannt vor. »Hat es Ihnen denn was gebracht?«

Sein Grinsen wurde spitzbübisch. »Meine Therapeutin hat mir was gebracht.«

Ich lachte. »Na ja, dann war es wenigstens nicht ganz umsonst.«

Sein Grinsen wurde noch breiter, und er deutete mit einer Kopfbewegung auf die Fahrstuhlknöpfe. »Carraway Financial Holdings?«

Ich nickte, und mein Magen krampfte sich vor Nervosität zusammen, als ich daran dachte, dass ich ihn gleich wiedersehen würde. »Ich muss mit dem CEO sprechen.«

»Mit Caine?« Der Mann zog die Augenbrauen hoch, ehe er mich musterte. »Sollte ich Sie womöglich zu Boden ringen und dem Sicherheitsdienst übergeben?«

»Das wäre Mr Carraway bestimmt sehr recht, aber erst soll er sich anhören, was ich zu sagen habe.«

»Äh ... wer sind Sie denn eigentlich?«

Ich sah ihn misstrauisch an. »Äh ... und wer sind Sie?«

»Ein Freund. Wir sind zum Mittagessen verabredet.«

Die Fahrstuhltüren öffneten sich mit einem hellen Ton. »Ich überlasse Ihnen mein erstgeborenes Kind ... wenn ich später mal eins habe ..., solange Sie mir dafür die ersten fünf Minuten Ihrer Verabredung geben.«

Er trat aus dem Fahrstuhl, und ich folgte ihm. Sein Blick war abwägend.

Ich wartete und schielte währenddessen nervös zu dem Mann am Empfang, dem mein Auftauchen einige Besorgnis zu bereiten schien.

»Ich sage Ihnen was«, schlug der Mann aus dem Fahrstuhl vor und lenkte meine Aufmerksamkeit damit wieder auf sich. Die Situation schien ihn zu amüsieren. »Die

Metalldetektoren haben nicht gepiepst, demnach tragen Sie keine Waffe.« Er deutete auf meine knappen Shorts und das Tanktop. »Ich nehme Sie mit rein. Aber«, fügte er hinzu, ehe ich mich bei ihm bedanken konnte, »ich komme mit. Ich brenne darauf zu hören, woher Caine jemanden wie Sie kennt.« Er legte mir leicht die Hand auf den Rücken und steuerte mich in Richtung Empfang.

Ich zog die Nase kraus. War das gerade eine Beleidigung oder ein Kompliment gewesen? »Jemanden wie mich?«

»Mr Lexington.« Der Mann am Empfang schoss von seinem Stuhl in die Höhe. Seine Stimme war schrill vor Panik. »Wie ich höre, hat sich diese Frau an den Sicherheitsleuten vorbeigeschlichen.«

»Alles bestens, Dean.« Mein Begleiter wischte die Sorge des Mannes mit einer Handbewegung beiseite. Nachdem ich seinen Namen gehört hatte, fiel mir auch wieder ein, dass ich ihn aus der Zeitung kannte: Er war Henry Lexington, der Sohn von Randall Lexington, einem von Caines Geschäftspartnern. »Sagen Sie Caine einfach, dass wir da sind.«

Verwundert ließ ich mich von Lexington einen Flur voller Büros entlangführen. Am Ende öffnete sich der Flur in einen großen Raum. Dort stand neben einer Flügeltür ein gläserner Schreibtisch, der genauso schick war wie Deans Empfangstresen, an dem wir kurz zuvor vorbeigegangen waren. Ein Messingschild neben den Flügeltüren gab Auskunft, dass das Büro dahinter CAINE CARRAWAY, CEO gehörte.

Es gab kein Fenster zwischen Büro und Vorzimmer. Caine konnte vollkommen ungestört arbeiten.

Bei unserem Näherkommen sprang der junge Mann, den ich bereits beim Fotoshooting gesehen hatte, von seinem Platz hinter dem Glasschreibtisch auf. Sein Blick huschte zu mir, und seine Augen wurden kugelrund, als er mich wiedererkannte. »Äh, Mr Lexington ...«

»Ich werde erwartet.« Lexington warf ihm ein lässig-elegantes Lächeln zu, das ihm sehr gut stand, und griff nach der Türklinke.

»Aber ...«

Der Assistent verstummte, als Lexington mich in Caines riesiges Büro schob. Die Wand direkt vor uns und die zu unserer Rechten bestanden vollständig aus Fenstern. Tageslicht durchflutete den modern, aber streng eingerichteten Raum.

Allerdings bekam ich von alldem fast nichts mit, weil mein Blick sofort an Caine hängenblieb.

Der schien ob meines unerwarteten Auftauchens in gleichem Maße erzürnt wie verblüfft. Er saß hinter einem ausladenden antiken Schreibtisch, erhob sich nun aber von seinem Platz.

Wieder zog sich alles in mir zusammen, diesmal allerdings ein bisschen weiter unten als vorher. Obwohl ich bereits live in den Genuss seiner Ausstrahlung gekommen war, überwältigte sie mich auch diesmal wieder vollkommen.

»Henry, was soll der Scheiß?«

Lexingtons Augenbrauen schossen in die Höhe. Feixend sah er mich an. »Ganz im Ernst. Wer *sind* Sie?«

»Raus.«

Wir fuhren beide zu Caine herum.

Natürlich meinte er mich.

»Nein.« Ungeachtet seines drohenden Verhaltens, machte ich einen Schritt auf ihn zu. »Wir müssen uns unterhalten.«

Ein Muskel zuckte in seinem Kiefer, vermutlich weil ich mich nicht von ihm einschüchtern ließ.

Innerlich war ich sogar sehr eingeschüchtert, aber das musste er ja nicht unbedingt erfahren.

»Ich habe zu tun.«

»Mr Lexington war so nett, mir fünf Minuten seines Termins mit Ihnen abzutreten.«

Caine warf ihm einen wutblitzenden Blick zu. »So. War er das?«

Henry lächelte. »Ich bin eben ein Gentleman.«

»Henry, warte draußen«, sagte Caine leise, aber bestimmt.

»Also, ich habe …«

»Draußen.«

Augenscheinlich wusste Henry etwas, das ich nicht wusste, denn er schien sich vor Caine kein bisschen zu fürchten. »Klar doch.« Er lachte leise, und dann zwinkerte er mir zu. Das stand ihm noch besser als das lässig-elegante Lächeln vorhin. »Hals- und Beinbruch.«

Ich wartete, bis die Tür sich hinter ihm geschlossen hatte. Dann holte ich tief Luft und wappnete mich für meine Unterredung mit Caine. Mir fiel auf, wie sein Blick rasch von meinen Beinen zu meinem Gesicht sprang.

Ich erschauerte unter seinem Fürst-der-Finsternis-Blick.

»In zwei Sekunden folgen Sie ihm durch die Tür da.«

Du schaffst das. Sorg dafür, dass er dich anhört, Lex. »Wenn Sie mich rauswerfen, komme ich schneller zurück als ein Bumerang.«

»Ich würde sagen, gegen eine verschlossene Tür hat ein Bumerang wenig Chancen, Miss Holland.«

»Wenn Sie die Tür abschließen, denke ich mir eben kreativere Wege aus, wie ich Ihnen auf die Nerven gehen kann. Ich habe nichts mehr zu verlieren.«

Caine seufzte irritiert. »Sie haben eine Minute Zeit. Nutzen Sie sie.«

Gott, er war wirklich ein arroganter Widerling. Ich schluckte meinen Ärger hinunter und rief mir ins Gedächtnis, wer er war und was er durchgemacht hatte. »Zwei Dinge. Erstens: Ich habe meinen Job verloren.«

Er quittierte dies mit einem Achselzucken. Dann lehnte er sich gegen seinen Schreibtisch, verschränkte die Arme vor der Brust, überkreuzte die Knöchel und fragte gleichmütig: »Und?«

»Und … das liegt daran, was bei dem Fotoshooting vorgefallen ist.«

»Dann rate ich Ihnen, sich in Zukunft professioneller zu verhalten. Jetzt muss ich zum Mittagessen …« Er wies zur Tür.

»Hören Sie zu.« Ich hob die Hände in einer kapitulierenden Geste. »Ich entschuldige mich. Das ist mein zweites Anliegen. Ich bitte Sie aufrichtig um Entschuldigung, dass …«

»Wenn Sie es sagen, schmeiße ich Sie *wirklich* raus«, warnte er.

»Dass ich Sie so überfallen habe«, beeilte ich mich, meinen Satz zu beenden.

Er entspannte sich, allerdings nur ein wenig.

»Das war dumm von mir. Ich hatte keine Ahnung, dass wir Sie an diesem Tag fotografieren würden. Ich kam ans Set, und da standen Sie plötzlich, und ich mache momentan eine etwas schwierige Phase durch, deswegen habe ich so emotional reagiert. Das war Ihnen gegenüber nicht fair.«

Caine nahm mein Gestammel mit einem Blinzeln zur Kenntnis.

»Was ich sagen will, ist: Es tut mir leid«, endete ich.

»Gut.« Er stieß sich von seinem Schreibtisch ab und blickte in unverhohlener Ungeduld an mir vorbei zur Tür.

Ich interpretierte sein »Gut« dahingehend, dass er meine Entschuldigung annahm, und redete entschlossen weiter. »Aber die Strafe ist zu hart für das Vergehen.«

Wieder ein schwerer Seufzer. »Können Sie mir noch mal erklären, weshalb es mich interessieren sollte, ob die Tochter des Mannes, der meiner Mutter das Kokain gab, an dem sie gestorben ist, ihre Stelle verloren hat?«

Ich zuckte zurück. »Das war mein Vater. Nicht ich.«

»In Ihren Adern fließt dasselbe Blut.«

Der letzte Rest Hoffnung, dass ich meine Wut über seine Arroganz würde im Zaum halten können, verpuffte. »Ach ja? Dann sind Sie also auch kokainabhängig, oder was?«

Kaum hatte ich das gesagt, bereute ich meine Worte zutiefst.

»Raus«, befahl er in mühsam unterdrücktem Zorn.

»Schon gut, schon gut«, beschwichtigte ich ihn. »Das war mies von mir, es tut mir aufrichtig leid. Aber Sie glauben zu wissen, wer ich bin, nur weil Sie wissen, wer mein Vater ist, und das ist genauso mies.«

Keine Antwort.

Vorsichtig machte ich einen Schritt auf den finsteren Geschäftsmann zu. »Hören Sie, Ihretwegen wurde ich nicht einfach nur gefeuert. Mein Boss hat seinen Vertrag mit *Mogul* verloren und mit zwei anderen Magazinen, nur weil Sie sich beschwert haben. Deshalb hat er mich in der ganzen Branche in Verruf gebracht. Wenn Sie das nicht wieder hinbiegen, kriege ich nie wieder eine Stelle. Sagen Sie ... sagen Sie Benito einfach, dass er das Shooting mit Ihnen doch machen darf. Bitte.«

Ein drückendes Schweigen senkte sich zwischen uns, während wir uns anstarrten. Ich war mir ziemlich sicher (oder wenigstens hoffte ich), dass Caine schwieg, weil er über mein Anliegen nachdachte. Dummerweise gab mir sein Schweigen nur noch mehr Gelegenheit, seine düstere, imposante Erscheinung auf mich wirken zu lassen. Konnte es sein, dass er von Minute zu Minute attraktiver wurde?

Das war in der Tat ein Problem.

Meine Mom war so geblendet gewesen vom Aussehen meines Vaters, dass sie sich ihm andauernd unterlegen gefühlt hatte ... so als hätte sie unheimliches Glück, mit ihm zusammen sein zu dürfen, obwohl es in Wirklichkeit genau umgekehrt war. Ich hatte das immer furchtbar gefunden, und ich brauchte keinen Therapeuten, der mir sagte, dass dies der Grund war, weshalb ich eher zu Männern tendierte, die zwar gutaussehend, aber nicht *beängstigend* gutaussehend waren. Noch wichtiger: Alle meine Exfreunde (von denen es im Übrigen nicht sehr viele gab) hatten mir stets das Gefühl vermittelt, dass ich in einer höheren Liga spielte als sie. Ich hatte mir nicht deswegen solche Männer ausgesucht, weil ich das Bedürfnis hatte, mich attraktiver zu fühlen als sie, sondern weil ich mir nicht minderwertig vorkommen wollte.

So wie Mom.

Deshalb fiel meine Reaktion auf Caine auch so sehr aus dem Rahmen. Zwar hatte ich kein Problem damit zuzugeben, wenn ein Typ sexy war. Aber ich fühlte mich nie zu solchen Typen *hingezogen*, weil ich die Drähte in meinem Gehirn so verkabelt hatte, dass es beim Anblick eines sexy Typen nicht die entsprechenden Botenstoffe ausschüttete.

Caine hingegen ... löste unanständige Phantasien in mir aus, seit wir uns zum ersten Mal begegnet waren (wenn ich ganz ehrlich bin, vielleicht auch schon davor). Ich spürte, wie meine Haut unter seinem scharfen Blick zu kribbeln begann.

»Nein.«

Nein? »Was soll das heißen, nein?«

Er zog eine Augenbraue hoch. »Es ist eins der am häufigsten verwendeten Wörter der englischen Sprache, Miss Holland. Geradezu schockierend, dass jemand, dem seine Bedeutung nicht geläufig ist, auf dem Arbeitsmarkt schwer vermittelbar scheint.«

Ich ignorierte seinen Sarkasmus und warf mit einer, wie ich hoffte, trotzigen Geste meine Haare über die Schulter. »Ein Nein lasse ich nicht gelten.«

Caines bereits dunkle Augen wurden vor lauter Ärger noch finsterer, und er sagte mit gefährlicher Ruhe: »Es wird Ihnen nichts anderes übrigbleiben. Und jetzt verlassen Sie mein Büro, ehe ich Sie eigenhändig hinausbefördere.«

Wieder erschauerte ich bei der Vorstellung, von seinen großen, kräftigen Händen gepackt zu werden. Hastig verdrängte ich den Gedanken und sagte: »Bitte seien Sie fair.«

In der Luft um ihn herum schien sich ein Sturm zusammenzubrauen. »Fair?«, wiederholte er. Seine Stimme war belegt. »Was ist daran fair, dass Sie hier sind? Ich fordere Sie zum letzten Mal auf zu gehen. Wenn Sie sich weigern, werde ich Sie mit Gewalt nach draußen befördern. Das ist mein Ernst.«

Ich schloss die Augen. Ich konnte den Schmerz in seinen Zügen nicht sehen, ohne dabei den Drang zu verspüren, meinem Vater körperliches Leid anzutun. Weil er ein feiger und verantwortungsloser Mann war, hatte Caine alles verloren. Zwar besaß er inzwischen alles, was man sich nur wünschen konnte, aber ich bezweifelte, dass ihn das glücklich machte. »Ich gehe schon«, flüsterte ich. Als ich die Augen wieder aufschlug, sah er mich mit versteinerter Miene an. Ich musste einsehen, dass die Sache gelaufen war. Er hatte seine Meinung über mich nicht geändert, und ich war nach wie vor arbeitslos. »Es tut mir aufrichtig leid. Ich bin nur ... ich weiß einfach nicht mehr weiter.« Das traf in vielerlei Hinsicht zu. Ich griff nach der Türklinke, als sein ungeduldiger Seufzer mich innehalten ließ.

»Ich rufe Ihren Boss an und sage ihm, er soll Sie wieder einstellen.«

Erleichterung durchflutete mich. Ich drehte mich um und konnte es einfach nicht fassen. »Im Ernst?«

Er hatte mir den Rücken zugekehrt. »Ja, aber wenn Sie nicht innerhalb der nächsten fünf Sekunden verschwunden sind, überlege ich es mir wieder anders.«

Ich brauchte gerade mal drei Sekunden. Ich hatte nicht alles erreicht, was ich erreichen wollte, und wahrscheinlich war das der Grund dafür, weshalb auf der Heimfahrt meine Erleichterung Stück für Stück der Enttäuschung wich. Mir wurde klar, dass ich mir gewünscht hatte, Caine könnte dasselbe sehen wie ich: dass wir in gewisser Weise gleich waren. Und ich wollte nicht, dass er mich hasste.

Doch er hatte nur allzu deutlich gemacht, dass er mich nicht mehr sehen wollte. Also würde ich ihm den Gefallen tun. Auch wenn es so ziemlich das Letzte war, was *ich* wollte.

Kapitel 3

Die letzten anderthalb Tage hatte ich in meiner Wohnung gesessen und Trübsal geblasen. Es war die reinste Qual gewesen. Ich hatte Sorgen und Zeit im Überfluss, daher waren einige sehr unangenehme Erinnerungen wieder in mir hochgekommen, auch die jenes schicksalhaften Tages vor sieben Jahren, als ich die Wahrheit über meinen Vater erfahren hatte: dass er nämlich gar kein vielbeschäftigter Mann war, der seine großartige Karriere an den Nagel gehängt hatte, um jeden Tag mit Frau und Kind verbringen zu können. Nein, vielmehr war er ein jämmerlicher Versager, der seine erste Familie im Stich gelassen und keinerlei Verantwortung für die Frau übernommen hatte, die in seinem Beisein eine Überdosis Drogen genommen hatte. Dies veranlasste mich zum Nachdenken über mich und meine Mutter. Unser Verhältnis kurz vor ihrem Tod war sehr belastet gewesen.

Ich erinnerte mich ungern daran, deshalb verbrachte ich den Großteil meiner Zeit mit der Aufstellung meiner Kosten, um einen Weg zu finden, möglichst lange von meinen Ersparnissen zu leben. Wenn ich weiterhin in meiner Wohnung bliebe und nicht bald einen gutbezahlten Job landete, würde das Geld schätzungsweise noch sechs Monate reichen. Auf kurz oder lang würde ich die Wohnung aufgeben müssen. Mir blieb gar keine andere Wahl.

Mathe war deprimierend.

Ich hatte es mir in meinem großen Sessel gemütlich gemacht, der in der Wohnung, in die ich würde umziehen müssen, wenn Benito mich nicht zurücknahm, höchstwahrscheinlich keinen Platz mehr finden würde, und schlürfte Cherry Coke, während Bing Cosby »O Brother, Can You Spare a Dime?« sang.

»Wem sagst du das, Bing.« Solidarisch hob ich mein Glas und hätte fast meine Cola verschüttet, als plötzlich die um einiges lauteren Klänge von Bruce Springsteens »Johnny 99« von meinem Handy ertönten.

Mir war es eben wichtig, einen Soundtrack zu haben, der zu meinem Leben passte ... na und?

Mit klopfendem Herzen und in der Hoffnung, auf dem Display möge der Name »Benito« stehen, hievte ich mich aus dem Sessel, landete unsanft auf den Knien, stieß einen Fluch aus und krabbelte durchs Wohnzimmer, wobei Cherry Coke aufs Parkett schwappte.

Als ich mich aufrappelte, stieß ich mir fast die Nase an der Wand. Ich schnappte mein Handy von der Arbeitsplatte in der Küche und las stirnrunzelnd die Nummer.

Ich kannte sie nicht.

Enttäuscht und mit jämmerlich geknickter Stimme meldete ich mich. »Hallo?«

»Hallo, hier ist Ethan Rogers aus Mr Carraways Büro. Spreche ich mit Miss Alexa Holland?«

Mein Puls begann zu rasen. »Ja, das bin ich.« Ich hielt den Atem an.

»Mr Carraway bittet Sie darum, morgen Mittag zu einem Gespräch in seinem Büro zu erscheinen.«

Ein Gespräch mit Caine? Was um alles in der Welt ... »Hat er gesagt, worum es geht?«

»Nein, Miss Holland, das hat er nicht. Kann ich ihm

ausrichten, dass Sie morgen Mittag um zwölf da sein werden?«

Warum? Warum um alles in der Welt wollte Caine mich jetzt noch einmal sprechen? Nach allem, was er zu mir gesagt hatte? Was war in der Zwischenzeit passiert? Schon wieder schlug mein Magen einen nervösen Purzelbaum. »Also ...« Hatte Benito ja oder nein gesagt? Oder ging es um etwas ganz anderes? Was wollte Caine von mir?

Spielte das überhaupt eine Rolle?

Er wollte mich wiedersehen. Das war die Gelegenheit, ihm zu zeigen, wer ich wirklich war.

»Sicher. Ich werde da sein.«

Am nächsten Tag um zwölf Uhr mittags führte Ethan mich in Caines Büro. Ich war erstaunt, ihn nicht hinter seinem Schreibtisch anzutreffen, sondern vor den Panoramafenstern, von wo aus er die High Street und die Atlantic Avenue entlang bis nach unten zum Hafen überblicken konnte.

Da er mir den Rücken zugedreht hatte, nutzte ich die Gunst des Augenblicks, Caine Carraway einmal gründlich zu mustern. Schön, ich konnte sein Gesicht nicht sehen, und das war das Beste an ihm, aber der Anblick, wie er so mit den Händen in den Hosentaschen breitbeinig und mit locker herabhängenden Schultern dastand, war allemal zufriedenstellend. Seine Größe, dieses breite Kreuz und, nicht zu vergessen: der Hintern.

Es war wirklich ein Prachtexemplar von Hintern.

Als die Sekunden verstrichen, ohne dass er in irgendeiner Weise auf meine Anwesenheit reagierte, kam ich mir vor wie ein Mauerblümchen auf der Highschool, das sich danach sehnt, vom Kapitän der Football-Mannschaft beachtet zu werden.

Das Gefühl gefiel mir bei weitem nicht so gut wie sein Arsch.

»Sie wollten mich sprechen?«

Caine drehte den Kopf leicht ins Profil. »Ja, das ist richtig.«

»Ich nehme an, es gibt einen konkreten Grund dafür?«

Nun wandte er sich ganz zu mir um, und ich sah mich erneut seiner Anziehungskraft ausgesetzt, als er mich taxierte. »Ihre Annahme ist korrekt.« Seufzend ging er zu seinem Schreibtisch, während er mich weiterhin nachdenklich betrachtete. »Besitzen Sie ein Kostüm? Pumps?« Er widmete sich meinem Gesicht. »Make-up?«

Ich sah an mir herunter. Ich trug Jeans und einen Pulli, und nein, ich benutzte kein Make-up. Ich hatte eine gute Haut. Ich hatte den leicht dunklen Teint meiner Mutter geerbt, und abgesehen von den paar albernen Sommersprossen auf der Nase war meine Haut rein und klar. Ich benutzte fast nie Foundation oder Rouge, und weil meine Augen hell und meine Wimpern sehr dunkel waren, trug ich selbst Mascara nur zu seltenen Gelegenheiten.

Ich wusste, dass ich nicht gerade eine glamouröse Erscheinung war, aber ich sah aus wie meine Mutter ... ich hatte ihre rosigen Wangen, die blaugrünen Augen und dunklen Haare. Meine Mutter war ausnehmend hübsch gewesen. Noch nie hatte mich jemand angesehen und eine abfällige Bemerkung über mein fehlendes Make-up gemacht.

Ich runzelte die Stirn. »Seltsame Frage.«

Caine lehnte sich gegen seinen Schreibtisch, genau wie beim letzten Mal, als er mich mit zusammengekniffenen Lippen gemustert hatte. Er kniff auch diesmal die Lippen zusammen. Ich hatte das Gefühl, von ihm beurteilt zu werden und seinen Ansprüchen nicht zu genügen ... was schon unter normalen Umständen eine Frechheit gewesen wäre, aber irgendwie war es noch schlimmer, wenn es ein Mann tat, der so perfekt aussah wie er.

Attraktives Arschloch.

»Ich konnte Benito nicht umstimmen«, teilte er mir mit. »Der Bastard ist zwar klein, aber im Nachtragen ganz groß.«

Wenn diese Neuigkeit nicht so niederschmetternd gewesen wäre, hätte ich lachen müssen. »Ab...«

»Also habe ich mir die Sache durch den Kopf gehen lassen«, schnitt er mir das Wort ab. »Ich erlaube Ihnen, für mich zu arbeiten. Allerdings werden Sie in angemessene Kleidung investieren müssen.«

Äh ... was? Hatte er gerade ...? »Entschuldigung, wie bitte?«

»Benito hat mir mitgeteilt, dass es ihm unendlich leidtue, aber nach dem, was Sie sich geleistet haben, sehe er sich außerstande, Sie wieder einzustellen. Sie seien die größte Enttäuschung seines dritten Lebensjahrzehnts. Bevor Sie den Verstand verloren hätten, seien Sie die beste Assistentin gewesen, die er je gehabt hat. Ihr Verhalten beim Shooting hat ihm, und ich zitiere wortwörtlich: Das. Herz. Gebrochen.«

»Ja. Klingt, als wäre er völlig am Boden.«

»Trotz seines Hangs zum Melodrama hat er offenbar hohe Ansprüche, man kann also davon ausgehen, dass Sie, bevor Sie angefangen haben, sich wie eine Wahnsinnige zu gebärden, klug, effizient und fleißig waren.«

»Wie eine Wahnsinnige?« Jetzt sagte er so etwas schon zum zweiten Mal.

Er ignorierte meine Bemerkung. »Ich brauche eine neue Assistentin. Ethan war nur auf Zeit hier, und meine feste Kraft hat beschlossen, nicht aus dem Mutterschutz zurückzukommen. Ich habe folglich eine freie Stelle zu vergeben, und die biete ich Ihnen an.«

Ich fiel aus allen Wolken.

Einen anderen Ausdruck, meinen Zustand adäquat zu beschreiben, gab es nicht.

Wie konnte dieser Mann an einem Tag behaupten, er wolle mich nie wiedersehen, und mir am nächsten einen Job anbieten, der bedeutete, dass er mich *jeden Tag* sehen würde?

»Aber ... ich dachte, Sie wollen mich nicht in Ihrer Nähe haben?«

Caines Augen wurden schmal. »Ich brauche eine Assistentin, die all meine Wünsche und Forderungen unverzüglich erfüllt. So jemand ist nicht leicht zu finden ... die meisten Menschen haben noch ein Leben außerhalb der Arbeit. Sie hingegen sind verzweifelt, und außerdem schulden Sie mir etwas.«

Diese Bemerkung sorgte bei mir schlagartig für Ernüchterung. »Und dann ... soll das Ihre Rache an mir werden? Dass ich vor lauter Stress eines frühen Todes sterbe?«

»So ähnlich.« Er schmunzelte. »Aber es wird ein angenehmer Tod werden.« Er nannte mir mein Gehalt, und mich traf fast der Schlag.

Ich machte den Mund auf und ächzte. »Für eine Assistentenstelle? Ist das Ihr Ernst?«

Ich könnte meine Wohnung behalten. Und mein Auto. Scheiß drauf ... ich würde sogar genug beiseitelegen und mir meine Wohnung *kaufen* können.

Caines Augen blitzten siegesgewiss, weil ich mit meiner Begeisterung nicht hinterm Berg halten konnte. »Wie gesagt, die Stelle hat ihren Preis.« Sein Grinsen war regelrecht teuflisch, und auf einmal war ich ein bisschen außer Atem. »Ich bin schwer zufriedenzustellen. Außerdem bin ich ein vielbeschäftigter Mann. Sie werden tun, was ich will, wann ich es will, und ich werde nicht immer freundlich sein. Ich korrigiere mich: Wenn man bedenkt, welchen Nachnamen Sie tragen, kann ich Ihnen praktisch garantieren, dass ich nicht freundlich sein werde.«

Bei der Warnung fing mein Herz an, heftig zu klopfen. »Wollen Sie damit sagen, dass Sie vorhaben, mir das Leben zur Hölle zu machen?«

»Wenn harte Arbeit für Sie die Hölle ist.« Er musterte mich, während ich ihn musterte, und da war schon wieder dieses verdammte Grinsen. »Also ... wie groß ist Ihre Verzweiflung?«

Ich starrte ihn an, diesen Mann, der permanent einen Schutzschild vor sich hertrug in der Hoffnung, alle Annäherungsversuche abzuwehren. Aber ob man es nun Intuition oder Wunschdenken nennen will, ich glaubte, hinter diesen Schutzschild blicken zu können ... ich glaubte, zu erahnen, was er so krampfhaft zu verbergen versuchte. Und dieses Gefühl war Wut. Er war wütend auf mich, entweder meines Vaters wegen oder weil ich so unerwartet in sein Leben geplatzt war. Und dieser Job ... dieser Job war seine Art, die Kontrolle über die Situation zurückzugewinnen und mich dafür büßen zu lassen, dass ich sein Leben aus dem Lot gebracht hatte. Wenn ich ihn annahm, würde er unter Garantie alles tun, um meine Geduld bis aufs Äußerste zu strapazieren. Daran hatte ich nicht den geringsten Zweifel. Normalerweise war ich ein ziemlich geduldiger Mensch. Wenn man für Benito arbeitete, ging das auch nicht anders. In Caines Gegenwart allerdings war ich nicht ganz zurechnungsfähig.

Beziehungsweise ganz und gar nicht zurechnungsfähig.

Ich war aggressiv und verstört und verletzlich.

Trotzdem war mir klar, dass ich das Risiko eingehen

würde. Nicht nur, weil er mir mehr Geld bot, als ich jemals irgendwo anders bekommen würde. Auch nicht, weil sich dieser Job großartig in meinem Lebenslauf machen würde. Ich würde es riskieren, weil ich ihm beweisen wollte, dass ich nicht so war wie mein Vater. Ich wollte Caine die Augen öffnen, damit er sah, dass ich, wenn überhaupt, so wie *er* war.

Also reckte ich herausfordernd das Kinn vor. »Ich habe sechs Jahre für Benito gearbeitet. Sie machen mir keine Angst.« *Sie machen mir eine Scheißangst.*

Caine setzte wieder seine beängstigend ausdruckslose Maske auf und stieß sich von seinem Schreibtisch ab. Ich hielt den Atem an. Meine Haut begann zu prickeln, als er durchs Zimmer auf mich zukam. Ich musste den Kopf in den Nacken legen, um ihm ins Gesicht blicken zu können, als er ganz dicht vor mir stehen blieb.

Er roch sehr, sehr gut.

»Wir werden sehen«, murmelte er.

Das Murmeln fuhr mir schnurstracks zwischen die Beine.

O Mann.

Ich streckte ihm die Hand hin. »Ich nehme den Job.«

Caine betrachtete abwägend meine Hand. Ich gab mir Mühe, nicht zu zittern, während ich darauf wartete, dass er sich darüber klar wurde, ob er es über sich brachte, mich anzufassen, oder nicht. Ich schluckte meine Betroffenheit angesichts seines Zögerns hinunter und blickte ihn weiterhin unverwandt an.

Endlich nahm er meine kleine Hand in seine große.

Die Haut seiner Handfläche war leicht rau, und die Reibung sandte Funken durch meinen Arm. All meine Muskeln, selbst die in meinen Fingern, zogen sich vor Verlangen zusammen.

Erstaunen leuchtete in unseren Augen auf.

Abrupt zog Caine seine Hand zurück und wandte sich brüsk von mir ab. »Sie fangen am Montag an«, sagte er knapp, bereits auf dem Weg zurück zu seinem Schreibtisch. »Um sechs Uhr dreißig. Ethan wird Sie in meinen Terminplan vom Montagvormittag einweisen.«

Noch immer durcheinander von dem Moment des Knisterns zwischen uns, wiederholte ich mit heiserer Stimme: »Sechs Uhr dreißig?«

Caine warf mir über die Schulter hinweg einen Blick zu und ordnete einige Unterlagen auf seinem Schreibtisch. »Ist das ein Problem für Sie?«

»Das ist früh.«

»Richtig.« Sein Tonfall duldete keine weitere Diskussion.

Dann blieb es wohl bei sechs Uhr dreißig. »Ich werde pünktlich sein.«

»Und kleiden Sie sich angemessen.« Das ärgerte mich zwar, aber ich nahm die Aufforderung mit einem Nicken zur Kenntnis. »Und machen Sie etwas mit Ihren Haaren.«

Ich runzelte die Stirn und nahm eine Haarsträhne zwischen die Finger. »Wie meinen Sie das?« Ich trug meine langen Haare offen und leicht gewellt. Meine Haare waren vollkommen in Ordnung.

Ungehalten drehte Caine sich zu mir um. »Das hier ist kein Nachtclub. Ich erwarte, dass Ihre Frisur und Ihre Kleidung schick, aber konservativ sind. Äußerlichkeiten sind wichtig, und von nun an repräsentieren Sie dieses Unternehmen. Schlampige Haare und Kleider werfen kein gutes Licht auf das Image der Firma.«

Schick, aber konservativ? Schlampige Haare und Kleider?

Ich musterte ihn und staunte darüber, dass er so aufgeblasen sein konnte. *Das nenne ich mal einen Stock im Arsch ...*

Er zog die Brauen zusammen, als hätte er meine Gedanken erraten. »Morgen bekommen Sie Ihren Arbeitsvertrag. Sobald Sie den unterschrieben haben, bin ich Ihr Boss.« Als ich nicht antwortete, fügte er hinzu: »Das heißt, Sie werden sich so verhalten, wie ich es von Ihnen verlange. Sie werden Ihre schnippische Art und Ihre permanente Fragerei zu Hause lassen.«

»Meine Persönlichkeit auch?«

Caine wirkte nicht erheitert. Im Gegenteil, sein Blick grenzte ans Mordlustige. »Das wäre klug.«

Ich schluckte. Wieso hatte ich es noch gleich für eine gute Idee gehalten, den Tiger zu reizen? »Ist notiert.« Ich merkte schon jetzt, dass es mit uns nicht einfach werden würde, aber ich durfte mein Ziel nicht aus den Augen verlieren. »Dann sehen wir uns also am Montag, Caine.«

Er setzte sich hin, ohne mich noch eines Blickes zu würdigen. »Ethan gibt Ihnen alle erforderlichen Informationen, bevor Sie gehen.«

»Super.«

»Ach, Alexa?«

Ich blieb stehen. Mein Puls beschleunigte sich. Er hatte noch nie meinen Namen gesagt.

Er klang gut aus seinem Mund. Sehr, sehr gut.

»Ja?«, flüsterte ich.

»In Zukunft werden Sie mich als Mr Carraway ansprechen, und ausschließlich als Mr Carraway.«

Autsch. Er zeigte mir wirklich, wer hier der Boss war. »Selbstverständlich.« Ich machte einen weiteren Schritt in Richtung Tür.

»Eine letzte Sache noch.« In seinem Ton schwang etwas Düsteres, Gefährliches mit, das mich augenblicklich innehalten ließ. »Erwähnen Sie nie wieder Ihren Vater oder meine Mutter.«

Mein Herz krampfte sich zusammen, als ich die Qual in seiner Stimme hörte.

Mit einem verhaltenen Nicken schlüpfte ich aus seinem Büro, und obwohl dieser Mann mich völlig aus dem Konzept brachte, war ich überzeugter denn je, die richtige Entscheidung getroffen zu haben. Aus irgendeinem Grund war ich genau da, wo ich sein sollte.

Kapitel 4

Das heiße Wasser prasselte auf mich herab, und ich wartete darauf, dass es mich munter machen würde ... bislang ohne Erfolg. Im Gegenteil: Ich war so müde, dass ich nicht mal die Energie aufbrachte, wegen meines ersten Arbeitstages bei Caine nervös zu sein. Ich spülte mir den Conditioner aus den Haaren und torkelte aus der Dusche.

Kaffee.

Ich brauchte Kaffee.

Stöhnend ließ ich mich gegen die kühle Fliesenwand meines Badezimmers sinken und schloss die Augen. Ich musste wohl eingedöst sein, denn das Nächste, was ich mitbekam, war »Working Man« von Rush, das mich unsanft aus dem Schlaf riss. Ich brauchte eine Minute, um mich daran zu erinnern, dass ich den Song gestern Abend als neuen Klingelton eingestellt hatte.

Benommen schleppte ich mich ins Schlafzimmer und angelte mein Handy vom Nachttisch. »...llo?«

»Ich wollte mich nur vergewissern, ob es Ihnen gelungen ist, sich rechtzeitig aus dem Bett zu quälen«, hörte ich Caines tiefe Stimme in der Leitung.

Es war, als hätte man mir einen doppelten Espresso injiziert.

»Natürlich«, sagte ich, voller Stolz, dass ich einigermaßen wach klang. »Ich bin punkt halb sieben im Büro.«

»Ich möchte einen entkoffeinierten Latte macchiato auf meinem Schreibtisch stehen haben, wenn ich komme.«

Äh ... ich schielte zur Uhr. Zeit zum Kaffeeholen hatte ich nicht mit eingeplant. »Okay, dann komme ich aber vielleicht einen Tick später.«

»Nein.« Caines Stimme war leise und warnend. »Entweder Sie stehen um Punkt halb sieben mit einem Latte macchiato auf der Matte, oder Sie können gleich zu Hause bleiben.« Er legte auf.

Ich stöhnte und warf mein Handy aufs Bett. Caine hatte mich vorgewarnt, dass er sich wie ein Ekel benehmen würde, insofern überraschte mich dieser morgendliche Überfall kaum. Außerdem hatte ich auch gar keine Zeit, mich darüber zu ärgern. Wenn ich ihm seinen verdammten Latte besorgen *und* rechtzeitig im Büro sein wollte, musste ich die Föhnfrisur ausfallen lassen. Stattdessen rannte ich gehetzt aus meinem Zimmer. Ich pustete mir mit dem Föhn ein paarmal durch meine feuchten Strähnen und schlang sie mir dann zu einem sauberen Knoten.

Beim Anziehen runzelte ich die ganze Zeit die Stirn, und das lag nicht nur daran, dass ich müde und stinkig war. Es lag an den Nylonstrümpfen, die ich anziehen musste, und an diesem schwarzen Bleistiftrock, der eng war wie eine Wurstpelle. Rachel hatte mich am Wochenende zu einem Shoppingtrip in der Newbury Street begleitet, damit ich mich mit »angemessener« Kleidung für meinen neuen Job eindecken konnte. Wir waren kaum zwei Blocks weit gekommen, da hatten wir schon ein halbes Vermögen für schicke Kostüme und Blusen ausgegeben, in denen ich den Anforderungen an das Aussehen einer Mitarbeiterin von Carraway Financial Holdings hoffentlich genügen würde. Das bedeutete, dass ich nun, angetan im obengenannten knackwurstengen Rock, einer blauen Seidenbluse, einer schwarzen Schößchenjacke, passend zum Rock, und schwarzen Prada-Highheels mit zehn Zentimeter hohen Absätzen (die besaß ich bereits, hatte sie aber so gut wie nie getragen), zur Arbeit aufbrach.

Ich hatte mir sogar die Wimpern getuscht.

Ich starrte mich im mannshohen Spiegel an und nickte. Schick, aber konservativ.

Ich schnitt eine Grimasse.

Ich vermisste meine Boy-Shorts und Flipflops.

Aber mir blieb keine Zeit mehr, missmutig mein Spiegelbild anzufunkeln. Ich musste Kaffee holen. Ich sprang in meinen silberblauen Miata, brauste durch die Straßen und schaffte es in weniger als fünfzehn Minuten zum International Place. Nachdem ich in der Tiefgarage des Bürogebäudes geparkt hatte, rannte ich in meinen Prada-Hacken ziemlich unelegant zum Coffeeshop um die Ecke, da der im Innenhof unseres Gebäudes noch nicht geöffnet hatte. Ich wunderte mich, dass dort niemand für Kaffee anstand.

Dann wurde mir klar, dass eben nicht jeder einen arbeitssüchtigen Pünktlichkeitsfanatiker zum Boss hatte, der schon um sechs Uhr dreißig am Schreibtisch saß! Ich warf einen Blick auf meine Armbanduhr und drückte die Tür zum Coffeeshop auf.

Ich war fünfzehn Minuten zu früh.

Die ganze Hektik für nichts.

Sobald ich Caines Latte und für mich einen doppelten Espresso gekauft hatte, marschierte ich ins Gebäude und bereitete mich mental darauf vor, heute von meinem neuen Chef bis an die Grenzen meiner Geduld getrieben zu werden. Ich zeigte dem Wachmann den Ausweis, den Ethan am Freitag für mich hatte anfertigen lassen, und hüpfte in den Fahrstuhl, um ganz nach oben zu Carraway Financial Holdings zu fahren.

Das Büro war leer bis auf eine Reinigungskraft. Die Stille in den Räumen löste bei mir die nervöse Anspannung aus, die ich zuvor vermisst hatte.

Ich zückte den Schlüssel, den ich ebenfalls von Ethan bekommen hatte, und sperrte die Tür zu Caines Büro auf. Darin herrschte penible Ordnung. Alles war an seinem Platz, nichts lag herum. Es wirkte regelrecht steril, denn es gab zwar die eine oder andere Topfpflanze, aber nichts Persönliches. Keine Fotos, gar nichts. An einer Wand hing ein nettes Gemälde der Bostoner Skyline … praktisch der einzige Gegenstand, der so etwas wie Individualität oder Farbe in den Raum brachte.

Ich stellte den Latte vorsichtig auf Caines Schreibtisch und beäugte sodann kritisch das große, L-förmige Sofa am Fenster.

Da fehlten Kissen.

Während ich im Vorbeigehen das unbequem aussehende Sitzmöbel eingehender betrachtete, kam ich zu dem Schluss, dass ein hübscher Plaid auch nicht fehl am Platz gewesen wäre.

Als ich mich an meinem Platz hinter dem gläsernen Schreibtisch vor Caines Büro einrichtete, erlaubte ich mir endlich, ein wenig durchzuatmen. Ich musterte die Glasplatte und verzog den Mund. Unter dem Ding konnte man jedenfalls nicht heimlich Illustrierte lesen. Caine war ein echter Spielverderber. Selbst seine Möbel wollten nicht, dass man Spaß am Leben hatte.

Ich schaltete meinen Rechner ein, nippte an meinem Espresso und seufzte vor Wohlbehagen.

Kaffee.

Manchmal hatte ich das Gefühl, dass Kaffee besser war als Sex.

Aber Rachel zufolge wusste ich gar nicht, wie guter Sex

ging, deshalb war ich vermutlich nicht qualifiziert, eine solche Aussage zu treffen.

Ich saß erst wenige Minuten da, als ich Schritte hörte. Ich blickte hoch und bekam einen kleinen Schrecken, als Caine um die Ecke bog. An diesem Morgen trug er einen leichten silbergrauen Anzug, der wie angegossen saß. In der Hand hatte er einen Aktenkoffer aus schwarzem Leder. Ein Manschettenknopf aus Weißgold blinkte an seinem Handgelenk, als er den Arm hob, um die dunkelblaue Krawatte zu richten, die perfekt gebunden war.

Vor meinem Schreibtisch blieb er stehen.

Es war wirklich haarsträubend, dass ein Mann zu dieser frühen Stunde so gut aussehen konnte. Oder überhaupt irgendwann.

»Sie haben es geschafft.«

»Ja, Sir«, sagte ich leichthin. »Der Latte steht auf Ihrem Schreibtisch.«

Caine nickte kurz, und sein Blick wanderte an meinem Körper hinab. »Stehen Sie auf.«

Ich gab mir Mühe, mir meine Verärgerung über diese unfreundliche Aufforderung nicht anmerken zu lassen, und erhob mich langsam von meinem Stuhl. Caine wies mit der Hand auf den Fußboden, was wohl bedeutete, ich solle mich dort hinstellen. Obwohl das Blut in meinen Wangen brannte, tat ich, als ließe mich dieses erniedrigende Spektakel vollkommen kalt, zumal ich ihm ansah, dass er mich provozieren wollte. Mit ausdrucksloser Miene inspizierte er meine Erscheinung. Dann machte er eine Kreisbewegung mit dem Zeigefinger, und ich drehte mich langsam einmal um mich selbst.

Du darfst deinen Boss nicht gleich am ersten Tag umbringen. Du darfst deinen Boss nicht gleich am ersten Tag umbringen. Du darfst deinen Boss nicht umbringen, Punkt.

Ich blieb äußerlich ungerührt, als ich mit der Drehung fertig war und ihn ansah.

Wieder ein knappes Nicken. »Das ist akzeptabel.«

Sind Sie jetzt damit fertig, mich wie einen Rassepudel zu behandeln?, hätte ich ihn zu gerne gefragt. Stattdessen beschränkte ich mich auf: »Kann ich Ihnen etwas bringen?«

»Ich maile Ihnen, was ich brauche. Ethan hat Sie über Ihre Pflichten bezüglich des Telefons et cetera in Kenntnis gesetzt?«

Ich schaute mich zu ihm um. Er stand bereits in der Tür zu seinem Büro und wartete auf eine Antwort. »Ja.«

»Gut. Falls Sie eine Frage haben, auf die Sie partout keine Antwort finden können, wenden Sie sich an mich. Aber bitte schöpfen Sie zuvor sämtliche andere Möglichkeiten aus, indem Sie Ihren gesunden Menschenverstand und Ihre Intelligenz einschalten.« Nach dieser hochmütigen Ansage warf er seine Bürotür hinter sich zu.

»Au Backe«, murmelte ich und schlüpfte zurück auf meinen Stuhl, wo ich augenblicklich nach meinem Espresso griff.

Ich hatte so das Gefühl, dass es ein langer Tag werden würde.

Als dann die ersten Mails von Caine eintrudelten, wusste ich, dass ich mit meiner Einschätzung richtiggelegen hatte.

Die Aufgaben, die ich für ihn erledigen sollte, waren vielfältig: Meetings organisieren, Geschäftsessen vereinbaren, Konferenzräume vorbereiten, Post erledigen, in seinem Namen private und geschäftliche E-Mails beantworten, telefonisch nachfragen, wann seine Kleider in der Reinigung zur Abholung bereit wären, sein Mittagessen mit Phoebe Billingham (der Frau, von der ich aus einschlägigen Illustrierten wusste, dass er zurzeit mit ihr ausging) absagen oder in den Supermarkt fahren und Lebensmittel einkaufen. Offenbar waren ihm zu Hause Milch und Müsli ausgegangen.

Jede Bitte wurde mir in knappem, ja unwirschem Ton übermittelt. Es war mein erster Tag, und schon jetzt hätte ich Caine Carraway am liebsten ein paar Manieren eingeprügelt. Erst um vier Uhr, nachdem einer seiner Firmenanwälte gerade aus dem Büro kam und ich Caine ihm »Vielen Dank, Arnold!« hinterherrufen hörte, wurde mir bewusst, dass mein Boss durchaus Manieren *hatte*.

Ich war ihrer in seinen Augen bloß nicht würdig.

Es war ein weiter Weg, bis Caine mich so sah, wie ich wirklich war, falls ich es überhaupt jemals schaffen würde. Wenn ich ihn davon überzeugen wollte, dass wir gar nicht so verschieden waren, würde ich zunächst seine schwindelerregende Arroganz und sein ... zumindest was mich anging – perverses Gerechtigkeitsverständnis überwinden müssen.

Mit offenem Mund stand ich in Caines Wohnung.

Heilige ...

Das Penthouse.

Caine besaß ein Penthouse in der Arlington Street. Genau wie in seinem Büro gab es hier überall Fenster, die vom Boden bis zur Decke reichten und einen atemberaubenden Ausblick über die Stadt boten. Das Apartment war groß und offen geschnitten, mit einer phantastischen, hochmodernen Küche in Schwarzweiß. Ihr Mittelpunkt war ein Tresen, an dem mit weißem Leder bezogene Hocker standen.

Weißes Leder. In einer Küche.

Entweder Caine aß hier nicht, oder aber er war der sauberste Mann auf der ganzen Welt.

Links von mir stand auf einer erhöhten Plattform ein schicker Esstisch für acht Personen, der so aufgestellt war, dass man die Aussicht genießen konnte. Gegenüber vom Küchenbereich befand sich eine kleine Bibliothek, und jenseits davon entdeckte ich ein riesiges schwarzes Sofa, das auf einen gigantischen Flachbildfernseher ausgerichtet war.

Hinter mir führte eine Wendeltreppe nach oben zu den Schlafzimmern. Ich klappte den Mund zu, stieg vorsichtig die Treppe hoch und ging durch den schmalen, kurzen Flur zum ersten Zimmer auf der linken Seite. Caine hatte mir erklärt, dass dies sein Schlafzimmer sei und ich die Kleider, die ich soeben aus der Reinigung geholt hatte, dort ablegen solle.

Beim Anblick von Caines Bett wurde ich rot.

Das war mal ein Bett.

Wuchtig und maskulin, aus dunklem Holz, mit vier Bettpfosten.

Dem Bett gegenüber gab es zwei Türen. Ein kurzer Blick dahinter offenbarte erstens den begehbaren Kleiderschrank meiner Träume und zweitens ein in italienischem Marmor gehaltenes Bad.

Aber der beste Teil des Schlafzimmers waren die Stufen hinten im Raum, die zu den Fenstern führten. Eine Schiebetür ging auf eine kleine Terrasse hinaus, von der Caine in aller Ruhe den Blick über den Beacon Hill in die Ferne genießen konnte.

Ich legte seine Kleider vorsichtig aufs Bett und verließ den Raum. Ich war neugierig und hätte mich gerne ein bisschen umgesehen, aber ich musste zurück ins Büro und Caine den Salat aus seinem Lieblings-Feinkostladen bringen.

Obwohl ich mich nicht lange in seiner Wohnung aufhielt, stellte ich fest, dass es auch hier keinerlei persönliche

Gegenstände gab. Nirgendwo Fotos von ihm oder seinen Freunden ... nichts, was von persönlichen Bindungen zu anderen Menschen gezeugt hätte.

Vielleicht war das für einen Junggesellen nichts Ungewöhnliches, dennoch konnte ich einen kleinen Stich der Schuld nicht unterdrücken. Oberflächlich betrachtet, besaß dieser Mann alles, was man sich wünschen konnte, aber darunter herrschte Leere. Es gab nicht mal ein Foto von seiner Familie.

Nachdenklich verließ ich die Wohnung, schloss ab, drehte mich um ... und wäre fast mit einer zierlichen älteren Dame in einem grellen fuchsiafarbenen Morgenmantel zusammengestoßen. Die Hände in die Hüften gestemmt, sah sie indigniert zu mir empor. Ihre schwarzgefärbten Haare waren zu einer eleganten Beehive-Frisur toupiert, ihre ... in diesem Moment zusammengekniffenen ... blauen Augen wurden von großzügig getuschten Wimpern umrahmt, und ihre Lippen, die für eine Frau, die ich auf Ende siebzig schätzte, noch überraschend voll waren, leuchteten feuerrot.

»Wer zum Geier sind Sie?«, fragte sie in einem starken Südbostoner Akzent.

Ich blinzelte verdattert. »Äh ...«

»Na? Sie haben fünf Sekunden Zeit, ehe ich den Sicherheitsdienst rufe.«

»Ich bin Alexa Holland.« Ich streckte ihr die Hand hin. »Mr Carraways neue Assistentin.«

Jetzt war sie diejenige, die blinzelte. Sie taxierte mich von oben bis unten, und ein Lächeln breitete sich langsam auf ihren Zügen aus. »Sie sind also Alexa, was? Oh, ich weiß alles über Sie.«

Das war interessant. »Tatsächlich?«

»Mmmhmm. Als Caine mir erzählt hat, dass er den

Sprössling dieses Bastards eingestellt hat, der seine Familie auf dem Gewissen hat, war ich mir sicher, dass er einen Riesenfehler begeht.« Sie lachte und musterte mich immer noch. »Aber jetzt verstehe ich ihn.«

»Äh ...« Ich hingegen verstand *nicht*.

»Ich bin Mrs Flanagan. Ich wohne im anderen Penthouse.« Sie wies den Flur entlang, an den Fahrstühlen vorbei. »Kommen Sie, trinken Sie einen Tee mit mir, dann können wir uns ein bisschen unterhalten.«

So gern ich auch mit der flamboyanten Mrs Flanagan, die Caine offenbar gut genug kannte, um über seine Vergangenheit im Bilde zu sein, ein Pläuschchen gehalten hätte: Ich musste zurück ins Büro. Enttäuscht sah ich sie an. »Es tut mir leid, ich wünschte, ich könnte Ihre Einladung annehmen, aber ich muss Mr Carraway seinen Salat bringen.«

Mrs Flanagans Augen blitzten. »Nur keine Bange, meine Liebe. Caine prüft Sie auf Herz und Nieren, was? Richten Sie ihm aus, dass ich gesagt habe, er soll Sie nicht so hart rannehmen. Wenn Sie nicht genügend Schlaf bekommen, altern Sie schneller. Ich muss es wissen, schauen Sie mich an. Ich gönne mir jede Nacht acht Stunden Schlaf, so halte ich es seit fünfzig Jahren. Ich bin ein wandelndes Beispiel für die Bedeutung des Schönheitsschlafs.« Sie wedelte mit dem Finger vor meiner Nase herum. »Sie haben eine natürliche Schönheit, lassen Sie sich die ja nicht von zu wenig Schlaf versauen.«

Ich musste lachen. Die Frau war einfach köstlich. »Ich werde mich definitiv bemühen, jede Nacht acht Stunden Schlaf zu bekommen, wenn ich dadurch in Ihrem Alter noch so gut aussehe wie Sie.«

»Ah, Sie gefallen mir«, gluckste Mrs Flanagan. »Wenn Sie mal wieder hier sind, müssen wir zwei uns unbedingt auf eine Tasse Tee und ein Stück Kuchen zusammensetzen.

Apropos, sagen Sie Caine, ich backe seinen Lieblingskuchen ... Bananencreme-Torte. Wehe, er kommt heute Abend nicht vorbei.«

Caine mochte Bananencreme-Torte? Ich blickte auf die Tüte in meiner Hand mit seinem Salat. Ich arbeitete jetzt seit drei Tagen für ihn und hatte den Eindruck, dass der Mann ein Gesundheitsfreak war ... bis jetzt jedenfalls. Er ging jeden Morgen vor der Arbeit ins Fitnessstudio und aß nur gedünstetes Gemüse, Suppe und Salat.

Bananencreme-Torte ... das offenbarte eine ganz neue Seite an ihm.

Ich grinste. »Das werde ich ihm auf jeden Fall ausrichten.«

Dean vom Empfang warf mir ein mitfühlendes Lächeln zu, als ich atemlos an ihm vorbeihetzte. »Hey, Dean!«

Bislang hatte ich nur mit wenigen von Caines Angestellten Kontakt gehabt (und bei dem Arbeitspensum, das er mir aufhalste, würde sich das vermutlich auch nie ändern), aber immerhin hatte Dean ein paarmal bei mir vorbeigeschaut, um nachzuschauen, ob ich mich gut einlebte. Er war liebenswert und freundlich, und wenigstens eine Person um mich zu haben, die mich wie ein menschliches Wesen behandelte, half mir durch den Tag.

Ich beeilte mich und hatte noch kurz Zeit zu verschnaufen, während ich an meinem Platz einen kleinen Zwischenhalt einlegte, um Caines Mittagessen auf einem Teller und den Teller auf einem Tablett anzurichten. Ich rief durch, um ihn wissen zu lassen, dass ich ihm gleich seinen Salat bringen würde. Er sagte, ich solle reinkommen, und so ging ich zu ihm, glücklicherweise nicht mehr japsend. Er saß auf dem Sofa, die Beine locker übergeschlagen, und studierte Unterlagen.

Ich trat mit dem Tablett zu ihm, und Caine sah zu mir hoch. Rasch riss ich den Blick von seinen Unterarmen los. Er hatte sich die Hemdsärmel hochgekrempelt, so dass man seine muskulösen, gebräunten Arme sehen konnte.

Irgendeinen äußerlichen Makel musste der Blödmann doch haben. Ich würde ihn finden. Ganz bestimmt.

»Sie sind zu spät.« Er schürzte missbilligend die Lippen.

Was hingegen die Makel in seinem Charakter anging ... von denen hatte ich schon jede Menge gefunden.

»Entschuldigen Sie bitte, Mr Carraway«, sagte ich leise und stellte das Tablett auf den Couchtisch vor dem Sofa. »Ich wurde von Mrs Flanagan aufgehalten.« Ich richtete mich auf und wartete ab, ob er eine Reaktion zeigen würde.

Sie kam prompt.

Seine Miene wurde misstrauisch.

Am liebsten hätte ich triumphierend in die Luft geboxt, aber das erschien mir irgendwie unangemessen.

»Sie hat mich gebeten, Ihnen auszurichten, dass Sie Ihren Lieblingskuchen gebacken hat ... Bananencreme-Torte.« Ich lächelte in gespielter Unschuld. »Sie sollen heute Abend unbedingt auf ein Stück vorbeikommen.«

Die Verärgerung, die er ausstrahlte, hätte jeden normalen Menschen zum Schweigen gebracht ... oder ihm zumindest das herausfordernde Grinsen aus dem Gesicht gefegt. Aber ich habe nie behauptet, normal zu sein. Nein. Ich genoss sein Unbehagen, weil es bedeutete, dass ich etwas über ihn erfahren hatte. Ich brannte darauf, von der charmanten Mrs Flanagan mehr über ihn zu hören.

»Verschwinden Sie aus meinem Büro, Alexa.«

Angesichts seines unfreundlichen Knurrens erschien es mir klug, mein Gelächter zu unterdrücken und seiner Aufforderung nachzukommen. Caines Blick brannte mir die ganze Zeit im Rücken.

Am nächsten Morgen ...

Als Caine auf meinen Schreibtisch zuhielt, machte ich mich schon auf das Schlimmste gefasst. Seine Miene war verkniffen und abweisend. Ich war so damit beschäftigt, sein Gesicht zu studieren, dass mir erst auffiel, was er in der Hand hielt, als er es vor mir auf den Tisch knallte.

Verdattert starrte ich auf die Tupperdose. Darin befand sich, allem Anschein nach, ein Stück Kuchen.

Fragend sah ich zu Caine empor.

Der war ganz eindeutig gereizt und auch ein bisschen verlegen. »Mrs Flanagan hat darauf bestanden, dass Sie ein Stück abbekommen«, teilte er mir durch zusammengebissene Zähne mit.

Ich öffnete den Mund, doch er schnitt mir mit einem scharfen »Lassen Sie's« das Wort ab. Dann riss er die Tür zu seinem Büro auf, rauschte hinein und knallte sie hinter sich zu.

Caine hatte seine ältere Nachbarin so gern, dass er ihre Bitte erfüllte, obwohl es ihn große Überwindung kostete.

Ich öffnete die Tupperdose und tauchte den Finger hinein. Ich leckte die süße Creme ab und lehnte mich lächelnd auf meinem Stuhl zurück. »Danke, Mrs Flanagan.«

Und nicht nur für den Kuchen.

Kapitel 5

Ich verließ den Konferenzraum, gerade als eine Praktikantin einen Servierwagen mit Gebäckteilchen hereinschob, die ich zuvor gekauft hatte. Es war Freitagmorgen, und ich hatte schon fast eine ganze Woche als Caines Assistentin überlebt. In fünf Minuten sollte eine Besprechung stattfinden, und er hatte mich gebeten, die Vorbereitungen zu überwachen.

Ich lächelte Verity zu. Sie war die Assistentin von Caines Finanzchefin Ms Fenton, einer ziemlich furchteinflößenden Person. Sie hatte Ähnlichkeit mit einem Roboter … sie war emotionslos und effizient und hyperintelligent. Sie hatte absolut nichts Mütterliches an sich, weshalb ich umso erstaunter gewesen war, als ich erfahren hatte, dass sie deshalb immer so in Eile zu sein schien, weil sie nicht nur Geschäftsfrau, sondern obendrein auch noch Ehefrau und Mutter zweier Kinder war. Mit Ms Fenton hatte ich bislang keine fünf Worte gewechselt. Verity kannte ich ein bisschen besser. Wir hatten Gelegenheit gehabt, uns am Kopierer ein paar Minuten zu unterhalten, und ich fand sie sehr nett. Aber da Caine mich mit Arbeit überschüttete, war es mir noch nicht gelungen, mit irgendeinem meiner Kollegen nähere Bekanntschaft zu schließen.

Erst gestern hatte ich den halben Tag damit zugebracht, durch Boston zu hetzen und eine Disney-Puppe für die Tochter irgendeines mit Caine befreundeten Richters zu suchen. Der Mann steckte mitten in einem wichtigen Prozess und hatte keine Zeit, seiner Tochter ein Geburtstagsgeschenk zu besorgen, deswegen hatte Caine ihm meine Dienste angeboten. Die Puppe, die das Mädchen sich wünschte, war gar nicht so leicht zu bekommen. Erst nach Ewigkeiten fand ich sie in einem kleinen unabhängigen Spielzeugladen, dem die aktuelle Wirtschaftslage eigentlich längst hätte den Garaus machen müssen. Als ich danach wieder ins Büro kam, war ich abgekämpft und verschwitzt, und Caine war sauer, weil ich so lange gebraucht hatte.

Am liebsten hätte ich ihm gesagt, dass er seine Assistentin dann eben nicht an andere ausleihen dürfe, doch irgendwie gelang es mir, meine patzige Antwort für mich zu behalten. Ich war mir nach wie vor unsicher, ob Caine mich nicht bei der geringsten Provokation feuern würde. Mit dem Mann spielte man besser keine Spielchen.

Viereinhalb Tage arbeitete ich mittlerweile für ihn.

Es kam mir viel länger vor.

Als ich an meinen Schreibtisch zurückkehrte, klingelte mein Telefon. Es war ein interner Anruf. Caine. »Sir?«, sagte ich, nachdem ich den Lautsprecher eingeschaltet hatte.

»Sie müssen für heute Abend, zwanzig Uhr einen Tisch für zwei Personen im Menton reservieren. Außerdem lassen Sie ein Dutzend rote Rosen an Phoebe Billingham, Harvard University Press, Cambridge liefern. Ich will, dass sie sie heute Nachmittag erhält.«

Phoebe Billingham. Gescheit. Wunderschön. Kultiviert. Wohlhabend. Sie war Redakteurin bei der Harvard University Press und ein Society-Liebling. Sie passte einfach perfekt zu ihm.

Ich ignorierte das Brennen in meiner Brust. »Selbstverständlich. Was soll auf der Karte stehen?«

»Karte?«

»Die Karte, die mit dem Blumenstrauß geliefert wird.«

»Von Caine.«

Ich zog die Nase kraus, und die Romantikerin in mir schrie vor Empörung auf. »Mehr nicht?«

Caine traf sich seit acht Wochen mit Phoebe, was für seine Verhältnisse eine lange Zeit war. Allerdings überraschte mich das kein bisschen. Phoebe war die ideale Frau für ihn. Wenn jemand ihn glücklich machen konnte, dann sie. Und schließlich hatte Caine nichts weniger verdient.

Wenn er sie halten wollte, musste er ein bisschen Gas geben.

»Ja«, sagte er voller Ungeduld.

»Meinen Sie nicht, Sie könnten ein bisschen romantischer sein?«

»Ich schicke ihr ein Dutzend Rosen und gehe mit ihr in einem edlen Restaurant essen. Reicht das nicht an Romantik?«

»Das ist schon ganz gut.« *Nullachtfünfzehn, aber von mir aus.* »Aber die Karte könnte zumindest ein bisschen persönlicher sein.«

»Ich bin nicht persönlich.« Er trennte die Verbindung.

Ich atmete aus, legte den Hörer auf und dachte über den Text auf der Karte für die Rosen nach. Ich wusste, es war dreist, mich einzumischen, aber manchmal musste man eben ein bisschen dreist sein, wenn man Gutes bewirken wollte. Still vor mich hin lächelnd, nahm ich erneut den Hörer ab, um die Blumen zu ordern.

Ich knirschte mit den Zähnen und rang um Fassung, während ich versuchte, mit einer Innenausstatterin die Änderungen in ihrem Kostenvoranschlag zu erörtern, den sie Caine geschickt hatte. Er hatte sie beauftragt, das

Sommerhaus zu renovieren, das er kürzlich auf Nantucket erworben hatte. Die Woche war fast um, und es wäre so viel schöner gewesen, wenn ich sie auf dem Gipfel meines Erfolgs hätte abschließen können, statt mich mit dieser arroganten Zicke von Designerin herumzustreiten.

»Ich verstehe das Problem nicht«, sagte sie in einem näselnden Ton, der – zusammen mit ihrer Attitüde – in mir den glühenden Wunsch weckte, ihr die Faust ins Gesicht zu rammen.

Stattdessen bekam sie nicht einmal meine verbale Faust zu spüren. »Das Problem ist, dass Sie einen neuen Kostenvoranschlag für die Umgestaltung geschickt haben, der fünfzehntausend Dollar höher ist als der ursprüngliche Kostenvoranschlag, den Mr Carraway abgezeichnet hat.«

»Stil hat eben seinen Preis, meine Liebe.«

»Das ist es ja gerade. Ich habe die beiden Listen hier vor mir, und ich kann beim besten Willen nicht begreifen, wofür die zusätzlichen fünfzehntausend Dollar gebraucht werden …« Plötzlich wurde mir bewusst, dass ich nicht allein war. Ich schielte nach rechts und sah, dass Caine aus seinem Büro gekommen war und sich vor mir aufbaute. Seine Augen schossen wütende Blitze auf mich ab.

Ich sah ihn verständnislos an, widmete mich dann aber weiter dem Störfaktor am anderen Ende der Leitung.

Da tauchte auf einmal Caines große Hand vor mir auf und betätigte die Stummschaltung an meinem Telefon. Die Heftigkeit der Bewegung bestätigte mich in meinem Verdacht, dass er wütend war. Ich schaute zu ihm hoch und fragte mich, was in Dreiteufelsnamen ich jetzt schon wieder falsch gemacht hatte. »Ich kann mir die fünfzehntausend locker leisten. Beenden Sie das Gespräch. Sofort.«

Ich schnalzte mit der Zunge. »Nur weil Sie Geld haben, sollten Sie sich nicht von anderen übervorteilen lassen.«

Ich machte die Stummschaltung rückgängig. »Nein, ich bin noch dran«, antwortete ich auf das hektische Geschnatter vom anderen Ende. »Wo waren wir stehengeblieben ... ach ja: Wenn Sie nicht wollen, dass sich herumspricht, dass Sie eine inkompetente Pfuscherin sind, die ihre Kunden übers Ohr haut, würde ich vorschlagen, Sie halten sich an die ursprüngliche Kostenaufstellung.«

»Also, ich ... wie ... also, ich muss schon ...«

»Dann wäre das ja geklärt.« Ich legte auf und wandte mich meinem aufgebrachten Chef zu. »Warum ist die Vene an Ihrer Stirn so angeschwollen?«

»Was zum Henker haben Sie auf die Karte schreiben lassen?«

Oh. Das. »Karte?«, fragte ich unschuldig.

Caine sah aus, als wolle er mich erdrosseln. »Phoebe hat eben angerufen. Sie hat sich für die Blumen bedankt. Sie hat gesagt, meine Karte sei unheimlich süß gewesen und dass sie sich auch freut, mich zu sehen.«

Ich hatte ja gewusst, dass es dreist von mir war, die Nachricht auf der Karte eigenmächtig zu ändern ... aber ich hatte nicht damit gerechnet, dass er so eine Staatsaffäre daraus machen würde. Offenbar hatte ich mich geirrt. Caine schien sehr, sehr verärgert zu sein, und ich musste zugeben, dass mich das nervös machte. »Also ... ich dachte einfach ... na ja, ich dachte eben, dass es angemessener wäre, einen kleinen Gruß auf die Karte zu schreiben.« Hoffnungsfroh lächelnd sah ich ihn an.

»Alexa«, sagte er warnend.

»Sie können übrigens ruhig Lexie zu mir sagen.«

Caine stieß ein Knurren aus.

»Okay«, rief ich hastig. »Ich habe ihnen gesagt, sie sollen draufschreiben: ›Phoebe, ich freue mich schon darauf, Dich heute Abend zu sehen. Caine.‹ Und ...«, ich widerstand dem Drang, in ängstlicher Erwartung seiner Reaktion die Augen zuzukneifen, »… kann sein, dass ich noch ein kleines Küsschen ans Ende gesetzt habe.«

Die Luft um ihn herum knisterte förmlich. »Was?«

»Ein x. Sie wissen schon … ein Küsschen …« Ich verstummte und wünschte, ich wäre wieder auf Hawaii mit einem Mojito in der Hand.

Abrupt legte Caine die Hände auf die Armlehnen meines Stuhls und zog ihn nach vorn, bis er gegen die Schreibtischkante stieß. Gleichzeitig bückte er sich, so dass wir nun Auge in Auge waren. Er war mir so nahe, dass ich das Schokoladenbraun seiner Iris ganz deutlich erkennen konnte. Und sein Mund … sein Mund war nur wenige Zentimeter von meinem entfernt.

Überrumpelt von der heftigen Bewegung und seiner plötzlichen Nähe, hielt ich den Atem an.

»Zuallererst«, sagte er durch zusammengebissene Zähne. Sein harter Blick hielt mich unerbittlich fest. »Sehe ich aus wie ein Mann, der jemals eine Karte mit einem Küsschen unterzeichnen würde?«

Ich musste nicht lange über eine Antwort nachdenken. »Eigentlich nicht.«

»Eigentlich nicht.« Er nickte und kam mir noch ein Stückchen näher. Sein Atem strich über meine Lippen, und ich musste ein Keuchen unterdrücken. »Zweitens: Wenn Sie sich jemals wieder in mein Privatleben einmischen, werde ich Sie vernichten, haben Sie das verstanden?«

»N…na ja, vernichten, das klingt … ziemlich endgültig«, stammelte ich. »Insofern … ja. Verstanden.«

Seine Augen blitzten. »Alexa.«

Ich versuchte, die Reaktion meines Körpers unter Kontrolle zu bringen, damit ich mich an einer Rechtfertigung versuchen konnte. »Ich wollte einfach nur helfen. Ich dachte, so wäre es romantischer. Tut mir leid. Es kommt nicht wieder vor.«

»Sie haben nicht *geholfen*«, fauchte Caine. »Entgegen der gängigen Meinung sind mir die Frauen, mit denen ich ausgehe, nicht scheißegal. Das heißt, dass ich sie nicht verletzen will. Und eine Art, dies zu vermeiden, ist, dass ich einer Frau niemals das Gefühl vermittle, mehr von ihr zu wollen, als ich tatsächlich will. Früher oder später geht es nämlich auseinander, und dann will ich nicht das Schwein sein, das ihr etwas vorgelogen hat. Was Sie mit Phoebe gemacht haben, wird mich aber genau als ein solches Schwein dastehen lassen.«

Das war ... auf eine perverse Art ... ehrenhaft.

»Aber wieso sollte die Sache auseinandergehen?«, flüsterte ich verwirrt. »Phoebe Billingham passt doch perfekt zu Ihnen.«

Etwas zuckte über sein Gesicht, dann wurde er unheimlich still. Ich wagte kaum zu atmen, während wir einander anstarrten. Er war mir so nahe.

Der sexy Mistkerl roch einfach himmlisch.

Einen Moment lang vergaß ich, wo und wer ich war. Für wen er mich hielt. Mein Blick glitt zu seinem Mund. Er war direkt vor mir. Ganz nah.

Erregung durchzuckte mich, und hastig hob ich den Blick, aus Angst, er könne mir etwas anmerken. Doch zu meiner Überraschung starrte er auf meine Lippen.

Sie teilten sich unwillkürlich unter seinem Blick.

Caine sah mir wieder in die Augen. Das Kribbeln zwischen meinen Beinen wurde stärker, als ich die Glut in seinem Blick sah.

»Machen Sie so was nie wieder«, sagte er leise und mit rauer Stimme.

»Eine neue Einschüchterungstaktik, Caine?«

Bei der plötzlichen Unterbrechung fuhr Caine zurück, und ich holte Luft, was ich im Übrigen auch dringend nötig hatte.

Hinter uns stand Henry Lexington und sah schmunzelnd vom einen zum anderen.

»Henry.« Caine nickte ihm zu, vollkommen ungerührt, als sei nichts gewesen.

Was man von mir nicht sagen konnte.

Ich schlug die Beine übereinander. Wenn mir doch nur nicht so heiß gewesen wäre! Ich wusste, wenn ich meine Wangen berührt hätte, hätte ich mir die Finger verbrannt.

»Mir war, als hätten wir Pläne fürs Mittagessen?«, sagte Henry. Sein Blick ging an Caine vorbei zu mir.

»Haben wir auch. Ich hole nur schnell meine Jacke.« Caine verschwand in seinem Büro, und Henry trat an meinen Schreibtisch.

Er grinste mich an. »So trifft man sich wieder.«

Ich lächelte, noch immer ein bisschen benommen von dem intensiven Moment mit Caine. »Ich glaube, ich habe Ihnen für meine neue Stelle zu danken. Hätten Sie mich nicht bei Mr Carraway eingeschleust, würde ich jetzt hier nicht sitzen.«

»Anzunehmen.« Henrys blaue Augen funkelten belustigt, als er sich, offenbar in Flirtlaune, gegen meine Schreibtischkante lehnte. »In gewisser Weise sind Sie mir also etwas schuldig. Ich liebe es, wenn wunderschöne Frauen Schulden bei mir haben.«

»Gibt es denn viele solcher Frauen?«

»Nur eine davon interessiert mich wirklich.« Er legte neugierig den Kopf schief. »Sie sind ein Enigma. Caine will mir nicht verraten, woher Sie kommen und wie er Sie kennengelernt hat. Das reizt verständlicherweise meine Neugier.«

Das glaubte ich ihm nur zu gern. Aber ich würde niemals einen Teil von Caines tragischer Geschichte ausplaudern, zumal ich auf sehr deprimierende Weise darin verstrickt war. »Wir sind uns in Hollywood begegnet.«

Henry zog eine Augenbraue hoch. »In Hollywood?«

»Mmmhmm. Am Hollywood Boulevard.« Ich seufzte übertrieben und stützte in einer verträumten Geste das Kinn auf die Hand. »Ach, das waren noch Zeiten. Ich war eine mittellose Prostituierte, die nach ihrem Märchenprinzen Ausschau hielt, und er war ein Milliardär, der nicht wusste, wie man ein Auto mit Gangschaltung fährt. Ich habe es ihm gezeigt, und der Rest ist Geschichte.«

Henry zog die Brauen zusammen. »Was?«

»Das ist die Handlung von *Pretty Woman*«, sagte Caine trocken. Er lehnte im Türrahmen zu seinem Büro, einen amüsierten Ausdruck im Gesicht. Er bedeutete Henry, ihm zu folgen. »Habe ich schon erwähnt, dass meine neue Assistentin eine Klugscheißerin ist?«

Henry lachte leise, und ich konnte nicht anders, als ihn anzugrinsen, weil er meine kleine Neckerei so gutmütig mitgemacht hatte. Im Hinausgehen warf er mir noch einen anerkennenden Blick zu. »Bis zu unserem nächsten Wiedersehen.«

Ich nickte und winkte ihm, eine Geste, die Caine bemerkte, weil er sich ebenfalls nach mir umdrehte.

Er runzelte die Stirn. »Denken Sie daran, was ich Ihnen gesagt habe. Keine Einmischung mehr.«

Mit einem Schlag war meine vergnügte Stimmung im Eimer. »Natürlich.« Ich schenkte ihm ein Lächeln, von dem ich hoffte, dass es echt aussah. Trotzdem schüttelte er verärgert den Kopf.

»Woher kennst du die Handlung von *Pretty Woman*?«, hörte ich Henry amüsiert fragen.

»Erinnerst du dich noch an Sarah Byrne?«, gab Caine zurück.

»Dein Beziehungsrekord von fünf Monaten. Klar doch.«

»Sie stand auf Richard Gere. Ich habe den Preis dafür bezahlt.«

Sie verschwanden um die nächste Ecke, und ich hörte Henrys Gelächter. Auch ich musste schmunzeln. Wenn Caine sich daran erinnerte, dass er ein ganz normaler Mensch war, wirkte er gleich viel attraktiver.

»Carraway Financial Holdings, Mr Carraways Büro«, meldete ich mich zum hoffentlich letzten Mal an diesem Tag. Es war kurz vor halb sechs. Normalerweise ließ Caine mich nicht vor sieben Uhr nach Hause gehen, aber da Freitag war und er eine Verabredung zum Abendessen hatte, hoffte ich, heute vielleicht etwas früher Feierabend machen zu können.

»Oh, gut, dass ich jemanden erreiche«, erklang eine angenehme Stimme am anderen Ende. »Ich bin Barbara Kenilworth von der O'Keefe Foundation. Ich hätte gerne mit Mr Carraway gesprochen.

»Mr Carraway ist im Moment leider nicht zu sprechen«, antwortete ich. Das war mein Standardspruch, es sei denn, Caine hatte mir vorher ausdrücklich mitgeteilt, dass er einen bestimmten Anruf erwartete. »Kann ich ihm vielleicht etwas ausrichten?«

»Oh. Also gut, ja, sicher. Ich wollte Mr Carraway nur darüber informieren, dass einigen Damen aus den Vorständen diverser wohltätiger Gesellschaften, ich eingeschlossen, seine großzügigen Zuwendungen aufgefallen sind und wir ihn daher für eine Auszeichnung vorgeschlagen haben. Die Verleihung findet auf der Gala der Boston Philantropic Society diesen Herbst statt.« Sie senkte die Stimme, als vertraue sie mir ein Geheimnis an. »Ich war vor ein paar Wochen mit zwei Freundinnen zum Mittagessen, dabei haben wir durch Zufall festgestellt, wie spendenfreudig Mr Carraway ist. Er wollte es ja nie an die große Glocke hängen, aber wir finden, ein so leidenschaftlicher Einsatz für die gute Sache darf nicht unbelohnt bleiben.«

»Verstehe«, murmelte ich. Diese Neuigkeit erwischte mich kalt.

Caine spendete für wohltätige Zwecke? Großzügig?

»Könnten Sie ihm das ausrichten?«

»Selbstverständlich.«

»Das ist lieb von Ihnen. Auf bald.«

Verdattert legte ich auf. Ich hatte noch nie irgendwo gelesen, dass Caine Geld spendete. Was hatte es damit auf sich?

Ich rief bei ihm im Büro durch.

»Ja?«, meldete er sich sofort.

»Hätten Sie eine Minute Zeit?«

»Ist es dringend?«

»Ich glaube schon.«

»Na, wenn Sie das *glauben*, dann halten Sie mich unbedingt von meiner wichtigen Arbeit ab.« Er legte auf, und ich eilte in sein Büro, obwohl die Erlaubnis nicht gerade von Herzen gekommen war.

Caine saß hinter seinem Schreibtisch und blickte mir entgegen. Normalerweise war seine Miene dabei entweder ausdruckslos oder verärgert. Diesmal jedoch wirkte er zu meiner Bestürzung eher vorsichtig, als müsse er vor mir auf der Hut sein.

Ich konnte nur vermuten, dass dieses für ihn gänzlich untypische Verhalten mit dem heißen Moment zusammenhing, den wir am Mittag geteilt hatten. Da ich in seiner Gegenwart weiß Gott nicht daran erinnert werden wollte, verdrängte ich den Gedanken und ging zu seinem Schreibtisch. Dann berichtete ich ihm von Barbara Kenilworth.

Seine Reaktion bestand aus einem Schwall sehr unfeiner Wörter.

»Warum ärgern Sie sich denn so darüber?«, fragte ich verschnupft. »Das ist doch eine gute Nachricht. Wie Sie sich für die gute Sache einsetzen, ist großartig.«

»Alexa«, gab er ebenso verschnupft zurück. »Ich stehe im Ruf, ein knallharter Geschäftsmann zu sein, und wissen Sie, was? Genau deswegen bin ich so erfolgreich. Meine finanziellen Zuwendungen sind immer an die Bedingung geknüpft, dass meine Anonymität gewahrt bleibt. Sämtliche Organisationen, an die ich spende, müssen eine Verschwiegenheitserklärung unterschreiben.« Er stand auf und zeigte zur Tür. »Das heißt, dass Sie jetzt diese Ms Kenilworth zurückrufen und ihr sagen werden, dass ich ihr, falls sie die Nominierung nicht zurückzieht und aufhört, Gerüchte über mein karitatives Engagement in die Welt zu setzen, meine Anwälte auf den Hals hetzen und sie unangespitzt in den Boden rammen werde.«

Ich blinzelte perplex. »Wow. Da geht es mir gleich ein bisschen besser.«

Er zog die Brauen zusammen. »Wieso?«

»Na ja, im Vergleich zu dem, was der armen Ms Kenilworth blüht, wenn sie Ihren Zorn auf sich lädt, sind Sie mir gegenüber richtiggehend liebenswürdig. Ich habe jedenfalls bis jetzt noch keine Drohung bezüglich In-den-Boden-Rammens zu hören bekommen.«

Und dann geschah das Unvorstellbare.

Caines Lippen zuckten, und auf dieses Lippenzucken folgte ein kleines Lachen, während er gleichzeitig den Kopf schüttelte, die Schultern entspannte und wieder Platz nahm. Es funkelte in seinen Augen. »Bringen Sie die Sache einfach in Ordnung, Alexa«, murmelte er in ausnahmsweise versöhnlichem Ton.

Ich musste mir ein beglücktes Lächeln verkneifen. »Wird sofort erledigt.«

Ich machte kehrt und verließ mit einem triumphierenden Grinsen im Gesicht sein Büro.

Kapitel 6

Helles Licht strömte in den Buchladen/Coffeeshop in Brighton. Die Sonne wärmte mein Gesicht, ich hielt einen köstlichen Kaffee in der Hand, und ich musste heute nicht arbeiten. Kurzum: Ich war glücklich.

Zumindest bis mein Großvater *schon wieder* seinen Bedenken über Caine Luft machen musste und mir sagte, dass er es für eine in höchstem Maße dumme Idee halte, für ihn zu arbeiten.

Das hier war unser Treffpunkt ... der Buchladen/Coffeeshop, meine ich. Es war ein ruhiger kleiner Laden, den ich entdeckt hatte, als meine Freundin Viv noch in Brighton gewohnt hatte. Irgendwann hatte ich ihn für die Treffen mit meinem Großvater vorgeschlagen, weil er sich hier keine Sorgen machen musste, jemandem über den Weg zu laufen, der ihn kannte und vielleicht weitererzählen würde, dass er sich heimlich mit einem hübschen jungen Ding traf. Denn dann würde seine Familie, genauer: seine Frau (die Großmutter, die ich nie kennengelernt hatte), sein Enkel Matthew und dessen Frau Celia (mein Halbbruder und meine Schwägerin, die ich ebenfalls nie kennengelernt hatte) zwangsläufig anfangen, Fragen zu stellen, und *dann* würde herauskommen, dass Grandpa sich mit der unehelichen Tochter des schwarzen Schafs der Familie traf, und es würde ein Riesentheater geben. Das behauptete Grandpa jedenfalls immer.

Aber ganz im Ernst: Seine Familie klang wirklich anstrengend, und da ich neun Jahre mit meinem Vater unter einem Dach gelebt hatte, wusste ich, dass ich mit der Vermutung höchstwahrscheinlich richtiglag.

Insofern wollte ich sie auch lieber gar nicht kennenlernen.

Ich seufzte und lehnte mich auf meinem Stuhl zurück. »Grandpa, so schrecklich ist der Job nicht, ehrlich. Es könnte viel schlimmer sein. Caine hat so getan, als würde es die Hölle auf Erden werden, und jetzt sitze ich hier und genieße freie Zeit mit meinem Großvater.«

Grandpa lächelte, aber seine schönen hellgrauen Augen blieben davon unberührt. Es waren dieselben Augen wie die meines Vaters. Die beiden waren sich überhaupt sehr ähnlich. Sie waren beide auf klassische Art gutaussehend, distinguiert, groß und breitschultrig ... Männer, die alle Aufmerksamkeit auf sich zogen, sobald sie einen Raum betraten. Lernte man meinen Vater besser kennen, verflüchtigte sich die oberflächliche Aura von Macht und Charisma schnell, aber bei meinem Großvater war es anders. Ich hatte den Eindruck, dass er ein Mann war, den man besser nicht zum Feind hatte. Er war wie der Clint Eastwood der High Society ... egal, wie alt er wurde, man wollte sich nicht mit ihm anlegen.

»Ich kenne dich doch, Liebes.« Er musterte mich eindringlich. »Du erhoffst dir etwas davon, und ich habe die Befürchtung, dass du es nicht bekommen wirst.«

»Mag schon sein.« Ich zuckte mit den Schultern, und dann überraschte ich mich selbst mit dem Eingeständnis: »Ich bin voller Ehrfurcht.«

»Vor Caine?«

»Ja. Er hat sich nicht unterkriegen lassen. Das viele Leid hat ihn nur noch entschlossener gemacht. Jetzt hat er mehr

Erfolg und Reichtum und Macht als der Mann, der ihm damals alles weggenommen hat. Und er hat nie Kapital aus seiner persönlichen Tragödie geschlagen, niemand weiß davon, er hat einfach versucht, die Sache hinter sich zu lassen und sich ein besseres Leben aufzubauen. Es ist nicht seine Schuld, wenn er falsche Ziele hat. Trotz allem muss man seine Einstellung respektieren. Ich bewundere ihn. Er hat so viele Hindernisse überwunden.«

Als da wären im Einzelnen: eine Familientragödie, Betrug, Tod und Selbstmord. Aus den Bemerkungen meines Vaters und Großvaters hatte ich mir das meiste zusammengereimt. Caine war dreizehn Jahre alt gewesen, als es passierte. Er lebte zu der Zeit in South Boston mit seiner Mutter, die als Verkäuferin in einem Geschäft in Beacon Hill arbeitete, und seinem Vater, einem Bauarbeiter. Seine Mutter – ihr Name war Grace – lernte meinen Dad kennen, als er in ihren Laden kam, um ein Geschenk für seine damalige Ehefrau zu kaufen. So wie Dad es mir geschildert hatte, war Grace eine gelangweilte junge Mutter, die das Gefühl hatte, das Beste im Leben zu verpassen. Es fiel ihm nicht schwer, sie mit seiner Kultiviertheit, seinem Geld und Charme einzuwickeln. Sie begannen eine Affäre, und durch ihn geriet sie in eine ziemlich wilde Szene hinein. Sie wurde kokainabhängig, und eines Nachts nahm sie in einem schäbigen Hotelzimmer eine Überdosis, während mein Vater unter der Dusche stand. Statt Grace zu helfen, geriet er in Panik und floh. Grace starb. Mein Vater nutzte sein Geld und seinen Einfluss, um die Sache zu vertuschen. Er sorgte dafür, dass der Name Holland sauber blieb und man ihn nicht wegen Drogenbesitzes oder gar fahrlässiger Tötung vor Gericht brachte.

Caines Vater Eric allerdings war nicht bereit, die Sache auf sich beruhen zu lassen, und so sah sich mein Vater gezwungen, ihm die Wahrheit über seine Affäre mit Erics Frau und seine Mitschuld an ihrem Tod zu beichten. Er sah sich in der bescheidenen Wohnung um, in der Vater und Sohn lebten, und bot Eric eine Menge Geld, damit dieser die Sache vergaß. Eric nahm das Geld. Drei Monate nach dem Drogentod seiner Frau spendete er alles der Wohlfahrt, und ein paar Tage später ging er ins Haus seines Nachbarn, der bei der Polizei war, nahm dessen Dienstwaffe, steckte sie sich in den Mund und drückte ab.

Caine kam in die Obhut des Jugendamtes. Zuerst in ein Heim für Jungen, dann in eine Reihe von Pflegefamilien.

Mein Vater, der erbärmliche Feigling, wurde von meinem Großvater enterbt, als der von den Ereignissen erfuhr, und da er nun ohne einen Penny dastand, reichte seine Frau die Scheidung ein. In dem Jahr kam er nicht wie sonst zu seiner alljährlichen Stippvisite bei uns vorbei, um ein bisschen Zeit mit mir zu verbringen und meiner Mutter Theater vorzuspielen. Stattdessen behauptete er, ohne uns nicht länger leben zu können. Er schnorrte sich jahrelang bei uns durch, bis er irgendwann einen Nervenzusammenbruch erlitt. Da war ich einundzwanzig.

Ich hatte keine Ahnung, was er seit Moms Tod trieb. Zuletzt hatte ich ihn auf der Beerdigung gesehen. Er wollte ein Gespräch mit mir anfangen, und ich musste meine ganze Selbstbeherrschung aufbieten, um ihm nicht ins Gesicht zu spucken.

Wenn er der Held gewesen wäre, für den ich ihn als Kind immer gehalten hatte; wenn er sich zu einem anständigen Mann entwickelt hätte, einem guten Vater, der für seine Familie Verantwortung übernahm ... dann hätte ich ihm vielleicht vergeben können. Aber er war ein Lügner und faul noch dazu, und er hatte meine Mutter dermaßen eingelullt, dass sie nicht einmal sehen konnte, was für ein jämmerliches Würstchen er in Wirklichkeit war. Dass ich sie verloren hatte, war seine Schuld.

Insofern: nein.

Ich würde ihm niemals vergeben.

»Lexie.« Mein Grandpa holte mich aus meinen düsteren Gedanken in die Wirklichkeit zurück. »Ich will nicht, dass du dich in Caine Carraway verliebst. Das ist zu gefährlich für dich. Du wirst verletzt werden. Und wenn er dir weh tut ...« Er senkte die Stimme zu einem drohenden Murmeln ... »werde ich ihn umbringen müssen.«

Ich lehnte mich über den Tisch und tätschelte meinem Großvater beruhigend die Hand. »Ich arbeite nicht für ihn, weil ich mich in ihn verlieben will. Ich will einfach nur für ihn da sein. Ich verstehe ihn, auch wenn ihm das nicht bewusst ist ... ich verstehe ihn wirklich. Ich wäre gerne ein Freund für ihn, wenn er mich lässt. Aber ... es würde mich freuen, wenn *er* sich verlieben könnte. Zum Beispiel in die Frau, mit der er sich zurzeit trifft ... Phoebe Billingham.«

Grandpa wirkte erstaunt. »Grants Tochter?«

Ich nickte.

»Keine üble Wahl. Die zwei würden ein gutes Paar abgeben.«

»Finde ich auch.« *Lügnerin, Lügnerin, Lügnerin.* Ich runzelte die Stirn, als sich mein eifersüchtiges Unterbewusstsein zu Wort meldete. »Aber er ist nicht sehr romantisch, was sie angeht. Ich versuche, ihn in die richtige Richtung zu lenken.«

»Einen Mann wie Carraway lenkt man nicht«, warnte mein Großvater.

Plötzlich vibrierte mein Handy auf dem Tisch. Ich beugte mich vor, um den Namen auf dem Display zu lesen, und schürzte missmutig die Lippen.

Es war Caine.

An einem Samstag.

»O Mann«, jammerte ich und nahm ab. »Mr Carraway?«

»Sie müssen ins Büro kommen. Und bringen Sie was zum Mittagessen mit. Wir sind in der Sache mit Moorhouse Securities Co. kurz vor dem Abschluss, deshalb machen wir Überstunden. Ich habe eine Menge hungriger Leute hier. Wir brauchen ...«

»Cai... Mr Carraway, es ist Samstag.«

Seine sarkastische Stimme schnarrte in der Leitung. »Gut erkannt.« Dann ratterte er eine Liste von Sandwiches und Getränken herunter.

»Aber ...« Ich blickte wehmütig auf meinen Kaffee. »Es ist *Samstag*.«

»Arsch hoch und zu mir ins Büro, Alexa.« Damit legte er auf.

Ich warf meinem Großvater einen niedergeschlagenen Blick zu. Der wiederum sah mich an, als wolle er sagen: *»Siehst du?«*

»Vielleicht will er mir doch das Leben zur Hölle machen«, knurrte ich, als ich aufstand.

Die nächsten Wochen hatte ich im Wesentlichen dieselben Aufgaben und denselben prallvollen Terminkalender wie in meiner ersten Woche bei Carraway Financial Holdings. Caine schien wild entschlossen, mein Sozialleben dem Erdboden gleichzumachen.

Vielleicht wäre es die Mühe wert gewesen, hätte ich dafür öfter hinter die Fassade des kühlen Unternehmers auf den wahren Menschen Caine Carraway blicken können. Doch außer dass er Red-Sox-Fan war und eine Dauerkarte für Premiumplätze im EMC-Club hatte, dass Henry sein engster Freund aus Collegezeiten war (keine Ahnung, ob das bei Caine überhaupt etwas zählte) und dass er Rockbands der Sechziger und Siebziger wie Led Zeppelin und The Grateful Dead mochte, hatte ich bislang nicht viel über ihn in Erfahrung gebracht. Über seinen Musikgeschmack wusste ich überhaupt nur Bescheid, weil er seinen iPod auf dem Schreibtisch liegengelassen hatte, nachdem er aus dem Fitnessstudio ins Büro gekommen war. Sein Büro verfügte über ein kleines Bad mit Dusche, und während er sich frisch machte, hatte ich mir heimlich seine Playlists angeschaut.

Zu sagen, dass ich erstaunt war, wäre eine Untertreibung gewesen.

Er konnte mich überraschen: Das gefiel mir.

Darüber sinnierte ich jetzt gerade nach, obwohl ich eigentlich die Tapeten für das große Gästezimmer in seinem Sommerhaus aussuchen sollte. Sein Anruf riss mich aus meinen Gedanken. Ich stellte auf laut. »Ja, Mr Carraway?«

»Kommen Sie zu mir rein.«

Ich biss mir auf die Zunge, um keine spitze Bemerkung über seinen Mangel an guten Manieren zu machen, und marschierte in sein Büro. »Was kann ich für Sie tun?«

Caine lehnte an seinem Schreibtisch, die Arme vor der Brust verschränkt, die langen Beine ausgestreckt, die Knöchel über Kreuz. Er wirkte nachdenklich.

Einige Sekunden verstrichen.

Endlich seufzte er. »Sie müssen für mich zu Tiffany's am Copley Place gehen. Kaufen Sie mit meiner Kreditkarte eine Halskette ... irgendwas Schlichtes, Elegantes, auf alle Fälle mit einem Diamanten. Und dann müssen Sie diese Kette persönlich bei Phoebe Billingham vorbeibringen. Sie werden ihr mitteilen, dass ich die Zeit mit ihr genossen habe und ihr für die Zukunft alles Gute wünsche.«

Eine seltsame Mischung aus Erleichterung und Enttäuschung durchflutete mich. Ich schüttelte die Erleichterung ab und konzentrierte mich ganz auf die Enttäuschung ... das war weniger kompliziert. »Aber ... was ist denn passiert?«, rief ich aus und rang verzweifelt die Hände. »Sie ist doch die perfekte Frau.«

Caine sah mich an, als hätte ich zwei Köpfe. »Es geht Sie nichts an, was passiert ist. Tun Sie einfach, was ich Ihnen sage.«

Ich war außer mir. Vollkommen außer mir. Ich bemühte mich, ihn so höflich wie möglich zurechtzuweisen. »Sollten Sie das nicht lieber selbst erledigen?«

Abrupt stand er auf, und es kostete mich meine ganze Selbstbeherrschung, mit trotzig vorgerecktem Kinn stehen zu bleiben, als ich die Veränderung in seinem Verhalten sah. Seine Züge wurden hart, seine Worte schneidend. »Wenn ich es selbst mache, denkt sie am Ende nur, es sei mehr zwischen uns, als da wirklich ist. So hingegen ist die Botschaft klar und eindeutig, außerdem wird sie froh sein, dass sie mich los ist ... einen Kerl, der sich nicht mal die Mühe macht, persönlich mit ihr Schluss zu machen.«

»Sie sind einfach ...«, stammelte ich.

»Ich bin einfach was?«, forderte er mich heraus, als wollte er mich dazu verleiten, etwas zu sagen, was mich meine Stelle kosten würde.

Statt einer Antwort streckte ich die Hand aus. »Karte.«

Zufrieden zückte Caine seine Brieftasche.

Fast anderthalb Stunden später stand ich in der Tür zu Phoebe Billinghams Büro; eine Tür, von der ich wünschte, sie wäre geschlossen, zumal das Zimmer direkt an ein praktisch vollbesetztes Großraumbüro angrenzte.

Phoebe war durchschnittlich groß, aber das war auch schon das Einzige, was an ihr durchschnittlich war. Sie hatte wunderschöne große braune Augen, einen hellen Teint, volle Lippen und eine zierliche Stupsnase. Sie hätte Modelmaße gehabt, wenn sie nur ein bisschen größer gewesen wäre. Ihre Kleider saßen perfekt. Abgesehen von ihrer Schönheit war sie eindeutig auch eine sehr kluge Frau, und als ich ihr mitgeteilt hatte, von wem ich kam, hatte sie mich mit einem strahlenden Lächeln begrüßt.

Jetzt allerdings glitzerten Tränen der Wut in ihren braunen Augen, während sie auf die Halskette starrte. Ich wäre am liebsten im Boden versunken vor Scham.

Phoebe klappte die Schachtel von Tiffany's zu und sah mich an. Etwas, das mir nicht gefiel, kroch in ihren gekränkten Blick, und sie taxierte mich von oben bis unten und dann noch einmal von unten bis oben. Schließlich ließ sie ein höhnisches Lachen hören. »Oh, jetzt verstehe ich, was hier läuft«, sagte sie.

Ihre Stimme trug bis ins Großraumbüro nebenan, und plötzlich, als die Leute in der Nähe den bitteren Zorn in ihren Worten hörten, wurde es still um uns.

»Tun Sie mir einen Gefallen.« Sie hielt mir die Schachtel mit der Halskette hin. »Sagen Sie Ihrem *Boss*, er soll keine Hure schicken, damit sie den Job eines Mannes erledigt.«

Hinter mir herrschte Totenstille. Meine Wangen brannten vor Empörung angesichts dieser Beleidigung.

Es kostete mich äußerste Selbstbeherrschung, meine Scham zu verbergen und mich stattdessen auf mein Mitgefühl für diese Frau zu besinnen. Steif nahm ich ihr die Schachtel aus der Hand und stolzierte, trotz der unerwünschten Aufmerksamkeit, die mir dabei zuteilwurde, hocherhobenen Hauptes davon.

Vierzig Minuten später stürmte ich, ohne anzuklopfen, in Caines Büro.

Als ich ihn und Ms Fenton einander gegenüber auf den

Sofas am Fenster sitzen war, kam ich taumelnd zum Stehen. Caine war nicht erfreut über die Unterbrechung. Er stieß einen entnervten Seufzer aus. »Linda, gehen Sie am besten zurück in Ihr Büro. Ich komme gleich nach, dann können wir weiterreden.«

Ms Fenton strafte mich wegen meines Mangels an Etikette mit einem missbilligenden Stirnrunzeln, als sie an mir vorbeiging, aber das war mir herzlich egal.

Ich hatte vierzig Minuten Zeit gehabt, meine Wut zu nähren.

»Was zum Teufel soll dieser Auftritt?«, herrschte Caine mich an. Er stand auf und kam auf mich zu, um sich in seiner gewohnten »Ich bin größer und stärker und furchterregender als Sie«-Art vor mir aufzupflanzen.

Aber diesmal war ich zu wütend, um mich davon einschüchtern zu lassen.

Ich warf ihm die Schatulle mit der Halskette zu, und er blinzelte verdutzt, ehe es ihm irgendwie gelang, das Ding aufzufangen. »So was mache ich nie wieder.«

Er versteifte sich und war plötzlich ganz aufmerksam. »Was ist passiert?«

»Na ja, die gesamte Redaktion der Harvard University Press hält mich jetzt für eine Hure.«

Caines Kiefer spannte sich an, und seine Miene umwölkte sich. »Was?«

Ich schüttelte den Kopf. Für einen so gescheiten Mann konnte er ziemlich begriffsstutzig sein. »Was dachten Sie denn, was passieren würde, wenn Sie mich, eine *Frau*, losschicken, um mit Ihrer Freundin Schluss zu machen? Phoebe hat mir gesagt, ich solle Ihnen ausrichten – und ich möchte noch hinzufügen, wie pubertär das Ganze ist –, Sie mögen doch bitte keine Hure schicken, um den Job eines Mannes zu erledigen.«

Seine dunklen Augen loderten. »Sie hat Sie als Hure bezeichnet?«

»Genau das sagte ich gerade.«

Caine marschierte zu seinem Schreibtisch und nahm sein Handy. Wenige Sekunden später knurrte er hinein: »Ich habe deine Nachricht erhalten ... Und ich kann dir nur sagen, die Nummer, die du abgezogen hast, war noch mieser als meine.« Sie erwiderte etwas, woraufhin er, wenn das überhaupt möglich war, noch wütender wurde. »Dafür kannst du deinen Posten im Vorstand des Kunstinstituts, nach dem du dir so die Finger geleckt hast, vergessen ... Und *ob* ich das kann. Und ich *werde*.« Er legte auf und warf verärgert sein Handy auf den Schreibtisch.

Ich stand da, unsicher, wie ich darauf reagieren sollte, dass er meinetwegen so wütend war.

Caine sah mich an. Er begann bei meinen Füßen und arbeitete sich langsam an meinem Körper nach oben. Als er endlich bei meinen Augen angelangt war, war ich so kribbelig, dass ich mir am liebsten die Haut vom Leib gerissen hätte. »Ich habe nicht nachgedacht«, sagte er leise.

Was denn? War ihm etwa jetzt erst klargeworden, dass ich eine Frau war, und zwar eine, die, wenn ich das mal so sagen darf, optisch durchaus etwas zu bieten hatte? Zugegeben, ich war nicht so umwerfend wie Phoebe Billingham, aber ich war trotzdem eine attraktive Mitarbeiterin, die er losgeschickt hatte, um Phoebe den Laufpass zu geben.

Kein schöner Zug.

»Es wird nicht wieder vorkommen.«

Eine richtige Entschuldigung würde ich wohl nicht von ihm bekommen. Das war ohnehin schon mehr, als ich erwartet hatte.

Ich nickte, und wir sahen uns so lange an, bis ich das

Gefühl hatte, es wäre kein Sauerstoff mehr im Raum vorhanden.

Ich riss den Blick von ihm los, und sofort fiel mir das Atmen leichter. »Möchten Sie vielleicht einen Kaffee?«, fragte ich … meine Art, ihm zu signalisieren, dass ich seine Nicht-Entschuldigung annahm.

»Ja.« Er ließ sich auf seinen Chefsessel fallen. Sein Blick ruhte nicht länger auf mir. »Und schicken Sie Linda wieder rein.«

Kapitel 7

Caines Kühlschrank deprimierte mich. Er deprimierte mich sogar sehr. Hauptsächlich, weil er so gut wie leer war, bis auf die Milchtüte, den O-Saft und die drei Eier.

Wobei ich den O-Saft und die Milch eben erst auf Caines Geheiß hineingestellt hatte.

Ich schloss die Tür und sah mich in der wunderschönen Küche um. Es war Samstag ... der vierte Samstag in Folge, den Caine mir verdarb, indem er mich für irgendwelche Besorgungen losschickte, die er, wäre es nicht sein erklärtes Ziel gewesen, mir das Leben sauer zu machen, genauso gut selbst hätte erledigen können. Früher hatte Caine sich in diesen Dingen immer auf seine Putzfrau Donna verlassen. Sie kam zweimal die Woche und wurde für solche Zusatzaufgaben fürstlich entlohnt. Doch seit es mich gab, war ich fürs Einkaufen zuständig. Er hatte behauptet, er wolle Donna keine Umstände mehr bereiten, aber der wahre Grund war wohl eher der, dass er *mir* Umstände bereiten *wollte*.

Ich hatte den halben Nachmittag damit zugebracht, durch die Gegend zu düsen, Kleider in der Reinigung abzugeben, andere Kleider aus der Reinigung abzuholen, Lebensmittel einzukaufen und ein Geschenk für den siebenundsiebzigsten Geburtstag von Mrs Flanagan zu besorgen.

Für sie kaufte ich einen wunderschönen smaragdgrünen und saphirblauen Kimono, den ich in einer kleinen Boutique in der Charles Street entdeckt hatte. Ich hatte ihn zusammen mit den gereinigten Kleidern auf Caines Bett bereitgelegt. Außerdem hatte ich ihm Geschenkpapier, Schleifenband und Tesafilm dagelassen. Einwickeln sollte er sein Geschenk für Mrs Flanagan gefälligst selber.

Anfangs hatte ich mich mit dem Gedanken getröstet, dass mein Boss eben viel Arbeit hatte und fast seine ganze Zeit im Büro verbrachte. Doch als er mich heute angerufen hatte, hatte ich laut und deutlich Henry im Hintergrund gehört, der fragte, wann sie denn nun ins Fitnessstudio gehen wollten. Er hatte nicht mal etwas zu tun, und trotzdem musste ich all diesen Mist für ihn erledigen! Caine Carraway war ein Sadist.

Ich lehnte mich gegen den Tresen und betrachtete alles eingehend. Das Penthouse sah aus wie den Seiten eines Einrichtungsmagazins entsprungen ... durchaus beeindruckend, ja, aber ohne jede individuelle Note. Es juckte mich in den Fingern, ein bisschen herumzuschnüffeln und nach Fotos zu suchen, für die ich Rahmen kaufen konnte, die ich dann in der Wohnung aufstellte. Mal sehen, wie Caine darauf reagieren würde.

Vielleicht in einem Monat.

Es schien mir noch zu früh, meinen Nestbautrieb von der Leine zu lassen.

Meine Aufmerksamkeit wurde von etwas Buntem auf dem Couchtisch in der Fernsehecke angezogen. Neugierig geworden, ging ich hin und betrachtete erstaunt die DVD-Hülle, die Caine dort liegengelassen hatte. Als ich sie in die Hand nahm, sah ich, dass es sich um einen ausländischen Film handelte, der auf einer wahren Begebenheit beruhte, die sich in den achtziger Jahren in Berlin ereignet hatte. Hmm. Ich schielte zu dem Schrank unterhalb des Fernsehers. Einen Schrank zu öffnen war nicht dasselbe wie schnüffeln. Allenfalls ein bisschen.

Ich öffnete die Schranktür und lernte etwas Neues über Caine. Auf einer Seite des Schranks standen jede Menge Actionstreifen, auf der anderen ausländische Filme.

Action und ausländische Filme.

Hm.

Schmunzelnd stand ich auf und legte diese neue Information in dem Verzeichnis ab, das ich in meinem Kopf über Caine angelegt hatte.

Okay. Höchste Zeit, aus der Wohnung zu verschwinden. Ich war fertig, und der Nachmittag war noch nicht um. Sicher bliebe noch Zeit, um ein bisschen zu lesen. Pläne hatte ich keine, zumal sich mein Bekanntenkreis, seit ich den Job bei Benito verloren hatte, stark verkleinert hatte.

Nicht dass mich das gestört hätte.

Mitnichten. Kein bisschen.

Ich verließ die Wohnung und schloss die Tür ab. Also gut, es störte mich.

Leicht schmollend stapfte ich in Richtung Fahrstuhl und drückte den Knopf nach unten.

Ich fuhr zusammen, als ich hinter mir ein Geräusch hörte. Als ich mich umdrehte, sah ich Mrs Flanagan in einem durchscheinenden orangefarbenen Kaftan in ihrer Tür stehen. Sie lächelte mir fröhlich zu. »Alexa, ich bin ja so froh, dass ich Sie erwische. Kommen Sie doch auf einen Tee herein.«

»Äh ...« Nach Hause gehen in eine leere Wohnung? Oder sich mit einer lustigen alten Dame unterhalten, die sehr viel über Caine zu wissen schien? »Klar, gerne doch.«

Mrs Flanagan strahlte und ließ mich eintreten. Sofort fiel mir auf, wie anders ihr Penthouse im Vergleich zu Caines aussah. Es war vollgestellt mit alten, teuren Möbeln, die vermutlich noch hunderte Jahre überdauern würden. Überall standen Fotos herum, an den Wänden hingen

Ölgemälde, und auf dem Boden im Wohnzimmer lag ein riesiger, dicker Aubusson-Teppich. Der Grundriss war derselbe wie bei Caines Wohnung, nur dass Mrs Flanagans Küche eher in französischem Landhausstil als in moderner Nüchternheit gehalten war und es eine Trennwand zwischen Küche und Wohnbereich gab, was den Eindruck erweckte, als handle es sich um zwei separate Räume.

»Wow.« Ich lächelte sie an. »Das ist ja unglaublich.« Und das war es auch. Man konnte ihr ganzes Leben an diesen Räumen ablesen. Ich bemerkte das Schwarzweißfoto einer wunderschönen Frau, die versonnen in die Ferne blickte. Es sah aus wie das Porträt einer Hollywoodschauspielerin aus vergangener Zeit. »Sind Sie das?«

Mrs Flanagan nickte lächelnd. »Ich war die Maria in *West Side Story* am Broadway.«

»Wirklich?«

Sie nickte. »Ich bin mit vierzehn von Boston nach New York gezogen, um am Broadway anzufangen. Da habe ich meinen Mann Nicky kennengelernt, eines Abends nach der Vorstellung. Er war ein wohlhabender Industrieller aus Boston. Als ich dreiundzwanzig war, haben wir geheiratet.« Sie deutete auf ein Foto, das sie in einem wunderschönen Brautkleid neben einem attraktiven jungen Mann zeigte. »Wir waren unser ganzes Leben lang verliebt, bis er vor zehn Jahren gestorben ist. Wir lieben uns immer noch.« Sie lächelte traurig. »Zum Glück hat uns das gereicht, denn Kinder waren uns leider nicht vergönnt.«

»Das tut mir leid, Mrs Flanagan.«

»Das muss es nicht, Liebes. Ich hatte ein großartiges Leben. Das habe ich immer noch.« Sie schmunzelte und winkte mich zu ihrem Esstisch. »Setzen Sie sich, setzen Sie sich.«

Sobald sie den Tee aufgebrüht hatte, kehrte sie zurück und setzte sich zu mir an den Tisch … ein Tisch, der nun voll beladen war mit Keksen und Kuchen. Ich nahm mir von beidem.

»So.« Mrs Flanagan goss Tee in die wunderschöne Porzellantasse, die sie vor mich hingestellt hatte. »Sie müssen also wieder Besorgungen für Caine machen, was?«

Ich schnaubte. »Wann nicht?«

»Tss. Dieser Junge.« Sie schüttelte den Kopf. Aus ihren Augen leuchteten Humor und Zuneigung. »Er tut wirklich, was er kann, um Sie zu ärgern.«

Ich lachte auf. »Ich wette, Sie halten das für gerechtfertigt.«

»Nun ja, immerhin haben Sie ihn erst bei dem Fotoshooting und dann in seinem Büro überfallen.«

Mein Verdacht wäre somit bestätigt: Caine hatte ihr alles erzählt! Neugierig beugte ich mich vor. »Wie sind Sie und Caine eigentlich Freunde geworden?«

»Soso. Caine.« Sie grinste mich frech an.

»Mr Carraway«, berichtigte ich mich. Ich hielt ihrem Blick stand und gab nichts preis.

Sie lachte. »Sie können ihn ruhig Caine nennen, Liebes. Er ist schließlich kein Gott.«

»Ob Sie ihm das mal sagen könnten? Ich glaube nämlich, er weiß es noch gar nicht.«

Mrs Flanagan warf den Kopf zurück und lachte aus vollem Halse. »Ach, Caine hatte recht, Sie sind wirklich eine Klugscheißerin.«

Ich rümpfte die Nase. »Ich kann nichts dafür. Er fordert diese Seite von mir geradezu heraus.«

»Ja, das kann ich gut nachvollziehen, zumal er offenbar wirklich keine Gelegenheit auslässt, Sie zu provozieren, auch wenn er das natürlich bestreitet.« Sie schüttelte den Kopf. »Ich weiß nicht, was ich mit dem Burschen machen soll.«

»Ich halte das schon aus«, versicherte ich ihr. »Irgendwie verstehe ich es auch.«

»Ach ja?« Sie hob eine Braue. »Das glaube ich nicht. Ich glaube, nicht mal Caine versteht es.«

»Es geht um unsere Vergangenheit. Um meinen Vater und seine Mutter.« Plötzlich war ich misstrauisch. »Ich dachte, Sie wüssten Bescheid.«

»Oh, *darüber* weiß ich alles, und ich weiß auch, dass es nicht Ihre Schuld ist, also vergessen Sie das mal ganz schnell wieder.«

»Mir ist klar, dass es nicht meine Schuld ist, aber ich kann verstehen, warum es Caine schwerfällt, das zu trennen«, erklärte ich. »Schließlich ist es mein Vater, wegen dem er so viel durchmachen musste. Ich glaube, es würde mir einfach bessergehen, wenn ich wüsste, dass Caine glücklich ist. Er hat es verdient, glücklich zu sein, auch wenn er andauernd schlecht gelaunt, gnadenlos und überhaupt die reinste Plage ist.« Ich trank einen Schluck Tee. »Haben Sie Phoebe eigentlich mal kennengelernt?«

Die Frage schien Mrs Flanagan zu amüsieren. »Gottchen, nein. Ich lerne nie irgendwelche von Caines Damenbekanntschaften kennen. Aber Caine hat mir von ihr erzählt.«

»Sie hat so gut zu ihm gepasst. Und er hat sie einfach abserviert.« Ich schnaubte entrüstet. »Ich begreife diesen Mann nicht.«

»Nun ja, so wie ich es gehört habe, war sie eben nicht die Richtige für ihn.«

Sofort horchte ich auf. »Was genau haben Sie denn gehört?«

Sie lachte über meine unverhohlene Neugier. »Phoebe fühlte sich von ihm eingeschüchtert. Wenn sie zusammen waren, hat sie ihre Intelligenz immer heruntergespielt. Das hat ihn wahnsinnig gemacht.« Sie lehnte sich zu mir, und in ihren Augen lag plötzlich eine Intensität, von der ich nicht wusste, was sie zu bedeuten hatte. »Was Caine braucht, ist eine Frau, die sich nicht so leicht ins Bockshorn jagen lässt. Eine Frau, die hartnäckig ist und kein Problem damit hat, sich ihren Platz in seinem Leben zu erkämpfen. So habe ich mich übrigens mit ihm angefreundet. Ich habe mich einfach nicht abwimmeln lassen, und jetzt ist der Junge fast wie ein Enkelsohn für mich, und ich bin für ihn wie eine Großmutter.«

Plötzlich war mir unbehaglich zumute. »Vielleicht wäre es ihm nicht recht, dass wir miteinander reden. Schon gar nicht über private Dinge.«

»Sind Sie nicht deshalb hier?« Sie warf mir einen wissenden Blick zu. »Sie suchen doch etwas, sonst würden Sie wohl kaum den Samstagnachmittag mit der schrulligen alten Nachbarin Ihres Chefs verbringen.«

Ich lächelte traurig. »Vielleicht liegt es ja auch daran, dass ich nicht weiß, was ich sonst mit meiner Freizeit anfangen soll.«

Mrs F. wirkte betroffen. »Wenn das so ist: *Warum* wissen Sie das nicht?«

»Mein Bekanntenkreis ist ziemlich klein geworden, seit ich meinen alten Job verloren habe. Meine Freundinnen vom College haben alle Kinder und ...« Ich hob die Schultern. »Sie wissen ja, wie das ist.«

»Alexa, Sie sind eine bildhübsche, humorvolle junge Frau. Sie sollten sich entweder mit anderen charmanten Frauen zusammentun oder einen Mann am Arm haben, der am Wochenende etwas Schönes mit Ihnen unternimmt.«

Einen Mann am Arm. Alles klar. »Den hatte ich seit anderthalb Jahren nicht, und nach dem Tod meiner Mutter hat mich so was ehrlich gesagt auch nicht interessiert.«

Sie legte ihre Hand auf meine. »Ihr Verlust tut mir leid, Liebes. Caine hat mir davon erzählt, nachdem er Sie überprüft hatte.«

Wie bitte? »Caine hat mich überprüft?«

»Ja. Nach dem Fotoshooting. Er fand heraus, dass Ihre Mutter kürzlich gestorben war. Ein Bootsunfall, nicht wahr? Wie kommen Sie damit klar? Geht es Ihnen gut? Es muss hart sein, mit so einem Verlust umzugehen ... jetzt, wo Sie obendrein auch noch mit Caine fertig werden müssen.«

Es erstaunte mich selbst ein bisschen, aber Mrs F's aufrichtiges Mitgefühl hatte zur Folge, dass alles in mir hochkam. Ich hatte den Eindruck, dass sie wirklich wissen wollte, wie es mir ging, und bis zu diesem Moment war mir gar nicht klar gewesen, wie sehr ich jemanden gebraucht hatte, der sich für mich interessierte. »Ich konnte noch nie darüber reden, weil niemand die Wahrheit über meinen Vater kennt. Der Einzige, der Bescheid weiß, ist mein Großvater, und der spricht fast nie darüber. Er will nicht.«

Sie drückte meine Hand. »Also, ich kenne die Wahrheit auch. Mit mir können Sie reden.«

Ich lächelte dankbar und legte meine andere Hand auf ihre. »Danke, Mrs F.«

Sie schenkte mir ein aufmunterndes Lächeln.

»Tja, irgendwie ...« Ich holte tief Luft. »Irgendwie war es besonders hart, weil ich meiner Mom insgeheim Vorwürfe gemacht habe.« Daraufhin berichtete ich Mrs F., wie sehr ich als Kind meinen durch Abwesenheit glänzenden Vater vergöttert hatte; wie ich mich, solange es irgend ging, an die Vorstellung geklammert hatte, er sei ein strahlender Held, und dass ich, als das nicht mehr möglich war, einfach den Kopf in den Sand gesteckt und die Wahrheit geleugnet hatte. »Aber selbst das hat irgendwann nicht mehr funktioniert. Es war Thanksgiving, ich war vom College nach Hause gekommen. Er hat gesagt, wir sollen uns hinsetzen, und dann hat er uns unter Tränen von Caines Mutter erzählt. Er hat all seine schmutzigen Geheimnisse ausgepackt. Ich erfuhr, dass ich ein uneheliches Kind war, dass er eigentlich eine Frau und einen Sohn hatte, von denen ich nichts wusste, dass meine Mom für ihn nur ein kleiner Zeitvertreib für zwischendurch gewesen war, bis sein Vater ihn verstoßen hatte. Ich war geschockt, habe mich betrogen gefühlt und mich furchtbar geschämt. Mom sagte einfach gar nichts. Das von der anderen Familie hatte sie natürlich gewusst ... aber nicht das mit Caines Mutter oder wie Dad sie hatte sterben lassen und dass das der wahre Grund war, weshalb er zu uns zurückgekommen war. Ich habe Mom gefragt, was sie jetzt tun will, ob sie ihn deswegen verlässt, und sie hat gesagt, sie weiß es nicht. Sie war sehr aufgewühlt, und ich habe gehofft, dass sie vielleicht endlich erkennt, wie er wirklich ist. Solange ich denken kann, hat meine Mom alles für diesen Mann getan, und er hat ihr nie etwas zurückgegeben. Ich konnte die Wahrheit nicht länger ignorieren. Nach einer Weile habe ich auch einsehen müssen, dass er zwar ein schlechtes Gewissen hatte, aber seine Taten nicht wirklich bereut hat. Ich habe ihm gesagt, dass ich ihm nicht verzeihen kann. Ich bin aufs College zurück ... und leider ist Mom bei ihm geblieben.« Ich sah auf. Tränen brannten in meinen Augen, als der altvertraute Schmerz wieder einsetzte. »Von dem Moment an kam er bei ihr an erster Stelle. Das Zerwürfnis zwischen uns war meine Schuld. Nie seine. In den letzten Jahren habe ich sie nur ein paarmal gesehen, und es war immer eine Wand zwischen uns, die wir nicht überwinden konnten.« Ich wischte die Tränen weg, die mir über die Wangen liefen. »Und dann ist sie eines Tages mit dem Boot einer Freundin rausgefahren, es gab einen

Sturm, und das war's. Sie ist über Bord gegangen, und als sie sie endlich aus dem Wasser gezogen hatten, war sie bereits ertrunken. Sie ist tot, und ich habe nie versucht, die Sache zwischen uns zu bereinigen. Aber sie auch nicht.« *Und das tut so weh.*

»Ach, Liebes«, seufzte Mrs F. »Das tut mir so leid.«

»Ich ... ich weiß noch, wie es war, als ich klein war und es nur uns beide gab. Meine ganze Welt hat sich um sie gedreht. Ich habe nie jemanden so geliebt wie sie. Und jetzt? Jetzt bin ich einfach nur noch wütend auf sie. Als ich dann vor ein paar Wochen zu dem Fotoshooting kam und Caine gesehen habe, war das wahrscheinlich die Gelegenheit für mich, endlich mal an etwas anderes zu denken als daran, dass meine Mutter tödlich verunglückt ist und ich in erster Linie Wut auf sie empfinde. Ich habe solche Angst, dass ich ihr vielleicht nie vergeben kann.«

Ohne ein weiteres Wort stand Mrs F. auf, kam zu mir und zog mich in ihre Arme, und zum ersten Mal seit Moms Tod ließ ich mich wirklich fallen.

Mehrere Papiertaschentücher und zwei Tassen Tee später lächelte ich Mrs F. dankbar an. »Das klingt vielleicht komisch, aber: vielen Dank.«

»Wofür denn, Liebes?«

»Dass Sie zugehört haben.« Ich zuckte mit den Schultern. »Ich fühle mich jetzt irgendwie leichter. Vielleicht hat es schon geholfen, einfach nur offen auszusprechen, dass ich wütend bin. Vor einer Weile habe ich versucht, mit meinem Großvater darüber zu reden, aber er hat sich nur unglaublich aufgeregt, und dann ist ihm Caines Name herausgerutscht, und alles andere wurde erst mal an den Rand gedrängt.«

»Es tut mir leid, dass Sie keine Schulter zum Ausweinen hatten, als Sie eine gebraucht haben.« Mrs F. wirkte regelrecht entrüstet. »Aber Sie können jederzeit zu mir kommen, Liebes. Jeder braucht hin und wieder einen Menschen, an dem er sich festhalten kann.«

»Das stimmt. Ich bin froh, dass Caine Sie hat.«

Daraufhin sah sie mich ganz merkwürdig an. »Sein Glück liegt Ihnen wirklich am Herzen, oder?«

Der Tonfall, in dem sie dies fragte, machte mich sofort hellhörig, als würde meine Antwort viel mehr bedeuten als das, was ich mit ihr beabsichtigte. Schließlich nickte ich trotzdem.

»Gut. Wenn wir zu zweit sind, kriegen wir das vielleicht hin.« Sie warf einen Blick zur Uhr. »Ach, sehen Sie mal, es ist ja schon Zeit fürs Abendessen. Ich kenne die Nummer eines ausgezeichneten Chinesen. Haben Sie Lust mitzuessen? Ich habe Wein da.«

Ich lachte. »Nichts lieber als das.«

»Fabelhaft.« Sie stand auf. »Ach so ... Alexa?«

»Ja.«

»Sie dürfen ruhig wütend auf Ihre Mutter sein, Liebes.«

Ehe ich den Kloß, der sich plötzlich in meinem Hals gebildet hatte, herunterwürgen und mich bei ihr bedanken konnte, eilte Mrs F. mit wehendem Kaftan in die Eingangshalle. Ich hörte sie am Telefon reden, doch schon nach einer Minute kam sie zurück, ihr Handy und eine Speisekarte in der Hand.

Sie hielt mir die Karte hin. »Suchen Sie sich aus, was Sie möchten. Caine hat mir schon gesagt, was er haben will.«

Äh ... »Caine?«

»Ja.« Sie grinste spitzbübisch. »Er ist gerade mit seinem Squash-Match fertig und hat Hunger, deswegen kommt er gleich vorbei und isst mit uns.«

Ich hatte kein gutes Gefühl bei der Sache.

Durch schmale Augen sah ich Mrs F. an. »Er weiß nicht, dass ich hier bin, oder?«

»Nein.« Sie zeigte auf die Speisekarte. »Jetzt suchen Sie sich schon was aus.«

Ich überflog die Speisekarte und überlegte, ob ich mir ein Gericht mit Erdnüssen bestellen sollte. Dann konnte ich eine Erdnussallergie vortäuschen, und das würde mir die Gelegenheit geben, der Situation zu entfliehen. Andererseits würde ich damit die Gelegenheit versäumen, Caine in Interaktion mit Mrs F. zu erleben. Ich seufzte und beschloss, seinen Zorn in Kauf zu nehmen, wenn ich dadurch meine Neugier befriedigen konnte. »Vom Chinesen hätte ich gern das Schweinefleisch Mu Shu und von Ihnen etwas weniger Kuppelei.« Ich gab ihr die Karte zurück, und sie lachte schallend. »Mrs F.«, warnte ich sie. »Sie wissen genau, dass daraus nie etwas werden wird ... nicht bei unserer Vergangenheit.«

»Sagen Sie Effie zu mir, Liebes. Und ja, das dachte ich anfangs auch ... das mit Ihrer Vergangenheit, meine ich«, räumte sie ein. »Aber Sie und Caine begreifen nicht, worum es bei der Sache geht. Er glaubt, er weiß es, Sie glauben, Sie wissen es ... aber *eigentlich* geht es um etwas ganz anderes.«

Ich starrte sie verständnislos an. »Was Sie da gerade gesagt haben, ergibt überhaupt keinen Sinn.«

»Für mich schon.«

Meine Panik mutierte zu einem nervösen Flattern in der Magengegend. »Bitte schlagen Sie sich das aus dem Kopf.«

Effie legte mir beruhigend die Hand auf die Schulter. »Ich würde nie etwas tun, was einen von Ihnen in Verlegenheit bringen oder verletzen könnte, aber nach allem, was ich bisher gehört habe, schleichen Sie beide die ganze Zeit umeinander herum und haben doch noch nichts Relevantes über den anderen gelernt. Außerhalb der Arbeit ein bisschen Zeit miteinander zu verbringen kann Ihnen nur guttun.«

»Er macht mir Angst«, gestand ich ihr.

Sie gab ein Prusten von sich. »Bei mir ist er die Liebenswürdigkeit in Person.«

Als ich das hörte, fiel mir fast die Kinnlade herunter. »Liebenswürdig? Caine? Nein, das können Sie mir nicht erzählen.«

Ihr Lächeln daraufhin hatte etwas Selbstgewisses. »Sie werden schon sehen.«

Als ich hörte, wie Effies Wohnungstür aufging, blieb mir eine Sekunde lang das Herz stehen, und als es wieder schlug, raste es. Effie sah mich grinsend an, als schwere Schritte durch die Halle in Richtung Wohnzimmer kamen.

Plötzlich hörten die Schritte auf.

»Effie?«

Ha. Dieser warnende Tonfall war also nicht nur für mich reserviert.

Ich drehte mich um, sah ihn an und winkte scheu. »Hey, Boss.«

Ich war heilfroh, dass ich die Worte über die Lippen brachte, bevor ich ihn richtig ansah, denn danach wurde mein Mund ganz trocken, und mein Gehirn stellte seine Arbeit ein. Caine trug ein T-Shirt, das sich eng um seinen muskulösen Oberkörper schmiegte. Man konnte die unglaubliche Kraft in seinen Schultern und Armen ahnen. Der Gesamteindruck wurde noch verschlimmert durch die ausgeblichene Jeans, die ihm auf unwiderstehlich lässige Art auf den Hüften saß.

Caine Carraway im Anzug war ein Anblick für die Götter. Caine Carraway ohne Anzug war heiß wie die Sünde.

Außerdem kam er mir zum ersten Mal wie ein halbwegs normaler Mensch vor.

Vielmehr *wäre* er mir wie ein halbwegs normaler Mensch vorgekommen, wenn er mich nicht so finster angefunkelt hätte.

»Caine, komm doch und setz dich. Alexa isst mit uns zu Abend.«

Noch ehe irgendjemand etwas sagen konnte, hallte der Summer vom Concierge durch die Wohnung.

»Ah, das wird das Essen sein«, rief Effie.

»Ich gehe schon.« Caine marschierte von dannen. Seine Schultern waren steif.

Kaum war er weg, sagte ich zu ihr: »Er ist nicht gerade erfreut.«

Die ältere Dame schmunzelte bloß.

Caine kam mit dem Essen zurück. Ohne ein Wort verschwand er in der Küche und überraschte mich damit, dass er das Essen auf Teller verteilte und ins Esszimmer trug. Effie hingegen schien darüber kein bisschen geschockt.

Als er dann auch noch erriet, dass das Schweinefleisch Mu Shu für mich war, und den entsprechenden Teller vor mich hinstellte, musste er meinen bohrenden Blick gespürt haben, denn er fragte leise: »Was ist?«

»Sie haben gerade etwas für mich gemacht. Für einen anderen Menschen.«

Sofort kehrte seine altbekannte Grimmigkeit zurück. »Ich habe Essen auf einen Teller getan. Seien Sie still, und essen Sie.« Er setzte sich und machte sich über sein Hähnchen süß-sauer mit Reis her.

»Caine, sei nett zu Alexa«, mahnte Effie. »Sonst bekommst du kein Stück von der Zitronen-Baiser-Torte, die ich heute gebacken habe.«

»Es gibt Zitronen-Baiser-Torte?«, fragten Caine und ich wie aus einem Mund. Danach tauschten wir einen wütenden Blick.

Effie lachte.

Plötzlich interessierte ich mich brennend für mein Schweinefleisch Mu Shu.

»Wie war dein Tag?«, erkundigte sich Effie bei Caine.

Seine Antwort bestand aus einem argwöhnischen Blick in meine Richtung, während er eine Gabel mit Reis zum Mund führte.

Himmel! Ich war noch nie jemandem begegnet, der so um seine Privatsphäre bedacht war … und darum, mich auf Abstand zu halten. »Im Moment bin ich nicht Ihre Assistentin. Sie dürfen sogar so tun, als wäre ich ein menschliches Wesen.«

Caine sah zu Effie, während er mit der Gabel auf mich wies. »Siehst du? Klugscheißerin.«

»Ich finde ihren Witz einmalig.« Effie prostete mir mit ihrem Wasserglas zu, und ich schenkte ihr zum Dank ein Lächeln.

»War ja klar«, brummte Caine auf eine entzückende, fast jungenhafte Art, die in meiner Brust ein kleines Flattern auslöste.

Um das Gefühl loszuwerden, rief ich mir die erste Hälfte meines Tages ins Gedächtnis. »Also, wenn Sie nicht über Ihren zweifellos sehr arbeitsreichen Tag reden möchten, dann rede ich eben über meinen … und darüber, wie mein Boss mich quer durch Boston gescheucht hat, damit ich an einem Samstag alle möglichen persönlichen Erledigungen für ihn mache.«

Und wieder überraschte mich Caine. Seine Miene hellte sich auf, und er schmunzelte. »Klingt, als bräuchten Sie dringend ein Sozialleben.«

»Ich sehe keinen Sinn darin. Sie würden ja doch nur alles daransetzen, es zu zerstören.«

Er schaute kurz zu mir, und ich sah Heiterkeit in seinen Augen aufblitzen.

Das Flattern sackte in meinen Bauch und dann noch ein Stück tiefer.

O Mann.

Hoffentlich sah man mir meine Gefühle nicht an. Schuldbewusst schielte ich zu Effie, die uns beide mit diebischer Freude beobachtete.

Verdammt.

Effie spürte, dass ich sie ansah, setzte rasch eine unschuldige Miene auf und richtete das Wort an Caine. »Ich muss diesen nichtsnutzigen Schreiner noch mal herbestellen … die Stange in meinem Ankleidezimmer ist schon wieder heruntergefallen.«

»Lass nur.« Caine schüttelte den Kopf. »Der Kerl ist ganz eindeutig inkompetent. Ich schaue mir die Sache nach dem Abendessen mal an.«

Was? Ich blinzelte ein paarmal. »Haben Sie gerade … Sie besitzen handwerkliches Geschick?«

»Wenn es sein muss.«

»Können Sie so was gut?«

Als Antwort hörte er auf zu essen und schaute mich über den Tisch hinweg mit einem teuflischen Funkeln in den Augen an. »Ich konnte immer schon gut mit meinen Händen umgehen.«

Mir blieb die Luft weg.

Eine Hitzewelle, gefolgt von einem Kribbeln der Erregung, ging durch meinen Körper.

Ich war wie gefangen von seinem Blick und wusste, ich würde erst wieder atmen können, wenn ich ihm entkam. Irgendwie gelang es mir, auf meinen Teller zu schauen. Ich atmete aus. »Dazu fällt mir nichts mehr ein«, sagte ich völlig verdattert.

Als Caine nichts erwiderte, sah ich auf.

Er grinste. »Wie kommt's? Haben Sie heute etwa frei?«

Er musste doch ganz genau wissen, welche Wirkung es auf eine Frau hatte, wenn er sie so ansah. Der Schuft. »Ich bin nur müde von der ganzen Hetzerei heute.«

»Wenn Sie davon schon müde sind, müssen wir an Ihrer Kondition arbeiten. Sie hätten mit Henry und mir ins Studio kommen sollen.«

Ich rümpfte die Nase. »Nein danke. Das Fitnessstudio und ich gehen schon seit langem getrennte Wege. Ich habe jetzt eine Beziehung zu Pilates, und wir sind sehr glücklich miteinander.«

»Tanzen«, warf Effie ein. »Das ist ein Sport, der Spaß macht. Ich habe nie verstanden, was daran attraktiv sein soll, in einem muffigen Fitnessstudio zu sitzen und Gewichte zu stemmen.«

»Hört, hört«, murmelte ich.

»Und natürlich Sex. Viel Sex.«

Caine fiel klirrend die Gabel auf den Teller. Er sah ein wenig krank aus.

Ich prustete unterdrückt, weil ich versuchte, mein Kichern zurückzuhalten, aber als Effie anfing, laut loszugackern, konnte ich nicht anders, ich musste mit einstimmen.

Caine sah mit zusammengekniffenen Lippen zwischen uns beiden hin und her. Schließlich richtete sich sein Ärger gegen mich. »Ich werde die ganze Zitronen-Baiser-Torte aufessen«, verkündete er.

Da verging mir das Lachen. »Das geht nicht. Das wird Effie niemals zulassen.«

»Mein Gott.« Er schüttelte den Kopf. »Ihr nennt euch schon beim Vornamen. Da kann ich ja einpacken.«

Effie gluckste und wischte sich die Tränen aus den Augenwinkeln. »Ich gehe und hole die Torte.«

Sein Blick folgte ihr, bis sie in der Küche verschwunden war, dann beugte sich über den Tisch und senkte die Stimme. »Passen Sie auf. Ich weiß nicht recht, ob es mir gefällt, dass Sie Zeit mit Effie verbringen. Sie ist wie eine Familie für mich. Ich will nicht, dass mein berufliches und privates Umfeld sich in die Quere kommen.«

Vielleicht hätte so mancher mich für dumm gehalten, weil ich mich Caine auslieferte, aber ich hatte gerade den schönsten Nachmittag seit langer, langer Zeit verbracht, und das hatte ich allein Effie zu verdanken. Ich wollte sie nicht gleich wieder verlieren. »Ich mag sie sehr«, sagte ich aufrichtig. »Mit ihr kann ich reden.«

Caine zog die Brauen zusammen, allerdings nicht vor Ärger. Vielmehr strahlte er eine gewisse Neugier aus. Immerhin. So kam ich mir wegen meiner Ehrlichkeit nicht mehr ganz so dumm vor. »Okay. Solange Sie nicht über mich reden.«

Ich lächelte und überkreuzte unter dem Tisch die Finger. »Geht klar.«

Nachdem wir die köstlichste Zitronen-Baiser-Torte vertilgt hatten, die ich je probiert hatte, stand Caine auf, um abzuräumen und das Geschirr in die Spülmaschine zu stellen. Ich hatte längst den Überblick verloren, wie oft er mich an diesem Abend bereits überrascht hatte.

»Effie, du brauchst neuen Klarspüler«, rief er ins Wohnzimmer. Ein paar Sekunden später setzte er noch hinzu: »Und Milch. Und Eier.«

»Die habe ich alle für die Torte verbraucht«, rief sie zurück, bevor sie einen Schluck von dem Tee trank, den sie frisch aufgebrüht hatte.

»Ich gehe morgen los und hole dir Nachschub. Brauchst du sonst noch was?«

Ich bekam vor Empörung den Mund nicht mehr zu.

Effie lachte mich an. »Ich hätte morgen Lust auf ein Omelett. Kannst du mir auch noch etwas Käse, rote und grüne Paprika und Frühlingszwiebeln besorgen?«

»Schreib einfach alles auf, ich bringe es dir mit«, sagte er, als er sich wieder zu uns gesellte.

Ich war sprachlos.

Caine warf mir einen Blick zu. Seine Augen blitzten diebisch.

Ich stand abrupt auf. »Ich gehe dann mal.« *Bevor ich noch jemanden umbringe!*

Er grinste schadenfroh, als Effie, noch immer glucksend, sich ebenfalls erhob.

»Es war so schön, Sie hier zu haben, Lexie. Es ist richtig lustig mit Ihnen.«

Ich ignorierte den Teufel und wandte mich stattdessen an meinen humorvollen Engel. »Danke, Effie. Mir hat es auch sehr gefallen. Ich hoffe, wir können das irgendwann wiederholen.«

»Aber, Liebes, kommen Sie vorbei, wann immer Sie möchten.« Sie kam um den Tisch herum und zog mich in eine überraschend kräftige Umarmung.

»Ich bringe Sie noch zu Ihrem Wagen«, bot Caine mir an, als Effie sich von mir löste.

»Nicht nötig«, sagte ich. Ich war immer noch beleidigt, weil er mich zu Besorgungen gezwungen hatte, die er sehr gut selbst machen konnte.

»Alexa«, sagte er in seinem charakteristischen warnenden Tonfall. »Sie wussten, was es für ein Job ist, als Sie ihn angenommen haben.«

Das war leider Gottes die Wahrheit. Ich seufzte tief und

versuchte, meinen Ärger abzuschütteln. Ich nickte, dann winkte ich Effie zum Abschied, griff nach meiner Handtasche und folgte Caine zur Tür.

Wir schwiegen, als wir in den Fahrstuhl traten. Caine drückte auf den Knopf für die Tiefgarage.

»Ich habe den Kimono gesehen«, sagte er, als wir fast unten waren. »Er passt perfekt zu Effie.«

Ja, ich hatte definitiv keinen Überblick mehr darüber, wie oft er mich im Verlauf dieses Nachmittags überrascht hatte. »War das beinahe so etwas wie ein Lob?«

Wir traten aus dem Aufzug in die kühle Garage hinaus. Caine strafte mich mit einem finsteren Blick, als wir zu meinem Auto gingen. »Ruinieren Sie es nicht durch eine spitze Bemerkung.«

Ich grinste. »Ich glaube, es ist gar nicht möglich, ein Beinahe-Lob zu ruinieren. Ein echtes Lob vielleicht, aber kein Beinahe-Lob.«

Wir blieben vor meinem Wagen stehen, und Caine stieß einen müden Seufzer aus. »Also schön, das war ein Lob.« Er fixierte mich mit seinem intensiven, dunklen Blick. »Sie machen Ihre Arbeit gut.«

Und schon wieder hatte er mich geschockt.

Ein Lächeln umspielte meine Lippen.

Caine hatte noch eine andere Seite, und Effie Flanagan, eine siebenundsiebzig Jahre alte ehemalige Broadway-Schauspielerin, kitzelte sie aus ihm heraus. Bei ihr war er gelöst, humorvoll, ja, er konnte sogar ... Tatsache ... *liebenswürdig* sein. Genau, wie Effie behauptet hatte.

Ein gewisser Argwohn trat in Caines Miene, als warte er darauf, dass ich etwas Vorlautes sagte.

»Danke.«

Der Argwohn verschwand, und sein anerkennendes Nicken war viel erotischer, als es hätte sein dürfen.

»Ich gehe besser wieder hoch zu Effie. Ich habe ihr versprochen, die Stange wieder anzubringen.«

»Ja.« Ich schloss lächelnd meine Autotür auf.

»Gute Nacht, Alexa.«

»Gute Nacht, Mr Carraway.«

Caine antwortete mit einem steifen Lächeln, dann wandte er sich langsam ab und ging davon.

Ich stieg in meinen Wagen und fuhr aus der Tiefgarage. Warum konnte ich die Sache nicht auf sich beruhen lassen? Warum musste ich mich in sein Leben drängen? Damit ich mich nicht mit meinem eigenen auseinandersetzen musste? Langsam wusste ich gar nichts mehr. Das Einzige, was ich wusste ... oder zumindest ahnte ..., war dies: Wenn es mir wie durch ein Wunder tatsächlich gelingen sollte, Caine zu zeigen, wer ich wirklich war, würde keiner von uns beiden unbeschadet aus der Sache herauskommen.

Kapitel 8

Meine Ahnung trog mich nicht. Als ich am folgenden Montag zur Arbeit kam, war Caine wieder ganz der Alte ... aalglatt, kurz angebunden, unterkühlt. Es war, als hätte es den Samstag nie gegeben. Ich muss zugeben: Es tat weh.

Ein Scheißgefühl.

Immerhin machte er es mir leicht, meine Gekränktheit in Ärger umzuwandeln, als er sich darüber beschwerte, dass sein Latte ein Soja-Latte sei (es war definitiv kein Soja-Latte), und mir sagte, ich solle gefälligst aufhören, Blätter aneinanderzuheften, und stattdessen lernen, wie man Büroklammern benutzt.

Ich *würde* lernen, wie man Büroklammern benutzt, kein Thema ... aber erst nachdem ich den Hefter noch ein letztes Mal dazu verwendet hatte, ihn für immer zum Schweigen zu bringen. *Jawohl, gib's ihm!*

»Gib wem was?«, blaffte Caine.

Erst jetzt dämmerte mir, dass ich die zweite Hälfte meines Selbstgesprächs laut geführt hatte. »Also ...« Ich überlegte fieberhaft. »Recht. Ich gebe Ihnen vollkommen recht.« Ich streckte die Hand aus und nahm ihm den Papierkram ab. »Ich pule die Heftklammern wieder raus.«

Ich fand, das war ein ziemlich lausiger Start in den Tag. Dennoch dauerte es bis zum Mittagessen, bis es so richtig bergab ging.

Ich war gerade damit beschäftigt, meine krakeligen Notizen, die ich während Caines Besprechungen vom Vormittag gemacht hatte, ins Reine zu tippen, als ich Henry meinen Namen rufen hörte. Er kam durch den Gang auf mich zu, blieb vor meinem Schreibtisch stehen und hockte sich schließlich auf die Kante. Dabei schenkte er mir ein einnehmendes Lächeln. »Ich wünsche Ihnen einen guten Nachmittag, meine Hübsche.«

Im Laufe der letzten Wochen hatte ich Henry ins Herz geschlossen. Er war das genaue Gegenteil von Caine: immer freundlich, zu Scherzen aufgelegt und unverkrampft. Henry arbeitete in der Offshore-Bank seines Vaters, reiste viel und schien das Leben weit mehr zu genießen als sein bester Freund. Er sprühte nur so vor Charme und Zufriedenheit, und ich musste zugeben, dass er nicht unwesentlich dazu beitrug, die Wunden, die Caine meinem Stolz und Selbstwertgefühl zufügte, zu heilen.

Ich lehnte mich auf meinem Stuhl zurück. »Gleichfalls. Wie war Ihr Wochenende?«

»Nicht so interessant wie Ihres. Wie ich hörte, waren Sie bei der Queen zum Essen eingeladen.«

Ich lachte. »Effie? Ja, sie ist wirklich großartig.«

Henry warf den Kopf zurück und lachte. »Effie? Mrs Flanagan hat Ihnen erlaubt, sie beim Vornamen zu nennen? Da wird Caine ja entzückt gewesen sein.«

Ich verdrehte die Augen. »Wieso machen alle so ein großes Ding daraus?«

»Ob Sie es glauben oder nicht, Mrs Flanagan ist eine harte Nuss. Sie und ich reden uns jedenfalls nicht mit Vornamen an, außerdem versucht sie seit fünf Jahren hartnäckig, mir den Zugriff auf ihre Backwaren zu verweigern.« Er zog einen lustigen Schmollmund. »Und ich mag keine Zurückweisungen.«

Ich schnalzte mit der Zunge. »Sie wird schon einen Grund dafür haben.«

»Sie sagt, ich sei ein Hallodri, und bis ich nicht zur Ruhe komme und mich wie ein anständiger Mann benehme, will sie nichts mit mir zu tun haben.«

»Das ist aber ungerecht. Ich finde, Mr Carraway ist ein viel größerer Hallodri als Sie.«

»Danke!« Er nickte zustimmend. »Genau das sage ich auch immer.« Er beugte sich zu mir herunter. »Vielleicht könnten Sie ja ein gutes Wort für mich einlegen. Sie scheint einen Narren an Ihnen gefressen zu haben.«

»Ich werde sehen, was sich machen lässt.«

Lächelnd richtete Henry sich auf. »Habe ich Ihnen schon gesagt, wie froh ich bin, dass Caine Sie eingestellt hat?«

»Nein, und es wäre auch hilfreicher, wenn Sie *ihm* das sagen könnten.« Ich drückte einen Knopf am Telefonapparat.

»Was?«, brummte es ungehalten durch den Lautsprecher, und Henry grinste, als ich in Reaktion darauf den Mund verzog.

»Mr Lexington ist jetzt da.«

»Soll reinkommen.«

Ich deutete zur Tür. »Seine Majestät erwartet Sie.«

Er nickte. »Haben Sie vielen Dank, meine Hübsche.«

Die dicke Tür war bereits hinter ihm ins Schloss gefallen, trotzdem hörte ich ihn sagen: »Hat hier etwa jemand schlechte Laune?«

Den Lautsprecher. Caine musste ihn angelassen haben. Ich wollte ihn gerade darauf hinweisen, als ich seine Antwort vernahm. »Ich kann mich schon gar nicht mehr daran erinnern, wann ich das letzte Mal gut gelaunt war. Ach ja, stimmt … vor Alexa.«

Ich presste die Lippen aufeinander. Meine Haut brannte

und prickelte, so verletzt war ich. Mir gegenüber knurrig und beleidigend zu sein war eine Sache. Aber mit anderen so über mich zu reden ... das war absolut indiskutabel.

»Na, dann musst du aber ein ziemlicher Idiot sein«, gab Henry unbekümmert zurück. »Ich finde sie toll. Ich finde Alexa sogar so toll, dass ich sie fragen werde, ob sie Lust hat, mit mir am Samstag zum Jubiläumsball der Andersons zu gehen.«

Ich schlug die Hand vor den Mund, damit man mein erstauntes Japsen nicht hörte. Ich hatte für Caine Termine beim Schneider machen müssen, weil er für den Anderson-Ball einen neuen Smoking benötigte. Richard Anderson war ein bekannter Medienmogul. Er und seine Frau Cerise waren führende Mitglieder der Bostoner Gesellschaft. Cerise saß im Vorstand so ziemlich jeder Wohltätigkeitsorganisation und jedes Kunstvereins in der Stadt. Am Samstag war ihr vierzigster Hochzeitstag, und deswegen veranstalteten sie eine Party, die einer Königsfamilie würdig gewesen wäre. Alles, was in Boston Rang und Namen hatte, war eingeladen.

Henry wollte, dass ich ihn begleitete?

»Denk nicht mal dran«, knurrte Caine durch zusammengebissene Zähne.

»Wieso? Weil sie eine Assistentin ist? Findest du etwa, sie ist unter unserem Niveau? Ziemlich schäbig von dir, wenn man deine Herkunft bedenkt.«

Da hatte er recht.

Zeig's ihm, Henry!

»Damit hat es nichts zu tun.« Caines Stimme klang gepresst und angespannt. »Sondern damit, dass du deinen Schwanz nicht in der Hose behalten kannst. Ich werde dich und deinen streunenden Schwanz nicht mal in die Nähe von Lexie lassen.«

Ich sackte gegen die Lehne meines Stuhls.

Lexie?

Lexie?

Was zum Geier ging hier vor?

Ich hörte Henrys spöttisches Schnauben. »Du klingst ja direkt eifersüchtig ...«

War er eifersüchtig? Bei dem Gedanken schlug mein Magen einen Salto.

»Ich bin nicht eifersüchtig«, sagte Caine, als sei diese Vorstellung ganz und gar absurd. »Trotz ihrer großen Klappe ist sie die beste Assistentin, die ich je hatte. Ich lasse nicht zu, dass sie kündigt, bloß weil du scharf auf ihre Beine bist.«

Beste Assistentin?

Beste Assistentin?

»Nicht nur auf ihre Beine. Mir gefällt das Gesamtpaket. Sie ist bildhübsch, sie hat Humor, und sie ist klug. Mit ihr langweile ich mich wenigstens nicht zu Tode. Wie auch immer, du gehst mit Marina Lansbury, und ich werde garantiert nicht den ganzen Abend lang das fünfte Rad am Wagen spielen.«

Marina Lansbury?

Wieder machte mein Magen einen Überschlag, diesmal allerdings war das Gefühl entschieden unangenehm.

»Henry, du bist ein Lexington. Du kannst jede beliebige Frau in Boston fragen, ob sie mit dir zu dem Ball geht, und sie wird ja sagen. Du wirst Lexie *nicht* bitten mitzukommen. Das geht einfach zu weit.«

So wie ... mal überlegen. So wie wenn du mich heimlich »Lexie« nennst? Was hatte es damit auf sich?

»Ach, komm, zieh mal den Stock aus deinem Arsch, Caine.«

Henry wurde mir von Minute zu Minute sympathischer.

»Scheiße, Henry, du kannst doch was Besseres haben als Lexie.«

Das saß.

Ich blinzelte die Tränen weg, die in meinen Augen stachen, und schaltete den Lautsprecher aus. Wie sagte man doch so schön: Der Lauscher an der Wand hört seine eigene Schand.

Das Brennen in meiner Brust wollte nicht aufhören, und ich musste mich zusammennehmen, um nicht in Schluchzen auszubrechen. Ich konnte gar nicht glauben, wie sehr es weh tat.

Die Tür zu Caines Büro ging auf, und die beiden kamen heraus. Ich mied Caines Blick, aber Henry schenkte ich ein ... hoffentlich nicht zittriges ... Lächeln.

Henry nahm dies als Einladung, sich erneut bei mir auf die Tischkante zu hocken. Ich warf verstohlen einen Blick zu Caine, der hinter ihm stand und ungeduldig auf ihn wartete.

Mehr als ungeduldig.

Er sah aus, als wolle er Henry mit seinen Blicken die Haut vom Rücken abziehen.

»Alexa«, lenkte Henry meine Aufmerksamkeit auf sich. »Bestimmt haben Sie vom Jubiläumsball der Andersons am kommenden Samstag gehört. Ich weiß, es ist ein bisschen kurzfristig, aber es wäre mir eine Ehre, wenn Sie mich begleiten würden.«

Ich musste nicht eine Sekunde lang darüber nachdenken. Ich schenkte ihm ein kleines, kokettes Lächeln, bei dem seine Augen tanzten. »O ja. Nichts lieber als das.«

Caine entfernte sich, und Henry blickte über die Schulter, um den Rückzug seines Freundes zu beobachten.

»Ist alles in Ordnung?«, fragte ich mit Unschuldsmiene.

Henry schenkte mir ein beruhigendes Lächeln. »Es ist

alles ganz wunderbar. Wenn Sie mir noch Ihre Adresse verraten, hole ich Sie um zwanzig Uhr ab.«

Ich nahm den Umstand, dass Caine mir zunickte, als er vom Mittagessen zurückkehrte, als positives Signal. Daher wagte ich später am Nachmittag einen kühnen Vorstoß. Wir kamen gerade von einer Besprechung mit dem Chef einer in die Krise geratenen Investmentfirma und saßen schweigend im Wagen auf der Rückfahrt ins Büro.

Wie immer konnte man die Spannung zwischen uns mit Händen greifen.

Gleich würde sich diese Spannung verflüchtigen... oder noch unerträglicher werden. Die Chancen standen fünfzig zu fünfzig. »Ich hatte gehofft, ich könnte morgen vielleicht eine verlängerte Mittagspause machen, damit ich mir ein Kleid für den Ball am Samstag kaufen kann.«

Caine setzte sich kerzengerade auf. Dann sah er mich mit dieser herrischen Miene an, bei der man vor Wut hätte platzen können. »Eine verlängerte Mittagspause? Wegen eines Kleides?«

»Es wird höchste Zeit, dass ich etwas von dem Geld ausgebe, das ich damit verdiene, hinter Ihnen herzulaufen und Ihre Sachen für Sie zu erledigen«, sagte ich liebenswürdig.

Sein Blick glitt an meinem Körper hinab. Auf dem Weg zurück nach oben ließ er sich alle Zeit der Welt.

Ich wurde rot und wand mich unter seinen Blicken. »Also?«

Er wandte sich ab und schaute wieder aus dem Fenster auf die vorbeiziehende Stadt. »Verschieben Sie meinen Termin mit Peter aus dem Risikomanagement, dann begleite ich Sie.«

Was? *Nein*. Das war ein Scherz, oder? »Ist das ein Scherz?«

»Nein«, sagte er und zog das Wort ungehalten in die Länge. »Sie repräsentieren mich und mein Unternehmen. Ich muss dafür sorgen, dass Sie nicht ... in unangemessenem Aufzug erscheinen.«

Mein Blut begann zu kochen. »Unangemessener Aufzug?«, fauchte ich.

»Ich muss nicht erst in Ihren Kleiderschrank schauen, um zu wissen, dass er voller Shorts und Tanktops ist, die viel zu viel Dekolleté zeigen.«

Also! »Vergessen Sie nicht die piekfeinen Scheißklamotten, in die ich mich jeden Morgen für die Arbeit reinquetschen muss«, blaffte ich zurück, einen Moment lang vergessend, dass ich mit meinem Boss redete.

Er funkelte mich an. »Das sind die einzigen annehmbaren Kleidungsstücke in Ihrer Garderobe. Außerdem haben Sie meinen Standpunkt dadurch nur bestätigt. Ich gehe mit Ihnen ein Kleid kaufen.«

So weit kam es noch! »Bei allem Respekt, Sir, ich gehe *nicht* mit Ihnen einkaufen. Shoppen soll Spaß machen, und bestimmt verstehen Sie, dass es keinen Spaß macht, wenn man dabei seinen Chef im Schlepptau hat.«

Caine seufzte und zog die Ärmel seines Sakkos gerade. »Shoppen macht nie Spaß.«

»Jetzt passen Sie aber mal auf, Sie ...« Mir fiel kein Wort ein, das sein unmögliches Benehmen adäquat beschrieben hätte. »Ich bin eine intelligente Frau, und nur weil ich bequeme Kleider mag, heißt das nicht, dass ich keine Ahnung habe, was man zu einem formellen Anlass anzieht.«

»Alexa.« Er schürzte die Oberlippe. »Wir reden hier nicht von einem Schulabschlussball. Sondern von der Bostoner High Society.«

Ich strafte ihn mit einem verächtlichen Blick und frohlockte innerlich, als er zusammenzuckte. Der Wagen hielt in der Tiefgarage, und ich stieß meine Tür auf. Bevor ich ausstieg, fiel mir wieder ein, was er zu Henry gesagt hatte, und ich drehte mich noch einmal zu ihm um. »Als ich die Stelle angenommen habe, wusste ich, dass Sie es mir nicht leichtmachen würden, aber trotz der vielen harten Arbeit waren Sie mir nie unsympathisch. Bis heute.« Ich schüttelte den Kopf. Ich war unsäglich enttäuscht von ihm, viel enttäuschter, als ich je für möglich gehalten hätte. »Sie stammen aus Southie. Jetzt gehören Sie zur feinen Gesellschaft. Aber statt Ihre Herkunft zu akzeptieren und als Teil dessen zu sehen, was Sie jetzt sind – was Ihnen einen viel besseren Blick auf das Leben verschaffen würde als anderen aus Ihren Kreisen –, sind Sie ein elitärer Snob geworden.« Ich sprang aus dem Wagen, ehe er etwas erwidern konnte, und fuhr ohne ihn mit dem Fahrstuhl hinauf ins Büro.

Dort saß ich an meinem Platz und köchelte in meiner Empörung vor mich hin.

Zehn Minuten später hörte ich Schritte im Flur. Als er um die Ecke kam und auf mich zuhielt, machte ich mich darauf gefasst, gefeuert zu werden. Sein Schatten fiel über mich, als er an meinem Schreibtisch stehen blieb, und ich zwang mich, zu ihm aufzusehen.

Caines Miene gab nichts preis. »Sie dürfen morgen eine Stunde länger Pause machen. Allein.«

Geschockt, dass er mich nicht an die Luft gesetzt hatte, aber zugleich immer noch verletzt wegen seiner Äußerungen, nickte ich bloß und wandte meine Aufmerksamkeit gleich wieder dem Computerbildschirm zu.

Er blieb noch einige Sekunden lang bei mir stehen, aber ich brachte es nicht über mich, ihn anzuschauen.

Irgendwann verzog er sich türenschlagend in sein Büro.

Sagen wir einfach, dass das Klima zwischen meinem Boss und mir den Rest der Woche etwas frostig war. Er nahm mich sogar seltener auf Termine mit, damit er nicht so viel mit mir zu tun hatte.

Aber ich weigerte mich, mir deswegen graue Haare wachsen zu lassen. Er wollte mich also nicht auf seiner scheißfeinen Party mit all den scheißfeinen Leuten haben? Er fand, ich sei unter seinem Niveau? Und wenn schon. Ich spuckte auf seine Meinung.

Wenigstens ... na ja, wenigstens versuchte ich, mir einzureden, dass ich auf seine Meinung spuckte. Sehr erfolgreich war ich nicht darin, obwohl Henry mir ein bisschen dabei half. Am Freitag schickte er mir Blumen ins Büro, und auf der beiliegenden Karte stand, dass er sich darauf freue, den Samstagabend mit mir zu verbringen. Es war das erste Mal, dass ich Blumen von einem Mann bekam, und ich muss zugeben, den Strauß auf die Arbeit geliefert zu bekommen war romantischer, als ich erwartet hatte.

Außerdem freute ich mich jedes Mal diebisch darüber, wie Caine sich ärgerte, wenn er an meinem Schreibtisch vorbeikam und die Blumen sah. Es war natürlich Quatsch, aber man hätte fast annehmen können, er sei eifersüchtig.

Als der Samstagabend kam, hatte die Nervosität mir meine rebellische Attitüde ausgetrieben. Während meiner Arbeit für Benito war ich auf einigen Partys gewesen, zu denen auch Promis geladen gewesen waren, doch die Veranstaltungen konnten sich in nichts mit dieser hier messen. Ein Society-Ball war eine ganz andere Liga. Hier herrschten komplexe Spielregeln, die ich nicht kannte, und das machte mir Angst. Mit seiner blöden Bemerkung über den Schulabschlussball hatte Caine gar nicht so falsch gelegen.

Dazu kam noch, dass ich Henry mochte, mich aber nicht zu ihm hingezogen fühlte. Schuldgefühle nagten an mir, weil ich ihn benutzte, um meinem Boss eins auszuwischen. Einem Boss, der mich nicht auf dem Ball dabeihaben wollte.

Um meine Nerven zu beruhigen, konzentrierte ich mich auf mein Aussehen. Mein Kleid war atemberaubend, und ich sah gut darin aus ... ich konnte nicht anders, als mich selbst zu loben, weil sonst niemand da war, der meinem Selbstbewusstsein mit einem Kompliment hätte Auftrieb verleihen können. Weil mich das deprimierte, stellte ich mich vor meinen Spiegel, knipste ein Selfie und schickte es an Rachel.

Eine Minute später schrieb sie zurück:

WAHNSINN! ALSO ICH WÜRD DICH FLACHLEGEN!!!

Na bitte. Schon fühlte ich mich besser.

Mit einem Glas Wein stellte ich mich ans Fenster und sah auf die Straße hinunter. Ich atmete tief durch und versuchte, meine Aufregung in den Griff zu bekommen.

Als eine schwarze Limousine vor dem Haus hielt, hatte ich es fast geschafft. Henry stieg aus und ging rasch zur Haustür. Es klingelte, und ich ließ ihn rein. Ich wartete ein paar Sekunden, nachdem er an meine Tür geklopft hatte, dann schnappte ich mir meinen Pashmina und die kleine Clutch, die ich passend zum Kleid gekauft hatte.

Als ich die Tür öffnete, bekam Henry vor Staunen den Mund nicht mehr zu. Er betrachtete mich ausgiebig, und als sein Blick endlich zu meinem Gesicht zurückkehrte, lag ein Glanz in seinen Augen, bei dem ich mich zugleich unbehaglich und geschmeichelt fühlte.

»Wow.« Er schüttelte den Kopf und lächelte ein bisschen benommen. »Sie sehen ... einfach wow aus.«

Das »Wow« hatte ich dem phantastischen olivgrünen

Kleid zu verdanken, das ich für einen Schnäppchenpreis in einer kleinen Boutique in der Charles Street im Ausverkauf erstanden hatte. Die schimmernde Seide fühlte sich in der schwülen Bostoner Sommerhitze wunderbar kühl auf der Haut an. Es war ein Halterneck-Kleid mit tiefem Rückenausschnitt und hatte auf der rechten Seite einen Schlitz bis zum Knie.

Alles in allem war es nicht züchtig, es war nicht konservativ, aber es hatte Klasse, und es war unglaublich sexy. Caine würde sich schwarzärgern, und ich würde mich ausgiebig daran weiden. Am Nachmittag hatte ich einen Termin beim Frisör gehabt, und nachdem wir eine Weile mit verschiedenen Looks experimentiert hatten, waren wir übereingekommen, es mit einer eleganten Hochsteckfrisur zu versuchen, bei der ein paar lose Strähnen mein Gesicht umrahmten.

»Danke schön.« Ich nahm seinen dargebotenen Arm und hakte mich bei ihm unter. »Sie sehen aber auch sehr gut aus.« Und das tat er wirklich in seinem perfekt sitzenden Smoking.

Er grinste mich an. »Ich sehe gut aus, weil ich Sie am Arm habe.«

Ich schüttelte lachend den Kopf. »Sie wissen schon, dass Ihr Charme allenfalls eine oberflächliche Wirkung auf mich hat, oder?«

Henry lachte ebenfalls. »Das reicht mir völlig.«

Das Haus der Andersons lag in Weston, und als sich unsere Limousine in die lange Wagenschlange in der riesigen halbrunden Einfahrt einreihte, wurde ich auf einmal schrecklich unruhig. Das Backsteinhaus mit den weißen Verzierungen war das größte Haus, das ich je gesehen hatte. Es wirkte regelrecht bedrohlich, wie wir so in seinem

Schatten standen. Der Fahrer hielt die Tür auf, und Henry stieg aus, ehe er mir beim Aussteigen half.

Er schien meine Nervosität zu spüren, denn er drückte meine Hand. »Es ist bloß ein Haus.«

»Das zehn andere Häuser gefressen hat«, entgegnete ich.

Henry lachte. »Nur Mut. Ich habe gesehen, wie Sie ein unbeschwertes Lächeln aufsetzen, wenn Caine Sie mal wieder zur Weißglut bringt, insofern weiß ich, wozu Sie fähig sind. Tarnen und Täuschen ... tun Sie einfach so, als gehörten Sie hierher. Caine macht es genauso, und ihn hinterfragt niemand.«

Das war nicht ganz unwahr, und es half mir, mich ein wenig zu entspannen. Ich schenkte ihm ein Lächeln. »Danke.«

»Bereit zu strahlen?« Er bot mir seinen Arm.

»Auf geht's.«

Am riesigen Portal wurden wir von finster dreinblickenden Kerlen in schwarzen Anzügen und Knopf im Ohr begrüßt. Henry reichte ihnen seine Einladung, und sie winkten uns durch. Ich versuchte, nicht vor Staunen den Mund aufzusperren, als wir in einen ovalen Eingangsbereich traten, der ganz und gar aus Marmor zu bestehen schien. Wir folgten den anderen Gästen ein paar Stufen hinunter in eine riesige Vorhalle. Zu unserer Rechten standen große Schiebetüren offen. Sie führten in den Ballsaal.

Ein echter Ballsaal.

»Jemand sollte den Besitzern sagen, dass sie einen Ballsaal haben, der ungefähr halb so lang ist wie das ganze Haus.«

Henry schüttelte sich vor unterdrücktem Gelächter, als er mich in den gigantischen Saal führte. »Ich vermute, das wissen sie bereits.«

»Wahrscheinlich. Das ist, als würde Godzilla bei einem

wohnen. So was Großes kann man unmöglich übersehen.« Ich schaute zu der hohen, gewölbten Decke und den atemberaubenden Kronleuchtern empor. Auf langen Tischen mit blassgoldenen Tischdecken waren Horsd'œuvres und Gläser mit Champagner angerichtet. Ein Champagnerbrunnen nahm den Platz im Zentrum der Tische ein. Der Saal war in schlichter Eleganz gehalten, trotzdem blitzte und funkelte es überall. Ein kleines Streichorchester saß ganz hinten am Ende, wo vier Glastüren in den Garten hinausführten. »Da behängt man ihn schon lieber mit Gold und Glitzer und stellt Champagnerflaschen zu fünfhundert Dollar das St…« Ich verstummte, als mir klar wurde, dass einige der elegant gekleideten Gäste zu uns herübersahen.

»Ihre Fingernägel reißen mir die Haut am Arm auf.«

»Weil die Leute so glotzen«, raunte ich, und mein Puls beschleunigte sich.

»Das liegt daran … und ich gebe mir Mühe, nicht wie ein eingebildeter Schnösel zu klingen …, dass Sie mit einem Lexington hier sind. Und weil Sie so wunderschön aussehen, dass sich alle fragen, wo ich Sie herhabe.«

Ich beäugte ihn argwöhnisch. »Wehe, Sie sagen, wir wären uns auf dem Hollywood Boulevard begegnet.«

Er lachte. »Ach, verdammt. Sie müssen einem auch jeden Spaß verderben.«

Seine Lockerheit entspannte mich ein bisschen. Ich blickte mich um, und was (oder besser: wen) ich dabei sah, ließ mich erstaunt zusammenfahren. Auf den ersten Schreck folgte sehr schnell das Unbehagen.

Mein Großvater war hier.

Mit meiner Großmutter.

Mist.

Warum hatte ich nicht nachgedacht? Ich hatte diese Woche so viel Stress gehabt, war so sehr mit der Arbeit beschäftigt gewesen, dass ich nicht dazu gekommen war, mit Grandpa zu telefonieren. Dummerweise (und es war wirklich sehr, sehr dumm) hatte ich gar nicht weiter darüber nachgedacht, dass dies hier seine Kreise waren. *Natürlich* würde er bei einem der wichtigsten gesellschaftlichen Ereignisse des Jahres nicht fehlen.

O Gott.

Wo hatte ich bloß meinen Verstand gelassen?

Ach ja: Den hatte Caine mir vernebelt.

»Alexa.« Henry zog an meiner Hand, um meine Aufmerksamkeit auf sich zu lenken. Er hatte die Stirn in Falten gelegt. »Alles in Ordnung mit Ihnen?«

»Äh, ja …«

»Henry. Alexa«, ertönte plötzlich wenige Meter entfernt Caines Stimme. Trotz meiner Panik spürte ich deutlich die Wirkung, die er auf mich hatte. Er trug einen ganz ähnlichen Smoking wie Henry, doch was der Anblick in mir auslöste, ließ sich nicht vergleichen. Er sah so umwerfend aus, und die Sehnsucht, die daraufhin in mir erwachte, berauschte und bedrückte mich gleichermaßen. Als unsere Blicke sich trafen, war seine Miene ausdruckslos.

Von ihm bekam ich jedenfalls kein »Wow« zu hören.

So viel zu dem teuren Kleid.

»Das ist Marina Lansbury.« Caine legte der dunkelhaarigen Frau an seiner Seite den Arm um die Taille. Sie war so groß wie ich, allerdings kurviger. Sie hatte eine sehr sinnliche Ausstrahlung. Manch einer hätte vielleicht spekuliert, dass sie ungeschminkt fast unscheinbar aussähe, aber ihre Figur, noch dazu in dem engen schwarzen Kleid, lenkte überaus gekonnt davon ab. Sie sah schlichtweg atemberaubend aus. »Marina, du erinnerst dich noch an Henry Lexington?«

Sie lächelte höflich und reichte Henry die Hand. Als ich

an der Reihe war, von ihr begrüßt zu werden, verschärfte sich ihr Blick, als wollte sie prüfen, ob ich eine Konkurrenz für sie war. Sie konnte es nicht ganz verbergen.

In Gedanken schnitt ich eine Grimasse.

Sie war ganz eindeutig eine der Sorte Frau, die jede Geschlechtsgenossin als Rivalin betrachtet, egal, in welcher Situation sie ihr begegnet. Solche Frauen waren anstrengend, und eigentlich hatte ich gehofft, mich nach meinem Studium nicht mehr mit ihnen herumschlagen zu müssen.

»Und das hier ist meine Assistentin Alexa Holl –«

»Hall«, fiel ich Caine rasch ins Wort und streckte Marina die Hand hin, die sie widerstrebend schüttelte.

Ich ignorierte Caines fragenden Blick. Heute Abend konnte ich mich unmöglich als eine Holland vorstellen. Damit würde ich Grandpa einen ausgewachsenen Skandal bescheren.

Ich hatte wirklich nicht nachgedacht.

»Also gut.« Caine schob Marina sanft weiter. »Wir wollten nur kurz hallo sagen. Jetzt holen wir uns erst mal was zu trinken. Bis später dann.«

Sobald sie außer Hörweite waren, seufzte Henry. »Sieht ihm gar nicht ähnlich, einfach so mit seinem Date zu verschwinden. Normalerweise bleibt er immer in meiner Nähe. Er hat es lieber, wenn ich da bin und deeskalierend eingreifen kann, wenn reiche Leute ihm etwas erzählen, das ihn verärgert.«

Ich hob eine Braue. »Kommt das denn vor?«

Henry nickte. »Ignoranz und Snobismus kann Caine auf den Tod nicht leiden. Was das angeht, ist er überhaupt nicht tolerant.«

»Das weiß er aber gekonnt zu verbergen.«

Henry legte den Arm um mich und lotste mich in Richtung Champagnerbuffet. »Sie bringen eben seine schlechten Seiten zum Vorschein.« Er grinste mich an. »Ich persönlich finde das überaus erheiternd.«

Ich lachte und schüttelte in gespielter Verzweiflung den Kopf. »Henry, Sie müssen wirklich schleunigst erwachsen werden.«

»Warum in Gottes Namen sollte ich?«

Die Stunden vergingen wie im Fluge. Henry war charmant und unterhaltsam. Er machte mich mit anderen Gästen bekannt, die sich ernsthaft interessiert zeigten, wenn ich ihnen sagte, dass ich Caines Assistentin sei. Keiner rümpfte die Nase oder behandelte mich von oben herab, und meine jahrelange Erfahrung im Umgang mit Prominenten kam mir zugute, denn ich unterhielt mich mit ihnen, als wäre ich ihresgleichen. Ich gab mich salopp und schlagfertig, ohne jemandem zu nahe zu treten, und ich und Henry, den alle zu lieben schienen, warfen uns geschickt die Bälle zu.

Henry war überzeugt davon, dass Caine uns absichtlich aus dem Weg ging, und das machte ihn stutzig. Er verstand nicht, was ich an mir hatte, das Caine so kategorisch ablehnte.

Ich würde ihn gewiss nicht darüber aufklären.

Nach meiner Rückkehr vom Toilettentrakt der Damen (ja, es war ein ganzer Trakt) hatte ich erst wenige Schritte in den Ballsaal gemacht, als ich meinen Großvater und meine Großmutter auf mich zusteuern sah.

Unschlüssig blieb ich stehen.

Grandpa war in ein Gespräch mit meiner Großmutter vertieft, als sein Blick zufällig auf mich fiel. Er erkannte mich, und sofort wurde seine Körperhaltung steif.

Sie kamen unaufhaltsam näher.

Ich hielt den Atem an.

»Keine Ahnung, was in den Blätterteig-Pastetchen drin

war, Edward, aber irgendwie sind sie mir nicht bekommen«, hörte ich meine Großmutter klagen.

»Adele«, sagte Grandpa müde, den Blick nach wie vor auf mich gerichtet. »Es ist ganze fünfzehn Minuten her, dass du sie gegessen hast. Ich glaube nicht, dass sie dir nach so kurzer Zeit schon auf den Magen geschlagen sein können.«

»Ich weiß, was ich weiß. Ein Brandy wird mir jetzt guttun.«

»Sicher«, gab er verächtlich zurück und riss den Blick von mir los. »Dick versteckt sich in seiner Bibliothek. Bestimmt hat er welchen.«

Sie gingen einfach an mir vorüber. Fast streiften sich unsere Schultern.

Ich starrte ihm nach, und in meiner Brust setzte ein dumpfer Schmerz ein, auch wenn ich verstand, wieso er so tun musste, als würde er mich nicht kennen.

Ich konnte es verstehen.

Aber Scheiße, es tat so unglaublich weh.

Ich blinzelte meine aufsteigenden Tränen weg und drehte mich um, nur um gleich darauf wieder stehen zu bleiben.

Vor mir stand Caine und sah mich an. »Jetzt wird mir auch klar, weshalb Sie sich als Hall vorgestellt haben. Ich glaube, Sie haben vergessen zu erwähnen, dass Sie und die übrigen Hollands nicht miteinander reden.«

Ich trat unbehaglich von einem Fuß auf den anderen und sah in die Runde, um mich zu vergewissern, dass niemand nahe genug stand, um etwas mitzuhören. »Ich und mein Großvater haben Kontakt, aber er kann sich nicht öffentlich zu mir bekennen. Keiner in seiner Familie weiß, dass wir uns kennen. Es würde nur Probleme geben.«

Caine sah an mir vorbei in die Richtung, in die meine Großeltern verschwunden waren. »Noch ein Grund, weshalb Sie nicht hier sein sollten.«

Erst die Ablehnung meines Großvaters und jetzt auch noch seine ... das war zu viel. Ich machte einen Schritt auf ihn zu und sah etwas in seinen Augen aufflackern. Ich wollte ihn anfauchen, ihn beleidigen, damit er sich genauso mies fühlte wie ich ... aber als ich in seine dunklen Augen blickte, ließ ich stattdessen bloß niedergeschlagen die Schultern hängen.

Ich schüttelte den Kopf, weil ich nichts sagen konnte. Dann schlängelte ich mich an ihm vorbei und lief zu Henry zurück.

»Alles klar?«, fragte der besorgt, als ich bei ihm angekommen war.

Meine Wangen glühten vor Wut und gekränktem Stolz. »Mir geht's gut.«

»Wollen wir ein bisschen an die frische Luft gehen?«

Nein, ich würde mich nicht von Caines unsensibler Art und seiner Ablehnung aus dem Ballsaal verjagen lassen. »Ich will lieber tanzen.«

Henry führte mich auf die Tanzfläche und schob mich gekonnt in einem langsamen Tanz übers Parkett. Er hielt mich eng, aber nicht zu eng, und ich wusste ohne einen Funken des Zweifels, dass er und ich nur Freunde waren. Wenn ein Mann mit einer Frau tanzte und sie im Arm hielt, dann sollte sie Kribbeln und Schmetterlinge im Bauch spüren und innerlich dahinschmelzen. Ich fühlte mich in Henrys Armen einfach nur wohl. Aber das war auch schön.

»Die meiste Zeit des Abends verbringt er damit, finster in die Gegend zu starren und seiner Begleiterin die kalte Schulter zu zeigen«, murmelte Henry unvermittelt. Offenbar meinte er Caine. »Als ich Marina das letzte Mal gesehen habe, hat sie mit Gouverneur Cox geflirtet.«

Ich zog die Nase kraus. »Ist der nicht verheiratet?«

Und wieso ... wieso um alles in der Welt ... flirtete man mit Gouverneur Cox, wenn man Caine Carraway als Date hatte?

»Hm, aber seine Frau flirtet mit Mitchell Montgomery.«

»Dem Klopapier-Fabrikanten?«

»Höchstselbst. Obwohl wir in unseren Kreisen einen anderen Namen für ihn haben.«

»Welchen denn?«

»Der König der Ärsche.«

Ich kicherte über diesen wundervoll kindischen Spitznamen. »Wie passend.«

Henry grinste. »Was der Bezeichnung an Stil fehlt, macht sie an Unterhaltungswert wieder gut.«

Ich lehnte mich an ihn und musste noch heftiger lachen.

»Tut mir leid, wenn ich störe.« Plötzlich tauchte Caine neben uns auf. Er wirkte richtiggehend aggressiv vor lauter Ungeduld. »Ich brauche Alexa.«

»Wofür?« Mit einem Schlag war es mit meiner Belustigung vorbei.

»Ich habe gerade mit Arnold telefoniert. Er hat Sydney am Apparat, es ist dringend. Ich muss bei der Konferenzschaltung dabei sein. Wir müssen ins Büro.«

»Wir?« Ich schüttelte den Kopf. »Brauchen Sie mich denn wirklich dafür?«

Er beugte sich zu mir herab. Sein Blick hätte töten können. »Jemand muss für Kaffee sorgen und für alles, was ich im Laufe des Abends vielleicht sonst noch benötige. Dafür werden Sie bezahlt. Um mir zu *assistieren*.«

Das war ja wohl die Höhe!

Wollte er mich verarschen?

Ich wandte mich an Henry, um mich bei ihm zu entschuldigen. Er hatte ein seltsam triumphierendes Lächeln im Gesicht, setzte jedoch sogleich wieder eine neutrale

Miene auf. »Es tut mir so leid, dass ich wegmuss«, sagte ich, während ich ihn verwirrt musterte.

Meine Verwirrung wuchs, als er gelassen mit den Schultern zuckte. »Wenn die Pflicht ruft, muss man eilen.«

Ich beschloss, seine Reaktion fürs Erste zu ignorieren. Ich konnte mich nur mit einem seltsamen Mann auf einmal herumschlagen. »Danke für Ihr Verständnis.« Ich gab ihm einen Kuss auf die glattrasierte Wange. »Und für den wundervollen Abend.«

Er legte eine Hand an meine Hüfte. »Sehr gern geschehen, meine Hübsche. Danke, dass Sie ein wenig Glanz in diese Hütte gebracht haben.«

Ich lachte, doch meine Heiterkeit verflog im Nu, als ein ungehaltener Caine auf dem Absatz kehrtmachte und quer über die Tanzfläche davonmarschierte. Ich riss mich zusammen und folgte ihm.

Kapitel 9

Die Atmosphäre zwischen uns war, milde ausgedrückt, geladen, als der Chauffeur uns zurück nach Boston in Richtung Finanzbezirk fuhr.

Caine schien nicht zu einer Unterhaltung aufgelegt, und so wie er mich die ganze Woche über behandelt hatte, war ich es definitiv auch nicht. Sein Verhalten hatte von Anfang an etwas Herrisches gehabt, doch inzwischen war er einfach nur noch beleidigend.

Wir erreichten das Büro, ohne ein einziges Wort gewechselt zu haben. Ich versuchte, mit ihm Schritt zu halten, doch die hohen Absätze und das lange Kleid machten es mir schwer.

Vor Caines Büro blieb ich abrupt stehen. Außer uns war keine Menschenseele da.

Kein Arnold.

Niemand.

Caine schloss die Tür auf und knipste das Licht an, als er in sein Büro trat. Ich folgte ihm.

Er drehte sich zu mir um und sah mich mit ausdrucksloser Miene an. »Tja, wie es aussieht, sind wir zu spät gekommen. Ich bringe Sie nach Hause.«

Äh ... was? Ich hob in einer abwehrenden Geste die Hand. Dann deutete ich in den Raum. Ich hatte Mühe, meine Wut im Zaum zu halten. »Wo ist Arnold? Was ist mit der Konferenzschaltung?«

Er zuckte die Achseln. »Offenbar habe ich sie verpasst, und Arnold ist schon gegangen.«

»Ohne Ihnen Bescheid zu sagen?«, fragte ich ungläubig.

Wieder ein Schulterzucken. »Ich bringe Sie nach Hause.«

»Haben Sie gelogen? Haben Sie gelogen, nur um mich von der Party wegzulotsen?«

»Ich lüge nicht«, sagte Caine empört. »Ich manipuliere. Auf die Art bin ich reich geworden. Und jetzt fahre ich Sie nach Hause.«

Nein. Wir würden nirgendwohin fahren, ehe ich erfahren hatte, was hinter dieser ganzen Scharade steckte. Ich hatte das Gefühl, als flösse Feuer durch meine Adern, so groß war mein Zorn. In diesem Moment war es mir vollkommen gleichgültig, ob er mich rausschmiss. »Sie haben mich angelogen, um mich von der Party und meinem Date wegzulotsen. Sind Sie wirklich so ein Snob?«

»Damit hatte es nichts zu tun«, blaffte er zurück, und seine Augen funkelten erbost. »Ich wollte von Anfang an nicht, dass Sie auf die Party gehen, das habe ich mehr als deutlich gemacht. Wenn ich etwas will, dann kriege ich es auch. Ich dachte, das hätten Sie mittlerweile begriffen.«

»Sie blöder Arsch!«, schrie ich und verlor vollkommen die Beherrschung. »Die ganze Woche behandeln Sie mich schon wie den letzten Dreck, und jetzt ziehen Sie auch noch so eine Scheißnummer ab!«

»Wovon zum Henker reden Sie?«

»Montagnachmittag. Henry kam zu Ihnen ins Büro, und Sie haben vergessen, den Lautsprecher auszuschalten.«

Die Luft um ihn herum knisterte gefährlich. »Haben Sie etwa gelauscht?«

Ich wurde rot. »Ich wollte Ihnen Bescheid sagen, aber dann habe ich gehört … Henry hat angefangen, von mir zu reden, und es ist doch ganz natürlich, dass man zuhören will, wenn über einen gesprochen wird, oder?«, hielt ich dagegen. »Sie haben unglaublich beleidigende Dinge über mich gesagt.«

Seine Miene hellte sich auf. »Haben Sie deswegen Henrys Einladung angenommen? Weil Sie es mir heimzahlen wollten?«

»Ich habe sie angenommen, weil er *nett* zu mir ist. Und ja, ich muss gestehen, dass es mich durchaus ein wenig befriedigt hat, Sie zu ärgern, weil es ja sonnenklar war, dass Sie mich Ihrer nicht würdig erachten.«

Seine Nasenflügel bebten. »Schwachsinn.«

Ich blinzelte ein paarmal. »Im Ernst? Sie behandeln mich schon die ganze Woche über unmöglich. Und heute Abend? Sie sind kein Dummkopf, Caine, Sie müssen doch gewusst haben, wie sehr es mich verletzt, wenn mein Großvater so tut, als würde er mich nicht kennen. Und was machen Sie? Sie streuen noch Salz in die Wunde! Sie werden mich nie so sehen, wie ich wirklich bin, oder?« Meine Hände ballten sich zu Fäusten. »Sie werden mich einfach nur immer weiter demütigen und verletzen. Sie sind wild entschlossen, mich dafür büßen zu lassen, was *er* ihnen angetan hat.« Sein Schweigen fachte meinen Zorn nur noch weiter an. »Stimmt doch, oder?«, brüllte ich.

Plötzlich prallte ich mit dem Rücken gegen die Wand. Caine hatte mich dagegengedrängt und hielt mich mit seinem Körper gefangen, die Hände rechts und links neben meinem Kopf abgestützt. Seine Augen loderten. »Ich denke überhaupt nicht, dass Sie meiner nicht würdig sind«, zischte er.

So plötzlich von ihm in die Enge getrieben worden zu sein, hatte mir meinen Mut ein wenig ausgetrieben. »Warum sind Sie dann so widerlich zu mir?«, flüsterte ich.

In seinen Augen glomm Bedauern auf. »Ich wollte nicht ... ich wollte Sie einfach nicht auf der Party haben. Mit ihm.«

Heute erlebte ich wirklich einen Schock nach dem anderen.

Ich schnappte nach Luft und atmete dann ganz langsam aus. *Das kann nicht sein* ... Das war absolut unmöglich, und doch ... Ich sah seinen dunklen Blick, in dem noch etwas anderes lag als nur Zorn. »Sie sind eifersüchtig?«

Ein Muskel in Caines Kiefer zuckte.

Mein Herz hämmerte heftig gegen meine Rippen, und mein Atem ging immer schneller, ohne dass ich ihn hätte beruhigen können. Wir ließen unsere Blicke nicht voneinander, unsere Körper berührten sich, die Luft um uns herum brannte förmlich, und ich vergaß ganz, wo wir waren. Auf einmal gab es nichts mehr außer ihm.

»Cai...«

Er presste seinen Mund auf meinen und verschluckte mein erschrecktes, erregtes Keuchen. Sein Aftershave, die Hitze seiner Haut, sein Geschmack, heiß und scharf ... all das überwältigte mich, als er mir die Hand in den Nacken legte und mit der anderen über meinen Bauch strich ... über meine Hüfte, meinen Schenkel ...

Als mir klar wurde, was er vorhatte, küsste ich ihn heftiger und klammerte mich an ihn. Meine Finger gruben sich in seinen Rücken, als er mein Knie anhob, damit er sich zwischen meine Beine drängen konnte. Meine Lippen teilten sich, und ich wimmerte, halb Verlangen, halb Triumph. Caine knurrte. Das Geräusch löste eine Woge der Lust in meinem Unterleib aus, und ich drückte mich noch fester an ihn.

Sein Griff um meinen Nacken verstärkte sich, und er stöhnte erneut. Der Laut vibrierte in mir, löste ein Ziehen in meinen Brustwarzen aus, eine schmelzende Wärme in meinem Bauch und explodierte schließlich zwischen meinen Beinen. Seine Küsse wurden fordernder ... lange, berauschende Küsse, die mich benommen machten und mich aller Sinne beraubten. Wir keuchten und saugten an den Lippen des anderen, als könnte der Kuss gar nicht wild und tief genug sein. Caine packte meinen Oberschenkel, drängte mich hart gegen die Wand und rieb seine Erektion an mir. Erneut fühlte ich dieses Ziehen im Bauch, und mir wurde klar, dass mich noch niemals ein Kuss so sehr erregt hatte.

Es lag an ihm.

Meine Hände glitten seinen Rücken hinauf über seine Schultern. Ich wühlte die Finger in sein Haar und flehte im Stillen nach mehr. Ich wollte es härter, tiefer ... Ich wollte alles.

Von ihm.

Caine ließ meinen Nacken los und fuhr mit den Fingerspitzen mein Schlüsselbein entlang. Als seine Finger langsam über mein Kleid strichen, lief mir ein Schauer den Rücken hinab. Ich bekam eine Gänsehaut, und meine Nippel wurden hart, so dass sie sich unter dem Stoff meines Kleides abzeichneten. Sein Daumen streichelte zart meine Brust, doch er hielt inne, als er meine Erregung sah.

Er unterbrach seinen Kuss, rückte ein ganz klein wenig von mir ab und sah mir in die Augen. Seine Lider waren halb gesenkt vor Lust, als er mich betrachtete. Ich hielt seinen erhitzten Blick fest. Meine geschwollenen Lippen brannten, mein ganzer Körper war angespannt.

Langsam ließ Caine mein Bein los, und einige schreckliche Sekunden lang fragte ich mich, ob das alles gewesen war.

»Zieh das Kleid aus.«

Seine Stimme war rau vor Verlangen, trotzdem klang sie noch gebieterisch.

Unter gewissen Umständen war seine herrische Art gar nicht so nervtötend. Sie war sogar extrem heiß.

Langsam ließ ich ihn los. Ohne den Blick von ihm abzuwenden, hob ich die Hand und öffnete den strassbesetzten Verschluss meines Kleides.

Caine trat ein paar Schritte zurück, und es wurde kühl um mich.

Ich hatte mich schon früher für meine Freunde ausgezogen. Was das anging, war ich nicht schüchtern, denn im Gegensatz zu den meisten meiner Freundinnen mochte ich meinen Körper. Aber vor Caine zu stehen war etwas anderes. Aus unerfindlichen Gründen hatte ich nicht das Gefühl, bloß ein Kleid auszuziehen. Ich hatte das Gefühl, mich vollkommen zu entblößen.

Und das war ein himmelweiter Unterschied.

Ich zögerte. Meine Finger nestelten ungeschickt an dem Verschluss herum.

Caine sah es. Statt einer Antwort zerrte er sich die Fliege vom Hals. Er legte sie weg und zog seine Jacke aus. Während er sein Hemd aufknöpfte, sagte er mit leiser, tiefer Stimme, bei der sich der Verschluss plötzlich wie von selbst öffnete: »Ich stelle mir ungefähr hundertmal am Tag vor, wie es ist, dich hier in meinem Büro zu vögeln.«

Das Geständnis raubte mir den Atem.

Ich hatte mich bereits gefragt, ob er mich vielleicht attraktiv fand, doch ich hätte mir niemals träumen lassen, dass er es mir gestehen, geschweige denn dem Gefühl nachgeben würde.

Zu wissen, dass er sich von mir genauso angezogen fühlte wie ich mich von ihm … das machte mich mutig.

Ich zog die Träger des Kleides nach vorn und schob es

nach unten. Caines Augen wurden schwarz vor Begierde, als ich meine Brüste entblößte. Meine Nippel waren hart von der kühlen Luft, und ich wurde noch kühner. Ich schob das Kleid ganz nach unten und ließ es zu Boden fallen. Dann hob ich es auf und hängte es über die Rückenlehne des Sofas. Caine verschlang mich mit seinen Blicken.

Jetzt trug ich nur noch meinen Schmuck, mein Höschen und meine Schuhe.

Meine Finger schlossen sich um den Saum meines Höschens.

»Nein.« Caine machte einen Schritt auf mich zu, und ich betrachtete ihn gierig. Sein Hemd war vollständig geöffnet, so dass man ein Stück gebräunte Haut und harte Bauchmuskeln sehen konnte. »Lass es an. Setz dich auf meinen Schreibtisch.« Er trat zur Seite, um mir den Weg freizumachen.

Atemlos fragte ich ihn: »Kommandierst du alle deine Frauen so herum?«

Caine grinste, ein breites, teuflisches Grinsen, das mein Herz höherschlagen ließ. »Nein, das liegt nur an dir.«

Ich lächelte zurück. »Soll das heißen, es macht dich an, mich herumzukommandieren?«

»So wie es dich anmacht, eine Klugscheißerin zu sein. Und jetzt setz dich auf meinen Schreibtisch, und mach die Beine breit.«

Mein ganzer Körper war wie elektrisiert vor Erwartung, und ich stieß stockend die Luft aus.

Caines Augen leuchteten, als er meine Reaktion bemerkte.

Ich straffte die Schultern und ging zu seinem Schreibtisch. Meine Brüste hüpften leicht dabei, und es verschaffte mir große Genugtuung, zu sehen, wie Caines Erektion sich gegen den Reißverschluss seiner Hose wölbte. Ich schlüpfte an ihm vorbei und setzte mich auf seinen Schreibtisch. Ich erschauerte wegen der Kälte des Holzes an meiner nackten Haut, als ich mich darauf niederließ und die Beine spreizte.

Die Luft im Raum knisterte fast, als Caine auf mich zukam. Seine Fingerspitzen kitzelten sacht über meine Schenkel, als er sich zwischen meine Beine stellte und seine Lippen an meinen rieb. Ich umklammerte seine Hüften und fing seinen Mund ein, ehe er ihn mir entziehen konnte.

Schon bald geriet der Kuss außer Kontrolle. Er wurde wild und fiebernd, während ich ihm gleichzeitig das Hemd über die Schultern zerrte, alle Muskeln an seinem Oberkörper streichelte und er mich überall berührte.

Plötzlich hielt Caine inne und löste sich schwer atmend von mir. »O nein, so geht das nicht« murmelte er an meinem Mund.

»Was geht so nicht?«, fragte ich verwirrt, weil er so plötzlich aufgehört hatte. Gott, der Mann konnte küssen wie kein Zweiter. »Ich will deine Zunge.«

»Die kriegst du auch.« Er entzog sich mir, um ungeduldig das Hemd abzuschütteln.

Der Anblick seines halbnackten erregten Körpers machte mich ungeheuer an. Seine starken Schultern, die muskulösen Oberarme und das harte, perfekt definierte Sixpack ... Es fehlte nur noch ein Schweißtropfen, der ihm den Waschbrettbauch hinabrann, und er wäre die perfekte Cola-light-Werbung gewesen. Ich leckte mir die Lippen, was Caine ein Stöhnen entlockte.

»Weißt du überhaupt, wie sexy du bist?«

Ein Brennen ... das genaue Gegenteil von dem Brennen, das ich die ganze Woche über in seiner Gegenwart verspürt hatte ... breitete sich daraufhin in der Nähe meines Herzens aus. »Jetzt schon«, antwortete ich leise.

Denn es stimmte.

Ich hatte mich in meinem Leben noch nie so sexy, so begehrenswert gefühlt wie in diesem Moment unter Caine Carraways sehnsüchtigem, heißem Blick.

Ein Mann, von dem ich geglaubt hatte, er würde mich verabscheuen.

Der heutige Abend war in mehr als einer Hinsicht eine Offenbarung.

Caine ging vor mir auf die Knie und fasste mich in den Kniekehlen, um mich sanft nach vorn zu ziehen, bis mein Hintern fast von der Tischkante rutschte.

Ich warf stöhnend den Kopf zurück, als er sanfte, neckende Küsse auf die Innenseite meines rechten Schenkels tupfte, und zuckte zusammen, als ich seinen Mund an meinem Geschlecht spürte. Er blies sanft gegen den Spitzenstoff meines Höschens, und ich erschauerte.

»Das ist ja klatschnass.« Caine fuhr mit einem Finger unter den Saum und strich über meine Schamlippen. »Du solltest es lieber ausziehen.«

»M-hm.« Ich konnte kaum noch klar denken.

Plötzlich war mein Höschen verschwunden, und Caine schob erneut meine Beine auseinander. »Du bist so unglaublich schön«, sagte er andachtsvoll. Sein Atem streichelte mich.

»Bitte.« Meine Finger glitten in sein Haar, und ich sah gequält auf ihn herab. »Bitte.«

Sein lodernder Blick fand meinen. »Willst du mich?«

Das musste er noch fragen?

»Seit ich dich zum ersten Mal gesehen habe«, gestand ich ihm.

Seine Augen leuchteten triumphierend, und dann spürte ich endlich seinen Mund auf mir.

»O Gott«, wimmerte ich und stützte mich mit den Händen ab, während er mich leckte und meine Klitoris mit der Zunge reizte.

Ich spürte, wie sich eine Spannung in mir aufbaute. Die Muskeln in meinen Schenkeln bebten.

Dann schob er zwei Finger in mich hinein.

Er saugte weiter und bewegte gleichzeitig seine Finger in mir. Ich steuerte unaufhaltsam auf den Abgrund zu. Ich versteifte mich ... und dann stürzte ich ab. Ich schrie seinen Namen, als die Muskeln in meinem Innern sich in einem heftigen Orgasmus um seine Finger zusammenzogen.

Caine stand auf und legte mir die Arme um die Taille, damit er mich an sich ziehen und festhalten konnte. Ich schlang die Beine um seine Hüften und klammerte mich an ihm fest, während er mich küsste und seine Zunge sich in harten, heftigen Bewegungen an meiner rieb ... der Kuss war so verzweifelt, dass er fast weh tat.

Ich konnte einfach nicht genug bekommen.

Von seinem und meinem Geschmack in seinem Mund.

Caine unterbrach den Kuss, und seine heißen Lippen wanderten meinen Hals hinab. Ich drückte den Rücken durch, weil ich wusste, was er wollte, und bot ihm meine Brüste dar.

Er ließ sich nicht bitten.

Das wunderbar träge, satte Gefühl nach dem Orgasmus verflüchtigte sich, als er erneut ein Feuer in mir entfachte. Er umfasste und streichelte und küsste meine Brüste und machte sich mit jedem Zentimeter von ihnen vertraut. Dann schloss er den Mund um eine Brustwarze und zog, saugte und leckte daran, bis sie geschwollen war und schmerzte. Er widmete sich der anderen, bis meine Beine fest seine Hüften umschlangen und ich mich an seiner Erektion rieb, weil ich es nicht mehr aushielt.

»Caine«, flehte ich. »Ich will dich in mir haben.«

Er küsste mich, schob eine Hand unter meinen Arsch und drückte mich gegen seinen harten Schwanz, während er ihn zwischen meine Beine presste und die Reibung des Stoffs seiner Hose mich erneut dem Höhepunkt nahe brachte. Ich keuchte an seinem Mund, als er mit der anderen Hand die Nadeln aus meiner Hochsteckfrisur löste. Wenige Sekunden später fielen mir die Haare lose um die Schultern, und Caine nahm die Hand weg.

Ich hörte, wie ein Reißverschluss heruntergezogen wurde, und gleich darauf spürte ich ihn hart und heiß und pochend an meiner Mitte.

Widerstrebend löste Caine sich von meinen Lippen und stöhnte an meinem Mund: »Du nimmst doch die Pille, oder?«

Die Frage klang fast flehentlich.

Ich nickte und senkte den Blick, und ein Feuer schoss von meinen Fußspitzen ausgehend durch meinen ganzen Körper hinauf, als ich ihn sah. Er war groß. Er war dick.

Ich leckte mir die Lippen.

»Verdammt, Lexie«, keuchte Caine.

Ich küsste ihn, meine Zunge neckte seine Lippen. Dann nahm ich seinen glatten Schaft in die Hand und drückte ihn sanft. Caines Kuss wurde wilder, er keuchte und stöhnte, während ich ihn mit einer Hand rieb und die Fingernägel der anderen in seinen Hintern grub, damit er noch näher kam.

Ich führte die Spitze seines Schwanzes zu meinem Eingang und strich mit der Hand über seinen festen Bauch.

Unsere Lippen berührten sich. Wir sahen uns an.

Caine fasste mich bei den Hüften und stieß in mich hinein.

Meine Lider schlossen sich flatternd, als ich das köstliche Brennen spürte, gefolgt von dem unglaublichen Gefühl, ganz und gar von ihm ausgefüllt zu werden.

»Lexie, mach die Augen auf«, befahl Caine heiser.

Ich öffnete die Augen und hielt seinen stürmischen Blick fest.

»Lass sie offen.« Er stieß tiefer. »Gott«, flüsterte er. »Lass die Augen offen.«

Er hielt mich an den Hüften gepackt, während er langsam in mich hinein- und aus mir herausglitt. Ich erbebte. Er ließ sich alle Zeit der Welt, und ich konnte mich nicht daran erinnern, mich jemals so nackt gefühlt zu haben. Es lag daran, dass ich ihm in die Augen sah, während er sich in mir bewegte. Das verstärkte die Verbindung zwischen uns. Kein Zweifel, das hier waren wir ... er und ich vereint.

»Du fühlst dich so unglaublich gut an«, keuchte er an meinen Lippen.

Ich bäumte mich seinen Stößen entgegen. Mein Herz raste. »Du dich auch.«

»Lexie.« Sein Griff verstärkte sich, seine Augen brannten sich in meine. »Lexie.«

»Caine«, wimmerte ich, als er so in mich eindrang, dass er bei jeder Bewegung meine Klitoris stimulierte.

»Gott.« Er begann, immer schneller und härter zu stoßen.

Wieder war ich dem Höhepunkt nahe. Ich zitterte in seinen Armen.

»Komm für mich, Lexie«, befahl Caine, die Stimme heiser vor Verlangen. »Ich will fühlen, wie du kommst.«

Dieser sanfte Befehl war der Auslöser.

Erneut schrie ich seinen Namen, und meine Finger gruben sich in seine Haut, als sich meine Muskeln um ihn zusammenzogen, und ich konnte seinen Blick nicht länger festhalten, weil ich den Kopf so weit nach hinten bog.

Während ich erschlaffte, hielt Caine mich fest an sich gedrückt und beschleunigte seinen Rhythmus. Wenig später vergrub er das Gesicht an meinem Hals, versteifte sich und rief meinen Namen. Seine Hüften zuckten gegen meine, und ich spürte, wie er in mir kam.

Ich hielt mich an ihm fest, während wir beide langsam wieder zu Atem kamen. Meine Haut war glitschig vom Schweiß, meine Brüste waren an seine Brust gepresst, und wir waren uns so nahe, wie zwei Menschen einander nur sein konnten. Ich drückte meine Schenkel an seine Hüften und genoss das herrliche Gefühl danach.

Dann ... spannte er sich plötzlich unter meinen Händen an.

Ein leises Unbehagen beschlich mich.

Man kann es Intuition nennen oder wie auch immer, jedenfalls wusste ich genau, dass mir das, was als Nächstes kommen würde, nicht gefallen würde.

Kapitel 10

Noch Sekunden zuvor hatte Caine um jeden Preis den Blickkontakt zu mir aufrechterhalten wollen. Jetzt konnte er mir auf einmal nicht mehr in die Augen sehen. Er zog sich vorsichtig aus mir zurück, griff nach den Taschentüchern auf seinem Schreibtisch, wischte sich sauber und zog seine Hose hoch.

Währenddessen saß ich nackt auf seinem Schreibtisch und sah hilflos zu, wie er die Mauer zwischen uns wieder aufbaute. Ich fühlte mich elend. »Caine?«

Statt mir zu antworten, fuhr er sich mit der Hand durch die Haare und suchte den Raum nach seinem Hemd ab. Er fand es und zog es sich über.

»Irgendwas ist doch«, stellte ich fest. So viel war offensichtlich. In einer Minute fielen wir übereinander her wie liebeshungrige Teenager, in der nächsten brachte er es nicht einmal über sich, in meine Richtung zu schauen.

»Caine.«

Endlich blickte er von seinen Hemdknöpfen auf. Er war fahrig, sah überallhin, nur nicht zu mir. Ich schlug ein Bein über das andere, stützte mich mit den Handflächen ab und reckte herausfordernd die Brüste vor. Das lenkte ihn sofort ab. Er biss die Zähne aufeinander.

»Also? Was ist los?«

Mit loderndem Blick sah er mich an. »Das war ein Fehler.«

Ich hatte gewusst, dass er das sagen würde. Weh tat es trotzdem. »Ein Fehler?«

»Ja. Wir haben eine Grenze überschritten.«

»Verstehe. Dann sind wir also wieder an dem Punkt angelangt.« Ich sah ihn enttäuscht an, rührte mich jedoch nicht vom Fleck. Wir würden dieses Büro nicht verlassen, bevor ich ihn nicht von seinem Stock im Arsch befreit hatte … etwas, was einem allem Anschein nach nur durch Sex gelang.

Na ja, wenn das die einzige Möglichkeit war …

Begierig betrachtete ich sein attraktives Gesicht.

Nicht, dass es mich große Überwindung kosten würde.

Ich grinste, als ich die Hitze in seinen Augen aufflackern sah. Immerhin wusste ich, dass er sich körperlich zu mir hingezogen fühlte. Das machte es mir leichter, so zu tun, als wäre es für mich das Natürlichste von der Welt, nackt mit übereinandergeschlagenen Beinen auf seinem Schreibtisch zu sitzen. »Wir sollten reden.«

»Du«, sagte er brüsk und schnappte das Kleid von seinem Sofa, »solltest dich anziehen.« Er hielt mir das Kleid hin.

Ich nahm es, hatte aber nicht die Absicht, es mir anzuziehen … nicht wenn meine Nacktheit ihn so aus dem Gleichgewicht brachte. Trotzig starrten wir einander an.

»Alexa, ziehen Sie sich an.«

Schluss mit Lexie, was? Ein neuer, scharfer Schmerz fuhr mir in die Brust. Ich verbarg ihn. »Jetzt heißt es auf einmal wieder Alexa. Aha.«

Anscheinend hatte Caine seine Ungeduld abgeschüttelt und war jetzt einfach nur noch verärgert. »Also schön, da gab es eine gewisse Anziehung zwischen uns, aber jetzt haben wir die Sache aus der Welt geschafft und können wieder dazu zurückkehren, Chef und Angestellte zu sein. Von nun an werden wir eine strikt professionelle ...« Er zog die Brauen zusammen, als ich eine andere Position einnahm. Er wandte den Blick ab. »Ein strikt professionelles Verhältnis haben«, schloss er mit belegter Stimme. »Und jetzt ziehen Sie sich an.«

Mir wurde klar, dass ich nicht weiterkommen würde, wenn ich ihm nicht wenigstens diesen kleinen Gefallen tat, also rutschte ich grazil vom Schreibtisch. »Ich muss mich frisch machen.«

Ohne mich anzusehen, zeigte er auf die Tür zum angrenzenden Bad. »Sie kennen den Weg.«

Ich raffte all mein Selbstbewusstsein zusammen und ging ins Bad, das Kleid in einer Hand hinter mir herschleifend. Mit Genugtuung nahm ich seinen stechenden Blick zur Kenntnis, als ich an ihm vorbeiging.

In Wahrheit raste mein Herz, während ich mich saubermachte und mir dann das Kleid wieder überzog. Mein Höschen lag noch im Büro, aber ich war zu aufgewühlt, um es jetzt zu holen. Als ich im Spiegel meine erhitzten Wangen, die glasigen Augen und vom Sex zerwühlten Haare sah, überkam mich aufs Neue das Gefühl, ganz nah bei Caine zu sein. Ich konnte ihn noch riechen. Ihn schmecken. Fühlen.

Ich hatte soeben den besten Sex meines Lebens gehabt. Die Energie zwischen uns war unglaublich. Das mit uns war nichts Normales, nichts Alltägliches. Es war etwas Außergewöhnliches.

Und er tat so, als bedeute es nichts.

Das elende Gefühl in meinem Magen wurde stärker, und als ich erneut in den Spiegel blickte, waren meine Wangen nicht mehr gerötet, sondern blass.

Ich hatte noch nie so für einen Mann empfunden.

Das hier war Begierde. Das, worum es in all den Büchern

und Filmen ging. Es war etwas völlig anderes als die sexuelle Anziehung, die ich bisher zu anderen Männern empfunden hatte. Es war reines, nacktes Verlangen.

Trotzdem. Ich schloss die Augen und erinnerte mich daran, wie er mich angesehen hatte, während er sich in mir bewegte. Zwischen uns war mehr. Wenn wir es nur zuließen.

Ich war ängstlicher als je zuvor in meinem Leben. Trotzdem drückte ich entschlossen den Rücken durch und trat hinaus ins Büro, um Caine zu konfrontieren.

Er zog sich gerade sein Jackett über. Die Erleichterung, dass ich mein Kleid trug, war ihm deutlich anzusehen.

Mein Magen machte einen Satz, als ich ihn so sah, zerknittert und sexy. Warum nur musste von allen Männern auf der Welt ausgerechnet Caine Carraway solche Gefühle in mir hervorrufen?

Ich blieb zwei Meter entfernt von ihm stehen, und seine Augen wurden schmal, als schwante ihm Übles.

»Du hast Angst, dich mir zu öffnen.«

Er warf mir einen warnenden Blick zu. »Alexa.«

Ich ließ mich nicht beirren. »Aber ich weiß etwas, das all die anderen Frauen, die es bisher mit dir versucht und nicht geschafft haben, nicht wissen. Ich weiß, dass du ein anständiger Kerl bist. Dass du authentisch bist, auch wenn du ihnen diese Seite wahrscheinlich nie gezeigt hast. Das weiß ich, weil ich dich mit Effie erlebt habe. Ich habe gesehen, wie du wirklich bist. Ich *sehe* dich, weil ... wir gar nicht so verschieden sind, du und ich. Wir haben beide ein Anrecht darauf, glücklich zu sein.«

Im ersten Moment starrte Caine mich einfach nur an, und ein winziges Fünkchen Hoffnung glomm in mir auf, das jedoch gleich darauf zischend erlosch, als er ganz vorsichtig einen Schritt vor mir zurückwich. »Glücklich? Und das aus dem Mund der Tochter des Schweins, das mir die Familie genommen hat?«

Schlagartig war mir, als sei alle Luft aus dem Raum gesaugt worden. Es war ein Gefühl, als hätte er mir mit der Faust gegen die Brust geschlagen.

Und er war noch nicht fertig. »Keine Ahnung, was du hier abziehst, aber du und ich ... wir haben absolut nichts gemeinsam.« Er machte noch einen Schritt rückwärts. »Und ich bin sowieso nicht der Richtige für dich. Ich bin kein strahlender Held. Ich bin nur ein Typ, der dich ficken wollte.«

Bei diesen zutiefst verletzenden Worten zuckte ich zusammen. Was für eine Demütigung. Wie hatte ich aber auch so dämlich sein können, mich einem Mann zu offenbaren, der bereits zur Genüge unter Beweis gestellt hatte, dass er keinerlei Skrupel hatte, auf meinen Gefühlen herumzutrampeln?

Mein Gott. Ich war aber auch so eine saublöde Vollidiotin! Schlimmer noch, ich war ... eine Masochistin!

Ich war wie meine Mutter.

Ich versuchte, meine Gefühle unter Kontrolle zu bekommen, damit er nicht sah, dass er mich vernichtet hatte. Aber ich wusste, dass es dafür zu spät war, denn ich hörte ihn sanft und voller Bedauern meinen Namen sagen. In seinem Gesicht spiegelten sich Schuld und Reue.

»Es tut mir leid«, murmelte er. »Ich wollte nicht ... Das hätte ich nicht sagen dürfen.« Erneut fuhr er sich mit der Hand durchs Haar. Er schien entsetzt, dass ihm so etwas über die Lippen gekommen war, und frustriert, dass er sich deswegen nun so mies fühlte. »Ich bin einfach nicht der Mann, nach dem du suchst. Der werde ich auch nie sein, glaub mir.«

Wie hatte ich nur einen Moment lang vergessen können, was er in mir sah?

O Gott. Er musste sich schrecklich fühlen, weil er mit mir geschlafen hatte. Mit einer Holland. Vorsichtig sah ich zu ihm hinüber. Hätte er mich am liebsten abgewaschen? Vergessen, dass es jemals passiert war? Bei diesem schmerzhaften Gedanken blieb mir die Luft weg.

Er seufzte. »Lass uns die Sache einfach abhaken. Ich bin wieder der nervige Boss und du die klugscheißerische Assistentin.«

Ich starrte ihn an, fassungslos über diesen Vorschlag. Glaubte er allen Ernstes, dass ich es jetzt noch in seiner Nähe aushielt?

Nein. Ich war hier fertig.

Was meine Familie ihm angetan hatte, hatte ihn emotional beschädigt. Die Seelenverwandtschaft, die ich zu ihm empfand ... ich wusste nicht, ob sie echt war oder bloß etwas, das ich mir in meiner Einsamkeit zusammengesponnen hatte, aber eins wusste ich sehr wohl: Caine war wild entschlossen, die Verbindung zwischen uns zu leugnen.

»Ich hätte Sie nicht um Hilfe bitten sollen«, sagte ich. »Sie haben recht. Das war ein Fehler. Betrachten Sie dies als meine fristgerechte Kündigung. Noch zwei Wochen, danach müssen Sie mich nie wiedersehen.«

Ich kannte Caine gut genug, um zu wissen, dass die Emotion, die daraufhin in seinen Augen aufglomm und die er nur mühsam unterdrückte, Wut war. Keine Ahnung, wie ich das interpretieren sollte, und ehrlich gesagt war es mir auch egal. Ich fühlte mich krank, die Situation war mir unsagbar peinlich, und ich war so was von fertig mit diesem ganzen Mist, den wir uns eingebrockt hatten. Ich wollte dieses kleine Aufscheinen einer menschlichen Regung bei ihm weiß Gott nicht überbewerten.

»Ich rufe mir ein Taxi.«

»Nein.« Er schüttelte den Kopf. »Ich sage meinem Fahrer, er soll Sie unterwegs bei Ihrer Wohnung absetzen.«

Ich wollte garantiert nicht noch mal zwanzig Minuten mit ihm in einem Auto sitzen. »Ich sagte, ich rufe mir ein Taxi.«

Caine war sichtlich aufgebracht und machte drohend einen Schritt auf mich zu. »Die nächsten zwei Wochen sind Sie nach wie vor meine Angestellte. Wenn ich sage, ich fahre Sie nach Hause, dann fahre ich Sie nach Hause, verdammt noch mal, und damit Schluss.«

Es war die schweigsamste, peinlichste Autofahrt in der Geschichte der Autofahrten.

Nachdem ich mir seinen Geruch vom Körper geduscht hatte, kroch ich ins Bett, umarmte mein Kissen wie eine Fünfjährige, und dann heulte ich es voll. Die Sonne blinzelte bereits durch meine Vorhänge, als ich endlich einschlief.

Wenige Stunden später erwachte ich mit tränenverkrusteten Augen, weil Gloria Gaynor »I will survive« sang.

Ich hatte vor dem Zubettgehen noch meinen Klingelton geändert.

»…llo«, nuschelte ich in meine Decke, nachdem ich mein Handy vom Nachttisch geangelt hatte.

»Lexie?«

Beim Klang von Grandpas Stimme stöhnte ich und rappelte mich mühsam auf. »Morgen.«

»Du klingst ja furchtbar.«

»Kein Kommentar.«

»Hör mal, weshalb ich anrufe … ich wollte mich wegen gestern Abend bei dir entschuldigen. Ich wünschte, du hättest mir vorher gesagt, dass du auf Dicks und Graces Party gehst. Wenn ich Bescheid gewusst hätte, wäre mir schon irgendeine Ausrede eingefallen, um nicht hingehen zu müssen, dann hätte ich dich nicht in so eine unangenehme Situation gebracht. Himmel«, sagte er bedauernd. »Dein Gesicht, Liebes, das hat mich ... Ich habe mich den ganzen Abend wie ein Schwein gefühlt.«

Ich empfand einen kleinen Stich für meine gehässigen Gedanken, weil er mich ignoriert hatte. Ich verstand seine Lage, und ich konnte nicht so tun, als verstünde ich sie nicht, wann immer es mir gerade in den Kram passte. »Ist schon okay, Grandpa. Ich verstehe das. Ich habe mich sogar extra als Alexa Hall vorgestellt, damit die Leute keine Fragen stellen.«

»Ich weiß.« In seiner Stimme schwang ein Lächeln mit. »Du hast einen bleibenden Eindruck hinterlassen. Du sahst zauberhaft aus. Ich wünschte nur, diese Familie wäre kein Haufen böswilliger, eitler Egoisten. Wenn sie verständnisvoller wären, könnten wir ganz offen damit umgehen. Wie auch immer, jedenfalls hoffe ich, du bist nicht meinetwegen so früh verschwunden.«

Ich wurde rot. »Äh, nein. Caine musste noch was im Büro erledigen.«

Mein Großvater schwieg eine Zeitlang. »Du hast mit ihm geschlafen, stimmt's?«

»Wie ...« Ich schluckte, völlig überrumpelt. »Woher weißt du das?«

»Weil er seine Begleiterin den ganzen Abend über ignoriert hat und durch den Saal geschlichen ist wie ein Tiger, der meine Enkeltochter jagt. Irgendwann habe ich ernsthaft damit gerechnet, er würde Henry Lexington umbringen.«

Bei dem Gedanken an Caines Eifersucht spürte ich ein aufgeregtes Kribbeln. »Er hat mich den ganzen Abend beobachtet?«

»Was glaubst du denn, worüber alle die ganze Zeit geredet haben?«

»O mein Gott«, murmelte ich, als mir endlich etwas klar wurde. Mir fiel Henrys kleines Siegeslächeln wieder ein, als Caine unseren Tanz unterbrochen hatte. »Henry wusste Bescheid. Er hat mich auf die Party eingeladen, um Caine aus der Reserve zu locken.«

»Klingt ganz nach einem Lexington.« Grandpa senkte die Stimme. »Das war also Teil des Plans?«

»Ich weiß nicht, ob ich mich wohl dabei fühle, so was mit meinem Großvater zu bereden.«

»Ich weiß nicht, ob ich mich wohl dabei fühle, wenn meine Enkeltochter mit einem stadtbekannten Weiberhelden zusammen ist.«

Prompt war der Schmerz von letzter Nacht wieder da. »Mach dir deswegen keine Sorgen. Wir sind nicht zusammen. Das war ein Ausrutscher.«

»Ich bringe ihn um«, knurrte Grandpa durchs Telefon.

Es bestand durchaus die Möglichkeit, dass er etwas derart Dummes versuchen würde. In meiner strengsten Stimme sagte ich daher: »Du wirst nichts dergleichen tun. Es war mein Fehler. Ich habe in meiner Blauäugigkeit vergessen, wen er in mir sieht, und dachte, da wäre etwas zwischen uns, was aber gar nicht da war und … Jedenfalls habe ich gekündigt.«

Grandpa seufzte. »Ach, Lexie, das tut mir so leid.«

»Das muss es nicht. Ich habe mir das alles selber eingebrockt.«

»Sorg aber wenigstens dafür, dass er dir ein gutes Arbeitszeugnis ausstellt.«

Ich lächelte traurig. »Mach ich.« Ich warf einen Blick zur Uhr. Es war noch früh, ich hatte also jede Menge Zeit totzuschlagen. »Erst mal kaufe ich mir was Schönes, damit ich mich besser fühle, bevor ich anfange, mich nach einem neuen Job umzusehen.«

»Gut. Ruf an, wenn du mich brauchst, Liebes.«

Aus irgendeinem Grund kamen mir die Tränen.

Ich dachte daran, wie dämlich ich mich gefühlt hatte, nachdem ich mich Caine geöffnet hatte und von ihm zurückgewiesen worden war. Aber gleichzeitig fühlte ich mich auch frei. In den letzten zwei Wochen hatte diese Sache wie ein Damoklesschwert über mir gehangen, und unbewusst hatte ich sie zu etwas aufgebauscht, was sie gar nicht war. Jetzt hatte ich endlich Klarheit und konnte nach vorne schauen.

Ehrlich zu sein hatte mir Angst gemacht, und es hatte weh getan, aber wenigstens war ich kein Feigling.

Es war Zeit, mein ganzes Leben so zu leben. Ich holte tief Luft, atmete aus, und dann sagte ich etwas, das ich nie mehr zu einem Mann gesagt hatte, seit ich im Alter von vierzehn Jahren die Wahrheit über meinen Vater erfahren hatte. »Ich liebe dich, Grandpa.«

Geschocktes Schweigen drang durch die Leitung.

Und dann seine warme, raue Stimme: »Ich liebe dich auch, Lexie.«

Kapitel 11

Als ich am Montagmorgen zu spät zur Arbeit kam, wusste ich, dass ich in den nächsten zwei Wochen nicht so tun könnte, als wäre nichts geschehen. Ich hatte meinen Wecker nicht gehört und stürzte nun zerzaust und abgehetzt in Caines Büro. Vor seinem Schreibtisch blieb ich abrupt stehen.

Der Schreibtisch, auf dem wir Sex gehabt hatten.

Ich errötete, als der Abend wie ein Film vor mir ablief.

Caine war anzusehen, dass er genau wusste, woran ich gerade dachte, denn er rutschte unruhig auf seinem Stuhl hin und her, als ich ihm seinen Latte macchiato überreichte.

Dass er mich nicht auf mein Zuspätkommen ansprach, sagte alles.

So schnell wie möglich verließ ich sein Büro, und die nächsten Stunden gingen wir uns geflissentlich aus dem Weg. Mir war klar, dass wir das nicht zwei Wochen lang durchhalten konnten, doch ich hatte das Gefühl, dass wir beide es versuchen würden.

»Sie sehen nachdenklich aus.«

Ich hob den Kopf von der E-Mail, die ich gerade las, und blickte verdutzt in Henrys attraktives Gesicht. »Henry! Was machen Sie denn hier?«

Er lächelte. »Es ist Montag. Mittagessen. Das Übliche.«

»So spät ist es schon?«

»Sie waren wohl ganz in die Arbeit vertieft, hm?«

Ich lächelte dünn. »Ich gebe mir Mühe.«

Henry hockte sich auf die Kante meines Schreibtischs. »Außerdem wollte ich mal nach Ihnen schauen, nachdem Caine Sie am Samstagabend von der Party entführt hat.«

»Mir geht es gut.«

Er runzelte die Stirn. »Das war das am wenigsten gut klingende ›gut‹, das ich je gehört habe.«

Statt einer Antwort betätigte ich die Lautsprechertaste an meinem Telefonapparat.

»Ja?«, fragte Caine leise, fast vorsichtig.

Ich funkelte das Telefon böse an. Niemals hätte ich gedacht, dass einst der Tag kommen würde, an dem ich mich nach Caines mürrischer Ungeduld zurücksehnte. »Mr Lexington ist da.«

»Schicken Sie ihn rein.«

Zum Glück schien Henry über meine kurz angebundene Art eher belustigt als besorgt zu sein. Er warf mir noch einen Blick zu, dann spazierte er in Caines Büro.

Von dem Augenblick an war ich nicht mehr in der Lage, mich auf die Arbeit zu konzentrieren. Ich konnte nur noch daran denken, worüber sie wohl gerade redeten. Würde Caine Henry erzählen, dass wir miteinander geschlafen hatten? Und wie würde Henry darauf reagieren? Ich war zu dem Schluss gekommen, dass Henry entweder vorgehabt hatte, uns zu verkuppeln, oder seinem Freund eins auswischen wollte, indem er mich zu der Party einlud. Insofern würde die Nachricht von meiner sexuellen Eskapade mit Caine für ihn wohl kein allzu schwerer Schlag werden.

Entweder Caine hatte dichtgehalten, oder Henry störte die ganze Sache nicht im mindesten, denn als er wenig später mit meinem Boss zusammen aus dem Büro kam, lachte er schallend über irgendetwas. Mein Blick huschte zu Caine, der stehen blieb und die Brauen zusammenzog, als er mich sah.

»Ich bin dann beim Mittagessen. Wenn es etwas Dringendes gibt, können Sie mich auf dem Handy erreichen.«

Warum sagte er mir etwas, das ich schon wusste?

»Ich weiß, wie ich meine Arbeit zu erledigen habe, Sir«, sagte ich und zeigte ihm beim Lächeln die Zähne.

»Habe ich etwas anderes behauptet?«

Ich sah, wie Henry die Stirn runzelte und unser Gespräch aufmerksam verfolgte.

»Nun ja, wenn Sie mich anweisen, etwas zu tun, von dem mir längst bekannt ist, dass und wie ich es tun soll, dann implizieren Sie damit, dass ich nicht weiß, wie ich meine Arbeit zu erledigen habe, ja.« Ich zuckte die Achseln und verschränkte dann die Arme.

»Haben Sie die Absicht, die nächsten zwei Wochen so eine Mimose zu sein? Nur damit ich mich darauf einstellen kann.«

»Warum lassen Sie mich ...«

»Kinder, Kinder.« Henry trat zwischen uns. »Was ist denn hier los? Ich dachte, nach Samstag ...«

»Du dachtest was?«, blaffte Caine, während ich zur selben Zeit sagte: »Was dachten Sie?« Gleich darauf funkelten wir uns erbost an.

Wie es aussah, hatten wir beide den Verdacht, dass Henry uns einen Streich gespielt hatte.

Wenigstens besaß der den Anstand, ein betretenes Gesicht zu machen. »Nichts«, log er mit einer beschwichtigenden Geste. »Ich frage mich nur, warum die Stimmung zwischen euch noch feindseliger geworden ist.«

Caine warf mir einen warnenden Blick zu. Ich verstand sofort, dass er Henry nichts gesagt hatte und wollte, dass ich ebenfalls den Mund hielt. Er richtete das Wort an Henry. »Alexa hat heute Morgen gekündigt. Sie ist nur noch zwei Wochen hier.«

»Wieso denn?« Diese Neuigkeit ging Henry ganz klar gegen den Strich. Vorwurfsvoll sah er mich an.

Na toll. Ich war also die Böse. Ich schnaubte. »Nennen wir es einfach ›unzumutbare Arbeitsbedingungen‹.«

»Was? Aber nicht doch.« Er lächelte charmant, als könnte das etwas an meiner Meinung ändern. »Da lässt sich doch bestimmt etwas machen.«

»Nein.« Ich stand auf und griff nach meiner Handtasche. »Und ich habe auch keine Zeit für so was. Ich gehe jetzt in die Mittagspause.«

»Nicht während *ich* in der Mittagspause bin«, versetzte Caine. »Sie können nachher an Ihrem Platz zu Mittag essen. So wie immer.«

»Ich möchte aber jetzt essen. Draußen.«

»Sie essen an Ihrem Platz. In Ihrer Mittagspause.«

Meine Augen wurden schmal. »Ich habe gerade beschlossen, dass jetzt meine Mittagspause ist und ich sie gerne außerhalb dieses Büros verbringen möchte.«

Er machte einen Schritt auf mich zu. In seinen Augen lag ein harter, drohender Blick. »Wenn Sie anfangen, sich wie ein Kleinkind zu benehmen, werde ich Ihnen die nächsten zwei Wochen das Leben zur Hölle machen.«

Ich seufzte und sagte betont gelangweilt: »Und wann soll das stattfinden? Bevor oder nachdem Sie böser Wolf spielen, husten und prusten und mir mein Haus zusammenpusten?« Und während er mich noch sprachlos ansah, marschierte ich an ihm und dem lachenden Henry vorbei, triumphierend mit den Hüften wackelnd.

Diese Runde ging an mich.

Während ich allein im Café saß und an einem Sandwich herumknabberte, auf das ich eigentlich gar keinen Appetit hatte, weil mir übel war, musste ich nach längerem Nachdenken einsehen, dass ich mich wirklich wie ein Kleinkind benommen hatte. Also schön, Caine hatte meine Gefühle verletzt, und er verletzte sie jeden Tag aufs Neue, indem er so tat, als sei zwischen uns nichts passiert. Aber ich war eine erwachsene Frau und hatte gewusst, worauf ich mich einließ, als ich mit Caine Carraway ins Bett beziehungsweise auf den Schreibtisch gesprungen war.

Wir trugen beide die Verantwortung dafür, was vorgefallen war, und die nächsten vierzehn Tage würden bedeutend schneller herumgehen, wenn ich mir wenigstens den Anschein von Höflichkeit gab.

Also nahm ich mir genau das vor.

Ehrlich.

Aber als Caine von seinem Mittagessen zurückkam, hatte er hundsmiserable Laune. Ich wollte ihm versprechen, dass ich mich ihm gegenüber von nun an zivil verhalten würde, aber er gab mir nicht die Gelegenheit, auch nur ein Wort herauszubringen, weil er gleich an mir vorbeistürmte und die Tür hinter sich zuwarf.

Als dann eine halbe Stunde später das Telefon klingelte, war auch meine Stimmung im Keller.

»Carraway Financial Holdings, Mr Carraways Büro.«

»Hier ist Marina Lansbury. Ich möchte mit Caine sprechen.« Als ich die heisere, ungehaltene Stimme hörte, versteifte ich mich. »Stellen Sie mich durch.«

Eifersucht flammte in meiner Brust auf, und meine Wangen begannen zu glühen. »Eine Sekunde«, brachte ich heraus. Ich verlegte sie in die Warteschleife und rief mit großem Unbehagen bei Caine an.

»Was ist?«, fauchte er.

Vielleicht fehlte mir seine mürrische Art doch gar nicht so sehr.

»Marina Lansbury ist am Telefon.«

»Dann stellen Sie sie durch.«

Mein Puls begann zu rasen.

Sie durchstellen?

Warum?

Warum redete er während der Arbeitszeit mit ihr?

»Alexa?«

»Kleinen Moment«, sagte ich gepresst, und dann stellte ich die Leitung um.

Die nächsten paar Minuten starrte ich das Telefon an. Wollte er ernsthaft mit dieser hochnäsigen Ziege ausgehen?

Ich schüttelte verzweifelt den Kopf. »Das geht dich überhaupt nichts an«, ermahnte ich mich flüsternd.

»Alexa«, drang Caines Stimme knisternd durch den Lautsprecher. »Kommen Sie bitte in mein Büro.«

Ich wappnete mich, stand auf und ging in gemächlichem Tempo hinein. Er saß hinter seinem Schreibtisch und las etwas am Computer. Als ich hereinkam, sah er nur einmal kurz auf, ehe er sich wieder dem Monitor zuwandte.

»Sie wollten mich sprechen?«

»Sie müssten für mich einen Tisch für zwei Personen im Menton reservieren, morgen Abend, zwanzig Uhr. Ich habe gehört, sie sind ausgebucht, wenn Sie also im Menton nichts bekommen, ist hier eine Liste mit Alternativen.« Er schob mir einen Notizblock hin.

Die Eifersucht kehrte mit aller Macht zurück. Fassungslos starrte ich ihn an. Er wollte, dass ich ein Date für ihn arrangierte? Wollte er mich verarschen?

»Alexa?« Jetzt endlich widmete Caine mir seine Aufmerksamkeit. Fragend sah er mich an.

Ich schenkte ihm ein süßliches Lächeln, stützte die Hände auf seinen Schreibtisch und beugte mich vor, bis unsere Gesichter nur noch wenige Zentimeter voneinander entfernt waren. Er kniff die Augen zusammen, als ich ihm so nahe kam, wich jedoch nicht zurück. »Wissen Sie, was, Mr Carraway?«, sagte ich in falscher Liebenswürdigkeit. »Sie können sich selber einen Tisch reservieren.«

Seine Augen blitzten vor Wut, als ich mich aufrichtete und auf dem Absatz kehrtmachte. Egal, was er von mir halten mochte; egal, wie viel ich mir in der Vergangenheit von ihm hatte gefallen lassen ... ich war keine Fußmatte.

»Der Tisch ist für mich und Jack Pendergast. Sie wissen schon ... den Präsidenten von Atwater Venture Capital.«

Oh.

Ich blieb stehen.

Ach du Scheiße.

Beschämt warf ich ihm einen Blick zu. »Ups?«

Zu meinem Erstaunen schmunzelte er. »Nicht mal ich bin so ein Scheißkerl, dass ich von Ihnen verlange, ein Date für mich auszumachen, zwei Tage, nachdem wir ...« Automatisch senkte er den Blick auf seine Schreibtischplatte.

»Auf dem Schreibtisch da Sex hatten?«, half ich ihm freundlicherweise aus.

Wieder zuckte dieser eine Muskel in seinem Kiefer. Er nickte.

Ich seufzte. Ich hatte überreagiert und kam mir kindisch vor. Trotzdem ... der Fehler hätte jedem unterlaufen können. Schließlich war Caine im Umgang mit mir nicht gerade als besonders feinfühlig bekannt. »Na ja, immerhin gut zu wissen, dass ich keinen Vollarsch gebumst habe.« Und mit diesen Worten rauschte ich aus seinem Büro.

Okay. Vielleicht hatte ich mit meiner Wut auf ihn doch noch nicht so ganz abgeschlossen.

Der Lautsprecher knackte. »Alexa.«

Ich verdrehte die Augen. »Was ist denn noch?«

»Warum gehen Sie nicht los und besorgen mir einen Caffè Latte? Kommen Sie erst wieder, wenn Sie sich beruhigt haben.«

Ich knirschte mit den Zähnen und zählte bis zehn.

»Alexa?«

»Sie sind extrem herablassend.«

»Und Sie sind extrem nervig. Jetzt verschwinden Sie.«

Ich seufzte erneut und hatte das Gefühl, gleich zu platzen, so viele Emotionen stauten sich in mir auf. Womöglich benahm ich mich deshalb wie eine Wahnsinnige. Keine Ahnung, warum, aber ich hörte mich einräumen: »Ich bin sonst nicht so.«

»Das weiß ich«, sagte er. »Versuchen wir einfach, die nächsten zwei Wochen halbwegs vernünftig über die Bühne zu bringen, einverstanden?«

In dem Moment schoss es mir durch den Kopf: Ich verhielt mich exakt wie eine verschmähte Frau. Es lag nicht nur daran, dass wir Sex gehabt hatten und er so tat, als sei das vollkommen bedeutungslos. Es lag auch daran, dass es ihn nicht im mindesten zu kratzen schien, dass wir uns nach Ablauf der zwei Wochen nie mehr wiedersehen würden.

»Ja«, sagte ich, bemüht, meine plötzlich aufkommende Traurigkeit vor ihm zu verbergen. »Das lässt sich machen.«

Als ich an diesem Abend meinen Klingelton in Ray Charles' »Hit the Road, Jack« umänderte, wurde mir bewusst, dass ich, wenn ich aus Caines Leben verschwand, auch Effie verlieren würde. Dabei hatte ich sie gerade erst kennengelernt.

Das brachte mich noch mehr durcheinander, und trotz redlichen Bemühens fand ich in der Nacht kaum Schlaf. Als ich in den frühen Morgenstunden im Bett lag, beschloss ich, dass es nicht anging, wegen eines Mannes so ein jämmerliches, schlafloses Würmchen zu sein. Wenn ich nicht schlafen konnte, würde ich meinen Hintern eben aus dem Bett hieven und aufstehen. Nachdem ich geduscht hatte, suchte ich in meinem Kleiderschrank nach einem Outfit, das »I Am Woman Hear Me Roar« schrie. Ich entschied mich für meinen figurbetontesten schwarzen Bleistiftrock, meine zehn Zentimeter hohen schwarzen Prada-Plateaus und eine enge roséfarbene Bluse mit kurzen Flügelärmeln. Ich ließ am Hals ein paar Knöpfe offen und zeigte ein bisschen Dekolleté. Dann krönte ich das Ganze mit einem glatten ultramodernen Pferdeschwanz, der meine Augen katzenhaft und exotisch erscheinen ließ.

Ich legte sogar ein wenig Make-up auf.

Ich nickte meinem Spiegelbild zu. Manchmal konnten konservative Klamotten superheiß aussehen. Ich wollte Caine Carraway so sehr wie möglich aus dem Gleichgewicht bringen. Er hatte zugegeben, dass er darüber phantasiert hatte, mich in seinem Büro zu vögeln, und ja, wir hatten diese kleine Phantasie bereits wahr gemacht, trotzdem konnte es nicht schaden, ihn ein bisschen zu reizen.

Als ich über eine halbe Stunde früher als sonst im Büro ankam, war zu meiner Überraschung die Tür zu Caines Büro nicht abgeschlossen. Ich ging hinein und fragte mich, was Caine so abgelenkt haben könnte, dass er seine Bürotür offen ließ, als ich plötzlich wie angewurzelt stehen blieb.

Das Licht brannte. Auf seinem Sofa lagen Kleider.

Und was war das für ein Geräusch?

Ich schaute zur Badezimmertür und riss die Augen auf, als diese sich unvermittelt öffnete. Dampfschwaden quollen heraus, und aus diesen Dampfschwaden tauchte Caine auf.

Mit nichts als einem Handtuch bekleidet.

Ach du jemine.

Als er mich sah, erstarrte er. Unsere Blicke trafen sich.

Ich wusste, wenn ich tiefer schaute, würde ich sehen können, wie kleine Wassertropfen über seine harten Bauchmuskeln perlten.

Warum musste er so unglaublich schön sein?

»Sie sind zu früh«, klagte er mich an.

Dass ihm die Situation unangenehm war, bereitete mir eine gewisse Genugtuung. Demnach ließ es ihn doch nicht ganz kalt, praktisch nackt mit mir in einem Raum zu sein. Ich beschloss, Öl ins Feuer zu gießen. Ganz demonstrativ glitt mein Blick an seinem Körper hinab.

Am liebsten hätte ich ihn abgeschleckt.

Ich spürte ein sehnsuchtsvolles Ziehen im Bauch.

Als ich mit meiner Inspektion wieder bei seinen Augen angelangt war, nahm ich befriedigt zur Kenntnis, dass sein Blick genauso glühend war wie meiner.

»Sie auch.« Meine Stimme war heiser wegen meiner schmutzigen Gedanken.

Er merkte es, und sein Blick fiel auf meinen Mund.

Schadenfroh drehte ich ihm meine Kehrseite zu und beugte mich weit über seinen Schreibtisch, um ihm seinen Latte neben den Computer zu stellen. »Ihr Kaffee«, sagte ich und spürte, wie die Hitze seines Blicks meinen Hintern versengte. Ohne mich noch einmal umzusehen, trat ich vom Schreibtisch zurück und ging auf die Tür zu.

»Alexa«, sagte er warnend.

Ich drehte mich zur Hälfte zu ihm um und riss in gespielter Unschuld die Augen auf. Erst als ich sah, dass er unter seinem Handtuch erregt war, entgleiste meine Miene ein wenig.

Mein Unterleib zog sich zusammen, und zwischen meinen Beinen kribbelte es.

»Lassen Sie das sein«, befahl er.

»Ich mache doch gar nichts. Schließlich …« Ich grinste diebisch und warf einen vielsagenden Blick auf seinen Ständer. »Haben wir das ja aus der Welt geschafft, richtig?«

Caine strafte mich mit einem bösen Blick, sagte aber nichts. Was hätte er auch sagen sollen?

Nach diesem kleinen Erfolgserlebnis gestattete ich mir ein Grinsen und ließ ihn in seinem Büro allein. Doch kaum hatte ich die Tür hinter mir geschlossen, sank ich dagegen. Mir schlotterten die Knie.

Ich musste mich am Riemen reißen.

Dafür brauchte ich eine ganze Weile, zumal ich die nächste halbe Stunde damit verbrachte, mir ein anderes Ende der Begegnung auszumalen … das im Wesentlichen daraus bestand, dass Caine mich im Stehen an der Bürotür vögelte.

Ich wollte, dass die zwei Wochen Kündigungsfrist herum waren. Jetzt.

Vielleicht hätte ich einfach gehen sollen.

Aber dann … dann würde er wissen, dass er mir zugesetzt hatte, und wenn ich dem Laden hier den Rücken kehrte, wollte ich wenigstens einen Teil meines Stolzes unbeschädigt mitnehmen.

»Alexa, kommen Sie bitte in mein Büro«, kam Caines Stimme ein paar Stunden später aus dem Telefonlautsprecher. Vielleicht bat er mich zu gehen. So käme ich aus der Sache raus, ohne dass es so aussah, als wäre ich diejenige, die eingeknickt war.

Ich seufzte. Wahrscheinlich war das bloß Wunschdenken.

Diese Vermutung bestätigte sich bereits kurze Zeit später.

»Wir sollen *was*?«, krächzte ich ungläubig.

»Geschäftsreise«, wiederholte er ungehalten. »Seattle. Diesen Donnerstag. Normalerweise würde ich nicht fliegen, aber man hat mich um ein persönliches Gespräch gebeten. Ich brauche Sie dort.«

»Wir zwei zusammen auf Geschäftsreise ... halten Sie das für klug?«

Caine bedachte mich mit einem kühlen Blick. »Ich bin kein Teenager mehr, Alexa. Was auch immer Sie heute Morgen mit Ihrem kleinen Auftritt unter Beweis gestellt zu haben glauben, Sie täuschen sich. Ich lasse mich von keiner Frau nur durch ein bisschen Sex manipulieren. Ich versichere Ihnen, ich habe kein Problem damit, die Finger von Ihnen zu lassen, falls Ihre Frage darauf abzielt.«

Warum fand ich diesen Blödmann noch gleich attraktiv?

Ich schnitt eine Grimasse. Er wusste es nicht, aber er hatte es mir gerade sehr viel leichter gemacht, am Ende der zwei Wochen zu gehen.

»Kommen Sie damit klar?«

»Oh, glauben Sie mir«, sagte ich. »Ihre Gegenwart ist wie eine permanente kalte Dusche.«

Er kniff missbilligend die Lippen zusammen. »Ich habe Ihnen die Einzelheiten gemailt. Sie müssen noch Flug und Hotel buchen.«

»Wird sofort erledigt.« Ich ging ruhig aus dem Büro und setzte mich genauso ruhig an meinen Platz.

Aber dann verließ mich meine Ruhe.

Seattle? Mit Caine? In einem Hotel? Entweder ich würde ihn umbringen, oder wir würden noch mal im Bett landen.

»Scheiße.«

»Alexa, der Lausprecher ist noch an«, hörte ich Caines belustigte Stimme.

So ein Mist.

Einer von uns würde Seattle nicht unversehrt verlassen.

Kapitel 12

Die folgenden Tage nahm Caine mich nicht so hart ran. Ich musste nicht mehr durch die Gegend rennen und persönliche Angelegenheiten für ihn erledigen. Das war seine Art, mir zu signalisieren, dass zwischen uns Waffenstillstand herrschte, und ich ging darauf ein, indem ich mich mit spitzen Bemerkungen zurückhielt.

Das bedeutete jedoch keineswegs, dass ich am Donnerstag nicht nervös war. Ich hatte nachts kaum ein Auge zugemacht und wankte schlaftrunken durch meine Wohnung, während ich kontrollierte, ob ich alles Nötige in meine Reisetasche gepackt hatte.

Ich flößte mir gerade einen Riesenbecher Kaffee ein, als die schwarze Limousine vor meinem Gebäude anhielt. Ich knallte den Becher auf die Arbeitsplatte und beobachtete, wie der Fahrer die hintere Tür auf der Beifahrerseite öffnete. Caine stieg aus und blickte mit nachdenklicher Miene zum Gebäude hinauf. Ich beäugte ihn sehnsuchtsvoll.

Er hatte sich ein paar Tage nicht rasiert, und es stand ihm sehr gut.

Genau wie der Viertausend-Dollar-Maßanzug aus der Savile Row, den er während eines London-Aufenthalts in Auftrag gegeben hatte. Er war schmal geschnitten, todschick und hatte Klasse. Der Mann, der ihn trug, sah zumindest so *aus*, als hätte er Klasse. Manchmal, wenn er sich nicht wie ein Vollarsch benahm, hatte er sogar *wirklich* welche.

Ich riss den Blick von ihm los, als er die Stufen zum Eingang hochstieg. Meine Reisetasche stand geöffnet auf der Couch und quoll über.

Kulturbeutel. Ich brauchte meinen Kulturbeutel.

Es klingelte an der Wohnungstür, und im ersten Moment blieb ich wie angewurzelt stehen, völlig perplex, weil ich mir nicht erklären konnte, wie Caine ins Haus gelangt war. Dann lief ich zur Tür und riss sie mit einem fragenden Ausdruck im Gesicht auf.

»Ihre Nachbarin hat mich reingelassen«, erklärte er sogleich.

Ich runzelte die Stirn. Meine Nachbarin schien ja keinen großen Wert auf Sicherheit zu legen. »Sie hätten ein Serienmörder sein können.«

Er zuckte die Achseln und machte einen Schritt auf mich zu, so dass ich gezwungen war zurückzuweichen. »Ich sehe wohl nicht wie einer aus.«

»Das war Evelyn, oder?« Sie war Single, eine Karrierefrau, ähnlich wie ich, nur mit dem Unterschied, dass sie verrückt nach Männern war und jedes Wochenende ein anderer aus ihrer Wohnung geschlichen kam.

»Jung, blond?«

Ich schüttelte konsterniert den Kopf. »Irgendwann wird sie noch mal im Schlaf ermordet.«

Caine nickte lediglich geistesabwesend und ging weiter. In der Mitte meines offenen Wohnzimmers blieb er stehen und sah sich in aller Gründlichkeit um.

»Ich, äh … es dauert noch einen ganz kleinen Moment.« Ich verschwand im Bad, schnappte mir meine Kulturtasche und holte dann das Ladekabel fürs Handy vom Nachttisch im Schlafzimmer. Als ich ins Wohnzimmer zurückkam, stand Caine vor dem Fenster. Ich stopfte die Sachen in meine Reisetasche und zog den Reißverschluss zu.

Während ich damit beschäftigt war, drehte Caine sich um. Sein Blick ging erst zur Decke und dann zum Fußboden und dann in Richtung Küche.

Verwundert fragte ich: »Was ist los?«

Er sah mich an. »Hier wohnen Sie.«

Ich verstand seinen Tonfall nicht oder was er mit der Bemerkung sagen wollte, also seufzte ich bloß ergeben und schnappte mir meine Tasche. »Ich wäre dann so weit.«

Caine kam auf mich zu und machte Anstalten, mir die Tasche abzunehmen.

»Was tun Sie da?« Ich zog die Tasche zurück. »Ich kann meine Tasche selber tragen.«

»Sie müssen mir wenigstens erlauben, so zu tun, als wäre ich ein Gentleman.« Seine große Hand umfasste den Henkel der Tasche, und er löste sie sanft aus meinem Griff.

Ich folgte ihm zur Tür hinaus. »Ich hoffe, das geht jetzt nicht die ganze Reise so.«

»Warum denn nicht?«

»Weil ich eine Resistenz gegen Ihre Ungentlemanhaftigkeit aufgebaut habe. Mein Immunsystem kann nicht damit umgehen, wenn Sie plötzlich höflich sind. Ich könnte einen anaphylaktischen Schock erleiden und sterben.« Das entsprach nicht ganz der Wahrheit. In der Öffentlichkeit verhielt er sich mir gegenüber immer wie der perfekte Gentleman. Im Privaten allerdings weniger.

Ich schloss meine Wohnung ab und sah, dass Caine mich angrinste.

Ich staunte über das belustigte Blitzen in seinen Augen.

»Ungentlemanhaftigkeit?«, neckte er mich. »Wetten, dass Sie das nicht fünfmal hintereinander ganz schnell sagen können?«

Ich beäugte ihn voller Misstrauen. »Ich mein's ernst. Lassen Sie das.«

Seine Antwort bestand aus einem Schulterzucken. Wortlos gingen wir nach unten zu seinem Wagen. Es schien, als wolle er mir meine Bitte erfüllen, denn die Autofahrt zum Flughafen verging in unangenehmem Schweigen, und ich sehnte mich danach, wieder mehr als einen halben Meter Platz zwischen uns zu haben.

Am Flughafen sagte ich zu Caine: »Wir treffen uns dann wieder, wenn wir in Seattle sind.«

Ich erntete einen verständnislosen Blick. »Was soll das heißen?«

Ich reichte ihm seine Bordkarte, die ich zuvor ausgedruckt hatte. »Sie fliegen erster Klasse. Das heißt, Sie gehen durch die Sicherheitskontrollen für die erste Klasse, und Sie dürfen in der First-Class-Lounge warten.«

»Und Sie?«, fragte er und riss mir meine Bordkarte aus der Hand. »Economy? Soll das ein Witz sein?«, schnaubte er ungehalten und griff nach meiner Tasche. Ehe ich ein Wort herausbringen konnte, war er schon losmarschiert.

»Was machen Sie denn da?« Ich beeilte mich, ihn in meinen blöden Highheels einzuholen, als er zum Priority-Check-in ging und an den Schalter trat.

»Wir brauchen ein Erste-Klasse-Upgrade für das Ticket meiner Mitarbeiterin, ist das möglich?« Er schob der Frau am Schalter meine Bordkarte hin.

»Was machen Sie denn da?«, sagte ich noch einmal. »Ich brauche keinen Sitz in der ersten Klasse. Mit Benito bin ich auch nie erster Klasse geflogen.«

»Weil Ihr ehemaliger Chef ein Geizkragen war. Meine Mitarbeiter sitzen nicht auf den billigen Plätzen.« Er maß mich mit einem Blick, der bedeuten sollte: »Und jetzt Mund halten.«

Sobald mein Ticket das erwünschte Upgrade erhalten hatte, führte Caine mich mit angespannter Miene in Richtung First-Class-Lounge. Er stellte unser Gepäck bei der Bar ab. »Ich brauche etwas zu trinken. Sie auch?«

Ich brauchte definitiv etwas zu trinken. »Einen Sekt mit O-Saft, bitte.« Ich kletterte neben ihn auf einen der Barhocker am Tresen, und wir warteten in peinlicher Stille, bis der Barkeeper meinen Drink eingegossen und Caine ein Bier gezapft hatte.

Ein Bier.

Das hatte ich nun weiß Gott nicht erwartet.

Aus irgendeinem verrückten Grund konnte ich mir ein Schmunzeln nicht verkneifen, als ich Caine in seinem todschicken Anzug in der First-Class-Lounge Bier trinken sah.

Er musste meine Blicke gespürt haben, denn er sah mich an. »Was ist?«

Ich wandte den Blick ab und hob mein Glas an die Lippen. »Nichts«, murmelte ich.

»Lexie?«

Als ich hinter mir jemanden meinen Namen rufen hörte, fuhr ich vor Überraschung zusammen. Dann drehte ich mich auf meinem Hocker herum. Mein Blick wanderte an einem großen durchtrainierten, modisch gekleideten Männerkörper hinauf. Oben angekommen, blickte ich in das vertraute attraktive Gesicht von Antoine Faucheux.

»Ach du liebe Zeit, Antoine!« Ich hüpfte von meinem Hocker, um ihn zu umarmen, und spürte seine starken Arme um mich.

Er drückte mich und küsste mich auf beide Wangen. Seine dunkelbraunen Augen blitzten fröhlich.

Antoine war der Herrenmode-Einkäufer bei Le Bon Marché in Paris. Wir waren uns vor vier Jahren durch meine Arbeit für Benito begegnet. Meistens hatten wir uns getroffen, wann immer ich mit Benito in Paris war, doch das letzte Mal hatte ich Antoine in New York gesehen, als er anlässlich der Fashion Week in die USA gekommen war. Bei unserem ersten Treffen hatte er mich gefragt, ob ich mit ihm ausgehen wolle, aber ich war damals gerade in einer Beziehung, und beim nächsten Mal war *er* dann in einer Beziehung und so weiter und so fort. Irgendwie schienen wir den richtigen Moment immer zu verpassen. Jammerschade eigentlich.

Er spähte an mir vorbei, und ich verkrampfte mich, weil mir jetzt wieder einfiel, dass wir Publikum hatten. Ich schielte zu Caine, dessen abweisende Miene nicht gerade dazu gemacht war, andere Menschen zur Freundlichkeit zu inspirieren. Aber meine Mutter hatte mir gutes Benehmen beigebracht. »Antoine, das ist mein Boss Caine Carraway. Mr Carraway, das ist ein alter Freund von mir, Antoine Faucheux.«

Antoine streckte Caine höflich lächelnd die Hand hin. »Freut mich«, sagte er mit seinem göttlichen Akzent.

Caine starrte eine Zeitlang auf die ihm dargebotene Hand, und ich machte mir schon Sorgen, dass er sie nicht ergreifen würde. Ein Seufzer der Erleichterung entschlüpfte mir, als er es schließlich doch tat.

Gleich darauf richtete sich Antoines Aufmerksamkeit wieder auf mich. »Es ist so schön, dich zu sehen. Ich war hier, um einen Bekannten zu besuchen, und bei der Gelegenheit habe ich mich auch mit Benito getroffen. Ich war geschockt, als er mir erzählt hat, er hätte dich gefeuert. Was für ein Trottel.« Er legte den Kopf schief und sah mich auf eine gewisse Art durch halbgeschlossene Lider an … ein Blick, der mir sehr gefiel. »Ich habe noch nie erlebt, dass jemand die Bedürfnisse eines anderen Menschen so präzise voraussahnt wie du bei Benito. Ohne dich ist er völlig aufgeschmissen.«

Ich grinste schadenfroh. »Gut.«

Antoine lachte, dann warf er Caine einen Blick zu. »Aber bei dir läuft es gut, wie es aussieht.«

So musste es für einen Außenstehenden wirklich aussehen, und ich hatte keine Absicht, Antoine die Wahrheit zu sagen. Stattdessen lächelte ich bloß unverbindlich und zuckte mit den Achseln.

»Also dann.« Er zog einen Schmollmund, der bei jedem anderen Mann albern ausgesehen hätte. »Ich muss jetzt los, meinen Flieger nach Paris erwischen. Diesmal konnte ich nur kurz bleiben, aber wenn ich das nächste Mal in Boston oder in New York bin, sollten wir uns unbedingt treffen.« Er senkte die Stimme und sah mich bedeutungsvoll an. »Noelle und ich haben uns getrennt, und wie ich gehört habe, bist du auch gerade solo, stimmt das?«

Au weia.

Ich spürte eine plötzliche Hitze hinter mir und wusste, dass Caine Antoines Bemerkung gehört und richtig interpretiert hatte. Nicht, dass das besonders schwer gewesen wäre.

Ich hätte niemals vermutet, dass es mir unangenehm sein könnte, zwischen zwei heißen Kerlen eingeklemmt zu sein, aber hätte sich in diesem Moment ein Loch im Boden aufgetan, wäre ich ohne zu zögern hineingehechtet, um dieser Situation zu entkommen.

»Stimmt«, murmelte ich.

»Und sollte es dich jemals nach Paris verschlagen …« Er beugte sich zu mir herab und küsste mich erneut auf beide Wangen. Diesmal ließ er sich allerdings mehr Zeit damit, und seine Hand lag währenddessen auf meiner Hüfte. »Der neue Job tut dir gut. Du siehst strahlend schön aus.«

Und hätte diese Begegnung vor ein paar Wochen stattgefunden, wäre ich Wachs in seinen sündhaft verführerischen französischen Händen gewesen.

Aber leider machte mich der finstere Geschäftsmann, dessen Blick in diesem Moment Löcher in meine Rückseite brannte, ganz wirr im Kopf. »Danke«, sagte ich. »Hoffentlich sehen wir uns bald wieder.«

Antoine lächelte und nickte Caine noch einmal zu, dann ging er.

Ich sammelte mich kurz, bevor ich wieder auf meinem Barhocker neben Caine und seiner Gewittermiene Platz nahm.

Ich wartete mit angehaltenem Atem.

Gerade als ich dachte, er würde nichts sagen und ich könnte mich entspannen, trank er sein Bier leer und blickte mich grimmig an. »Ihnen ist schon klar, dass er Sie flachlegen will.«

Seine ungehobelte Ausdrucksweise veranlasste mich dazu, missbilligend die Nase zu rümpfen. »Sie haben mich wirklich beim Wort genommen, als ich Sie gebeten habe, kein Gentleman zu sein, was?«

Er überging meine Bemerkung. »Die Frage ist, ob Sie von ihm flachgelegt werden wollen.«

O nein. Dazu hatte er kein Recht. Also schön, ich gebe es zu: Vielleicht freute ich mich ein winziges bisschen darüber, dass er eifersüchtig auf Antoine war, aber gleichzeitig war seine Reaktion vollkommen unfair und verwirrend! Er hatte mir unmissverständlich klargemacht, dass das, was er am Samstagabend bekommen hatte, alles war, was er von mir wollte. Da würde ich doch jetzt den Teufel tun und ihm erlauben, so eine Nummer abzuziehen.

Dementsprechend fiel meine Antwort aus: Ich nahm mein Glas, rutschte vom Hocker, ging gemächlichen Schrittes durch die Lounge und machte es mir in der am weitesten von der Bar entfernten Ecke mit meinem Sekt und einer Illustrierten gemütlich.

Ich war froh, dass unsere Sitze im Flugzeug durch den Gang getrennt waren, denn ich hatte deutlich mehr Lust, Caine zu schlagen, als eine Unterhaltung mit ihm zu führen. Als die Maschine sechs Stunden später in Seattle landete, hatte ich mich einigermaßen beruhigt und schaffte es sogar, höflich zu sein, als wir den Flughafen verließen und zu unserem Fahrer gingen, der vor dem Terminal auf uns wartete.

Wir hatten Zimmer im Fairmont Olympic, und ich musste mich zusammenreißen, um beim Betreten der Lobby nicht vor Staunen den Mund aufzusperren. Ich war schon früher in schönen Hotels abgestiegen, aber Benito bevorzugte ultramoderne Hotels. Das Fairmont hingegen mit seinen hohen Decken und der imposanten Doppeltreppe am Ende der Empfangshalle strahlte eine altmodische Pracht aus. Teure klassische Sessel und Sofas mit Samtbezug standen in der Lobby, und von der Decke hingen gigantische Kristalllüster, deren Licht auf dem blanken Kastanienholz funkelte.

»Wir haben eine Reservierung auf den Namen Carraway«, sagte Caine anstelle einer Begrüßung zu der jungen Frau an der Rezeption.

Sie lächelte und gab etwas in ihren Rechner ein. »Mr Caine Carraway und Ms Alexa Holland. Wir haben eine Deluxe-Executive-Suite für Sie, Sir, und für Ms Holland ein Standard-Einzelzimmer.«

Caine ließ einen müden Seufzer hören. Der Blick, den er mir zuwarf, war ein einziger Vorwurf. »Schon wieder?«

Auch ohne zu fragen, wusste ich, was er damit meinte. »Ich bin Ihre Assistentin. Ein Standard-Einzelzimmer ist völlig ausreichend für mich.«

Er ignorierte meinen Einwand. »Können Sie aus dem Einzelzimmer eine Suite machen?«

Die junge Frau prüfte rasch die Buchungen und schenkte Caine ein entschuldigendes Lächeln. »Wir hätten höchstens noch ein Deluxe-Zimmer frei.«

»Dann nehmen wir das.«

Nach dem Einchecken, als wir zu den Fahrstühlen gingen, sagte ich: »Das wäre wirklich nicht nötig gewesen.«

»Ich will mich nicht andauernd wiederholen«, knurrte er ungehalten.

»Ich vergaß. Der äußere Eindruck«, erwiderte ich brummig.

Caine begleitete mich noch bis zu meinem Zimmer, obwohl seins mehrere Stockwerke höher lag. Nachdem ich mein wunderschönes, behagliches Deluxe-Zimmer betreten hatte, drehte ich mich zu ihm um. Er stellte gerade meine Reisetasche auf dem Boden neben der Anrichte mit dem Fernseher ab. »Das Abendessen mit Farrah Rochdale und Lewis Sheen ist im Hotelrestaurant«, erinnerte ich ihn. »Um sieben Uhr.«

Er nickte knapp und wandte sich zum Gehen. »Ich hole Sie um zehn vor sieben ab.«

Wenige Sekunden später war er verschwunden, und ich konnte endlich frei atmen. Ich ließ mich auf das herrlich bequeme Bett fallen und streifte mir die Schuhe von den Füßen. Als ich zur Tür blickte, beschlich mich ein Gefühl von Melancholie. Ich versuchte, dagegen anzukämpfen. Ich musste nur das Abendessen überstehen, schon morgen säßen wir wieder im Flieger nach Boston. Irgendwie fühlte ich mich in Boston sicherer. Dort hatte ich meine Gedanken halbwegs im Griff, wohingegen ich hier, in ein und demselben Hotel mit Caine, permanent daran erinnert wurde, was zwischen uns passieren könnte. Und daran, dass er sich weigerte, irgendetwas davon zuzulassen.

Pünktlich um zehn vor sieben öffnete ich Caine die Tür. Ich musste schnell den Blick von ihm abwenden, weil er so phantastisch aussah. Er hatte sich den Dreitagebart abrasiert ... der Look stand ihm genauso gut wie der unrasierte ... und trug einen hellgrauen, schmal geschnittenen Dreiteiler.

»Fertig?«

Ich nickte, zog die Tür hinter mir zu und folgte ihm den Korridor hinunter. Er hatte keinen Kommentar über mein Aussehen abgegeben, aber ich versuchte, mich davon nicht runterziehen zu lassen.

Natürlich gelang mir das nicht wirklich.

Ich hatte mir viel Mühe mit meiner Erscheinung gegeben. Ich trug ein schlichtes ärmelloses, aber verführerisches kleines Schwarzes mit hohem Halsausschnitt, das einige Zentimeter oberhalb des Knies endete. Es umspielte meine Figur wie eine zweite Haut. Außerdem hatte ich die Louboutins hervorgekramt, die ich mal vor ein paar Jahren bei einem Fotoshooting abgestaubt hatte. Ausnahmsweise ließ ich meine Haare offen, so dass sie mir in sanften Wellen über die Schultern fielen. Es war nicht die von Caine bevorzugte Frisur, aber mir war ein wenig nach Rebellion zumute.

Im Restaurant führte man uns zu einem Tisch, an dem bereits eine Frau Mitte dreißig sowie ein Mann Mitte vierzig saßen. Farrah Rochdale war die Chefin von Rochdale Financial Management, und Lewis Sheen war ihr CFO. Die Firma war vor zwei Generationen gegründet worden, doch als Farrah sie übernommen hatte, steckte sie gerade in einer Krise. Ungeachtet dessen, dass die Firma in der Vergangenheit einige der wachstumsstärksten Unternehmen des Landes zu ihren Klienten gezählt hatte, gab es nun Probleme mit der Akquise von Neukunden. Schließlich trat

Caine auf den Plan. Er glaubte an den Erfolg von Rochdale, brachte die Firma unter das Dach von Carraway Holdings und investierte Geld und Knowhow. Inzwischen florierte das Unternehmen wieder und war sogar zu einer der erfolgreichsten Finanzmanagement-Firmen an der Westküste aufgestiegen.

Trotzdem hatte Farrah um ein persönliches Treffen mit Caine gebeten. Sie wollte etwas Wichtiges mit ihm besprechen, das von großer Bedeutung für die Zukunft der Firma sei.

Ich wusste nicht, was ich von dem Gespräch erwarten sollte oder worum genau es gehen würde – ich wusste nur, dass ich mir Farrah Rochdale nicht so jung und attraktiv vorgestellt hatte. Als wir an den Tisch traten, erhoben sie und Lewis sich von ihren Plätzen, und mir fiel auf, wie groß sie war. Ihr kastanienbraunes Haar war zu einem Knoten frisiert, und sie trug ein umwerfendes violettes Wickelkleid, das ihre phänomenale Figur betonte. Caine gab Farrah einen Wangenkuss, ehe er Lewis zum Gruß die Hand hinstreckte.

»Das ist meine Assistentin Alexa«, stellte er mich vor.

Ich begrüßte zuerst Farrah, wobei sie mich neugierig musterte. Erleichtert ließ ich ihre Hand los, um mich Lewis zuzuwenden. Der lächelte und nahm ebenfalls meine Hand, doch statt sie zu schütteln, hob er sie an die Lippen und küsste sie ... eine altmodische Geste, die ich sehr charmant fand.

»Wollen wir uns setzen?« Caine zog einen Stuhl für mich zurecht, woraufhin Lewis sanft meine Hand losließ.

Dass Caine mir gegenüber so höflich war, überraschte mich nicht. Wir befanden uns unter Leuten, und er war ein Mann mit guten Manieren. Selbst bei Geschäftsbesprechungen rückte er immer den Stuhl für mich zurecht. Außerdem wartete er grundsätzlich mit dem Platznehmen, bis ich mich gesetzt hatte, und wenn ich aus irgendeinem Grund aufstand, erhob er sich ebenfalls.

Lewis rückte ebenfalls den Stuhl seiner Chefin zurecht, und sobald Farrah und ich saßen, nahmen auch die Männer Platz. Ich saß Farrah gegenüber, hatte Caine zu meiner Linken und Lewis zu meiner Rechten. Während ich die Speisekarte studierte, spürte ich erneut Farrahs Blicke auf mir.

Erst nachdem wir bestellt hatten, lehnte Caine sich zurück und fragte Farrah rundheraus: »Also, was gibt es so Dringendes?«

Sie stieß einen schweren Seufzer aus. »Ich will mich aus der Firma zurückziehen.«

Caine runzelte die Stirn. »Um Himmels willen, warum denn das?«

»Caine.« Farrah setzte sich auf. Ihr Tonfall ihm gegenüber hatte etwas sehr Vertrautes. »Du weißt, dass ich das Familienunternehmen niemals übernehmen wollte.«

Ich ertappte mich dabei, wie ich Caines Reaktion auf sie beobachtete, und spürte ein unangenehmes Ziehen in der Brust. »Obwohl du so hart dafür gekämpft hast?«

Zwischen den beiden lag definitiv etwas in der Luft. Ich wusste nicht genau, was, aber es war eindeutig. Man merkte es an der Art, wie sie sich ansahen. Wie sie miteinander sprachen.

Sie lächelte. »Ich wollte die Firma nicht, aber genauso wenig wollte ich, dass das Erbe meines Großvaters untergeht. Mein Vater hat sich für die Firma totgeschuftet, und sein Opfer sollte nicht umsonst gewesen war. Aber jetzt wird es Zeit für etwas Neues.«

Nachdem er das angehört hatte, schwieg Caine erst einmal. Die Vorspeisen wurden gebracht, ehe er etwas erwidern konnte, doch kaum hatten wir angefangen zu essen, ließ er die Gabel sinken. »Dir ist bewusst, dass mein Vorstand eine sehr klare Meinung dazu haben wird, was deine Nachfolge betrifft.«

Farrah belohnte ihn mit einem intimen Lächeln. Ich würgte den Kloß hinunter, der sich plötzlich in meiner Kehle gebildet hatte. O ja. Sie hatten etwas miteinander gehabt, kein Zweifel. »Genau deswegen habe ich dich hergebeten. Die Firma heißt *Carraway* Financial Holdings. Du hast großen Einfluss, und ich weiß, dass du meine Empfehlung beherzigen wirst.«

Caines Miene blieb unbewegt. Er warf Lewis Sheen einen Blick zu. »Du möchtest, dass Lewis die Leitung übernimmt.«

Farrah lächelte ihrem CFO zu. »Er kennt die Firma besser als jeder andere. Er weiß, woher wir kommen und welchen Weg wir gehen wollen.«

»Und mir liegt das Wohl der Firma am Herzen«, fügte Lewis hinzu. »Was in der heutigen Geschäftswelt nicht selbstverständlich ist.«

Caine musterte ihn einen Moment lang. »Da stimme ich Ihnen zu.«

Farrah und Lewis schien ein Stein vom Herzen zu fallen. »Danke, Caine.«

»Für Dank ist es noch zu früh. Meine Möglichkeiten sind begrenzt.«

Sie lächelte ihn an. »Ich weiß sehr gut, wozu du imstande bist.«

Ich versuchte, mich ganz normal zu verhalten, aber es fiel mir nicht leicht. Meine Haut juckte förmlich, und ich wäre gerne überall gewesen, nur nicht hier mit Caine und seiner Exgeliebten.

Sie sprachen noch eine Weile über Lewis' mögliche Übernahme des Chefpostens, bis sich die Unterhaltung schließlich der Frage zuwandte, was Farrah nach ihrem Ausstieg zu tun gedachte. Während sie Caine von dem Job erzählte, der ihr in der Finanzabteilung einer großen Modefirma in New York angeboten worden war, unternahm Lewis den Versuch, ein Gespräch mit mir anzufangen. Ich gab mir Mühe, mich auf ihn einzulassen, aber es war schwer, weil ich am liebsten aufgesprungen und geflohen wäre.

Nachdem wir mit dem Essen fertig waren und Caine, Farrah und ich einen Kaffee bestellt hatten, erhob sich Lewis. »Ich bitte um Entschuldigung, aber ich habe meiner Frau versprochen, heute nicht allzu spät nach Hause zu kommen.« Er lächelte auf mich herab. »Es war mir ein Vergnügen, Ihre Bekanntschaft gemacht zu haben, Alexa.« Dann streckte er Caine die Hand hin. »Wie immer eine Freude, Mr Carraway. Vielen Dank, dass Sie sich die Zeit genommen haben, sich mit uns zu treffen, und dass Sie verstehen, was ich für die Firma tun kann.« Er nickte Farrah zu. »Wir sprechen dann bald.«

Wir wünschten ihm einen guten Abend, und ich sank tiefer in meinen Stuhl. Wenn ich doch auch nur eine Ausrede gehabt hätte, mich zu verziehen. Ich wollte nicht das fünfte Rad am Wagen sein.

Farrah indes schien meine Anwesenheit vollkommen vergessen zu haben. Ich glaube nicht, dass sie mich absichtlich ignorierte. Sie war einfach vollkommen auf Caine fixiert.

Sie dominierte die gesamte Unterhaltung und lenkte sie auf persönliche Themen, indem sie einige Dinnerpartys erwähnte, auf denen sie zusammen gewesen waren. Obwohl Caine wie üblich schwer zu durchschauen war, wirkte er in ihrer Gegenwart ein klein wenig gelöster als sonst, und fast hätte ich sie dafür gehasst. Das Einzige, was es mir halbwegs erträglich machte zuzusehen, wie sie seinen Arm streichelte und sich über die guten alten Zeiten amüsierte, war die Tatsache, dass es ihr nicht gelang, Caine zum Lachen zu bringen. Er verzog noch nicht einmal den Mund.

Wenn sie das geschafft hätte, wäre ich gestorben.

Aber das Flirten reichte schon, um ernsthaften Schaden bei mir anzurichten. Wenn man es genau nahm, wusste ich nicht mal, wieso ich überhaupt hier war. Caine hatte keinerlei Verwendung für mich, und bestimmt benötigte er mich nicht als Zeugin, während er mit einer alten Flamme anbändelte.

Ich wollte nicht dabei zusehen, wie sie das Feuer zwischen sich wieder zum Lodern brachten. Ich fühlte mich krank. Was ich jetzt brauchte, war ein anständiger Drink, und zwar in möglichst großer Entfernung zu Caine.

Abrupt stand ich auf. Ein verdatterter Caine erhob sich ebenfalls. »Wenn Sie mich bitte entschuldigen wollen. Ich glaube, ich gehe jetzt ins Bett.«

Er runzelte die Stirn, nickte aber.

Ich nickte Farrah zu. »Hat mich gefreut, Sie kennenzulernen.« *Scheinheilige Lüge!*

Farrah schenkte mir ein unverbindliches Lächeln. »Gleichfalls.«

Ohne Caine eines weiteren Blickes zu würdigen, verließ ich das Restaurant und steuerte durch die Lobby schnurstracks auf die Hotelbar zu. Dort suchte ich mir einen leeren Hocker an der Theke.

Der junge Barkeeper lächelte mich an. »Was kann ich Ihnen bringen, Madam?«

Bäh. Wann war ich zu einer »Madam« geworden? Noch etwas, das zu vergessen ein Drink mir helfen würde. »Glenlivet on the Rocks.«

Der Barkeeper nahm meine Order, ohne eine Miene zu verziehen, zur Kenntnis, und brachte mir wenige Sekunden später ein Glas. Ich nippte daran. Der warme Scotch glitt mir die Kehle hinab und breitete sich in meiner Brust aus. Augenblicklich fühlte ich mich ein wenig besser.

Eine Weile saß ich einfach nur da, nippte an meinem Whisky und spielte mit meinem Handy. Rachel hatte mir ein Foto von Maisy geschickt, wie diese rittlings auf ihrem Vater Jeff saß, der mit hinter dem Rücken gefesselten Händen am Boden lag.

DEINE TOCHTER MACHT MIR ANGST,

simste ich zurück.

Wenige Sekunden später machte es »Ping«.

ICH WEISS. IST SIE NICHT ZUM TOTLACHEN?

Ich schnitt eine Grimasse und steckte das Handy ein. Rachel fand Maisy vielleicht zum Totlachen. In den Augen der übrigen Welt jedoch war dieses Kind die Brut des Teufels.

»Kann ich Ihnen vielleicht noch etwas spendieren?«

Als ich die fremde Stimme neben mir hörte, drehte ich mich erstaunt um. Ein junger Typ im Anzug ließ sich gerade auf dem Barhocker neben mir nieder. Ich musterte ihn, bereits ein klein wenig beschwipst. Er sah gut aus und hatte einen humorvollen Zug um die Augen, der mir gefiel.

Ach, was soll's?

»Gern.«

Er grinste. »Was darf es denn sein?« Ich nannte ihm meinen Getränkewunsch, und sein Grinsen wurde breiter. »Scotch?«

Ich lächelte traurig. »Ich ertränke gerade meinen Kummer.«

Der Mann winkte dem Barkeeper und bestellte zwei

Whiskys. Als er sich danach wieder an mich wandte, fragte er: »Warum muss ein hübsches Ding wie Sie seinen Kummer in Alkohol ertränken?«

Ich verzog das Gesicht.

Er lachte. »Was?«

»Hübsches Ding? Ist das Ihr Ernst?«

»Ich halte mich nur an die Tatsachen.« Er streckte mir die Hand hin. »Ich bin Barry.«

Ich schüttelte ihm die Hand. »Alexa.«

»Also, Alexa, ich frage Sie noch mal … warum müssen Sie Ihren Kummer ertränken?«

Ich legte die Hand um mein Scotchglas und neigte kokett den Kopf zur Seite. »Raten Sie mal.«

»Hmm … berufliche Probleme?«

Ich schnipste und zeigte dann mit dem Finger auf ihn. »Bingo.«

Barry lächelte und beugte sich näher zu mir heran. »Na, dann schauen wir doch mal, wie lange ich brauche, bis Sie Ihre Sorgen vergessen haben.«

»Nur zu. Ich habe nichts zu verlieren. Geben Sie Ihr Bestes, Barry.«

Und das tat er.

Wir unterhielten uns über Musik und Filme, und ich schwärmte von den Red Sox, während er eine Lanze für die Mariners brach. All das hatte so eine Leichtigkeit, die Balsam für meine verwundete weibliche Eitelkeit war. Wir schnitten keine ernsten Themen an, und eine Zeitlang war es einfach nur schön, beschwipst und gelöst zu sein und bewundert zu werden.

Ich weiß nicht, wie lange wir so dasaßen. Irgendwann war auch mein zweiter Scotch fast leer, und ich überlegte, ob es Zeit für einen dritten wäre, als Barry plötzlich seine Hand auf meinen Schenkel legte.

»Warum setzen wir das nicht in deinem Zimmer fort?«

Ich betrachtete seine Hand auf meinem Schenkel, und zugegeben, irgendwie zog ich seinen Vorschlag ernsthaft in Erwägung. Ich wollte vergessen, wie es war, immer nur an Caine zu denken, und wie hieß es doch noch gleich? Andere Mütter hatten auch schöne Söhne. Da war bestimmt etwas dran. Mit all dem Scotch im Blut klang mir das jedenfalls nach einem sehr weisen Rat.

»Ich habe einen besseren Vorschlag. Warum nehmen Sie nicht Ihre Hand da weg, bevor ich sie Ihnen breche?«

Beim Klang dieser Drohung blieb mir vor Schreck die Luft weg.

Ich starrte zu Caine hoch, der sich hinter uns aufgebaut hatte. Sein Blick war regelrecht mörderisch.

Barry wurde rot und rutschte ungelenk von seinem Hocker. »Sorry«, murmelte er.

Er huschte davon, ehe ich ihn aufhalten konnte. Nicht dass ich das jetzt noch gewollt hätte … es gab nichts Unattraktiveres als einen feigen Mann. Andererseits … als ich so in Caines Gesicht schaute, drängte sich mir die Frage auf, ob es wohl einen Mann gab, der bei dem Anblick nicht den Schwanz eingekniffen hätte. »Was sollte das denn?«

Der Muskel in seinem Kiefer zuckte unaufhörlich, und er brauchte ein paar Sekunden, bis er eine Antwort hervorbrachte: »Ich wollte Sie davor bewahren, in Ihrer Trunkenheit einen dummen Fehler zu machen. Einen Fehler, den Sie morgen früh bereut hätten.« Seine warme Hand fasste mich am Ellbogen, und er half mir behutsam vom Hocker herunter. »Kommen Sie, ich bringe Sie auf Ihr Zimmer.«

Ich riss mich von ihm los, stinksauer über sein selbstherrliches Gebaren. »Was ist denn? Haben Sie genug mit Farrah Rochdale geflirtet, und jetzt kommen Sie zu mir, um mir den Abend zu versauen?«

Caines Miene verhärtete sich, doch er gab keine Antwort. Stattdessen nahm er mich erneut am Ellbogen und lotste mich aus der Bar.

Ich konnte nichts tun. Wenn ich versucht hätte, ihn abzuschütteln, wäre das bloß auf eine Szene hinausgelaufen, und im Gegensatz zu dem, was er glaubte, war ich lediglich angeheitert, aber nicht betrunken.

Er manövrierte mich in den Fahrstuhl. »Ich habe Sie nicht ignoriert. *Sie* haben *mich* ignoriert.«

Der Fahrstuhl setzte sich in Bewegung. »Ach ja, natürlich. Wie dumm von mir. Es war selbstverständlich meine Schuld, dass Sie direkt vor meiner Nase mit einer anderen Frau geflirtet haben, wenige Tage, nachdem wir Sex hatten.«

»Nicht, dass es Sie etwas angeht, aber Farrah und ich sind lediglich gute Bekannte. Ich vermische niemals Geschäft und Vergnügen.«

Ich sah ihn scharf an. »Ich weiß aus persönlicher Erfahrung, dass das nicht stimmt.«

Seine Wangen röteten sich leicht. »Norma…«

Das abrupte Anhalten des Fahrstuhls und die sich öffnenden Türen ließen ihn verstummen. Ich eilte in den Flur hinaus und hoffte, dass er mir nicht folgen würde.

Pech gehabt. Caine holte mich ein und nahm aufs Neue meinen Arm.

»Ich bin sehr gut in der Lage, eigenständig den Weg zu meinem Zimmer zu finden.«

Statt auf mich zu hören, nahm er mir meine Handtasche weg und wühlte darin nach der Schlüsselkarte.

»Ich bin nicht betrunken«, beharrte ich.

»Dann haben Sie also nüchtern die Entscheidung getroffen, mit diesem Idioten zu flirten?«, fragte er gepresst, als wir vor meiner Tür ankamen.

Ich schnaubte bloß und wartete darauf, dass er sie aufschloss. Zu meiner Bestürzung trat er zuerst ins Zimmer und hielt mir dann von drinnen die Tür auf.

»Sie können jetzt verschwinden.« Ich funkelte ihn an, als ich an ihm vorbeiging.

Ich bückte mich, um mir die Schuhe auszuziehen, wirbelte jedoch herum und hätte um ein Haar das Gleichgewicht verloren, als ich hörte, wie die Tür zuschlug.

Caine stand da und beobachtete mich.

»Sie können verschwinden«, wiederholte ich.

Er tat nichts, außer mich mit diesem intensiven, überwältigenden Blick anzusehen.

»Was?«, keifte ich. »Was ist denn jetzt schon wieder?«

»Es tut mir leid, falls ich Sie heute Abend verletzt habe«, sagte er, und aus irgendeinem Grund fachte seine Entschuldigung die Flammen meines Zorns nur noch weiter an. »Das haben Sie nicht verdient.«

Ob es am Alkohol lag oder an der unterdrückten Anspannung der letzten Wochen, jedenfalls war es in diesem Moment schlagartig mit meiner Selbstbeherrschung vorbei. All die Gekränktheit und die Wut brachen aus mir hervor. »Wissen Sie was? Sie haben recht. Ich habe wirklich was Besseres verdient. Ich habe mein ganzes Leben lang was Besseres verdient, aber ich habe es nie bekommen. Und meine Mutter auch nicht.« Ich schleuderte ihm all meinen Schmerz entgegen, während er einfach nur dastand, wie gelähmt von meinen Worten. »Aber meine Mutter hat auch nie was Besseres für sich eingefordert. Den Fehler mache ich nicht. Von dem Augenblick an, als mein Vater mir gesagt hat, was er deiner Mutter, deiner Familie angetan hat, habe ich ihn aus meinem Leben gestrichen.« Ich sah, wie Caines Augen schimmerten. Noch immer ruhte sein Blick unverwandt auf mir. »Früher habe ich ihn für einen Helden gehalten«, flüsterte ich. »Für einen Märchenprinzen, der immer zu meinem Geburtstag kam, mich mit Geschenken überhäuft hat und meine Mom zum Lachen brachte. Dann war er eines Tages die ganze Zeit da. Ich dachte, er wäre gekommen, um uns zu retten. Um für immer bei uns zu sein. So habe ich über ihn gedacht ... bis ich irgendwann alt genug war, um zu erkennen, wie eitel und faul er in Wirklichkeit war. Dass er glaubte, die ganze Welt müsste ihm zu Füßen liegen. Dass er meine Mutter viel öfter zum Weinen als zum Lachen gebracht hat. Aber ich habe gute Miene zum bösen Spiel gemacht.« Ich lachte bitter, als ich mich an mein Vogel-Strauß-Verhalten von damals erinnerte.

»Das habe ich durchgehalten, bis er uns vor sieben Jahren seine Sünden gebeichtet hat. Ich habe ihn für das gehasst, was er deiner Mutter angetan hat. Ich habe ihn dafür gehasst, dass er mich all die Jahre lang belogen hatte, dass er eine andere Familie hatte, von der ich nichts wusste, und dass er nur zu uns gekrochen kam, weil er auf einmal ganz allein dastand und wir seine letzte Zuflucht waren. Ich bin von zu Hause ausgezogen, aber die Sache hat mir keine Ruhe gelassen. Ich wollte alles ganz genau wissen. Also bin ich noch mal zurück und habe meinen Vater nach dem Namen der Frau gefragt ... nach *deinem* Namen. Er wollte ihn mir nicht verraten. Dann dachte ich mir, dass es auch gar nicht darauf ankam, mein Vater sollte sich bloß bei dir entschuldigen ... er sollte mir beweisen, dass er seine Tat aufrichtig bereute und dass er begriff, dass es bei der Sache nicht um sein eigenes Leid ging, sondern um das der Menschen, denen er unrecht getan hatte. Er hat sich geweigert. Also habe ich ihm gesagt, dass ich nie wieder etwas mit ihm zu tun haben will. Seitdem bin ich nicht mehr zu Hause gewesen. Wegen ihm habe ich meine Mutter verloren. Sie wollte ihn nicht verlassen, und sie hat mir an unserem Zerwürfnis die Schuld gegeben. Jetzt kann ich die Beziehung zu ihr nicht mehr kitten, weil sie tot ist ... Jetzt habe ich nur noch einen Großvater, der sich meiner zu sehr schämt, als dass er sich zu mir bekennen würde, und einen Boss, der sich daran aufgeilt, mich wie ein Stück Scheiße zu behandeln.« Meine Stimme wurde härter. »Aber jetzt reicht's mir. Ich habe die Schnauze voll von diesem Spiel. Ich bin nicht mein Vater, und ich würde nie anderen Menschen das antun, was er deiner Mutter angetan hat. Ich wollte, dass du das erkennst. Ich wollte, dass du mich *siehst*. Dass du siehst, dass ... ich dich verstehe. Du hast kein Recht, mich zu verachten. Und ich werde mir das nicht länger bieten lassen.« Müde zeigte ich zur Tür. »Und jetzt raus, Caine.«

Ich war zu aufgebracht, als dass ich gemerkt hätte, wie seine Miene sich verändert hatte und wie sanft seine Stimme auf einmal klang, als er meinen Namen sagte.

»Caine, hau endlich ab.«

»Lexie, von alldem habe ich nichts gewusst.«

»Weil du dir nie die Mühe gemacht hast, danach zu fragen!«, schrie ich. »Und jetzt ist es sowieso egal. Wenn wir zurück in Boston sind, ist Schluss. Scheiß auf die Kündigungsfrist. Ich bin fertig mit dem ganzen Mist hier.« Ich fuhr herum und marschierte in Richtung Badezimmer. Wenn ich wieder rauskam, wäre er hoffentlich verschwunden.

Aber ich schaffte es nicht mal hinein.

Ich hörte seine Schritte Sekunden, bevor ich herumgerissen wurde und er mich in seine Arme zog.

Er flüsterte meinen Namen, ehe er den Kopf senkte und mich küsste.

Kapitel 13

Ich erwiderte den Kuss.
Denn: Selbst wenn er mich rasend machte, wollte ich ihn.

Und das machte mich nur noch rasender.

All meine Gefühle ließ ich in den Kuss mit einfließen. Ich schlang ihm die Arme um den Hals und grub die Finger in sein Haar. Unsere Zungen umkreisten einander in verzweifelter Gier, weil Caine meinen Zorn spürte und ebenfalls Feuer fing.

Seine Daumen strichen über meine Wangen, wie um unsichtbare Tränen wegzuwischen.

Ich zerrte an seinem Jackett, und er ließ die Arme sinken, damit er es ausziehen konnte. Wir unterbrachen den Kuss jedoch nicht, sondern saugten uns förmlich aneinander fest.

Caine schob mich rückwärts in Richtung Bett, und unsere Lippen trennten sich erst, als er mich hochhob und dann mitten auf die Matratze fallen ließ.

Keuchend sah ich zu ihm auf. Mein ganzer Körper stand in Flammen. Während er mich mit seinem Blick gefangen hielt, knöpfte er sich Weste und Hemd auf.

Wie konnte es sein, dass ich noch vor wenigen Sekunden drauf und dran gewesen war, diesem Mann für immer den Rücken zu kehren? Und auf einmal konnte ich an nichts anderes mehr denken als daran, dass ich ihn unbedingt in mir spüren wollte. »Das ist Wahnsinn«, wisperte ich. »Was machen wir hier bloß?«

Er zog sich das Hemd aus und warf es hinter sich. Dann tasteten seine Finger nach dem Reißverschluss meines Kleides. »Das, was wir beide wollen.« Er zog den Reißverschluss herunter, und ich erschauerte.

»Spielt es keine Rolle, dass ich betrunken bin?«

Caine grinste und griff nach dem Saum meines Kleides. Langsam schob er es meine Schenkel hinauf, über meinen Bauch, meine Brüste und immer weiter nach oben. Ich hob die Arme, damit er es mir über den Kopf ziehen konnte. Er verschlang mich mit seinen Blicken, als ich nur in schwarzem Spitzen-BH und Höschen vor ihm lag.

Ich sah seine Erektion, die den Stoff seiner Hose spannte. Als ich aufsah, trafen sich unsere Blicke.

»Vor einer Minute warst du nur beschwipst, nicht betrunken«, rief er mir ins Gedächtnis. In seinen Worten schwang eine gewisse Erheiterung mit.

Ich zog eine Augenbraue hoch. »Beschwipst, betrunken … ein Gentleman würde die Situation jedenfalls nicht ausnutzen.«

»Du hast Glück.« Er strich mit den Fingerknöcheln über meinen Bauch, und sein Blick folgte seinen Fingern, wie sie am Bündchen meiner Unterwäsche entlangfuhren. Sein Gesicht verschleierte sich vor Lust. »Wir wissen ja beide, dass ich kein Gentleman bin.«

Meine Brustwarzen richteten sich auf, so sehr erregte mich seine raue Stimme. »Ich dachte, du hättest mich abgehakt?«

Er legte eine Hand flach auf meinen Bauch und strich dann langsam nach oben bis zu meinen Brüsten. »Das war gelogen.« Er öffnete den Verschluss vorne an meinem BH und streifte ihn ab.

Kühle Luft streichelte meine Brüste, die unter Caines Blicken schwer und empfindsam wurden. Mir stockte der Atem, als er sie langsam zu streicheln begann und seine Daumenkuppen über meine Nippel fuhren. Caine hielt meinen Blick fest, während er langsam und unbarmherzig meine Brüste reizte. »Du bist so verdammt schön.«

Ich glaube, ich hörte auf zu atmen.

»Ich muss die ganze Zeit daran denken, wie es ist, in dir zu sein.« Er beugte sich zu mir herab. Seine Erektion presste sich gegen meinen Bauch, und seine Lippen streiften meine. »Das ist, als wäre ich im Himmel.« Seine Miene war angespannt, als er meine Brüste drückte. »Fast will ich dich ein bisschen dafür bestrafen, dass ich mich wegen dir so fühle.«

Ich schnappte nach Luft. »Sagtest du nicht neulich noch, keine Frau könne dich mit Sex manipulieren?«, versuchte ich, ihn zu necken, aber meine Worte waren heiser vor Verlangen.

Er glitt an mir herab, schob meine Schenkel auseinander und presste seinen Schwanz gegen mich. Ich stöhnte, als eine Hitzewelle von meinen Beinen ausgehend durch meinen Körper jagte. »Das stimmt auch«, beharrte er. »Aber bei dir fühle ich mich wie ein Junge, der heimlich die Mädchenumkleide beobachtet.«

Ich lachte rau, und Caine grinste. Erneut drängte er sich an mich. »Das gefällt mir.«

»Was gefällt dir?«

Statt einer Antwort küsste er mich, und ich schlang die Arme um ihn, weil ich ihn ganz nah bei mir haben wollte. Seine Lippen wanderten mein Kinn entlang, streuten süße Liebkosungen auf meinen Hals und meine Brüste. Sosehr es mir gefiel, seinen Mund überall auf mir zu spüren, so sehr sehnte ich mich zugleich danach, selbst seinen Körper zu erkunden. Ich hatte mir schon oft vorgestellt, wie es wohl wäre, jeden Zentimeter seiner Haut zu streicheln und zu küssen, doch seit ich ihn Anfang der Woche mit nichts als einem Handtuch am Leib erwischt hatte, träumte ich davon, ihn mir vollständig zu unterwerfen.

Ich stemmte mich hoch, nahm all meine Kraft zusammen und warf ihn auf den Rücken.

Er sah mich fragend an.

Ich setzte mich rittlings auf ihn und rieb mich an seinem Schwanz, während meine Fingernägel sanft über seine Bauchmuskeln kratzten. Wenigstens beim Sex war das Kräfteverhältnis zwischen uns ausgeglichen, und ich musste zugeben, dass mich das anmachte. »Du hattest letztes Mal das Sagen. Jetzt bin ich dran.«

Caines Augen blitzten, und er umfasste meine Hüften. »Tob dich nur aus, Baby.«

Baby.

Das gefiel mir.

Ich küsste ihn feucht und tief und rieb mich an seiner Erektion. Er versuchte, beim Kuss die Führung zu übernehmen, und seine Hand packte mein Haar, aber da entzog ich ihm meinen Mund und zog stattdessen eine Spur aus Küssen über seinen Hals nach unten.

Ich schmiegte mich an ihn und atmete den Duft seines Aftershaves ein, das ich so sehr mochte.

Während meine Lippen seine Brust hinabwanderten, streichelte er mich ... er liebkoste meinen Rücken, meine Brüste, meine Hüften, meinen Bauch und umfasste schließlich meinen Hintern.

Ich leckte seine Brustwarze und spürte seinen Schwanz an meinem Bauch zucken.

Ich verbarg ein triumphierendes Lächeln, während ich ihn weiter leckte und liebkoste. Ich merkte, dass seine Geduld bald am Ende war, und wagte mich weiter nach unten vor. Ich kostete jeden Zentimeter seines muskulösen Bauchs.

Dann richtete ich mich auf, um den Reißverschluss seiner Hose zu öffnen.

Caines Muskeln waren hart wie Stein, als ich vom Bett kroch, um ihm die Hose herunterzuzerren. Ich stand da und weidete mich eine Zeitlang an dem Anblick, wie er in seinen Designer-Unterhosen auf meinem Bett lag.

Er sah aus wie ein düsteres, sexhungriges Unterwäsche-Model.

Meine Brustwarzen wurden noch härter.

»Verdammt«, wisperte Caine und starrte mich voller Bewunderung an.

Er musste nichts sagen. Sein Blick verriet mir alles.

Bei ihm kam ich mir wie die verführerischste Frau der Welt vor.

Bevor ich irgendetwas tun konnte, hatte Caine schon die Finger unter den Bund seiner Unterhose gehakt und seine Erektion befreit.

Ich zog ihm die Unterhose vollständig aus und ließ sie zu Boden fallen. Schwer atmend kroch ich zurück aufs Bett. Über seinem Schwanz hielt ich inne.

Dann senkte ich ohne ein weiteres Wort den Kopf und nahm ihn in den Mund.

Ein entrücktes Stöhnen hallte durchs Zimmer.

Ich legte die Finger um seinen Schaft und rieb ihn, während ich ihn gleichzeitig leckte. Ich fand rasch einen Rhythmus, und es erregte mich ungemein, zu erleben, wie Caines Lust sich immer weiter steigerte. Sein Brustkorb hob und senkte sich in hektischen Atemzügen, seine Oberschenkelmuskeln waren angespannt, und er hob mir die Hüften entgegen, um mit seinem Schwanz noch tiefer in meinen Mund einzudringen.

»Lexie«, keuchte er, und ich musste meine Schenkel ganz fest zusammenpressen, so sehr sehnte ich mich nach Erlösung. »Hör auf.«

Seine Finger strichen über meinen Arm.

»Lexie.«

Aber ich konnte nicht aufhören. Ich wollte, dass er die Kontrolle verlor. Das brauchte ich jetzt.

Urplötzlich wurde ich in die Höhe gerissen, so dass ich nun rittlings auf ihm saß.

»Du hattest deinen Spaß«, knurrte er und schob die Finger in mein Höschen. Seine Augen glänzten. »So feucht.«

Ich presste mich gegen seine Finger, die mit Leichtigkeit in meine feuchte Hitze eindrangen. »Es macht mich unglaublich an, wenn du wegen mir die Kontrolle verlierst«, gestand ich leise.

»Wirklich?« Er bewegte seine Finger schneller in mir und trieb mich auf den Höhepunkt zu. Ich war so erregt, dass es nicht lange dauern würde. »Das gilt auch umgekehrt ... zuerst sorge ich dafür, dass *du* die Kontrolle verlierst.«

Ich schob seine Finger weg, zog mir das Höschen herunter und lehnte mich kurz zur Seite, damit ich es mir ganz abstreifen konnte. Dann setzte ich mich wieder auf ihn und nahm seinen Schwanz in die Hand. »Ich nehme die Herausforderung an«, keuchte ich, während ich ihn in mich aufnahm. Mein Kopf fiel nach hinten, und ich schloss die Augen bei dem Gefühl, ganz tief von ihm ausgefüllt zu werden.

Er packte mich bei den Hüften, seine Finger krallten sich in mein Fleisch. Meine Augen öffneten sich. Unsere Blicke hielten einander fest, als ich ihn zu reiten begann.

Ich war nur auf ihn fixiert, auf uns und unsere Lust. Es gab nur noch seine Augen, das Gefühl seiner heißen Haut unter meinen Fingern, seine Hände an meinen Hüften, das Geräusch meines keuchenden Atems, sein Stöhnen, den Geruch von Sex ...

Die Spannung in mir wurde größer und größer, und ich konnte an nichts mehr denken außer an meinen bevorstehenden Höhepunkt. Mein Rhythmus wurde schneller, ich ritt ihn härter.

»Lexie«, keuchte Caine, und sein Griff um meine Hüften wurde schmerzhaft. »Scheiße, Lexie.«

»Ja, ja, ja, ja ...«

Mir blieb fast die Luft weg, als ich urplötzlich auf den Rücken geworfen wurde. Caine hielt meine Hände fest und zog sich aus mir zurück.

»Was machst du da?«, stöhnte ich frustriert und drängte mich gegen ihn, damit er wieder in mich kam.

Er streifte meinen Mund mit seinem, und seine Zunge kitzelte verspielt meine Lippen. Dann presste er süße Küsse meinen Kiefer entlang bis zu meinem Ohr und wisperte: »Ich wollte dich nur daran erinnern, wer hier der Boss ist.«

Mein Frust schlug in Entrüstung um, und ich versuchte, meine Hände zu befreien. »Willst du mich verarschen?«

Sein Körper bebte, und als er den Kopf hob, sah ich, dass er lachte.

Ich kniff die Augen zusammen und versuchte aufs Neue vergeblich, mich seinem Griff zu entwinden. »Du bist wirklich ein Kontrollfreak.«

»Alles Teil meiner Anziehungskraft.« Er küsste mich. Diesmal versuchte er, mit der Zunge in meinen Mund einzudringen, aber ich presste die Lippen aufeinander. Ich war sauer. Wie es schien, konnte ich nicht gut damit umgehen, wenn mir ein Orgasmus verweigert wurde.

»Lexie«, murmelte er lockend. »Mach den Mund auf.«

Ich schüttelte trotzig den Kopf.

Caine lächelte. »Du bist wirklich die sturste Frau, der ich je begegnet bin.« Er bewegte die Hüften, so dass seine Erektion erneut meine feuchte Mitte berührte. Ich wimmerte vor Lust. »Ich würde dich gern zähmen, aber ich fürchte, das wird ein aussichtsloses Unterfangen.«

Mit dieser Bemerkung drang er zu mir durch. Ich musste schmunzeln. »Du magst meine Sturheit, hm?«

Er ließ eine meiner Hände los, damit er mich zwischen den Beinen berühren konnte. Ich stöhnte, als er den Daumen auf meine geschwollene Klitoris presste. »Anders will ich dich gar nicht haben, Alexa Holland.«

Ich keuchte erschrocken, als ich ihn meinen Nachnamen sagen hörte. Es war das erste Mal, dass er offen aussprach, wer ich war. Doch der Laut ging in einem tiefen, leidenschaftlichen Kuss unter, der mir sagte, dass es ihn nicht länger kümmerte, aus welcher Familie ich kam. Er wollte mich.

Mich.

Ich zerrte an seinen Haaren und erwiderte den Kuss mit all meiner Leidenschaft, aber als sein Daumen immer weiter meine Klitoris umkreiste, gab es für mich nur noch diese Hitze, die sich unaufhaltsam in meiner Mitte zusammenballte. Caine übernahm die Führung bei dem Kuss, während ich seufzte und keuchte, unablässig seinen Namen in seinen Mund murmelte und mein Becken seinen Berührungen entgegenhob.

Meine Finger krallten sich fester in sein Haar. »Caine«, stöhnte ich, und meine Schenkel bebten.

Noch einmal.

Eine letzte Berührung seines Daumens, und es war um mich geschehen.

Als mein Körper von einem gewaltigen Orgasmus erfasst wurde, nahm Caine meine freie Hand und drückte sie aufs Bett. Als er gleich darauf in mich eindrang, schrie ich auf, und meine Muskeln zogen sich um ihn zusammen, als er tief in mich hineinstieß.

»Lexie«, stöhnte er erlöst.

Mir ging es genauso. Mein Körper unter ihm war träge und geschmeidig, als er sich in mir bewegte. Seine Stöße wurden heftiger, er verschränkte seine Finger mit meinen und hielt mich fest, so dass ich ihm vollkommen ausgeliefert war. Zu meinem Erstaunen spürte ich erneut das Herannahen eines Orgasmus, ein Brennen, halb Lust, halb Schmerz.

Ich kam seinen Stößen entgegen und heizte ihn so immer weiter an.

Er ließ meine Hände los, kniete sich hin, packte meine Schenkel und drückte meine Beine noch weiter auseinander. Dann stieß er so tief in mich hinein, dass ich ihn bis ins Innerste meines Körpers spüren konnte.

»Nimm mich, Lexie«, knurrte er rau.

Etwas anderes blieb mir gar nicht übrig.

Fasziniert sah ich zu, wie kurz darauf die Bewegung seiner Hüften ins Stocken geriet, die Sehnen in seinem Hals hervortraten und er die Zähne zusammenbiss, als ein gewaltiger Höhepunkt ihn erschütterte.

»Gott.« Außer Atem ließ er meine Schenkel los, dann sank er auf mich. Sein Körper verschmolz mit meinem, als er das Gesicht in meiner Halsbeuge barg.

Ich spürte die sanfte Bewegung seines Brustkorbs an meinem, während wir uns langsam beruhigten. Caines warme Hand glitt an meiner linken Seite hinab und umfasste meinen Schenkel. Er zog sachte daran, und ich verstand, was er wollte.

Ich schlang die Beine um seine Taille, die Arme um seinen Rücken und hielt ihn lange Zeit so fest.

Kapitel 14

Vielleicht lag es am Licht, das durch die leicht geöffneten Vorhänge hineinfiel, oder vielleicht spürte ich auch unbewusst seinen Blick auf mir.

Was auch immer es war, wovon ich aufwachte ... als ich die Augen öffnete, lag Caine neben mir auf der Seite, den Kopf in die Hand gestützt, und betrachtete mich.

Er hatte mir beim Schlafen zugesehen.

Erinnerungen an die vergangene Nacht kamen in mir hoch. Nach der ersten Runde waren wir eingeschlafen, aber als ich mitten in der Nacht aufgewacht war und er neben mir lag, hatte ich die zweite Runde eingeläutet.

Zufrieden und erschöpft hatte uns unmittelbar danach der Schlaf übermannt.

Es war der beste Schlaf, den man sich vorstellen kann, nach dem besten Sex, den man sich vorstellen kann, aber jetzt war heller Tag, und wir waren wach. Ich wusste nicht recht, was ich davon halten sollte, dass Caine bis zum Morgen geblieben war. Ich wusste auch nicht, wie ich es bewerten sollte, dass er mich beim Schlafen beobachtete.

Mein Magen machte einen kleinen Hüpfer, als mir klar wurde, dass ich es aller Wahrscheinlichkeit nach gleich erfahren würde.

»Hey«, grüßte ich ihn mit leiser, unsicherer Stimme.

Caine streckte die Hand nach mir aus und streichelte mit dem Daumen meine Wange. »Hey.«

Die Tatsache, dass er nicht Hals über Kopf aus meinem Zimmer floh, legte nahe, dass dies womöglich ein guter Morgen werden würde. Aber ich wollte Gewissheit haben. »Du siehst nachdenklich aus.«

»Ich liege hier schon eine ganze Weile und denke darüber nach, wie ich dich behandelt habe.« Er machte ein zerknirschtes Gesicht. »Ich mag Schuldgefühle nicht besonders, Lexie. Ich versuche, sie nach Möglichkeit zu vermeiden.«

Als ich sein Gesicht sah, musste ich lachen. »Du hast so deine Momente.«

»Ich habe dir ganz schön zugesetzt.«

»Stimmt.«

Seine Augen verdunkelten sich. »Ich habe dich in eine unmögliche Lage gebracht, als ich dich zu Phoebe geschickt habe.«

»Auch wahr.«

»Ich war dir gegenüber ausfallend, weil ich mir nicht eingestehen wollte, dass ich mich zu dir hingezogen fühle.«

Wow. Okay. Damit, dass er so etwas freiheraus zugab, hatte ich nun wirklich nicht gerechnet. Seine Entschuldigung löste ein warmes, wohliges Gefühl in mir aus. »Und jetzt?« Ich hielt den Atem an und wartete.

Caines Blick folgte seinen Fingern, die über mein Schlüsselbein und die Wölbung meiner Brüste kitzelten. Ich erschauerte unter der Berührung. Er sah mir ins Gesicht. »Ich habe dich für deine Familie verantwortlich gemacht, und das war falsch. Man kann nichts dafür, wo man herkommt. Du genauso wenig wie ich.«

Ich war erleichtert, dass er das endlich eingesehen hatte.

Seine Lippen verzogen sich zu einem sinnlichen Lächeln. »Du bist die Einzige, die sich traut, mich anzuschreien. Ich weiß nicht genau, ob mir das gefällt.«

Ich musterte seine Miene, die halb belustigt, halb erregt war, und musste grinsen. »Aber wirklich schlimm findest du es auch nicht, glaube ich.«

Statt über meine Erwiderung zu schmunzeln, wurde Caine ernst. »Du hattest gestern Abend recht, weißt du. Du hast etwas Besseres verdient. Deswegen ... deswegen muss ich dir auch etwas sagen.«

Das Herz rutschte mir in die Hose. »Ja?«

»Ich will dir nicht weh tun, aber ich finde, du solltest die Wahrheit über deinen Vater und deinen Großvater kennen.«

Der Ausdruck in seinen Augen ließ bereits erahnen, dass mir nicht gefallen würde, was er mir gleich erzählte. »Caine ...«, flüsterte ich.

»Edward war derjenige, der meinen Vater bestochen hat. Nicht Alistair. Dein Großvater hat meinem Dad das Blutgeld gegeben, damit er die Umstände des Todes meiner Mutter und die Rolle, die dein Vater dabei gespielt hat, für sich behält.«

Ich hatte das Gefühl, den Boden unter den Füßen zu verlieren. Entgeistert starrte ich Caine an und versuchte zu verarbeiten, was er mir gerade eröffnet hatte.

Mein Großvater, der einzige Mensch, von dem ich geglaubt hatte, ich könne mich auf ihn verlassen, war Teil dieser abscheulichen Affäre? Er hatte versucht, die Tat meines Vaters zu vertuschen? Wieso? Offensichtlich nicht um meines Vaters willen, denn wenig später hatte er ihn enterbt. Nein, es war ihm um den Namen Holland gegangen. Um seinen Platz in der Gesellschaft, den er um keinen Preis verlieren wollte. Mir stieg die Galle hoch.

Wenn Grandpa zu so etwas fähig war ... was war er dann für ein Mensch?

Ich erinnerte mich an seine liebevollen Worte, an seine Freundlichkeit. Der Mann, den ich kannte, war ein gänzlich anderer als der, von dem Caine da sprach. Und wenn Grandpa tatsächlich derjenige gewesen war, der sich Erics Schweigen erkauft hatte, bedeutete das, dass mein Vater nicht ganz so verdorben war, wie ich immer angenommen hatte. Er war nach wie vor ein verachtenswerter Mensch, daran änderte sich nichts … aber die Verantwortung für Erics Selbstmord lag nicht allein bei ihm.

O mein Gott.

»Bist du dir sicher? Woher weißt du das?«

Caines Blick wurde undurchdringlich. »Weil ich dabei war.«

»O mein Gott.« Meine Brust fühlte sich auf einmal ganz schrecklich eng an.

»Lexie?«

Ich sah in Caines besorgtes Gesicht, und mir wurde etwas klar. Das, was er mir gerade eben gesagt hatte, war das Letzte, was ich jemals hätte hören wollen … Und wäre es jemand anders gewesen, der mir eine so schockierende Wahrheit all die Zeit vorenthalten hätte, um mich dann im Moment meiner größten Verletzlichkeit damit zu konfrontieren, hätte ich es diesem Jemand höchstwahrscheinlich sehr übelgenommen. Nicht so bei Caine. Meine Betroffenheit galt nicht nur mir, sondern auch ihm, und als mir das klar wurde, begriff ich, dass meine Gefühle für ihn echt waren. »Ich kann mir gar nicht vorstellen, wie sehr du sie hassen musst.«

»Nein. Damit würde ich ihnen viel zu viel Macht über mich einräumen.«

In dem Moment ging ein bisschen von seiner Stärke auf mich über, und der Schmerz, die Scham, die ich nach seiner Offenbarung empfunden hatte, wurden mir ein wenig erträglicher, weil er hier war und mich zärtlich anschaute. »Du bist im Moment das einzig Echte in meinem Leben«, sagte ich spontan, weil es die Wahrheit war. »Du sollst wissen, dass ich das nicht einfach so aufgeben will.«

Er strich mir mit den Fingerspitzen über die Wange und sagte: »Mit einem Mann wie mir bist du nicht gut bedient, Lexie. Ich werde nie der Richtige für dich sein können.«

Das Gefühl der Hoffnung, das sich zuvor in meiner Brust geregt hatte, stürzte hinunter in meinen Magen, wo es sich als ein unruhiges Flattern bemerkbar machte. »Was willst du damit sagen?«

Er war voller Bedauern. »Du suchst nach jemand Besonderem, auch wenn du es nicht zugeben willst. Und ich? Ich bin unfähig, Kompromisse einzugehen. Ich kann mich nicht ändern, und ich will auch keine dauerhafte Beziehung. Das bin einfach nicht ich.« Er streichelte meinen Arm mit den Fingerknöcheln, und seine Stimme war wie ein Schnurren, das tief aus seiner Kehle kam. »Aber ich will auch nicht, dass es vorbei ist. Wir mögen uns. Zwischen uns ist eine besondere Spannung.«

Verwundert sah ich zu ihm auf. Ich hatte gedacht, wir würden gleich besprechen, wie ich mich möglichst reibungslos aus seinem Leben verabschiedete, nicht …

»Und der Sex ist …« Er grinste verführerisch. »Ich kann nicht für dich sprechen, aber ich würde das gerne noch ein wenig vertiefen.«

Mein Körper kribbelte bei der bloßen Vorstellung, doch zugleich war ich unsicher, wie ich ihm antworten sollte. Ich wusste ja bereits, dass ich Gefühle für ihn hatte. Sex allein würde mir nicht genügen. Oder?

»Ich bin so egoistisch, dich zu bitten, mehr Zeit mit mir zu verbringen, Alexa. Wir sollten das zwischen uns genießen, solange es anhält, und wenn es Zeit ist, die Sache zu beenden, dann trennen sich unsere Wege eben wieder, und niemandem ist ein Leid geschehen.«

Ich blickte in sein attraktives Gesicht und fragte mich, wie um alles in der Welt ich auf so einen Vorschlag reagieren sollte. Caine wartete geduldig auf meine Antwort, und da lag etwas in seinem Blick. So hatte er mich noch nie angesehen. Da war etwas ... Da war *mehr*.

Nein.

Ich spielte mit dem Feuer.

Aber ... wäre es nicht wenigstens einen Versuch wert?

Natürlich konnte das Schlimmste passieren. Ich konnte mich in ihn verlieben, und er würde trotzdem mit mir Schluss machen.

Aber Effie hatte gesagt, dass Caine eine sture, hartnäckige Frau brauchte. Wenn ich es nicht wenigstens versuchte, hätte ich gar keine Chance, Caines Gefühle für mich ... für uns ... zum Positiven zu beeinflussen. Er bezeichnete sich als Egoisten, und doch hatte ich bei Effie eine ganz andere Seite an ihm kennengelernt. Caine konnte liebevoll und hilfsbereit sein. Er war sich dessen bloß nicht bewusst.

Ich hatte ein schlechtes Gewissen, noch bevor ich überhaupt den Mund aufmachte, weil ich drauf und dran war, mich auf eine Affäre mit ihm einzulassen, obwohl ich in Wirklichkeit viel mehr wollte.

»Okay.« Ich schenkte ihm ein zaghaftes Lächeln, das etwas breiter wurde, als ich sein zufriedenes Grinsen sah.

Und als er mich küsste, versuchte ich, meine Schuldgefühle wegzuschieben. Schließlich diente meine kleine Notlüge einem guten Zweck. Am Ende, wenn Caine und ich unser Glück fanden, würde alles gut werden.

Das zumindest war mein Plan.

Gerade hatten wir uns noch innig geküsst, doch in der nächsten Sekunde war Caine bereits aus dem Bett gesprungen und stieg in seine Kleider.

Ich stützte mich auf die Ellbogen und sah dem Spiel der Muskeln in seinen Armen zu, während er sich die Hose hochzog. Als Nächstes griff er nach seinem Hemd und schaute in meine Richtung. Er musste meine Verwirrung bemerkt haben, denn er sagte: »Wir müssen den Flieger erwischen. Ich muss noch duschen.«

Richtig. »Ich auch.« Enttäuscht sah ich zu, wie er sich das Hemd zuknöpfte und seine göttlichen Bauchmuskeln meinen Blicken entschwanden. »Wir könnten auch zusammen duschen, das spart Zeit.«

Er warf mir einen vielsagenden Blick zu. »Irgendwie habe ich den Verdacht, dass wir damit *keine* Zeit sparen würden.«

Ich musste schmunzeln. »Hm, vermutlich nicht.« Mit einem Seufzer schwang ich die Beine über die Bettkante. »Also gut. Treffen wir uns in einer Stunde unten in der Lobby.«

Caine nickte, schnappte sich sein Sakko und strebte auf die Tür zu.

Ich sah ihm nach, mehr als nur ein bisschen verdattert. Er ging, ohne mich zum Abschied zu küssen. Andererseits hatte ich mich gerade mit einer zwanglosen Affäre einverstanden erklärt, insofern war es vielleicht albern und kleinlich, auf liebevolle Gesten zu bestehen.

Ohnehin schien mir Caine nicht der Typ dafür. Und garantiert stellte er seine Zuneigung nicht in der Öffentlichkeit zur Schau.

Plötzlich kam mir ein Gedanke. »Caine.«

Seine Hand lag bereits am Türknauf. »Ja?«

»Vielleicht sollten wir das mit uns lieber nicht an die große Glocke hängen.«

Er runzelte die Stirn. »Wieso?«

»Weil du quasi eine Berühmtheit bist und ich nicht will,

dass irgendjemand in Boston herausfindet, wer ich bin. Dann würden es nämlich zwangsläufig auch die übrigen Hollands erfahren, und das möchte ich vermeiden.«

»Meinst du damit nicht in Wirklichkeit, dass dein *Großvater* es vermeiden möchte?«

Bei der Erwähnung meines Großvaters zuckte ich zusammen. Nach allem, was Caine mir über ihn gesagt hatte, hätten mir seine Wünsche egal sein sollen, aber ganz so einfach war die Sache nicht. Ich konnte meine Gefühle für ihn nicht einfach abschalten. Noch vor einer Viertelstunde hatte ich Edward Holland geliebt und ihm vertraut. Ich war am Boden zerstört, schockiert von der Wahrheit und durcheinander, weil ich jetzt nicht mehr wusste, was ich für ihn empfinden sollte. Ich senkte den Blick und zuckte mit den Achseln. »Ist doch dasselbe.«

»Wirklich?«

Ich stand vom Bett auf und griff nach dem Bademantel, der über einem Stuhl hing. Caine beobachtete mich mit großem Interesse, als ich ihn überzog, um meine Blöße zu bedecken. »Es ist so«, begann ich schließlich. »Ich habe keine Ahnung, was ich in Bezug auf meinen Großvater machen soll. Ich weiß nur, dass ich mit dem Rest seiner Familie nichts zu tun haben will. Und wenn das bedeutet, dass ich meine Identität geheim halten muss, dann ist das eben so. Kannst du mir den Gefallen tun?«

Er dachte einen Moment über meine Bitte nach, dann nickte er knapp. »Also gut. Wir behalten es für uns.«

»Danke.« Ich lächelte und hätte schwören können, dass Caines Blick sich dabei erwärmte.

»Effie werde ich es aber wahrscheinlich sagen«, erklärte er mit der Miene eines Mannes, der sich ins Unausweichliche fügt. »Die Frau ist wie ein Bluthund, wenn es darum geht, Geheimnisse zu erschnüffeln.«

Ich nickte lachend. »Das ist schon in Ordnung.«

Caine antwortete mit einem kleinen Lächeln. Es war nur ein winziges Zucken seiner Lippen, aber mir wurde trotzdem warm dabei.

Dann war er fort.

Das Lächeln entglitt mir. Verloren starrte ich ihm nach. Ich sehnte mich schon jetzt nach mehr, dabei war unsere zwanglose Affäre gerade mal fünf Minuten alt.

Nach der Landung in Boston fuhr uns der Chauffeur nicht nach Hause, sondern ins Büro. Es war eine Besprechung mit dem Vorstand angesetzt, an der Caine teilnehmen musste.

Ich stellte ziemlich schnell fest, dass zwischen uns alles so war wie immer ... nur dass es eben ein bisschen anders war.

Obwohl wir mit derselben Effizienz und Professionalität zusammenarbeiteten wie früher, war die Stimmung zwischen uns deutlich angenehmer. Caine war von Natur aus kurz angebunden, aber seine mürrische Ungeduld mir gegenüber gehörte der Vergangenheit an.

Dann war da noch dieses Knistern.

Das war von Anfang an da gewesen.

Aber jetzt war es noch intensiver geworden ... die Atmosphäre war wie elektrisch aufgeladen, und man sah förmlich die Funken zwischen uns sprühen.

In der Öffentlichkeit gelang es uns, unsere Beziehung zu verbergen. Im Flugzeug aßen wir ganz normal zu Mittag und redeten über geschäftliche Dinge, und als wir zurück ins Büro kamen, taten wir so, als hätten wir keine Ahnung, welche Sexgeräusche der jeweils andere machte. Ich erledigte liegengebliebene Arbeiten, während Caine sich mit dem Vorstand traf. Hin und wieder drifteten meine Gedanken ab, und ich musste an meinen Großvater und seinen Verrat denken. Ich versuchte, diese unschönen Gedanken beiseitezuschieben und mich stattdessen an das sinnliche Abenteuer zu erinnern, das ich letzte Nacht mit meinem Boss erlebt hatte.

Ich grinste meinen Monitor an.

Mit meinem Boss.

Das war ein bisschen ungezogen.

Mein Grinsen wurde noch breiter.

Ich hatte noch nie etwas Ungezogenes gemacht.

Ich lachte leise.

»Was ist so komisch?«

Ich sah auf, überrascht, weil Caine plötzlich neben mir stand. Seine Augen blitzten belustigt. Ich drehte meinen Stuhl zu ihm herum und grinste. »Ich könnte es dir sagen. Mache ich aber nicht.«

Er kam mir ganz nahe und blieb erst stehen, als seine Knie fast meine Beine berührten und ich den Kopf in den Nacken legen musste, um ihn ansehen zu können. Sein Blick ruhte kurz auf meinem Gesicht und rutschte von dort aus tiefer. Er blieb ein wenig länger als angebracht an meinen Beinen hängen, ehe er wieder nach oben wanderte. »Ich muss heute bis spätabends arbeiten, aber mach du ruhig schon Schluss. Mein Chauffeur kann dich nach Hause bringen.«

Auch das war neu. Normalerweise bereitete ihm nichts mehr Vergnügen, als mir meine Freizeit zu stehlen. »Bist du sicher, dass du mich nicht mehr brauchst?«

Er senkte auf verführerische Art die Lider. Wahrscheinlich fiel es ihm selber gar nicht auf, aber ich spürte prompt ein Kribbeln zwischen den Beinen. »Momentan nicht. Aber ich komme bei dir vorbei, sobald ich hier fertig bin.«

»Bei mir?«

»M-hm.« Er stützte die Hände auf die Armlehnen meines Stuhls und beugte sich zu mir herab, bis unsere Münder nur noch zwei Zentimeter voneinander entfernt waren. Sein warmer Atem strich über meine Lippen. »Ich schicke dir eine SMS, wenn ich mich auf den Weg mache.«

Mein ganzer Körper zog sich vor Lust zusammen bei der Vorstellung, was er später in meiner Wohnung mit mir anstellen würde. Folglich klang meine Antwort ein wenig atemlos. »Solltest du nicht darauf warten, dass ich dich zu mir einlade?«

Seine Augen wurden schmal. »Lexie, dürfte ich heute Abend vielleicht zu dir kommen, um dich ins Nirwana zu vögeln?«

Ich hob den Blick. Ein Lächeln umspielte meine Lippen. »Ich denke, das darfst du, ja.«

Da lachte er mich an ... ein offenes, freimütiges Lachen, bei dem mein Herz schneller schlug und das mein Inneres in Pudding verwandelte.

Minuten, nachdem er im Büro verschwunden war, starrte ich immer noch wie benommen auf seine Tür.

Licht schien durch die Fenster auf Caine, der an meinem Frühstückstresen saß, seinen Kaffee schlürfte und die Samstagszeitung las. Ich versuchte, mich auf das Omelett zu konzentrieren, das ich gerade für uns briet, musste aber feststellen, dass der Anblick, wie Caine ganz selbstverständlich in meiner Wohnung saß und aufs Frühstück wartete, mich immer wieder von meiner Tätigkeit ablenkte.

Am Abend zuvor hatte ich mit Schmetterlingen im Bauch gewartet, dass Caine endlich das Büro verließ und zu mir kam. Ich hatte die Zeit totgeschlagen, indem ich Rachel anrief und ihr von der neuen Situation berichtete. Sie fand das alles furchtbar aufregend und verkündete, absolut jedes Detail wissen zu wollen, damit ein wenig

Glanz von meinem Leben auf ihr eigenes trostloses Dasein abfiele. Kurz nachdem wir uns verabschiedet hatten, rief dann Grandpa an. Zuvor hatte ich gedacht, ich würde die Konfrontation mit ihm nicht scheuen, sondern ihm auf den Kopf zusagen, dass er es gewesen war, der Caines Vater Schweigegeld angeboten hatte. Doch meine Kehle war wie zugeschnürt, und ich brachte die Worte nicht über die Lippen. Ich nahm mir vor, ihn darauf anzusprechen, wenn wir uns das nächste Mal trafen. So etwas konnte man nicht am Telefon bereden. Doch die Wahrheit war … Ich hatte Angst. Ich wünschte mir so sehr, dass Grandpa einen plausiblen Grund für sein Handeln hatte, wusste aber, dass es keinen gab … denn kein Grund wäre gut genug, eine solche Tat zu rechtfertigen …, und ich war noch nicht bereit, mich der bitteren Realität zu stellen, dass er nicht der Mann war, für den ich ihn die ganze Zeit gehalten hatte. Als er sich erkundigte, ob ich schon eine neue Stelle gefunden hätte, teilte ich ihm mit, dass Caine und ich unsere Differenzen beigelegt hätten und ich weiter für ihn arbeiten würde. Irgendwie musste Grandpa zwischen den Zeilen gelesen haben, denn er war nicht glücklich über diese Entwicklung. Gestern hätte mich das noch gewurmt, aber heute … Welches Recht hatte er schon, von mir enttäuscht zu sein?

Nach dem Telefonat schob ich jeden Gedanken an meinen Großvater beiseite und widmete mich stattdessen der Aufgabe, die Beziehung zwischen mir und Caine in Grund und Boden zu analysieren. Wieder und wieder überlegte ich, ob ich auch das Richtige tat. Ich schwankte hin und her und griff zwischendurch immer wieder nach meinem Handy, um Caine anzurufen und ihm zu sagen, er solle doch nicht kommen. Letzten Endes allerdings brachte ich es nicht übers Herz. Ich wollte ihn einfach nicht aufgeben.

Kurz vor Mitternacht ließ ich Caine ins Haus und öffnete ihm die Wohnungstür. Ich trug ein winziges Seidenhemdchen mit dazu passendem Höschen.

Die Müdigkeit um seine Augen verschwand sofort, als er mich sah. Er kam in die Wohnung, warf die Tür hinter sich zu, drückte mich gegen die Wand und fasste mich um die Taille. Seine Lippen streiften meine. »Ich lag falsch. *Das* ist die angemessene Kleidung fürs Büro.«

Mein Gelächter wurde von einem tiefen, stürmischen Kuss erstickt.

Diesmal war der Sex langsamer, intimer. Caine nahm sich Zeit, meinen Körper gründlich zu erforschen, und ermöglichte mir dasselbe. Einige Stunden vor Sonnenaufgang schliefen wir dann schließlich ein. Aber Caine war ein Frühaufsteher ... und zwar in jeder Hinsicht. Das bedeutete, dass auch ich früh geweckt wurde, obwohl ich mich weiß Gott nicht darüber beschweren wollte. Ein Orgasmus war eine schöne Art, den Tag zu begrüßen.

Und jetzt stand ich in meiner Küche und machte ihm Frühstück, als wäre es das Normalste von der Welt.

Ich stellte sein Omelett vor ihn hin, setzte mich auf den Hocker gegenüber und ließ es mir schmecken.

»Danke«, sagte er, bevor er anfing zu essen.

»Gern geschehen.«

Wir aßen schweigend. Offenbar stand Caine nicht der Sinn nach einer Unterhaltung.

Ich runzelte die Stirn.

Plötzlich fand ich das ganze Küchen-Szenario nicht mehr ganz so schön und anheimelnd.

Hmm.

Ich wollte ihn besser kennenlernen, aber wie sollte ich ihn in ein halbwegs bedeutungsvolles Gespräch verwickeln?

Na ja, erst mal musst du ihn dazu bringen, überhaupt zu reden. Egal, worüber.

»Wieso eigentlich meine Wohnung?« Es war das Erstbeste, was mir einfiel.

Verwirrt schaute Caine von seiner Zeitung hoch. »Was?«

»Warum bist du zu mir gekommen? Wir hätten uns doch auch bei dir treffen können. Ist es wegen Effie?«

»Nein.« Caine schüttelte den Kopf und wandte sich wieder seiner Zeitung zu. »Ich mag deine Wohnung einfach.«

Ich schwieg verblüfft. Ich sah mich in meinem Apartment um und versuchte zu ergründen, was Caine so an ihm gefiel. Zwischen meiner und seiner Wohnung lagen Welten. »Warum denn?«, fragte ich.

Er zuckte mit den Schultern und aß weiter. Er runzelte beim Lesen kurz die Stirn, dann blätterte er eine Seite um.

Okay, das war keine Antwort. Aber so wie es aussah, würde ich auch keine bekommen.

Ich beschloss, die Sache auf sich beruhen zu lassen und mich einfach darüber zu freuen, dass meine Wohnung ihm gefiel.

Wir saßen schweigend da, bis wir aufgegessen hatten. Als er fertig war, bedankte Caine sich erneut, lehnte sich über den Tresen, um mir einen Kuss zu geben, und verabschiedete sich. Er fragte nicht, ob wir den Tag zusammen verbringen oder uns vielleicht am Abend treffen wollten. Nichts dergleichen.

Missmutig starrte ich auf unsere leer gegessenen Teller.

Na ja, immerhin hatte ich diesmal einen Abschiedskuss bekommen.

Kapitel 15

Sex, gefolgt von einem schweigsamen Frühstück … das war gewissermaßen ein Vorgeschmack auf das Kommende. Am Samstagabend ließ Caine sich nicht bei mir blicken. Am Sonntag rief er an und sagte, wenn ich Zeit hätte, würde er abends gern bei mir vorbeischauen.

Was er dann auch tat.

Wir hatten bombastischen Sex in meinem Wohnzimmer, dann ging er nach Hause.

So lief es praktisch von Montag bis Donnerstag: Wir arbeiteten zusammen und gaben uns den Anschein von Professionalität. Ich ging gegen halb sieben nach Hause, und Caine kam gegen halb elf nach. Wir vögelten, und danach fuhr er in seine Wohnung zurück.

Das Ganze hatte absolut nichts Romantisches. Klar, es war heiß und schien immer nur noch heißer zu werden, aber Caines Schutzwälle waren nach wie vor undurchdringlich, und ich hatte keinen blassen Schimmer, wie ich sie überwinden sollte.

Ich versagte auf ganzer Linie.

Doch dann weckten zwei Ereignisse einen Funken Hoffnung in mir. Zum einen musste Caine am Freitag zu einer Kunst-Gala, die die Frau eines seiner Vorstandsmitglieder veranstaltete. Nachdem ich seinen Smoking zum Bügeln gebracht hatte, saß ich wie auf heißen Kohlen, weil ich mich fragte, wer ihn wohl auf die Gala begleiten würde. Ich konnte ja nicht mitkommen, weil wir beschlossen hatten, unsere Beziehung geheim zu halten. Umso erleichterter war ich, als Caine mir mitteilte, er werde alleine hingehen. Trotzdem wünschte ich mir, ich hätte den Mut gehabt, ihn zu fragen, ob unser Arrangement andere Geschlechtspartner ausschloss. Einfach nur, um zu wissen, woran ich war.

Am Freitag allerdings sollte ich eine Antwort auf meine Frage bekommen ...

Ich stand im Kopierraum und hatte einen Wutanfall, weil der Drucker kaputt war.

Seit fünfundzwanzig Minuten tippte ich nun schon auf das digitale Display des Geräts ein, um herauszufinden, warum das blöde Ding nicht drucken wollte.

»Mann!« Ich schlug mit der flachen Hand dagegen. »Was ist los mit dir?«

»Es ist nur eine Vermutung, aber vielleicht liegt es an der Frau, die ihn so grob misshandelt.«

Im Türrahmen lehnte Henry und feixte. Ich warf ihm aus dem Augenwinkel einen Blick zu. »Ich sollte Sie warnen. Ich bin kurz davor, einen Druckermord zu begehen, und wenn das nichts hilft, besteht durchaus die Gefahr, dass ich zu Menschenmord übergehe. Gnade dem, der sich dann in meiner Nähe aufhält.«

Henry lachte. Er ignorierte meine Warnung und kam lässig in den Raum geschlendert. »Lassen Sie mich mal.«

Ich trat beiseite, war aber skeptisch. »Ich glaube, das hat keinen Sinn.«

»Jetzt bin ich aber beleidigt«, sagte er, klang allerdings kein bisschen so. Er beugte sich vor, um das Display zu studieren. »Denken Sie, ein Lexington hat es nicht nötig, sich mit Banalitäten wie der Reparatur eines streikenden Druckers zu befassen?«

»Ehrlich gesagt: ja.«

Er lachte leise und tippte auf das Display. Er betätigte einen Knopf, und urplötzlich erwachte der Drucker zum Leben.

Ich verstand die Welt nicht mehr. »Was haben Sie ... aber wie kann das ...?«

Henry nahm den Brief, den der Drucker ausgespuckt hatte, und hielt ihn mir mit unverhohlener Selbstgefälligkeit hin. »Sie machen ein Gesicht, als würden Sie gleich in Tränen ausbrechen.«

Ich nahm den Brief und nickte. »Das wäre durchaus möglich. Ich bin hier seit fünfundzwanzig Minuten zugange. Das waren die längsten fünfundzwanzig Minuten meines Lebens. Und dann kommen Sie einfach so hier reinspaziert, schauen sich das Ding zwei Sekunden an, und schon funktioniert es wieder. Als wäre es gar nichts!«

»Armes Kindchen.« Henry legte lachend den Arm um mich, und zusammen gingen wir aus dem Kopierraum zu meinem Arbeitsplatz zurück. »Sie hätten mich anrufen sollen.«

»Woher hätte ich denn wissen sollen, dass Henry Lexington ein Händchen für Drucker hat?«

»Tja, es gibt so viel, was Sie über mich erfahren könnten, wenn Sie sich nur die Zeit dazu nähmen.«

Ich verdrehte die Augen ob dieses Flirtversuchs. Inzwischen war ich dergleichen von ihm gewohnt.

»Wo warst du?« Caine kam aus seinem Büro, und wir blieben wie angewurzelt stehen. Als er sah, dass Henry den Arm um mich gelegt hatte, machte er ein wütendes Gesicht. Sanft rückte ich von seinem besten Freund ab.

»Der Drucker hat nicht funktioniert.« Ich wedelte mit dem Brief.

»Eine halbe Stunde lang?«, keifte er.

Der Tonfall gefiel mir gar nicht. Hatten wir das nicht mittlerweile hinter uns? »Ja«, keifte ich zurück. »Eine halbe Stunde lang. Ich bin kein Feinmechaniker. Zum Glück ist Henry vorbeigekommen und hat ihn wieder zum Laufen gebracht.«

Caines Augen wurden schmal, als er seinen Freund ins Visier nahm, der dastand und uns aufmerksam beobachtete. »Ach wirklich?«

Caines aggressiver Tonfall veranlasste Henry dazu, eine Augenbraue hochzuziehen. »Hast du ein Problem damit?«

Statt einer Antwort starrte Caine ihn bloß an. »Wir treffen uns unten in der Lobby.«

Das Starren ging noch etwa fünf Sekunden so weiter, dann richtete Henry das Wort an mich. »Lexie, es war mir wie immer ein Vergnügen.«

Ich lächelte ihn an. Ich würde mich von Caines mieser Laune nicht einschüchtern lassen. »Henry«, sagte ich zum Abschied und winkte ihm, als er ging.

»In mein Büro«, knurrte Caine. »Sofort.«

Ich feuerte einen bösen Blick gegen seinen Rücken ab, folgte ihm aber und schloss die Tür hinter mir. »Was stimmt nicht mit dir?«

Er fuhr herum. Seine Miene war wie Granit. »Mit *mir*? Was mit *mir* nicht stimmt?«

»Also, mit meinen *Ohren* stimmt jedenfalls *alles*«, erwiderte ich hochmütig. »Insofern brauchst du dich nicht zu wiederholen.«

»Alexa«, warnte er.

»Ach, hör doch auf mit diesem ›Alexa‹.« Ich stemmte die Hände in die Hüften. »Ich mache meine Arbeit, nichts Böses ahnend, und auf einmal werde in die Vergangenheit zurückkatapultiert … in eine Zeit, als mein Boss mich noch so behandelt hat, als wäre ich Hundekacke unter seinem Schuh.«

»Und ich komme, nichts Böses ahnend, aus meinem Büro, weil ich mich frage, wieso meine Assistentin nicht auf meine Anrufe reagiert, und was muss ich feststellen? Dass sie damit beschäftigt ist, mit meinem besten Freund zu flirten, während der sie schamlos begrapscht.«

Ich erstarrte, als mir klar wurde, dass Caine eifersüchtig war.

Ich jubelte innerlich und musste mir mühsam ein triumphierendes Grinsen verkneifen. Caine war immer noch eifersüchtig auf Henry und mich? Dabei lief zwischen uns rein gar nichts. Das musste ein gutes Zeichen sein, oder? Man war schließlich nicht eifersüchtig und besitzergreifend, wenn man die betreffende Person nicht wirklich mochte, oder?

»Zwischen mir und Henry ist nichts«, beteuerte ich. »Er flirtet einfach gern. Das ist vollkommen harmlos.«

Caine funkelte mich an. »Du musst aber nicht zurückflirten.«

Ich machte vorsichtig einen Schritt auf ihn zu. »Ich würde nie etwas tun, um deinen besten Freund zu ermutigen, Caine. Das solltest du doch wissen.«

Bedauern leuchtete in seinen Augen auf. »Es tut mir leid. Ich weiß, dass du niemals …« Er hob die Schultern. »Es ist nur … ich … Nicht Henry, okay?«

Da ich spürte, wie wichtig es für ihn war, nickte ich und sagte: »Ich flirte nicht mehr mit Henry, versprochen.«

Mittlerweile schien Caine der Zwischenfall peinlich zu sein. Er nickte knapp und griff nach seinem Telefon, wobei er jeden Blickkontakt mit mir vermied. »Ich gehe dann jetzt mal besser runter.«

Caine in einem Moment der Unsicherheit ertappt zu

haben war ungewohnt, doch der Vorfall gab mir Hoffnung in Bezug auf unsere vertrackte, zwanglose Bettgeschichte. Außerdem sah ich es als Gelegenheit, endlich etwas zu klären. »Caine?«

»Hmm?«

»Ich weiß, das mit uns ist nur Sex ...«

Er versteifte sich. Das Thema behagte ihm nicht. Über die Schulter sah er mich an. »Alexa ...«

»Aber vielleicht sollten wir ganz kurz darüber reden, wie es während dieser Zeit mit anderen Partnern aussieht.«

»Keine anderen Partner.« Seine Stimme klang gepresst, als mache es ihn wütend, so eine Frage von mir gestellt zu bekommen. Als ihm klar wurde, dass er zu emotional reagiert hatte, murmelte er: »Wir sehen uns nach der Mittagspause«, und ging.

Ich fuhr zusammen, als die Tür zu seinem Büro hinter ihm ins Schloss donnerte.

Wie sollte ich das jetzt nun wieder interpretieren? Einerseits konnte man seine besitzergreifende Art als Schritt in die richtige Richtung werten ... vielleicht würde er mir bald gestehen, dass er Gefühle für mich hatte. Andererseits war er davongestürmt, als hätte ich ihm vorgeschlagen, wir beide sollten eine Ampulle mit dem Blut des anderen um den Hals tragen.

Eine Affäre mit Caine Carraway zu haben laugte einen nicht nur körperlich aus, sondern auch emotional. Und das war deutlich weniger angenehm.

Der folgende Abend schien meine Zweifel zu bestätigen.

Nach der Gala kam Caine nicht zu mir. Ich hörte den ganzen Abend kein Wort von ihm, und am nächsten Morgen auch nicht.

Ich hatte ein mieses Gefühl.

»Gehen Sie zu ihm.« Effie deutete mit dem Kopf auf Caines Tür.

Ich verzog das Gesicht. »Bestimmt ärgert er sich, wenn ich unangemeldet bei ihm aufkreuze.«

Es war Samstagnachmittag, und ich hatte beschlossen, nicht länger nach Caines Regeln zu spielen, zumal uns das keinen Schritt weiterbrachte. Vielmehr würde ich mich fortan wie eine erwachsene Frau benehmen. Wenn ich Caine sehen wollte, hinderte mich nichts daran, zu ihm zu gehen. Ich musste nicht erst warten, bis er zu mir kam. Absolut nicht.

Allerdings war es mit meinen guten Vorsätzen vorbei, sobald ich vor Caines Haus stand. Ich bekam Angst, dass er mich vielleicht gar nicht reinlassen würde.

Also klingelte ich stattdessen bei Effie und setzte ihr die Situation auseinander.

Es war, wie Caine gesagt hatte: Effie wusste über unsere Affäre Bescheid. Sie war überdies klug genug zu erkennen, dass ich mir mehr erhoffte, und da sie mich sympathisch fand, unterstützte sie mein Vorhaben.

Effie war also auf meiner Seite.

Das war immerhin ein kleiner Trost.

Effie quittierte meine nicht gerade inspirierende Vorstellung als »Frau, die fest entschlossen ist, das Herz ihres Mannes zu erobern« mit einem Seufzer. »Sie werden es nur herausfinden, wenn Sie es ausprobieren. Und jetzt gehen Sie, und klopfen Sie an seine gottverdammte Tür, bevor ich es selbst tue.«

Weil ich wusste, dass sie es ernst meinte, drückte ich auf Caines Klingel. Sofort huschte Effie in ihre Wohnung zurück. Für eine ältere Dame war sie ziemlich flink.

Ich starrte ihr immer noch hinterher, als Caines Tür aufging.

Ich fuhr herum. Er war unrasiert und zerstrubbelt und trug ein schwarzes Def-Leppard-T-Shirt zu verwaschenen Jeans.

Mjam.

»Hey.« Ich winkte zaghaft.

Er runzelte zwar die Stirn, trat aber beiseite, um mich reinzulassen. »Was machst du hier?«

Sein Tonfall war alles andere als einladend.

Ich visualisierte, wie ein Dutzend Stahlpanzer-Teile durch den Raum geflogen kamen und sich um meinen Körper legten wie bei *Iron Man*. Ich würde jeden Schutz brauchen, den ich kriegen konnte, um mich gegen Caines Zurückweisung zu wappnen. Und seinem Ton nach zu urteilen, war eine Zurückweisung mehr als wahrscheinlich.

»Ich dachte, ich schaue mal vorbei.« Ich zuckte mit den Achseln. Mein Blick ging zu seinem Frühstückstisch. Er war übersät mit Unterlagen.

Er hatte gearbeitet.

»Und da ist es dir nicht in den Sinn gekommen, vorher anzurufen?« Er stand breitbeinig und mit verschränkten Armen vor mir.

Ja. Ein warmherziges Willkommen sah weiß Gott anders aus.

Ich versuchte, mich nicht unterkriegen zu lassen. »Du darfst unangemeldet bei mir auftauchen, aber ich nicht bei dir?«

»Nicht wenn du hier bist, um mich zu kontrollieren.« Seine Augen wurden schmal. »Was war los? Du hast nichts von mir gehört und gleich das Schlimmste befürchtet? Dachtest, du könntest unangemeldet hier reinschneien und mich mit einer anderen im Bett erwischen?«

Bei diesem Vorwurf riss ich fassungslos die Augen auf.

Was sollte denn das jetzt? »Wie bitte?«, sagte ich empört. »Erstens: Wenn das meine Absicht gewesen wäre, wäre ich doch wohl morgens gekommen, dann wäre meine Chance, dich im Bett mit einer anderen zu erwischen, nämlich viel größer gewesen. Und zweitens: Projizier die kranken Eifersuchtsnummern, die andere Frauen vielleicht mit dir abgezogen haben, gefälligst nicht auf mich. Ich bin vorbeigekommen, weil ich Lust auf einen Kaffee hatte. Oder auf Sex. Möglicherweise auch auf beides. Aber jetzt ist mir die Lust gründlich vergangen.« Ich sah ihn verächtlich an und wollte gehen.

Caine fasste mich am Oberarm und hielt mich zurück.

Ich sah argwöhnisch zu ihm auf.

»Ich wollte mich nicht wie ein Idiot benehmen, okay? Ich habe einfach viel zu tun heute.« Er deutete mit dem Kinn auf die Unterlagen auf seinem Küchentisch.

Ich zog sanft an meinem Arm, aber Caine wollte mich nicht loslassen.

Stattdessen zog er mich an sich. Sein Blick war jetzt wärmer. »Ich würde wirklich gerne mit dir Sex haben und dir hinterher einen Kaffee machen, aber ich muss diese Arbeit unbedingt noch erledigen. Wie wäre es mit heute Abend?« Ein Funkeln trat in seine Augen. »Ich könnte später bei dir vorbeischauen.«

Obwohl mein Körper bei dem Vorschlag augenblicklich dahinschmolz, verschaffte es mir ein wenig Genugtuung, ihm abzusagen. »Heute Abend kann ich nicht. Ich habe mich mit einer ehemaligen Kollegin verabredet.« Ich sagte das nicht, um es ihm heimzuzahlen. Es war die reine Wahrheit. Sofie hatte ihren Praktikumsplatz bei Benito verloren und mich angerufen, weil sie sich bei jemandem ausheulen wollte, der ihre Lage nachvollziehen konnte. Ich hatte ihr angeboten, mit ihr ein bisschen um die Häuser zu ziehen, damit sie auf andere Gedanken kam. »Wir wollen tanzen gehen.«

Caines Griff verstärkte sich unmerklich. »In einem Club?«

Ich entzog mich ihm. Wieso war es ein Problem, wenn ich tanzen ging? »Möglicherweise sogar in mehreren.«

Caine rückte einen Schritt von mir ab. Er fuhr wieder mal seine Schutzschilde hoch.

Ich seufzte schwer. Der Besuch war ganz und gar nicht nach Plan verlaufen. »Dann sehen wir uns also morgen?«

»Klar.«

Er wandte sich ab, um zu seinen Unterlagen zurückzukehren. Er hatte mich schon so gut wie vergessen, als mich ein plötzlicher Impuls überkam. Ich wollte ihn unbedingt noch einmal hinter seinem Schutzwall hervorlocken. Also legte ich ihm eine Hand auf den Arm, stellte mich auf die Zehenspitzen und gab ihm einen sanften Kuss auf den Mundwinkel. Als ich mich zurückzog, lächelte ich ihn an. Auf einmal war er wieder ganz bei mir. »Bye, Caine.«

Bevor ich wusste, wie mir geschah, hatte er mich an sich gezogen. Ich keuchte vor Überraschung, und gleich darauf spürte ich seine Lippen auf meinen.

Er schlang den rechten Arm fest um mich und küsste mich mit einer Leidenschaft, die sich wie flüssige Hitze in meinen Adern ausbreitete. Ich klammerte mich an ihn wie eine Ertrinkende und erwiderte seinen Kuss.

Er wurde ungestümer und feuchter, und Caine presste mich so fest an sich, wie er nur konnte. Ich spürte seine Erektion. Meine Haut brannte.

Als Caine sich schließlich von mir zurückzog und mich sanft losließ, war ich so benebelt vor Lust, dass ich kein Wort herausbrachte.

Der Kuss hatte mich vollkommen überrumpelt.

»Bis später«, sagte Caine mit vor Verlangen heiserer Stimme.

»Bis später«, krächzte ich und strich mir mit zitternden Fingern durchs Haar.

Aus seinen Augen leuchtete unverhohlene Befriedigung.

Die Kellnerin stellte einen frischen Mojito vor mich hin und grinste wissend. »Von dem blonden Sahneschnittchen im dunkelblauen Zwirn an der Bar.«

Ich sah mich um und erblickte einen attraktiven Mann im marineblauen Anzug. Als er merkte, dass ich in seine Richtung sah, hob er lächelnd sein Glas.

»Ooh, der ist aber *echt* schnuckelig«, sagte Sofie und stieß mich mit dem Ellbogen an.

Ich schob der Kellnerin den Drink hin. »Entschuldigung, aber könnten Sie den wieder mitnehmen?«

Sie lächelte und nahm den Mojito vom Tisch. »Schon verstanden.«

»Was machst du da?«, fragte Sofie, als die Kellnerin ging. »Du hast gerade einem total süßen Kerl einen Korb gegeben. Warum? Ich dachte, du hättest seit anderthalb Jahren keine Beziehung mehr gehabt.«

Ich runzelte die Stirn und rechnete zurück. Zu meinem Entsetzen musste ich feststellen, dass Sofie recht hatte. Der letzte Mann vor Caine war mein Freund Pete gewesen. Wir waren nur drei Monate zusammen gewesen. Die Beziehung war irgendwann im Sande verlaufen, weil wir beide nicht wirklich auf etwas Festes aus gewesen waren.

Das war tatsächlich schon achtzehn Monate her.

Wann ich das letzte Mal Sex gehabt hatte ... das war allerdings eine ganz andere Frage.

Ich nippte an meinem eigenen Mojito, den ich selbst bezahlt hatte, und mied Sofies Blick, indem ich so tat, als würde ich mich in der Bar umschauen. Wir saßen im Brick & Mortar in Cambridge, wo es wie immer brechend voll war.

»Das war doch vor anderthalb Jahren, oder?« Sofie klang misstrauisch.

»Mmmhmm.«

Sie packte mich am Arm und zwang mich, sie anzusehen. »O mein Gott, mit wem schläfst du? Du musst es mir sagen! Dann muss ich nicht mehr daran denken, dass ich gerade meinen Praktikumsplatz verloren habe. Bitte, bitte, bitte.«

»Schon gut, schon gut«, lenkte ich ein. »Ich habe jemanden auf der Arbeit kennengelernt, aber ich kann dir seinen Namen nicht verraten. Bei uns in der Firma wird so was nicht gerne gesehen, und außerdem ist es nichts Ernstes. Es geht nur um Sex.«

Sofie machte große Augen. »Ich hatte noch nie mit jemandem einfach nur Sex. Ist das gut?«

Woher sollte ich das wissen? Das mit Caine war nicht einfach nur Sex, ganz egal, was er behauptete. »Äh. Ja. Schon.«

»Wow. Sich früh zu verloben ist toll, aber gleichzeitig habe ich das Gefühl, dass ich eine Menge verpasse.« Sie hob ihre Hand und betrachtete ihren schlichten, aber zauberhaften Verlobungsring.

Ich nahm ihre Hand und drückte sie. »Glaub mir, du verpasst gar nichts.«

Sie lächelte. »Und du kannst mir nicht mal einen Hinweis geben, wer es ist?«

»Nein.«

Sie legte angestrengt die Stirn in Falten. »Der Einzige, von dem ich weiß, dass er in deiner Firma arbeitet, ist Caine Carraway, aber der kann es ja nicht sein, weil er dich hasst.«

Innerlich zuckte ich zusammen, dennoch schaffte ich es, mir ein kleines Lächeln abzuringen. »Das kann man wohl sagen.«

»Willst du wirklich heute Abend alle heißen Kerle abblitzen lassen, nur weil du mit jemandem eine Bettgeschichte hast? Ich meine ...« Sofie sah sich um. »Ich heirate bald, aber ich würde trotzdem gerne mit jemandem tanzen. Tanzen geht in Ordnung, solange der Typ kein Grapscher ist.«

Ich grinste. »Okay, dann organisier uns zwei Nicht-Grapscher, und wir stürmen die Tanzfläche.«

Ich umarmte Sofie im Taxi zum Abschied, aber sie war noch nicht fertig.

»Das hat so Spaß gemacht!«, rief sie. »Du hast mir so gefehlt, Lexie. Wir müssen das unbedingt öfter machen. Viel öfter. Weil ich dich nämlich echt liebhab, Lexie.«

Ich musste über ihr trunkenes Geständnis lächeln. »Ich hab dich auch echt lieb, Babe.«

Trotzdem war ich froh, als ihr Verlobter Joe von draußen die Wagentür öffnete. Ich selbst hatte nur einen Schwips, aber Sofie war sternhagelvoll. Ich hatte ganz vergessen, wie wenig sie vertrug. Nachdem wir durch ein paar Clubs in Cambridge gezogen waren und getanzt hatten ... wobei wir die Tanzpartner wechselten, wann immer sie zudringlich wurden ..., hatte ich uns beiden ein Taxi gerufen und dem Fahrer gesagt, er solle als Erstes zu ihrer Adresse fahren, obwohl sie in Southie wohnte. Ich hatte schon befürchtet, sie die Treppe hoch bis zu ihrer Wohnung schleppen zu müssen, doch zum Glück hielt Joe bereits nach uns Ausschau.

»Joe!«, rief Sofie und strahlte, als sie ihres großen rothaarigen Verlobten ansichtig wurde. »Ich liebe dich, Joe.«

»Ich liebe dich auch, Sofie. Ich würde dich sogar noch mehr lieben, wenn du ein bisschen leiser wärst.« Er nahm ihre Hände und half ihr aus dem Auto. »Danke, dass du sie nach Hause gebracht hast, Alexa. Was kriegst du für das Taxi?«

Ich schüttelte den Kopf. »Das geht auf mich.«

Er schenkte mir zum Dank ein Lächeln. »Dann zahlen wir aber beim nächsten Mal, okay?«

»Alles klar.«

»Bye.«

»Nacht.«

»Bye, Lexie!«, rief Sofie, und ich lachte über Joes fruchtlose Versuche, sie zur Ruhe zu ermahnen und ins Haus zu bugsieren.

Als der Taxifahrer weiterfuhr, spielte ich mit dem Gedanken, ihn zu bitten, in die Arlington Street zu fahren. Ich war noch hellwach, und Caine hatte selbst vorgeschlagen, dass wir uns heute Nacht trafen.

Ich kaute auf meiner Lippe herum und überlegte hin und her.

Am Ende entschied ich mich dagegen. Ich wünschte, die Sache mit uns wäre nicht so kompliziert gewesen und wir hätten einander genug vertraut, um uns in der Gegenwart des anderen nicht ständig unsicher zu fühlen. Aber vielleicht ging es auch nur mir so. Vermutlich übertrug ich meine Neurosen auf Caine.

Er war so in seine Arbeit vertieft gewesen, dass er wahrscheinlich darüber eingeschlafen war. Wenn ich jetzt bei ihm vorbeischneite, wäre er wahrscheinlich noch schlechter gelaunt als am Nachmittag.

Deshalb war es regelrecht ein Schock, als ich aus dem Taxi stieg und Caine auf den Treppenstufen vor meinem Haus sitzen sah.

Verblüfft starrte ich ihn an, als das Taxi davonfuhr. Er trug Pulli und Jeans, hielt locker sein Handy in der Hand und sah aus wie ein ganz normaler Mann. Ein sehr attraktiver normaler Mann, zugegeben, aber er hatte nichts mehr von dem arroganten, ehrfurchtgebietenden Unternehmer an sich. Er war einfach nur ein Mann, der auf seine Freundin wartete.

Nur ... dass ich nicht seine Freundin war.

»Hattest du Spaß?«, fragte er leise in die Stille des frühen Morgens hinein.

»Ich habe ein bisschen getanzt«, gab ich ebenso leise zurück.

Er nickte und blickte in die Ferne. »Allein?«

Ich betrachtete sein schönes Profil und versuchte zu ergründen, was hier gerade vor sich ging. »Nein«, räumte ich ein.

Einige Sekunden verstrichen, dann sah er mich an. »Darf ich mit raufkommen?«

Statt einer Antwort ging ich auf ihn zu. Meine Absätze hallten laut auf dem Pflaster des Gehwegs. Caine stand auf und hielt mir die Hand hin, um mir die Stufen hinaufzuhelfen.

Ich schloss meine Finger um seine und erschauerte bei dem Gefühl von Haut an Haut.

Wir schwiegen, als ich die Tür aufschloss und auch als wir die Treppe in den ersten Stock hochstiegen. Wir schwiegen, als wir in meine Wohnung traten und ich die Tür hinter uns verriegelte; wir schwiegen, als ich meine Handtasche aufs Sofa warf und mir die Schuhe von den Füßen streifte.

Wir schwiegen, als Caine die Arme nach mir ausstreckte.

Das einzige Geräusch in meiner Wohnung war das Rascheln von Kleidern, unser keuchender Atem und unser Stöhnen, als Caine mich hart auf dem Fußboden meines Wohnzimmers nahm. Wir waren so verrückt nacheinander, dass wir es nicht einmal bis zur Couch, geschweige denn ins Schlafzimmer schafften.

Ich war kurz vor dem Höhepunkt, als er mir die Hände über dem Kopf festhielt und mit seinen Stößen innehielt.

»Caine?«, keuchte ich. Es war das erste Wort, das zwischen uns fiel, seit wir das Haus betreten hatten.

Seine Miene war angespannt, auch er stand kurz vor dem Orgasmus. Etwas Wildes glomm in seinen Augen auf, das mich gleichzeitig erregte und beängstigte. »Sag, dass du mir gehörst. Hier und jetzt gehörst du mir.«

Ich bog mich ihm entgegen, weil er unbedingt weitermachen sollte. Ich war so kurz davor gewesen. *So* kurz davor. Ich wimmerte. »Caine.«

»Sag es.« Er zog sich fast ganz aus mir zurück. »Sag, dass du mir gehörst.«

»Ich gehöre dir, ich gehöre dir«, stieß ich atemlos hervor, wobei ich kaum wahrnahm, was ich da eigentlich sagte. »Bitte.«

Er presste seinen Mund auf meinen und begann aufs Neue mit seinen harten Stößen.

Erst eine ganze Zeit später, nachdem wir gemeinsam zum Höhepunkt gekommen waren; nachdem er mich hochgehoben und in mein Bett getragen hatte; nachdem ich einige Stunden später aufgewacht war und festgestellt hatte, dass er gegangen war ... erst da wurde mir klar, was Caine von mir hatte hören wollen.

Und hätte er sich nicht heimlich aus der Wohnung geschlichen und meinen Anruf später am Tag ignoriert, wäre ich vielleicht geneigt gewesen zu glauben, dass dieses neandertalerhafte Verhalten einen entscheidenden Wendepunkt in unserer Beziehung markierte.

Vielleicht stimmte das ja auch wirklich.

Aber vielleicht hatte es Caine auch einfach nur eine Heidenangst eingejagt.

Kapitel 16

Den ganzen Sonntag über hörte ich nichts von ihm.
Keine Ahnung, ob es an seinem widersprüchlichen Verhalten lag ... diesem ganzen »Ich will dich, ich will dich nicht« ... oder daran, dass ich meine Periode bekommen hatte, jedenfalls war ich, was den Status unseres »Verhältnisses« anging, sehr dünnhäutig. Ich ging nicht mal ans Telefon, als Rachel anrief, und bei meinem Großvater erst recht nicht. Ich wusste genau: Wenn ich abnahm, würde ich ihm nur Vorwürfe machen, und ich fürchtete mich immer noch vor den möglichen Folgen einer solchen Konfrontation. Bis ich mir über meine Gefühle bezüglich seiner Mitschuld am Tod von Caines Vater im Klaren war, wäre es das Klügste, gar nicht mit ihm zu reden. Stattdessen verhielt ich mich so wie fast die ganze Zeit, seit ich die Wahrheit über ihn erfahren hatte: Ich verdrängte alle Gedanken daran. Stattdessen dachte ich an Caine und fragte mich, ob es dumm und möglicherweise schlecht für meine Herzgesundheit wäre, mich weiterhin mit ihm zu treffen, wo er doch bislang keinerlei Anzeichen erkennen ließ, die Beziehung mit mir vertiefen zu wollen.

Als ich am Montagmorgen zur Arbeit kam, war ich ernsthaft geknickt. Wieder einmal. Und ich war unschlüssig, ob ich die Sache mit uns nicht doch besser beenden sollte. Ich hatte mich nie für besonders sensibel gehalten, aber Caine setzte mir wirklich zu.

Ich kam ins Büro und hatte keine Ahnung, was mich erwartete. Wie sich herausstellte, war Caine wie immer. Nicht kalt oder unwirsch, aber auch nicht besonders warmherzig. Einfach professionell und höflich.

Was für dämliche, nichtssagende Wörter.

Ich hingegen ... verhielt mich distanziert.

Ich war nicht mit der klaren Absicht zur Arbeit gekommen, eine Mauer zwischen uns zu errichten. Es geschah von ganz allein. Ich trat in sein Büro, warf einen Blick auf sein attraktives Gesicht, und eine schreckliche Traurigkeit überfiel mich.

Der einzige Weg, dieses Gefühl loszuwerden, war, Caine so weit wie möglich aus dem Weg zu gehen, bis ich meine Emotionen halbwegs im Griff hatte.

»Hier sind die Kopien, die du haben wolltest«, sagte ich, nachdem ich bei ihm angeklopft hatte.

Er winkte mich näher. »Danke.«

Ich legte sie ihm auf den Schreibtisch und spürte seine Blicke auf mir. »Sonst noch was?«

»Könnte ich noch einen Kaffee bekommen?«, fragte er leise.

»Sicher.« Ich wandte mich zum Gehen, doch er rief mich zurück.

»Ja?« Hastig drehte ich mich um.

Scheinbar in Gedanken versunken, starrte Caine mich an. »Hattest du einen schönen Sonntag?«

Die Frage überraschte mich. Und ehrlich gesagt, gefiel sie mir nicht. Es war eine Frage, die mich daran erinnerte, dass ich mutterseelenallein aufgewacht und mein ganzer Sonntag deswegen eine einzige Katastrophe gewesen war. Nichts war schlimmer für das Selbstwertgefühl als ein Kerl, der sich nach dem Sex klammheimlich aus dem Staub machte. »Ganz okay, ja.«

»Hast du was Schönes unternommen?«

Ich habe geheult wie ein kleines Mädchen, als ich ohne dich aufgewacht bin, und dann habe ich den Rest des Tages zusammengerollt auf dem Sofa gelegen und mich aufgebläht und müde gefühlt, wie man es am ersten Tag der Periode halt so macht. Außerdem hatte ich ungefähr eine Tonne Schokolade in mich hineingestopft. Na ja, das immerhin war ganz nett gewesen. »Ja, habe ich.« Ich wollte gehen, aber er rief noch mal nach mir.

Ich sah ihn an, die Geduld in Person. »Ja?«

»Was hast du denn so gemacht?«

»Gefaulenzt. Ich bringe dir jetzt mal deinen Kaffee.«

Als ich mit seinem Kaffee wiederkam, hielt Caine mich erneut auf, diesmal indem er mein Handgelenk umfasste, als ich die Tasse auf seinen Tisch stellte. Er wirkte besorgt.

»Ist alles in Ordnung mit dir, Lexie?« Sein Griff wurde ein wenig fester.

»Alles prima.« Ich zuckte mit den Achseln und löste mich sanft aus seinem Griff.

»Sonst würdest du es mir doch sagen?«

»Natürlich.« Nach dieser dreisten Lüge machte ich, dass ich wegkam. Ich spürte, wie Caine mir die ganze Zeit hinterhersah.

Als ich wieder an meinem Platz saß, atmete ich die Luft aus, die ich in seiner Gegenwart die ganze Zeit angehalten hatte.

Danach war es recht einfach, Caine aus dem Weg zu gehen, da er mehrere Konferenzschaltungen hatte. Ich selbst erstickte praktisch in Arbeit, was mich von meinem Gemütszustand ablenkte. In gewisser Hinsicht fühlte ich mich besser, weil ich Caine auf Abstand hielt, aber ein Teil von mir wünschte sich, meine blöde Periode wäre vorbei, damit ich wieder mein vernünftiges, ausgeglichenes Selbst war. Ich musste mir immer wieder ins Gedächtnis rufen, dass es für Caine ausschließlich um Sex ging und ich der Abmachung selbst zugestimmt hatte. Ausschließlich Sex ... das bedeutete: keine emotionalen Verwicklungen. Daran würde ich mich gewöhnen müssen.

Die nächste Stunde über dachte ich fast gar nicht an unser unbefriedigendes Abkommen, doch das änderte sich radikal, als der Wachmann vom Eingang durchrief und meldete, eine Darcy Hale sei da und hoffe auf ein kurzes Gespräch mit dem Chef. Der Name war mir gänzlich unbekannt, doch als ich bei Caine nachfragte, wies er mich an, sie hinaufzulassen.

Als die große, elegante Blondine mit federnden Schritten durch den Gang auf mich zukam, musste ich meine ganze Selbstbeherrschung aufbieten, um nicht feindselig die Augen zusammenzukneifen. Alles an ihr war kultiviert, angefangen bei ihrer weiten, perfekt sitzenden grauen Hose und der cremefarbenen Seidenbluse bis hin zu der schicken Gucci-Sonnenbrille, die in ihrem Haar steckte. Letzteres hatte sie sich zu einem glatten, strengen Pferdeschwanz zusammengebunden, der ihre scharfen Wangenknochen exzellent zur Geltung brachte.

Sie sah aus wie ein Model.

Ich hatte den Verdacht, dass sie ein Model *war*.

Sie grüßte mich mit einem kühlen Lächeln, als sie an meinen Tisch trat. »Darcy Hale. Ich möchte mit Caine Carraway sprechen.«

»Sicher doch.« Ich lächelte verkrampft, und mein Magen zog sich zusammen ... ein unangenehmes Gefühl. »Einen Moment, bitte.« Ich setzte mich mit Caine in Verbindung und teilte ihr dann mit, dass sie sich noch wenige Augenblicke gedulden möge.

»Kein Problem.« Sie zuckte elegant mit den Schultern. »Ich war einfach gerade in der Gegend und dachte mir, ich schaue kurz mal vorbei. Insofern hätte ich Verständnis dafür gehabt, wenn er keine Zeit für mich erübrigen kann.« Sie lächelte listig. »Aber wie es aussieht, habe ich einen bleibenden Eindruck bei ihm hinterlassen.«

Am liebsten hätte ich sie am Pferdeschwanz gezogen wie eine Fünfjährige. »Und Sie kennen Mr Carraway von …?«

»Einer Kunst-Gala am Freitagabend. Mein Vater ist Chef einer Investmentfirma, die zur Carraway Holdings gehört.« Sie lächelte erneut, und diesmal sah es geradezu wölfisch aus. »Wir haben uns prächtig verstanden.«

Was zum Geier sollte das nun wieder heißen?

Caine kam, um Darcy zu begrüßen und mit einer vertrauten Geste, die mir sauer aufstieß, in sein Büro zu begleiten. Ich wandte den Blick ab und merkte, wie er kurz in meine Richtung schaute, ehe er die Tür hinter sich und Darcy zuzog.

Ich saß vor meinem Monitor und köchelte vor mich hin.

Hatte er nicht gesagt, bevor er zu dieser bescheuerten Gala gegangen war, dass andere Partner tabu waren?

Was war hier los, verdammt noch mal? Und was genau wollte er von dieser katzengleichen Frau, die noch nicht mal eine richtige Frau *war*? Sie sah aus wie achtzehn!

Zu meiner Erleichterung verließ Darcy das Gebäude bereits zehn Minuten später. Weniger erleichtert war ich allerdings angesichts des Umstandes, dass sie dabei für meinen Geschmack deutlich zu selbstzufrieden wirkte. Sie war gerade am Ende des Ganges um die Ecke gebogen und aus meinem Sichtfeld verschwunden, als Caine mich in sein Büro zitierte.

Wie durch ein Wunder gelang es mir, ruhig und aufgeräumt zu wirken. »Ja?«, fragte ich und blieb im Türrahmen stehen.

Sofort verdüsterte sich Caines Miene. »Um Himmels willen, jetzt komm doch rein.«

Ich wollte etwas Bissiges erwidern, beschloss dann aber, dass er keine leidenschaftliche Reaktion von mir verdient hatte ... nicht wenn er hinter meinem Rücken etwas mit Blondie am Laufen hatte. Ich machte ein paar Schritte in den Raum.

»Mach dir Tür zu und komm her.«

Ich tat wie geheißen, doch aus unerfindlichen Gründen machte ihn das nur noch ungehaltener.

»Was ist los mit dir?«, blaffte er mich an.

Ich runzelte die Stirn. »Nichts ist los mit mir.«

»Schwachsinn.« Er stand hastig auf und umrundete seinen Tisch. Ich blieb eisern stehen, auch als er auf mich zukam. »Du bist den ganzen Morgen schon kalt wie ein Fisch.«

»Ich bin bloß müde, das ist alles.«

Er kam mir mit seinem Gesicht ganz nahe und knurrte: »Noch mehr Schwachsinn.«

»Hör auf, ›Schwachsinn‹ zu sagen«, knurrte ich.

Etwas blitzte in seinen Augen auf. »Da ist sie ja wieder.«

»Was? Willst du mich provozieren? Ist dir langweilig?«

»Ich bin wütend.« Er schlang seinen Arm um meine Taille und riss mich an sich. Meinen Versuchen, mich aus seinem Griff zu befreien, schenkte er keine Beachtung. »Du benimmst dich komisch, und ich will wissen, warum.«

Ich hörte auf, mich gegen ihn zu wehren, und schaute ihm geradewegs in die Augen. »Mit mir ist alles in Ordnung.«

Er kniff die Lippen zusammen und betrachtete mich einige Sekunden lang. Sein Blick war forschend, als könne er eine Antwort auf seine Frage finden, wenn er mir nur lange und angestrengt genug ins Gesicht sah. »Ich würde ja sagen, es hat mit Darcy Hale zu tun, aber du warst schon davor so distanziert.«

»Sie sagte, ihr zwei hättet euch am Freitag, ich zitiere: ›prächtig verstanden‹.« Ich legte den Kopf schief. »Es muss ja zwischen euch hoch hergegangen sein, wenn sie ihren knochigen Arsch extra hierherbemüht, um dich zu sehen.«

Caine hörte auf zu grollen. Stattdessen grinste er auf eine unglaublich überhebliche Art, die mich so rasend machte, dass ich erneut gegen seinen Griff anzukämpfen begann. Wie zu erwarten, hatte ich keine Chance gegen ihn. »Ich habe sie empfangen, weil ihr Vater ein wichtiger Mann ist. Ich kann mir nicht erlauben, sie vor den Kopf zu stoßen. Aber glaub mir, ihr knochiger Arsch reizt mich nicht im mindesten, und ihr Narzissmus auch nicht. Wie dem auch sei.« Seine Hände glitten meinen Rücken hinab bis zu meinem Arsch, der kein bisschen knochig war. »Ich bin sowieso viel zu sehr mit dir beschäftigt.«

Bist du sicher? Am Sonntagmorgen sah das nämlich ganz anders aus.

Meine Zweifel standen mir offenbar ins Gesicht geschrieben, denn Caine gab mir einen Kuss auf die Wange, ehe er mit den Lippen an meinem Ohr entlangstrich. »Ich wäre sogar in der Stimmung für einen kleinen Appetizer.« Er drückte genüsslich süße Küsse auf meinen Hals, erst nach unten und dann wieder nach oben, bis er bei meinem anderen Ohr angelangt war. »Ich will dich nackt, und ich will es dir mit dem Mund machen.« Er rückte ein Stück von mir ab. In seinen Augen loderte Verlangen. »Willst du, dass ich es dir mit dem Mund mache?«

Und wie ich wollte, dass er es mir mit dem Mund machte.

»Das geht nicht. Ich habe gestern meine Tage bekommen.«

Zu meiner Überraschung hielt Caine mit seiner Enttäuschung nicht hinterm Berg. Er drückte meine Hüfte. »Schade. Aber dann haben wir etwas, worauf wir uns freuen können, und zwar in ...«

»Gegen Ende der Woche.« Ich versuchte, mich seiner Umarmung zu entziehen, aber davon wollte er nach wie vor nichts wissen.

Er schüttelte mich sanft. »Wirst du mir jetzt endlich sagen, was mit dir los ist? Das gefällt mir gar nicht.« Seine Stimme war gefährlich leise geworden.

Wie? Sollte ich etwa Angst vor ihm haben? »Im Ernst? Dem Meister der Distanz schmeckt auf einmal die Distanz nicht mehr?«

Augenblicklich ließ er meine Arme los und machte einen Schritt rückwärts. »Spielst du Spielchen mit mir?«

»Nein.« Ich seufzte und hob hilflos die Hände. »Ich weiß es auch nicht. Ich bin heute Morgen hergekommen, habe dich gesehen und beschlossen, dass es mir viel besser gehen würde, wenn ich ein bisschen Distanz zwischen uns schaffe, weil ...«

Er runzelte die Stirn und kam wieder näher. »Weil?«

»Weil ...« *Sag es einfach. Sei ehrlich. Wenigstens ein bisschen.* »Ich weiß nie, woran ich bei dir bin. Du kannst nicht beides haben, Caine. Du kannst mich nicht auf Distanz halten und davonschleichen, nur weil der Sex vielleicht ein bisschen zu intensiv war, mich wie Luft behandeln und dann sauer auf mich sein, wenn ich entsprechend reagiere.«

Er sah weg. »Das mit uns beiden ist nur Sex, Lexie«, sagte er durch zusammengebissene Zähne.

»Das weiß ich.« Mann, und wie ich das wusste. »Aber das bedeutet nicht, dass wir uns verstellen müssen. Dass wir nicht so sein dürfen, wie wir sind ... Ich habe das Gefühl, dass du andauernd die Richtung wechselst, weil es dir manchmal nicht passt, wie es zwischen uns läuft.« Zaghaft machte ich einen Schritt auf ihn zu. »Ich will, dass du einfach *du* bist. Ohne Druck. Und ich will *ich* sein dürfen. Ich habe den Eindruck, du bist so sehr darauf fixiert klarzustellen, dass das zwischen uns nur Sex ist, dass die ganze Sache dadurch nur kompliziert wird. Ich möchte sie gerne wieder entkomplizieren.«

»Und wie?«

Ich lachte resigniert auf. »Aus irgendeinem Grund mag ich dich, Caine. Ich fände es gut, wenn wir Freunde sein könnten, wenn wir gerade keinen Sex haben. Ohne irgendwelche Erwartungen, versprochen.« *Nur Hoffnung.*

Er zog die Augenbrauen hoch und sah zauberhaft verwirrt aus. »Freunde?«

»Mmm.« Ich grinste. »Du weißt schon ... Freunde.«

»Mit gewissen Extras?«

»Genau.«

Nach einigen Sekunden des Schweigens nickte Caine endlich zögernd. »Freunde.«

Ich lächelte. »Allerdings sollte ich dich vorwarnen. Ich kann meinen Freunden gegenüber ziemlich klugscheißerisch sein.«

»Tja, wenn das so ist, sind wir wohl Freunde, seit du zum ersten Mal durch meine Tür spaziert bist.« Er ging zurück zu seinem Stuhl und warf mir dabei ein Grinsen zu, bei dem mein Herz anfing zu hüpfen.

Ich strahlte innerlich über Caines plötzliche Verwandlung. Zuvor hatte meine seltsame Laune ihn reizbar gemacht, doch jetzt war er so aufgeräumt, wie ich ihn selten erlebt hatte.

Wie gesagt. Keine Erwartungen ... nur Hoffnung im Überfluss.

Kapitel 17

»Was ist deine Lieblingsfarbe?«
Ich hörte es rascheln, als Caine sich auf meinem Kopfkissen zu mir umdrehte. »Meine was?«

Nach mehreren Tagen ohne Sex, dafür aber mit wachsender Vorfreude hatte ich Caine am Donnerstagmorgen das Okay gegeben, dass der Spaß wieder beginnen konnte. Einige Stunden nach der Arbeit war er zu mir gekommen, und wir waren übereinander hergefallen, als hätten wir vorher jahrelang aufeinander verzichten müssen.

Nun lag ich neben ihm in meinem Bett, die Arme über dem Kopf, satt und entspannt und zufrieden, und beschloss, dass es an der Zeit war, sich ein bisschen näher kennenzulernen. »Was ist deine Lieblingsfarbe?«, wiederholte ich meine Frage.

»Was ist denn *deine*?«

Ich sah ihn an. Seine Mundwinkel waren zu einem amüsierten Lächeln verzogen. Ich mochte diese verspielte, jungenhafte Seite an ihm, die viel zu selten zum Vorschein kam. »Lila. Jetzt deine.«

»Ich habe keine Lieblingsfarbe.«

Ich runzelte missbilligend die Stirn. »Jeder Mensch hat eine Lieblingsfarbe.«

»Ich nicht.«

»Es muss doch wenigstens eine Farbe geben, die du mehr magst als andere.«

Er brummte. »Wäre das nicht dasselbe wie eine Lieblingsfarbe?«

Ich hielt inne und ließ mir meine Formulierung noch einmal durch den Kopf gehen. Ich kicherte. Er hatte recht.

Caine lachte, aber so schnell wollte ich ihn nicht vom Haken lassen. Ich drehte mich um, so dass ich ihn anschauen konnte, das Gesicht in die Hand gestützt. »Okay, mach deinen Kopf ganz leer.«

Sein Blick ging zu meinen nackten Brüsten. »Ich fürchte, das schaffe ich nicht.«

Ich verdrehte die Augen. »Versuch's einfach.«

»In Ordnung.« Er stieß einen leidgeprüften Seufzer aus. »Und jetzt?«

»Was ist die erste Farbe, die dir in den Sinn kommt?«

»Gelb«, platzte Caine heraus, um aus unerfindlichen Gründen gleich darauf die Stirn zu runzeln.

»Gelb?« Ich schmunzelte. »Eine überraschende Antwort, aber warum nicht? Deine Lieblingsfarbe ist also Gelb. Was ist dein Lieblingsfilm ... und sag nicht, du hast keinen, ich habe deine DVD-Sammlung gesehen.«

Caine zog die Augenbrauen hoch. »Hat da etwa jemand geschnüffelt?«

»Nein.«

Seine Augenbrauen kletterten noch ein Stück höher.

»Also gut«, gestand ich verschnupft. »Ich habe mal kurz einen Blick in deinen DVD-Schrank geworfen.«

Zu meiner Überraschung und Dankbarkeit sagte er nichts dazu, sondern murmelte nur: »*Die sieben Samurai.*«

Ich versuchte, meinen Schock darüber zu verbergen, dass er mir so bereitwillig eine Antwort gegeben hatte. »Wovon handelt der?«

Fasziniert sah ich zu, wie Caines Augen zu leuchten

begannen. »Das ist ein japanischer Film aus den fünfziger Jahren, darin geht es um sieben vom Glück verlassene Samurai, die von einer armen Familie angeheuert werden, damit sie ihr Dorf vor Banditen schützen. Die Kampfszenen gehören mit zu den besten der Filmgeschichte ... für die damalige Zeit sind sie ... sie sind einfach unglaublich beeindruckend. Aber gleichzeitig auch authentisch. Der Film hat Charakter und Herz. Ein phantastischer Film.«

Ich strich mit den Fingern über seinen Unterarm. »Hast du ihn zu Hause?«

»Ja.«

»Vielleicht könnten wir ihn ja mal zusammen anschauen.«

Caine sah mich an. »Ich glaube, er würde dir gefallen.«

Damit wäre meine versteckte Frage nach einem gemeinsamen Filmabend wohl mit ja beantwortet. Ich verbarg ein Lächeln. »Und deine Lieblingsband?«

»Du hast mir noch gar nicht gesagt, was dein Lieblingsfilm ist.«

»Das ist einfach. *Vom Winde verweht*. Obwohl ich Scarlett die meiste Zeit am liebsten ohrfeigen würde. Ich meine ... wer würde sich jemals für Ashley statt für Rhett entscheiden?«

Caine spürte wohl, dass ich eine Antwort auf diese Frage erwartete, denn er zuckte mit den Schultern. »Keine Ahnung.«

»Das kann ich dir sagen: niemand. Überhaupt *niemand*. Ashley ist ein Waschlappen, und Rhett ist düster und gefährlich und einfach von Kopf bis Fuß Mann. Da gibt es doch überhaupt keine Frage. Scarlett ist ein Trottel.«

Caines Lippen zuckten. »Ein Trottel?«

»Ja! Das wäre, als würde ich lieber mit Dean ins Bett gehen als mit dir.«

Schlagartig war es mit Caines Heiterkeit vorbei. »Wer ist Dean?«

Ich musste ein Lachen unterdrücken. »Dean. Der Mann an deinem Empfang. Du weißt schon, der Typ, der an diesem großen Tresen sitzt und den Leuten erklärt, wo sie hinmüssen.«

»Ach, *der* Dean.« Caine war verwirrt. Es war unglaublich süß. »Ich dachte, der wäre schwul.«

»Eben.«

»Ashley war aber nicht schwul«, widersprach Caine. »Er war ein Gentleman.«

»Wie auch immer man es nennen will, er war langweilig und hatte kein Rückgrat.« Ich drehte mich wieder auf den Rücken. »Frauen finden Männer attraktiv, die die Dinge in die Hand nehmen.«

»Nicht alle Frauen.«

Ich sah zu ihm auf. »Sprichst du aus Erfahrung?«

Er seufzte. »Manche Frauen fühlen sich von mir eingeschüchtert.«

»Eingeschüchtert? Von dir?«, neckte ich ihn. »Nicht doch.«

Caine lachte und griff nach mir. Er legte einen Arm über meinen Bauch und zog mich an sich. »Und manche Frauen müssen lernen, sich ein bisschen mehr von mir einschüchtern zu lassen.«

Ich schlang kichernd die Arme um ihn, als er uns beide herumrollte, bis er auf mir lag. »Darauf kannst du lange warten.«

Er nickte und betrachtete mich. »Das habe ich allmählich begriffen.«

»Ich glaube, du stehst drauf.«

Statt dies zu bejahen, strich Caine mit den Daumen über meine Wangenknochen. »Deine Lieblingsband?«

Ich lächelte, froh, dass es ihm nichts ausmachte, private Dinge mit mir zu teilen, auch wenn es sich um Trivialitäten handelte. »Die Killers.«

»Gute Wahl.«

Sein Lob wärmte mich. »Und deine?«

»Led Zeppelin.«

Meine Fingerspitzen glitten träge über seinen muskulösen Rücken. Es war eine vertrauliche Geste, die sich viel zu gut anfühlte. »Deine Lieblingsstadt, Boston ausgenommen?«

»Sydney. Und bei dir?«

»Prag.«

Caine wurde still unter meiner Berührung. »Sehr schön.«

»Allerdings will ich unbedingt mal nach Budapest. Mit Benito habe ich schon so viele Städte besucht, aber in der einen Stadt, die ich wirklich gerne sehen möchte, war ich noch nie.«

»Ich war schon mal in Budapest.« Er senkte den Kopf und streichelte meine Lippen mit seinen. »Es würde dir da gefallen.«

Das hier gefiel mir. Es gefiel mir, dass er nicht länger das Gefühl hatte, sich vor mir verstecken zu müssen. Wir waren wie zwei Freunde, die sich gerade kennenlernten. Und dabei nackt waren.

»Warum magst du meine Wohnung?«, platzte es plötzlich aus mir heraus.

Caine betrachtete mich eine Zeitlang, als wolle er sich jedes Detail meines Gesichts einprägen. »Weil sie Charme hat. Sie ist nicht protzig ... sondern einfach zeitlos schlicht und schön. So wie die Frau, die darin wohnt.«

Sein Kompliment wärmte mich bis in die Fingerspitzen. »Ich glaube, das ist das Netteste, was je ein Mensch zu mir gesagt hat«, flüsterte ich.

Caine lächelte. »Du glaubst, das ist das Netteste, was je ein Mensch zu dir gesagt hat?«

»Hm.«

»Siehst du? Nichts Protziges, einfach nur pure Schönheit.«

Ich kniff nachdenklich die Augen zusammen. »Insgeheim stehst du auf meine Tanktops und Shorts, stimmt's?«

Er grinste, ehe er mein Gelächter mit einem tiefen, schwindlig machenden Kuss erstickte.

Mein größtes Problem mit unserer Beziehung war, damit klarzukommen, dass Caine keinerlei Absichten hegte, unsere »Affäre« neu zu definieren, selbst wenn er diese kleinen Momente der Intimität zuließ. Ich hatte die schlechte Angewohnheit, mir Hoffnungen zu machen, nur um dann von Caine ziemlich unsanft mit der Nase darauf gestoßen zu werden, dass wir nichts weiter waren als Freunde, die nebenbei eine Bettgeschichte am Laufen hatten.

Nur einen Tag, nachdem wir den Morgen lachend und redend und herumalbernd im Bett verbracht hatten, landete ich bereits wieder auf dem harten Boden der Realität. Ich hatte mich ihm wirklich nahe gefühlt, doch am nächsten Tag war alles wie immer. Ich machte Caine keinen Vorwurf daraus. Er wusste ja nicht, dass ich im Kopf die Spielregeln geändert hatte. Aber es frustrierte mich, dass ich bei ihm keinen Schritt weiterkam. Ich musste mich neu sortieren, eine andere Möglichkeit finden, um zu ihm durchzudringen. Bis jetzt hatte ich absolut nichts erreicht.

Wir hatten keine Verabredung fürs Wochenende getroffen, und ich spielte mit dem Gedanken, bei Effie vorbeizuschauen und ihre Sicht der Dinge zu hören, als Rachel mich am Freitagnachmittag anrief.

Caine war zum Mittagessen außer Haus. Ich saß an meinem Schreibtisch und mümmelte einen Salat. In den letzten Tagen hatte ich nicht viel Appetit.

»Lexie, jetzt mal ehrlich«, sagte Rachel indigniert. Ich hatte ihr gerade von meinen gescheiterten Versuchen erzählt, eine persönliche Nähe zu Caine aufzubauen. »Vielleicht solltest du lieber einen Schlussstrich ziehen, bevor der Typ dir noch ernsthaft weh tut.«

Ich ignorierte ihren Ratschlag. »Ich suche nach einer neuen Taktik, aber heute Morgen ist mir etwas klargeworden. Taktik bringt nichts. Vielleicht wäre Ehrlichkeit der beste Weg.«

»Auf gar keinen Fall.« Ich konnte förmlich spüren, wie sie die Augen verdrehte. »Außer, du willst, dass es zwischen euch sofort aus ist ... was ich mittlerweile nicht mehr für das Schlechteste halte.«

»Du musst dich mal entscheiden. Findest du es nun scharf oder dämlich, dass ich mit meinem Boss ins Bett gehe?« Sie schwankte die ganze Zeit hin und her, was nicht gut war ... zumindest nicht, wenn man einen Rat von ihr brauchte.

»Im Moment finde ich es dämlich. Ich glaube, es wird Zei... Maisy, Ted ist kein Spielzeug!«, schimpfte sie, und ich hörte, wie das Telefon zu Boden fiel. Eine Minute später war sie wieder am Apparat und sagte atemlos: »Entschuldige.«

»Wer ist Ted, und will ich überhaupt wissen, was dein Satansbraten von Tochter mit ihm angestellt hat?«

»Weißt du, irgendwann fange ich noch an, deine Kommentare über mein Kind ernst zu nehmen.«

»Schön wär's.«

Rachel schnaubte. »Ted ist unser kleiner Hund.«

Ich riss vor Entsetzen die Augen auf. »Du hast deiner Tochter einen *Hund* gekauft?«

»Er liebt sie. Den beiden zuzusehen ist so putzig, das glaubst du gar nicht.«

Ich war mir hundertprozentig sicher, dass das arme kleine Hündchen Maisy *nicht* liebte. Bestimmt hatte es Todesangst vor ihr. »Was hat sie mit ihm gemacht? Und pass auf, was du sagst, ich scheue nämlich nicht davor zurück, euch beim Tierschutz anzuschwärzen.«

»Ach, hör schon auf. Sie hat ihn nur ein bisschen zu heftig geknuddelt. Ich war dabei. Ich habe sie im Auge. Hast du kein Vertrauen zu mir?«

Hm ... »Ich habe gesehen, was deine Tochter mit deinem Mann gemacht hat. Da hast du auch tatenlos danebengestanden.«

»Das ist doch nur Jeff. Ich würde nie zulassen, dass Maisy ein Tier quält. Nicht, dass sie das überhaupt wollte ... sie ist einfach nur ein bisschen überschwänglich. Ich passe schon auf Ted auf, mach dir keine Sor... hey, du hast das Thema gewechselt!«, schimpfte sie. »Schick deinen blöden Boss in die Wüste.«

Mein Schweigen entlockte ihr einen abgrundtiefen Seufzer.

»Rachel.«

»Schon gut, mach, was du willst, aber versprich mir wenigstens, dass du dir den Samstagabend freihältst, da habe ich nämlich eine extra Karte für das Spiel der Red Sox, und die Plätze sind der Hammer. Jeff hat die Tickets von der Arbeit. Halt dich fest: Block dreiundvierzig, Reihe vier, direkt hinter dem Homeplate.«

Ich kaute nachdenklich auf meiner Unterlippe. Das waren wirklich ausgezeichnete Plätze, allerdings bestand die Möglichkeit, dass Caine auch da sein würde. Er schaffte es nicht zu jedem Spiel, ging aber hin, wann immer es ihm seine Zeit erlaubte. Am Samstag spielten die Red Sox gegen die Yankees, das würde er sich bestimmt nicht entgehen lassen.

»Ich habe noch nicht das ›Scheiße, ja, ich bin dabei!‹, von dir gehört, das ich eigentlich erwartet hätte. Jetzt komm schon«, bettelte Rachel. »Wir haben seit Ewigkeiten nichts mehr zusammen unternommen, und, ja, Jeff ist natürlich auch dabei, aber wir haben einen Babysitter, Maisy bleibt also zu Hause.«

Das machte mir das Angebot noch ein wenig verlockender.

Und selbst wenn Caine ebenfalls zum Spiel kam, säße er garantiert oben im EMC-Club. Völlig ausgeschlossen, dass er mich unter Tausenden von Zuschauern entdecken würde.

Halt.

Und *wenn* er mich entdeckte ... na und? Es war doch wohl mein gutes Recht, zu einem Baseball-Spiel zu gehen. Er hatte nicht darüber zu bestimmen, was ich in meiner Freizeit tat. »Fang damit gar nicht erst an«, warnte ich mich selber.

»Was? Womit fange ich an?«

»Nicht du, Rach. Ja, ich komme mit zum Spiel.«

»Super! Also, wir treffen uns um halb sieben am Eingang. Komm mit nüchternem Magen, ich habe vor, Unmengen an Junkfood und Bier zu konsumieren, und du wirst mitessen und mittrinken, damit mein schlechtes Gewissen nicht ganz so groß ist.«

Ich grinste. Plötzlich ging es mir deutlich besser. Ich hatte Pläne fürs Wochenende, die nichts mit Caine zu tun hatten. »Die Hotdogs gehen auf mich.«

Rachels Miene, als ich auf sie und Jeff zusteuerte, war halb schuldbewusst, halb verschmitzt. Sie standen vor dem Eingang zum Fenway-Park-Stadion, an dem sich bereits die Besuchermassen drängten.

Und sie waren nicht allein.

Als ich bei ihnen ankam, schluckte ich meinen Ärger herunter und rang mir ein Begrüßungslächeln ab.

Rachel sah mich mit großen Augen an. Ich verstand ihr stummes Flehen. Es hieß: »*Bitte bring mich nicht um.*«

Aber der Gedanke kam mir durchaus in den Sinn.

Sie hatten einen Mann mitgebracht.

Ein Date.

Für mich.

Ich hatte Caine nichts von meinen Plänen fürs Wochenende erzählt, weil er mich nicht danach gefragt hatte. Irgendwann nach meinem Telefonat mit Rachel war Caine vom Mittagessen zurückgekehrt und hatte sich auf meinen Schreibtisch gehockt.

»Und? Wie läuft's so?«, fragte er, anscheinend ehrlich interessiert.

»Gut.« Ich legte den Kopf zur Seite und lächelte. »Und bei dir?«

Zum ersten Mal seit Tagen wurde sein Blick warm. »Gut.« Er sah weg. »Ich hatte ziemlich viel zu tun, und ich weiß, wir haben nicht …«

Ich legte die Hand auf sein Bein. »Mach dir deswegen keinen Kopf. Ich wusste von Anfang an, dass du ein vielbeschäftigter Mann bist.«

»Ja.« Seine Fingerspitzen strichen über meine Hand, die auf seinem Schenkel lag. »Ich kann noch nicht absehen, wann ich wieder Zeit habe. Vielleicht am Sonntag?«

Ich zuckte die Achseln, als kümmere es mich kein bisschen, dass ich auf seiner Prioritätenliste so weit unten stand. »Ruf einfach an, wenn es bei dir passt, vielleicht habe ich ja auch Zeit. Dann sehen wir weiter.«

Caine grinste. »Du bist aber sehr gefügig.«

Ich drückte seinen Schenkel. »Ich gebe dir einfach nur das, was du willst.«

Er runzelte die Stirn, als gefiele ihm diese Antwort nicht, doch schließlich nickte er. Er warf einen Blick über die Schulter, um sicherzugehen, dass die Luft rein war, dann beugte er sich vor und küsste mich sanft auf die Lippen. Der Kuss wurde plötzlich intensiver, und Caine griff in meinen Nacken, während seine Zunge in meinen Mund glitt. Der Kuss war hungrig und erregend, und ich musste mir mühsam ins Gedächtnis rufen, wo wir waren. Schwer atmend löste ich mich von ihm.

Er fuhr sich mit der Hand durchs Haar. Der Kuss schien ihn aus der Fassung gebracht zu haben. Er stand auf, schenkte mir ein verwirrtes Beinahe-Lächeln und verschwand in seinem Büro.

Ich starrte auf die geschlossene Tür und fragte mich, seit wann ich so gut schauspielern konnte.

Eigentlich gab es überhaupt keinen Grund, mich mies zu fühlen, weil man mich durch einen Trick zu einem Blind Date gelockt hatte. Trotzdem beschlich mich, als ich Jeffs Kollegen Charlie die Hand schüttelte, das Gefühl, es wäre falsch von mir, den Dingen einfach ihren Lauf zu lassen. Caine und ich hatten uns darauf geeinigt, dass es keine anderen Partner geben sollte.

Charlie war groß, denn Rachel wusste, dass ich mir immer komisch vorkam, wenn ich mit Männern ausging, die kleiner waren als ich. Und er war auf eine unaufgeregte Weise attraktiv, die mir sehr zusagte. Er hatte ein tolles Lächeln, und wäre ich nicht damit beschäftigt, Caine Carraways Herz zu erobern, hätte ich mich aufrichtig über das Date mit ihm gefreut.

Die Männer passierten als Erste die Sicherheitsschleuse.

Rachel hängte sich an meinen Arm. »Bitte sei nicht sauer«, flüsterte sie. »Charlie hat dein Bild auf dem Hochzeitsfoto auf Jeffs Schreibtisch gesehen und nach dir gefragt. Jeff weiß nichts über deinen verrückten Boss, und als er den Vorschlag machte, Charlie mitzunehmen, dachte ich, es könnte vielleicht ganz nett werden.«

Ich lächelte weiterhin, weil Charlie sich immer wieder nach mir umdrehte, aber ich war ziemlich geladen. »Du kannst solche Entscheidungen nicht einfach über meinen Kopf hinweg treffen. Caine kommt mit Sicherheit auch zum Spiel.«

»Und wenn schon«, sagte sie schnippisch.

Ich wandte den Blick ab, betrachtete die Verkaufsbuden unter den Tribünen und atmete den Geruch von Fastfood, Popcorn und Bier ein. Die Menschen saßen auf Bänken vor den Buden, aßen und lachten. Im Fenway-Park-Stadion herrschte immer eine ganz besondere Atmosphäre, und mir wurde klar, dass ich unter anderem deshalb so gerne herkam, weil ich hier ein Gefühl von Wärme und Gemeinschaft verspürte, so wie andere es vielleicht im Kreis ihrer Familie hatten. An Spieltagen war es ein magischer Ort.

»Du bist sauer.«

»Ja«, räumte ich ein. »Caine und ich haben vielleicht …«

»Nichts. Caine und du, ihr habt gar nichts.«

»Stimmt nicht«, grollte ich zurück. »Andere Partner sind für uns tabu.«

Sie seufzte. »Hör mal, selbst wenn er hier ist. Zwanzigtausend andere Leute sind auch hier. Die Chance, dass er dich sieht, ist praktisch gleich null, außerdem ist er doch bestimmt oben im EMC-Club.«

Meine Miene bestätigte ihre Vermutung.

»Gut. Da das jetzt geklärt ist, komm und lass dir von Charlie ein Bier und ein Hotdog ausgeben.«

Unter stillschweigendem Protest kam ich mit ihr.

Charlie lächelte sein tolles Lächeln und zeigte auf den nächstgelegenen Hotdog-Stand. »Kann ich dir was zum Abendessen spendieren?«

Mein schlechtes Gewissen meldete sich aufs Neue. Das hier war ein Date, daran gab es überhaupt nichts zu rütteln. Ich konnte nicht so tun, als wäre es anders. *Dumme Sache, Lexie. Ganz, ganz dumme Sache.* Ich sah mich um, überzeugt, dass jeden Moment Caine irgendwo auftauchen würde. »Weißt du was?« Ich lächelte Charlie höflich an (ich würde nicht flirten oder ihn zum Flirten ermuntern!). »Warum setzen wir uns nicht erst mal hin? Die Verkäufer kommen ja sowieso alle paar Minuten vorbei. Wir kaufen uns einfach am Platz was.«

»Klingt gut.«

Wir gingen denselben Weg zurück, den wir gekommen waren, und bogen dann rechts unter die Tribünen ab, um zu unseren Plätzen zu gelangen. Rachel ging mit Jeff voraus und Charlie neben mir. Am liebsten hätte ich den beiden in die Hacken getreten.

»Also ... Rachel sagte, du bist Assistentin der Geschäftsleitung?« Er vergrub die Hände in den Taschen und lächelte mir aufmunternd zu.

Er wirkte ein bisschen aufgeregt.

Toll.

Jetzt fühlte ich mich noch mieser.

»Äh, ja.« Das Thema würde ich garantiert nicht vertiefen. »Und was machst du so?« Jeff arbeitete in der Werbung, aber seinen Erzählungen hatte ich entnommen, dass es viele unterschiedliche Positionen in seiner Agentur gab.

»Ich bin im Art Department.«

»Ah, toll. Ich wünsche mir immer, ich hätte mir in der

Schule mehr Zeit für Kunst genommen. Ich habe gerne gezeichnet, aber weiter reichen meine Fähigkeiten nicht.«

»Bist du denn ein kreativer Typ?«

Ich dachte nach. »Ich glaube, nicht wirklich. Ich bin eher organisiert. Sehr organisiert. Und ich glaube, ich habe ein gutes Auge. Ich wollte immer Event-Planerin werden, da kann man beides miteinander verbinden.«

Er hob die Schultern. »Warum machst du es dann nicht?«

»Was?«

»Event-Planerin werden.«

Ich lachte. »Leichter gesagt als getan.«

»Alles, was du brauchst, um auf die Beine zu kommen, ist ein großer Kunde, der dir eine Chance gibt und dich weiterempfiehlt.«

Ich sah ihn ungläubig an. »Ich glaube, ganz so einfach ist das nicht.«

Charlie lächelte. »Und ich glaube, du weißt gar nicht, ob es einfach ist oder nicht. Du hast es ja noch nie ausprobiert.«

»Weil ich die Assistentin eines Geschäftsführers bin. Ich organisiere Dinge für *eine* Person.«

»Caine Carraway.« Er nickte. Ich musste bloß den Namen hören, schon bekam ich wieder Gewissensbisse. »Wenn du das Leben von jemandem wie Carraway auf die Reihe kriegst, dann kannst du auch Partys organisieren.«

»Wir haben uns gerade erst kennengelernt, und schon gibst du mir Karrieretipps.«

»Entschuldige.« Er sah mich leicht betreten an und schob sich das seidige braune Haar aus seinen blauen Augen. *Total süß.* Es war wirklich eine Schande, dass wir uns nicht ein paar Monate früher begegnet waren. »Ich habe einen Hang dazu. Ich hätte Berufsberater werden sollen.«

»Kein Problem«, beruhigte ich ihn. »Ich bin es gewohnt,

von anderen Ratschläge für meine Karriere zu bekommen.« Vielmehr war ich es gewohnt, mir von Rachel und Grandpa Kritik anzuhören, seit ich angefangen hatte, für Caine zu arbeiten.

Charlie sah mich fragend an, doch ehe ich etwas sagen konnte, kam Rachel wie ein aufgeregter Teenager zwischen uns gesprungen. »Hier geht's lang!«

Ich lachte und warf Jeff einen Blick zu.

Der zuckte mit den Achseln. »So ist sie immer, wenn wir Freigang haben.« Er grinste und folgte ihr die Betonrampe zu den Tribünen hinauf.

»Nach dir«, sagte Charlie mit einer Handbewegung.

Ich blinzelte kurz in der Nachmittagssonne, dann sah ich Rach und Jeff, die den Weg nach links zu unserer Sitzreihe eingeschlagen hatten. Ohne auf Charlie zu warten, eilte ich ihnen hinterher. Ich wollte ihm auf die diplomatischste und schonendste Weise deutlich machen, dass er sich von diesem Date nichts erhoffen durfte.

Als ich mich neben Jeff gesetzt hatte, schaute ich nicht auf die vielen Zuschauer, die sich am Homeplate mit dem Red-Sox-Maskottchen Wally, dem grünen Monster, fotografieren ließen, sondern wartete, bis Charlie neben mir Platz genommen hatte. Er machte es sich bequem, lächelte mich an und ließ dann den Blick über meine Beine wandern. Ich trug ein enggeschnittenes Red-Sox-T-Shirt und Jeansshorts.

Mein ganzer Körper errötete, bis er mich zu Ende taxiert hatte.

Und dann entschied ich, dass es die schonendste Abfuhr wäre, einfach ehrlich zu sein.

Ich beugte mich zu ihm. Charlie lächelte und neigte ein wenig den Kopf, damit er mich trotz des Lärms der Zuschauermenge und der Stimme des Stadionsprechers, der gerade etwas über irgendeine Wohltätigkeitsorganisation erzählte, hören konnte. »Ich wusste nichts von heute Abend.«

Er runzelte die Stirn. »Von mir, meinst du?«

»Ja. Rach hat mir nichts gesagt.« Ich spürte, wie Jeff neben uns hellhörig wurde. Offenbar hatte er meine Bemerkung mitbekommen.

Charlie verzog das Gesicht. »Ist das ein Problem?«

Ich sah ihn entschuldigend an. »Ich bin quasi mit jemandem zusammen ... Ich meine, es ist ... Ich weiß nicht genau, was es ist, aber ...«

Er hob eine Hand und lächelte enttäuscht. »Schon verstanden. Wirklich, ist überhaupt kein Ding.«

»Das tut mir leid.«

»Dir braucht gar nichts leidzutun«, beteuerte er. Ich schenkte ihm zum Dank ein Lächeln. Er war so ein netter Kerl. Was zum Teufel machte ich da eigentlich? »Aber ich würde dir trotzdem gerne was zu essen ausgeben. Ganz ohne Hintergedanken.«

»Weißt du was ... ich finde, das sollte Rachel übernehmen.«

»Sehe ich genauso«, pflichtete Jeff mir bei. Man konnte ihm ansehen, dass er alles andere als glücklich war. Wie es aussah, hatte Rachel ihrem Mann verschwiegen, dass ich nicht in ihren Kuppelversuch eingeweiht gewesen war.

»Ausgeschlossen«, widersprach Charlie. »Meine Mutter bringt mich um, wenn sie erfährt, dass sich eine Frau in meiner Begleitung ihr eigenes Abendessen kaufen muss.«

Ich lachte leise. »Ist das nicht ein bisschen altmodisch?«

»Vermutlich.« Er grinste. »Aber sie ist eine furchteinflößende Frau, deshalb tue ich lieber, was sie sagt.«

Ich knuffte ihn in die Seite. »Also gut. Wenn das so ist, nehme ich ein Hotdog.«

»HOTDOGS! HOTDOGS! HOLEN SIE SICH HIER IHR HOTDOG!«, trompetete hinter uns ein stämmiger Typ, angetan im gelben Shirt der Stadion-Verkäufer, und kam, eine Wärmebox mit Hotdogs über dem Kopf balancierend, die Stufen hinunter.

Wir prusteten los. »Gutes Timing«, meinte Charlie und hob den Arm, um die Aufmerksamkeit des Mannes zu erregen, als dieser, am unteren Ende des Sitzblocks angelangt, in unsere Richtung kam.

Zwei Hotdogs und ein kaltes Bier später war die erste halbe Stunde Spielzeit um, und die Red Sox rockten die Bude. Ich ließ mich von der elektrisierenden Atmosphäre des vollen Stadions anstecken, und selbst die ereignisloseren Passagen des Spiels taten meiner Begeisterung keinen Abbruch.

»Ich muss unbedingt auch so eins haben!« Rachel langte an Jeff vorbei und haute mir aufs Knie. »So ein Baseball-Shirt, wie du es hast.«

»Versuch's doch im Fanshop.«

»Aber ich will eins für Damen. In diesen großen Dingern gehen meine Brüste unter.«

Ich konnte mich nicht daran erinnern, ein Damenshirt im Laden gesehen zu haben. »Vielleicht online?«, schlug ich vor.

Statt zu antworten, blickte Rachel über meine Schulter und zog die Augenbrauen hoch. Ich folgte ihrem Blick, um zu sehen, was ihre Aufmerksamkeit gefesselt hatte.

Ein großer, muskulöser Mann im roten Shirt des stadioneigenen Sicherheitsdienstes blickte mit beängstigend finsterer Miene auf mich herab. »Alexa Holland?«

Ich ignorierte Charlies neugierigen Blick und überlegte, was zum Teufel ich angestellt haben konnte. »Äh ... ja?« Fast hatte ich Angst, mich zu erkennen zu geben.

»Mr Carraway wünscht Ihre Anwesenheit im EMC-Club.«

Heilige ...

Ich glaube, ich wurde kreideweiß im Gesicht.

Wie zum Geier hatte er mich inmitten dieser Menschenmenge gesehen?

Als könne er meine Gedanken lesen, deutete der Typ vom Sicherheitsdienst in die Höhe. Ich sah mich um. Der EMC-Club befand sich direkt über uns.

War ja klar.

Ich seufzte.

»Du musst nicht gehen, Lex, wenn du nicht willst«, rief Rachel über den Lärm hinweg.

Ich warf ihr einen Blick zu. »Doch, das muss ich.« Wenn er mich mit Charlie gesehen hatte, konnte ich mir lebhaft vorstellen, was gerade in ihm vorging. Ich sagte den dreien, ich würde sie später wieder treffen, und folgte dem Wachmann. Auf dem Weg grübelte ich darüber nach, was für ein Empfang mich wohl erwartete und was mich mehr ärgern würde ... Misstrauen oder Gleichgültigkeit.

Kaum hatte der Wachmann die Tür zum Club aufgestoßen, stutzte ich. Caine war nicht allein. Effie und Henry waren da sowie einige bekannte Gesichter von der Arbeit. Effie kam sofort auf mich zu und umarmte mich. Alle meine Schuldgefühle, die ich bis dahin noch gehabt hatte, lösten sich in Luft auf und machten Wut Platz.

Er hatte all diese Leute eingeladen, das Spiel mit ihm anzuschauen ... nur mich nicht.

Erst als er mich mit einem anderen Mann gesehen hatte.

»Sie sehen zum Anbeißen aus, mein Kindchen«, sagte Effie grinsend.

Ich lächelte und versuchte, meine Wut zu zügeln. »Und Sie erst.«

»Pff« machte sie, und gleich darauf gesellte sich auch Henry zu uns, um mir hallo zu sagen. In Red-Sox-Trikot und Jeans sah er vollkommen verwandelt aus. Zugänglicher. Ein echter Leckerbissen. »Ich habe ein Stück Bananencreme-Torte abbekommen!«, verkündete er, und ich musste lachen. Es war mir gelungen, Effie zu überreden, netter zu Henry zu sein.

Effie rollte mit den Augen, schmunzelte aber, bevor sie ging und eine Unterhaltung mit einem älteren Ehepaar anfing.

Leute winkten mir zu, und ich reagierte mit einem höflichen Lächeln, während ich mich von Henry zu Caine lotsen ließ. Er saß mit dem Rücken zu mir allein auf dem Balkon und verfolgte das Spiel. Selbst umgeben von so vielen Menschen wirkte er völlig unnahbar.

Meine Wut verrauchte.

So mochte er es. Er hatte viele Menschen um sich, war aber trotzdem am liebsten allein.

Aber langsam keimte in mir der Verdacht auf, dass er nicht allein sein konnte, sobald ich in der Nähe war ... und mir wurde klar, dass er mich deshalb noch nie zu einem Spiel mitgenommen hatte.

Bis er mich da draußen gesehen hatte. Mit einem anderen Mann.

»Geh mal lieber, und gib dem Boss Pfötchen.« Henry zwinkerte mir zu.

Obwohl Caine niemandem von unserer Beziehung erzählt hatte, wusste ich, dass Henry etwas witterte. Abgesehen von Effie, war er Caines engster Vertrauter, fast so etwas wie ein Familienmitglied. Und er war nicht dumm. Er kannte Caine gut genug, um Veränderungen in seinen Gewohnheiten, seinem Verhalten und seiner Art mir gegenüber zu bemerken.

Mit Schmetterlingen im Bauch trat ich auf den Balkon und setzte mich neben Caine, wobei ich ein paar Zentimeter Platz zwischen uns ließ. Ich betrachtete sein Profil und verwünschte den Aufruhr, den sein bloßer Anblick in meinem Magen auslöste. »Hey.«

»Wer sind die da unten?«

Ich fuhr zurück, weil er so kalt und abweisend klang. »Freunde. Eine ehemalige Kommilitonin, ihr Mann und sein Kollege.«

»Du hast es nicht für nötig befunden zu erwähnen, dass du heute Abend zum Spiel gehst?«

Er sprach leise, doch ich spürte die Anspannung, die von ihm ausging, und erneut stiegen Frust und Zorn in mir hoch. »Du hast mir ja auch nicht gesagt, dass du zum Spiel gehst.«

»Ich habe eine Dauerkarte. Das weißt du.«

»Du gehst aber nicht immer hin«, hielt ich leise dagegen.

»Es interessiert mich nicht, ob du zum Spiel kommst.« Erst jetzt sah er mich an. Seine dunklen Augen blitzten zornig. »Mich interessiert nur der Kerl, der die Finger nicht von dir lassen kann.«

Seine Eifersucht hätte mich eigentlich freuen sollen, aber so war es nicht. Nicht mehr. Ich hatte die Unsicherheit zwischen uns so satt. »Rachel hat ein Blind Date für mich arrangiert, ohne mir davon zu erzählen. Ich habe ihm gleich gesagt, dass ich ... mit jemandem zusammen bin.«

»Ich glaube, er hat das nicht verstanden.«

»Das kannst du von hier oben erkennen?«

Plötzlich kam Caine mir ganz nahe. Er schien vergessen zu haben, wo wir waren und dass andere Leute uns sehen konnten. »Ich habe jedenfalls gesehen, dass du nichts getan hast, um ihn abzuhalten.«

Ich warf demonstrativ einen Blick über die Schulter, um ihn daran zu erinnern, wo wir uns befanden.

Er zog sich von mir zurück und blickte mit zusammengepressten Lippen wieder nach vorn aufs Spielfeld.

Ich rückte so nah an ihn heran, dass nur er mich hören konnte, ohne dass einer der anderen etwas mitbekam. »Ich habe ihn nicht ermutigt, und ehrlich gesagt habe ich die Schnauze voll von deinem besitzergreifenden Macho-Gehabe.«

Caine warf mir einen schneidenden Blick zu, doch ich ließ mich davon nicht beirren.

»Ich bin nicht der Einzige, der eifersüchtig ist«, hielt er mir vor.

»Ja, das stimmt. Und weißt du, warum wir uns so kindisch benehmen? Weil du nicht bereit bist, das mit der Freundschaft wirklich zu versuchen. Da ist ständig diese Unsicherheit zwischen uns, weil du immer wieder eine Mauer um dich aufbaust.« Erneut sah ich mich um. Niemand war in der Nähe. Dann wandte ich mich wieder Caine zu. Keine Spielchen mehr. Kein Taktieren. Ehrlichkeit. Etwas anderes stand mir nicht zur Verfügung. »Das zwischen uns ist mehr als Sex, Caine. Wir haben eine Affäre.« Ich hob die Hand, um seinen Protest im Keim zu ersticken. »Ich rede nicht von etwas Dauerhaftem. Ich rede davon, dass du endlich den Tatsachen ins Auge sehen musst. Wir sind nicht einfach nur zwei Leute, die hin und wieder miteinander ins Bett gehen. Es sind Gefühle im Spiel, ob wir uns das nun eingestehen wollen oder nicht. Ich will kein Versprechen für die Ewigkeit, ich will nur, dass du aufhörst, mich andauernd von dir wegzustoßen. Ich will, dass du echt bist, solange das zwischen uns dauert.«

Seine Augen loderten. »Und wenn nicht?«

Meine Knie zitterten. »Dann sollten wir die Sache beenden.«

Er atmete aus und wandte erneut den Blick ab.

Zeit, noch mutiger zu werden. »Nicht, dass ich das will. Und ich glaube, du willst es auch nicht.«

»Wie kommst du darauf?«, sagte er gedehnt. Fast hätte ich ihm seine Gleichgültigkeit abgekauft.

Aber nur fast.

»Wir sind noch nicht fertig miteinander.«

Als Caine sich nach ein paar Sekunden wieder zu mir umwandte, sah ich die Hitze und das Verlangen in seinem Gesicht. »Du hast recht, das sind wir nicht.« Unsere Blicke hielten einander eine Zeitlang fest, und ich spürte das Brennen der Begierde in meinem Unterleib. »Also, Lexie. Was genau schlägst du vor?«

Meine Lippen verzogen sich zu einem Lächeln. »Verbring einen ganzen Tag mit mir.«

Er blinzelte verdutzt. »Ich soll den Tag mit dir verbringen?«

»An einem Ort meiner Wahl. Verbring den Tag mit mir, und sei für ein paar Stunden einfach nur ein guter Freund. Danach können wir meinetwegen vögeln, bis der Arzt kommt.« Ich grinste.

Caine sann über meinen Vorschlag nach und lachte schließlich, ehe er sich wieder dem Spiel widmete. »Abgemacht.«

Kapitel 18

Ich grub die Zehen in den Sand, und eine sanfte Brise vom Meer her kühlte meine von der Sommersonne erhitzten Wangen.

»So hattest du dir das also vorgestellt, ja?« Caine brach das Schweigen zwischen uns und schenkte mir ein kleines Lächeln.

Ich erwiderte es. »So ähnlich.«

Caine hatte Wort gehalten und mir seinen Sonntag geschenkt. Den ganzen Sonntag. Damit wir Freunde sein und gemeinsam etwas unternehmen konnten. Ich hatte mich für Good Harbor Beach in Rockport entschieden. Obwohl Caine sich über meine Wahl wunderte, freute er sich, glaube ich, insgeheim darüber. Er besaß einen dunkelblauen Vanquish Volante, den er immer nur dann fuhr, wenn er seinen Chauffeur nicht brauchte, was nicht oft vorkam. Good Harbor lag eine gute Stunde außerhalb von Boston … eine ideale Gelegenheit, dem Aston Martin endlich mal wieder ein bisschen die Sporen zu geben.

Ich musste zugeben, dass es mir Spaß machte, Caines Beifahrerin zu sein.

Als wir unser Ziel erreicht hatten, parkte er in Strandnähe. Viele Leute begafften staunend seinen Wagen, aber das schien er gar nicht wahrzunehmen. Er war ganz auf mich konzentriert. Ich glaube, er versuchte zu ergründen, was genau ich mit ihm vorhatte.

Als er nun am Strand stand, Schuhe und Socken in der einen Hand, während er mir die andere locker um die Hüfte gelegt hatte, fragte er: »Warum ausgerechnet Good Harbor?«

Bei der Frage fröstelte ich unwillkürlich, und die Brise, die über meine Arme strich, erschien mir kälter als zuvor. »Mir gefällt es hier. Ich kann mich aus meiner Kindheit nur an einen einzigen Urlaub erinnern, und den habe ich hier verbracht, zusammen mit meiner Mom.« Ich schaute aufs Wasser. Bei der Erinnerung regte sich ein Schmerz in mir. Es mag vielleicht seltsam klingen, aber ausnahmsweise hieß ich ihn willkommen. Er war allemal besser als der Frust und die Bitterkeit, die mich überkamen, wann immer ich daran dachte, wie es später zwischen mir und meiner Mutter gewesen war. »Damals war sie für mich der Mittelpunkt der Welt.« Ich sah zu ihm auf. Wie er wohl reagieren würde, wenn ich meinen Vater erwähnte? Ich beschloss, dass heute ein Tag für Grenzüberschreitungen war, und wagte den Schritt in den Morast unserer gemeinsamen Vergangenheit. »Mein Vater hat mich jedes Jahr zu meinem Geburtstag besucht und ist immer für ein paar Tage geblieben. Ich fand ihn einfach toll. Ich dachte, niemand könnte ihm das Wasser reichen, und meine Mom hat mich in dieser Vorstellung immer bestärkt. Sie hat mir alle möglichen romantischen Flöhe über ihn ins Ohr gesetzt. Er war wie eine Gestalt aus dem Märchen, eine Auszeit vom wahren Leben. Meine Mom ... na ja, an ihr war alles echt. Mein ganzes Glück hing von ihr ab. Wir waren nicht reich, aber das spielte keine Rolle, denn bei ihr habe ich mich immer geborgen und geliebt gefühlt. Trotzdem hatten wir mehr, als wir eigentlich hätten haben sollen.«

»Dein Vater?«, schlussfolgerte Caine.

Ich blickte ihn forschend an. Ich wollte sehen, wie er unsere Unterhaltung aufnahm. Er wirkte nachdenklich, aber nicht aufgewühlt, so wie ich es erwartet hätte. »Ja. Er hat meiner Mom Geld gegeben.«

»Und Good Harbor? Deine Mutter lebte doch in Connecticut. Ich finde es seltsam, dass euer einziger Urlaub euch ausgerechnet hierher geführt hat, in die Nähe deines Vaters.«

Ich lächelte freudlos. »Sie ist in Boston aufgewachsen, deshalb kannte sie Good Harbor, aber … Ja, gegen Ende des Urlaubs ist er auch tatsächlich aufgetaucht. Davor habe ich jeden Tag mit meiner Mutter am Strand verbracht.« Ich lächelte. »Es war wie im Paradies. Wir haben rumgealbert und in der Sonne gelegen. Meine Mom hat nie mit mir wie mit einem kleinen Kind geredet. Wir hatten richtig gute Gespräche. Ihre Eltern sind gestorben, als sie noch ganz klein war, und ihre Tante hat sie zu sich nach Boston geholt. Sie hat mir eine Geschichte erzählt von früher, als sie noch klein war. Eines Sommers hat ihre Tante mit ihr einen Ausflug nach Good Harbor gemacht. Als es Zeit wurde zu gehen, wollte sie nicht zurück. Ich habe Mom nach dem Grund gefragt, und sie hat mir erzählt, da wäre ein kleiner Junge gewesen, der eine verletzte Möwe mit einem Stock gequält hat. Meine Mutter war ganz außer sich, und ihre Tante hat den Jungen schließlich gefragt, wieso er die Möwe so quält. Er sagte, eine Möwe hätte ihm tags zuvor seinen letzten Krapfen weggeschnappt, und als er nun diese verletzte Möwe gesehen hätte, wäre ihm der Gedanke gekommen, dass es doch vielleicht dieselbe sein könnte. Sie war wehrlos, also hat er sich an ihr gerächt. Meine Mom sagte zu dem Jungen, dass er der Möwe verzeihen und das arme Tier in Ruhe lassen solle, aber daraufhin hat er nur noch heftiger auf sie eingestochen. Meine Mom ist in Tränen ausgebrochen, und meine Tante ist mit ihr weggegangen. Danach wollte Mom nicht wieder an den Strand. Ich weiß nicht mal genau, warum sie mir die Geschichte erzählt hat ... aber ich kann mich noch erinnern, dass ich lange darüber nachdenken musste.« Ich blinzelte meine aufsteigenden Tränen fort. »Jetzt geht sie mir gerade wieder durch den Kopf.«

Schweigend gingen wir nebeneinanderher am Wasser entlang, und nach wenigen Schritten spürte ich Caines warme Haut an meiner kühlen, als er meine Hand nahm und wir unsere Finger miteinander verschränkten. Ich sagte kein Wort, hielt einfach nur seine Hand fest.

»Sie war ein wundervoller Mensch«, fuhr ich fort. »Ein guter Mensch. Aber sobald mein Vater da war, wurde sie irgendwie anders. Mit unserem Urlaub in Good Harbor war es jedenfalls vorbei, nachdem er aufgekreuzt ist. Am ersten Tag war noch alles in Ordnung ... nein, mehr als das: Es war sogar phantastisch. Aber am nächsten Tag war er dann auf einmal verschwunden, und meine Mom hat die ganze Zeit nur noch geweint. Sie konnte gar nicht mehr aufhören. Sie hat unsere Sachen gepackt und den Urlaub abgebrochen. So was ist im Laufe der Jahre noch oft passiert.«

»Verzeihst du ihr denn? Dafür, dass sie dich seinetwegen im Stich gelassen hat?«

»Ich weiß nicht. Sie war einfach nicht mehr die Mutter, die ich als Kind gekannt hatte. Er war ihr wichtiger als ich.«

»Sie war auch nur ein Mensch und hatte Fehler, Lexie. Das bedeutet nicht, dass sie dich nicht geliebt hat.« Er drückte meine Hand. »Vielleicht solltest du aufhören, die Möwe mit dem Stock zu quälen.«

Meine Schritte gerieten ins Stocken.

Caine lächelte freundlich. »Sie ist tot. Was geschehen ist, ist geschehen. Der einzige Mensch, dem du jetzt noch damit weh tust, bis du selbst, Baby.«

Schon wieder wurden meine Augen feucht, und ich erwiderte den Druck seiner Hand. »Wie kommt's, dass du so klug bist?« Ich lachte halbherzig.

»War ich immer schon.« Er zog mich sanft vorwärts, und wir gingen weiter. »Meine Mom war bei meinem Dad genauso.«

Um ein Haar wäre ich vor Schreck gestolpert, weil er seine Mutter erwähnt hatte. Ich hatte immer gedacht, das Thema wäre für ihn absolut tabu. Ich verhielt mich ganz still und hoffte, er würde fortfahren.

»In Gegenwart meines Vaters war sie immer ein vollkommen anderer Mensch«, gestand er ernst. »Als würde sie versuchen, so zu sein, wie er sie ihrer Auffassung nach haben wollte.«

Zaghaft wagte ich die Frage: »Was sie getan hat ... die Entscheidungen, die sie getroffen hat ... Warst du sehr entsetzt?«

»Sicher.« Er starrte aufs Meer hinaus, während wir langsam weitergingen, und ich studierte sein Profil. Ich suchte nach Anzeichen von Unbehagen oder Verzweiflung, doch er schien vollkommen ruhig. »Ich war noch ein Kind. Ich hatte keine Ahnung gehabt, dass sie so selbstsüchtig war. Es war wie bei dir und deiner Mutter. Du hast gedacht, sie wäre die Größte, stimmt's? Bis du erwachsen geworden bist. Bei mir ... kam die Ernüchterung einfach früher und auf ziemlich brutale Weise.« Er sah mich an. »Willst du wissen, wie ich das aushalte?«

Ich nickte mit angehaltenem Atem. Ich hing an seinen Lippen. War von Staunen und Dankbarkeit erfüllt.

Caine vertraute sich mir an.

»Ich konzentriere mich auf das Positive. Menschen haben nicht nur eine Seite. Deine Mutter war nicht *nur* schwach und egoistisch und meine genauso wenig. Deine

Mutter war nicht die ganze Zeit unglücklich, und meine auch nicht. Es gab Zeiten, da war meine Mutter der lebendigste Mensch, den ich je gekannt habe. Sie war besessen von der Farbe Gelb. Sie hat fast jeden Tag Gelb getragen, selbst wenn es nur eine Schleife im Haar war. Sie hatte einen ganzen Haufen gelbe Schleifen.« Er lächelte wehmütig. »Sie hat sie in einer billigen kleinen Schmuckschatulle aufbewahrt, die ich mal auf einem Schulfest gewonnen hatte. Und sie hat aus allem immer ein großes Ereignis gemacht. Aus jedem Sonntagsfrühstück. Sie hatte dieses gelbe Kleid … es sah aus wie aus den Fünfzigern. Dad und ich sind am Morgen aufgewacht, und sie stand schon in ihrem gelben Kleid am Herd und hat Sachen fürs Frühstück gebacken. Nicht einfach nur Rührei mit Speck, so was gab es bei ihr nicht. Es gab Kuchen und süße Teilchen und Muffins. Ich und mein Vater mochten gerne Süßes.«

Ich musste gegen die Tränen ankämpfen, als ich an Caines unbeschwerte Kindheit dachte. Seine Mutter hörte sich so lebensfroh und liebevoll an.

»Dad hat immer gesagt, wie schön er sie findet. Dass ich die hübscheste Mutter auf der ganzen Welt hätte. Und ich war richtig stolz, wenn ich mit ihr unterwegs war oder wenn sie mich zur Schule gebracht hat. Weil ich die hübscheste Mutter auf der ganzen Welt hatte. Und sie hat mich geliebt«, sagte er. Seine Augen waren voller Schmerz. »Es hat eine ganze Weile gedauert, mich wieder darauf zu besinnen, aber sie hat mich geliebt. Als ich klein war, waren wir ein Herz und eine Seele. Nur gegenüber meinem Vater hat sie immer ein Stück von sich zurückgehalten, das habe ich rückblickend erkannt. Es waren Kleinigkeiten, zum Beispiel hat sie ständig gesungen, wenn er nicht da war, aber sobald er ins Haus kam, hat sie aufgehört. In seiner Gegenwart war sie ruhiger. Sie hat ihn immer nach seiner

Meinung gefragt, auch bei Dingen, von denen ich wusste, dass sie sie alleine entscheiden konnte. Das hat sie gemacht, weil er sie so haben wollte. Er musste sich *gebraucht* fühlen. Aber wenn wir beide allein waren, nahm sie alles in die Hand. Sie wusste immer, was wir machen oder wohin wir gehen konnten. Und sie hatte große Pläne für mich. Daran erinnere ich mich noch am besten. Sie sagte mir beinahe jeden Tag, wie sehr sie sich wünscht, dass ich einmal alles habe … all das, was sie nie gehabt hat.« Er lächelte schmerzerfüllt, und meine Brust zog sich zusammen. »Sie hat mich nach einem Helden aus irgendeinem Liebesroman benannt. Sie sagte, der Name klinge, als sei man wer, und genau das wollte sie für mich: Sie wollte, dass ich einmal wer bin.«

»Hast du deswegen so hart gearbeitet, um es ganz nach oben zu schaffen?«

Er antwortete nicht. Stattdessen sagte er: »Vielleicht solltest du an all die guten Eigenschaften deiner Mutter denken, dann kannst du ihr vergeben und nach vorne schauen.«

»Wie machst du das?« Da wir uns nun schon auf einem Terrain befanden, von dem ich mir nie hätte träumen lassen, dass wir es einmal betreten würden, konnte ich mich genauso gut noch weiter vorwagen. »Ich meine, es ist ja nicht zu übersehen, dass du noch immer wütend bist wegen dem, was meine Familie … also, mein Vater und mein Großvater … deiner Familie angetan haben. Das hast du ihnen nicht verziehen. Wie kommt es da, dass du mit dem Verhalten deiner Mutter im Reinen bist?«

Er runzelte die Stirn. »Ich bin damit nicht im Reinen. Mit so etwas kann man nicht im Reinen sein, genauso wenig, wie ich jemals damit im Reinen sein werde, dass mein Vater sich das Leben genommen hat im vollen Bewusstsein, dass ich dann ganz alleine dastehen würde. Aber ich darf nicht vergessen, was sie damals durchgemacht haben. Irgendwie muss ich einen Weg finden weiterzumachen ... selbst im Wissen, dass meine Existenz sie nicht davon abhalten konnte, diese schrecklichen Fehler zu begehen. Deswegen versuche ich, an all das Gute zu denken, und meistens klappt das auch einigermaßen. Nicht jeden Tag, aber meistens. Ich glaube nicht, dass man einfach beschließen kann, jemandem zu vergeben. Man kann sich vielleicht die Vergebung eines anderen Menschen verdienen, aber in meinem Fall gibt es niemanden mehr, der das tun könnte. Deshalb geht es für mich vor allem darum, jeden Tag aufs Neue zu versuchen, die Vergangenheit loszulassen. Das ist harte Arbeit. Es gibt Tage, da ist es mir unmöglich, und einer dieser Tage war der, als du zu dem Fotoshooting kamst. Ich war so wütend, weil du versucht hast, dich für etwas zu entschuldigen, wofür ein einfaches ›Tut mir leid‹ niemals ausreichen könnte. Das ist vielleicht krank, aber es ist die Wahrheit.«

Ich nickte verständnisvoll. »*Willst* du denn deinen Eltern vergeben?«

»Ganz ehrlich?«

»Ja.«

»Ja, das will ich wirklich.«

»Aber ...« Ich zog an seiner Hand. Ich musste es wissen ... und vielleicht hoffte ich, dass seine Antwort auch mir helfen würde. »Wieso?«

Caine blieb stehen und sah mich an. Sein Blick hatte auf einmal etwas Hartes, das mir Angst machte. »Ich will ihnen vergeben, weil ... weil ich weiß, wie leicht man auf eine Bahn gerät, auf die man nie geraten wollte. Ich weiß, wie es ist, etwas getan zu haben, worauf man nicht stolz ist.«

»Das glaube ich dir nicht. Du könntest niemals so etwas Abscheuliches tun wie sie.«

Caine runzelte die Stirn. Er ließ meine Hand los und setzte sich wieder in Bewegung.

Ich begriff nicht, warum er so abweisend reagierte, und beeilte mich, ihn einzuholen. »Findest du, ich sollte meinem Vater und meinem Großvater vergeben?«

»Das kann ich dir nicht sagen«, antwortete er leise. »Ich weiß nur, dass diese Bitterkeit einen von innen auffrisst.« Seine Miene wurde jetzt wieder weicher. »Du hast so viel Potential. Es wäre eine Schande, wenn du deswegen vor die Hunde gehst.«

Ich lächelte und wurde von einer Woge der Emotionen überschwemmt. »Du erstaunst mich, weißt du das?«

Anscheinend hatte ich nun ausgerechnet damit – nach all den heiklen Themen, über die wir gesprochen hatten – das Falsche gesagt.

Ein beklemmendes Schweigen breitete sich zwischen uns aus.

Ich hakte nach. »Findest du nicht, dass du unglaublich bist?«

Er sah mich streng an. »Nein. Und ich will auch nicht, dass du das denkst.«

»Caine ...«

»Es hat nichts damit zu tun, dass ich dich wegstoße«, unterbrach er mich. »Es geht nur darum, dass ich nicht will, dass du etwas in mir siehst, was gar nicht da ist.« Er schüttelte den Kopf und wandte den Blick ab. »Du wolltest, dass wir Freunde sind? Die Wahrheit sieht so aus: Du *bist* meine Freundin, Lexie, und ich will meine Freunde nicht enttäuschen.«

Was Caine nicht begriff, war, dass er mich gar nicht enttäuschen *konnte*. Wir hatten einen sehr holprigen Start ins Leben gehabt und eine mehr als komplizierte Geschichte, aber ich stand an seiner Seite, und dort wollte ich auch weiterhin stehen. Ich glaube, mir war noch nie wirklich bewusst gewesen, was für ein guter Mensch er war.

Mein ganzes Leben lang hatte ich Angst gehabt, denselben Fehler zu machen wie meine Mutter: mich in einen Mann zu verlieben, der meiner nicht würdig war, und meine Gefühle an ihn zu vergeuden, ohne dass ich es merkte. Wegen dieser Angst hatte ich mich überhaupt nie verliebt.

Aber Caine Carraway war nicht Alistair Holland.

Caine war ehrgeizig und arbeitete hart. Er war stark und verbissen und skrupellos, aber eben nicht *nur*. Er war auch hilfsbereit, mitfühlend und großzügig.

Und selbst wenn ich ihn manchmal nicht verstand, wenn ich gelegentlich anderer Meinung war als er, so würde ich doch nie, niemals von ihm enttäuscht sein.

Aber ich kannte ihn gut genug, um den Ausdruck in seinen Augen als Warnung zu erkennen. Dieses harte Funkeln. Deshalb ließ ich die Sache auf sich beruhen.

»Komm, ich spendiere dir ein Eis.« Ich hielt ihm die Hand hin.

Caine sah mich zweifelnd an.

Ich grinste und wedelte auffordernd mit meiner Hand. »So gutes Eis wie bei Luigi hast du noch nie gegessen.«

Seufzend ergriff Caine meine Hand. »Bist du eigentlich jemals erwachsen geworden, Lexie?«

Ich warf ihm einen kecken Blick zu. »Da, wo es drauf ankommt, schon.«

Wie immer war ich überglücklich, als er lachte.

Kapitel 19

Was als Nächstes zwischen mir und Caine geschah, überraschte mich. Zwischen uns hatte sich eine nie dagewesene Vertrautheit entwickelt, doch statt zu mehr Sicherheit im Umgang miteinander führte dies nur dazu, dass die Spannung zwischen uns noch zunahm. Unsere Begegnungen hatten beinahe etwas Verzweifeltes, der Sex wurde fast zu einer Sucht, einer Obsession. Er war wild und leidenschaftlich, weil wir versuchten, diese Spannung irgendwie loszuwerden, aber es gelang uns nicht.

»Hältst du es wirklich für eine gute Idee, wenn ich morgen Abend mitkomme?« Ich hockte auf Caines Schreibtisch, die Füße über Kreuz. Möglicherweise saß ich auf irgendwelchen wichtigen Unterlagen, aber bis jetzt hatte Caine nichts gesagt.

Er war viel zu sehr damit beschäftigt, meine Beine anzustarren.

»Caine?«

Sein Blick wanderte an meinem Körper hinauf, und ich erschauerte, als ich die Glut in seinen Augen wahrnahm. »Ich habe dir doch gesagt, dass es eine geschäftliche Veranstaltung ist. Wir gehen hin, um den Kontakt zu Kunden zu pflegen und den zu potentiellen Neukunden aufzubauen. Niemand wird sich wundern, wenn ich meine Assistentin mitbringe.« Plötzlich musste er grinsen, und das war unglaublich sexy. »Obwohl sie vielleicht meine Gründe hinterfragen, warum ich jemanden eingestellt habe, der so aussieht wie du.«

»Henry schöpft ohnehin schon Verdacht.«

Er zuckte gleichmütig mit den Schultern. »Henry hat keine Ahnung.«

Hmm, da war ich mir nicht so sicher. »Und was ist mit meinem Namen?«

»Auf der letzten Party haben wir dich als Alexa Hall vorgestellt.«

»Glaubst du nicht, irgendjemand wird früher oder später herausfinden, dass ich gar nicht so heiße? Alle in der Firma kennen meinen Nachnamen, Caine.«

»Also schön.« Er seufzte. »Dann erwähnen wir deinen Nachnamen eben gar nicht. Wir stellen dich einfach als Alexa vor. Ich will nicht unhöflich sein, aber es wird ohnehin niemanden interessieren, wie meine Assistentin mit Nachnamen heißt.«

Überheblicher Penner. »Autsch.«

Er strich mit der Hand an der Innenseite meines Schenkels entlang. Es sollte wohl eine tröstende Geste sein, doch in erster Linie machte sie mich scharf. »Die Leute in diesen Kreisen ... in *meinen* Kreisen ... sind aufgeblasene Egozentriker, die kümmern sich nur darum, wer am meisten Macht und Einfluss hat.«

»Was die Assistentinnen nicht mit einschließt.« Sein Gesichtsausdruck war Bestätigung genug. »Weißt du, ich habe darüber nachgedacht, ob ich mich vielleicht beruflich verändern sollte. Zum Beispiel ... hätte ich Lust, als Event-Planerin zu arbeiten.«

Caine lächelte sanft. »Du wärst sicher großartig.«

Ich freute mich. »Glaubst du wirklich?«

Er nickte. »Ich *weiß* es. Aber gib mir rechtzeitig Bescheid.« Seine Finger glitten höher, und seine Stimme war auf einmal belegt. »Du bist die beste Assistentin, die ich je hatte, und es wird dauern, einen Ersatz für dich zu finden.«

Als er mich berührte, ließ ich den Kopf nach hinten sinken und genoss den Rausch, den seine Nähe in mir auslöste, aber irgendwo in meinem Kopf nahmen seine Worte eine ganz andere, hässliche Bedeutung an.

Eine, mit der ich mich nicht auseinandersetzen wollte.

Irgendwann würde Caine mich ersetzen.

Ich hätte wissen müssen, dass es eine dumme Idee war, mit Caine auf die Party zu gehen. Ich kannte niemanden außer Henry, und der hatte eine Frau mitgebracht und schien weit mehr daran interessiert, sie zu verführen, als mit anderen Geschäftsleuten in Kontakt zu kommen.

Gastgeber der Party waren ein Investment-Guru namens Brendan Ulster und seine Frau Lacey. Caine hatte mir erklärt, dass solche Feste innerhalb der Bostoner Gesellschaft reihum gegeben wurden, und in diesem Jahr waren die Ulsters dran. Oberflächlicher Anlass für die Party war die neue Wohnung, die sie kürzlich im obersten Stockwerk eines Hauses in der Beacon Street, direkt gegenüber von Caine, bezogen hatten.

Die Wohnung war der Wahnsinn.

Die Gäste … weniger.

Für die männlichen Gäste war Caine einer der begehrtesten Gesprächspartner … jemand, zu dem sie aufschauten und den sie bewunderten. Die weiblichen Gäste sahen in ihm eine heiße, aber schwer zu kriegende Beute. Wenn die Männer nicht gerade Caine in ein geschäftliches Gespräch verwickelten, versuchten sie, mit mir zu flirten. Ihre Avancen abzuwehren war auf Dauer ermüdend, und mein Ärger wuchs immer weiter, weil viele mich als Freiwild zu betrachten schienen. Natürlich, ich war ja auch nur die Assistentin. Außerdem hatte ich den Eindruck, sie sahen in mir eine Frau, die zu allem bereit war, solange es ihr ermöglichte, sich im Dunstkreis eines mächtigen Mannes aufzuhalten.

Doch das war nicht der einzige Grund, weshalb ich so schlecht gelaunt war. Der Abend hatte gut begonnen; Caine war aufmerksam und humorvoll und machte immer wieder spitze Bemerkungen über einige der hochnäsigen Gäste, denen er mich vorstellte. Doch je länger sich der Abend hinzog, desto mehr fiel er in seine frühere Rolle zurück und behandelte mich mit der altbekannten Unnahbarkeit, die mich schier wahnsinnig machte. Ich hatte keine Ahnung, was sich innerhalb der letzten Stunden verändert hatte, aber ich zählte bereits die Minuten bis zum Ende der Veranstaltung. Dann würde er aber etwas von mir zu hören bekommen!

»Caine. Man sieht dich in letzter Zeit ja kaum noch«, schnurrte eine Frau, deren Namen ich vergessen hatte. Sie drängte sich zwischen uns, fuhr ihm mit einem perfekt manikürten Fingernagel die Schulter entlang und drückte ihren Busen an seinen Arm. »Es gibt Gerüchte, du hättest ein verbotenes Techtelmechtel?«

Verbotenes Techtelmechtel? Ich verdrehte die Augen. *Wer redet so?*

Caine machte sich von ihr los und wandte gelangweilt den Blick ab. »Es gibt doch andauernd irgendwelche Gerüchte, Kitty.«

Sie schüttelte ihre Haare. Caines distanzierte Art schien sie ein wenig aus dem Konzept zu bringen.

Das immerhin konnte ich nachvollziehen.

»Stimmt.« Sie zuckte mit den Schultern. »Die Leute reden. Aber ...« Sie sah ihn eine Zeitlang an, wohl darauf wartend, dass er ihr wieder seine Aufmerksamkeit schenkte. Als dies nicht geschah, warf sie mir einen fragenden Blick zu. Ich hob lediglich eine Braue, woraufhin sie ein leises Schnauben von sich gab. »Wenn du mich bitte entschuldigst ...« Sie entfernte sich wiegenden Schrittes in ihrem engen blassgoldenen Kleid.

»Die Frauen hier scheinen dich ja sehr zu mögen«, bemerkte ich trocken und verwünschte die Eifersucht, die in meinem Magen brodelte. Ich war nie ein besonders eifersüchtiger Mensch gewesen, bis ich Caine getroffen hatte, und es gefiel mir ganz und gar nicht, dass er diese Facette meiner Persönlichkeit zum Vorschein brachte. Ich tat, was ich konnte, um sie einzudämmen, und überspielte sie mit Humor.

Caine gab keine Antwort.

»Sie kannst du vielleicht täuschen, aber mich nicht.«

Er sah mich von der Seite an. Offenbar hatte er meine schlechte Laune bemerkt. »Tatsächlich?«, murmelte er.

»Mmmhmm. Sie tuscheln alle hinter deinem Rücken, wie gefährlich du bist und wie skrupellos und aufregend. Sie kichern wie dumme Hühner. Aber ich weiß etwas, was sie nicht wissen.«

Jetzt wandte Caine sich vollständig zu mir um. »Und das wäre?«, fragte er herausfordernd.

Traurigkeit ergriff mein Herz wie eine eiserne Hand. »Du wirkst gefährlich, weil du gefährlich *bist*. Du bewegst dich wie ein griesgrämiger Tiger, und alle anderen sind für dich bloß Beute zwischen deinen Pranken. Sie sind so sehr damit beschäftigt, dich anzuhimmeln und darüber zu reden, wie umwerfend du doch aussiehst, dass sie gar nicht merken, dass sie gleich von dir gefressen werden. Dass du sie kaust und dann ausspuckst.« Ich wandte mich ab und trank einen Schluck aus meinem Glas. Wenn meine Hände nur nicht so gezittert hätten ...

Die Spannung, die schon die ganze Woche zwischen uns in der Luft lag, wurde schier unerträglich.

Endlich fand ich den Mut, ihn anzusehen.

Er blickte in die Gästeschar, scheinbar gelangweilt. Nur die verkrampfte Haltung seines Kiefers verriet seinen Unmut.

Ein Mann mit finsterer Miene nickte ihm quer durch den Raum zu, und Caine hob zur Erwiderung sein Glas.

»Wer ist das?«, fragte ich neugierig, um von der dicken Luft zwischen uns abzulenken.

»Leonard Kipling. Pharmariese.«

»Du kennst aber auch jeden, was? Ich hätte nicht gedacht, dass du mit jemandem wie Kipling Kontakte pflegst.«

»Er ist einflussreich. Ich schneide niemanden, der so viel Einfluss hat wie er. Wer weiß, was die Zukunft bringt und ob vielleicht einmal der Tag kommt, an dem unsere Bekanntschaft uns beiden von Nutzen sein kann.«

Ich beäugte den Fremden unauffällig. Dabei fiel mir auf, dass sich hinter seiner finsteren Fassade ein durchaus attraktives Gesicht verbarg. Mehrere Frauen warfen ihm begehrliche Blicke zu. »Ist er verheiratet?«

»Geschieden«, antwortete Caine kühl und in gespieltem Gleichmut. »Wieso? Willst du dich an ihn ranmachen, wenn unsere Fickbeziehung vorbei ist?«

Diese widerliche Bemerkung traf mich wie ein Schlag ins Gesicht.

Ich war wie gelähmt, konnte ihn nicht mal ansehen.

Ja, zu Beginn unserer Bekanntschaft hatte Caine hin und wieder schneidende Bemerkungen gemacht. Aber er hatte mich nie mit Absicht gedemütigt. Er hatte es nie darauf angelegt, mich zu verletzen. Nur das eine Mal ... und da hatte ich ihn auf dem falschen Fuß erwischt.

Aber seither nie wieder.

Und niemals hatte er irgendetwas gesagt oder getan, wodurch ich mir so billig vorkam ... so nichtswürdig.

»Alexa ...«, murmelte er.

Ich wich vor ihm zurück und trank einen großen Schluck von meinem Champagner. Zum Glück kamen nun einige Gäste, die ich nicht kannte, auf Caine zu, um sich mit ihm zu unterhalten. So war er abgelenkt, während ich daran arbeiten konnte, meine Gefühle wieder unter Kontrolle zu bringen.

Damit ich es überhaupt den Rest des Abends an seiner Seite aushielt, schaltete ich meine Emotionen komplett ab. Ich war zu allen, selbst zu ihm, höflich, aber distanziert. Kurioserweise schien mein kühler Gleichmut unter den Gästen für Spekulationen zu sorgen.

Mir war das scheißegal.

Diese Leute interessierten mich kein Stück.

Ich wollte einfach nur weg hier ... weg von diesem Mann, der sich in einen gehässigen Fremden verwandelt hatte.

»Ich scheine meiner Begleitung verlustig gegangen zu sein«, stellte Henry fest, als er zu uns kam und die letzte Schar Bewunderer um meinen Boss sich zerstreute.

»Hast du es an der Bar versucht?«, fragte Caine.

»Ja.« Henry grinste ihn an. Caines ätzender Kommentar schien ihn gar nicht zu stören. »Und bevor du fragst, auf der Toilette war ich auch schon.« Er sah mich von der Seite an und runzelte die Stirn. »Lexie. Alles in Butter bei Ihnen?«

»Mir geht's gut«, murmelte ich, ehe ich den Rest meines Champagners herunterkippte. Ich hielt das Glas schon seit einer Stunde in der Hand.

»Noch eins?«, fragte Caine. Ich nahm die Unsicherheit in seiner Stimme mit einiger Genugtuung zur Kenntnis.

»Nein danke«, sagte ich in vollendet unterwürfiger Höflichkeit.

»Bilde ich mir das ein, oder ist es auf dieser Seite des Raums irgendwie frostiger?«, fragte Henry.

»Das bildest du dir nicht ein.« Caine fixierte mich, aber ich wich seinen Blicken aus.

»Na dann. Also … da ich ja hier offenbar keine sprühende Konversation störe … Caine, ich habe mich eben mit Kipling unterhalten. Er hat da was von einem Geschäft erwähnt, das dich vielleicht interessieren könnte.«

»Nach dir …« Ich sah aus dem Augenwinkel, wie Caine einige Schritte hinter Henry herging, dann jedoch stehen blieb. »Alexa, kommst du?«

Noch immer sah ich nicht in seine Richtung. Ich brachte es einfach nicht über mich. »Sicher. Ich muss nur kurz auf die Toilette.«

Die Anspannung zwischen uns erreichte eine neue Höchstmarke, als er darauf wartete, dass ich ihn ansah. Ich tat ihm den Gefallen nicht. Irgendwann sagte er: »Wir sind da drüben.«

Ich sah ihm nach, und auf einmal brach all der Schmerz aus mir hervor.

Ich war hier fertig. Niemand durfte so mit mir reden wie er vorhin.

Jedes Mal, wenn ich glaubte, einen Schritt weitergekommen zu sein, bewies er mir das Gegenteil, und langsam war mein Frust über dieses ständige Auf und Ab an einem kritischen Punkt. Es war Zeit zu verschwinden, ehe ich in aller Öffentlichkeit einen Wutanfall bekam.

Statt also zur Toilette zu gehen, steuerte ich auf den Ausgang zu. Mein Atem dröhnte in meinen Ohren, während ich versuchte, den Schmerz und die Wut im Zaum zu halten. Deshalb hörte ich die Schritte hinter mir nicht.

Eine starke Hand fasste mich am Arm, und ich schrie leise auf, als ich in eine Nische gegenüber der Tür gezogen wurde. Ich drückte mich gegen die Wand, als Caines Aftershave meine Nase und meine Sinne kitzelte und er ganz nah an mich herantrat. Er stemmte die Hände rechts und links von mir an die Wand, so dass ich zwischen seinen Armen gefangen war.

»Lass mich raus.«

»Lexie …«

Ich sah ihn wutentbrannt an. »Ich habe gesagt, lass mich hier raus, verdammt noch mal!«

Caine fluchte. »Lexie«, sagte er mit rauer Stimme. »Entschuldige bitte.«

Ich wollte nicht schwach werden, deshalb schaute ich an seiner Schulter vorbei, um nicht seine dunklen Augen sehen zu müssen. »Ich bin müde, und du musst zurück auf die Party.«

»Tu das nicht«, knurrte er, umfasste mein Kinn und drehte sanft meinen Kopf herum, so dass mir nun nichts mehr anderes übrigblieb, als ihn anzuschauen. »Ich habe Mist gebaut … aber stoß mich nicht einfach so weg.«

Nach dem, was er sich heute Abend geleistet hatte? Dreister ging es ja wohl nicht mehr. »Willst du mich verarschen?«

Er schloss kurz die Augen. Sein Gesicht war voller Reue. »Mein Gott, Lexie. Ich hätte das niemals sagen dürfen. Sobald die Worte aus meinem Mund waren …« Er senkte den Kopf. Mein Blick war von seinem wie gefangen. »Du bist der letzte Mensch, dem ich weh tun will.«

Meine Lippen zitterten, und ich kämpfte verzweifelt gegen die Tränen an. »Warum tust du es dann?«

Caine sah auf seine Füße, und als einige Sekunden verstrichen, ohne dass er eine Antwort gab, schnaubte ich verächtlich und stemmte die Hände gegen seine Brust. »Geh mir aus dem Weg.«

»Nein.« Er hob den Kopf. Sein Blick loderte heiß. »Ich habe einen Riesenfehler gemacht, und ich entschuldige mich dafür. Belassen wir es doch dabei.«

Der Zorn brodelte in mir. »Lass. Mich. Vorbei!«

Er presste die Kiefer aufeinander. »Lexie ...«

»Wenn du noch einmal meinen Namen sagst, schreie ich. Hau einfach ab, Mr Carraway.«

Seine Augen wurden schmal. »Alexa ...«

»Wieso?« Ich stieß mich von der Wand ab und drängte ihn rückwärts. Mal sehen, wie es ihm gefiel, wenn ich den Spieß umdrehte. »Wieso? Was war los? Als wir hier ankamen, war noch alles in Ordnung, und dann fängst du auf einmal wieder an, dich zu benehmen, als wäre ich dein Feind. Oder noch schlimmer ... als wäre ich eine Holland-Nutte, die du einfach an jemand anderen weiterreichen kannst, sobald sie dir zu langweilig w...«

»Falsch.« Jetzt drückte er mich wieder an die Wand. Sein Gesicht war hart, seine Stimme heiser. »Ich bin ein eifersüchtiger Vollidiot, der gesehen hat, wie ein Mann nach dem anderen mit dir flirtet, und ich kann den Gedanken einfach nicht ertragen, du könntest mit einem von ihnen zusammen sein. Deswegen habe ich das gesagt. Ich hätte es nicht sagen sollen.« Er atmete schwer.

Bei diesem Geständnis blieb mir einen Moment lang die Luft weg.

Wir starrten uns an. Das Schweigen wurde immer schwerer.

»Also gut«, wisperte ich schließlich. »Aber rede nie wieder so mit mir.«

Ich sah, wie er sich ein klein wenig entspannte. »Versprochen«, sagte er. »Es tut mir leid. Ich bin nicht ...« Er schüttelte den Kopf, offenbar war er genauso frustriert über seine Gefühle wie ich über meine.

In dem Moment wurde mir klar, was das Problem zwischen uns war. Wo diese Spannung herkam und die ständigen Aggressionen.

Freundschaft, Vertrautheit ... all das hatte uns keine Sicherheit gegeben, weil unsere Beziehung nicht auf Dauer angelegt war. Andere Paare, *normale* Paare, konnten sich ihre Gefühle eingestehen ... aber wenn einer von uns noch mehr zugab, als wir bereits zugegeben hatten, würde das Ende nur noch hässlicher werden.

Und dennoch ... konnte ich nicht anders.

Die Worte brachen einfach aus mir hervor. »Ich will nur dich, verstanden?«

Caines Brust erbebte unter meiner Hand, und dann lag ich in seinen Armen. Sein Kuss war nicht zärtlich oder entschuldigend. Er war ungestüm. Seine Lippen pressten sich hart auf meine, seine Zunge liebkoste meine in einem wilden Tanz, den ich bis zwischen meinen Beinen spürte. Ich hielt mich an ihm fest, erwiderte seinen Kuss mit der gleichen Leidenschaft und grub die Finger in sein Haar, während ich ihm verspielt in die Lippe biss. Er stöhnte in meinen Mund und schob mich hart gegen die Wand ...

Wir hörten ein Räuspern hinter uns und erstarrten.

Langsam unterbrach Caine unseren Kuss, hielt mich aber weiterhin schützend im Arm, als wir uns beide umdrehten.

Da stand Henry und grinste uns an. »Ich nehme an, ihr versöhnt euch nach einem Streit zwischen Liebenden? Habe ich recht? Ich habe recht, oder?«

Ich kniff die Lippen zusammen, um nicht loszulachen. Seine fast kindliche Fröhlichkeit war einfach zu komisch.

Caine allerdings war merklich angespannt. »Wenn du auch nur einer Menschenseele davon erzählst, reiße ich dir den Kopf ab.« In der Drohung klang eine Spur seines früheren Southie-Dialekts durch.

Henry lachte, war allerdings klug genug zu nicken. Er deutete auf seinen Mund. »Meine Lippen sind versiegelt.« Sein Lachen wehte hinter ihm her, als er zurück in Richtung Party schlenderte.

Caine entspannte sich in meinem Arm. Seine Augen glühten. »Komm, wir fahren zu mir.« Er streichelte meine Hüfte. »Dann kann ich mich in aller Form bei dir entschuldigen.«

»Was ist mit Kipling?«

»Du bist mir wichtiger.« Sein Geständnis war so leise, dass ich ihn fast nicht hörte, ihm fast nicht glauben konnte.

Aber ich hörte ihn.

Und so hilf mir Gott, ich wollte ihm glauben.

Auf einmal war ich von neuer Hoffnung erfüllt. Caine hatte vielleicht nicht dasselbe gesagt wie ich, aber seine Reaktion war Eingeständnis genug.

Auch er wollte niemanden außer mir.

»Dann sehen wir lieber zu, dass wir hier wegkommen. Du wirst dich nämlich sehr ausgiebig entschuldigen müssen.«

Ich starrte Caines luxuriöses Bett mit dem massiven Holzrahmen und den imposanten Bettpfosten an. Ich hatte dieses Bett schon diverse Male gesehen, wann immer ich in seine Wohnung gefahren war, um Kleider aus der Reinigung abzuliefern.

Ich hatte mir ausgemalt, wie es wohl wäre, mit Caine in diesem Bett zu liegen.

Bislang war es bei der Phantasie geblieben.

Wir waren noch nie bei Caine gewesen. Unsere Treffen hatten immer in meiner Wohnung (und gelegentlich im Büro) stattgefunden.

Aus irgendeinem Grund wurde ich, als ich nun in seinem

Schlafzimmer stand, plötzlich nervös. Wir hatten öfter Sex gehabt, als ich zählen konnte, aber als ich nun die Hitze seines Körpers im Rücken spürte, als seine Fingerspitzen sanft über meinen nackten Arm strichen und sein Atem meinen Nacken kitzelte, kam mir alles ganz neu und aufregend vor.

Der Stoff meines Kleides spannte sich einen Moment lang über meiner Brust, als Caine vorsichtig den Reißverschluss nach unten zog. Meine Brüste wurden schwer, und meine Nippel richteten sich erwartungsvoll auf.

Ich legte meine Hände auf seine, und gemeinsam zogen wir ganz langsam das Kleid aus. Gleich darauf stand ich nur noch in Unterwäsche und Highheels vor ihm. Ich hatte am ganzen Körper eine Gänsehaut. Caine fasste mich bei den Hüften und zog mich sanft zu sich heran, so dass ich seine harte Erektion an meinem Po spürte.

Er schob meine Haare zur Seite, und seine heißen Lippen berührten mein Ohr. »Du machst mich verrückt«, gestand er, und die Worte entlockten mir ein lustvolles Stöhnen, während ich gleichzeitig meinen Hintern an ihm zu reiben begann. »Es ist einfach nie genug ... nie ...« Er verstummte und zog eine Spur sanfter Küsse meinen Nacken hinab.

»Caine.« Begehren flammte in mir auf und machte mich feucht.

Seine Hände glitten zurück zu meiner Taille, und es wurde kühl an meinem Rücken, als er einen Schritt zurücktrat, um mich in aller Ruhe streicheln zu können.

Mit federleichten, geschickten Berührungen traten seine Hände ihre Reise über meinen Körper an. Es war wie eine sinnliche Massage, und die quälende Zärtlichkeit seiner Liebkosungen steigerte meine Erregung und Vorfreude ins Unermessliche.

Ich spürte die Hitze, die von ihm ausging, und seine

Erektion drückte wieder gegen meinen Po, als er mir schließlich den BH auszog und meine nackten Brüste in die Hände nahm.

Ich seufzte, ließ den Kopf nach hinten gegen seine Schulter sinken und bog mich seiner Berührung entgegen. Wellen der Lust strömten durch meinen Körper, als er mit meinen Brüsten zu spielen begann, sie drückte und knetete und meine Brustwarzen streichelte und kniff, bis sie zu festen Knospen wurden. Ich drängte mich gegen seine Hände und keuchte atemlos seinen Namen, während er im Rhythmus meiner Bewegungen sein Becken an mir rieb.

»Dein Mund«, raunte er in mein Ohr.

Ich wandte den Kopf, und sofort trafen sich unsere Lippen. Ich schlang einen Arm um seinen Nacken, öffnete den Mund und gewährte seiner Zunge Einlass. Er küsste mich tief und genüsslich und voller Hingabe. Ich keuchte, als er aufs Neue meine Brustwarzen kniff und eine weitere Woge der Lust durch meinen Körper ging. Sein zufriedenes Knurren vibrierte in meinem Mund, und er ließ meine Brust los, um meinen Bauch zu streicheln und dann mein Höschen. Er rieb mit den Fingern über den Stoff, und sein Griff um mich wurde stärker, als er merkte, wie feucht ich war.

Er unterbrach unseren Kuss, die Augen vor Verlangen halb geschlossen. Er presste die Finger gegen meine Klitoris, so dass sich der Spitzenstoff des Höschens auf köstliche Weise an ihr rieb.

»O ja.« Ich legte meine Hand über seine und führte ihn an die richtige Stelle.

»So wunderschön«, sagte er und betrachtete mein Gesicht, während seine Finger unter den Bund meines Höschens glitten. Mein Becken zuckte, als ich seinen Daumen auf meiner Klitoris spürte.

»Caine«, wimmerte ich und drängte mich an ihn.

Mir fielen die Augen zu, als der Druck in mir immer stärker wurde.

»Sieh mich an«, bat er.

Ich öffnete die Augen und blickte ihn an.

Dann war es urplötzlich so weit. »Caine!«, schrie ich leise auf.

Gleich darauf verlor ich den Boden unter den Füßen, weil Caine mich auf die Arme hob und zum Bett trug. Meine Muskeln waren schlaff, und als er mich niederlegte, ließ ich mich träge in die Kissen fallen, die Arme über dem Kopf ausgestreckt, zufrieden keuchend.

Irgendwoher nahm ich die Kraft, den Hintern anzuheben, damit Caine mir das Höschen ausziehen konnte. Er warf es auf den Boden neben meine übrigen Kleider und umfasste dann meine Knöchel. Mit den Daumen streichelte er mich dort, während wir uns in gewichtigem Schweigen ansahen.

Mein Blick fiel auf seine riesige Erektion, die sich unter dem Stoff seiner Armani-Hose abzeichnete, und ich leckte mir unwillkürlich die Lippen.

Seine Finger streichelten sinnlich meine Fußknöchel, ehe sie ihren langsamen, verführerischen Weg meine Waden hinauf antraten. Als Caine bei meinen Knien angelangt war, drückte er sie nach außen, und ich öffnete die Beine.

Ich kam mir unglaublich verwegen vor, wie ich so nackt dalag, vollkommen seinen Blicken ausgesetzt.

Keinem anderen Mann hätte ich mich so preisgeben können.

Aber für Caine war ich sexy, sinnlich … verführerisch.

Ich lehnte mich zurück und reckte die Brüste nach oben.

Seine Augen wurden groß, und seine Hände glitten an den Innenseiten meiner Schenkel entlang immer weiter hinauf. »Ob ich wohl jemals genug von dir bekomme?«, fragte er mit vor Verlangen heiserer Stimme.

»Ich weiß nicht«, seufzte ich wie im Rausch, während er meine Brüste massierte. Seine Daumen liebkosten meine empfindsamen Brustwarzen. »Willst du denn jemals genug bekommen?«

Er beugte sich zu mir herab, und als ich seinen vertrauten Duft roch, zog sich in mir erneut alles vor Begehren zusammen. Seine Lippen strichen über meine, dann löste er sich von mir, um mir zuzuflüstern: »Wenn ich könnte, würde ich die letzte Stunde meines Lebens in dir verbringen.«

Andere Gefühle mischten sich mit meiner Begierde, und ich musste die Augen schließen, um die überschäumende Freude zurückzuhalten, die bei diesen Worten in mir hochstieg.

Als hätte er es auch gespürt und wüsste nicht, wie er damit umgehen sollte, küsste Caine mich erneut, und dieser Kuss war viel härter als die vorigen. Irgendwann wanderte er von meinem Mund aus abwärts, meine Kehle entlang und über meine Brust.

Ich spannte die Schenkel an, als seine Lippen sich um meine Brustwarze schlossen. Er saugte hart und heftig, und ein lustvoller Schmerz durchzuckte mich, als er sich gleichzeitig an mir zu reiben begann. So wie er es zuvor mit den Händen gemacht hatte, liebkoste er nun meine Brüste mit seinem heißen Mund, bis ich erneut kurz vor dem Orgasmus stand.

»Caine«, flehte ich und krallte die Finger in seinen Rücken. »Zieh dich aus.«

Er sah auf. Seine Augen waren dunkel. »Noch nicht.«

Stattdessen kroch er tiefer. Seine Lippen wanderten meinen Bauch hinab zwischen meine Beine. Ich ließ mich in die Matratze sinken und konnte es kaum erwarten, dass sein Mund mein Geschlecht berührte. Er leckte meine Klitoris, presste seine Zunge dagegen, und ich hielt es nicht mehr aus. »O Gott!« Ich bäumte mich auf. Meine Schenkel zitterten.

Die Spannung in meinem Unterleib wurde immer stärker, immer heißer, immer elektrischer, bis sie mich zu zerreißen drohte und mein Inneres nach Erlösung schrie.

»Ja!«, rief ich laut, als die Spannung sich in einem unglaublichen Höhepunkt entlud. Licht blitzte hinter meinen Augen auf, als ich in heftigen, fast schmerzhaften Zuckungen kam.

Atemlos lag ich da. Mein ganzer Körper von den Fingern bis zu den Zehenspitzen war von einer wohligen Wärme erfüllt. Wie von ferne nahm ich wahr, dass sich das Bett bewegte. Als es mir endlich gelang, die Augen zu öffnen, sah ich, wie Caine sich hastig die Kleider vom Leib riss.

Sein Verlangen nach mir hatte etwas Wildes, Rohes, das mich erregte. In ehrfürchtigem Staunen sah ich ihm zu.

Alle meine bisherigen Männer hatten mir das Gefühl gegeben, attraktiv zu sein … aber bei keinem von ihnen hatte ich das Gefühl gehabt, *notwendig* zu sein. Überlebenswichtig. So wie bei Caine. Als würde seine ganze Welt in sich zusammenstürzen, wenn er mich nicht sofort haben konnte.

Er kniete sich aufs Bett. Sein Schwanz zuckte. Er legte mir eine Hand in die Kniekehle, und ich stieß einen überraschten Laut aus, als er mich mit einem groben Ruck an sich zog. Er umfasste meine Schenkel, um meine Beine auseinanderzuschieben, dann kniete er sich zwischen sie und schaute auf mich herab.

Ich hielt die Luft an, als ich ihn zwischen meinen Beinen

spürte. Ich war so erregt, dass mein Körper ihn mühelos in sich aufnahm. Seine Lider flatterten, als sich meine Muskeln um ihn zusammenzogen.

Mit einer Zärtlichkeit, die mir fast den Atem raubte, begann Caine, sich in mir zu bewegen. Er sah sich dabei zu, wie er in mich hinein- und aus mir herausglitt, und seine Brust hob und senkte sich in immer schneller werdenden Atemstößen, als seine Erregung wuchs. Plötzlich wurde sein Griff um meine Schenkel fester, und er richtete sich auf. Seine Stöße wurden härter und tiefer, und sein Schwanz rieb dabei über meine Klitoris und brachte mich abermals dem Orgasmus nahe.

»Komm für mich, Lexie«, befahl er und stieß noch härter zu. Mit zusammengebissenen Zähnen versuchte er, seinen eigenen Höhepunkt hinauszuzögern. »Komm, während ich in dir bin. Verdammt, du fühlst dich so gut an ...« Er verstummte, als sein Höhepunkt kurz bevorstand, und als ich das nackte Begehren in seinen Augen sah, konnte auch ich dem wachsenden Druck in meinem Innern nicht länger standhalten.

Ich explodierte, und die Muskeln in meinem Innern zogen sich fest um seinen Schwanz zusammen.

»Gott.« Er riss die Augen auf, als er meinen heftigen Orgasmus spürte, und erstarrte einen Augenblick, ehe seine Hüften zuckten und er sich in einem langen Höhepunkt in mir ergoss.

Danach ließ er meine Beine los, die sofort kraftlos aufs Bett sanken, und brach auf mir zusammen. Irgendwie fand ich die Kraft, die Arme um ihn zu legen und ihn an mich zu ziehen. Ich spürte noch das Pulsieren seines Schwanzes in mir und den Nachhall meines letzten Orgasmus. »Wow«, hauchte ich. Ich hatte immer noch sein Gesicht vor Augen, als er gekommen war.

So hart war er bei mir noch nie gekommen. Und ich hatte noch nie etwas gesehen, das so sexy war.

Ich lächelte träge und auch ein bisschen stolz.

»Ja.« Er atmete langsam aus und schob sich von mir herunter, ohne mich loszulassen, so dass ich, als er sich auf den Rücken drehte, dicht neben ihm zu liegen kam, den Kopf an seiner Brust.

»Das war ganz schön intensiv«, flüsterte ich.

Caine malte mit den Fingerspitzen Kreise auf meinen Arm. »Hm«, sagte er. Er klang vollkommen erledigt.

Ich lachte leise. »Wir hatten es beide ziemlich nötig.«

»Hm«, sagte er wieder.

»Ich glaube, den Abend werde ich so schnell nicht vergessen.«

Eine Sekunde später lag ich auf dem Rücken. Caine beugte sich über mich und schaute entschlossen auf mich herab. »Da hast du verdammt recht«, sagte er rau. »Und er ist noch nicht zu Ende.«

Ich riss die Augen auf. »Ich glaube, mehr halte ich nicht aus.«

Er küsste mich zärtlich, was in seltsamem Gegensatz zu seinen nächsten Worten stand. »Ich werde nicht aufhören, bis wir es nicht auf jede nur erdenkliche Weise miteinander getrieben haben.«

Kapitel 20

Licht drang durch meine geschlossenen Lider ... eine höchst unwillkommene Störung. Langsam driftete ich aus dem Schlaf empor. Unter Stöhnen drehte ich den Kopf auf dem gemütlichen Kissen, das viel weicher war als meins.

Wo war ich?

Plötzlich kamen die Erinnerungen an den gestrigen Abend zurück, Bild um Bild, jede Einzelheit, und ich schlug die Augen auf. Der Nebel lichtete sich, und ich sah, dass ich mich in Caines Schlafzimmer befand. Meine Haare raschelten über sein Kissen, als ich mich zu ihm umwandte und ihn betrachtete.

Er lag auf dem Bauch mit dem Gesicht zu mir und schlief.

Bei seinem Anblick entfuhr mir ein kleiner glücklicher Seufzer. Er sah so friedlich und entspannt aus.

Ein Lächeln spielte um meine Mundwinkel.

Wohl eher zu Tode erschöpft.

Caine hatte Wort gehalten. Wir waren fast die ganze Nacht wach geblieben, und er hatte mir rekordverdächtige sechs Orgasmen beschert.

Ich war vollkommen erledigt.

Vor allem war ich ... ich schielte an ihm vorbei zum Radiowecker ... viel zu früh wach.

Es war erst wenige Stunden her, dass wir eingeschlafen waren.

Mein erster Impuls war, mich an Caine zu kuscheln und die Augen wieder zuzumachen. Allerdings war ich mir nicht sicher, ob das klug war … Caine und ich wachten am Morgen danach nur selten zusammen auf, und wenn es dazu kam, waren wir immer sehr in Eile, weil Caine seine Arbeit im Kopf hatte. Meistens allerdings wachte ich alleine auf, nachdem Caine längst gegangen war. Es wäre ein Leichtes gewesen, mich von meinen Ängsten dazu treiben zu lassen, aufzustehen und mich aus seiner Wohnung zu schleichen. Aber dann wären wir wieder genau da, wo wir angefangen hatten, und nach all den Höhen und Tiefen, die wir durchgemacht hatten, um dorthin zu gelangen, wo wir jetzt waren, wäre es eine Schande gewesen, sich alles von ein bisschen Angst verderben zu lassen.

Statt also aus Caines Bett zu schlüpfen und dasselbe zu tun, was er mit mir zu tun pflegte, nämlich sang- und klanglos zu verschwinden, schob ich mich ganz nah an ihn heran, legte den Arm über seinen Rücken, schmiegte den Kopf an seine Schulter und schloss die Augen.

»Lexie.«

Die tiefe Stimme vibrierte in meinem Ohr, drang langsam bis in mein Bewusstsein vor und holte mich sanft aus dem Schlaf.

»Baby«, flüsterte Caine.

Ich lächelte.

Es war nicht gerade der originellste aller Kosenamen, trotzdem wurde ich jedes Mal ganz kribbelig vor Glück, wenn er mich so nannte.

Er lachte leise. »Ich sehe dich lächeln, du bist also wach.«

Ganz langsam schlug ich die Augen auf.

Caines Gesicht schwebte über meinem. Er hatte lauter kleine Lachfältchen um die Augen. »Guten Morgen.«

Ich stöhnte. »Warum ist es schon Morgen? Wir sind doch eben erst eingeschlafen.«

Er schmunzelte, als er mich maulen hörte. »Das ist mir bewusst.«

Ich machte die Augen wieder zu, um sein selbstzufriedenes Gesicht nicht sehen zu müssen. »Du kannst dir später vor Stolz auf die Brust trommeln. Jetzt lass mich weiterschlafen.«

»Das würde ich gern.« Er drückte meine Taille. »Aber Effie ist unten und macht uns Frühstück.«

»Was?« Ich fuhr in die Höhe. Caine konnte gerade noch rechtzeitig ausweichen, sonst hätte ich ihm einen Kopfstoß verpasst. Mir fiel auf, dass er T-Shirt und Jogginghose trug. »Wie lange bist du schon auf?«

»Seit Effie mit ihrem Schlüssel in meine Wohnung gekommen ist und ich mir etwas einfallen lassen musste, um sie davon abzuhalten, zu uns raufzukommen.«

Bei dem Gedanken wurde ich blass. »Sie hat einen Schlüssel?«

Er schürzte die Lippen. »Wir reden hier von Effie. Was denkst du denn?«

»Ich denke, sie hat einen Schlüssel und noch einen Ersatzschlüssel«, murmelte ich.

Caines Augen tanzten vor Belustigung, und als ich das sah, war ich nicht mehr ganz so mürrisch.

»Ich dachte, du magst Effie«, sagte er.

»Tue ich ja auch.« Ich rieb mir den Schlaf aus den Augen. »Aber ich würde sie noch mehr mögen, wenn sie mich ausschlafen ließe.«

»Ihr Frühstück wird das wieder rausreißen«, versprach er mir und nahm meine Hand, um mir aufzuhelfen. Ich verzog das Gesicht, und sofort hielt er inne. »Alles klar? Habe ich dir weh getan?«

Nicht direkt.

Vorsichtig rutschte ich vom Bett. »Ich bin ein bisschen wund, das ist alles.«

Er verstand und runzelte die Stirn. »Oh.«

Da ich ahnte, in welche Richtung seine Gedanken sich gerade bewegten, tätschelte ich ihm beruhigend den Arm. »Es war jedes Brennen und Zwicken wert, glaub mir.«

Er legte den Arm um mich. Ich sah ihn fragend an. Er wirkte nach wie vor besorgt. »Bist du sicher, dass es dir gutgeht? Ich war gestern Abend etwas wild.«

Ich grinste. Ich spürte jetzt noch ein Pochen zwischen den Beinen. »Das weiß ich. Ich war dabei. Und glaub mir ... du kannst jederzeit wieder wild werden.«

Caines Griff um meine Taille verstärkte sich.

»Gestern Nacht war unglaublich«, bekräftigte ich.

Die Anspannung fiel von ihm ab, und er lächelte ein klein wenig. »Hm, stimmt«, sagte er, zutiefst befriedigt.

»Kommt ihr Kinder jetzt runter zum Frühstücken, oder was ist los?«, rief Effie von unten.

Meine Augen weiteten sich. »Für eine alte Dame hat sie ein beeindruckendes Organ.«

Caine tippte sich ans Ohr. »Und sie hat ein übermenschliches Gehör, insofern wäre ich vorsichtig mit Ausdrücken wie ›alte Dame‹.«

»Aha.« Ich presste die Lippen aufeinander und schaute mich im Zimmer nach meinen Kleidern um. Mir kam ein unangenehmer Gedanke. »Ich habe nichts Richtiges zum Anziehen da.«

Statt einer Antwort verschwand Caine in seinem begehbaren Kleiderschrank. Wenige Sekunden später kam er zurück und hielt mir ein viel zu großes Red-Sox-T-Shirt hin.

Verdattert starrte ich es an. »Ein T-Shirt. Du willst, dass ich ein T-Shirt trage?«

Mit einem ungeduldigen Schnauben zog Caine es mir ruppig über den Kopf. Da ich groß war, reichte es mir gerade mal bis zu den Schenkeln. Ich warf ihm einen Blick zu. »Willst du mich verarschen?«

Er verschränkte die Arme vor der Brust. »Ist doch sexy.«

Ich ignorierte den mittlerweile bekannten Schauer der Erregung, der mich bei seinem anerkennenden Blick durchrieselte, und gab zurück: »Ja, und das wäre auch völlig in Ordnung, wenn wir *allein* frühstücken würden. Aber das ist nun mal nicht der Fall. Ich frühstücke mit dir und deiner Leih-Oma.«

»Sie ist die am wenigsten großmütterliche Person, die ich kenne.«

»Stimmt nicht«, widersprach ich. »Sie kocht und backt.«

»Na ja, wenn das das entscheidende Kriterium wäre, dann wäre jeder männliche Chefkoch der Stadt eine Großmutter.« Er zuckte mit den Schultern und ging an mir vorbei. »Jetzt komm schon, ich habe einen Bärenhunger.«

»Hast du nicht eine Jogginghose, die ich mir borgen könnte?«

Er warf einen Blick über die Schulter zurück auf meine Beine. »Nein.«

Es war völlig undenkbar, dass ich halbnackt nach unten gehen und mit Effie frühstücken würde! Ich wusste genau, was für eine Nummer er hier abzog, also stemmte ich die Hände in die Taille und schob die Hüfte vor. »Willst du wirklich in Effies Gegenwart einen Ständer kriegen?«

Er machte ein unwilliges Geräusch, blieb stehen, sah mich an und zog in einer Geste purer Arroganz die rechte Augenbraue hoch. »Ich bin ein erwachsener Mann, Lexie. So atemberaubend du auch sein magst, ich denke, dass ich meine Libido ein paar Stunden lang im Zaum halten kann.«

Ich tippte mir ans Kinn, als dächte ich über etwas nach. »Ich glaube, das habe ich schon mal irgendwo gehört ...«

»Lex ...«

Aber wenn du sicher bist, dass du es aushältst ...« Ich zuckte nun meinerseits die Achseln und ließ mich in den großen Polstersessel in der Ecke des Schlafzimmers fallen. Dann schlug ich in aller Seelenruhe die Beine übereinander, wodurch mir das T-Shirt fast bis zum Schritt hochrutschte. »Ich meine, es ist ja nur ein bisschen Haut. Und wenn ich mich bücken muss ...« Ich stand auf, um zu demonstrieren, was ich meinte. Dabei gab das T-Shirt den Blick auf meinen Hintern in meinem hochausgeschnittenen Höschen frei, »wird dich das natürlich kein bisschen daran erinnern, wie du mich gestern auf dem Bett von hinten genommen ha...«

»Schon gut«, sagte Caine unwirsch. Seine Wangen waren verdächtig rot geworden. »Ich suche dir eine verdammte Jogginghose raus.«

Ich feixte seinen Rücken an, als er erneut im Kleiderschrank verschwand. »Eine weise Entscheidung, Mr Carraway.«

»Lexie, wie schön, Sie zu sehen, Liebes«, begrüßte Effie mich herzlich, als ich in dem Red-Sox-T-Shirt und einer Jogginghose, die ich mit einer zum Gürtel umfunktionierten Krawatte von Caine am Herunterrutschen hinderte, auf sie zukam. Sie umarmte mich fest, und ihr vertrauter Duft nach Vanille und Zucker hüllte mich ein.

»Ebenso.« Ich drückte sie, und mein Blick ging instinktiv zum Esstisch. Er bog sich schier unter dem Essen: Pancakes, Ahornsirup, Spiegeleier, Bacon, Muffins ...

Plötzlich gab mein Magen ein lautes Knurren von sich.

»Effie, das sieht wie immer phantastisch aus.« Caine

küsste die papierdünne Haut ihrer Wange und strebte dann sofort auf den Tisch zu.

Als er sich ans Kopfende setzte, warf ich Effie ein amüsiertes Lächeln zu. »Ich sollte wohl besser kochen lernen.«

Sie grinste zurück. »Irgendwie habe ich das Gefühl, dass es bei Ihnen auch ganz gut ohne geht, aber wenn Sie eine Lehrerin brauchen, kann ich Ihnen gerne einige meiner Rezepte zeigen.«

»Das wäre toll.« Ich folgte ihr zum Tisch, und wir nahmen rechts und links neben Caine Platz, einander gegenüber. Plötzlich hatte ich einen Riesenhunger und langte mit derselben Begeisterung zu wie Caine. Effies Pancakes waren so wunderbar fluffig, dass sie auf der Zunge zergingen, ihr Bacon war rösch und würzig, und die Eier waren genau so, wie ich sie am liebsten mochte. Ich tunkte ein Stück Toast in mein Eigelb. »Ihr Mann muss ein sehr glücklicher Mann gewesen sein, Effie.«

Sie schluckte ein Stück Bacon herunter und nickte. Ihre Augen funkelten. »O ja. Wir hatten ein gutes Leben zusammen. Ein wunderbares Leben.«

»Sie haben sich im Theater kennengelernt, richtig?«

»Es steckt noch ein bisschen mehr hinter der Geschichte.« Sie lächelte geheimnisvoll.

Ich war neugierig, wollte aber meine Nase nicht in Angelegenheiten stecken, die mich nichts angingen. »Klingt ja spannend.«

Effies Gesicht begann zu leuchten. »Soll ich erzählen?«

»Aber unbedingt.«

Caine lachte über Effies Freude, als sie sich über ihren Teller lehnte und mit ihrer Geschichte begann. »Es war 1960, und ich stand kurz vor meinem dreiundzwanzigsten Geburtstag. Ich spielte zu der Zeit die Maria in der *West Side Story*, außerdem war ich bis über beide Ohren verliebt in diesen Schweinehund von Regisseur, Albert Reis ... natürlich war ich damals noch nicht der Ansicht, dass er ein Schweinehund war.« Sie schenkte mir ein mädchenhaftes Lächeln. »Ich habe ganz furchtbar für ihn geschwärmt, aber Reis war nicht an mir interessiert. Als daher eines Abends nach der Vorstellung dieser gutaussehende, wohlhabende Fabrikant aus meiner alten Heimatstadt bei mir in der Garderobe vorbeischaute, um mir seine Aufwartung zu machen, willigte ich ein, mich mit ihm zu treffen. Nicky war witzig und charmant und benahm sich wie ein waschechter Gentleman ... aber ich wusste das gar nicht zu würdigen. Ich hielt ihn mir warm, während ich in Wahrheit hoffte, der enigmatische, künstlerisch veranlagte Reis würde mir endlich seine Aufmerksamkeit schenken. Dabei vergaß ich, dass Nicky nicht ohne Grund so reich geworden war. Er war schlau ... ein scharfsinniger Fuchs, mein Nicky. Ihm wurde klar, dass ich in Reis verliebt war, und er trennte sich von mir.« Sie wirkte beschämt, als sie sich an den Moment erinnerte. »Er war sehr wütend auf mich. Sagte mir, ich solle mich zum Teufel scheren. Ich war ziemlich durcheinander. Ich hatte ihm gar nicht weh tun wollen ... Aber erst nachdem er nach Boston zurückgekehrt war und ich in der Zeitung über seine zahlreichen Liebschaften las, wurde mir klar, dass ich deshalb so durcheinander gewesen war, weil ich Gefühle für ihn hatte.«

Mein Frühstück war vergessen. Ich stützte das Kinn in die Hand und fragte leise: »Und? Was haben Sie dann gemacht?«

»Ich habe in Erfahrung gebracht, wann er das nächste Mal nach New York kommen würde, und ihm in seinem Lieblingsrestaurant aufgelauert. Ich habe ihm gesagt, dass ich ihn zurückhaben will.«

»Das war mutig.«

»Vielleicht. Aber es war leider auch umsonst. Nicky sagte mir, er wäre kein Spielzeug, das ich einfach weglegen und dann wieder an mich nehmen könne, sobald sich jemand anders dafür interessierte.«

»Oje.«

»Sie sagen es. Ich musste mich sehr ins Zeug legen, um ihn zurückzuerobern. Ich bin immer zu denselben Partys gegangen wie er und habe dafür gesorgt, dass er erfuhr, dass ich nur seinetwegen dort war.«

Ich grinste. »Sie haben ihn zermürbt.«

Effie überraschte mich, indem sie den Kopf schüttelte. Bedauern verschleierte ihre Züge. »Ich hatte ihn wirklich tief verletzt. Er hatte sich nämlich in mich verliebt, müssen Sie wissen, und ich hatte ihm das Herz gebrochen. Ich hatte sein Vertrauen verspielt. Er konnte sich meiner Zuneigung einfach nicht mehr sicher sein, und dass ich eine verflixt gute Schauspielerin war, hat auch nicht gerade geholfen, ihn davon zu überzeugen, dass ich es ernst meinte. Außerdem war ich noch nie gut darin, mich jemandem zu öffnen. Deswegen glaubte er nicht an meine Aufrichtigkeit. Wie auch immer, nach einer Weile fing er an, mit einer anderen Frau auszugehen, und, nun ja … das tat weh. Sehr. Sie waren erst ein paar Wochen zusammen, aber alle redeten bereits davon, wie ernst es ihr mit ihm war. Eines Abends waren wir wieder einmal auf derselben Party, und mir kam das Gerücht zu Ohren, dass er ihr einen Heiratsantrag machen wollte. Ich konnte meine Gefühle nicht verbergen. Ich war es gewohnt, auf Kommando zu lächeln, selbst wenn ich traurig war, aber in dem Moment gelang es mir nicht. Ich musste weg. Unsere Freunde und Bekannten begriffen natürlich, was los war, aber für sie war die ganze Sache in erster Linie ein Spektakel. Nicky hörte von meiner Flucht, und er machte sich so große Sorgen, dass er mir nachlief.«

Sie verdrehte die Augen, als mache sie sich über das Drama zwischen ihr und ihrem verstorbenen Ehemann lustig. »Als er mich in Tränen aufgelöst fand, hat der Dickschädel endlich begriffen, was Sache war, und als ich ihm sagte, dass ich ihn liebe, hat er mir geglaubt.« Ihr Grinsen wurde teuflisch. »Natürlich bedeutete seine leidenschaftliche Reaktion auf mein Liebesgeständnis, dass wir heiraten mussten, wenn Sie verstehen, was ich meine.«

Caine stöhnte. »Effie, selbst ein Affe würde wissen, was du meinst. Kein Sextalk. Das finde ich zu beunruhigend.«

Sie lachte bloß. »Also, die Moral von der Geschichte ist, dass man sich manchmal einem anderen Menschen ausliefern muss, auch wenn es einem mehr Angst macht als alles andere auf der Welt. Man wird reich dafür belohnt, das kann ich Ihnen versichern.« Mit diesen Worten blickte sie vielsagend in Caines Richtung, was diesem nicht entging. Prompt wurde er starr.

Ich rutschte peinlich berührt auf meinem Stuhl hin und her.

Ich wusste, Effies Rat war gutgemeint ... aber alles zu seiner Zeit. Wenn ich Caine zu sehr unter Druck setzte, würde er mir davonlaufen. Ich tat so, als hätte ich ihre Bemerkung nicht verstanden, und schob meinen Teller beiseite. Bestimmt waren diese gemeinsamen Morgen die einzige Zeit des Tages, die Caine ungestört mit Effie verbringen konnte, zumal ich einen Großteil seiner kostbaren Freizeit in Anspruch nahm. Ich beschloss, die beiden allein zu lassen. »Also, ich bin pappsatt. Ich gehe dann mal duschen.«

Effie lächelte mir dankbar zu, und auch Caines Gesichtsausdruck war warm, fast zärtlich. Ich musste mich sehr zusammenreißen, um nicht im Vorbeigehen seine Wange zu streicheln.

Langsam, Lexie. Langsam und stetig, mahnte ich mich im Stillen.

Als ich nach meiner Dusche zurück nach unten kam, war der Tisch abgeräumt, und von Effie fehlte jede Spur.

Caine kam auf mich zu, und ich zögerte, als ich den raubtierhaften Ausdruck in seinen Augen sah. »Wo ist Effie?«

»Sie musste zu einem Buchclub-Treffen. Ich soll dir schöne Grüße ausrichten.«

»Oka…« Das Wort erstarb auf meinen Lippen, als Caine unmittelbar vor mir stehen blieb und unter meinem Red-Sox-T-Shirt nach der Krawatte tastete. Er zog daran, und prompt rutschte die Jogginghose. Mit zufriedener Miene schob Caine mir die Hose ganz herunter und ging dann vor mir in die Hocke, um sie mir auszuziehen. Als er wieder aufstand, starrte ich ihn fragend an.

»Das T-Shirt alleine steht dir besser«, erklärte er mir.

Sein Verhalten legte nahe, dass ich vorerst noch bleiben würde. »Hast du nichts zu arbeiten?«

»Vermutlich schon, aber tun wir mal so, als hätte ich frei.«

Entzückt strahlte ich ihn an. »Wollen wir zusammen chillen? Wie ganz normale Menschen?«

»Keiner von uns beiden wird je normal sein, aber chillen können wir auf jeden Fall.«

»Wozu hast du Lust?«

»Keine Ahnung.« Er sah sich in seiner Wohnung um. »Ich habe noch nie … gechillt.«

»Hmm.« Da ich merkte, dass ich die Situation in die Hand nehmen musste, schob ich mich an ihm vorbei und blickte in Richtung Fernsehecke. »Wir könnten uns einen Film anschauen.« So etwas machten normale Paare. Mehr noch: Es klang sogar dermaßen normal, dass ich davon regelrecht Schmetterlinge im Bauch bekam.

Caine ging durchs Zimmer und öffnete seinen DVD-Schrank. »Was darf es sein?«

Ich folgte ihm, bückte mich und ging die Filme durch. Die Auswahl überforderte mich ein wenig ... genau wie der bloße Umstand, dass dies hier wirklich passierte. Ich trug Caines T-Shirt. Ich würde den Tag mit ihm verbringen. Und ich war ihm wichtiger als die Arbeit, genau wie er es am Abend zuvor behauptet hatte. Das war ein *Riesen*schritt. Ich biss mir auf die Lippe, um nicht vor lauter Freude loszukichern, und nahm mir seine ausländischen Filme vor.

Nachdem ich einen Film über den Zweiten Weltkrieg ausgesucht und Caine die DVD eingelegt hatte, streckte er sich der Länge nach auf dem Sofa aus. Zunächst stand ich nur da und sah ihn unschlüssig an. Er hatte noch nie einfach so mit mir gekuschelt.

Aber ich wollte mich ja nicht mehr verunsichern lassen.

Das hatte ich mir heute Morgen vorgenommen, und dabei sollte es auch bleiben.

Also legte ich mich zu ihm und machte es mir bequem, als er den Arm um mich legte und mich an sich zog.

Die erste Viertelstunde fiel es mir schwer, mich auf etwas anderes zu konzentrieren als darauf, dass ich mit Caine auf dem Sofa kuschelte und wir zusammen einen Film anschauten. Ich spürte seine Gegenwart noch stärker als sonst ... die Nähe seines starken Körpers, das gleichmäßige Heben und Senken seines Brustkorbs an meinem Rücken, den sauberen, frischen Geruch seiner Haut, vermischt mit einem Hauch von Aftershave ...

Irgendwann jedoch gelang es mir, mich ganz zu entspannen, und ich ließ mich von dem Film gefangen nehmen. Ich mochte die packende Handlung und genoss die gemütliche Zweisamkeit mit Caine, doch bald dämmerte mir, um was für eine Story es sich handelte und worauf sie unweigerlich hinauslaufen würde. Ich kannte mich mit ausländischen Filmen einigermaßen gut aus und wusste, dass sie, was Sexszenen anging, oft deutlich freizügiger waren als unsere heimische Kost. Ich fragte mich, wie es wohl sein würde, mit Caine zusammen eine Sexszene anzuschauen.

Es kam, wie es kommen musste. Mit angehaltenem Atem verfolgte ich die sinnliche Begegnung der zwei Hauptfiguren. Caine versteifte sich ein wenig hinter mir, als der männliche Protagonist den Kopf zwischen den Schenkeln seiner Partnerin vergrub und die ersten Lustschreie durch den Raum hallten.

Wellen der Erregung gingen durch meinen Körper und lösten ein elektrisierendes Kribbeln zwischen meinen Beinen aus. Meine Brustwarzen richteten sich auf, während ich in Caines Armen wie gebannt das Liebesspiel auf dem Bildschirm verfolgte.

Langsam griff ich nach seiner Hand, die auf meiner Hüfte lag, und führte sie ein Stück nach unten, meinen Schenkel hinab und dann zurück nach oben unter den Saum meines T-Shirts.

Seine Atmung geriet ins Stocken, als ich seine Finger in mein Höschen schob.

Ich spürte den Druck seiner Erektion an meinem Hintern. »Ich dachte, du bist wund«, flüsterte er. Seine Worte waren träge vor Lust.

»Aber es fühlt sich gut an«, flüsterte ich zurück.

Caine begann, mit den Fingern meine Klitoris zu reiben.

Unser Atem ging immer lauter und schneller, während das Paar im Film sich liebte und Caine mich gleichzeitig mit der Hand befriedigte. Ich schrie auf und kam an seiner Hand genau im selben Moment, als der Mann im Film tief in seine Partnerin hineinstieß.

Dann lag ich plötzlich auf dem Rücken. Caine kniete über mir und riss mir in seiner Hast grob das Höschen herunter. Ich keuchte, erregt von der rohen Lust, die sich in seinen Zügen spiegelte, und als er sich die Jogginghose herunterschob, spürte ich eine neuerliche Woge des Verlangens.

Dann war er in mir. Die Heftigkeit, mit der er in mich eindrang, war genauso groß wie die, mit der ich seinen Stößen entgegenkam. Ich lag unter ihm, krallte die Finger in seinen göttlichen Arsch, während er sich in mir bewegte, und fragte mich, was es mit diesem Wahnsinn zwischen uns auf sich hatte und ob unser körperliches Verlangen nach einander wohl je nachlassen würde.

Mit einem Aufschrei erbebte Caine in mir.

Ich schlang die Beine um seine Hüften, die Arme um seinen Rücken und merkte, dass sein T-Shirt schweißnass war, so sehr hatte er sich verausgabt.

Er schmiegte das Gesicht an meinen Hals und küsste mich sanft, während er ganz allmählich wieder zu Atem kam. Dann hob er den Kopf, um mich anzusehen. Er machte keinerlei Anstalten, sich von mir herunterzubewegen. Seine Blicke liebkosten mein Gesicht. »Vielleicht können wir für immer so liegen bleiben«, sagte er rau und mit einer tiefen Zufriedenheit.

Als ich das hörte, zogen sich meine Muskeln noch einmal um ihn zusammen. Er musste es gespürt haben, denn seine Lider flatterten kurz, und der Zug um seinen Mund wurde weicher.

»Dann kämen wir ja kaum noch unter Leute.« Allerdings ... bei genauerem Nachdenken ... »Insofern wäre das vielleicht gar keine schlechte Idee.«

Caine wirkte belustigt. »Mir gefällt die Vorstellung. Obwohl wir zwischendurch auch mal essen müssten. Und mir wäre nicht wohl dabei, Effie zu fragen, ob sie uns was bringt, während wir so hier liegen.«

Ich kicherte. »Ja, das wäre nicht ideal. Wir könnten meine Freundin Rachel fragen. Die lässt sich durch nichts aus der Ruhe bringen.«

»Ich bin sicher, *das* hier *würde* sie aus der Ruhe bringen.«

»Ach was. Rachel ist knallhart. Einmal hat sie zu einem zehnjährigen Kind ›Arschloch‹ gesagt. Im Beisein seiner Mutter.«

Caine lachte lauthals auf. »Zu einem Zehnjährigen?«

»Na ja, ehrlich gesagt hat er sich auch wie ein Arschloch benommen.«

Caine bebte vor Lachen und schlang die Arme um mich, ehe er sich mit mir zusammen wieder auf die Seite drehte. »Sucht Rachel zufällig einen Job? Ich bin immer an Leuten interessiert, die keinen Bullshit dulden.«

»Ich weiß.« Ich schmiegte mein Gesicht an seine warme Brust. »Schließlich hast du mich eingestellt.«

Seine Hand glitt zu meinem nackten Hintern, und er drückte ihn sanft. »Dafür hatte ich andere Motive.«

Erstaunt reckte ich den Hals, damit ich ihm in die Augen sehen konnte. »Willst du mir etwa sagen, du hast mich eingestellt, weil du scharf auf mich warst?«

»Damals war mir das noch nicht bewusst«, gestand er und machte ein Gesicht wie ein reumütiger Junge. »Aber rückblickend ist es wohl so. Als du bei dem Shooting aufgetaucht bist ... bevor du mir gesagt hast, wer du bist, und die ganze Situation außer Kontrolle geraten ist ..., da habe ich nur einen Blick auf dich geworfen und sofort gewusst, dass ich dich unbedingt in meinem Bett haben will.«

Ich lachte und gab ihm einen Klaps auf die nackte Brust. »Wie romantisch von dir. Und ganz schön anmaßend.«

Er zuckte die Achseln und grinste vielsagend. »Anmaßend, ja?«

Ich dachte daran, dass er jetzt gerade in mir war, und kapitulierte. »Du bist so was von arrogant.«

»Das sagt die Richtige.«

Entsetzt, dass er so etwas von mir dachte, wisperte ich: »Ich bin doch nicht arrogant.«

»Baby, du lässt nicht jeden an dich ran, und damit meine ich nicht nur Männer. Ich meine Freunde. Familie. Freundschaft ist dir sehr wichtig, und dein Körper auch. Das ist gut.«

»Ein gesundes Selbstwertgefühl ist keine Arroganz.«

Er betrachtete mich nachdenklich. »Bist du gut im Bett?«

Dass er mich das nach letzter Nacht überhaupt noch fragen musste! »Klar.«

Er lächelte. »Bist du gut in deinem Job?«

»Auf jeden Fall.«

»Und wenn du es auf einen bestimmten Mann abgesehen hast, glaubst du dann, dass du ihn kriegen kannst?«

Ich dachte über meine bisherigen Erlebnisse mit Männern nach und darüber, dass ich (außer bei Caine) bislang in jeder Beziehung den Ton angegeben hatte. »Wahrscheinlich. Vielleicht nicht alle.«

»Aber die meisten.«

Ich hob die Schultern.

»Siehst du? Arroganz.«

»Selbstvertrauen«, hielt ich dagegen, auch wenn ich verstanden hatte, worauf er hinauswollte. »Okay, du bist also selbstbewusst ... mit einer Neigung zur Arroganz.« Verwundert starrte ich an die Decke. »Ich habe mich früher nie für arrogant gehalten.«

Caines Finger strichen meinen Kiefer entlang. »Arroganz ist furchtbar, wenn sie nicht gerechtfertigt ist. Aber wenn man etwas gut kann und das auch weiß, ist es verlogen und reine Zeitverschwendung, so zu tun, als wäre es anders.«

Diese Logik entlockte mir ein Schmunzeln. »Weißt du, es gibt auch Leute, die können etwas gut, wissen aber gar nicht, wie gut. Die nennt man dann demütig und bescheiden.«

Er schüttelte den Kopf und drehte mich grinsend auf den Rücken. »Weder noch. Die nennt man langweilig.«

Mein Gelächter wurde von seinem hungrigen Kuss erstickt.

Kapitel 21

Als ich aus dem Kopierraum zurückkam und Henry auf meinem Schreibtisch sitzend vorfand, verlangsamte ich meine Schritte. Bestimmt brannte er darauf, zu erfahren, was zwischen Caine und mir lief ... das war mir klar, noch ehe ich sein neugieriges Lächeln sah.

Aber es stand mir nicht zu, das Privatleben meines Chefs vor dessen Freunden auszubreiten (auch wenn ich besagtes Privatleben *war*), außerdem hatte ich einen traumhaft schönen Tag mit Caine verbracht und wollte nichts tun, was die neue Vertrautheit zwischen uns gefährden könnte.

Ich kam vor Henry zum Stehen und warf ihm einen wissenden Blick zu. »Mr Lexington.«

Er grinste. »Lexie.« Dann legte er nachdenklich den Kopf schief. »Ist Ihnen klar, dass Sie, wenn Sie schlau gewesen wären und sich für diesen Mann hier«, er zeigte auf sich, »entschieden hätten, irgendwann Lexie Lexington geheißen hätten?«

Ich schnaubte. »Fehlen nur noch Cowboystiefel und ein gebrochenes Herz, und fertig wäre die Country-Sängerin.«

Henry zog die Brauen zusammen. »Hm. Sie haben recht.« Er lachte leise. »Und eine bildschöne noch dazu.«

»Henry, hören Sie auf, mit mir zu flirten.«

»Ich will bloß sehen, ob Mr Carraway gleich aus seinem Büro gestürmt kommt und mir befiehlt, ich solle mich gefälligst von Ihnen fernhalten. Er ist schrecklich besitzergreifend, was seine Assistentin angeht.«

Seufzend schob ich ihn von meinem Schreibtisch herunter. »Warum hören Sie nicht auf, Witze zu machen, und sagen mir, was Sie von mir möchten?«

Er fixierte mich mit einem forschenden Blick. »Caine ist ein guter Freund. Ich wusste von Anfang an, dass zwischen Ihnen etwas läuft. Nun ist er grundsätzlich kein besonders offenherziger Typ ... aber wenn es um Sie ging, wurde er regelrecht abweisend. Und das mit seiner besitzergreifenden Art war nicht als Witz gemeint. Sie haben ja keine Ahnung, wie oft er mir die Hölle heiß gemacht hat, nur weil ich wagte zu erwähnen, wie attraktiv Sie sind. Insofern war es keine große Überraschung, wie Sie am Samstag auf der Party übereinander hergefallen sind.«

Ich verschränkte die Arme vor der Brust. »Das hätte mich auch sehr erstaunt. Ich wusste schon auf dem Ball der Andersons, was Sie vorhaben. Im Ernst, Henry, Sie sollten dem Bankenwesen den Rücken kehren und auf Heiratsvermittler umsatteln.«

Er grinste. »Dann sind Sie also tatsächlich zusammen. Na, wen wundert es? Sicher ist Ihnen bewusst, dass die Angestellten schon von Anfang an darüber spekulieren, was da zwischen Ihnen beiden wohl läuft.«

Der Gedanke war mir unangenehm. Ich runzelte die Stirn. »Sie haben es doch niemandem erzählt?«

»Nein.« Er machte einen Schritt auf mich zu. »Was mich zu meiner eigentlichen Frage führt: Warum machen Sie so ein Geheimnis daraus? Ich kenne Caine gut genug, um zu wissen, dass es ihn nicht die Bohne interessiert, ob irgendjemand weiß, dass er mit seiner Assistentin ins Bett geht. *Das* kann folglich nicht der Grund für Ihre Heimlichtuerei sein.«

Da war sie also ... die Frage, die ich ihm bereits angesehen hatte, als ich ihn auf meinem Schreibtisch hatte sitzen sehen. »Henry, wenn Caine mit Ihnen über seine persönlichen Angelegenheiten sprechen will, dann wird er es tun. Fragen Sie ihn, aber fragen Sie bitte nicht mich. Ich würde sein Vertrauen niemals missbrauchen.«

Henry musterte mich einen Augenblick lang, und auf einmal war alle Heiterkeit aus seinen Zügen verschwunden. »Sie mögen ihn wirklich«, stellte er fest.

Ich gab keine Antwort. Das brauchte ich auch nicht. Mir war schon vor langer Zeit klargeworden, dass Henry Lexington scharfsichtiger war, als es nach außen hin den Anschein hatte.

»Lexie«, sagte er leise und mit großer Eindringlichkeit. »Caine ist nicht ... ganz egal, was er im Augenblick für Sie empfindet ... erwarten Sie keine ...«

Das Herz schlug krampfend in meiner Brust. »Was soll ich nicht erwarten?«

»Nur ...« Er hob die Hand und legte sie mir in einer tröstenden Geste auf die Schulter. »Sie sind ein toller Mensch, und ich bin froh, dass Sie hinter ihm stehen ... Ich möchte einfach nur nicht, dass Sie am Ende verletzt werden.«

Auf einmal war mir ganz beklommen zumute ... ein Gefühl, das ich entschieden abzuschütteln versuchte. Henrys Urteil stützte sich auf das, was *er* über seinen besten Freund wusste. Er hatte ja keine Ahnung, wie Caine in meiner Gegenwart war.

Er hatte keine Ahnung, dass dieses Wochenende für uns der Durchbruch gewesen war.

Schließlich siegte mein Selbstvertrauen über die Unsicherheit. »Das wird nicht passieren«, versprach ich.

»Ich bin immer noch nicht sicher, ob es eine gute Idee ist, wenn man uns hier zusammen sieht.« Argwöhnisch blickte ich mich um.

Es war ein warmer Donnerstagnachmittag. Caine und ich waren zu einem Brunch-Termin in Beacon Hill gewesen, und zu meinem Erstaunen hatte er danach vorgeschlagen, bei der Gelegenheit auch die Mittagspause dort zu verbringen. Zuerst machten wir einen Spaziergang durch den Stadtpark. Wir schlenderten über die Brücke und sahen zu, wie Touristenführer in ihren Schwanenbooten vorbeischipperten.

»Solange wir uns nicht in aller Öffentlichkeit an die Wäsche gehen, dürfte es keine Probleme geben«, gab Caine zurück.

Ich musterte ihn, weil ich eine Spur Verärgerung in seiner Stimme wahrgenommen hatte. Und wirklich: Der Muskel in seiner Wange zuckte, ein klares Indiz dafür, dass ihm irgendetwas missfiel.

Die Party lag fast eine Woche zurück, und ich hatte mich Caine noch nie näher gefühlt. Dies war das erste Mal, dass er durchblicken ließ, dass ihn unsere Heimlichtuerei störte.

Ich schwieg, unsicher, wie ich das Problem zur Sprache bringen sollte ... zumal es keine Lösung dafür gab. Natürlich war mir klar, dass es nicht ewig so weitergehen konnte, aber solange ich nicht irgendein Signal von Caine bekam, dass das zwischen uns tatsächlich etwas Festes war, hatte es keinen Sinn, sich den Kopf darüber zu zerbrechen, wie man am besten mit der Familie meines Vaters umgehen sollte.

Bloß daran zu denken verursachte mir schon Kopfschmerzen. Ich seufzte und trat vom Fußweg auf die Wiese. Das Gras kitzelte meine Fußsohlen, als ich zum See hinunterging, um den Enten und Gänsen zuzuschauen. Ein

Eichhörnchen, das sich von meiner Anwesenheit nicht im Geringsten gestört fühlte, huschte vorbei, um dann ganz in der Nähe den Stamm einer Trauerweide hinaufzuspringen. Ich hielt mein Gesicht in die Sonne und schloss die Augen.

Wenig später spürte ich Caine an meiner Seite.

»Woran denkst du gerade?«, wollte er von mir wissen.

»Daran, wie friedlich hier alles ist. Wie unkompliziert.«

Als ich die Augen öffnete, ruhte sein neugieriger Blick auf mir.

»Die Leute joggen oder liegen in der Sonne oder machen Yoga. Sie gehen spazieren oder faulenzen. Ihre Sorgen haben sie alle draußen gelassen, aber wenn sie nachher gehen, nehmen sie sie wieder mit.«

»Und worüber machst du dir Sorgen?«

Über alles, dachte ich. *Über dich, mich, meinen Großvater, meinen Job.* Nichts davon versprach Sicherheit. Nichts war wirklich von Dauer. Nicht meine Beziehung zu Caine, und mit Sicherheit nicht meine Position in seiner Firma, denn wenn das mit uns in die Brüche ginge, wäre es auch mit meiner Karriere erst einmal vorbei. Und mein Großvater … mein Verhältnis zu ihm war ebenso geheim wie ungewiss. Wenn ich die Stadt verließ, wäre es so, als hätte es unsere gemeinsamen Treffen nie gegeben.

Ich versuchte, die Melancholie abzuschütteln, die plötzlich von mir Besitz ergriffen hatte. Vor fünf Minuten war ich noch so glücklich gewesen … woher kam auf einmal diese Angst?

Ich schenkte Caine ein schwaches Lächeln. »Ach, nichts.«

Sein Blick wurde scharf, als glaube er mir nicht. Er machte einen Schritt auf mich zu, und genau in dem Moment spürte ich, wie mir etwas Nasses auf den Kopf platschte.

Ich riss die Augen auf. Caine starrte wie gebannt auf

meine Haare. »Nein«, sagte ich, weil ich es nicht wahrhaben wollte.

Seine Lippen zuckten. »Doch.«

Ich fing hysterisch an zu kichern. »Bitte sag mir ... dass mir nicht gerade ein Vogel auf den Kopf geschissen hat.«

Caine lachte schallend auf.

»Caine!« Er bog sich regelrecht vor Lachen, und wäre der stinkende Klecks Vogelkacke auf meinem Kopf nicht gewesen, hätte mir der Anblick sicherlich große Freude bereitet. Aber das hier war nicht komisch! Ich schnitt eine Grimasse und hob die Hand, zögerte dann aber, weil ich Angst hatte, in die Sauerei hineinzufassen. »Ausgerechnet jetzt musst du so unreif sein? Ich habe Vogelscheiße im Haar!«

»Hör auf«, ächzte er und wischte sich die Lachtränen aus den Augen. Man hatte den Eindruck, er müsse gleich an seinem Gelächter ersticken. »Wenn du das immer sagst, kann ich nicht aufhören.«

»Das ist nicht lustig.« Ich rümpfte die Nase. »Sondern einfach nur eklig.«

Er schmunzelte und betrachtete das Malheur. »Du warst so ernst, und dann auf einmal ...«

»Vogelkacke«, beendete ich seinen Gedankengang, woraufhin er prompt wieder zu lachen anfing. Ich hob warnend die Hand. »Wage es ja nicht. Wir müssen zurück ins Büro, und ich kann ja wohl schlecht mit ...« Ich unterbrach mich, weil ich keinen neuerlichen Lachanfall provozieren wollte, indem ich das Wort ›Vogelscheiße‹ sagte.

Plötzlich wurde mir die Komik der Situation bewusst.

Caine Carraway kriegte sich gar nicht mehr ein vor Lachen ... wegen Vogelscheiße.

Wer hätte das gedacht?

Als er meine Lippen zucken sah, wurde seine Miene zärtlich. »Wir gehen in meine Wohnung ...« Er blickte sich um, bis er etwas entdeckt zu haben schien. »Aber fürs Erste ...«

Verwirrt sah ich zu, wie er über den Pfad zurückging und vor einer Bank anhielt, auf der zwei Studenten saßen. Er sagte etwas zu ihnen und zückte seinen Geldbeutel. Ich sah, wie er ihnen einige Scheine reichte und sie ihm dafür ihre Wasserflaschen gaben.

Mir wurde ganz warm ums Herz, als Caine zu mir zurückkam. »Wie viel hast du denn dafür bezahlt?« Ich beäugte die Flaschen.

»Zehn Dollar.« Er tat es mit einem Achselzucken ab. »Aber jetzt kannst du es auswaschen und musst nicht mit Vogelscheiße im Haar zu meiner Wohnung laufen.«

»Mein Held.«

Er warf mir einen warnenden Blick zu, der jedoch meinen heimlichen Übermut in keiner Weise dämpfte. »Bück dich mal.«

Ich senkte den Kopf und lächelte in mich hinein, während er mir sehr vorsichtig Wasser über die Haare goss und behutsam den Vogeldreck auswusch. Einige Minuten später war er fertig. Er drückte mir das überschüssige Wasser aus den Haaren und half mir dabei, mich wieder aufzurichten. Ich sah ihn dankbar an und holte die Minitube Hand-Desinfektionsmittel aus meiner Tasche, die ich immer bei mir trug.

»Danke.« Er nahm die Tube und gab sich etwas davon auf die Handflächen.

»Nein, ich danke dir.« Ich blickte zu seinem Wohnhaus in der Arlington Street hinüber, das man vom Park aus sehen konnte. »Habe ich Zeit, mir schnell die Haare zu waschen?«

»Wir nehmen uns die Zeit. Es passiert ja nicht alle Tage, dass meine Assistentin vollgekackt wird.«

Unsere Blicke trafen sich, und ich spürte ein wohliges Kribbeln in der Brust, als wir uns angrinsten.

Und mir nichts, dir nichts ... waren all meine Sorgen von einer neu aufkeimenden Hoffnung hinweggefegt worden.

Wenn ich die rotgepflasterten, von Bäumen gesäumten Gehsteige der Charles Street entlangschlenderte, war ich normalerweise in meinem Element. Sie war meine Lieblingsstraße in Boston mit ihren altmodischen Gaslaternen, den Antikläden, Restaurants und kleinen Boutiquen. Hier war die Luft irgendwie frischer, so wie im Stadtpark, und man hatte das Gefühl, mitten in der Stadt in eine kleine Oase geraten zu sein.

Heute allerdings war von der Ruhe und Zufriedenheit, die mich normalerweise beseelten, wann immer ich in der Charles Street unterwegs war, nicht viel zu spüren.

Zwei Wochen waren seit unserem gemeinsamen Wochenende in Caines Wohnung vergangen, und er hatte nicht nur aufgehört, permanent Mauern um sich herum zu errichten, sondern anscheinend auch beschlossen, dass er keine Lust mehr hatte, unsere Affäre geheim zu halten. Ohne meine Zustimmung, wohlgemerkt.

Ich sah mich um. Es herrschte Gedränge auf den Straßen, denn es war Samstag, und der Sommer zeigte sich noch in seiner vollen Pracht. Die Charles Street gehörte zu Caines Nachbarschaft, es konnte also durchaus passieren, dass wir jemandem begegneten, den wir kannten. Jemandem, der sich fragen würde, wieso Caine in Jeans und T-Shirt und mit seiner Assistentin durch die Straßen bummelte. Auch ich trug heute im Übrigen nicht meine Bürokleidung, sondern meine guten alten Shorts mit Tanktop und Zehensandalen.

Der Shoppingtrip war Caines Idee gewesen. In der kommenden Woche feierte Henrys Mutter Geburtstag, und er wollte ihr ein Geschenk besorgen. Anfangs wollte ich ihn gar nicht begleiten, aber wenn Caine sich etwas in den Kopf gesetzt hatte, konnte er sehr überzeugend sein ... mit seinem Mund. Okay, und mit seiner Zunge.

Ich wand mich, als ich mich daran erinnerte, wie ich erst heute Morgen seine Überzeugungskraft zu spüren bekommen hatte.

Ich musste wirklich lernen, mich mehr durchzusetzen.

Ob man Durchsetzungsvermögen wohl hier irgendwo kaufen konnte?

»Wenn man uns sieht, dann sieht man uns eben«, seufzte Caine, sichtlich ungehalten.

Meine Nervosität war offenbar nicht unbemerkt geblieben. »Wir spielen hier mit dem Feuer«, sagte ich.

»Ach ja?« Er blieb stehen und spähte ins Schaufenster eines kleinen Ladens im Souterrain, der Damenbekleidung verkaufte. »Und ich dachte, wir laufen hier einfach nur eine beschissene Straße lang.«

Oh. Er fluchte. Er war sauer.

»Caine ...«

»Das da würde dir gut stehen.« Abrupt wechselte er das Thema und deutete mit einer Kopfbewegung auf ein blaugrünes Kleid. Es war konservativ geschnitten, aber lag extrem eng an. Klassisch und trotzdem sexy.

»Mir vielleicht ... aber meiner Kreditkartenrechnung nicht.«

Statt einer Antwort nahm Caine meine Hand, was mich dazu veranlasste, mich erneut hastig umzuschauen, um sicherzugehen, dass uns niemand beobachtete. Er schien meine Vorsicht nicht zu bemerken, denn er zog mich bereits die Stufen hinunter in die Boutique hinein.

»Was machst du?«, fragte ich.

»Du probierst jetzt dieses Kleid an.«

Ich runzelte die Stirn. Sein Verhalten verwirrte mich. Hieß das, er wollte die Auseinandersetzung, die zwischen uns schwelte, einfach ignorieren? »Nein.«

Eine gertenschlanke Verkäuferin kam auf uns zu. Bei Caines Anblick trat ein Funkeln in ihre dunklen Augen. Noch vor wenigen Wochen hätte dieses modelgleiche junge Ding mit den exquisiten Wangenknochen, dem perfekten Afro und der milchkaffeefarbenen Haut einen Eifersuchtsanfall erster Güte bei mir ausgelöst. Aber die Zeiten waren mittlerweile vorbei. Klar, mir wurde immer noch schwummerig bei dem Gedanken, dass ausgerechnet *ich* die Glückliche war, die eben noch mit ihm im Bett gelegen hatte, aber meine Unsicherheit war längst nicht mehr so schlimm. Ich konnte damit umgehen. Mir war aufgefallen, dass auch Caine in den letzten Wochen sein Höhlenmenschen-Verhalten deutlich zurückgeschraubt hatte.

Fortschritt.

Als er daher auf das Kleid zeigte und »Größe sechsunddreißig« sagte, ließ ich ihm seinen Willen.

Dreißig Sekunden später wurde ich in eine winzige Umkleidekabine geschoben.

Ich drehte das Preisschild am Kleid um und wäre fast in Ohnmacht gefallen.

Das Teil würde ich garantiert nicht kaufen, ganz egal, wie gut es mir stand.

Schnaubend zerrte ich mir mein Tanktop über den Kopf.

»Sie kommen mir irgendwie bekannt vor«, hörte ich die Verkäuferin zu Caine sagen.

Ich verdrehte die Augen, als ich das Schnurren in ihrer Stimme hörte.

Caine gab keine Antwort.

Ich grinste.

Gewissheit.

Als ich sie in meinem Innern spürte, entspannte ich mich vollends. Sie konnte nur daher kommen, dass ich mir seiner Gefühle sicher war. Obwohl wir noch nicht darüber gesprochen hatten, den Status unserer Affäre zu ändern, war auch nie wieder die Rede davon gewesen, sie zu beenden. Wir wollten nicht, dass sie zu Ende ging. *Ich* wollte nicht, dass sie zu Ende ging. Niemals.

Ich hielt mitten im Anziehen inne.

Ich war dabei, mich in Caine zu verlieben.

»Arbeiten Sie hier in der Nähe?«, versuchte es die Verkäuferin aufs Neue.

»In der Gegend«, antwortete er, und dann bewegte sich der Vorhang der Kabine, so dass ich meinen atemlosen Gedanken für kurze Zeit vergaß. »Bist du fertig?«

Ich riss mich am Riemen. Schließlich sollte er mir den Schock angesichts der lebensverändernden Erkenntnis, die mir gerade in Bezug auf meine Gefühle für ihn gekommen war, nicht anmerken. Ich räusperte mich. »Falls man das Kleid nicht so tragen soll, dass einem die Möpse raushängen, noch nicht, nein.«

»Klugscheißerin«, murmelte er gutmütig. Gerade als ich mir das Kleid hochzog, kam Caine in die Kabine geschlüpft. Er nahm fast den ganzen Platz in Anspruch.

Ich sah ihn an. Auf einmal war ich ganz ungeduldig und fragte mich, wann der richtige Zeitpunkt wäre, ihm meine Gefühle zu gestehen.

Ich war noch nie verliebt gewesen. Wann sagte man es dem anderen?

Caine war zu sehr damit beschäftigt, mich in dem Kleid zu begaffen, als dass er gemerkt hätte, dass meine Gedanken in romantisches Fahrwasser geraten waren. »Du siehst wunderschön aus.«

Ich errötete vor Freude und strich mit den Händen über den tollen Stoff. »Danke.«

Er griff nach mir. Seine Hand strich über meine Taille hinab bis zu meinen Hüften. Dann zog er mich ganz dicht an sich. »Du nimmst das Kleid.«

Ich streichelte seine Arme und beschloss, ihm die Wahrheit möglichst schonend beizubringen. »Das geht nicht. Hast du den Preis gesehen? Der ist reinste Halsabschneiderei.«

»Wer hat gesagt, dass du es bezahlen sollst?« Er wollte einen Schritt auf den Vorhang zu machen, aber ich hielt ihn fest.

»Caine, nein.« Ich schüttelte energisch den Kopf. »Du kannst nicht ...«

Er wand sich aus meiner Umarmung, hob gebieterisch die rechte Augenbraue und verschwand aus der Kabine.

»Caine!«, zischte ich.

Halblaut fluchend begann ich, das Kleid auszuziehen, hielt jedoch inne, als ich ihn zu der Verkäuferin sagen hörte: »Wir nehmen es.«

Ich knurrte und zog wieder meine Sachen an. Als ich aus der Umkleidekabine kam, war es bereits zu spät. Er hatte das Kleid gekauft. Ich sagte nichts, als ich mit ihm die Boutique verließ, die Papiertüte mit dem nagelneuen Kleid am Handgelenk, aber kaum dass wir oben auf dem Gehweg standen, blieb ich stehen.

Caine sah mich an und seufzte. »Was ist denn?«

»Warum hast du das gemacht, obwohl ich dich ausdrücklich darum gebeten habe, es zu lassen?«

»Weil es dir gut stand und weil ich es für dich kaufen wollte.« Ein neuerlicher Seufzer. »Lexie, ich habe dir noch nie was gekauft.«

»Na und?«

»Letzte Woche hast du mir einen Film und ein Buch geschenkt, weil du dachtest, sie könnten mir gefallen.«

Ich war immer noch verwirrt. »Und?«

»Und die Woche davor hast du mir ein paar Kissen und Zeugs für meine Wohnung und fürs Büro gekauft.«

Ich schmunzelte. Stimmt. Ich hatte mich endlich sicher genug gefühlt, um meinen Nestbautrieb ein wenig von der Leine zu lassen. »So wie du es sagst, klingt es weniger nach einem Geschenk als nach einem Ärgernis.«

Caine lachte einmal kurz auf. »Mag sein, aber es waren trotzdem Geschenke von dir. Du hast es einfach so gemacht. Weil du es gerne wolltest. Und das Kleid? Das schenke ich dir auch einfach so, weil ich es gerne will.« Plötzlich wurde sein Blick so heiß, dass ich fast dahinschmolz. »Und weil ich dich gerne darin vögeln würde.«

Ein köstlicher Schauer der Erwartung durchrieselte mich. »Dann ist es gewissermaßen ein Geschenk für uns beide.«

»Ja. Eins, von dem wir hoffentlich lange etwas haben werden.«

Lachend schmiegte ich mich an ihn. Ich hatte völlig vergessen, wo wir waren.

»Alexa?«

Die vertraute Stimme ließ mich erstarren. Mein Puls begann zu rasen, als ich herumfuhr. Vor mir stand mein Großvater.

Wir hatten ein paarmal telefoniert, uns aber seit Wochen nicht gesehen. Seit Caines Offenbarung hatte ich Angst, ihm persönlich gegenüberzutreten. Früher war mir die Zeit mit ihm immer so kostbar gewesen, doch seit ich die Wahrheit über ihn kannte, schreckte ich vor einem erneuten Treffen zurück. Also hatte ich es wieder und wieder hinausgeschoben. Ich vermutete, dass mein Großvater meine Beziehung zu Caine für die Distanz zwischen uns verantwortlich machte und ihn dies in seiner Meinung, ich hätte mich auf den Falschen eingelassen, vermutlich nur noch bestärkte. Als ich nun sah, mit welcher Miene Grandpa Caine musterte, wurde mir sofort klar, dass ich richtiglag. An seiner Abneigung hatte sich nichts geändert. Ursprünglich hatte ich gedacht, dass er sich bloß Sorgen um mich machte, doch inzwischen hinterfragte ich seine Motive. Ging es meinem Großvater wirklich um mein Wohlergehen, oder befürchtete er vielmehr, durch meine Nähe zu Caine könnten all die schmutzigen Geheimnisse ans Licht kommen, die wir so sorgsam unter Verschluss gehalten hatten?

»Gran...« Das Wort blieb mir im Halse stecken, als urplötzlich meine Großmutter aus dem Juweliergeschäft nebenan auftauchte. Ich gab mir einen Ruck und versuchte, das heftige Klopfen meines Herzens zu ignorieren.

In Adele Hollands Gesicht konnte man noch immer Überbleibsel ihrer jugendlichen Schönheit entdecken. Ihr Stil, ihre perfekt gelegten aschblonden Haare und die leicht schrägstehenden kristallblauen Augen machten sie zu einer attraktiven Erscheinung. Sie sah erst ihren Mann an, dann mich und runzelte fragend die Stirn. Caine trat hinter mich und zog durch diese Bewegung ihre Blicke auf sich. Sie sah ihn und wurde blass.

Selbstverständlich kannte sie Caine. Wahrscheinlich nahm sie an, dass er die Ursache für die seltsam angespannte Situation war.

»Edward?«, raunte sie fragend. Sie wirkte nervös, ja, beinahe ängstlich ... jedenfalls kein bisschen wie der Drachen, als den sie alle beschrieben.

»Also, wir sollten dann mal weitergehen.« Grandpa räusperte sich und nickte uns hölzern zu. »Mr Carraway.

Miss.« Damit nahm er meine Großmutter beim Arm und steuerte sie an uns vorbei.

Ich starrte auf die Stelle, wo er eben noch gestanden hatte, und versuchte, den Schmerz auszuhalten, der mich innerlich fast zerriss. Auf diesen Schmerz folgte wie immer das gemeine Flüstern in meinem Kopf. *Dein Vater hat dich nicht wirklich geliebt. Deine Mutter nicht. Dein Großvater nicht ... und Caine liebt dich auch nicht ...*

Ich fühlte mich allein. Allein, ungeliebt und ohne einen Menschen, dem ich vertrauen konnte.

»Alexa?«

Ich sah zu Caine hoch. In seinen Augen lag eine dunkle Wut.

Ich schüttelte meine Verletztheit ab und zwang mich zu einem Lächeln.

Aber das machte ihn nur noch wütender.

Ohne ein Wort ging er los, in die entgegengesetzte Richtung wie meine Großeltern. Ich setzte mich ebenfalls in Bewegung, wenngleich langsamer.

Und dann blieb er urplötzlich stehen, machte kehrt und kam zu mir zurück. Entschlossen riss er mich an sich und küsste mich mit großer Heftigkeit. Ich stieß einen überraschten Laut aus, bevor mein Instinkt die Führung übernahm. Ich konnte nicht anders, als mich dem Kuss hinzugeben.

Als er endlich von mir abließ, waren wir beide außer Atem. Caine strich mit dem Daumen über meine Wange. Noch immer waren seine Augen verhangen vor Leidenschaft und Zorn. »*Mich interessiert es einen Scheißdreck, wer das gesehen hat.*«

Ich antwortete, indem ich die Arme um ihn schlang, und zu meiner Freude drückte Caine mich ganz fest an sich.

So stand ich, in Caines Armen und mit einem riesigen

Kloß im Hals, auf der Charles Street. Nicht nur war mir heute klargeworden, dass ich Caine liebte, ich begriff auch endlich, wieso er es hasste, unsere Affäre geheim halten zu müssen.

Er wusste, was seine Enthüllungen über meinen Großvater in mir ausgelöst hatten, und er wusste auch, wie ich mich fühlte, weil er sich nicht öffentlich zu mir bekannte. Ich glaube, er wusste sogar, dass ich mich fragte, ob Grandpa mich überhaupt liebte.

Caine wollte kein Mann sein, der mich genauso behandelte.

Er schämte sich nicht, mit mir zusammen zu sein, mich zu kennen, mich um sich zu haben.

Meine Arme schlossen sich fester um ihn.

Vielleicht, mein Gott, vielleicht, vielleicht … war ich nicht die Einzige, die sich gerade verliebte.

Kapitel 22

»Ihr seht umwerfend aus. Kommt, ich mache ein Foto von euch beiden.« Effie hielt ihr iPhone hoch und begann draufloszuknipsen, ehe Caine oder ich Einwände erheben konnten.

Ich musste mir ein Lachen verkneifen, als ich zu Caine hinüberschielte. Er hatte sein »Ich fasse mich in Geduld, aber nur, weil es Effie ist«-Gesicht aufgesetzt. Das setzte er in letzter Zeit ziemlich oft auf. »Glaubst du, sie denkt, wir gehen zum Schulabschlussball?«, neckte ich ihn leise.

Er warf mir einen Blick zu. »Mach, dass es aufhört.«

»Caine, guck nicht so grimmig«, tadelte Effie ihn von der anderen Seite des Zimmers.

Ich schnaubte, nahm seinen Arm und lächelte in die Kamera.

Effie gluckste so heftig beim Fotografieren, dass vermutlich alle Bilder verwackelt waren.

»Ihr beide seid wirklich zum Totlachen.« Caine machte sich von mir los und bedachte uns mit einem warnenden Blick, von dem wir wussten, dass er nicht ernstgemeint war. Ich glaube, insgeheim gefiel es ihm, wenn wir unsere Späße mit ihm machten. »Ich rufe unten an, wegen dem Wagen.« Mit diesen Worten verschwand er aus dem Zimmer. Die Haltung seiner Schultern war angespannt.

Okay, vielleicht gefiel es ihm *heute* Abend nicht.

Wir trugen beide Abendgarderobe ... Caine seinen

wunderschönen schwarzen Ralph-Lauren-Smoking und ich ein Jenny-Packham-Kleid. Leichtsinnigerweise hatte ich es Effie vor zwei Wochen gezeigt, und sie hatte es wiederum Caine gezeigt, woraufhin er es für mich gekauft hatte.

Ich hatte versucht, es ihm auszureden. Er sollte nicht denken, dass ich teure Geschenke von ihm erwartete. Aber wie ich bereits im Zusammenhang mit den Flügen nach Seattle und den Hotelzimmern festgestellt hatte, diskutierte Caine grundsätzlich nicht über Geld.

Er sagte, was er zu sagen hatte, und dann klinkte er sich aus der Diskussion aus.

Was extrem nervig war.

Vielleicht nicht ganz so nervig ... wenn danach ein wunderschönes Kleid auf meiner Türschwelle lag.

Auch ich war eben nicht vor Oberflächlichkeit gefeit. Ich hatte jahrelang für einen Fotografen gearbeitet, der hauptsächlich Modefotos machte. Ich war den schönsten Kleidern ausgesetzt gewesen, die je ein Mensch entworfen hatte, daher wusste ich die Kunst, die in einem guten Kleid steckte, zu würdigen. Und immerhin reden wir hier über ein Kleid von Jenny Packham. Es war hellgrün, zeitlos elegant, und der schlichte Schnitt erwies sich als ideal für meine Körpergröße. Die Taille war mit einem Band aus Kristallperlen und Silberstickerei abgesetzt, der Ausschnitt war tief, wirkte aber dennoch edel, und unten am Saum war der Stoff mit Silberfäden durchwirkt.

Ich kam mir vor wie eine Prinzessin.

Allerdings benahm Caine sich nicht gerade wie mein Prinz.

Die letzten Wochen mit ihm waren unglaublich gewesen. Ein Wirbelwind aus Leidenschaft, Intimität, Gelächter ... noch nie war ich glücklicher gewesen. Und grundsätzlich war ich der Überzeugung, dass Caine ebenso empfand … nur an diesem Abend hatte er schlechte Laune, und ich musste mich fragen, ob womöglich unsere vorausgegangene Diskussion der Grund dafür war.

Wir wollten heute Abend zur Vanessa-Hay-Delaney-Benefizgala gegen Alzheimer gehen. Sie wurde von Michelle und Edgar Delaney ausgerichtet, den Kindern von Vanessa Delaney, einer Frau, die über fünfzig Jahre lang eine herausragende Rolle in der Bostoner Gesellschaft gespielt hatte, ehe sie an Alzheimer erkrankte. Sie starb wenige Jahre nach der Diagnose, und seitdem veranstalteten die Delaneys alljährlich ihr zu Ehren eine Benefizgala, auf der sie Spendengelder für die Forschung nach einem Heilmittel gegen die Krankheit sammelten. Nur die Elite der Stadt war eingeladen, und dies war einer der wenigen Fälle, in denen es Caine nicht störte, wenn alle mitbekamen, dass er Geld für einen guten Zweck spendete, weil es jeder machte, der in der Stadt über Geld und Einfluss verfügte.

Sein Ruf als knallharter Geschäftsmann würde also keinen Schaden nehmen.

Es war die erste Veranstaltung, an der ich als seine offizielle Begleitung teilnahm, und wir hatten im Vorfeld darüber diskutiert, wie die Leute womöglich darauf reagieren würden. Zwar hatten wir nicht die Absicht zu verkünden, dass ich mit Caine zusammen war – nicht zuletzt weil auch die Presse anwesend sein würde –, trotzdem würde ich an Caines Seite bestimmt jede Menge Aufmerksamkeit erregen. Ich hatte ihn gebeten, unsere Beziehung nicht offiziell zu machen, bis ich Gelegenheit gehabt hatte, ein klärendes Gespräch mit meinem Großvater zu führen. Ursprünglich hatte ich überhaupt nicht zu der Gala mitkommen wollen, allerdings frustrierte die Heimlichtuerei Caine zunehmend mehr. Sie vermittelte ihm das Gefühl, als müssten wir uns für unsere Beziehung schämen. Also hatte ich eingelenkt und war bereit, ihn zu begleiten, allerdings nur als seine Assistentin. Ich wollte erst meinen Großvater damit konfrontieren und ihn vorwarnen, dass seine Familie bald die Wahrheit über mich herausfinden könnte. Caine war über diesen Kompromiss alles andere als glücklich gewesen. Zugestimmt hatte er trotzdem.

Doch nun konnte ich nicht umhin, mich nach der Ursache seiner schlechten Laune zu fragen. Er hatte so darauf gepocht, dass ich mit ihm zur Gala ging, und jetzt benahm er sich so, als wäre es ihm lieber, wenn ich zu Hause bliebe.

»Hmm.« Effie steckte das iPhone zurück in die Tasche ihres Kimonos. »Da ist aber jemand in mieser Stimmung heute Abend.«

Ich verzog das Gesicht. »Das wird ein Spaß.«

Sie lachte. »Das wird schon wieder. Stellen Sie ihm einfach ein paar vergnügliche Stunden in Aussicht, wenn Sie von der Party heimkommen, das wird ihn sicher aufheitern.

»Effie. Er ist praktisch Ihr Enkelsohn.«

»Er ist ein Mann. Ein Mann ist ein Mann.«

Ich schüttelte den Kopf, weil sie so offen war, und fragte mich, wie sie als Jugendliche die fünfziger Jahre überlebt hatte.

»Gehen wir«, kam Caines Stimme von der Tür her.

Effie und ich verließen nach ihm das Penthouse. Draußen gab er Effie zum Abschied einen Kuss auf die Wange. »Nacht, Effie.«

»Nacht, mein Guter.« Sie tätschelte ihm liebevoll die Wange. »Amüsier dich. Du hast die schönste Frau des Abends an deiner Seite. Wenn du mit ihr keinen Spaß hast, stimmt etwas nicht mit dir.«

Er schenkte ihr ein kleines, beinahe müdes Lächeln und nickte ihr zu.

Ich umarmte sie, und wir begleiteten sie noch bis zu ihrer Wohnung. Als wir in den Fahrstuhl stiegen, zwinkerte sie mir wissend von ihrer Tür aus zu. Ich grinste, hörte aber sofort damit auf, als ich Caines irritierten Blick sah. Die Fahrstuhltüren schlossen sich.

»Was hatte dieses Zwinkern zu bedeuten?«, wollte er wissen.

»Ach, Effie dachte einfach, ich könnte deine Stimmung aufbessern, indem ich dir sage, dass du dich nach der Party auf was freuen kannst.«

Er stöhnte. »Sextipps von Effie. Das geht einfach gar nicht.«

»Habe ich ihr auch gesagt.« Ich zuckte gleichmütig mit den Schultern. »Aber ich bin ihr ohnehin einen Schritt voraus, von daher brauchte ich ihren Rat gar nicht.«

Caine hob eine Braue. »Ach ja?«

Ich lächelte aufreizend. »Ich habe keine Unterwäsche an.«

Als die Türen des Fahrstuhls sich öffneten, war seine Miene noch immer ganz verdattert, und ich trat mit einem triumphierenden Lachen an ihm vorbei in die Tiefgarage, wo der Fahrer auf uns wartete.

»Am liebsten würde ich dich umbringen.«

Ich lächelte selbstgewiss. »Du hast noch zwei Minuten, um an was anderes zu denken als an mich.«

Caine warf mir einen glutvollen Blick zu »Schwierig, wenn du ohne Unterwäsche neben mir sitzt.«

Wir saßen im Wagen und waren nur noch wenige Minuten vom Haus der Delaneys entfernt. Weil er mir leidtat, versuchte ich, ihm zu helfen. »Hummus. Romantische Komödien. Dieses *Tsk*-Geräusch, das Linda immer macht ...«

»So funktioniert das nicht. Du musst mir Sachen sagen,

die mich *abtörnen*, nicht einfach nur Sachen, die ich nicht mag.«

»Puh, du bist aber echt komisch heute Abend.« Ich seufzte. »Also gut. Henry und Effie, wie sie sich ihrer glühenden Leidenschaft füreinander hingeben.«

Als der Wagen anhielt, war Caines Gesicht zu einer Maske erstarrt. »Das war einfach nur gemein.«

»Aber es hat gewirkt, oder?«

»Und wie. Jetzt bin ich den Rest des Abends völlig von der Rolle.«

Das Anwesen der Delaneys war dem der Andersons nicht unähnlich ... Prunk und Reichtum, vor dem der Normalsterbliche nur ehrfurchtsvoll erbleichen konnte. Aber zum Glück hatte ich das mit der Ehrfurcht schon bei den Andersons hinter mich gebracht, deshalb fühlte ich mich, als Caine mich nun beim Arm nahm und mit mir auf das Haus zuging, nicht mehr ganz so unwohl. Vielleicht lag es auch daran, dass ich mit ihm zusammen hier war, denn in seiner Gegenwart fühlte ich mich immer sicher.

»Alexa, Sie sind noch schöner als sonst«, sagte Henry, als er im Ballsaal auf uns zukam. In einem Teil des Raums standen feierlich gedeckte Tische für das Abendessen, am anderen Ende war eine Bühne aufgebaut, auf der ein kleines Orchester Platz genommen hatte. Vor der Bühne befand sich die Tanzfläche.

Ich riss den Blick von der Pracht des Ballsaals los, um mich Henry und seiner kurvigen, rothaarigen Begleiterin zuzuwenden. Sie kam mir vage bekannt vor. »Henry«, sagte ich, als er mich zur Begrüßung auf beide Wangen küsste und mir dabei die Hand an die Taille legte. Ich wusste, dass diese Geste nichts zu bedeuten hatte.

Trotzdem: Als wir voneinander abrückten, sah ich, wie

sich hinter Caines Augen dunkle Sturmwolken zusammenballten.

Die letzten Wochen hatten meine Theorie bestätigt. Caine war, was mich und das männliche Geschlecht anging, mittlerweile deutlich entspannter. Bei Henry allerdings lag die Sache anders. Er flirtete von Natur aus gern, ohne sich etwas dabei zu denken. Es war alles vollkommen harmlos, und trotzdem ärgerte es Caine, wenn er mit mir flirtete, mit mir lachte, mich berührte oder sich überhaupt irgendwo in meiner Nähe aufhielt.

Und das wiederum ärgerte *mich*.

Henry war Caines bester Freund. Ich wollte nicht der Grund für Konflikte zwischen den beiden sein. Ich hatte den Verdacht, dass es dabei in Wahrheit um ein ganz anderes Problem ging, das gar nichts mit mir zu tun hatte. Hinter Caines sonderbarem Verhalten musste irgendeine Geschichte stecken, und ich hätte zu gern gewusst, was für eine Geschichte das war. Leider hatte ich bislang noch nicht den richtigen Zeitpunkt gefunden, ihn danach zu fragen.

Als er Caines Gesicht sah, verdrehte Henry die Augen und ging auf Abstand zu mir. Er legte den Arm um seine Begleiterin und schob sie sanft ein Stück nach vorn. »Caine, Lexie, das hier ist Nadia Ray. Sie macht das Wetter bei WCVB.«

Jetzt fiel es mir wieder ein. Nadia Ray hatte vor einigen Monaten zum ersten Mal beim Bostoner Lokalsender WCVB das Wetter moderiert und für ziemlichen Wirbel gesorgt. Seitdem waren die Quoten des Senders sprunghaft angestiegen. »Schön, Sie kennenzulernen«, sagte ich, während Caine zur Begrüßung nur ein knappes Nicken übrighatte.

Sie lächelte nervös, und ich fragte mich, ob sie sich womöglich wie ein Fisch auf dem Trockenen fühlte. Ich kannte das Gefühl gut. »Es ist irre hier, oder?«, sagte ich und riss in gespieltem Staunen die Augen auf.

Nadia lachte befreit. »Ich bin so was nicht gewohnt.«

»Wem sagen Sie das.« Ich nickte und ließ den Blick durch den Saal schweifen. »Aber die Krebsröllchen bei diesen Veranstaltungen sind fast immer ein Gedicht.«

»Nicht halb so gut wie die Krebsröllchen, die wir uns früher immer in diesem kleinen Imbiss auf dem Campus in Wharton geholt haben.« Henry schloss in übertrieben sehnsuchtsvoller Reminiszenz die Augen. »Ach, das waren noch Zeiten.«

Ich schmunzelte. »Krebsröllchen. Das ist das Einzige, was aus Ihrer Studienzeit hängengeblieben ist?«

»Das habe ich nicht gesagt.« Er grinste. »Die Frauen waren ebenfalls sehr denkwürdig.«

»Ach so, dann waren es nicht die Krebse, sondern die Filzläuse, die Ihnen im Gedächtnis geblieben sind.«

Er schnaubte. »So schlimm war ich auch wieder nicht. Na gut ... ich war *fast* so schlimm.«

»Wie hast du ihn bloß ertragen? Oder warst du etwa noch schlimmer als er?«, wandte ich mich an Caine.

Caine nahm nicht an unserem scherzhaften Geplänkel teil. Falls überhaupt, wirkte er noch mürrischer als zuvor.

Und ich wusste auch, wieso. Ich stieß einen leidgeprüften Seufzer aus. »Caine redet nie über Wharton. Es ist, als hätte er die Zeit komplett aus seinem Gedächtnis getilgt.«

Henry und Caine wechselten einen düsteren Blick, und Henrys Miene wurde ernst. Ich verstand ihren Blick nicht und fühlte mich unbehaglich, doch als ich etwas sagen wollte, kam Caine mir zuvor.

»Wir besorgen dir gleich deine Krebsröllchen«, sagte er und kam damit auf unser ursprüngliches Thema zurück. »Aber zuerst müssen wir die Delaneys begrüßen.«

Er schob mich in die entsprechende Richtung, ehe ich protestieren konnte. Ich warf Nadia und Henry über die Schulter ein entschuldigendes Lächeln zu, dann zischte ich: »Das war unhöflich.«

Seine Finger verkrallten sich in mein Kleid. »Wie bitte?«

»Ich hätte es nett gefunden, wenn wir noch ein bisschen bei ihnen geblieben wären. Nadia fühlt sich hier ganz offensichtlich ziemlich verloren, und da ich genau weiß, wie das ist, hätte ich gerne noch etwas Zeit mit ihr verbracht.«

»Wir sind aus geschäftlichem Anlass hier.«

»Ich dachte, wir sind hier, weil es eine Spendengala ist.«

»Wir sind hier, weil man eine Einladung der Delaneys nicht ausschlägt. Ihnen gehört ein Drittel der Immobilien in Boston, Philadelphia sowie fast ganz Providence. Das ist viel Geld, und da Geld mein Geschäft ist, kann ich es mir nicht leisten, sie zu ignorieren. Insofern ist der Anlass geschäftlich.«

Ich war steif, als wir uns dem Gastgeber und der Gastgeberin näherten. »Ich wünschte nur, ich wüsste, was heute Abend mit dir los ist.«

Caine gab keine Antwort. Er setzte eine höfliche Maske auf und stellte mich Leuten vor, die mich kurz mit abschätzendem Blick musterten, um sich dann anderen Dingen zuzuwenden.

Ich seufzte innerlich und hielt nach einem Kellner Ausschau.

Wenn ich diese Leute *und* Mr Launisch aushalten sollte, brauchte ich unbedingt etwas zu trinken.

Während Caine sich mit einem Mitglied seines Vorstands, Henrys Vater und irgendeinem Investment-Banker, von dem ich noch nie gehört hatte, unterhielt, gelang es mir, mich unauffällig aus der Gruppe zu entfernen, damit ich

Nadia zu Hilfe kommen konnte, die Henry ... aus welchem Grund auch immer ... einsam und verlassen neben dem Eingang zum Ballsaal stehengelassen hatte.

»Sie sehen aus, als könnten Sie das hier gebrauchen«, sagte ich im Näherkommen und hielt ihr ein Glas Champagner hin.

Sie lächelte. Sie hatte ein tolles Lächeln, das zusammen mit ihrer Figur sicher seinen Teil dazu beigetragen hatte, sie zur beliebtesten Wetterfee in der Geschichte des Staates Massachusetts zu machen. »Vielen Dank. Henry wurde von irgendeiner zickigen Society-Frau in Beschlag genommen, und es gab keine Möglichkeit für ihn, sich höflich aus der Affäre zu ziehen.«

»Henry ist hier sehr begehrt.« Ich lächelte mitfühlend. »Die Frauen, die in denselben Kreisen wie er groß geworden sind, denken, er gehört ihnen.«

»Das ist mir mittlerweile auch klargeworden.«

»Aber ganz ehrlich, ich glaube, sie langweilen ihn«, beteuerte ich.

»Na ja, ich bin aus Beacon Falls, Connecticut, das ist ein etwas anderes Milieu. Definitiv nicht langweilig.« Sie grinste trocken.

Mir stand der Mund offen. »Ich komme aus Chester!«

»Was?« Sie lachte. »Dann sind wir ja ... eine Stunde voneinander entfernt aufgewachsen?«

»Die Welt ist klein.«

Von da an unterhielten wir uns großartig. Wir sprachen über unsere Kindheit in Connecticut, über das College, über Boston und unsere Lieblingsorte in der Stadt. Ich schätzte es sehr, dass sie mir keine Fragen über meine Beziehung zu Caine stellte, genauso wenig, wie ich sie über ihr Verhältnis zu Henry ausfragte. Nadia machte nicht mal eine Bemerkung, als eine atemberaubend aussehende Phoebe

Billingham in Chanel Couture vorüberschwebte und mir einen Blick zuwarf, der einen Puma niedergestreckt hätte.

Peinlich.

Kein bisschen peinlich war dagegen mein Gespräch mit Nadia. Wir fanden uns auf Anhieb sympathisch, und im Hinterkopf verwünschte ich Henry bereits dafür, dass er mich ihr vorgestellt hatte, denn bei seinem Ruf, was Frauen anging, wäre unsere Freundschaft vermutlich nur von kurzer Dauer.

Nadia und ich hätten uns den ganzen Abend unterhalten können, aber irgendwann kam Henry zurück und forderte seine Begleiterin von mir ein.

»Ich störe nur ungern, meine Damen.« Henry zog Nadia sanft an sich. »Mein Vater hat sich endlich von den anderen Bonzen loseisen können, und jetzt möchte ich gerne, dass du ihn kennenlernst.«

Nadia wurde blass. »Deinen Vater?« Sie warf mir einen hilfesuchenden Blick zu, aber ich konnte nichts tun, außer mutmachend zu lächeln, als Henry mit ihr davonging.

»Endlich«, brummte eine vertraute Stimme hinter mir. Gleich darauf wurde ich an der Hand gefasst und aus dem Saal gezogen.

Ich stolperte in den Flur und fand mich vor meinem sehr nervös wirkenden Großvater wieder. »Grandpa?« Ich sah mich um, doch der Flur war bis auf ein paar Mitarbeiter vom Catering und einige Sicherheitsleute leer.

Ohne ein Wort drehte mein Großvater sich um und marschierte los. Ich zögerte einen Moment, unschlüssig, ob ich ihm folgen sollte. Ich spürte den Schmerz seines Verrats mit neuer Intensität, als ich ihm hinterhersah.

In dem Moment wurde mir klar, dass ich meine Unsicherheit satthatte. Also eilte ich ihm nach. Ich holte ihn ein und lief neben ihm her, als er um eine Ecke in einen sehr viel schmaleren Flur einbog. Vor einer großen Schiebetür blieb er stehen. Er schob sie auf. »Hier rein«, sagte er leise und schlüpfte hindurch.

Wir befanden uns in einer wunderschönen Bibliothek. Bücher in kunstvoll geschnitzten Regalen aus dunklem Holz säumten die Wände. In einer Ecke stand ein imposanter Schreibtisch, dahinter ein in weinrotem Leder bezogener Sessel. Ein Sofa, kunstvoll mit Kaschmirdecken drapiert, stand vor einem prächtigen Kamin.

Die Türen schlossen sich hinter mir.

Edward Holland trug einen perfekt geschnittenen Smoking und einen sehr distinguiert wirkenden kurzen Bart ... von Kopf bis Fuß ein Gentleman. Allerdings war ich mir nicht mehr so sicher, ob das alles nicht bloß Fassade war.

Missbilligend sah er mich an. »Deine Großmutter und ich sind erst vor einer Viertelstunde angekommen, und schon jetzt hat jemand in unserer Gegenwart über dein Verhältnis zu Caine Carraway spekuliert. Was zum Teufel hast du dir dabei gedacht, als seine Begleiterin hier zu erscheinen?«

Meine Wangen brannten. Ich kam mir vor wie ein Kind, das ausgeschimpft wird. »Wir haben überhaupt nicht gesagt, dass ich seine Begleiterin bin.«

»Ach so, na, dann ist ja alles in Ordnung.«

»Lass das.« Ich schüttelte trotzig den Kopf. »Jetzt ist nicht der richtige Zeitpunkt, darüber zu diskutieren, auch wenn wir irgendwann darüber diskutieren *müssen*. Caine will unsere Beziehung nicht länger geheim halten, und ich will es auch nicht. Wenn ich mit ihm zusammen sein möchte, muss ich mich frei in seinen Kreisen bewegen können, und dann werden die Leute zwangsläufig Fragen über meine Verbindung zu den Hollands stellen. Wir müssen nicht sofort entscheiden, ob wir dann lügen wollen oder nicht, aber es wird höchste Zeit, dass du aufhörst, deiner Frau etwas vorzumachen.«

»Ich wollte nie, dass du in diese Kreise gerätst. Ich wollte nicht, dass diese Leute – *meine* Leute – dir weh tun.« Er sah mich besorgt an. »Dann ist das mit dir und Caine also etwas Ernstes?«

»Ja.« Ich machte einen Schritt auf ihn zu. »Ich weiß, das ist ziemlich viel auf einmal, und mir ist klar, dass du Zeit brauchst, um über alles nachzudenken. Aber du sollst wissen, dass es vielleicht nicht mehr lange dauern wird, bis die Fragen losgehen, und ich möchte von dir hören, wie ich dann reagieren soll. Außerdem bin ich der Meinung, dass du es mit meiner Großmutter besprechen musst, bevor eine Entscheidung getroffen werden kann.«

Er fuhr sich mit der Hand durchs kurzgeschnittene Haar. »Das gibt eine Katastrophe«, sagte er leise.

All die Geheimniskrämerei, nur damit ihm bloß niemand eine Szene machte!

Mir riss der Geduldsfaden. »Und übrigens: Ich weiß Bescheid. Er hat es mir gesagt.«

Grandpa runzelte die Stirn. »Wovon redest du?«

So schwer es mir auch fiel, einzugestehen, dass der einzige Verwandte, der mir etwas bedeutete, etwas Schreckliches getan hatte ... was Grandpa mit Eric gemacht hatte, war abscheulich, und ich *musste* seine Beweggründe dafür erfahren. Endlich fand ich den Mut, das zu fragen, was mir seit Wochen auf der Seele lag. »Warum hast du es getan?«, sagte ich leise, fast zaghaft. »Warum hast du alles vertuscht?«

Als mein Großvater begriff, wovon ich sprach, sah er mich betroffen an. Ein Ausdruck der Reue trat in sein Gesicht. »Ich habe die Familie beschützt«, antwortete er, doch seinem resignierten Gesichtsausdruck nach zu urteilen, wusste er, was für eine jämmerliche Entschuldigung das war. »Erst später, als ich herausfand, dass Caines Vater ... die Schuldgefühle, die Scham ... ich wurde sie nicht mehr los. Mir fiel nur ein Weg ein, wie ich mein Gewissen zumindest ein klein wenig erleichtern konnte, nämlich indem ich für eine Art ausgleichende Gerechtigkeit sorgte. Und die einzige Möglichkeit, das zu tun, ohne dem Rest der Familie zu schaden, war, meinen Sohn zu enterben. Ihm sein Geld und seinen Status wegzunehmen«, Grandpa schüttelte den Kopf. »Nichts hätte Alistair härter treffen können als das.«

»Warum hast du mir nicht gesagt, dass du derjenige warst, der das Schweigegeld gezahlt hat?«

»Weil ich nicht wollte, dass du mich so ansiehst, wie du mich jetzt gerade ansiehst.«

»Wie soll ich dich denn sonst ansehen? Ich habe keine Ahnung, ob ich dir noch irgendetwas glauben kann. Ganz ehrlich, ich weiß nicht mal, ob du mich überhaupt magst.«

»Alexa, natürlich ...«

Ich ging an ihm vorbei und schob die Türen auf. Ich merkte, dass ich noch nicht für seine Antwort bereit war. Ich hätte sie sowieso nicht geglaubt. »Ich muss zurück, bevor Caine sich wundert, wo ich abgeblieben bin.«

Auf dem Weg in Richtung Ballsaal versuchte ich vergeblich, mein rasendes Herz zu beruhigen. Meine Hände zitterten, und schuld daran war eine seltsame Ahnung, die mich plötzlich beschlichen hatte.

Mir war noch nie in den Sinn gekommen, dass ich Grandpa vielleicht aufgeben musste, wenn die Wahrheit ans Licht kam. Ich wusste nicht, wie ich ihm vergeben sollte ... *noch* nicht ... und selbst wenn es mir irgendwann gelänge, so konnte ich mir nicht vorstellen, dass seine Familie seinen Umgang mit mir billigen würde. Überdies beschlich mich allmählich die Vermutung, dass der eigentliche

Grund, weshalb ihm der Gedanke an die Wahrheit so zusetzte, womöglich der war, dass er sich dann zwischen mir und seiner Familie entscheiden müsste ...

Ich blieb stehen und sah mich benommen im Saal um.

... Und er würde sich für *sie* entscheiden. Nicht für mich. Wie immer kam ich an zweiter Stelle.

Ich brauchte Caine und hielt nach ihm Ausschau, konnte ihn jedoch nirgends entdecken.

»Er ist mit Regina Mason weg.«

Ich drehte mich um und sah Phoebe, die scheinbar entspannt dastand und nonchalant an ihrem Champagner nippte. Ich hätte Abscheu in ihren Augen erwartet, aber zu meiner Verwunderung war da nur ein gewisses widerwilliges Mitgefühl.

Ich versteifte mich. »Weg?«

Sie deutete mit ihrem hübschen Kopf in die Richtung, aus der ich soeben gekommen war.

Ich beschloss, sie nicht darauf hinzuweisen, dass sie sich, indem sie Caine beobachtet hatte, wie eine Stalkerin benahm. Stattdessen nickte ich bloß zum Dank und trat zurück in den Flur. Da die beiden nirgendwo zu sehen waren, begann ich, nach ihnen zu suchen. Ich beschloss, mit den Zimmern zur Rechten der großen Eingangshalle anzufangen.

Schon wieder schlug mein Herz schneller, doch nun aus einem anderen Grund.

Hör auf. Das ist albern. Caine würde niemals ... Es gibt bestimmt eine plausible Erklärung dafür.

Als ich aus einem Raum weiter hinten eine leise Männerstimme vernahm, eilte ich hin. Ich bemühte mich, mein Zittern zu unterdrücken. Im Näherkommen erkannte ich die Stimme als Caines. Die Frauenstimme hingegen war mir gänzlich unbekannt.

»Ich finde das sehr enttäuschend. Nach all den Jahren«, sagte sie.

Ich blieb vor der angelehnten Tür stehen und spähte durch den schmalen Spalt in ein gemütliches Wohnzimmer.

Alle Luft wich mir aus den Lungen.

Caine stand am Fenster, und eine attraktive Frau drängte sich an ihn. Er hielt sie an den Oberarmen, und sie streichelte mit den Fingerspitzen seine Brust. »Regina«, beschwor er sie leise.

Ich war vor Unsicherheit wie gelähmt und wartete still, wie es weitergehen würde.

»Du sagst also wirklich nein zu mir.« Sie verzog ihre chirurgisch vergrößerten Lippen zu einem Schmollmund. Ich kniff die Augen zusammen und musterte ihr unnatürlich glattes Gesicht. Diese Frau war viel älter, als ich zunächst angenommen hatte. Wer zum Geier war sie?

Lass die Finger von ihm!

Schon wollte ich in den Raum stürmen.

Caine schob sie von sich weg. Er war dabei nicht grob, doch seine Züge waren wie versteinert. Erst jetzt merkte ich, wie feindselig er sich ihr gegenüber verhielt. Sehr feindselig. »Ja.«

Sie zog eine Augenbraue hoch und strich sich das Haar aus der Stirn. »Du weißt, dass das ziemlich riskant ist.«

Seine Miene verfinsterte sich drohend. »Treib keine Spielchen mit mir, Regina. Sonst mache ich dich fertig.«

Als wäre ihr plötzlich klargeworden, mit wem sie es zu tun hatte, lächelte sie verkniffen. »Es besteht kein Grund, aggressiv zu werden, Caine.«

Ich sah den Muskel in Caines Kiefer zucken und beschloss, dem Ganzen ein Ende zu machen. Ich hatte keine Ahnung, wer diese Frau war oder was hier vorging, aber ich würde die beiden keine Sekunde länger ihrer intimen kleinen Auseinandersetzung überlassen. Ich stieß die Tür auf, und ihre Köpfe fuhren zu mir herum.

Caines Augen wurden schmal.

Regina lächelte selbstgewiss.

Ich begegnete ihr mit einem stahlharten Blick. »Wenn Sie uns bitte entschuldigen wollen«, sagte ich so gebieterisch, wie ich nur konnte.

Sie verstand den Wink und ging an mir vorbei zur Tür. Ihr wunderschönes saphirblaues Kleid wogte um ihre Beine. Sie warf mir ein katzenhaftes Lächeln zu – es wirkte etwas bemüht, allerdings wohl eher aufgrund der eingeschränkten Bewegungsfähigkeit ihres Gesichts als aus einer echten Emotion heraus.

Die Tür fiel hinter ihr ins Schloss, und ich sah Caine fragend an. »Was war das denn, bitte?«

Statt mir zu antworten, funkelte er mich empört an. »Hast du mir nachspioniert?«

Ich zuckte zurück. Sein Tonfall war richtiggehend gehässig. »Nein, habe ich nicht. Ich hatte einen Streit mit meinem Großvater, und danach habe ich dich gesucht, weil ich dich brauchte. Phoebe hat mir gesagt, wo du hingegangen bist.«

Ich dachte, meine Erklärung würde ihn beruhigen, doch zu meinem Erstaunen schien seine Wut nur noch größer zu werden. Viel größer, als die Situation überhaupt rechtfertigte. Ich sah ihn wie einen gequälten Stier im Zimmer auf und ab gehen und hätte mich nicht gewundert, wenn Dampf aus seinen Nüstern gequollen wäre.

Das unangenehme Gefühl, das ich die ganze Zeit gehabt hatte, wurde zu einem schweren Klumpen der Angst in meiner Magengrube. »Caine, was ist denn los?«, fragte ich leise. »Wer war das?«

»Nichts.« Plötzlich blieb er stehen, und ich sah, wie es

passierte. Ich sah, wie er dichtmachte, mich ausschloss.

»Komm, lass uns zurück auf die Party gehen.«

»Nein.« Ich eilte mit stolpernden Schritten zur Tür und stellte mich davor. »Erst wenn du mir sagst, was los ist.«

»Das geht dich nichts an, Alexa.«

»In dem Punkt irrst du dich. Ich bin mir ziemlich sicher, du würdest Bescheid wissen wollen, wenn ich mich mit irgendeinem Kerl in einem Zimmer einschließen und er mich im Arm halten würde.«

Seine dunklen Augen blitzten. »Du interpretierst die Situation völlig falsch, und ich habe heute Abend weder die Zeit noch die Geduld für deine unbegründeten Eifersuchtsattacken.«

Empörung kochte in mir hoch. »Sprich ja nicht so mit mir. Was zum Teufel ist eigentlich dein Problem? Du benimmst dich schon den ganzen Abend total ätzend.«

»Total ätzend?«, höhnte er. »Das ist aber nicht sehr damenhaft, Alexa.«

»Hör auf.« Ich knirschte mit den Zähnen. »Hör auf, so zu sein. Bitte.«

Seine Miene wurde ein ganz klein wenig weicher. »Nicht hier«, sagte er schließlich. »Dies ist nicht der richtige Ort und nicht der richtige Zeitpunkt. Komm, wir gehen wieder zu den anderen.

»Dann aber später?«

»Lexie.« Er kam auf mich zu und fasste mich beim Arm. Ich wusste nicht genau, was er vorhatte, ließ jedoch zu, dass er mich sanft an sich zog.

Umso mehr ärgerte es mich, als er mich gleich darauf wieder losließ und an mir vorbei zur Tür hinausging.

Prompt war das ungute Gefühl wieder da.

Kapitel 23

Ich grub die Fingernägel in meine Handflächen, als der Fahrer in meine Straße einbog.

»Zu mir?«, fragte ich kaum hörbar.

Von Caine kam keine Antwort.

Ich holte tief Luft im Bemühen, diesen unerträglichen Druck auf der Brust loszuwerden.

Nach stundenlanger gezwungener Konversation hätte mir das Schweigen eigentlich angenehm sein müssen. Außerdem hätte ich gedacht, dass Schweigen weniger Energie kostete als Reden, doch die fast aggressive Anspannung, die von Caine ausging, legte nahe, dass er sehr viel Kraft aufbieten musste, um nichts zu sagen.

Das Abendessen bei der Spendengala war in einem Nebel aus aufgesetzten Höflichkeiten und banalen Gesprächen vergangen, die mir zum einen Ohr hinein- und zum anderen wieder hinausgingen. An die Auftritte der Sänger und Tänzer konnte ich mich hinterher kaum noch erinnern, trotz der wunderschönen Pirouetten der Ballerina. Ich war Henrys und Nadias besorgten Blicken ausgewichen. Caine hatte neben mir gesessen und nur das Wort an mich gerichtet, wenn es sich gar nicht vermeiden ließ. Niemandem sonst schien sein Verhalten aufzufallen, zumal er für seine abweisende Art bekannt war, aber Henry merkte genau, dass mit seinem Freund etwas nicht stimmte.

Und ich? Ich merkte es auch. Und wie.

Ich hatte das Gefühl, als hätte meine Haut Feuer gefangen. Sie brannte und juckte so sehr, dass ich sie mir am liebsten vom Leib gerissen hätte. Genauso verzweifelt sehnte ich mich danach, endlich diesen höllischen Abend hinter mich zu bringen. Irgendwie ahnte ich bereits, wie er enden würde. Meine innere Stimme tobte und schrie, ich müsse einen Weg finden, das Unvermeidliche noch abzuwenden.

Und dann war da noch dieser winzig kleine Teil von mir, der hoffte, dass meine innere Stimme sich irrte.

Doch sobald der Chauffeur in meine Straße einbog, statt weiter in Richtung von Caines Penthouse zu fahren, löste sich dieser winzige Rest Hoffnung in Rauch auf.

»Caine?« Ich sah ihn an, als der Wagen hielt, und konnte nicht begreifen, wieso nach all den Wochen auf einmal wieder dieser Fremde mit seiner kalten, unnahbaren Art neben mir saß. Ich mochte ihn nicht. Viel lieber mochte ich den Mann hinter dieser eisigen Maske.

Wo war er geblieben?

Und warum war er ausgerechnet nach dem seltsamen Streit mit dieser Regina auf Tauchstation gegangen?

»Ich bring dich noch rauf«, sagte Caine mit monotoner Stimme.

Der Fahrer öffnete mir die Tür, und ich stieg aus, ein Dankeschön murmelnd. Zitternd wartete ich in der kühlen Luft des frühen Morgens, doch statt mit mir gemeinsam zur Haustür zu gehen, marschierte Caine einfach an mir vorbei. Am Eingang nahm er zwei Treppenstufen auf einmal.

Mittlerweile zitterte ich nicht mehr nur, mein ganzer Körper bebte. Trotzdem kämpfte ich die aufsteigende Übelkeit nieder und lief, so schnell Schuhe und Kleid es mir erlaubten, hinter ihm her.

»Schlüssel?« Er streckte die Hand aus.

Ich sah zu ihm auf.

Er war vollkommen ausdruckslos. Kalt wie Eis.

Ich wandte den Blick ab, wühlte in meinem Abendtäschchen und holte den Schlüssel heraus. Er wurde mir aus der Hand gerissen, noch ehe ich etwas sagen konnte. Caine sperrte uns die Haustür auf.

Ich folgte ihm nach oben. Das Klackern meiner Absätze schallte unangenehm laut durchs Treppenhaus. Im Vergleich zu Caines stoischem Schweigen erschien mir jedes Geräusch unangenehm, aber vielleicht lag es auch daran, weil ich mir der Tatsache so stark bewusst war, dass es *ihm* unangenehm sein musste.

Er benahm sich wie ein Mann, der sich meiner so schnell und komplikationslos wie möglich entledigen wollte.

Mein Stolz kämpfte mit meiner Empörung.

Als ich bei meiner Wohnungstür ankam, hatte Caine sie bereits aufgeschlossen, stand aber noch im Hausflur. Er bedeutete mir hineinzugehen.

Ich verengte die Augen zu Schlitzen. »Du zuerst.«

Immer noch ausdruckslos. Immer noch kalt wie Eis. »Ich bin müde. Wir reden ein andermal.«

»Du zuerst, oder ich folge dir wieder nach draußen.«

»Sei nicht kindisch.« Wieder diese tonlose Stimme.

Früher hatte mich seine aufbrausende Art, sein ständig unter der Oberfläche brodelnder Zorn beinahe in den Wahnsinn getrieben. Jetzt hätte ich alles darum gegeben. »Du zuerst«, beharrte ich.

Mit einem abgrundtiefen Seufzer betrat Caine meine Wohnung. Ich versuchte mich für das, was kommen würde, zu wappnen, erst dann folgte ich ihm hinein. Leise schloss ich die Tür und ging durch den Flur ins Wohnzimmer.

Dort stand Caine und starrte aus dem Fenster. Das erinnerte mich daran, wie er das allererste Mal bei mir gewesen war. Mein Herz krampfte sich zusammen. Das Schweigen zwischen uns wurde unerträglich. Es war schwer und kalt und gefährlich. Hätte ich mit der Faust zwischen uns in die Luft geschlagen, wäre sie in scharfe Splitter zerborsten und hätte mir die Haut aufgeschlitzt.

Ich holte stockend Luft. Caine hörte es und sah sich nach mir um. Mondlicht fiel auf sein Gesicht, das immer noch wie versteinert war.

»Wer war diese Frau?«, fragte ich.

Er drehte sich um. »Das spielt keine Rolle.«

»Da bin ich anderer Meinung. Wenn dieses Gespräch in die Richtung geht, die ich vermute, spielt es sogar eine sehr große Rolle.«

»Und wo, glaubst du, führt dieses Gespräch hin?«

»O nein. Denk ja nicht, dass ich dir die Arbeit abnehme. Das musst du schon selbst erledigen.«

»Es war von vornherein abgemacht, dass es irgendwann zu Ende sein würde.«

»Ich finde, über diese Abmachung sind wir längst hinaus.«

»Seit wann?«

»Lass das. Tu doch nicht so, als wären bei dir nicht auch Gefühle im Spiel, genau wie bei mir.«

»Bei uns *sind* keine Gefühle im Spiel, Lexie. Das hier war nur ... Es war eine Bettgeschichte. Wie vereinbart. Und jetzt ist sie vorbei.«

Ich hatte gewusst, dass er das sagen würde, und doch hatte mich dieses Wissen nicht im mindesten auf den Schmerz vorbereitet, den ich nun empfand. Meine Knie gaben nach, und ich musste mich auf der Lehne meines Sessels abstützen.

Daraufhin zuckte der Anflug einer Gefühlsregung über Caines Gesicht ... der erste seit der Gala.

»Es war mehr als eine Bettgeschichte«, wisperte ich.

»Nein, das war es nicht.«

Vollkommen monoton. Schon *wieder*. Der Tonfall war so unangenehm wie das Geräusch, wenn man mit dem Finger über Styropor kratzt, und ich musste die Zähne zusammenbeißen. »Warum ist auf einmal der kalte Mr Carraway wieder da?«, fragte ich laut und erschrak vor der Bitterkeit in meiner eigenen Stimme. »Was hast du für Geheimnisse vor mir? Sie müssen ja schlimm sein, wenn du ihn auf einmal wieder rausholst. Ich dachte, ich hätte ihn schon vor Wochen in die Flucht geschlagen.«

»Was soll das? Ich bin nur eine Person.«

»Nein, das bist du nicht.« Ich schüttelte heftig den Kopf und machte einen Schritt auf ihn zu. »In den Mann vom Fotoshooting habe ich mich nicht verliebt. Oder in den Mann, der wochenlang mein Boss war.«

»Alexa ...«

»Ich habe mich in Caine Carraway verliebt. Ich habe mich in den Mann verliebt, der Witze mit mir macht, der mit mir lacht, der mir zuhört und mich respektiert. In einen Mann, der mich jeden Morgen mit Sex weckt und der mir jeden Abend einen Gutenachtkuss gibt, nachdem er mir die Seele aus dem Leib gevögelt hat, als könnte er niemals genug von mir bekommen. Kein Mann war je so tief in mir drin ... in jeder Hinsicht. Er sieht *mich*, wie mich vorher noch nie jemand gesehen hat. Dieser erste Mann, mein Boss, hat mich abgeurteilt und herumgeschubst. Caine Carraway nicht. Bei ihm habe ich mich zum ersten Mal in meinem Leben angenommen und geborgen gefühlt. Ich will ihn wiederhaben. Ich liebe ihn. Ich will ihn wiederhaben«, flehte ich kläglich.

Er sah mich nicht an, sondern wandte mir sein Profil zu und starrte in meine Küche.

»Caine.«

Als er endlich meinem Blick begegnete, quollen seine Augen schier über vor Gefühlen. Sie alle waren so fest miteinander verwoben, dass ich nur ahnen konnte, was für einen inneren Kampf er gerade ausfocht. Er war wütend, er war bestürzt, er war verzweifelt, er fühlte sich schuldig, alles gleichermaßen.

»Du liebst mich nicht.« Er schüttelte den Kopf. Seine Stimme klang wie Sandpapier über einem Stein. »Du kannst mich gar nicht lieben, weil du mich nicht kennst. Ich habe dir nie erlaubt, mich kennenzulernen.«

Wir starrten uns an. Die Spannung zwischen uns war schneidend, als hielten wir zwei Enden eines bis zum Zerreißen gespannten Klavierdrahtes in der Hand. Wenn wir noch einmal kräftig daran zogen, dann ...

»Lügner«, stieß ich hervor, und eine Woge aus Wut und Angst und Gemeinheit wurde dabei aus meinem Innern emporgeschleudert wie Lava aus einem Vulkan.

»Du musst die Kündigungsfrist nicht einhalten. Gib mir nur ein paar Tage Zeit, um einen Ersatz für dich aufzutreiben, dann entlasse ich dich aus deinem Vertrag.«

»Feigling.«

Seine Miene wurde erneut stumpf, und er machte einen Schritt auf mich zu. »Ich muss mir das nicht anhören.«

Der Duft seines Aftershaves umwehte mich, als er sich an mir vorbeidrängte. Dies und die Wärme seines Körpers weckten Erinnerungen an unsere gemeinsame Zeit in mir. Noch nie im Leben hatte mir etwas so weh getan. »Richtig«, sagte ich, und meine Stimme klang jetzt genauso hohl wie seine. »Lass mich einfach fallen. Etwas anderes habe ich von dir auch nicht erwartet.«

Er zögerte einen Augenblick. Seine Schultern sackten herab.

Ich machte einen zaghaften Schritt auf ihn zu und flüsterte: »Ich hoffe, deine Geheimnisse wärmen dir nachts schön das Bett.«

Da schüttelte er ab, was immer er gerade empfunden hatte, und verließ zum allerletzten Mal meine Wohnung.

Im Dunkeln taumelte ich zu meinem Sofa. Im ersten Moment war ich wie taub.

Dann hörte ich den Motor seines davonfahrenden Wagens, und tief aus meinem Innern stieg ein Schluchzen hoch, als wolle es ihm hinterherstürzen.

Kapitel 24

„Sie haben vier neue Nachrichten."

Mit versteinerter Miene starrte ich auf meinen Anrufbeantworter. Wäre es nach mir gegangen, hätte ich das verdammte Mistding einfach ignoriert, aber ich hatte das Licht im Schlafzimmer ausgemacht, und das rote Blinken störte mich. Wenn ich auch nur die geringste Chance haben wollte, heute Nacht ein Auge zuzutun, würde ich die Nachrichten entweder abhören oder löschen müssen, damit dieses Blinken endlich aufhörte.

Ich hatte keinen guten Tag gehabt.

Mein Gesicht war verquollen und voller roter Flecken. Ich hatte keinen Bissen gegessen. Stattdessen hatte ich zwei Gläser Wein getrunken und sofort wieder ausgekotzt, und weil ich nichts Festes im Magen hatte, kam einfach nur rote Flüssigkeit hoch, bei deren Anblick ich mich am liebsten gleich noch mal übergeben hätte.

Mein Handy hatte geklingelt ... der Refrain von Alanis Morissettes »You Oughta Know« ..., mindestens ein Dutzend Mal, bis ich es irgendwann auf stumm schaltete. Das half aber auch nicht, weil die Leute daraufhin einfach die Festnetznummer anriefen und Nachrichten auf meinem Anrufbeantworter hinterließen.

Wenn ich die Nachrichten abhörte, würde es mir hinterher sicher noch mieser gehen.

Trotzdem hatte ich festgestellt, dass es noch etwas

Schlimmeres gab als die innere Qual, von dem Mann, den man liebte, eiskalt abserviert worden zu sein. Nämlich den brutalen, scharfen, atemberaubenden Schmerz dieses widerlichen kleinen Gefühls namens Hoffnung. Es war einfach nicht totzukriegen. Es flüsterte mir Sachen ein.

Noch ist Zeit.

Er kann seine Meinung ändern.

Wenn du morgen zur Arbeit kommst, wird er nur einen Blick auf dich werfen und dich sofort zurückhaben wollen.

Ich hasste diese Hoffnung. Ich hasste, wie schwach und kläglich ich mich fühlte, als hätte er mich kaputtgemacht. Als würde ich ohne ihn, oder wenigstens ohne diese Hoffnung, nie wieder dieselbe sein.

Ich hasste es, dass er eine solche Macht über mich hatte.

Und ich hasste es, dass meine Hoffnung mir einredete, eine dieser vier Nachrichten könnte von ihm sein.

Vielleicht hat er ja angerufen, um zu sagen, dass er es sich anders überlegt hat.

Ich seufzte, voller Verachtung über meine eigene Jämmerlichkeit, und stach mit dem Finger auf den Knopf, um mir die Nachrichten anzuhören.

»Erste Nachricht: heute, neun Uhr sieben ... Lexie, ich bin es«, hörte ich die tiefe Stimme meines Großvaters. »Ich finde es schrecklich, wie wir gestern Abend auseinandergegangen sind, Liebes. Ruf mich doch bitte an. Wir müssen reden ...« Noch während die nervtötende Frauenstimme mir die verschiedenen Optionen aufzählte, wie ich mit der Nachricht verfahren könne, drückte ich auf »Löschen«. Mit dem, was er mir angetan hatte, wollte ich mich im Moment nicht auch noch auseinandersetzen müssen.

»Zweite Nachricht: heute, zehn Uhr vierundvierzig ... Lexie. Effie hier. Was war los? Caine hat mich heute früh nicht in seine Wohnung gelassen. Er war richtig garstig, so ist er sonst nie. Er hat gesagt, er lässt die Schlösser auswechseln. Was geht hier vor? Rufen Sie mich sofort zurück.«

Das dumpfe Ziehen in meiner Brust wurde stärker, als ich die Panik in Effies Stimme hörte. Caine wollte auch sie am liebsten aus seinem Leben verbannen. Ich kniff ganz fest die Augen zu und versuchte, den Schmerz dahinter wegzureiben. In was für eine Szene war ich gestern Abend hineingeplatzt? Was war das für ein Geheimnis, das eine solche Reaktion bei ihm auslöste?

»Dritte Nachricht: heute, vierzehn Uhr zwanzig ... Hey, ich bin's«, rief Rachel. »Ich wollte nur fragen, wie es gestern Abend auf dem Ball gelaufen ist. Ich kriege es immer noch nicht in meinen Kopf, dass du auf Bälle gehst. Warte mal. War das ein Ball? Oder eine Gala? Oder kann man auch einfach Party sagen? Was ist eigentlich der Unterschied, und interessiert das überhaupt irgendeinen Menschen, der kein totaler Snob ist? Hast du das Jenny-Packham-Teil getragen, du altes Luder? Bitte sag mir, dass dein heißer Neandertaler es dir nicht vom Leib gerissen und ein Dreitausend-Dollar-Kleid ruiniert hat. Obwohl, wenn ich's mir genau überlege ... sag mir lieber gar nichts. Wenn mein Neid ein bestimmtes Maß übersteigt, bin ich nämlich gezwungen, unsere Freundschaft aufzukündigen. Auch was, Süße, ruf mich einfach an. Ich will alles wissen ...«

Tränen stiegen in mir hoch, aber ich schluckte sie tapfer herunter. Ich hatte heute schon genug geweint. Meine Tränen hätten einen Brunnen füllen können. Einen sehr tiefen Brunnen.

Das reichte.

Ich musste mich am Riemen reißen, damit ich morgen wenigstens einen Rest meiner Würde behielt, wenn ich Caine gegenübertrat.

Ich atmete tief durch und drückte ein weiteres Mal auf den Knopf ... ein wenig atemlos vor Erwartung.

»Vierte Nachricht: heute, fünfzehn Uhr zwei ... Lexie.« Effies Stimme zerschmetterte meine Hoffnung, Caine könnte angerufen haben. »Ich wollte Ihnen nur sagen, dass Caine sich wieder beruhigt hat und bei mir vorbeigekommen ist ... Er hat mir alles erzählt, Liebes ... Ich glaube, er verbirgt etwas. Lassen Sie ... geben Sie ihn noch nicht auf. Wenn er mir gegenüber so kalt ist, weiß ich immer genau, es liegt daran, dass er irgendetwas besonders tief empfindet. Das ist seine Art, mit Gefühlen umzugehen. Ich ... bitte geben Sie ihn nicht auf ...«

Das scharfe Brennen in meiner Nase kündigte die Tränen an, die ich nun doch nicht mehr zurückhalten konnte. Dass Effie mich anflehte, jemandem zu helfen, den wir beide liebten, zerriss mich fast. Weil ich es selber so sehr wollte ... Gott, ich wollte es so sehr, wenn dadurch die Chance bestand, dass ich Caine zurückbekam ...

Aber ... er hatte keine Nachricht hinterlassen.

Ein großer Teil von mir war tödlich verletzt ... ein anderer, nicht minder großer Teil wollte sich nicht länger damit abfinden, dass ich bei den Menschen, die ich liebte, immer an letzter Stelle kam. Und ein dritter großer Teil von mir hatte es satt, sich ständig nur um andere zu kümmern.

Mir wurde klar, dass ich mich zuallererst um mich selbst kümmern musste. Mein ganzes Leben stand kopf ... seinetwegen.

Ich musste mein Herz heilen und meine Karriere wieder in die richtigen Bahnen lenken.

Keine Ahnung, ob da am Ende noch Kraft übrigblieb, weiter um Caine zu kämpfen.

Kapitel 25

Caines Miene, als er am nächsten Morgen zu meinem Schreibtisch kam, schredderte den allerletzten Funken Hoffnung, an den ich mich bis dahin vielleicht noch geklammert hatte. Er war nicht kalt zu mir. Er war verhalten höflich.

Ich stand von meinem Platz auf, als er vor mir stehen blieb. Der Anblick der dunklen Ringe unter seinen Augen verschaffte mir eine gewisse Genugtuung. Seine Züge waren angespannt vor Müdigkeit. Er sah nach wie vor wunderschön aus, allerdings auf eine etwas derangierte Art, von der ich wünschte, ich fände sie nicht ganz so anziehend.

Es tat gut zu wissen, dass unsere Trennung nicht spurlos an ihm vorübergegangen war. Doch das änderte nichts an den Tatsachen. So viel erkannte ich an dem vorsichtigen Nicken, mit dem er mich begrüßte. »Ich habe bereits mit einer Personalleasing-Agentur telefoniert. Sie schicken am Mittwoch eine Ersatzkraft.«

Panik wallte in mir hoch.

Uns blieben nur noch heute und morgen.

Ich reagierte, ohne nachzudenken. »Was auch immer du für Geheimnisse vor mir hast, sie ändern nichts an meinen Gefühlen für dich.«

Ein allerletzter verzweifelter Versuch.

Er sah mir geradewegs in die Augen. »Es tut mir leid,

dass ich dir weh getan habe. Wirklich. Aber die Sache ist vorbei.« Er machte einen Schritt rückwärts. »Selbstverständlich sorge ich dafür, dass du noch einen Monat weiter dein Gehalt bekommst, und du kannst mich gerne als Referenz angeben.«

»Sag mir, dass du mich nicht liebst«, verlangte ich leise von seinem Rücken.

An der Tür zu seinem Büro blieb er stehen. Einige Sekunden verstrichen, dann wandte er den Kopf und sah mich über die Schulter hinweg an. »Ich liebe dich nicht.«

Ich sackte auf meinen Stuhl, während die Tür hinter ihm ins Schloss fiel.

Alle Hoffnung war dahin, und es war ein Schmerz, als würde ich innerlich in Stücke gerissen.

So fühlte sich das also an.

»Dein Terminplan befindet sich auf meinem Rechner, genau wie all deine Kontakte und Protokolle der letzten Besprechungen, sofern sie sich auf laufende Geschäftsvorgänge beziehen.« Ich legte ihm einen USB-Stick auf den Schreibtisch. »Ich habe alles für dich hier draufgezogen, ich denke, es ist besser, wenn dein neuer Assistent oder deine neue Assistentin mit frischen Informationen anfängt. Wenn er oder sie die alten Aufzeichnungen liest, sorgt das bloß für Verwirrung, und das wäre von Nachteil für dich. Ich habe mir Notizen über meine täglichen Aufgaben gemacht, über diverse Anleitungen und deine persönlichen Vorlieben. Da steht alles drin – angefangen davon, wie die Standard-E-Mails und Antworten auf Einladungen auszusehen haben, bis hin zu deiner Lieblingsreinigung.«

Ich hob den Kopf von meinem Notizblock und blickte in Caines nachdenkliches Gesicht.

»Vielen Dank, Alexa. Das ist sehr hilfreich.«

Diese vorsichtige Höflichkeit zwischen uns weckte in mir den Drang, laut zu schreien, aber irgendwie gelang es mir, ihn zu unterdrücken, genau wie meinen Hang zu schnippischen Erwiderungen. Ich wollte die Sache zwischen uns in Würde zu Ende bringen. Ohne Sarkasmus, ohne beißende Kommentare.

»Gern geschehen.«

Er blickte auf die Unterlagen auf seinem Schreibtisch. »Hast du schon Aussicht auf eine neue Stelle? Ich kann den Kontakt mit der Personalagentur herstellen, an die ich mich immer wende.«

»Nein, danke«, sagte ich leise. »Ich denke, ich muss mir erst mal über meinen weiteren Berufsweg klarwerden.«

»Klingt nach einem Plan.«

Mit Mühe unterdrückte ich ein Augenrollen. Wie konnte es sein, dass ich mit diesem Mann Sex auf seinem Schreibtisch gehabt hatte (im Übrigen nicht nur einmal), und jetzt standen wir uns wie Fremde gegenüber?

Der Schmerz hatte sich in jeder Faser meines Körpers festgesetzt, und manchmal, so wie in diesem Moment, drohte er, mich zu überwältigen. Ich verdrängte ihn. »Wir haben in vierzig Minuten das Treffen mit Jeremy Ruger«, rief ich Caine ins Gedächtnis.

Sein Blick wurde scharf. »Ruger ist ein Widerling. Du musst nicht mitkommen.«

Mir war sehr wohl bekannt, dass Ruger ein Widerling war. Außerdem war er der Finanzchef von Winton Investments, einer Firma, die, seit Ruger vor zwei Jahren den Posten des CFO übernommen hatte, von einem winzigen Unternehmen zu einer ganz großen Nummer im Finanzbezirk aufgestiegen war.

Als Linda, Caines Finanzchefin, aus heiterem Himmel verkündet hatte, dass sie wieder schwanger sei und sie und ihr Mann entschieden hätten, dass er wieder arbeiten gehen solle, damit sie mehr Zeit mit den Kindern verbringen könne, hatte Caine angefangen, nach einem neuen Kandidaten für seinen CFO-Posten Ausschau zu halten.

Wir hatten Ruger auf der Gala am Samstag kennengelernt. Er mochte ein Finanzgenie sein, aber er war obendrein ein ekelhafter Schleimbeutel, der seine Hände nicht bei sich behalten konnte und den Großteil des Abends damit verbracht hatte, attraktiven Kellnerinnen nachzustellen.

Sicher war es nicht zwingend notwendig, dass ich Caine zu dem Termin begleitete. In Wahrheit hätte ich wohl zu über der Hälfte seiner Lunch-Meetings und Besprechungen nicht mitkommen müssen. Allerdings vermutete ich, dass er mich gerne dabeihatte, weil ich durch meine Anwesenheit die Atmosphäre auflockerte. Auch seine Verhandlungspartner brachten üblicherweise jemanden mit, und in der Regel war dieser Jemand weiblich und gesellig. Caine sagte immer, entspannte Männer ließen sich leichter überzeugen.

»Ich komme immer mit«, wandte ich ein. »Und ganz ehrlich: Ich will dabei sein. Ich muss unbedingt wissen, was so großartig an dem Kerl ist, dass du dafür bereit bist, dir seine Zoten anzuhören.«

Ich dachte, Caine wäre vielleicht dagegen, dass ich ihn begleitete, weil das bedeutete, dass er mehr Zeit als unbedingt nötig mit mir verbringen musste, doch er erhob keine Einwände.

Um die Mittagszeit brachen wir auf. Da das Treffen in einem Restaurant in der Congress Street stattfinden sollte, wollten wir zu Fuß gehen. Inmitten eines Meeres von Passanten würde es uns leichter fallen, so zu tun, als wäre es ganz normal, dass wir uns anschwiegen.

Es ging nicht gerade vielversprechend los. Wir grüßten Kollegen, die auf dem Weg in die Mittagspause waren, und sie wechselten ein paar Worte mit uns, während wir zum Fahrstuhl gingen. Caine schob mich mit einer steifen Geste in die überfüllte Fahrstuhlkabine. Ich zuckte innerlich zurück, als ich seine Hand im Rücken spürte, und er musste es gemerkt haben, denn er nahm augenblicklich seine Hand weg, als hätte er sich an mir verbrannt.

Weil es so voll war, standen wir dichtgedrängt, so dass sich ein gewisser Körperkontakt nicht vermeiden ließ. Ich ertrug ihn mit zusammengebissenen Zähnen. Als sich die Türen öffneten, hechteten Caine und ich praktisch ins Freie, ohne uns anzusehen.

Wir gingen zum Haupteingang. Caine hielt mir die Tür auf, und ich nuschelte ein Dankeschön, ehe ich in den trüben Tag hinaustrat. Ich ging ein paar Schritte voraus, bis mir auffiel, dass ich allein war. Caine war an der Tür aufgehalten worden und unterhielt sich mit einem Unbekannten. Es war eine große Firma ... da konnte man nicht jeden kennen.

Ein Passant streifte mich an der Schulter, und ich stolperte ein paar Schritte rückwärts, um den Fußgängerströmen auszuweichen. Ich schaute mich nach Caine um, sah, dass er auf dem Weg zu mir war, und trat erneut auf den Gehsteig hinaus.

Eine schwarzgekleidete Gestalt rempelte mich im Vorbeigehen an.

Gleich darauf fühlte ich ein scharfes Brennen im Bauch. Es war so heftig, dass mir die Luft wegblieb. Der Schmerz breitete sich rasch bis in jeden Nerv meines Körpers aus.

Ich war wie taub, spürte nichts außer Schmerz.

»Alexa?«

Als ich die Stimme hörte, blinzelte ich. Caines verschwommenes Gesicht tauchte vor mir auf. Er wirkte besorgt.

Zu den Schmerzen kam plötzlich das Gefühl warmer Nässe auf meinem Bauch. Ich senkte den Blick und tastete mit zitternden Händen nach der feuchten Stelle.

Ich fühlte das Blut, ehe ich es sah.

»Lex, was ...«, hörte ich Caine sagen.

Die Knie gaben unter mir nach, und es wurde schwarz um mich.

»Lexie!«

Sein angstverzerrtes Gesicht flackerte kurz vor meinen Augen auf.

»Wir brauchen einen Krankenwagen! Schnell, rufen Sie den Notarzt!«

Die Dunkelheit wurde immer undurchdringlicher.

»Lexie, Liebling, du musst durchhalten. Scheiße, halt durch.«

Wodurch?, dachte ich noch, ehe der Schmerz und alles andere aufhörten.

Kapitel 26

Meine Beine steckten fest. Ich konnte sie nicht bewegen. Außerdem hatte ich das Gefühl zu ersticken … es war zu warm, ich brauchte unbedingt Luft.

Ich strampelte, und die Decke um meine Beine lockerte sich ein wenig.

»Hey, hey«, hörte ich eine tiefe, sanfte Stimme im Ohr. »Immer mit der Ruhe.«

Caine?

Da war ein weit entferntes Piepsen, das plötzlich lauter wurde, als ich die Augen öffnete. Ich blinzelte in der Helligkeit des unbekannten Zimmers. Ich lag in einem Bett. Es war viel schmaler als mein Bett zu Hause.

Am Fuß des Betts stand mein Großvater. »Grandpa?«, krächzte ich und presste die Zunge gegen meinen Gaumen. Mein Mund war wie ausgedörrt.

Grandpa streichelte meinen Fuß. Er sah müde aus. Zerknittert. Gar nicht wie er selbst. »Das wird alles wieder, Liebes.«

»Lexie.«

Ich drehte den Kopf zur Seite und stellte fest, dass Caine neben meinem Bett saß. Er hielt meine Hand zwischen seinen Händen. Auch er sah übernächtigt aus.

Ich verstand noch immer nicht. »Was ist denn los?«

Caine runzelte die Stirn. »Weißt du nicht mehr? Du bist im Krankenhaus.«

Im Krankenhaus?

Ich runzelte die Stirn und sah mich nach der Quelle des Piepsgeräusches um. Mein Blick fiel auf die Monitore neben dem Bett und die Kanüle in meinem Arm, und erst da begriff ich, dass ich tatsächlich in einem Krankenhausbett lag. »Krankenhaus?«, wiederholte ich.

In einer Flut von Bildern kehrte die Erinnerung zurück.

Die dunkle Gestalt. Der Schmerz. Das Blut.

Wie ich kurz auf der Trage erwachte, als ich in die Rettungsstelle gebracht wurde. Caines besorgtes Gesicht. Sein Hemd, vollgesogen mit meinem Blut. Seine Hand, die meine die ganze Zeit festhielt, während die Sanitäter mich zu beruhigen versuchten.

Der Notarzt, der auf mich zurannte, war das Letzte, woran ich mich erinnerte.

Das Piepsen wurde schneller, als mein Herzschlag sich beschleunigte.

»Ich gehe besser mal und sage dem Arzt Bescheid, dass sie wach ist«, verkündete mein Großvater. Als er die Tür öffnete, fiel mein Blick auf einen riesigen Mann in hautengem T-Shirt und Jeans, der mit den Händen auf dem Rücken draußen vor dem Zimmer stand und wachsam um sich blickte. Er trug ein Pistolenhalfter.

Er war bewaffnet?

Ich begriff immer noch nicht ganz, was los war, und bekam es mit der Angst zu tun. Ich suchte Caines Blick, dessen Griff um meine Hand stärker geworden war. »Jemand hat mich mit einem Messer verletzt.«

Mir fiel die schwarze Gestalt ein, mit der ich zusammengestoßen war, unmittelbar bevor der Schmerz in meinem Bauch eingesetzt hatte.

Wieso?

Wieso griff mich jemand mit einem Messer an?

Zorn glomm in Caines Augen, als er mit belegter Stimme erklärte: »Ja. Ich habe es nicht mal mitbekommen. Als ich zu dir kam, hast du mich so seltsam angesehen. Deine Augen waren ganz glasig, und du warst kreideweiß im Gesicht. Dann habe ich das Blut auf deiner Bluse gesehen. Du hast das Bewusstsein verloren. Wir haben dich ins Krankenhaus gebracht, und in der Notaufnahme bist du kurz zu dir gekommen, aber dann wurdest du gleich wieder ohnmächtig. Dann kam ein Chirurg, der meinte, die Verletzung sei nicht lebensbedrohlich. Er hat dich in den OP bringen lassen, um sich die Wunde anzusehen. Zum Glück hatte er recht, das Messer hat keine wichtigen Organe oder Arterien verletzt. Sie haben die Wunde genäht, und wir haben dir ein Einzelzimmer besorgt. Du musst noch ein paar Tage hierbleiben.«

Natürlich waren das, angesichts der Tatsache, dass mir jemand ein Messer in den Bauch gerammt hatte, großartige Neuigkeiten ... allerdings interessierte ich mich viel mehr für das, was Caine mir *nicht* sagte. »Warum sollte jemand so was tun?« Ich wollte mich aufsetzen, aber ein scharfer Schmerz in der Magengegend ließ mich innehalten. Ich schrie leise auf.

»Mein Gott, Lexie«, wies Caine mich zurecht. »Du bist gerade angestochen worden. Versuch, dich nach Möglichkeit nicht zu bewegen.«

Ich sah ihn böse an. »Ich hab's kurz vergessen, okay?« Ich verzog das Gesicht, während der Schmerz langsam abebbte. »Passiert mir so schnell nicht wieder.«

»Alexa, Sie sind wach.« Beim Klang der tiefen, volltönenden Stimme sah ich hoch und stellte fest, dass sie zu einem jungen Mann mit freundlichem Gesicht gehörte. »Ich bin Ihr zuständiger Chirurg, Dr. Fredericks.« Er sah verdammt jung aus, und ich hatte kein gutes Gefühl bei der Vorstellung, dass er an meiner Stichverletzung herumgedoktert hatte.

»Hi.«

Er lächelte über meine matte Begrüßung und trat, gefolgt von meinem Großvater, zu mir ans Bett. »Als Sie in die Notaufnahme kamen, habe ich Sie gleich in den OP bringen lassen und mir Ihre Wunde gründlich angesehen. Wir mussten sicherstellen, dass keine lebenswichtigen Organe...« Im Folgenden sagte er so ziemlich genau dasselbe, was Caine mir bereits gesagt hatte.

»Dann bin ich so weit in Ordnung?«, fragte ich, als er fertig war.

»Ja. Sie werden wieder ganz gesund. Ich schlage vor, dass wir Sie noch ein paar Tage zur Beobachtung hierbehalten, nur um sicherzugehen, dass Sie keine Infektion bekommen. Und dann können Sie nach Hause. Bis zur vollständigen Genesung wird es allerdings etwa vier bis sechs Wochen dauern. Ihre Krankenschwester kommt später noch vorbei und spricht mit Ihnen über Antibiotika, den Umgang mit Schmerzen und zeigt Ihnen, wie Sie zu Hause die Wunde versorgen können.« Er sah zwischen Caine und mir hin und her und zog offenbar seine eigenen Schlüsse, denn er setzte hinzu: »Schön, dass Sie jemanden haben, der Ihnen hilft. Ich empfehle maßvolle körperliche Aktivität während der Rekonvaleszenzphase, aber die erste Woche kann schwierig werden. Da werden Sie definitiv auf Hilfe angewiesen sein.«

Ich senkte verlegen den Blick, weil der Arzt die Lage falsch interpretiert hatte, und fragte mich, wie um alles in der Welt ich die nächsten sechs Wochen allein zurechtkommen sollte. »Danke, Dr. Fredericks.«

»Gern geschehen. Wir haben Ihnen ein Mittel gegen die Schmerzen gegeben, aber falls Sie etwas brauchen, drücken Sie jederzeit die Ruftaste. Angela, Ihre Schwester, kommt dann gleich.«

Die Tür des Krankenzimmers schloss sich hinter ihm, und ich entzog Caine meine Hand. »So, das wäre erledigt. Möchte mir jetzt vielleicht irgendwer erklären, wieso ein Gorilla vor meiner Tür Wache schiebt? Grundsätzlich würde ich ja davon ausgehen, dass das nichts mit meiner Verletzung zu tun hat, andererseits habe ich mich in solchen Situationen ja früher schon des Öfteren geirrt. Nein, halt. Stimmt ... ich *war* ja noch nie in so einer Situation.«

»Lexie.« Caines mahnender Ton machte mich nur noch wütender.

»Hör bloß auf.«

»Ich bitte dich nur, ruhig zu bleiben, damit ich nicht vollkommen durchdrehe«, herrschte er mich an und sprang erregt von seinem Stuhl auf, als wäre er unfähig, länger stillzusitzen.

»Alexa, bitte«, sagte Grandpa sanft. »Ich hatte allergrößte Mühe, ihn zu beruhigen, als du bewusstlos warst.«

Mein Gewissen regte sich. Vorsichtig blickte ich zu Caine auf. Er war ernsthaft um mich besorgt. »Entschuldige, ich ... ich will einfach, dass ihr mir sagt, was ihr wisst, aber gleichzeitig will ich es auch nicht.«

Caine und mein Großvater wechselten einen Blick, dann setzte Caine sich wieder hin. »Wir haben uns die Überwachungsaufnahmen vom Bereich vor dem Gebäude angesehen, und ich habe Freunde bei der Polizei, dort ist man bereits an der Sache dran. Es wurden auch die Aufzeichnungen der Verkehrskameras in der näheren Umgebung überprüft. Beide zeigen eindeutig, wie ein Mann in schwarzer Kapuzenjacke und schwarzer Jeans auf dich zukommt. Er rempelt dich an, bleibt kurz stehen und läuft dann weiter, als wäre nichts geschehen. Er hatte die ganze Zeit über die Kapuze auf. Wir haben seinen Weg mit Hilfe der Verkehrskameras weiterverfolgt, ihn aber bei der Faneuil Hall aus den Augen verloren. Die Polizei hat die Fahndung nach ihm eingeleitet, aber leider gibt es bis jetzt noch keine Hinweise.«

»Wir müssen überlegen, wer vielleicht einen Groll gegen Caine hegt«, meldete sich nun mein Großvater zu Wort. »Aber wir müssen auch darüber nachdenken, ob es vielleicht jemanden in deiner Vergangenheit gibt, der einen Groll gegen *dich* hegen könnte.«

Ich war fassungslos. »Nein. Ich kann mir nicht ... Es gibt niemanden, der ... das war ... Ihr glaubt, das war vorsätzlich?« Ich war ganz außer mir bei der Vorstellung. »Aber warum sollte ...«

Caines Blick wurde sanfter, als er erneut meine Hand nahm. »Ich weiß es nicht. Aber ich verspreche dir, dass ich alles tun werde, um es herauszufinden. Fürs Erste stehen zwei Wachmänner einer privaten Sicherheitsfirma vor deiner Tür, und wenn du entlassen wirst, kommst du mit zu mir, da kann ich dich besser beschützen.«

Entsetzen machte sich in mir breit. »Willst du ... soll das heißen, der, der das getan hat, könnte es vielleicht noch mal versuchen?«

Ihr Schweigen war Antwort genug.

Plötzlich überkam mich eine Angst, wie ich sie noch nie empfunden hatte. Bei der Vorstellung, dass der Täter noch da draußen war und vielleicht nur auf die Gelegenheit wartete, mich ein zweites Mal zu attackieren, fühlte ich mich gejagt, in die Enge getrieben. Ich hatte noch nie in meinem Leben Angst davor gehabt, aus dem Haus zu gehen, aber jetzt löste allein der Gedanke daran, ungeschützt im Freien zu sein, eine Furcht aus, die mir bis ins Mark ging.

Meine Lunge machte ein pfeifendes Geräusch, als ich versuchte einzuatmen.

Ich bekam keine Luft mehr.

Ich kriege keine Luft!

Schwarze Punkte tanzten vor meinen Augen, meine Haut fühlte sich klamm an und spannte unangenehm.

»Lexie.« Caines Händedruck verstärkte sich, und mit der freien Hand strich er mir die Haare aus dem Gesicht. »Ruhig ein- und ausatmen, Lex.« Er nahm ein paar tiefe Atemzüge.

Ich konzentrierte mich auf sein Gesicht und machte es ihm nach.

Die Panik flaute ganz langsam ab.

Meine Glieder waren schlaff und kraftlos, und eine tiefe Erschöpfung ergriff von mir Besitz. »Warum passiert mir so was?«, murmelte ich, kurz bevor mir die Augen zufielen.

Wenige Sekunden später spürte ich die Berührung zarter Lippen an meiner Stirn. »Ich lasse nicht zu, dass dir etwas geschieht.«

Als ich Caines heiseres Versprechen hörte, entspannte ich mich ein wenig. Gleich würde ich einschlafen.

»Ich werde Adele alles sagen müssen«, hörte ich die Stimme meines Großvaters wie aus weiter Ferne. »Ich möchte helfen, wo immer ich kann. Alexa soll in dieser Sache nicht alleine dastehen.«

»Sie ist nicht allein. Sie hat mich«, sagte Caine. Auf einmal klang seine Stimme deutlich frostiger.

»Mag sein. Aber für wie lange?«

»Wagen Sie es ja nicht ... Sie hätten nicht mal das Recht, hier zu sein. Ich kümmere mich um Lex, gehen Sie einfach zurück zu Ihrer Familie, und sorgen Sie weiterhin dafür, dass der Haussegen nicht schiefhängt, Edward. Lexie weiß sehr genau, wo Ihre Prioritäten liegen. Sie jetzt zu ändern wäre scheinheilig.«

»So etwas aus Ihrem Mund? Ich habe Sie am Samstagabend beobachtet. Ich sehe doch, wie es ihr jetzt geht. Sie haben sie fallenlassen.«

»Ich bin trotzdem noch ihr Freund. Das Letzte, was sie jetzt gebrauchen kann, ist, wenn wir uns streiten, und ganz ehrlich: Es gibt in diesem Raum nur ein Mitglied der Familie Holland, dessen Anwesenheit ich ertrage. Warum machen Sie also nicht das, was Sie am besten können, und verziehen sich, damit ich mich in Ruhe um sie kümmern kann?«

»Sie ist meine Enkelin. Sie gehört zu meiner Familie. Wenn ich nach Hause komme, werde ich Adele von ihr erzählen, und ich werde mit ihr zusammen ins Krankenhaus kommen, damit sie ihre Enkeltochter kennenlernen kann, und bei Gott, niemand, auch nicht Sie oder Ihre Wachmänner, wird mich daran hindern.«

Ich versuchte, wach zu bleiben, um Caines Antwort zu hören, aber die Dunkelheit war zu warm und verlockend ...

Kapitel 27

Irgendwann warfen sie Caine hinaus. Es gab eine strenge Besuchszeiten-Regelung, und obwohl es ihm gelungen war, die Krankenhausleitung zu überreden, dass die zwei Kleiderschränke vor meiner Tür stehen bleiben durften, rückten sie kein Stück von ihrer Meinung ab, dass er über Nacht nach Hause gehen müsse. Mir war doch tatsächlich einen Moment lang entfallen, dass wir uns getrennt hatten, deshalb wollte ich, dass er blieb.

Als ich aufwachte, war mein Großvater verschwunden, und draußen wartete die Polizei. Caine saß die ganze Zeit bei mir, während ich schilderte, woran ich mich noch erinnern konnte. Meine Aussage war kaum besonders hilfreich, zumal ich das Gesicht meines Angreifers nicht gesehen hatte.

»Er roch ein bisschen«, fiel mir wieder ein. »Nach Schweiß.«

Die Polizisten verabschiedeten sich mit finsteren Mienen, und Caine hielt meine Hand so fest umklammert, dass ich ihn bitten musste, seinen Griff zu lockern. Ich wusste, dass die Messerattacke ihm einen furchtbaren Schrecken eingejagt hatte, und ich musste zugeben, dass mir das die Trennung ein klein wenig leichter machte. Er liebte mich zwar nicht, aber immerhin hatte er mich gern, und das war im Augenblick genug. Denn ich hatte Angst, und er war der Einzige, der diese Angst lindern konnte.

Ich wollte nicht, dass er ging.

Und ich sah ihm an, dass er es genauso wenig wollte.

Obwohl ich ihm weiß Gott nichts schuldig war, lächelte ich ihm zu und sagte, ich käme schon alleine klar.

»Ich bin sowieso müde. Ich werde bloß schlafen. Und Stallone und Schwarzenegger stehen ja draußen.«

»Ich komme gleich morgen früh wieder.« Widerstrebend zog er sich seine Jacke an und beugte sich zu mir herab, als wolle er mich auf die Stirn küssen. Er zögerte kurz, und statt meiner Stirn berührten seine Lippen meinen Mund. »Ruh dich aus.«

Ich nickte benommen und sah ihm nach, während ich mich fragte, was seine Abschiedsgeste wohl zu bedeuten hatte.

Am nächsten Morgen erwachte ich noch vor Beginn der Besuchszeit, weil ich starke Schmerzen hatte. Angela, meine Krankenschwester, gab mir Percocet und riet mir, mich nach Möglichkeit nicht so viel im Bett zu wälzen. Das war leichter gesagt als getan. Ich hatte nur ungefähr drei Stunden geschlafen. Bei dem kleinsten Geräusch war ich aufgeschreckt und fast erstickt, weil ich jedes Mal unbewusst den Atem angehalten und auf das Rauschen meines Blutes in meinen Ohren gelauscht hatte.

Dann hatte ich mir ins Gedächtnis gerufen, dass ich meine persönlichen Leibwächter vor der Tür stehen hatte, und war wieder eingedöst, nur um wenig später von stechenden Schmerzen im Bauch geweckt zu werden.

Unruhiger Schlaf und eine Stichwunde waren keine gute Kombination.

Caine kam gleich zu Beginn der morgendlichen Besuchszeit, und er brachte Gebäck und Kaffee mit. Ich schwöre, wenn er mich noch gewollt hätte, hätte ich ihn vom Fleck weg geheiratet.

»Danke.« Ich schenkte ihm ein zaghaftes Lächeln.
»Hast du gut geschlafen?«
»Ja. Und du?«
»Ich auch.«
Wir logen beide. Er sah vollkommen übernächtigt aus, und was für ein Bild des Grauens ich abgeben musste, konnte ich allenfalls erahnen.

»Ich muss noch ein paar Sachen erledigen, aber Effie hat gesagt, sie wolle dich heute Nachmittag besuchen. Ich habe Rachel angerufen und ihr erzählt, was passiert ist. Sie meinte, sie würde so schnell wie möglich kommen. Ich bin dann heute Abend wieder da.«

»Danke«, sagte ich nochmals. »Du musst dich wirklich nicht die ganze Zeit um mich kümmern, weißt du.«

Das schien ihn zu verärgern.

»Obwohl ich dir natürlich dankbar bin«, beeilte ich mich hinzuzufügen.

»Es besteht die Möglichkeit, dass derjenige, der dir das angetan hat, damit in Wirklichkeit mir schaden wollte.« Er stand abrupt auf und warf sich sein Sakko über. »Ich werde der Sache auf den Grund gehen.«

Meine Gedanken kreisten in einem fort um die Frage, wer der Täter gewesen sein könnte. Meinem Vater war einiges zuzutrauen, und wenn man bedachte, wie ich ihn die letzten sieben Jahre behandelt hatte ... Außerdem hatte ich keine Ahnung, was der Tod meiner Mutter vielleicht in ihm ausgelöst hatte ... Aber das war absurd. Ich verwarf den Gedanken sofort, erschrocken, dass er mir überhaupt gekommen war. Umso verzweifelter überlegte ich, wer sonst noch in Frage kommen könnte. Und obwohl ich Caine nur höchst ungern recht gab, kam mir etwas in den Sinn. »Was ist mit der Frau, mit der du am Samstag auf der Gala die Auseinandersetzung hattest?«

Caine runzelte die Stirn. »Ich bin mir so gut wie sicher, dass sie nichts mit der Sache zu tun hat, aber ich prüfe das.«

»Wir sollten es der Polizei sagen.«

»Nein«, widersprach er barsch.

Ich wurde blass, und der schlimme Verdacht, der mir bereits am Samstagabend gekommen war, erwachte aufs Neue in mir. »Wieso nicht?«

»Du musst … Vertrau mir einfach. Bitte.« Er starrte mich so lange an, bis ich schließlich zögernd nickte. »Ich tue alles in meiner Macht Stehende, um herauszufinden, wer und was hinter dem Überfall stecken, ob es Zufall war oder etwas mit mir zu tun hat. Ich werde nicht eher ruhen, als bis ich die Wahrheit ans Licht gebracht habe. Das kannst du mir glauben.«

»Dann kümmerst du dich also aus schlechtem Gewissen um mich?«

»Ich kümmere mich um dich, weil ich das Richtige tun will.«

Meine Augen wurden schmal. Plötzlich war er wieder ganz der alte Caine. »Wow, da komme ich mir ja richtig besonders vor.«

Caine seufzte. »Die Klugscheißerin ist zurück«, knurrte er. »Das heißt wohl, es geht dir schon wieder besser.«

»Aber klar. Ein mysteriöser Unbekannter hat mir im Vorbeigehen ein Messer in den Bauch gerammt. Ich bin supergut drauf.«

Er warf mir einen finsteren Blick zu.

Ich schnaubte. »Du darfst dir ruhig Sorgen um mich machen, okay? Ich werde das nicht als Beweis deiner Liebe missdeuten.«

Wir funkelten einander an. Dann lenkte Caine ein. »Entschuldige. Ich bin ein Idiot. Natürlich mache ich mir Sorgen um dich. Ich kümmere mich um dich, weil ich mir Sorgen um dich mache, aus keinem anderen Grund.«

Ich war ihm für dieses Eingeständnis dankbar, und obwohl es mir in der Seele weh tat, versicherte ich ihm: »Als gute Freundin weiß ich das zu schätzen, und ich verstehe, weshalb du es machst. Ich erwarte nicht, dass sich zwischen uns irgendwas ändert, nur weil mir jemand den Bauch aufgeschlitzt hat.«

»Kannst du bitte aufhören, so zu reden?« Er knirschte mit den Zähnen. »Wenn du davon sprichst, sehe ich es jedes Mal wieder vor mir.«

»Tut mir leid.«

Er seufzte erneut, aber seine Mundwinkel zeigten leicht nach oben, daran erkannte ich, dass er mir nicht böse war. »Ich bin dann heute Abend wieder da.«

Kaum war er zur Tür hinaus, ließ ich mich in die Kissen fallen und spürte die Tränen in meinen Augen. Es fiel mir schwer, es einzugestehen, aber nach seinem Verhalten gestern hatte ich neue Hoffnung geschöpft. Ich hatte gehofft, dass seine Zärtlichkeit, seine Zuneigung, seine wütende Reaktion Anzeichen dafür waren, dass er endlich begriffen hatte, was er für mich empfand.

Gott, wie konnte man nur so dämlich sein?

»Nach Caines Anruf habe ich mir tierische Sorgen gemacht.« Rachel ließ sich neben mir aufs Bett plumpsen. »Und dann gehe ich zur Tür raus und sehe das hier.« Sie warf mir eine Klatschzeitung in den Schoß.

Ein Foto von mir und Caine nahm die untere Hälfte der Titelseite ein. Die Schlagzeile darüber lautete: CAINE CARRAWAYS ASSISTENTIN VOR DER FIRMA MIT MESSER ANGEGRIFFEN.

»O mein Gott.«

»Warte, es kommt noch schlimmer.«

Ich hob die Zeitung auf und begann, laut vorzulesen. »Gestern um die Mittagszeit wurden zahlreiche Büroangestellte im Finanzbezirk Zeugen, wie die junge Assistentin des Geschäftsführers von Carraway Financial Holdings, Alexa Holland, mit Blaulicht ins Krankenhaus gebracht wurde. Zwar gibt es für den Tathergang keine Augenzeugen, Berichten zufolge wurde Miss Holland (s. Bild oben, zusammen mit Mr Carraway bei der Alzheimer-Gala der Delaneys vergangenen Samstag) jedoch vor dem Firmensitz ihres Arbeitgebers am International Place 2 brutal niedergestochen. Miss Holland befindet sich bereits wieder auf dem Weg der Besserung, die Suche der Polizei nach dem Täter verlief allerdings bislang erfolglos. Zur Stunde ist noch unklar, ob Miss Holland Opfer eines vorsätzlichen Gewaltaktes wurde oder ob es sich bei dem Angriff um eine Zufallstat handelt; fest steht hingegen, dass Mr Carraway sämtliche Hebel in Bewegung gesetzt hat, damit der Fall schnellstmöglich aufgeklärt wird. Wie zuverlässige Quellen berichten, hat er überdies private Personenschützer engagiert, die seine Angestellte während ihres Krankenhausaufenthalts vor weiteren Gefahren abschirmen sollen. Den Polizeibehörden hat er seine volle Unterstützung bei der Suche nach dem Täter zugesichert. Das zweifellos schockierende Ereignis wirft nicht nur die Frage auf, welche Art Verhältnis die hübsche Assistentin und der wohlhabende Geschäftsführer zueinander pflegen, sondern gibt darüber hinaus Anlass zu Spekulationen über das familiäre Umfeld von Miss Holland. Unsere Reporter fanden heraus, dass Miss Holland in Wahrheit die Tochter von Alistair Holl...« Ich verstummte und schnappte nach Luft.

»Lies weiter«, drängte Rachel.

»... die Tochter von Alistair Holland, Sohn des Diamantenerben und Unternehmers Edward Holland, ist. Letzterer hatte seinen Sohn vor zwanzig Jahren aus unbekannten Gründen enterbt und aus dem Kreis der Familie ausgeschlossen. Alistair Holland verließ daraufhin seine Frau Patricia Estelle Holland und den gemeinsamen Sohn Matthew, um sich in Connecticut niederzulassen, wo er kurz darauf Julie Brown, die Mutter seiner Tochter Alexa Holland, ehelichte. Bislang haben Edward Holland und seine Familie sich nicht öffentlich zu Miss Holland bekannt, obgleich diese seit sieben Jahren in Boston wohnhaft ist. Edward Holland stand für eine Stellungnahme nicht zur Verfügung.«

Ich sah zu Rachel hoch, die mich mit gekränkter Miene anblickte. »Rach«, flüsterte ich.

»Hör mal, ich will wirklich nicht davon ablenken, dass du angestochen wurdest und ich eine Scheißangst um dich habe ... aber ich kann nicht fassen, dass du mir verschwiegen hast, wer deine Familie ist! Ich meine, dass dein Vater ein Mistschwein ist, wusste ich ja, aber ich hatte keine Ahnung, dass er aus einer der ältesten und reichsten Dynastien von ganz Boston stammt.«

»Ich habe nicht ...« Ich biss mir auf die Lippe und fragte mich, ob mein Großvater Gelegenheit gehabt hatte, meiner Großmutter alles zu gestehen, bevor sie es in der Zeitung gelesen hatte. Mir fiel ein, was er Caine gegenüber geschworen hatte, kurz bevor ich eingeschlafen war, und seine grimmige Entschlossenheit linderte den Schmerz über seinen Verrat ein wenig. Nicht ganz – ich wusste nach wie vor nicht, ob und wie ich ihm vergeben sollte. Aber es bedeutete mir viel, dass er sich endlich ohne Rücksicht auf seinen Familiennamen zu mir bekennen wollte. Ich hatte auf ihn und meine Großmutter gewartet, als Rachel gekommen war. Bedeutete dieser Artikel nun, dass er doch nicht kommen würde? »Diese Seite meiner Familie ... da gibt es jede Menge böses Blut. Mein Vater hatte jahrelang eine Affäre mit meiner Mutter, während er verheiratet war. Als mein Großvater ihn enterbt hat, ließ sich seine Frau von ihm scheiden, und er kam zu uns gekrochen. Bis vor sieben Jahren habe ich von alldem nichts gewusst.«

»Warte mal ...« Rachel runzelte die Stirn. »Warum hat dein Großvater ihn denn enterbt?«

Ich holte tief Luft und dachte an die schreckliche Antwort auf diese Frage. »Ich darf dir die Geschichte nicht erzählen, Rach.«

Zum Glück ließ sie es dabei bewenden. »Also ... soll das heißen, du hast keinem von ihnen gesagt, dass du schon seit Ewigkeiten in Boston lebst?«

»Mein Großvater weiß Bescheid«, gestand ich beschämt. »Wir treffen uns heimlich.«

»Wow.« Sie sah mich mitfühlend an. »Dein Leben ist echt kompliziert.«

»Du hast ja keine Ahnung.«

Sie nahm meine Hand und drückte sie. »Du sollst wissen, dass ich für dich da bin. Ich verstehe, wieso du nicht darüber reden konntest ... aber jetzt *kannst* du es. Mit so einem Mist sollte man nicht allein dastehen. Ich hab dich lieb, Lex. Ich hatte praktisch einen Herzinfarkt, als Caine anrief und mir sagte, was passiert ist. Du gehörst für mich zur Familie, okay?«

In meiner Nase stachen Tränen. Aber diesmal waren es gute Tränen. »Danke, Rach. Ich hab dich auch lieb.«

Rachel blieb noch eine Weile und lenkte mich von dem Durcheinander in meinem Leben ab, indem sie haarsträubende Geschichten über ihre Nachbarn und deren Kinder zum Besten gab. Obwohl ich es ein bisschen dreist fand, dass ausgerechnet sie – als Mutter von Maisy – sich über anderer Leute Nachwuchs beschwerte, ließ ich sie reden, denn auf ihre eigene Art beruhigte sie mich. Sie brachte Normalität in mein Krankenzimmer, und nichts brauchte ich im Moment dringender.

Sie hatte sich gerade verabschiedet, als mein Großvater kam. Allein.

Ich spähte erwartungsvoll an ihm vorbei, ob er noch jemanden mitbrachte, doch er schloss die Tür hinter sich.

Er trat ans Bett und ergriff meine Hand. »Ich habe es Adele gestern Abend gesagt, Liebes, aber sie ... sie braucht Zeit. Und dann noch dieser Artikel ...«

Ich versuchte, ihm meine Hand zu entziehen. »Ich verstehe das schon.«

Grandpa ließ nicht los. »Was du aber nicht verstehst, ist, dass ich dich liebe und dass ich dich immer lieben werde. Ich habe einen Fehler gemacht, Alexa, einen schrecklichen Fehler, den ich seit jenem Abend jeden Tag bereue. Ich habe versucht, ihn wiedergutzumachen, aber er *ist* nicht wiedergutzumachen. Es tut mir leid. Es tut mir leid, dass ich dich so tief verletzt habe und dass du dich von mir hintergangen fühlst. Aber vor allem tut es mir leid, dass du wegen meiner abscheulichen Tat an meiner Liebe zu dir zweifeln musstest.«

Mir kamen die Tränen. »Ich fühle mich einfach so allein.«

»Bitte denk das niemals. Ich habe lange gebraucht, aber jetzt bin ich da. Du bist nicht allein.«

»So einfach ist das nicht.«

»Es wird seine Zeit brauchen. Ich kann warten.«

Und er fing gleich damit an, während ich schweigend im Bett saß und meinerseits versuchte, damit anzufangen, ihm zu vergeben.

Ein Weilchen später, kaum dass Grandpa und ich eine stockende Unterhaltung begonnen hatten, kam Angela herein. Sie wirkte aufgebracht und warf Don, einem meiner zwei Bewacher, einen giftigen Blick zu, kurz bevor die Tür hinter ihr ins Schloss fiel. »Die zwei sind die reinste Landplage«, verkündete sie. »Da draußen steht so ein kleiner, aufgedrehter Typ, der behauptet, ein Freund von Ihnen zu sein. Er sagte, sein Name sei Benito.«

Ach du liebe Zeit.

Wollte er mir etwa verzeihen, nun da ich angestochen worden war?

»Er darf reinkommen.«

Angela stieß die Tür auf. »Er darf reinkommen, Sie Angeber«, fauchte sie Don an, als sie an ihm vorbeirauschte.

Ich lachte, hörte aber sofort wieder damit auf, weil es weh tat. Lachen war also für die nächste Zeit gestrichen.

Benito kam hereingewirbelt und blieb, als er mich sah, wie angewurzelt stehen, als wäre er gegen eine unsichtbare Backsteinmauer gerannt. Er wurde blass, und der Blick seiner weit aufgerissenen Augen geisterte durch den Raum. »Ach du lieber Gott.« Er kam an meine Seite geeilt und riss meine Hand an sich. »Alexa ... als ich davon hörte, habe ich sofort alles stehen- und liegenlassen.«

Ich lächelte verdattert. »Schön, dich zu sehen, Benito.« *Was willst du hier?*

Mit hochgezogenen Augenbrauen schaute Benito auf meinen Großvater. Nein. *Darüber* würde ich weiß Gott nicht mit ihm reden.

Grandpa räusperte sich und stand auf. »Ich lasse dich dann mal mit deinem Bekannten allein.« Er beugte sich zu mir und küsste mich auf die Schläfe. »Ich komme dich morgen wieder besuchen.«

Ich nickte zögernd und sah ihm nach. Im Grunde war ich

erleichtert, dass ich beschlossen hatte, unser Zerwürfnis zu überwinden.

Benito drückte meine Hand. »Edward Holland ist dein Großvater?«

»Wir werden nicht darüber reden. Keine Silbe«, stellte ich klar.

Er ließ meine Hand los, um sich den Stuhl heranzuziehen. Die Stuhlbeine scharrten laut über den Boden, doch Benito schien das gar nicht zu registrieren. Ich musste die Zähne zusammenbeißen, so unangenehm war das Geräusch. Dann wartete ich darauf, dass er mir den Grund seines Hierseins verriet.

»Ich fühle mich einfach furchtbar«, begann er, wild gestikulierend. »Wenn ich dich nicht gefeuert hätte, würdest du jetzt nicht hier liegen.«

Ich sah ihn ungläubig an. »Wie kommst du denn darauf?«

»Ich hatte gestern ein Shooting in New York. Du wärst bei mir gewesen statt am International Place.«

Aha, jetzt verstand ich. Er glaubte, ich sei bloß ein Zufallsopfer. Ich allerdings war nach wie vor davon überzeugt, dass die Attacke auf mich in irgendeiner Weise mit Caines Geheimnissen zusammenhing. »Das kann man nicht sagen«, widersprach ich, um ihn zu beruhigen. »Keiner weiß so genau, was passiert ist.«

»Aber ich weiß, dass ich ein Schwein bin, weil ich dich gefeuert habe. Den ganzen Morgen schon bin ich von Schuld zerfressen. Ich bin gekommen, um mich bei dir zu entschuldigen.«

In Wirklichkeit bedauerte ich es kein bisschen, dass Benito mich gefeuert hatte. Dadurch hatte sich mein ganzes Leben verändert. Na gut, im Moment vielleicht nicht unbedingt zum Besseren, aber die Monate vor der Messerattacke waren die wundervollsten meines Lebens gewesen. Und obwohl die Lage im Augenblick eher düster aussah, dachte ich wenigstens neu über meine Zukunft nach. Wenn Benito mich nicht rausgeworfen hätte, würde ich immer noch für ihn arbeiten und die Karriere von jemand anderem vorantreiben statt meine eigene.

»Das musst du nicht.«

»Ich will es aber«, sagte er ungehalten.

»Schon gut.« Ich seufzte. »Entschuldigung angenommen.«

Seine Augen wurden schmal. »Du könntest ruhig ein bisschen freundlicher sein.«

Statt einer Antwort sah ich ihn lediglich ausdruckslos an.

»Also schön.« Er wich ein wenig zurück, und als Nächstes ging sein Blick zu meinem Bauch. »Wie geht es dir so da unten?« Seine Hände schwebten ängstlich über meinem Bauch, als wäre ich Officer Ripley, und mir könnte jeden Moment ein Alien aus dem Bauch kommen.

»Es dauert noch bis zur Geburt.«

»Was?« Er blinzelte mich verständnislos an.

»Nichts«, murmelte ich.

»Ich habe deinen bizarren Sinn für Humor vermisst, Alexa.« Er tätschelte mir herablassend die Hand.

Ehrlich gesagt, glaube ich nicht, dass ich einen bizarren Sinn für Humor hatte ... vielmehr hatte Benito *überhaupt* keinen Sinn für Humor.

»Es gibt noch einen anderen Grund, weshalb ich hier bin.«

»Ach ja?« *Bitte sag mir jetzt nicht, ich kann meinen alten Job wiederhaben.* Es würde mir nämlich schwerfallen, nein zu sagen, obwohl ich wusste, dass es das Beste wäre, ganz neu anzufangen.

»Antoine Faucheux hat mich vor ein paar Tagen angerufen.«

Neugierig geworden, bedeutete ich ihm fortzufahren.

»Wie es aussieht, sucht seine Schwester Renée nach einem neuen Eventplaner für ihre Agentur. In Paris. Ihr Unternehmen ist sehr erfolgreich … sie organisieren Society-Hochzeiten, Launch-Partys … Antoine will dich für die Stelle vorschlagen, und er hat mich angerufen, um mich zu bitten, dir lange genug zu verzeihen, um dir eine phantastische Empfehlung zu schreiben.«

Ich starrte ihn fassungslos an.

Eine Stelle. In Paris. Bei einer Eventagentur?

War das real?

Benito schnitt eine Grimasse. »Du sagst ja gar nichts.«

»Ich versuche, das zu verarbeiten. Du hast mir gerade eröffnet, dass jemand mir vielleicht den Job meiner Träume geben will … einen Tag nachdem ich brutal niedergestochen wurde. Das ist alles ein bisschen viel auf einmal.«

»Sicher, meine Liebe.« Erneut tätschelte er meine Hand, und diesmal sah er mich dabei an, als hätte er Angst, ich würde gleich lauthals nach Schwester Ratched aus »Einer flog übers Kuckucksnest« rufen.

Ich hatte ganz vergessen, wie anstrengend Benito sein konnte. »Und? Schreibst du mir eine Empfehlung?«

»Was wäre ich für ein Monster, wenn ich es nicht täte?«

»Das heißt ja, oder?«

Er verdrehte die Augen. »Ja.«

»Mensch.« Das veränderte alles. In Paris hätte ich die Chance, ganz neu anzufangen. Ich würde mich nicht mit der Ablehnung meiner Großmutter oder der Reaktion der übrigen Hollands auseinandersetzen müssen. Ich würde in einer Branche arbeiten, in der ich immer schon arbeiten wollte. Ich würde in Paris leben! Ich könnte diese elende, undurchsichtige Geschichte mit der Messerattacke einfach vergessen.

Aber was das Verlockendste an einem Job in Paris wäre?

Ich musste mir keine Sorgen mehr machen, dass ich Caine über den Weg lief. Ich und mein gebrochenes Herz würden auf einen anderen Kontinent ziehen. Den Gedanken fand ich überaus tröstlich. Vielleicht würde Paris mir dabei helfen, endgültig über ihn hinwegzukommen.

Wohingegen mich in Boston alles permanent an ihn erinnern würde.

»Was ist hiermit?« Ich zeigte auf meinen Bauch. »Der Doc sagt, ich brauche noch mindestens vier bis sechs Wochen, bis ich wieder fit bin.«

»Bestimmt kannst du dich mit Antoines Schwester irgendwie einigen.«

Ich lächelte aufrichtig. »Benito. Danke.«

Er grinste. »Mir wurde also verziehen?«

Ich lachte. »Dir wurde verziehen.«

Kapitel 28

Das war Folter.
Der vertraute, herrliche Duft von Caines Aftershave kitzelte mir in der Nase und an anderen, weniger harmlosen Körperstellen. Ich hatte ihm die Arme um den Hals geschlungen, und er trug mich, fest an seine starke Brust gepresst. Trübsinnig starrte ich auf seine Lippen, die sich dicht über meinem Gesicht befanden, und kämpfte gegen den Drang an, ihn zu küssen.

»Du hast so viel Geld, da hättest du dir doch einen Fahrstuhl in die Wohnung einbauen lassen können. Dann müsstest du mich nicht hochtragen«, brummelte ich nur halb im Scherz, als er mich behutsam auf seinem Gästebett ablegte.

Er hatte die Hände neben meinen Schultern auf die Matratze gestützt und sah mir forschend ins Gesicht. »Habe ich dir weh getan?«

Insgesamt war der Transport vom Krankenhaus zu Caines Apartment nicht besonders angenehm gewesen ... aber nein, er hatte mir nicht weh getan. Jedenfalls nicht körperlich.

»Nein«, murmelte ich und drehte den Kopf zur Seite.

Caine seufzte. »Bist du immer noch wütend auf mich?«

Ja, wenngleich der Grund dafür inzwischen ein anderer war. Ich funkelte ihn an. Warum stand er nicht auf? *Steh schon auf!* »Ja.«

»Ich will dich nur beschützen.« Er richtete sich auf, und ein Seufzer der Erleichterung entfuhr mir.

»Ich hätte genauso gut bei Rachel wohnen können. Sie hat es mir angeboten.«

»Mit einer durchgeknallten Vierjährigen im Haus, die keinen Gedanken daran verschwendet, dass du verletzt bist? Was meinst du, wie schnell du dir da deine Narbe wieder aufgerissen hättest?«

Da ich gegen dieses Argument nichts einzuwenden wusste, beschränkte ich mich darauf, ihn weiterhin mürrisch anzustarren.

Er grinste. »Ich hätte nie gedacht, dass du eine dieser Patientinnen bist, denen man es nie recht machen kann.«

»Wie schön, dass wenigstens du Spaß an der Sache hast.« Ich stöhnte, als ich mich mühsam in den Sitz hievte, und Caine trat hastig auf mich zu, um mir zu helfen. Mit erhobener Hand hielt ich ihn zurück. Mir reichte es. Ich hatte keine Lust mehr, ständig von einem Mann angefasst zu werden, den ich nicht länger anfassen durfte.

Während meines Krankenhausaufenthalts hatte jemand Caines Gästezimmer für mich hergerichtet. Es war immer schon ein schönes Zimmer gewesen, aber jetzt gab es gegenüber vom Bett einen Fernseher mit DVD-Player und ein Regal voller Bücher und Zeitschriften in der Ecke. Ein E-Reader und ein Laptop lagen auf dem Nachttisch und daneben ... Stricknadeln? Ich betrachtete sie einen Moment lang, dann sah ich Caine fragend an.

»Effie sagt, Stricken ist gut für die Seele«, erklärte er belustigt.

»Sehe ich aus wie jemand, der strickt?«

»Im Moment siehst du aus, als könntest du nicht mal eine Schleife binden.«

»Toll. Ich werde niedergestochen, und du reißt Witze.«

Er warf mir einen Blick zu. »Mal im Ernst«, sagte er und trat ans Kopfende des Betts, um meine Kissen aufzuschütteln. Die perfekte Krankenschwester. »Welche Laus ist dir über die Leber gelaufen, seit wir aus dem Krankenhaus weg sind?«

»Du.« Ich schlug seine Hand von meinen Kissen weg. »Du, du und du.« Begriff er wirklich nicht, wie schwierig die Situation für mich war? »Es ist schon schlimm genug, dass ich mich ausgerechnet hier bei dir erholen muss. Da könntest du mich wenigstens ein bisschen unterstützen, indem du mir nicht ständig so nahekommst.«

Nach dieser Ansage war er im ersten Moment wie vor den Kopf geschlagen ... Doch dann schien er zu verstehen, denn er zog sich zurück. »Ich muss hier sein, damit du Hilfe hast, Lex. Daran lässt sich nun mal nichts ändern.«

Ich nickte und wandte den Blick ab. Ich fühlte mich so verdammt verletzlich, nun, da er wusste, wie sehr mich seine Nähe aufwühlte. »Aber die meiste Zeit wird Effie hier sein?«

»Ja.«

»Gut.«

»Dann gehe ich mal davon aus, dass du keine Lust hast, mit mir einen Film anzuschauen?«

Ein dumpfes Stechen breitete sich in meiner Brust aus, als mir unser allererster Filmnachmittag wieder in den Sinn kam.

»Vielleicht können wir für immer so liegen bleiben ...«

Ich verbannte die Erinnerung an seine süßen Worte aus meinem Kopf und griff nach dem Laptop. »Heute nicht.«

Caine verstand den Wink und wandte sich zum Gehen. Allerdings hielt er bereits in der Tür wieder inne. »Kann ich dir noch was bringen, bevor ich dich für die Nacht allein lasse?«

Er wollte mich für die Nacht allein lassen?

Er musste mir meine Panik angesehen haben, denn seine Züge wurden sanft. »Ich meinte, alleine in deinem Zimmer. Ich schlafe natürlich drüben.«

Die Vorstellung, dass er wenige Meter entfernt schlief, machte meinen Frust nur noch größer. Ich verwünschte den Gefühlswirrwarr in meinem Kopf. Ich wollte Caine in meiner Nähe haben, und ich wollte ihn gleichzeitig auch *nicht* in meiner Nähe haben. Was für ein Spaß. »Ein Glas Wasser.«

Er nickte, anscheinend froh, eine Aufgabe erhalten zu haben. »Kommt sofort.«

Als er endlich weg war, atmete ich erleichtert auf.

Ich hörte Effies Worte in meinem Kopf, die mich drängte, Caine nicht aufzugeben, sondern ihn so weit zu treiben, bis er mir endlich seine Geheimnisse offenbarte.

Aber im Augenblick war ich einfach noch zu wütend. Ich wusste, dass meine Wut mit der Messerattacke zu tun hatte und im Grunde genommen Angst war. Ich hasste es, mich wie ein Opfer zu fühlen. Dieses Gefühl hatte sich bis in jeden Bereich meines Lebens ausgebreitet, und irgendwie kam es mir wie Verrat an mir selber vor, um Caine zu kämpfen, wenn er sich doch so sehr dagegen sträubte. Als wäre das kein Zeichen meiner Stärke, sondern meiner Schwäche.

»Wenn ich nicht bald aus dem Zimmer hier rauskomme, schreie ich.«

Effie sah mich warnend an. »Wenn du schreist, backe ich keinen Kuchen mehr für dich.«

»Umso besser. Ich werde sowieso langsam fett.«

»Pfft.« Sie betrachtete mich. »Du isst wie ein Spatz, seitdem du aus dem Krankenhaus gekommen bist. Meine Kuchen sind der einzige Grund, weshalb du überhaupt noch ein bisschen Fleisch auf den Rippen hast.«

»Effie«, jammerte ich wie ein Kind. »Ich brauche frische Luft. Lass mich wenigstens auf den Balkon.«

Seit einer Woche war ich nun schon in Caines Gästezimmer eingesperrt. Wann immer er im Büro war, kam Effie und leistete mir Gesellschaft. Ihre Hilfe bedeutete mir mehr, als ich mit Worten ausdrücken konnte. Sie sorgte dafür, dass ich unfallfrei in die Dusche und wieder herausgelangte, half mir, täglich den Wundverband zu wechseln, und bewies mir einmal mehr, wie flink und kräftig sie für eine Frau ihres Alters war. Effie war die ideale Babysitterin, denn sie verbrachte zwar Zeit oben bei mir, hielt sich aber auch oft unten auf, so dass wir beide unseren Freiraum hatten. Außer Effie hatte ich noch Caines Reinigungsfrau Donna als Gesellschaft, die bislang zweimal zum Putzen gekommen war. Ich hatte sie vorher noch nie gesehen, und die Umstände unseres Kennenlernens waren mir ein bisschen unangenehm. Auch Rachel und Sofie hatten mich schon ein paarmal besucht, genau wie Henry und Nadia. Sie unterhielten mich glänzend, ohne dass sie sich dessen überhaupt bewusst waren. Es war faszinierend zu beobachten, wie Henry mit Nadia umging. Sein Blick ruhte ständig auf ihr, und er war sanft und zärtlich, wie ich ihn noch nie erlebt hatte. Was Nadia anging ... sie war ganz offensichtlich schwer verliebt in Henry. Ich drückte den beiden die Daumen, denn ich mochte Nadia wirklich gern, und Henry hatte ich im Laufe der vergangenen Monate ohnehin in mein Herz geschlossen. Irgendeiner musste sein Happy End bekommen, wenn schon nicht ich.

Grandpa rief mehrmals an. Es wäre nicht sehr feinfühlig von mir gewesen, Caine zu fragen, ob mein Großvater mich besuchen könne, daher hatten wir bislang nur telefonisch Kontakt gehabt. Grandpa hatte immer noch mit den Folgen der Enthüllungen über unser Verwandtschaftsverhältnis zu kämpfen ... vor allem dass ich in Boston lebte und er sich seit Jahren heimlich mit mir traf. In seiner Familie gab es endlose Diskussionen deswegen, doch eine Lösung schien sich nicht anzubahnen.

Ich glaube, er sagte das nur, um mir die Wahrheit zu ersparen: dass der Rest seiner Familie, einschließlich meiner Großmutter, nichts mit mir zu tun haben wollte.

Das tat weh. Sehr weh sogar. Zusammen mit der Zurückweisung durch Caine hätte das eigentlich ausreichen müssen, um mich in die Mutter aller Depressionen zu stürzen. Aber ich hatte andere Probleme. Beispielsweise den Umstand, dass es noch immer keine Hinweise auf die Identität meines Angreifers gab.

»Du bist eine schreckliche Patientin. Du weißt, dass ich dich nicht auf den Balkon lassen darf. Es ist zu deiner eigenen Sicherheit«, beklagte sich Effie.

»Im wievielten Stock befinden wir uns?«, fragte ich verächtlich. »Caine glaubt doch wohl nicht im Ernst, dass der Täter mir auf dem Balkon etwas antun könnte. Dazu bräuchte er ja schon ein Gewehr mit Zielfernrohr.«

Bei dem Gedanken wurde Effie ganz bleich.

Mein Herz begann zu hämmern. »Nein. Caine glaubt doch nicht, dass das auch nur im Entferntesten realistisch ist. Oder? Ich meine ... das ist ... das ist doch vollkommen irre.«

»Sicher ist es ein wenig weit hergeholt, Liebes, und das weiß Caine auch. Aber im Moment macht er sich eben schreckliche Sorgen um deine Sicherheit. Du hast ihn nicht gesehen, als er am ersten Abend aus dem Krankenhaus nach Hause kam. Er war am Boden zerstört. Bitte tu ihm den Gefallen und hör auf ihn.«

»Am Boden zerstört?«, wiederholte ich flüsternd, und jetzt schlug mein Herz aus einem anderen Grund so schnell.

»Ich habe dir nicht ohne Grund gesagt, du sollst weiter um ihn kämpfen, Lexie. Denkst du wirklich, ein Mann wie Caine lässt dich an seinem Leben teilhaben, weil er dich ›ganz nett‹ findet?« Jetzt war sie es, die verächtlich klang.

»Nein. Dafür müssen seine Gefühle schon ein bisschen mehr als nur lauwarm sein.«

»Dich lässt er auch an seinem Leben teilhaben«, wandte ich ein.

Sie strahlte. »Weil er mich liebt.«

»Mich liebt er nicht.«

»Nein. In dich ist er von Kopf bis Fuß vernarrt. Das ist ein Unterschied.«

»Lass gut sein«, bat ich. »Er hat mir ins Gesicht gesagt, dass er mich nicht liebt. Mach mir bitte keine falschen Hoffnungen.«

Effie zog die Brauen zusammen. »Stimmt. Was du brauchst, ist ein Tritt in den Hintern. Ich habe dir gesagt, du sollst ihn unter Druck setzen.«

»Und ich habe dir gesagt, dass ich einfach noch zu wütend bin.«

»Das musst du hinter dir lassen. Damit schadest du dir nur selbst.«

Ich sah sie entrüstet an. »Versetz du dich doch mal in meine Lage. Jemand ist schuld daran, dass ich in diesem Bett liege. Jemand, der immer noch frei herumläuft. Ich hocke in dieser Wohnung und fühle mich wie ein Tier im Käfig, und die ganze Zeit werde ich von jemandem umsorgt, den ich mehr liebe als jeden anderen Menschen auf der Welt, und er hat mich zurückgewiesen. Erklär mir bitte, wie ich es da anstellen soll, nicht wütend zu sein.«

Effie beugte sich über mich. Ihr Blick war liebevoll. »Du

musst dir vor Augen halten, dass du diesem Verbrecher nur Macht über dich einräumst, wenn du seinetwegen wütend und verbittert und ängstlich bist. Denk nicht an ihn, sondern daran, dass du hier in Sicherheit bist, und konzentrier dich darauf, wieder gesund zu werden. Und dann beweise Caine, dass er ohne dich nicht leben kann. Statt ihn wegzustoßen – ja, er hat mir gesagt, dass du ihn kaum in deine Nähe lässt –, solltest du ihm auf die Pelle rücken. Verbring so viel Zeit mit ihm, wie du nur kannst, und führe ihm vor Augen, was er alles aufgibt, indem er dich wegschickt. Und wenn du ihn dann endlich da hast, wo du ihn haben wolltest, setzt du zum Todesstoß an und verlangst von ihm die Antworten, auf die du ein Anrecht hast.«

Ich nahm Effies Rat erst einmal schweigend zur Kenntnis.

Wir saßen etwa zehn Minuten lang zusammen, während ich darüber nachdachte, was sie gesagt hatte. Sie blätterte währenddessen unbekümmert in einer Illustrierten, als hätte sie mir nicht gerade eine Dosis dringend benötigte Lebensweisheit verabreicht.

Schließlich sagte ich leise: »Wie kommt's, dass du so weise bist, Effie?«

»Ich habe es siebenundsiebzig Jahre auf diesem Planeten ausgehalten«, antwortete sie trocken. »Und indem ich die richtigen Entscheidungen getroffen habe, habe ich die meisten dieser Jahre sogar *gelebt*.«

Effies und Caines Stimmen drangen nach oben zu mir ins Schlafzimmer, und ich setzte mich auf. Ich spitzte die Ohren, um herauszufinden, was sie sagten, aber ohne Erfolg. Ich hörte nur, wie die Wohnungstür zuging, und hielt den Atem an. In den letzten fünf Tagen hatte Caine, wenn er von der Arbeit kam, immer zuallererst nach mir gesehen.

Für gewöhnlich bekam er dann von mir die brummige Auskunft, dass mir langweilig sei, es mir aber gutgehe, daraufhin fragte er mich, ob ich etwas brauche, ich sagte ihm irgendetwas, er holte es mir, und dann ließ er mich in Frieden.

Nachdem ich gründlich über Effies Ratschlag nachgedacht hatte, hatte ich die bittere Wut, die sich so hartnäckig in mir eingenistet hatte, beiseitegeschoben und nach einigem Suchen meinen Kampfgeist wiedergefunden.

Mein Puls begann zu rasen, als ich Caines Schritte auf der Treppe vernahm. Je lauter diese Schritte wurden, desto heftiger klopfte mein Herz.

Plötzlich stand er im Türrahmen. Er sah zu Tode erschöpft aus. Wie immer krampfte sich bei seinem Anblick etwas in meiner Brust zusammen. »Hey«, sagte ich.

Er lächelte müde. »Selber hey. Wie war dein Tag heute?«

Ich zuckte die Achseln. »Öde. Und wie war deiner?«

Seine Züge umwölkten sich. »Immer noch nichts.«

»Du kriegst ihn schon noch.«

Ich sah das Erstaunen in seinem Gesicht, das gleich darauf in Dankbarkeit umschlug. »Kann ich dir noch etwas bringen?«

Ich holte tief Luft. *Auf in den Kampf.* »Hättest du vielleicht Lust, ein bisschen mit mir abzuhängen? Wir könnten uns was zu essen kommen lassen. Einen Film gucken oder so.«

Er zögerte.

»Wenn du noch zu tun hast, auch kein Problem.« Ich lächelte, um meine Enttäuschung zu überspielen.

»Nein.« Er schüttelte den Kopf. »Die Arbeit kann warten. Zusammen abhängen klingt toll. Was magst du essen?«

Ich verbarg meine Freude hinter einem Schulterzucken. »Such du was aus. Den Film auch, wenn du möchtest.«

Wenig später lag Caine neben mir auf dem Bett. Er hatte

sich den Anzug ausgezogen und trug nun Jogginghose und T-Shirt. Zwischen uns standen Schachteln mit Essen vom Chinesen, und wir sahen uns einen alten Jean-Claude-van-Damme-Film an.

»Schau dir das mal an.« Ich zeigte mit den Essstäbchen auf den Fernseher. »Wenn du das draufhättest, könntest du sehr wahrscheinlich die Weltherrschaft erringen.«

Caine lachte. »Was? Ich bin so nah dran? Ich müsste einfach nur lernen, im Sprung einen Spagat zu machen und dann in derselben Position auf einem Tresen zu landen?«

»Ja!«, bekräftigte ich. »Die Weltherrschaft würde dann unmittelbar folgen.«

»Dann nimm dich in Acht, Welt, ich komme.«

Ich kicherte. »Du kannst nicht im Sprung einen Spagat machen.«

Er sah mich in gespielter Entrüstung an. »Ich kann alles, was ich mir vornehme, Baby.«

Ich tat so, als würde ich mich nicht wahnsinnig über das Kosewort freuen, und schüttelte belustigt den Kopf. »Dein Mangel an Selbstbewusstsein ist geradezu beschämend. Daran solltest du wirklich arbeiten.«

Caine grinste bloß und stibitzte etwas von meinem Schweinefleisch Mu Shu.

Ich sah ihn abwägend von der Seite an.

Effie hatte recht.

Ich konnte es schaffen.

Ich musste nur listig genug sein.

Im Verlauf der nächsten Woche war ich so listig, dass mir fast schwindlig davon wurde.

Inzwischen war ich zum Glück ein bisschen mobiler. Der Arzt hatte mir gesagt, ich solle aufstehen und mich bewegen … maßvolle körperliche Aktivität, wie er es nannte ..., also saß ich jetzt öfter unten im Wohnzimmer. Caines Frust wuchs, weil er und die Polizei auf ihrer Suche nach dem Täter nach wie vor im Dunkeln tappten. Dazu kam, dass er seine Arbeit vernachlässigte, weil er für mich da sein wollte. Da er die Abende jetzt immer zu Hause statt im Büro verbrachte und nicht mehr auf Geschäftsreisen ging, musste er mehr Aufgaben an seine Mitarbeiter delegieren ... für einen Kontrollfreak wie Caine keine leichte Situation.

Abends, wenn er nach Hause kam, hing seine schlechte Laune wie eine schwarze Wolke über ihm. Erst wenn er sich umgezogen und zu mir gesetzt hatte, gelang es ihm, sich ein bisschen zu entspannen. Wir schauten Filme und unterhielten uns, allerdings nie über ernste Themen.

Vielleicht war das der Grund, weshalb ich mit meiner List nicht so recht weiterkam. In jedem Fall schien Caine trotz der Nähe nicht das geringste Bedürfnis zu verspüren, sich mir in irgendeiner Weise anzuvertrauen.

Vielleicht war ich *zu* listig. Daher beschloss ich eines Abends ... wir schauten gerade den Jesse-James-Film mit Brad Pitt ..., meiner Listigkeit Lebewohl zu sagen und stattdessen endlich Nägel mit Köpfen zu machen.

Caine saß mit geradem Rücken auf dem Sofa, die langen Beine ausgestreckt, die Füße auf dem Couchtisch. Ich lehnte in der anderen Sofaecke und hatte die Beine auf seinem Schoß liegen. Ich betrachtete sein Profil, während er den Film verfolgte, und dachte daran, dass ich, wäre diese verdammte Verletzung nicht gewesen, die Sache mit den Nägeln und den Köpfen auf ganz andere Weise hätte angehen können.

Unter den gegebenen Umständen jedoch blieb mir nichts anderes übrig, als es mit Direktheit zu versuchen.

»Kommst du eigentlich damit klar?«, sagte ich, was so

viel heißen sollte wie: Kam er damit klar, dass wir bloß Freunde waren?

Caine drehte sich zu mir um. Er musste an meiner Stimme etwas wahrgenommen haben, das ihm verriet, was genau mit der Frage gemeint war, denn er versteifte sich prompt. »Alexa.«

Ich grinste freudlos. »Ich bin immer Alexa, wenn du sauer auf mich bist.«

»Nicht ganz.« Seine Augen blitzten, und ich wurde rot.

Ach ja. Im Bett hatte er mich auch manchmal Alexa genannt.

»Apropos …«

Er wandte sich wieder dem Film zu. »Mach es nicht kaputt. Da draußen ist das Leben gerade ein einziger Scheißhaufen. Das hier … ist das Einzige, was ich habe. Bitte mach es nicht kaputt.«

Ich zögerte. Ich wollte ihm den Gefallen tun, schließlich kümmerte er sich wirklich rührend um mich. Doch es ging nicht. »Aber das hier … das ist doch überhaupt nicht echt.«

»Schwachsinn«, fauchte er mich an. Meine Einschätzung unserer Freundschaft schien ihn ehrlich zu verletzen. »Das ist das einzige Echte …« Er stieß einen Fluch aus und wandte den Blick wieder zum Fernseher.

»Wenn es echt wäre, gäbe es nicht all diese Geheimnisse zwischen uns.«

Caines Antwort bestand darin, dass er sanft meine Beine von seinem Schoß hob, aufstand und nach oben verschwand. In meinem Magen grummelte es nervös.

Als er eine halbe Stunde später wieder herunterkam, trug er Stoffhose und Oberhemd. Seine Haare waren frisch gewaschen und gekämmt.

»Ich gehe aus«, warf er mir über die Schulter zu und schnappte sich seinen Autoschlüssel.

Die Wohnungstür fiel krachend hinter ihm ins Schloss.

Ich schloss die Augen, und meine Tränen liefen über. Sie kullerten meine Wangen hinab, und ich vergrub das Gesicht in den Polsterkissen, um mein Schluchzen zu ersticken.

Kurz darauf spürte ich eine leichte Berührung an der Schulter und lugte zwischen meinen Haaren hervor. Effie war gekommen. Sie hockte auf dem Sofa und sah mich voller Mitgefühl an. »Caine hat mich gebeten, bei dir zu sitzen, während er weg ist.«

Ich drehte mich vorsichtig zu ihr um, legte den Kopf in ihren Schoß und weinte noch heftiger. Ich hasste diesen Dreckskerl dafür, dass er die Macht hatte, mich so zu quälen.

Kapitel 29

»So weit sieht alles gut aus. Keine Anzeichen einer Infektion«, verkündete Liz.

Ich sah die Krankenschwester leicht benommen an. So fühlte ich mich, seit ich zum ersten Mal in Begleitung von Caine, Arnie und Sly die Wohnung verlassen hatte. »Ich habe die Keflex genommen, die der Arzt verschrieben hat«, murmelte ich als Antwort.

»Gut. Die Klammern sind jetzt draußen, aber denken Sie daran, dass die Wunde da ist. Es wird noch mindestens zwei Wochen dauern, bis alles restlos verheilt ist.«

»Ich glaube, so schnell vergesse ich meine Wunde nicht.«

Sie schenkte mir ein mitfühlendes Lächeln. »Da haben Sie wohl recht. Weiß man schon, wer es war?«

»Nein.« Ich stand auf. Liz stützte mich. »Ich will einfach nach vorne schauen, mein Leben leben, aber solange der Fall nicht aufgeklärt ist ...«

Sie drückte meinen Arm. »Ich hoffe, sie schnappen ihn bald.«

Ich lächelte zum Dank, und sie half mir ins Wartezimmer, wo Caine leise telefonierte, während Arnie und Sly an der Tür Position bezogen hatten. Ihre richtigen Namen lauteten Griff und Don, aber sie trugen die Spitznamen, die ich ihnen gegeben hatte, mit Fassung.

Als Caine uns kommen sah, beendete er rasch das Gesprach, steckte das Handy ein und kam auf uns zu. Er wandte sich an Liz. »Ist alles in Ordnung?«

»Die Klammern sind draußen. Keine Infektion. Lexie ist auf dem Weg der Besserung.«

»Großartig.« Ich sah ihn vielsagend an. »Dann kann ich ja jetzt wieder nach Hause.«

Er runzelte die Stirn. »Wenn du damit meine Wohnung meinst, sicher.«

»Caine …«

»Keine Diskussion.« Er legte mir den Arm um die Taille, bedankte sich bei Liz und führte mich auf den Ausgang zu.

Ich blickte noch ein letztes Mal zurück und lächelte Liz dankbar zu. Gleichzeitig versuchte ich krampfhaft, mich von Caines Nähe nicht aus der Ruhe bringen zu lassen. Ich wäre sehr gut in der Lage gewesen, ohne Hilfestellung zu gehen, wollte aber im Krankenhaus keine Szene machen.

Nachdem er am Abend zuvor aus der Wohnung gestürmt war, hatte Effie mir nach oben ins Bett geholfen. Worte waren unnötig. Ich glaube, diesmal war selbst sie wütend auf Caine. Sie begriff, dass ich mit meinem Latein am Ende war. Ich konnte nicht mehr weiterkämpfen. Als ich ihn eine Weile später von seiner Spritztour zurückkommen hörte, hoffte ein Teil von mir, dass er in mein Zimmer kommen würde. Um mir was zu sagen? Keine Ahnung. Irgendetwas eben. Egal was. Aber er kam nicht, und das war der Moment, in dem ich entschied, dass ein klarer Schnitt nötig war. In dieser Nacht lag ich im Bett und dachte an all das in meinem Leben, das ich auf die Reihe bekommen musste und das nichts mit Caine zu tun hatte.

Einen Weg aus der beruflichen Krise zu finden schien mir der beste Ausgangspunkt zu sein. Antoines Schwester Renée hatte sich bei mir gemeldet und mir zwei Wochen Bedenkzeit gegeben, danach wollte sie sich nach einem anderen Kandidaten für die Stelle umsehen. Auch Antoine hatte ein paarmal gemailt, und in jeder Mail hatte er mir in glühendsten Farben die Freuden und Vorzüge eines Lebens in Paris geschildert. Ich muss gestehen, dass ich in der vergangenen Woche einen Vorsatz gefasst hatte: Sollte es mir gelingen, Caine dazu zu bringen, dass er sich mir öffnete, würde ich in Boston bleiben. Nach einer neuen Stelle musste ich mich natürlich trotzdem umschauen, denn auf keinen Fall würde ich weiterhin als seine Assistentin arbeiten, wenn wir in einer festen Beziehung waren.

Jetzt allerdings erwog ich Renées Angebot mit neuem Interesse.

Doch ehe ich auch nur über Paris nachdenken konnte, musste ich mich meinem Vater stellen. Es gab einfach zu viele ungelöste Probleme. Ich fand es beängstigend, dass ich auch nur daran gedacht hatte, er könnte hinter dem Überfall auf mich stecken … aber so war es: Die Möglichkeit war mir, wenngleich nur kurz, durch den Kopf gegangen. Es war sogar mehr als beängstigend, es rüttelte mich so sehr auf, dass mir etwas klar wurde: Egal wo, ich würde keinen Neuanfang schaffen, wenn ich nicht zuvor Frieden mit meinem Vater schloss. Ich musste das Gespräch mit ihm suchen und hoffte inständig, dass ich danach die Beweggründe für sein Handeln ein wenig besser verstehen würde. Vielleicht konnte ich sogar meiner Mutter vergeben, dass sie sich für ihn entschieden hatte statt für mich. Denn schließlich war die seelische Verletzung, die sie mir mit dieser Entscheidung zugefügt hatte, der Kern all meiner Probleme. Wie sollte ich in Paris glücklich werden, wenn ich mich dieser Verletzung, diesem Schmerz nicht stellte? Ich würde alles mit über den großen Teich nehmen.

»Du bist so still. Hast du Schmerzen?«, fragte Caine, als wir in den Wagen stiegen.

»Ein bisschen, aber es geht schon. Ich wünschte einfach nur, ich könnte endlich wieder in meine Wohnung zurück.«

Er seufzte. »Nicht, solange dein Angreifer nicht gefasst wurde.«

»Und wenn er nie gefasst wird?«

»Kommt Zeit, kommt Rat. Wir sollten nichts überstürzen.«

»Ich will dich nur warnen: Irgendwann werde ich gehen. Und von überstürzen kann wahrlich nicht die Rede sein.«

Caine sagte nichts. Ich sah ihn an. Er starrte aus dem Fenster, das Gespenst eines Lächelns auf den Lippen.

»Du wirst meine Klugscheißerei vermissen.« Diese Bemerkung lag mir auf der Zunge, aber ich wusste, dass seine Reaktion darauf – oder vielmehr seine Nichtreaktion – mir mehr Schmerzen bereiten würde als das Entfernen der Klammern kurz zuvor.

Schweigend fuhren wir zurück zum Penthouse. Arnie und Sly begleiteten uns nach oben und verabschiedeten sich, sobald ich drinnen und in Sicherheit war. Ich hatte meine Aufpasser so satt. Es gab noch immer keine Hinweise auf den Täter, und langsam kam mir der Verdacht, dass ich durch puren Zufall das Opfer eines Wahnsinnigen geworden war. Die Leibwächter und meine Ausgangssperre kamen mir völlig überzogen vor.

»Ich muss jetzt wieder ins Büro, aber Effie kommt bald«, teilte Caine mir mit.

»Effie braucht nicht mehr andauernd zu kommen.« Ich streifte mir die Schuhe von den Füßen und winkte ab, als Caine mir helfen wolle. »Ich komme inzwischen ganz gut alleine klar. Bestimmt hat sie Besseres zu tun, als mit dir zusammen Gefängniswärter zu spielen.«

»Es ist nur noch für eine Weile, Lexie.«

»Wie würdest du dir denn an meiner Stelle vorkommen?«, knurrte ich und lehnte mich gegen die Wand. »Würdest du nicht durchdrehen?«

Statt zu antworten – ich brauchte ohnehin keine Antwort, weil ich *wusste*, dass er durchdrehen würde –, sagte Caine mir lediglich, ich solle anrufen, falls ich ihn brauchte, und dann ging er.

Ich rief ihn nicht an, weil ich mir geschworen hatte, nie wieder etwas von diesem attraktiven Mistkerl zu brauchen.

Vielleicht war es meinem angestauten Frust geschuldet, dass ich an diesem Abend mehr in der Wohnung herumging als sonst. Ich hatte mir fest vorgenommen, meinen Vater zu besuchen, ehe ich Renées Stellenangebot annahm, und nun, da die Entscheidung gefallen war, wollte ich alles so schnell wie möglich in die Wege leiten. Meine Geschäftigkeit hatte viele Gründe, unter anderem lenkte sie mich dem Gedanken ab, dass ich Caine bald für immer verlassen würde. Wann immer ich mir vorstellte, ihn nicht jeden Tag zu sehen, überkamen mich eine schreckliche Angst und Niedergeschlagenheit.

Alles war besser als diese Gefühle.

Also verbrachte ich den Rest des Tages und des frühen Abends damit, Pläne zu schmieden. Ich hatte Renée nicht angerufen, sondern ihr eine E-Mail geschrieben. Zwischen Boston und Paris lagen sechs Stunden Zeitunterschied, bei ihr war es folglich schon spät. Ich hoffte, am nächsten Morgen eine Antwort von ihr zu erhalten. Danach hatte ich im Internet nach Wohnungen in Paris gesucht. Das überforderte mich ein wenig, daher fragte ich Antoine in einer Mail, ob er mir vielleicht behilflich sein könne. Ich bekam eine überschwängliche Antwort, in der er mir versprach, gleich morgen die Fühler auszustrecken.

Dann war ich noch lange auf und ab getigert, ehe ich

mich schließlich früh in mein Zimmer zurückzog, damit ich Caine nicht begegnete, wenn er nach Hause kam.

Das viele Herumwandern und die innere Unruhe hatten zur Folge, dass ich mitten in der Nacht vor lauter Schmerzen aufwachte. Ich fluchte über meine eigene Dummheit, stand auf und schlich langsam auf Zehenspitzen nach unten, wo meine Tabletten lagen. Ich ging zum Tresen in der Küche, denn dort hatte ich sie hingelegt. Sie waren nicht da.

Die nächste Viertelstunde verbrachte ich damit, in wachsender Verärgerung Schranktüren und Schubladen aufzureißen, wodurch die Schmerzen natürlich nur noch schlimmer wurden. Ich hatte kein Glück. Verzweifelt sah ich mich im dämmrigen Raum um und versuchte nachzudenken. Wo zum Teufel hatte ich die Tabletten hingelegt? Mein Blick fiel auf einen kleinen Beistelltisch im Essbereich. Ich benutzte ihn nie, weil er exakt zum Esstisch passte und ich ihn eher als Kunstgegenstand betrachtete, nicht als Gebrauchsmöbel. Aber nun fragte ich mich, ob Effie meine Tabletten weggeräumt haben könnte. Als sie gekommen war, hatte ich ihr frustriert mitgeteilt, dass ich ihr für ihre Fürsorge dankbar sei, aber keinen Babysitter mehr benötige. Offenbar war sie derselben Ansicht, denn sie brühte mir nur einen Kaffee auf und beschäftigte sich ein bisschen in der Wohnung, bevor sie wieder ging.

Ich stöhnte genervt. Ich liebte Effie heiß und innig, aber jedes Mal, wenn sie da gewesen war, fand ich hinterher irgendwelche Sachen nicht wieder, weil sie sie weggelegt hatte. Es wollte mir nicht in den Kopf, wieso jemand, in dessen eigener Wohnung überall Sachen herumlagen, so darauf erpicht war, in einer fremden Wohnung für Ordnung zu sorgen.

Ich zog die Schublade des Tischchens auf und wühlte

durch den Krimskrams, der sich darin befand. Nein. Keine Percocet.

Ich stieß ein wütendes Knurren aus.

Ich wollte die Schublade eben wieder schließen, als mir etwas Glänzendes ins Auge fiel. Ich sah, dass es sich um einen Stapel Fotos handelte, und stutzte. Caine hatte kein einziges Foto in seiner Wohnung hängen, und ich hatte auch noch nie irgendwelche Fotos herumliegen sehen.

Bis jetzt.

Neugierig geworden, holte ich den dünnen Stapel aus der Schublade und hielt ihn ins Licht. Schlagartig nahmen die Niedergeschlagenheit und Enttäuschung, die ich wegen Caine empfand, ganz neue Dimensionen an.

Es waren Fotos von mir, insgesamt sechs. Ich wusste noch, dass wir sie mit Caines Smartphone aufgenommen hatten. Zwei der Bilder hatte ich gemacht ... Selfies von uns beiden im Bett. Eins zeigte nur unsere Köpfe – ich grinste breit, während er halb verführerisch, halb belustigt in die Kamera schaute. Auf dem anderen hielt ich das Handy am ausgestreckten Arm über uns in die Luft, während ich ihn küsste.

Die anderen vier Fotos waren Aufnahmen, die Caine von mir gemacht hatte. Auf einer lag ich bis zur Hüfte zugedeckt bäuchlings auf seinem Bett. Es war ein relativ züchtiges, aber trotzdem sinnliches Foto, denn obwohl man meine Aktivposten nicht sehen konnte, schaute ich mit einem Gesichtsausdruck in die Kamera, den ich noch nie an mir gesehen hatte. Er war voller Verlangen. Nach Caine.

Ich blinzelte die Tränen weg, die mir plötzlich in den Augen brannten.

Zwei weitere Fotos zeigten mich am Quincy Market in der Woche vor der Messerattacke. Das letzte schließlich zeigte mich, wie ich im Türrahmen zwischen Caines

Schlafzimmer und Badezimmer stand. Ich trug eines seiner T-Shirts, und es war so groß, dass der Ausschnitt sehr viel Haut freigab. Caine hatte eine Bemerkung darüber gemacht, dass er nie gewusst habe, wie sexy ein Männer-T-Shirt sein könne, und als Antwort darauf hatte ich mich umgedreht und eine Pose gemacht, mit albernem Schmollmund und wirr vom Kopf abstehenden Haaren.

Mittlerweile weinte ich hemmungslos. Ich stopfte die Fotos zurück in die Schublade, wo er sie versteckt hatte.

Dann versetzte ich dem Sideboard einen Tritt und spürte augenblicklich einen scharfen Schmerz in der Bauchgegend. Meine Tränen flossen immer heftiger, und ich taumelte in den Flur. Plötzlich wollte ich unbedingt meine Tabletten suchen. Das gab mir etwas zu tun, so dass ich nicht an die gottverdammten Fotos denken musste.

Allerdings war es mit der Ablenkung schnell wieder vorbei, da ich die Percocet kurze Zeit später auf dem Telefontischchen fand.

Ich blinzelte durch meinen Tränenschleier und versuchte gleichzeitig, mein Schluchzen zu unterdrücken, als ich in die Küche eilte und mir mit tauben Fingern ein Glas aus dem Schrank nahm.

»Lexie?«, hörte ich Caines fragende Stimme hinter mir.

Ich versteifte mich und hielt das Glas unter den Wasserhahn.

»Hey, hey«, sagte er beruhigend, und ich spürte die Wärme seines Körpers an meinem Rücken, als er nach dem Glas griff. Die andere Hand streckte er nach den Tabletten aus, so dass ich zwischen seinen Armen gefangen war. »Hast du Schmerzen?«

»Mir geht's gut.«

Er schwieg einen Moment. Dann: »Es geht dir nicht gut. Du weinst ja.«

»Ich habe gesagt, mir geht's gut. Ich muss einfach nur meine Tabletten nehmen.« Ich versuchte, ihm das Fläschchen aus der Hand zu reißen. »Gib schon her.«

»Lex, lass mich dir doch helfen.«

»Ich brauche deine Hilfe nicht.«

Ich wollte nicht von einem Mann gerettet werden, der sich nicht einmal selbst retten konnte.

»Lex…«

»Ich habe gesagt, ich brauche deine Hilfe nicht!«

Plötzlich umfassten seine Hände meine Arme, und er drehte mich behutsam zu sich herum. Ich wehrte mich gegen ihn und wand mich so heftig in seinem Griff, wie es meine Wunde zuließ.

»Lexie, hör doch auf«, sagte er völlig perplex.

Aber ich konnte nicht aufhören. Meine Gefühle kannten kein Halten mehr.

Alles, was ich vor mir sah, waren diese Fotos. Alles, was ich hörte, war er, wie er behauptete, mich nicht zu lieben. Seine Zurückweisung. Seine *Lügen*.

»Lass mich los!«, schrie ich und wehrte mich immer heftiger.

Doch sein Griff wurde nur noch fester. »Lexie, hör auf damit.«

Aber ich konnte nicht aufhören. Ich wollte nicht.

Jedes bisschen Schmerz, das ich in den letzten Wochen empfunden hatte, entlud sich in Gewalt. Ich schrie und weinte und schlug mit den Fäusten auf ihn ein.

»Hör auf, du tust dir noch weh«, hörte ich ihn knurren.

Das hielt mich nicht auf.

Sein Griff wurde schmerzhaft, und er schüttelte mich leicht. »Hör auf«, befahl er rau. »Lexie, jetzt hör doch auf.« Und dann küsste er mich plötzlich. Hart. Voller Verzweiflung.

Vollkommen überrumpelt, hörte ich auf, Widerstand zu leisten.

Ich ließ den Kuss zu. Seine Hände glitten von meinen Armen hinauf in mein Haar. Er hielt mich fest und küsste mich, als brauche er diesen Kuss dringender als die Luft zum Atmen.

Endlich sprang mein Gehirn wieder an, und ich erstarrte. Caine spürte mein Zögern, und sein Kuss wurde sanfter. Er strich mit den Lippen über meinen Mund, einmal, zweimal, dann löste er sich von mir.

Wir starrten einander an, beide gleichermaßen durcheinander nach dem, was gerade passiert war.

»Ich gehe«, waren die ersten Worte, die mir über die Lippen kamen. »Und ich meine nicht die Wohnung. Ich meine … *natürlich* meine ich die Wohnung, aber nicht nur. Erinnerst du dich noch an Antoine Faucheux? Wir haben ihn am Flughafen getroffen.«

Caines Finger gruben sich in meine Arme. Ich glaube, er merkte es nicht einmal. »Ja, ich erinnere mich«, sagte er gepresst.

»Seine Schwester hat mir einen Job in ihrer Eventagentur in Paris angeboten. Ich habe ihn angenommen. In vier Wochen fliege ich.«

Einen Moment lang sah er mir forschend ins Gesicht, als wolle er feststellen, ob ich es ernst meinte. Dann ließ er meine Arme los und machte einen Schritt rückwärts. »Hast du deshalb geweint?«

Wut loderte erneut in mir auf, und sie war schlimmer als die Schmerzen zuvor. »Ich habe dir gerade gesagt, dass ich aus Boston weggehe, und *das* ist deine Reaktion?«

Er sah mich mit zusammengebissenen Zähnen an.

Immerhin, eine minimal bessere Reaktion als seine Frage zuvor.

Ich antwortete dennoch darauf. »Nein, deswegen habe ich nicht geweint. Ich habe die Fotos gefunden.«

Verständnislos schüttelte er den Kopf. »Was für Fotos?«

»Die von mir, von uns. In dem kleinen Beistelltisch.«

Als ich das sagte, wich er gleich noch einige Schritte vor mir zurück.

Erneut kamen mir die Tränen. »Ich verlasse dich. Und das Einzige, was du dann noch von mir haben wirst, sind diese beschissenen Fotos!«

Sein Gesicht wurde vollkommen ausdruckslos.

Mittlerweile hatte ich es begriffen. Es war wirklich genau so, wie Effie gesagt hatte: Caine wurde umso kälter und distanzierter, je verzweifelter er seine wahren Gefühle zu verbergen versuchte.

»Ich habe keine Lust, hier zu stehen und zum x-ten Mal dieselbe Diskussion mit dir zu führen. Ich sage dir nur eins: Wenn ich durch die Tür da gehe, dann werde ich dich dafür hassen, dass du mich einfach so weggeworfen hast, obwohl du in Wahrheit ... obwohl du mich in Wahrheit liebst. Ich weiß es, du kannst es leugnen, sooft du willst. Und wenn ich an deiner Stelle wäre, Caine, dann könnte ich den Gedanken nicht ertragen, dass du mich hasst, ganz egal, wie weit wir voneinander entfernt sind ... und ich *werde* dich hassen, wenn du nicht endlich aufhörst zu lügen. Sag mir, was du vor mir verbirgst, oder lass es bleiben, aber in dem Fall werde ich dir *niemals* vergeben, darauf kannst du Gift nehmen.« Ich wischte mir die Tränen weg. »Dabei habe ich es so satt, nicht vergeben zu können.«

Ich wartete eine gefühlte Ewigkeit auf Caines Antwort. Als sie schließlich kam, wusste ich nicht, ob ich erleichtert sein oder mich fürchten sollte.

Sein Blick war hart. Er nickte. »Also schön. Du willst die

Wahrheit wissen? Ich sage dir die Wahrheit, aber nimm erst deine Tabletten.«

»Meinetwegen«, sagte ich. Sein spröder, ungehaltener Ton gefiel mir kein bisschen.

»Willst du dich nicht setzen?« Mein Herz begann zu rasen, solche Angst hatte ich auf einmal.

O Gott, was verheimlicht er mir?

Statt sich zu setzen, drehte er sich zu mir um und sah mich an.

Mir wurde ganz flau im Magen.

Als Caine meinen Blick einfing, wurde das flaue Gefühl noch schlimmer. Er war wütend, und ich hatte keine Ahnung, ob auf mich oder auf sich selbst.

»Caine«, wisperte ich.

»Ich bin kein Mann für dich, Lex«, sagte er, und ihm war anzuhören, dass er es wirklich glaubte.

Meine Wangen brannten. »Das habe ja wohl ich zu entscheiden.«

»Nein, das habe *ich* zu entscheiden.«

Wir starrten uns schweigend an. Mir lag eine zornige Erwiderung auf der Zunge, aber ich schluckte sie herunter.

Caine verschränkte die Arme vor der Brust. »Nur Henry und die Beteiligten wissen darüber Bescheid. Ich habe alles getan, damit es nicht ans Licht kommt.«

Ach du Scheiße, o Gott, o nein, ach du Scheiße …

»Als Student habe ich in einem Nobelrestaurant in Society Hill gekellnert. Für Wharton hatte ich ein Stipendium, aber ich musste ja auch das Wohnheim in Philly bezahlen und brauchte darüber hinaus noch Geld zum Leben. Zum Leben und zum Investieren. Ich habe Henry auf dem College kennengelernt, er hatte Verbindungen. Er hat mir auch den Job im Restaurant besorgt, der war besser bezahlt als die meisten anderen … Während der Arbeit hat mir mal eine ältere Frau ein unmoralisches Angebot gemacht. Eine sehr wohlhabende ältere Frau.«

Ich hatte das Gefühl, als hörte mein Herz einen Augenblick lang auf zu schlagen.

Caines Blick brannte sich in meinen. Ich nahm eine geradezu selbstquälerische Entschlossenheit an ihm wahr. »Sie hat mir viel Geld geboten.«

»O Gott«, murmelte ich. Ich konnte nicht glauben, dass *das* sein Geheimnis war. Hätte ich eine Wette darauf abgeschlossen, hätte ich haushoch verloren. »Hast du es gemacht? Hattest du mit ihr Sex für Geld?«

Er nickte brüsk. Er war so angespannt, dass man den Eindruck hatte, er würde jeden Moment zerspringen. »Die Situation war ideal für sie ... ich war ein Wharton-Student, nicht irgendein ungebildeter Typ von der Straße, ich war ehrgeizig und brauchte dringend Geld. Sie hat ihre Chance gleich erkannt und genau die richtigen Fragen gestellt. Sie wusste, wie sie mich überreden konnte. Und sie hat es schließlich auch geschafft. Ich dachte mir, was soll's? Es ist ja nur das eine Mal.«

Plötzlich begriff ich. Mein Magen krampfte sich zusammen. »Aber es war nicht nur das eine Mal, oder?«

Er schüttelte den Kopf. »Ich verkörperte genau das Abenteuer, nach dem die gelangweilte Hausfrau suchte. Sie erzählte es einer Freundin, der sie vertrauen konnte, und ehe ich wusste, wie mir geschah, brauchte ich den Kellnerjob nicht mehr. Ich hatte meine *Stammkundinnen*.« Er sagte das Wort voller Bitterkeit. »Ein perfektes Arrangement. Es bestand keine Gefahr, dass es aufflog, denn keine der Frauen hätte es sich leisten können, wenn herausgekommen wäre, dass sie einen Studenten für Sex bezahlt hatten. Nach neun Monaten hatte ich genug Geld zusammen, um investieren zu können. Ich investierte klug und machte einen guten Profit. Den investierte ich wieder und so weiter.«

»Und damit konntest du dann die Bank eröffnen.«

Caine sah mich herausfordernd an, als solle ich es nur wagen, ihn dafür zu hassen. »Henry hat mich mal mit einer der Frauen im Bett erwischt und das Ganze rausgefunden. Er ist der Einzige, der weiß, wie tief ich gesunken bin, um das zu bekommen, was ich wollte.«

»Deswegen bist du so komisch, wenn man dich auf Wharton anspricht. Deswegen kannst du es nicht ertragen, wenn Henry und ich zusammen sind ... weil er der Einzige ist, der die Wahrheit ausplaudern könnte?«

»Deswegen und weil er es darauf anlegt, mich zu provozieren, indem er andauernd mit dir flirtet.«

Diese letzte Bemerkung ignorierte ich. Caines Geständnis hatte mich vollkommen aus der Bahn geworfen. »Diese Frau auf der Gala bei den Delaneys ... sie war eine deiner alten Kundinnen?«

»Ja«, gab er zu, noch immer mit diesem herausfordernden Gesichtsausdruck. »Sie ist aus Philadelphia. Ich laufe den Frauen von damals praktisch nie über den Weg, aber an dem Abend wusste ich schon vorher, dass sie zu der Party kommen würde ...«

»Deshalb warst du den ganzen Tag so schlecht gelaunt ...« Ich stand langsam auf, misstrauisch von ihm beäugt. »Deshalb hast du mit mir Schluss gemacht.«

»Das mit uns würde nie funktionieren.«

»Wegen deiner Vergangenheit?«

»Lexie, ich habe praktisch meine Seele verkauft, um dahin zu gelangen, wo ich heute stehe. Ich bin ein selbstsüchtiges Schwein ... und du«, sein Blick lag auf meinem Gesicht, »... du hast fast alles aufgegeben, damit deine Seele heil bleibt.«

»Caine.« Im ersten Moment brachte ich nicht mehr heraus. Gefühle schnürten mir die Kehle zu.

Plötzlich wandte er sich ab.

»Geh nicht!«, rief ich.

Er blieb stehen und drehte sich halb zu mir um.

»Ich liebe dich«, sagte ich unter Tränen. »Ich liebe dich so sehr. Nichts könnte daran etwas ändern. *Nichts.*«

Aufgebracht und fassungslos schüttelte er den Kopf. »Nicht mal, dass ich eine Hure war?«

Bei dem Wort »Hure« zuckte ich zurück. Es war keine bequeme Wahrheit, und wenn ich ihn nicht gekannt hätte ... wenn ich nicht gewusst hätte, um wie viel das Schicksal ihn betrogen hatte –, wäre meine Einstellung dazu vielleicht eine andere gewesen. Doch so, wie die Dinge standen, konnte ich Caine aus dem, was er getan hatte, keinen Vorwurf machen. Ihm nicht. Höchstens den Frauen. »Sie haben dich ausgenutzt«, sagte ich.

Das schien Caine nur noch zorniger zu machen.

»Wirklich. Sie haben dich ausgenutzt«, wiederholte ich. »Du hast sie ausgenutzt, aber sie dich genauso. Du warst doch praktisch noch ein Kind.«

»Ich habe mit dreizehn Jahren aufgehört, Kind zu sein, Lexie.«

»Aber in *ihren* Augen warst du fast noch ein Kind. Und das stimmt, ob du es nun einsiehst oder nicht. Du warst verletzlich. Aber du hattest Ehrgeiz, und deswegen hast du alles durchgestanden. Du hast was getan, wofür du dich heute schämst ... aber es hat dich dahin gebracht, wo du jetzt bist. Wünschte ich mir, es wäre anders? Ja. Ich wünschte, du hättest eine andere Vergangenheit, und du wünschst es dir wahrscheinlich auch. Aber was passiert ist, lässt sich nun mal nicht mehr ändern. Es liegt Jahre zurück. Du bist nicht mehr derselbe wie damals. Wir müssen die

Sache einfach dort lassen, wo sie hingehört: in der Vergangenheit.«

»Es *ist* aber nicht die Vergangenheit«, knurrte er. Mein Verständnis schien ihn regelrecht rasend zu machen. »Das bin *ich*. Das ist es, wozu ich fähig bin! Mir ist jedes Mittel recht, um zu bekommen, was ich will, und es ist mir scheißegal, wer dabei vor die Hunde geht!«

»Nein.« Ich schüttelte den Kopf. Ich glaubte ihm kein Wort. »So bist du nicht. Nicht bei mir.« Ich streckte die Hand aus und strich ihm mit den Fingern durchs Haar, dann legte ich die Hand in seinen Nacken, um ihn an mich zu ziehen. »Du belügst dich. Du benutzt die Vergangenheit, um mich auf Abstand zu halten, aber dafür ist es zu spät. Ich bin schon längst bei dir. Du liebst mich.« Ich lächelte sanft, als er die Augen schloss und die Zähne zusammenbiss, als koste es ihn ungeheure Kraft, meine Worte auszuhalten. »Du liebst mich«, wiederholte ich. »Und du würdest mir niemals weh tun. Genau wie ich dir niemals weh tun würde. Ich würde dich niemals so benutzen, wie diese Frauen dich benutzt haben. Weil ich *dich* will. Nur dich.« Ich legte meine Stirn an seine Wange und hielt ihn im Arm. »Das wird nie jemand so verstehen wie ich. Wenn wir zusammen sind, bist du ganz anders, Baby. Du sorgst dich um mich. Bei dir fühle ich mich geborgen. Du bist nicht der, für den du dich hältst. Hast du mir nicht selber mal gesagt, dass kein Mensch nur eine Seite hat? Du bist so viel mehr als das, was du in deiner Vergangenheit getan hast.«

»Lexie«, sagte er barsch. »Ich habe dir das erzählt, damit du endlich aufwachst. Ein Mann wie ich kann nicht dein Scheiß-Märchenprinz sein!« Seine Finger lösten meine Hand aus seinem Nacken, und er schob mich von sich.

Wieder spürte ich den Zorn in mir hochkochen. »Ich will gar keinen Helden!«

Er zuckte zusammen, weil ich die Worte so heftig hervorgestoßen hatte.

»Darum habe ich nie gebeten.« Ich zitterte am ganzen Leib und ballte unwillkürlich die Fäuste. »Ich wollte einfach nur dich ... weil ich dich *sehe*, auch wenn du mir nicht glaubst. Und nein, du bist kein Scheiß-Märchenprinz, aber du bist alles, was ich will.«

Als er nichts sagte, wurde mir kalt bis auf die Knochen.

»Ich bleibe nicht«, warnte ich ihn. »Ich werde nicht länger um dich kämpfen. Das war's. Wenn du jetzt gehst, dann ist es nicht meine Schuld. Das lasse ich mir nicht einreden. Ich werde dir immer, immer die Schuld dafür geben. Dafür, dass du das mit uns in den Dreck geworfen hast.«

Die Stille in der Wohnung wurde immer schwerer und ballte sich zusammen wie ein Monster im Dunkeln. Eine Zeitlang standen wir einander schweigend gegenüber und ließen zu, dass dieses Monster auch die letzte Hoffnung verschlang, die es für uns vielleicht noch gegeben hätte. Endlich riss Caine den Blick von mir los und wandte sich ab.

Ich verließ das Zimmer und raffte die letzten kläglichen Überreste meiner geistigen und emotionalen Stärke zusammen, um die klaffende Wunde in meiner Brust zu schließen. Irgendwann hatte ich es ins Gästezimmer geschafft. Die Wunde war fürs Erste verschlossen, die Blutung notdürftig gestillt. Ich schwor mir, dass sie nicht wieder aufreißen würde, bis ich aus Boston verschwunden war.

Kapitel 30

Caine,
nach gestern Nacht verstehst Du sicher, dass ich hier nicht länger bleiben kann. Eine Zeitlang hatte ich noch die Hoffnung, dass ich Dich einfach nur dazu bringen muss, Dich mir zu öffnen, mir Deine Geheimnisse anzuvertrauen, und dann würde das mit uns schon werden. Aber da Du offenbar fest entschlossen bist, keine Nähe zuzulassen, werde ich meine Lehren daraus ziehen.

Ich bin auf dem Weg nach Connecticut. Dort will ich mich mit meinem Vater treffen. Durch den Überfall sind viele alte Probleme wieder hochgekommen, und bevor ich nach Paris gehe, muss ich wenigstens versuchen, einige davon zu klären.

Ich bin Dir für Deine Fürsorge in den letzten Wochen wirklich sehr dankbar ... auch dafür, dass Du alles versucht hast, um den Scheißkerl zu finden, der mir das angetan hat. Inzwischen glaube ich, dass man ihn wohl nie finden wird, aber das spielt keine Rolle, da ich ja ohnehin nicht mehr lange hier sein werde. Nach meiner Rückkehr nach Boston will ich so bald wie möglich nach Paris fliegen, um mich dort nach einer Wohnung umzusehen usw. Obwohl ich Dir aufrichtig dankbar bin für das, was Du für mich getan hast, möchte ich Dich bitten, Dich in Boston von mir fernzuhalten. Ich will Dich nicht mehr wiedersehen. Ich möchte einen echten Neuanfang. Das bist Du mir schuldig.

Ich hoffe, Du findest Deinen Frieden. Ich hoffe, Du wirst glücklich.

Lexie

Als ich nun auf dem Rasen vor dem Haus stand, in dem ich meine Kindheit verbracht hatte, empfand ich eine seltsame Mischung aus Furcht und Entschlossenheit. Ich wusste nicht, was ich mir von der Begegnung erhoffte, nur, dass ich mit meinem Vater reden musste, wenn ich mein Leben wirklich in die Hand nehmen wollte.

Boston zu verlassen war denkbar unkompliziert gewesen … was sich von Caines Gebäude leider nicht sagen ließ. Nachdem er am anderen Morgen zur Arbeit gegangen war, hatte ich ihm den Abschiedsbrief geschrieben und mich dann auf den Weg nach unten gemacht. Arnie und Sly warteten in der Lobby auf mich.

Sie versuchten, mich am Verlassen des Gebäudes zu hindern, doch als ich sie darauf hinwies, dass sie sich damit der Freiheitsberaubung schuldig machten, ließen sie mich ziehen. Ich musste zwanzig Minuten lang mit ihnen diskutieren, bis sie endlich begriffen hatten, dass meine Drohung, die Polizei zu rufen, ernst gemeint war. Sie taten mir leid, weil sie mich die letzten Wochen über pflichtbewusst bewacht hatten, aber meine Entscheidung war gefallen, und niemand – wirklich *niemand* – würde mir jetzt noch in die Quere kommen. Trotzdem hatte ich auf dem Weg zum Busbahnhof mit einer Paranoia zu kämpfen, die mich seit dem Überfall nicht mehr losließ. Ich schaute mich immer wieder um und hatte permanent das Gefühl, die Blicke eines Fremden im Nacken zu spüren.

Das und der Umstand, dass die Busfahrt meiner immer noch nicht ganz verheilten Wunde nicht unbedingt guttat, waren die Gründe dafür, dass ich nicht gerade in bester Verfassung beim Haus meiner Eltern ankam.

Unser Haus war sehr bescheiden. Meine Mutter hatte es von ihrem Lehrerinnengehalt gekauft, als mein Vater noch nicht bei uns gelebt hatte. Später dann war mein Vater von einem Job zum nächsten gewechselt und hatte nicht viel verdient, deshalb waren wir nie in ein größeres Haus umgezogen. Es war ein eingeschossiger Bau mit drei Zimmern und einer holzverkleideten Gaube, die über die winzige Veranda hinausragte. Das Holz hatte einen frischen grauen Anstrich, passend zum Garagentor, zum Verandageländer und zur Haustür. Das Haus selber war aus altmodischem hellem Backstein gemauert. Es war nichts Besonderes, aber gut instand gehalten. Selbst der Rasen schien erst kürzlich gemäht worden zu sein. Offenbar war mein Vater besser in der Lage, für sich zu sorgen, als es in der Vergangenheit den Anschein hatte.

Ich strich mir die Haare aus dem Gesicht und stellte erstaunt fest, dass ich zitterte.

Ich versuchte, den Druck auf meiner Brust wegzuatmen, doch er wurde immer stärker.

»Komm schon, Alexa.«

Kurz darauf stand ich auf der Veranda. Drinnen hörte man den Fernseher laufen. Ich drückte auf die Klingel. Das Fernsehergeräusch wurde leiser, und ich hörte Schritte an die Tür kommen.

Ich würde mich gleich übergeben.

Aus unerfindlichen Gründen spürte ich ein Ziehen in meiner Wunde.

Die Tür wurde geöffnet, und ein großer, attraktiver Mann stand vor mir. Er war schlank, hatte breite Schultern und schwarze, stark mit Grau durchsetzte Haare, die genau zu seinen hellen grauen Augen passten. Er sah Edward Holland verflixt ähnlich. Selbst in seinen billigen Kleidern verströmte er eine Aura von Stil und Geld. Als er mich sah, fiel sein Gesicht in sich zusammen. »Alexa?«

Meine Lippen waren taub. Trotzdem gelang es mir, ein »Hi, Dad« hervorzupressen.

»Was machst du hier?« Er trat einen Schritt zurück und ließ mich in das kleine Wohnzimmer eintreten. Eine geschlossene Tür links führte in die Küche. Die Küche wiederum hatte einen Ausgang zum Garten, der im Vergleich zum Haus riesig war. Die Tür direkt gegenüber der Haustür führte in einen schmalen Flur, von dem zwei kleine Schlafzimmer sowie ein Bad abgingen.

Ich sah mich um, überwältigt von Erinnerungen.

Die Möbel waren immer noch dieselben wie früher. Auch die Familienfotos hingen noch an den Wänden.

»Lexie?«

Unsere Blicke trafen sich.

Ich hatte nicht damit gerechnet, dass unser Zuhause ... immer noch unser Zuhause sein würde. Ich hatte dieses Bild im Kopf gehabt, wie das Haus vollkommen leer war, alle Spuren von uns getilgt, ausgelöscht durch *ihn*. Aber nein. Ich konnte meine Mom nach wie vor überall entdecken.

Das hatte mich einen kurzen Moment lang aus der Fassung gebracht. Doch als ich nun in sein verwirrtes Gesicht sah, fragte ich mich, ob irgendeins seiner Gefühle überhaupt jemals echt gewesen war.

Er wies auf die Couch. »Setz dich doch, Lexie.«

»Ich stehe lieber.«

»Was führt dich her? Ich habe dich seit der Beerdigung deiner Mutter nicht mehr gesehen, und ich glaube, so viel wie gerade eben hast du in den letzten sieben Jahren nicht mit mir geredet. Ist etwas passiert?«

»Ich wurde überfallen«, platzte ich heraus.

Mein Vater wurde blass. »Überfallen?«

Ich nickte. »Ich kam gerade von der Arbeit. Jemand ist mit einem Messer auf mich losgegangen. Er hatte eine Kapuze auf, ich konnte sein Gesicht nicht erkennen ... die

Polizei hat ihn noch nicht gefasst, aber sie ermitteln weiter. Ich glaube, der Überfall war geplant.«

»Mit einem Messer auf dich losgegangen?« Er machte ein paar taumelnde Schritte auf mich zu und streckte unsicher die Hände nach mir aus.

Als ich vor seiner Berührung zurückwich, blieb er stehen.

»Wann?«, flüsterte er.

»Vor ein paar Wochen.«

»Vor ein paar Wochen? Müsstest du dann nicht zu Hause sein und dich auskurieren?«

»Ich musste herkommen und dich sehen.«

»Was war so dringend ...«

»Die Polizei wollte von mir wissen, ob es jemanden in meinem Leben gibt, der mir vielleicht schaden will.«

Die Erkenntnis, was ich damit meinte, traf meinen Vater mit der Wucht eines Tritts in die Magengrube. Er ließ sich in seinen Sessel fallen und starrte entsetzt zu mir hoch. »Du glaubst, ich hätte was damit zu tun?«

Ich verdrängte die Schuldgefühle, die sich angesichts seines unverhohlenen Entsetzens bei mir regten. »Nein. Aber für einen kurzen Moment habe ich daran gedacht. Ich habe mich gefragt, wie Mom sich wohl gefühlt hat, nachdem ich weggegangen bin, und wie sich das auf eure Beziehung ausgewirkt haben könnte. Einen Moment lang habe ich an den Mann gedacht, der eine Frau einfach hat sterben lassen. Ich habe überlegt, ob er womöglich seiner treulosen Tochter für sein kaputtes Leben die Schuld gibt und ob ihn das seelisch aus dem Gleichgewicht gebracht haben könnte.«

»Das ist ...«

»Weit hergeholt, ich weiß.« Ich seufzte und nahm nun doch auf dem Sofa Platz. Ich war erschöpft. »Aber ich lag die letzten Wochen im Bett und habe es einfach nicht aus meinem Kopf gekriegt, dass ich es überhaupt nur in Erwägung gezogen habe. Ich lag die ganze Zeit wohlbehütet und umsorgt in der Wohnung eines Bekannten und hatte Angst vor der Außenwelt. Aber noch mehr Angst hatte ich davor, wie verkorkst ich deinetwegen bin. Deswegen wollte ich dich sehen.«

Schweigen trat ein.

Endlich räusperte sich mein Vater. Seine Stimme war belegt. »Ich bin nicht das Ungeheuer, das du dir in deinem Kopf zurechtgesponnen hast.«

»Nicht?« Tränen stachen in meinen Augen. »Wie kommt es dann, dass du eine Frau, die einen kleinen Sohn hatte ... dass du sie einfach hast krepieren lassen? Ich wäre zu so was nicht fähig. Ich hätte damit nicht all die Jahre leben können.«

Auch in seinen Augen schimmerten Tränen, und ich war erstaunt, dass er den Blickkontakt zu mir aufrechterhielt. Wann immer er unrecht hatte oder mich anlog oder einer Frage ausweichen wollte, schaute mein Vater für gewöhnlich zu Boden oder irgendwo anders hin, nur nicht in mein Gesicht. »Ich habe es verdrängt, Lexie. Ich konnte damit leben, weil ich komplett abgeschaltet habe. Wenn ich mich an sie erinnert habe, dann war sie nicht die lebenslustige Frau, die verwirrte, einsame, wunderschöne Frau, die ihr Kind mehr liebte als alles andere auf der Welt, sondern schwach und egoistisch. Erst viele Jahre später begann mich die Sache zu verfolgen. Ich weiß nicht, wie es anfing, ich weiß nur, dass die Ausreden, die ich bis dahin immer gehabt hatte, die Entschuldigungen, die ich mir zurechtgelegt hatte ... dass das alles auf einmal wegbrach. Ich sah ständig nur noch ihr Gesicht vor mir. Deswegen hatte ich auch den Nervenzusammenbruch, und deswegen habe ich dir und deiner Mutter schließlich alles erzählt.«

»Dann bereust du, was du getan hast? Genug, um dich bei dem Mann zu entschuldigen, der damals innerhalb weniger Monate beide Eltern verloren hat?«

Mein Dad wandte den Blick ab. Seine Finger krallten sich in das Polster des Sessels. »Entschuldigen? Wie zum Teufel soll ich mich dafür entschuldigen? Das würde doch nicht das Geringste ändern. Ich habe den Tod einer Frau zu verantworten, weil ich ein Feigling war.« Er sah mich wieder an. »Du musst den Tatsachen ins Auge blicken und mich so nehmen, wie ich bin, Alexa. Das musste ich auch. Ich bin nicht perfekt. Gewiss nicht. Das werde ich auch nie sein. Ich bin ein schwacher Mann und war lange Zeit verwöhnt.«

Tränen tropften von meinem Kinn. »Sag mir eins. Hast du Mom geliebt? Und mich?«

Seine Lippen bebten. »Natürlich. Das tue ich immer noch. Es ist nur ... Ich bin nicht dazu gemacht, Ehemann und Vater zu sein. Ich bin einfach nicht dafür gemacht.«

Das war sie nun also, die traurige, niederschmetternde Wahrheit. Ich würde nicht wie durch Zauberei einen Vater bekommen, der immer für mich da wäre, wenn ich ihn brauchte; dessen bedingungslose Liebe mir über die Zurückweisung anderer hinweghalf; dessen Liebe zu mir immer größer sein würde als die Liebe zu sich selbst.

So ein Vater würde meiner niemals sein.

Und doch besänftigte es mich ein klein wenig, die Veränderungen zu sehen, die seit unserer letzten Begegnung vor sieben Jahren in ihm stattgefunden hatten. Er war zu einer Selbsterkenntnis gelangt, an der es ihm früher gefehlt hatte. Er war sich seiner Fehler und Schwächen bewusst, und das war besser als nichts. Natürlich reichte es nicht, um mir meinen Schmerz zu nehmen, und ich hatte immer noch keinen richtigen Vater, und Caines Eltern waren immer noch tot. Daran änderte sich nichts.

Ich fragte mich, ob dieses kleine Loch in mir sich vielleicht niemals schließen würde. Vielleicht musste ich mich einfach daran gewöhnen und hoffen, dass ich eines Tages jemanden traf, der mir seine ganze Liebe schenkte und mich vergessen ließ, was in meinem Leben fehlte.

»Kann ich dir vielleicht einen Tee machen? Oder einen Kaffee?«, fragte mein Vater unsicher.

Der Schmerz in meinem Bauch war stärker geworden. Ich nickte. »Tee, bitte. Und ein Glas Wasser. Ich muss meine Tabletten nehmen.«

Er wollte mir einen tadelnden Blick zuwerfen, hielt sich jedoch zurück. Solche väterlichen Gesten standen ihm wohl kaum zu.

Die Tür zur Küche fiel hinter ihm zu. Plötzlich fühlte ich mich todmüde, vermutlich, weil die Wirkung des Adrenalins in meinem Körper nachließ. Ich suchte in meiner Tasche nach meinem Handy, aktivierte das Display und runzelte die Stirn, als ich sah, dass Caine ganze zehn Mal versucht hatte, mich anzurufen.

Hatte er meinen Brief nicht gefunden?

Ich seufzte schwer. Der Gedanke an seine Uneinsichtigkeit raubte mir meine letzte Kraft. Der Mann hatte kein Problem damit, wenn ich auf Nimmerwiedersehen aus seinem Leben verschwand, solange nur meine Wunde anständig verheilt war!

Arschloch.

Ich warf das Handy zurück in meine Tasche und ließ mich tief in die Polster sinken.

Ein lautes Scheppern, gefolgt von einem dumpfen Knall, ließ mich in die Höhe fahren. »Dad? Alles in Ordnung?«

Nichts.

Mein Puls begann zu rasen.

»Dad?«, rief ich lauter, dann stand ich vorsichtig auf, um meine Wunde nicht unnötig zu beanspruchen. »Dad, ist alles klar bei dir?« Ich ging zur Küchentür und stieß sie auf. Dann blieb ich wie angewurzelt stehen, als ich meinen Vater reglos am Boden liegen sah.

Ich wollte zu ihm laufen, doch im selben Moment wurde ich gepackt und rückwärts gegen einen harten Körper gerissen. Starke Arme schlangen sich um meine Brust. Etwas Silbernes zuckte vor meinen Augen vorbei.

Todesangst erfüllte mich, und mit ihr kam das Adrenalin. Ohne nachzudenken, nahm ich all meine Kraft zusammen und schob meinen Angreifer rückwärts, so dass er gegen die Küchenschränke krachte. Ein schmerzerfülltes Aufstöhnen war zu hören, und der Griff um meinen Körper lockerte sich lange genug, dass ich mich losreißen konnte.

Meine Schuhe rutschten auf dem Fliesenboden, als ich die Tür aufriss. Ich flog fast ins Wohnzimmer und konnte mich gerade noch an einem Beistelltisch festhalten. Gerahmte Fotos kippten gegen die Lieblingsvase meiner Mutter, und ich hörte hinter mir Glas zerbrechen, als ich in Richtung Haustür rannte. Einen Meter vor meinem Ziel wurde ich brutal bei den Haaren gepackt und zurückgerissen. Tränen schossen mir in die Augen, und ich schrie vor Schmerz, während ich erbittert Widerstand leistete und mich seinem Griff zu entwinden versuchte.

Aber es war zu spät. Ein Arm umfasste meine Taille.

Jedes bisschen Angst, das ich in den letzten Wochen empfunden hatte, ballte sich in meinem Innern zusammen und wurde zu flammender Wut. Ich schrie in blindem Zorn, hob den Arm und rammte dem Unbekannten rückwärts den Ellbogen in den Bauch. Der Schlag saß, und ich jubelte innerlich, als ich den Schmerzensschrei des Mannes hörte. Erneut machte ich mich los und stürzte auf die Tür zu.

Es reichte wieder nicht.

Hände krallten sich in meine Jacke, zogen mich unerbittlich zurück. Ich trat und brüllte und schlug um mich, doch meine Schläge richteten nichts aus, und mit einer Kraft, die viel größer war als meine, rang mich der Angreifer zu Boden.

Nacktes Entsetzen packte mich, als ich in sein maskiertes Gesicht sah. Harte dunkle Augen funkelten mich an ... fremde Augen in einem unter einer schwarzen Skimaske verborgenen Gesicht. Alles, was ich sehen konnte, waren diese Augen und ein dünner bleicher Mund.

Das verborgene Gesicht und die Leere in seinem Blick versetzten mich in Todesangst.

Ich zappelte heftiger.

Gleich darauf spürte ich warmes Blut an meinem Arm, gefolgt von einem brennenden Schmerz.

Er hatte mich mit dem Messer verletzt, während wir gekämpft hatten.

»Du dumme Schlampe«, knurrte er mit tiefer Stimme. Er ließ meinen Arm los und schlug mir die Faust ins Gesicht.

Feuer explodierte in meiner Wange. Meine Nase und meine Augen brannten, und einen Moment lang verlor ich fast die Besinnung. Ich blinzelte das Wasser aus meinen Augen und versuchte, mich trotz der Schmerzen zu konzentrieren.

Wieder sah ich etwas Silbernes aufblinken, und diesmal setzte er mir die Klinge an den Hals.

»Letztes Mal hab ich's verbockt. Blöde Idee, auf den Bauch zu zielen. Viel zu unsicher.«

Ich konnte mich nicht rühren, konnte ihn nicht abschütteln, aus Angst, das Messer würde mir die Haut an der Kehle aufschlitzen. »Wer sind Sie?« Ich versuchte, Zeit zu gewinnen, damit ich nachdenken konnte.

Denk nach, Lexie, denk nach, denk nach, DENK NACH!

»Wäre eine Pistole nicht sinnvoller gewesen?«, stieß ich ächzend hervor und überraschte mich selbst mit der Frage. Ich dachte nicht daran, wer er war oder warum er das tat … ich konnte nur daran denken, dass ich, wenn er statt eines Messers eine Pistole benutzt hätte, höchstwahrscheinlich nicht mehr am Leben wäre.

Lexie, hör auf!, schrie ich mir innerlich zu. Womöglich war ich wahnsinnig geworden. Ich musste mich befreien, nicht über die Gründe hinter der Waffenwahl meines potentiellen Mörders nachdenken!

Plötzlich blitzte in den kalten Augen des Mannes etwas auf. »Pistolen sind für Schwächlinge.«

Er drückte mir das Messer fester an die Kehle.

Ein ohrenbetäubender Krach ließ ihn zur Haustür herumfahren. Als er den Kopf hob, sauste eine riesige Faust auf ihn zu und erwischte ihn mit solcher Wucht, dass sein Kopf zurückgeschleudert wurde. Blut schoss aus seiner Nase und spritzte mir ins Gesicht.

Gleich darauf wurde er gepackt und von mir heruntergerissen. Das Messer glitt ihm aus der Hand und fiel zu Boden.

Völlig verstört setzte ich mich auf. Mit einer Hand betastete ich meinen Hals und erfühlte den kleinen Schnitt, den er mir beigebracht hatte … Aber mein Blick galt dem menschlichen Tornado, der soeben über mein Elternhaus hereingebrochen war.

Caine.

Ein Zorn, wie ich ihn noch nie zuvor bei einem Menschen erlebt hatte, drang aus jeder Pore seines Körpers. Er packte den Angreifer vorne an der Kapuzenjacke und hob ihn hoch. Dann schleuderte er ihn so heftig gegen die Wand, dass die gerahmten Bilder von ihren Haken sprangen.

Der Angreifer schwang die Faust und erwischte Caine am Kinn. Ich griff nach dem Messer und versuchte, auf die Füße zu kommen.

Ich sah zu Caine. Die Schmerzen in meinem Bauch beachtete ich gar nicht; ich war bereit, ihm zu Hilfe zu kommen, falls er mich brauchte. Das Heft des Messers schmolz fast in meiner Hand, so heiß war mir.

Caine holte erneut zum Schlag aus, diesmal zielte er auf die Magengrube des Mannes, dem vor Schmerz die Luft wegblieb. Als er sich vornüberkrümmte, rammte Caine ihm mit voller Wucht das Knie gegen die Nase.

Ich hörte ein Knacken und ein ersticktes Röcheln.

Vor Entsetzen wie gelähmt, sah ich zu, wie Caine den Mann zusammenschlug. Er prügelte auf ihn ein, bis er nicht mehr stehen konnte, und als er am Boden lag, riss er ihm die Maske vom Kopf, unter der das blutüberströmte Gesicht eines Fremden zum Vorschein kam. Caine schlug ihn wieder. Und wieder.

Und wieder.

»Caine«, wisperte ich. Er sollte aufhören. »Caine, hör auf!« Ich eilte zu ihm, und ohne darüber nachzudenken, wie er vielleicht reagieren würde, legte ich ihm die Hand auf die Schulter.

Die Berührung ließ ihn innehalten. Er sah zu mir auf.

Tränen schossen mir in die Augen, als ich die Angst in seinen wutverzerrten Zügen sah.

Angst um mich.

»Der steht so schnell nicht mehr auf«, sagte ich leise.

Caine drehte den Mann, aus dessen Kehle röchelnde, gurgelnde Laute drangen, auf den Rücken. Der Mann hustete, sein Mund öffnete sich, und eine blutige Blase zerplatzte zwischen seinen Lippen.

»Wer bist du?«, fragte Caine.

Er stöhnte bloß und schüttelte den Kopf.

Ich gab Caine das Messer. Er nahm es und hielt es dem Mann an die Kehle. »Wer zum Teufel bist du?«, fragte er noch einmal.

Als er auch diesmal keine Antwort bekam, übte Caine Druck auf die Klinge aus. Blut quoll aus einer Schnittwunde. »Ich glaube, dir ist nicht klar, wie gerne ich dich umbringen würde. Und ich werde es auch tun. Das nennt man Notwehr, und ich habe jede Menge Geld für teure Anwälte, die das dem Gericht glauben machen werden.«

Noch immer nichts.

Caine beugte sich zu dem Mann herab, bis sich ihre Nasen fast berührten. »Du hast meiner Freundin weh getan«, sagte er in kaum unterdrücktem Zorn. »Du Stück Scheiße, ich würde nichts lieber tun, als dich schnurstracks in die Hölle zu befördern. Ich bluffe nicht.«

»O...k.«, röchelte der Mann und hob einen Arm, ließ ihn aber sofort wieder sinken. »Matth...ew ... Hall... Holland hat mich an...geheuert.«

Meine Knie gaben nach. Zutiefst erschrocken über den Namen, drehte Caine sich zu mir um und sah gerade noch, wie ich zu Boden sank.

»Lex!« Er ließ den Mann los und sprang zu mir. Ich stützte mich auf alle viere und versuchte, wieder zu Atem zu kommen. Seine Hand strich durch mein Haar und umfasste ganz sanft meinen Nacken. »Baby ...«

Mein Halbbruder? Ein Mann, dem ich nie begegnet war, hatte jemanden angeheuert, der mich töten sollte?

Eine Woge der Übelkeit stieg in mir hoch.

Ich schob Caine gerade noch rechtzeitig weg, ehe ich

mich erbrach und saure Galle auf den lackierten Parkettboden meiner Mutter spie.

Caine nahm mir die Haare aus dem Gesicht und hielt mich.

Ich riss den Kopf hoch, als mir siedend heiß einfiel, dass der Angreifer unbeobachtet war.

Wir wandten uns um und sahen, dass der blutüberströmte Mann sich mittlerweile aufgesetzt hatte. Durch das eine Auge, das nicht komplett zugeschwollen war, schielte er in Richtung Küchentür. Instinktiv folgten Caine und ich seinem Blick.

Dort stand mein Vater. Blut lief ihm über die Stirn, und er zielte mit einer Schrotflinte auf den Angreifer. »Keine Sorge«, sagte er barsch. »Der Kerl rührt sich nicht vom Fleck.«

Nun, da er wusste, dass mein Vater die Lage unter Kontrolle hatte, berührte Caine mich sanft am Arm. »Lex, du blutest. Du brauchst einen Krankenwagen.« Er legte schützend den Arm um mich, und ich ließ den Kopf gegen seine Schulter sinken.

»Mir geht es gut. Lass uns einfach die Polizei rufen, damit sie den Scheißkerl einkassieren. Vielleicht braucht *er* ja einen Krankenwagen.« Ich sah zu ihm hin. Sein Blick war nach wie vor auf meinen Vater geheftet. Als ich seine Angst sah, lachte ich. Er war niemand. Bloß ein Kerl mit einem blinkenden Messer. »Im Nachhinein hättest du wohl doch lieber eine Pistole gehabt, was?«

Kapitel 31

Im örtlichen Krankenhaus nähte man die Wunde an meinem Arm, während Caine und mein Vater besorgt danebenstanden. Dad hatte eine leichte Gehirnerschütterung, aber ansonsten ging es ihm ... bis auf den überstandenen Schrecken ... gut.

Sowohl er als auch Caine versuchten eisern, einander zu ignorieren, und dabei kam ich ihnen gerade recht.

»Mir geht es gut«, beteuerte ich ihnen zum hundertsten Mal. Ich hatte eine Schnittverletzung am Arm, Prellungen an Auge und Nase und starke Schmerzen im Bauchbereich. Aber all das war nichts im Vergleich zu dem emotionalen Aufruhr, der in mir tobte.

Die Polizei hatte unsere Aussagen zu Protokoll genommen. Caine stand in seinem blutbespritzten Hemd da und berichtete uns, dass er sich ins Flugzeug gesetzt habe und nach Chester geflogen sei, sobald er meinen Brief gefunden hatte. Deshalb also war er kurz nach mir beim Haus meines Vaters angekommen. Wir erzählten den Polizisten auch von dem ersten Überfall auf mich, woraufhin sie sich mit der Polizei in Boston in Verbindung setzten, um unsere Aussagen zu überprüfen. Uns wurde mitgeteilt, dass wir uns noch eine Weile gedulden müssten, und aus dieser Weile wurden schließlich mehrere Stunden. Ich wollte unbedingt zurück nach Boston. Ich hatte mich noch nie so zerschlagen gefühlt, so bis auf die Knochen erschöpft.

Außerdem musste ich mich an irgendeinen ruhigen Ort verkriechen, wo ich dieses entsetzliche, absurde Erlebnis verarbeiten konnte.

Ich gebe zu, eine Zeitlang hatte ich mit dem Gedanken gespielt, Caine und meinen Vater zusammenzubringen. Ich hatte mir ausgemalt, wie mein Vater Caine um Verzeihung bitten und sich alles auf wundersame Weise zum Guten wenden würde. Die Realität sah natürlich ganz anders aus. Ich hatte das Gefühl, Caine um jeden Preis beschützen zu müssen. Ich wollte nicht, dass er im selben Raum sein musste wie der Mann, der seine Familie zerstört hatte. Aber die Sache war noch komplizierter, denn gleichzeitig war ich meinem Vater dankbar dafür, dass er da war und die Dinge in die Hand nahm. So kannte ich ihn gar nicht. In diesem Moment erinnerte er mich sehr an meinen Großvater.

»Miss Holland?« Sergeant Garry und Sergeant Tailor, die zwei Polizisten, die uns befragt hatten, betraten erneut mein privates Krankenzimmer direkt neben der Notaufnahme.

»Hi.« Ich nickte müde zum Gruß.

»Fühlen Sie sich besser?«, erkundigte sich Garry, ein großer, massiger Typ mit groben Gesichtszügen, aber freundlichen Augen. Sein Partner war im Gegensatz dazu nur wenige Zentimeter größer als ich, drahtig und hatte einen Ausdruck permanenten Misstrauens im Gesicht.

»Ja.« Ich bemühte mich, mir meine Ungeduld nicht anmerken zu lassen. »Hat er geredet?«

»Und wie. Er war richtig gesprächig«, gab Tailor Auskunft. »Er will einen Deal mit der Staatsanwaltschaft.«

»Und weiter?«

Garry trat einen Schritt auf mich zu. Seine Miene war voller Anteilnahme. »Der Name des Täters lautet Vernon Holts. Sein Vorstrafenregister ist eine Meile lang und beinhaltet so ziemlich alles von Diebstahl bis hin zu Körperverletzung. Im Rahmen einer Hausdurchsuchung zu einem früheren Zeitpunkt wurde eine umfassende Waffensammlung sichergestellt.« Er sah mich vielsagend an. »Messer, Schwerter ... alles, was eine Klinge hat.«

»Was für eine Überraschung«, murmelte ich.

Caine nahm meine Hand.

»Er sagt, ein gewisser Matthew Holland habe ihn angeheuert, um Sie zu töten. Holts behauptet, bei diesem Mann handle es sich um Ihren Halbbruder.«

»Das stimmt.« Ich konnte es immer noch nicht fassen. Es war einfach zu absurd. Ich hatte das Gefühl, neben mir zu stehen und dem Geschehen zuzusehen, als wäre es ein Film. »Aber ich verstehe nicht ...« Ich suchte in Caines Gesicht nach Antworten. »Der Artikel über mich erschien doch erst nach dem ersten Überfall. Woher wusste Matthew von mir?«

»Vielleicht hat er es auf andere Weise herausgefunden«, mutmaßte Caine.

»Aber das erklärt immer noch nicht, wieso er mich umbringen lassen wollte.« Ich sah fragend zu meinem Vater, der still in einer Ecke stand. »Hast du eine Ahnung?«

Er schüttelte hilflos den Kopf. »Ich habe seit Jahren nicht mit Matthew gesprochen ...«

»Es ist meine Schuld.« Ich erschrak, als ich plötzlich die Stimme meines Großvaters vernahm.

Er betrat den Raum, und prompt begann mein Herz, heftig zu klopfen. »Was machst du hier?«

Unter den argwöhnischen Blicken der beiden Polizisten trat er auf mich zu. Sein Gesicht war aschfahl, seine Miene angespannt. »Caine hat mich angerufen. Ich habe mich sofort ins Flugzeug gesetzt.« Besorgt blickte er mir ins Gesicht. »Bitte, sag mir, dass es dir gutgeht.«

»Das wird alles wieder«, beruhigte ich ihn. »Was soll das heißen, es ist deine Schuld?«

»Ich habe mein Testament geändert.« Er ließ zerknirscht die Schultern hängen, dann drehte er sich zu den Polizisten um. »Ich bin Edward Holland. Alexas und Matthews Großvater.« Danach richtete er seine Aufmerksamkeit wieder auf mich. »Ich wollte endlich etwas richtig machen und nicht immer den Namen der Familie über alles stellen. Ich war stolz auf dich … und ich kam mir so hilflos vor, weil ich mich nicht so um dich kümmern konnte, wie es sich für einen Großvater gehört. Matthew, dieser Taugenichts, hat doch keinen Schimmer, was ehrliche Arbeit ist«, sagte er voller Abscheu. »Also habe ich mein Testament ändern lassen. Matthew hatte jeden Vorteil, den man sich im Leben erhoffen kann, und was ist aus ihm geworden? Ein verzogener Faulpelz. Im Falle meines Todes … und des Todes meiner Frau … wären dir fünfundsechzig Prozent unserer Vermögenswerte zugefallen. Ich wusste nicht, dass Matthew eine Verabredung mit meinem Anwalt getroffen hatte, damit dieser ihn umgehend über jede Änderung am Testament informiert. Ich habe erst gestern davon erfahren, während einer … Diskussion … über Alexa. Da ist es dem Scheißkerl herausgerutscht.«

Ich war sprachlos.

»Sir.« Sergeant Garry trat auf Grandpa zu. »Wollen Sie damit sagen, das Motiv hinter dem von Matthew Holland angestifteten Überfall auf Ihre Enkeltochter sei eine Erbstreitigkeit?«

»Erbstreitigkeit.« Ich lachte bitter. »Er hat einen Profikiller angeheuert, um mich aus dem Weg zu räumen. Wegen Geld.« Ich warf meinem Vater einen Blick zu. »Geld ist pures Gift.«

»Vernon Holts ist kein Profikiller«, korrigierte Tailor

mich. Ich sah ihn verständnislos an. »Er behauptet, er habe Holland in einer Bar kennengelernt und vor ihm mit seinen Vorstrafen und seinem Geschick im Umgang mit Messern geprahlt. Daraufhin habe Holland ihm hunderttausend Dollar angeboten, um Sie zu beseitigen.«

»Dummerweise hat Holland keine Erkundigungen über den Kerl eingezogen.« Garry schüttelte angewidert den Kopf. »Laut Vorstrafenregister liefen in den letzten sechs Jahren drei einstweilige Verfügungen gegen ihn, alle von Frauen, die er belästigt hat. Wir haben lange mit ihm geredet ...« Er sah mich mit ernster Miene an. »Er hat zugegeben, dass Holland ihn nach dem ersten fehlgeschlagenen Mordversuch aufgefordert hat, die Sache nicht weiter zu verfolgen. Holts hat sich geweigert. Wie es scheint, ist Geld für ihn weniger wichtig als der Jagderfolg.«

»Er hat sich auf Alexa fixiert«, hörte ich Caines tiefe Stimme über mir.

»Anzunehmen.« Tailor nickte. »Holts zeigt sich sehr kooperativ. Er gibt zu, Alexa vom Krankenhaus bis zu Mr Carraways Apartment gefolgt zu sein und das Gebäude in den darauffolgenden Tagen ausgekundschaftet zu haben. Dank seiner Aussage und der Ihres Großvaters müsste die Polizei in Boston problemlos einen Haftbefehl für Matthew Holland erwirken können, während die Ermittlungen weiterlaufen.«

»Aber ob sie handfeste Beweise gegen ihn zusammenbringen, die Holts' Aussagen untermauern, steht in den Sternen«, fügte Caine ungehalten hinzu.

Ich erstarrte, als mir klar wurde, was er damit meinte. »Soll das heißen, Matthew kommt davon, wenn keine konkreten Beweise auftauchen, die ihn mit den Taten in Verbindung bringen?«

»Die Möglichkeit besteht«, sagte Garry voller Bedauern. »Aber Holts hat ein umfassendes Schuldeingeständnis abgelegt. Wir überstellen ihn nach Boston, dort werden dann die zuständigen Kollegen den Fall übernehmen.«

Ich nickte wie betäubt. »Danke für Ihre Hilfe.«

Als sie fort waren, kam Caine um mein Bett herum und fasste mich bei den Armen. »Alexa. Alles wird gut.«

Ich lachte höhnisch auf. »Wie denn? Mir kommt das alles vor wie ein schlechter Film, und ich sitze gelähmt in meinem Sessel und komme nicht an die Fernbedienung ran.« Zaghaft lehnte ich mich an ihn. »Mein Halbbruder hat einen durchgeknallten Ex-Knacki angeheuert, um mich umzubringen. Weißt du, wie grotesk das klingt?«

»Ja, das weiß ich.« In seinen Augen loderte der Zorn. »Ich weiß sehr gut, wozu Menschen fähig sind, wenn es um Geld geht. Ich habe das am eigenen Leib zu spüren bekommen, als Opfer und als Täter. Dasselbe gilt für die anderen beiden Männer hier im Raum.«

»Deswegen wollte ich es auch nicht haben«, flüsterte ich heiser.

»Alexa, es tut mir leid«, sagte Grandpa.

Ich sah ihn über Caines Schulter hinweg an. »Ich weiß, dass du dir nichts Böses dabei gedacht hast … Du hast einfach nur versucht, einen Fehler wiedergutzumachen … Aber streich mich sofort aus deinem Testament. Versprich mir das.«

Tränen glänzten in seinen Augen, und er nickte. »Verzeih, dass ich es getan habe.«

»Nein.« Ich schüttelte den Kopf. »Lad dir das bloß nicht auf.«

»Sie hat recht«, pflichtete Caine mir bei. »Sie hatten nur ihr bestes Interesse im Sinn. Matthew und Holts sind hier die Schuldigen.«

Ich sah, dass dies meinen Großvater nur zum Teil besänftigte. Sein Blick war nach wie vor schuldbewusst, dennoch nickte er Caine verhalten zu.

»Die Sünden der Väter«, sagte Dad plötzlich mit leiser, fast gespenstischer Stimme.

Wir alle drehten uns nach ihm um.

Er wirkte tief erschüttert. »Manche Menschen sind offenbar dazu vorherbestimmt, die Fehler ihrer Eltern zu wiederholen.«

»Alistair«, wies mein Großvater ihn scharf zurecht. »Du hast Fehler gemacht, schreckliche Fehler, aber du hast niemals absichtlich etwas derart ...«

»So oder so. Eine Frau ist gestorben. Durch meine Schuld.«

Die Muskeln in Caines Wange zuckten. Er starrte meinen Vater an, als starre er in den Abgrund der Hölle.

»Caine«, wisperte ich zaghaft. Mein Herz tat so weh.

»Ich werde Sie nicht um Verzeihung bitten.« Mein Vater stellte sich Caines erbarmungslosem Blick. »Weil ich weiß, dass es nicht das ist, was Sie von mir wollen. Das, was Sie wollen, kann ich Ihnen niemals geben. Ich ... ich wünschte, ich könnte es.«

Das Schweigen, das daraufhin eintrat, war so drückend, dass ich fast nicht atmen konnte.

Dann ... nickte Caine meinem Vater fast unmerklich zu.

Mein Vater wandte sich an mich. Er war den Tränen nahe. »Ich lasse euch jetzt mal allein. Wahrscheinlich sehen wir uns ja schon bald wieder. Es tut mir so leid, dass dir so was passieren musste, Alexa.«

Irgendwie gelang es mir, trotz der Enge in meiner Kehle zu sprechen. »Danke, dass du heute da warst.«

Er lächelte traurig. »Deine Mutter hätte mich umgebracht, wenn ich zugelassen hätte, dass dir was passiert.«

»Wirklich?«

Die Unsicherheit, die hinter meiner Frage stand, schien ihn zu überraschen. »Natürlich. Sie hat jeden Tag an dich gedacht.«

Tränen liefen über meine Wangen, ehe ich sie aufhalten konnte, und ich vergrub das Kinn an meiner Schulter, damit die anderen sie nicht sahen. Caine allerdings hatte sie längst bemerkt. Er schlang seine starken Arme um mich und zog mich an sich, so dass ich gar keine andere Möglichkeit hatte, als ihn ebenfalls zu umarmen. Ich barg das Gesicht an seiner Brust und weinte. Ich weinte um Caine, um unsere Eltern, wegen Matthews und Holts' Mordkomplott gegen mich und weil mir heute mit aller Endgültigkeit klargeworden war, dass es Beziehungen gibt, die zu kaputt sind, um jemals repariert werden zu können, und dass man vom Leben nicht verlangen darf, dass alles ein gutes Ende nimmt.

Doch als Caine mich aufs Haar küsste und mir beruhigende, liebevolle Worte ins Ohr flüsterte, tröstete ich mich mit der Gewissheit, dass ich auch gar nicht für *alle* Dinge ein gutes Ende brauchte ... nur für dieses eine.

»Ich liebe dich«, sagte ich schluchzend an seiner warmen Brust.

Als Antwort löste sich Caine gerade so weit von mir, dass er mich ansehen konnte. Ich war verheult, hatte jede Menge Prellungen im Gesicht, und ich war zu Tode erschöpft. Ich musste ein grauenhaftes Bild abgeben. Und doch sah er mich an, als wäre ich die einzige Person im Raum, als wäre ich das Schönste, das er je auf der Welt gesehen hatte. Seine Stimme war rau, als er mir gestand: »Ich liebe dich auch.«

Ich schlang die Arme noch fester um ihn, und auf einmal spürte ich eine neue Entschlossenheit in mir. »Dann lass uns schnell nach Hause fahren, damit wir uns ausruhen können. Da gibt es nämlich zwei Dreckschweine, denen wir dringend eine Lektion erteilen müssen.«

Caine verzog die Lippen zur Andeutung eines Lächelns. »Da ist sie ja wieder«, murmelte er zufrieden.

Kapitel 32

Es dauerte noch Stunden, bis wir endlich gehen durften. Kaum in Boston, wurden wir als Erstes auf die Polizeidienststelle gebracht, wo wir noch einmal genau dieselben Fragen beantworten mussten. Als uns das Taxi endlich vor Caines Wohnung absetzte, hätte ich sterben können vor Müdigkeit.

Caine musste mich praktisch ins Schlafzimmer tragen. Auch er war müde, aber als ich mich aufs Bett fallen ließ, zog er mir geduldig Stiefel und Jeans aus. Immerhin gelang es mir, mich selbständig aus meiner Jacke zu schälen und sie auf den Boden zu werfen, während Caine die Decke wegzog, damit ich darunterkriechen konnte. Das Letzte, was ich mitbekam, war, wie Caine neben mir ins Bett schlüpfte und mich in seine Arme zog.

Am nächsten Morgen weckte mich das Sonnenlicht, das durch die Jalousien hereinblinzelte. Als gäbe es meine Verletzung nicht, lag ich halb auf Caine, den Kopf auf seinem Bauch. Mein Arm lag quer über seiner Brust, und seine Finger malten kleine warme Kreise auf meinen Bizeps.

»Du bist ja schon wach«, krächzte ich.

Seine andere Hand glitt meinen Rücken hinab bis zu meiner Hüfte. »Ja.«

Ich richtete mich kurz auf und musterte ihn forschend. Mir war bereits sein vorsichtiger Tonfall aufgefallen, insofern überraschte es mich nicht, als ich nun sein Gesicht sah. Mein Magen krampfte sich zusammen. »Bitte tu das nicht.«

Er drückte mich an sich. Auch ohne zu fragen, verstand er, was ich meinte. »Keine Angst. Ich will nur, dass du weißt, worauf du dich mit mir einlässt.«

»Ich bekomme das, was ich verdient habe«, sagte ich und meinte jedes Wort ernst. »Genau wie du.«

Caine drehte uns beide langsam herum, bis ich auf dem Rücken lag und er sich über mir abstützte. Sein Blick ruhte auf meinem Gesicht, und all seine Gefühle für mich strahlten aus seinen Augen. Der Anblick berührte mich so tief, dass ich ganz atemlos wurde.

»Begreifst du es nicht?«, sagte er, fast ein wenig ruppig. »Mir ist noch nie jemand begegnet wie du. Du bist wie keine andere Frau. Ich warte die ganze Zeit darauf, dass diese Gefühle endlich aufhören, weil es Zeiten gibt, da ertrage ich es kaum, dich so sehr zu lieben. Ständig in Sorge um dich zu sein. Auch schon vor dem Überfall. Meine Liebe ist so verdammt heftig ... sie frisst mich fast auf. Griff und Don haben mich angerufen, gleich nachdem du weg warst, und da habe ich es gespürt. Diese Panik. Genauso ging es mir, als du in meinen Armen lagst und ich das viele Blut gesehen habe. Ich hatte das Gefühl, als würde ich auseinanderbrechen. Wenn dir etwas zugestoßen wäre ... ich weiß nicht, ob ich das überlebt hätte.«

»Caine«, flüsterte ich, überwältigt von seinem Geständnis, aber zugleich auch erleichtert. Ich war nicht die Einzige, die so tief, so heftig empfand.

»Ich bin zurück in meine Wohnung und habe deine Nachricht gefunden. Dann habe ich jeden angerufen, der mir einfiel, um einen Privatflug nach Connecticut zu organisieren, weil ich so furchtbare Angst um dich hatte. Aber auch, weil ...« Ab hier wurde seine Stimme noch heiserer.

»Als du mich in deinem Brief gebeten hast, dich in Ruhe zu lassen, da ist es mir endlich klargeworden. Dass du es ernst meinst. Dass du nicht mehr kämpfen willst. Dass ich meine letzte Chance vertan habe. Da ist mir aufgegangen, dass ich dich am Abend zuvor zum letzten Mal gesehen hatte. Und ich konnte nicht ... Die ganze Zeit, während ich im Flugzeug saß ... Ich habe immer nur gedacht: Wenn ich dich finde, dann sage ich dir, dass ich dich liebe, und dann bleibst du bei mir. Ich bin so selbstsüchtig.«

»Du bist nicht selbstsüchtig.«

»Doch ... und das Gefühl werde ich ab jetzt jeden Morgen haben.«

»Welches denn?«

»Als hätte ich das Schicksal ausgetrickst. Als hätte ich etwas gestohlen.«

Ich strich ihm die Sorgenfalten aus dem Gesicht. »Ich will nie wieder, dass du sagst, du hättest mich nicht verdient.«

»Aber es stimmt doch.«

Man musste kein Psychologe sein, um zu erkennen, dass Caines Unsicherheit im frühen Verlust seiner Eltern begründet lag; darin, dass er sich für das schämte, wozu sein Ehrgeiz ihn getrieben hatte, und darin, dass er sich im Zuge dessen von anderen hatte benutzen lassen. Bei ihm waren Selbstsicherheit und Selbstzweifel unauflöslich miteinander verflochten. Ich hatte keine Ahnung, ob er sich jemals ganz davon würde befreien können, aber ich würde alles tun, um ihm dabei zu helfen.

»Außerdem will ich nicht die gleichen Fehler machen wie mein Vater.«

»Was meinst du damit?«

»Er hat meine Mutter über alles geliebt. Er hat sie so sehr geliebt, dass er sie immer behüten und ganz für sich haben wollte. Er hat sie so sehr geliebt, dass er nicht sehen konnte, dass sie von seiner Liebe erstickt wurde, dass sie sich verzweifelt nach Freiheit gesehnt hat. Sie wollte raus. Sie wollte mehr. Sie wollte Abenteuer erleben.«

Jetzt begriff ich.

Endlich war ich zum eigentlichen Kern seines Problems vorgedrungen. Ich nahm sein Gesicht in beide Hände und legte all meine Liebe in meine Worte, damit er keine Sekunde an meiner Aufrichtigkeit zweifelte. »Ich bin nicht deine Mutter. Ich will nichts anderes vom Leben als das hier. Ich sehne mich nicht nach mehr. Ich brauche keine Abenteuer. Weil ich es nämlich schon längst gefunden habe. Du bist alles, was ich will. *Du* bist mein Abenteuer.«

Caine sah mich voller Staunen an. »Ich kann nicht glauben, dass du noch hier bist, nach allem, was ich dir angetan habe.«

»Du bist mir nachgekommen«, flüsterte ich und würgte den Kloß in meinem Hals hinunter. »Obwohl du wusstest, dass du dann auf meinen Vater treffen würdest, bist du mir gefolgt, weil du mich beschützen wolltest. Das bedeutet mir unendlich viel. Du hast mir das Leben gerettet.«

Seine Augen glänzten, als er mir schwor: »Ich werde dich immer beschützen.«

»Das ist so unfair.« Das Atmen fiel mir schwer, so stark waren die Liebe und das Verlangen in mir. »Wir können keinen Sex haben, bis diese dämliche Wunde verheilt ist! Dabei habe ich das Gefühl, dass Sex in dieser Situation genau das Richtige wäre.«

»Vorfreude ist die schönste Freude.« Er lachte, ließ sich auf den Rücken sinken und zog mich an seine Seite. »Die ersten Wochen, in denen du für mich gearbeitet hast, waren das heißeste Vorspiel meines Lebens. Als ich dich endlich nackt auf meinem Schreibtisch sitzen hatte ... so hart war ich noch nie gewesen.«

Ich lachte. »Das war wirklich phantastischer Sex.«

»O ja.«

»Der Schreibtisch wird mir fehlen.«

Caine horchte auf. »Wieso?«

Ich streichelte ihm beruhigend den Bauch. »Wenn wir wirklich eine ernsthafte Beziehung führen wollen, kann ich unmöglich weiter für dich arbeiten. Ich muss mir eine neue Stelle suchen.«

»Aber Paris ist vom Tisch?«

Ich drückte ihm einen zärtlichen Kuss auf den Bauch. »Paris ist vom Tisch.« Gleich darauf seufzte ich. »Dann werde ich wohl nachher ein paar E-Mails schreiben müssen.«

»Wir haben beide viel zu tun ... aber lass uns noch eine halbe Stunde die Ruhe genießen.«

Ich kuschelte mich an ihn. »Das lässt sich einrichten.«

Zu sagen, dass Matthews Verhaftung die Familie Holland in ihren Grundfesten erschütterte, wäre eine Untertreibung gewesen. Meine Anwälte taten alles, um eine Anklage gegen meinen Halbbruder auf die Beine zu stellen, während er die Freiheit auf Kaution genoss. Die Familie seiner Mutter hatte den Betrag gestellt. Sie alle glaubten seinen verzweifelten Unschuldsbezeugungen, mein Großvater allerdings hatte sich, obschon er sich gegenüber der Presse zu keinem Kommentar hinreißen ließ, auf meine Seite gestellt und ihn aus seinem Leben wie dem Testament gestrichen. Meine Großmutter war nicht so leicht zu überzeugen. Grandpa sagte, sie habe ihm zwar geglaubt, dass Matthew den Anwalt bestochen habe, um rechtzeitig über Änderungen im Testament informiert zu werden, allerdings könne sie nicht glauben, dass er zu einer so abscheulichen Tat wie Anstiftung zum Mord fähig war.

Vermutlich würde sie es erst glauben, wenn handfeste Beweise für seine Schuld vorlagen.

Leider gab es bislang nichts, was ihn mit den Anschlägen auf mich in Verbindung brachte. Aber die Polizei arbeitete mit Hochdruck daran. Matthew hatte Holts nicht in bar, sondern mit Schmuck bezahlt, und nun versuchte man, die einzelnen Schmuckstücke, die Holts versetzt hatte, zu Matthew oder jemandem, der mit ihm in Verbindung stand, zurückzuverfolgen.

Ich bezweifelte nicht, dass Matthew Holland verblendet, egoistisch und weltfern genug war, um aus einer Laune heraus einen Mann anzuheuern, der die Person ausschalten sollte, die ein Hindernis auf seinem Weg zu unermesslichem Reichtum darstellte. In dem Zusammenhang fragte ich mich auch, ob er mich womöglich gar nicht als menschliches Wesen betrachtet hatte. Vielleicht war ihm erst nach Holts' gescheitertem ersten Mordversuch aufgegangen, dass ich eine wirkliche Person war und was er getan hatte. Doch dumm, naiv und feige, wie er war, hatte er die Kontrolle über Holts und den ganzen Plan verloren. Was ihn anging, musste ich mir in Zukunft um meine Sicherheit wohl keine Sorgen machen.

Holts allerdings war ein anderes Kaliber. Ich fühlte mich ungleich wohler bei dem Gedanken, dass er in Untersuchungshaft saß und, wenn es nach meinen Anwälten ging, für lange, lange Zeit ins Gefängnis wandern würde. Diese Gewissheit erlaubte es mir auch, mich endlich der Neuordnung meines Lebens zu widmen. Ich kontaktierte Renée und Antoine, um ihnen mitzuteilen, dass ich die Stelle doch nicht annehmen würde. Ich bat sie um Entschuldigung, weil ich sie hängenließ, aber sie zeigten sich überaus verständnisvoll.

Als Nächstes streckte ich in Boston die Fühler nach einem neuen Job in der Eventbranche aus. Ich suchte bereits seit zwei Wochen, hatte jedoch bislang nichts finanziell Verlockendes aufgetan, und so langsam begann ich mich zu fragen, ob der Wechsel in eine andere Branche womöglich bedeutete, dass ich wieder ganz bei null anfangen musste.

In der dritten Woche machte Caine mir schließlich denselben Vorschlag wie seinerzeit Charlie, mein Red-Sox-Date: Ich solle mich doch mit meiner eigenen Eventagentur selbständig machen. Der Gedanke, eine Firma zu gründen, begeisterte mich allerdings lange nicht so sehr wie Caine. Alles, woran ich denken konnte, war, dass ich dann ständig meine Arbeit mit nach Hause nehmen würde, und darauf hatte ich keine Lust. Mir war klar, dass man Beruf und Privatleben nicht komplett voneinander trennen konnte, aber ich wollte nicht, dass sich mein ganzes Leben nur um mein Geschäft drehte. Für so etwas war ich einfach nicht geschaffen. Außerdem würden Caine und ich uns dann vermutlich überhaupt nicht mehr zu Gesicht bekommen.

Als ich ihm dies erklärte, sah er ein, dass es besser wäre, wenn ich in einer Firma als Angestellte anfing. Er half mir bei der Stellensuche, indem er seine Kontakte spielen ließ. Auch sein Angebot, weiterhin für ihn zu arbeiten, sollte ich nichts Passendes finden, stand nach wie vor im Raum.

Was hingegen nicht im Raum stand, war Sex.

Wir befanden uns in der sechsten Woche meiner Rekonvaleszenz, und obwohl mich der bevorstehende Prozess gegen Matthew und Holts sowie die Suche nach einem neuen Job stark in Anspruch nahmen, ging es mir körperlich deutlich besser.

Was ich Caine auch immer wieder zu erklären versuchte.

Er bestand darauf, dass ich den Rest meiner Genesungsphase in seiner Wohnung verbrachte, begegnete mir aber mit äußerster Zurückhaltung. Es gab wundervolle Küsse und zärtliche Liebkosungen, aber mehr nicht. Nach dem Küssen ließ er mich immer los und raunte mir »Bald« ins Ohr.

Langsam hatte ich genug davon. Ich wollte nicht »bald«, ich wollte »jetzt«. Doch als ich ihn wiederholt auf das Thema ansprach, hatte er mir in aller Strenge gesagt, ich solle mich gedulden. Es sei wichtig, dass ich erst vollständig genas.

Natürlich hätte Caine inzwischen wissen müssen, dass es nie viel Erfolg versprach, wenn er mir außerhalb des Büros Befehle erteilte. Meine Reaktion darauf sah so aus, dass ich zurück in meine Wohnung zog. Ich hatte sie wirklich vermisst. Ich liebte Caines Wohnung, aber eigentlich nur, weil er dort wohnte … und wegen der Aussicht. Die Aussicht war einfach genial. Genau wie der Umstand, dass Effie direkt gegenüber wohnte.

Aber meine Wohnung war genauso mein Zuhause.

Und da ich nunmehr vollständig gesund war, wurde es Zeit, dorthin zurückzukehren. Ich schrieb Caine eine SMS, während er im Büro war.

WOLLTE DIR NUR SAGEN, DASS ICH ZURÜCK IN MEINE WOHNUNG BIN. ZEIT, DASS WIEDER NORMALITÄT EINKEHRT. DANKE FÜR ALLES, MITBEWOHNER. LIEBE DICH.

Eine halbe Stunde später kam die Antwort.

HABE ICH DIR IN LETZTER ZEIT SCHON GESAGT,
WIE UNGLAUBLICH STUR DU BIST? ALSO SCHÖN.
ICH KOMME NACH DER ARBEIT BEI DIR VORBEI.

Er hält es einfach nicht ohne mich aus, frohlockte ich innerlich und war ganz aus dem Häuschen vor Freude über seine Antwort. Ob diese verrückten Gefühle wohl jemals weggehen würden?

Als er dann am Abend kam, war meine Freude allerdings nicht mehr ganz so überschäumend. Er war vollkommen erledigt nach einem Geschäftstermin in New York und schlief prompt auf meinem Bett ein. Ich blickte in einer Mischung aus Zärtlichkeit und Enttäuschung auf ihn herab. Heute Abend hätten wir nach all den Wochen zum ersten Mal wieder Sex haben sollen. Keine Ahnung, wie es Caine ging, aber ich hielt es langsam wirklich nicht mehr aus.

Andererseits ... er sah so müde aus. Ich strich ihm die Haare aus dem Gesicht und fragte mich, ob es uns auch weiterhin gelingen würde, trotz seiner Arbeit füreinander da zu sein. Bislang schafften wir es ganz gut ... Caine war sehr darauf bedacht, sich trotz seines übervollen Terminkalenders Zeit für mich zu nehmen. Hoffentlich würden wir diese Rücksicht aufeinander nie verlieren.

Und Sex ... was das anging, mussten wir eben einfach kreativ werden.

Ich schmunzelte in diebischer Erwartung, als ich zu meiner Seite des Betts ging und meinen Wecker so leise einstellte, dass nur ich ihn hören würde. Caine wollte ich auf wesentlich angenehmere Art wecken ...

Ich war splitternackt und saß rittlings auf Caine, während dieser tief und fest schlief. Es war früh am Morgen, die Sonne war eben erst aufgegangen, und nun plante ich einen

Morgengruß der besonderen Art. Ich grinste und spürte ein Ziehen zwischen den Beinen, als ich vorsichtig Caines T-Shirt hochschob.

Ich streichelte seinen festen Bauch ganz leicht mit den Fingerspitzen und sah, wie die Muskeln unter meiner Berührung zuckten. Ich schob ihm das T-Shirt so weit nach oben, wie es ging, und bückte mich, um seine Brustwarze zu lecken. Dann leckte ich auch die andere und reizte sie sanft mit den Zähnen, ehe ich mich weiter nach unten vorarbeitete. Meine Lippen schmeckten seine Haut, während ich seinen vertrauten Duft einatmete.

Dann spürte ich an meinem Po, wie sein Schwanz hart wurde.

Ausgezeichnet.

Ich hob den Blick. Caines Augen waren nach wie vor geschlossen, aber eine leichte Röte war in seine Wangen gestiegen, und er bewegte sich ruhelos unter mir.

Ich kam mir ein bisschen verdorben vor, als ich meinen Hintern an seiner Erektion rieb und noch ein Stück weiter nach unten rutschte. Ich schloss kurz die Augen, als mich sein Schwanz zwischen den Beinen berührte und eine Woge der Lust durch meinen Körper ging. Ich ermahnte mich zur Geduld und widerstand dem Drang, ihn aufzuwecken, ihm die Schlafanzughose auszuziehen und ihn in mich aufzunehmen. Stattdessen befreite ich lediglich behutsam seinen Schwanz. Ich nahm ihn in den Mund und wurde immer feuchter, als ich Caines Stöhnen hörte.

Eine Weile spielte ich mit ihm, fuhr mit der Zunge an der Unterseite des Schafts entlang, bevor ich die empfindsame Spitze umkreiste. Unbewusst hob Caine das Becken an, so dass ich ihn noch tiefer in meinen Mund aufnahm.

Ich lutschte ihn fester.

»Lexie«, hörte ich sein erstauntes Keuchen und sah zu

ihm auf. Er war wach geworden und drängte sich mir entgegen. »Lex.« Seine verschlafene, erregte Stimme machte mich ungeheuer an. »Baby ...«

Ich lutschte immer weiter, während ich das untere Ende seines Schafts gleichzeitig mit der Hand rieb. Sein Atem wurde stockend, die Muskeln an seinen Oberschenkeln waren hart wie Stein, und ich wusste, dass er kurz vor dem Höhepunkt war. Ich machte noch ein bisschen weiter, dann hörte ich auf.

»Lexie«, stöhnte er und ließ den Kopf zurück aufs Kissen sinken. »Willst du mich umbringen?«

»Nicht ganz«, grinste ich, während ich ein Stück weiter nach hinten rutschte, um ihm die Schlafanzughose auszuziehen. Er half mir dabei und riss sich dann hastig das T-Shirt über den Kopf, während ich wieder nach oben gekrochen kam.

»Bist du sicher, dass du schon so weit bist?« Sein Blick fiel auf die hellrote Narbe an meinem Bauch. Sie war nicht groß, aber deutlich sichtbar. Eine bleibende Erinnerung. Caine legte die Arme um mich und zog mich auf seine Brust. Er streichelte meinen nackten Rücken, und in seinem Blick lagen Verlangen und Zärtlichkeit. »Wir können auch noch warten.«

Ich schüttelte den Kopf und gab ihm einen federleichten Kuss auf den Mund. »Ich will nicht mehr warten.« Und dann küsste ich ihn mit all der Liebe und Sehnsucht, die ich in mir hatte. Meine Zunge tanzte mit seiner einen wilden, berauschenden Tanz, und wir hielten einander ganz fest.

Caine unterbrach den Kuss und zog eine Spur mit seinem Mund meinen Hals hinab. Atemlos drängte ich mich gegen seinen Schwanz, als seine Küsse meine Brüste erreichten. Als er die Lippen um eine meiner Brustwarzen schloss, war es um meine Selbstbeherrschung geschehen.

Ich kniete mich hin, nahm seinen Schwanz in die Hand und führte ihn zu meinem Eingang. Dann setzte ich mich auf ihn. Wir keuchten beide, als ich ihn in mich aufnahm. Er war so groß, dass mir einen Moment lang der Atem stockte, und wir hielten einen Moment lang inne, damit mein Körper sich an das Gefühl gewöhnen konnte.

Seufzend begann ich, mich auf ihm zu bewegen. Ein Gefühl unglaublicher Lust breitete sich in meinem ganzen Körper aus.

Caine legte mir die Hand in den Nacken und zog meinen Mund zu seinem herunter. Er küsste mich mit einer Gier, die sich auf mich übertrug. Ich konnte einfach nicht genug von ihm bekommen. Meine Bewegungen wurden immer schneller.

»Langsam, Baby«, flehte er stöhnend. Offenbar sorgte er sich immer noch wegen meiner Verletzung.

»Nein«, keuchte ich und hielt mich an seinen Schultern fest, während ich ihn mit all der Verzweiflung ritt, die sich in den vergangenen Wochen in mir aufgestaut hatte.

Wir kamen schnell und heftig. Sobald er die Zuckungen meines Höhepunktes spürte, erlebte auch er seinen Orgasmus.

Ich sank gegen ihn, das Gesicht an seinem Hals vergraben. Irgendwie gelang es mir, meine kraftlosen Beine zu bewegen und sie ihm um die Hüften zu schlingen. So saß ich bequem auf seinem Schoß.

Er zuckte in mir, und ich musste lächeln. »Runde zwei?«

Er gab mir einen Kuss auf die Schulter. »Ich muss mich kurz erholen«, meinte er belustigt.

»Und dann Runde zwei?«

Caine bebte vor Lachen. »Ja. Und dann Runde zwei.« Zärtlich schob er die Hand in mein Haar und umfasste dann meinen Nacken. Er hob meinen Kopf an, und als ich durch träge, halbgeschlossene Lider in sein schönes Gesicht sah, leuchtete etwas in seinen Augen auf. »Definitiv Runde zwei«, sagte er. »Aber diesmal habe ich das Sagen.«

Wenig später drückte Caine mich auf die Matratze und hielt die Hände neben meinem Kopf fest, während er in mich hineinglitt. Er war dabei so zärtlich, dass mir die Tränen kamen. Er hielt meinen Blick fest, während er langsam in mich stieß. Diesmal ließ er sich viel Zeit, das Feuer in mir anzufachen. Es war intensiv und bewegend und viel, viel mehr, als wir bisher miteinander geteilt hatten. Wenn er mich jetzt liebte und mir dabei ins Gesicht sah, wusste ich ... ich wusste, was sein Blick bedeuten sollte.

Ich wusste es, weil er es mir sagte, als er mich in schier unerträglicher Langsamkeit dem Höhepunkt entgegentrieb.

»Ich liebe dich, Lex«, sagte er, und seine Stimme war rau vor Leidenschaft. »Ich liebe dich so sehr, Baby.«

Meine Augen liefen über, ich konnte nichts dagegen tun. »Ich liebe dich auch.«

Er ließ eine meiner Hände los, um mir eine feuchte Spur von der Schläfe zu wischen. Der Anblick meiner Tränen schien das Feuer in ihm neu anzufachen, denn er begann, härter in mich zu stoßen.

»O Gott.« Ich wollte ihn berühren, aber Caine wusste, dass es mich nur noch mehr erregte, wenn er meine Lust kontrollierte. »Baby!« Mein Schrei schallte durchs Zimmer, vermischt mit seinem Stöhnen, als er immer heftiger zustieß. Die Spannung in mir explodierte, und ich schrie auf, als ein unglaublicher Orgasmus mich erfasste.

Gleich darauf hielt Caine in seinen Stößen inne. Ein Zucken ging durch seinen Körper, als er kam.

Hinterher streichelte ich in trägem Staunen seinen Rücken. »Ich war noch nie so glücklich«, flüsterte ich. Es machte mir fast ein bisschen Angst.

Caine musste es bemerkt haben, denn er küsste mich auf den Hals, nahm mich ganz fest in den Arm und sagte: »Ich auch nicht. Wir werden uns schon daran gewöhnen.«

»Versprochen?«

Er hob den Kopf und sah mich an. »Nein, bei genauerem Nachdenken will ich mich gar nicht daran gewöhnen. Denn wenn man sich daran gewöhnt ...«

»Vergisst man, dankbar zu sein«, beendete ich seinen Gedanken.

Er nickte langsam. »Genau.«

Ich dachte an den holprigen Start, den wir im Leben gehabt hatten ... Caine mehr als ich. Und dann dachte ich daran, wie schwierig die zurückliegenden Wochen gewesen waren ... für mich mehr als für Caine.

Ich strich mit dem Daumen über seine Unterlippe. »Ich glaube nicht, dass wir jemals vergessen werden, dankbar zu sein.«

»Nein. Ganz bestimmt nicht.«

Später, als Caine zur Arbeit gegangen war, rief mein Vater an. Es war kein leichtes Gespräch, und ich wusste nicht, ob es zwischen uns jemals anders sein würde. Wenn der Fall gegen Matthew und Holts vor Gericht verhandelt wurde, würde ich meinen Vater wiedersehen, schließlich war er ein wichtiger Zeuge. Aber keiner von uns wagte vorauszusagen, ob es für uns eine gemeinsame Zukunft geben würde. Da ich mit Caine zusammen war, konnte ich es mir, ehrlich gesagt, nicht vorstellen.

Überdies fragte ich mich: Selbst wenn ich mir wünschte, dass mein Vater in meinem Leben wieder eine Rolle spielte ... wäre ich bereit, ihm einen Platz in meinem Leben einzuräumen? Oder würde ich Caine im Zweifelsfall den Vorzug geben? Ich war mir nicht sicher, wie die Antwort auf diese Fragen lautete, aber ich war verblüfft und auch ein wenig beunruhigt, als sich die kleine Stimme in meinem Inneren meldete und mir zuflüsterte, ich würde mich *immer* für Caine entscheiden.

Und dann begriff ich, dass das nicht ganz der Wahrheit entsprach.

Ich würde mich *fast* immer für Caine entscheiden … Aber wenn wir Kinder hätten, würden sie an erster Stelle kommen. Und ich kannte den Mann, den ich liebte, gut genug, um zu wissen, dass er genauso empfand. Er selbst war als Kind zu oft von Erwachsenen missachtet worden. In den vergangenen Wochen hatte Caine hin und wieder von »unseren Kindern« gesprochen, und zwar auf eine beiläufige Weise, die mir ein Schmunzeln entlockte. Als wären, da er mir seine Liebe gestanden hatte, gemeinsame Kinder lediglich eine Frage der Zeit.

Er würde niemals zulassen, dass sein Kind das durchmachte, was er als Kind hatte durchmachen müssen.

Dasselbe galt für mich.

Bei dieser Erkenntnis musste ich unwillkürlich an meine Mutter denken und daran, was Caine vor all den Monaten am Good Harbor Beach zu mir gesagt hatte.

Also setzte ich mich hin, um ein letztes Mal mit meiner Mutter zu sprechen in der Hoffnung, danach den Schmerz endlich loslassen zu können.

Kapitel 33

Liebe Mom,
die wichtigste Lektion, die ich von Dir gelernt habe, war, dass die Entscheidungen und Taten der Eltern sich auf das Leben ihrer Kinder auswirken und manchmal ungeahnte, und unerwünschte, Konsequenzen haben. Ich wünschte, die wichtigste Lektion von Dir wäre eine positivere gewesen, denn in Wahrheit warst Du ein lebensfroher, warmherziger, liebevoller Mensch. Aber Du warst eben auch schwach. Und ich muss jetzt einen Weg finden, Dir für Deine Schwäche zu vergeben, denn letzten Endes ist keiner ohne Schwächen. Ich wollte Dir sagen, dass Du mir sehr weh getan hast, indem Du Dich für meinen Vater und gegen mich entschieden hast. Ich wollte Dir sagen, dass ich nie verstehen werde, wie Du ihn so sehr lieben konntest, obwohl er doch in allererster Linie immer nur sich selbst geliebt hat. Und ich wollte Dir sagen, dass es auch nie meine Aufgabe war, es zu verstehen. Das ist mir inzwischen klargeworden.

Es tut mir leid, dass ich Dich in eine Lage gebracht habe, in der Du Dich zwischen uns beiden entscheiden musstest.

Man kann nichts dafür, wen man liebt.

Es hat mich nur so gelähmt, mitanzusehen, wie Du Dein gutes Herz an meinen Vater verschwendet hast. Lange Zeit habe ich es mir verboten, für einen anderen Menschen das zu empfinden, was Du für ihn empfunden haben musst. Deswegen hatte ich manchmal das Gefühl, als würde ich dem Leben bloß zuschauen, während es an mir vorbeizog. Und das Dumme ist, dass ich nie daran gedacht habe, es anzuhalten und um eine Mitfahrgelegenheit zu bitten.

Bis Caine kam. Bei ihm hatte ich gar keine Wahl. Deshalb wird mir jetzt klar, dass Du wahrscheinlich auch keine rechte Wahl hattest.

Ich vergebe Dir, dass Du Dad geliebt hast.

Ich vergebe Dir sogar, dass Du ihn mehr geliebt hast als mich.

Aber vergessen werde ich es nie.

Die wichtigste Lektion, die meine Kinder einmal von mir lernen sollen, wird eine ganz andere sein als die, die ich von Dir gelernt habe.

Und eine ganz andere als die, die Caine von seinen Eltern gelernt hat.

Ich weiß noch nicht genau, was für eine es sein wird.

Aber ich weiß, dass kein Tag vergehen soll, ohne dass meine Kinder wissen, dass sie sich immer auf mich verlassen können.

Ich will Dir kein schlechtes Gewissen machen, Mom. Ich musste Dir einfach nur endlich sagen, wie ich mich fühle, damit ich nach vorne schauen kann. Was vergangen ist, ist vergangen, und ich versuche es loszulassen, zusammen mit all der Wut. Ich versuche, meinen Frieden damit zu schließen, und ich hoffe, dass Du, wo immer Du bist, auch Frieden findest, weil Du Dir sicher sein kannst, dass ich die schlimme Vergangenheit hinter mir gelassen habe. Und weil Du Dir sicher sein kannst, dass ich Dich liebe, ganz egal, was war.

Ich weiß, dass Du mich auch geliebt hast.

Leb wohl, Mom

Deine Lexie

Epilog

»Ich finde, wir sollten das Verbot des gemeinsamen Duschens aufheben«, murrte Caine, als er die Treppe hinunter in die Küche kam.

Ich gab einen belustigten Laut von mir und hielt ihm seine Kaffeetasse hin, während ich mich wieder den Notizen widmete, die ich vor mir auf dem Küchentresen ausgebreitet hatte. »Es gab einen guten Grund, weshalb wir das Verbot aufgestellt haben. Er nennt sich ›zu spät zur Arbeit kommen‹«, murmelte ich geistesabwesend.

Die Tasse wurde mir aus der Hand genommen. Mit zusammengekniffenen Augen überflog ich die Liste von Boutiquen, die Nadia mir genannt hatte. Wie um alles in der Welt sollte ich die alle an einem Tag abklappern?

»Mir war das egal.«

»Was war dir egal?« Ich zog den Stadtplan zu Rate, den ich mir ausgedruckt hatte. Am Computer hatte ich die Adressen der Boutiquen darauf markiert, damit ich die effizienteste Route ermitteln konnte.

»Zu spät zu kommen.«

»Du bist ja auch der Boss«, wandte ich ein. »Du kannst machen, was du willst. Ich habe eine Chefin, und die war von meinen Ausreden fürs Zuspätkommen nur wenig beeindruckt.«

»Weil Bree selber dringend einen Mann braucht.«

»Caine.« Ich sah tadelnd zu ihm auf.

Er deutete auf mein Gesicht. »Ah, da ist sie ja endlich.«

Verwirrt zog ich die Nase kraus.

»Ich habe mich schon gefragt, ob du überhaupt noch mal von deinen Papieren aufsiehst.« Er tippte auf die dicke Mappe vor mir. »Ein ›guten Morgen‹ wäre auch nett.«

Ich verzog das Gesicht. »Entschuldige. Ich stehe in dieser Sache ziemlich unter Druck.« Ich legte den Kopf schief und schenkte ihm ein sanftes, verführerisches Lächeln. »Hat dir mein ›Guten Morgen‹ heute im Bett etwa nicht gefallen?« Ich bezog mich auf die Tatsache, dass ich ihn mit dem Mund geweckt hatte.

Caine lehnte sich über den Tresen, bis unsere Nasen sich fast berührten. »Es hat mir sehr gefallen, trotzdem fände ich es schön, wenn ich morgens nach unten in die Küche käme, um meinen Kaffee zu trinken, und meine Frau würde mich wenigstens ansehen. Mir vielleicht sogar den einen oder anderen Kuss zuwerfen.«

Ich lächelte und legte die linke Hand an seine Wange. Die drei Brillanten meines Verlobungsrings, der am Finger neben dem Ehering steckte, funkelten im Licht. »Ich wollte dich nicht vernachlässigen.« Zur Entschuldigung gab ich ihm einen Kuss. »Und ich verspreche dir, sobald Nadia nicht mehr auf ihrem Brautzilla-Trip ist, hast du mich wieder.«

Caine presste seine Lippen auf meine, und sein Kuss wurde heftiger, drängender. Ich stöhnte, und meine Lippen verschmolzen mit seinen. Wie sehr ich mir wünschte, dass Nadias Hochzeitsfeier endlich vorbei wäre.

Nadia hatte Karriere gemacht und war inzwischen Ko-Moderatorin von Bostons beliebtester Frühstückssendung. Überhaupt hatte sich viel verändert in den dreißig Monaten, seit meine ganze Welt auf den Kopf gestellt worden war und Caine mir endlich gestanden hatte, dass er mich liebte.

Nicht lange, nachdem ich begonnen hatte, mich nach einer neuen Stelle umzusehen, hatte Henrys Bekannte Bree Stanton Kontakt zu mir aufgenommen. Sie war ein ehemaliges It-Girl, das es durch harte Arbeit zur erfolgreichen Unternehmerin gebracht hatte. Ihr gehörte die gefragteste und exklusivste Eventagentur in Boston. Sie hatte mir einen Job als Eventplanerin angeboten, und ich hatte mich sofort in meine neue Stelle verliebt. Wir organisierten viele der wichtigsten Events der Stadt, darunter auch Hochzeiten. Und Nadia Rays Hochzeit war ein Riesenereignis, nicht nur, weil sie prominent war, sondern weil sie es tatsächlich geschafft hatte, den unzähmbaren Weiberhelden Henry zu zähmen. Die Hochzeit eines Lexington war eine große Sache. Die Hochzeit eines Lexington mit der beliebtesten Fernsehmoderatorin der Stadt war eine noch viel größere.

Mich überraschte es kein bisschen, als Henry Nadia den Antrag machte. Mir war von Anfang an aufgefallen, wie anders er sich ihr gegenüber verhielt. Trotz ihres lokalen Prominentenstatus war Nadia bodenständig, für jeden Spaß zu haben und eine echte Freundin. Ich freute mich unheimlich für Henry ... und für mich selbst, weil die Hochzeit bedeutete, dass ich Nadia als Freundin behalten würde.

Es bedeutete auch, dass Nadia sich für die Planung ihrer Hochzeit an mich wandte. Bree war außer sich vor Freude und stellte mir für den Fall, dass alles reibungslos über die Bühne ging, einen hübschen Bonus in Aussicht. Dies und die Freude meiner Freundin waren ausreichend Motivation für mich, alles genau so zu arrangieren, wie Nadia es sich wünschte. Seit Henry ihr den Antrag gemacht hatte, war sie unglaublich aufgedreht und nicht mehr wiederzuerkennen. Ich sah es ihr nach. Die letzten zweieinhalb Jahre Erfahrung mit anderer Leute Hochzeiten hatten mich gelehrt, dass die meisten Bräute (wenngleich nicht alle) hysterisch wurden. Ich war zuversichtlich, dass sich Nadias Zustand, wenn sie erst mal auf dem Weg in die Flitterwochen war, wieder normalisieren würde.

Bei mir hatte zum Glück gar nicht erst die Gefahr bestanden, eine hysterische Braut zu werden, denn Caine und ich hatten unsere Hochzeit nicht im großen Kreis gefeiert. Wir luden nur unsere engsten Freunde und Verwandten ein … Effie, Henry, Nadia, Rachel und Jeff … und hielten eine private Zeremonie in Caines (beziehungsweise unserem) Sommerhaus in Nantucket ab. Meinen Großvater lud ich nicht ein, obwohl ich ihn gerne dabeigehabt hätte. Aber das wäre Caine gegenüber zu unsensibel gewesen. Umso geschockter war ich, als er am Morgen der Trauung plötzlich vor der Tür stand, bereit, mich zum Altar zu führen. Caine hatte mich überraschen wollen, indem er ihn heimlich einlud, und für diese Geste liebte ich meinen Mann nur noch eine Million Mal mehr als ohnehin schon.

Drei Monate nach dem Überfall hatte Caine mich gebeten, bei ihm einzuziehen. Nein, eigentlich hatte er mich schon wenige Wochen nach dem Überfall gebeten, bloß hatte ich drei Monate Bedenkzeit gebraucht. Es fiel mir schwer, mich von meiner kleinen, gemütlichen Wohnung zu trennen, auch wenn ich natürlich liebend gern mit Caine zusammenleben wollte. Wir lebten ohnehin praktisch zusammen. Entweder ich verbrachte die Nacht bei ihm, oder er verbrachte die Nacht bei mir. Irgendwann wurde ihm das Hin und Her zu viel, und er wollte eine dauerhafte Lösung. Einen Monat später hielt er um meine Hand an, und zwei Monate später heirateten wir.

Seine Wohnung war jetzt unsere Wohnung … und man erkannte sie kaum wieder. Verschwunden waren die

Küchenhocker aus weißem Leder und das unfreundliche Schwarz. Stattdessen hatten wir jetzt gemütliche, geschlechtsneutrale Möbel mit nicht ganz so geschlechtsneutralen Kissen und Decken, die für die Gemütlichkeit meiner alten Wohnung sorgen sollten.

Caine zuckte nicht mal mit der Wimper.

Wahrscheinlich fiel es ihm gar nicht auf.

Mittlerweile hatte er sich an meinen Geschmack gewöhnt, außerdem war er kein Mann, der großes Interesse an Teppichen und Vorhängen und dergleichen hatte.

»Ich kann mich nicht daran erinnern, dass du vor unserer Hochzeit so einen Wirbel gemacht hättest«, murrte Caine, während er die dicke Mappe mit den Unterlagen zu Nadias Hochzeitsvorbereitungen betrachtete.

»Habe ich auch nicht. Aber Henrys und Nadias Hochzeit ist eine Veranstaltung für hundertfünfzig Gäste. Wir hatten sechs.«

»Unsere gefiel mir besser«, murmelte er, seinen Kaffee schlürfend.

»Mir auch.« Ich lachte über seinen Missmut, aber in Wahrheit verstand ich ihn gut. In meinem Leben schien sich im Moment wirklich alles um Nadias und Henrys Hochzeit zu drehen.

»Wenn sie nicht unsere Freunde wären ...« Erneut beäugte er die Mappe.

»Nein, du darfst sie nicht verbrennen«, sagte ich.

Caine grinste mich an. »He. Raus aus meinem Kopf.«

»Will ich aber nicht.« Jetzt war ich diejenige, die mürrisch klang. »Ich will dich mir zu Willen machen und dich ins Bett zerren und mich mit dir vergnügen.« Ich schob die Mappe von mir. »Stattdessen muss ich heute von einem Brautladen zum nächsten hetzen, um die perfekten Brautjungfernkleider zu finden, weil Nadia unbedingt Entwürfe eines lokalen Designers haben will.« Ich riss die Augen auf. »Dabei ist sie nicht mal aus Boston.«

Seine Lippen zuckten. »Genau deshalb sollte man nicht für Freunde arbeiten.«

»Wir haben es doch auch geschafft.«

»Wir waren Geliebte. Freunde waren wir nie.« Um dies zu unterstreichen, stand er auf, stellte seine Tasse in die Spüle und gab mir im Vorbeigehen einen Kuss seitlich auf den Hals.

Drei Jahre, und noch immer löste er dieses Kribbeln in mir aus. »Das ist nicht wahr. Du bist mein bester Freund.«

Zur Antwort schlang Caine mir die Arme um die Taille und zog mich nach hinten an seine Brust. »Und du bist meine beste Freundin, Baby. Deswegen bitte ich dich auch, heute Abend diese infernalische Mappe wegzulegen, damit wir zusammen essen gehen und ein bisschen Zeit miteinander verbringen können.«

Nichts auf der Welt wäre mir lieber gewesen. »Das geht nicht. Wir sind zum Abendessen mit Nadia und Henry verabredet.«

Mein Ehemann ließ den Kopf auf meine Schulter sinken und stöhnte. »Man kann seiner Freunde auch irgendwann überdrüssig werden.«

Ich bebte vor unterdrücktem Gelächter. »Wir haben das Essen schon vor Ewigkeiten vereinbart. Wir wollten zur Eröffnung von *Smoke*, diesem neuen Restaurant.«

»Wie wunderbar«, bemerkte er trocken und schob sich einen Hocker neben mir zurecht, so dass unsere Knie sich berührten. »Eine Restauranteröffnung. Das heißt, die Presse wird auch da sein.«

Der bloße Gedanke schien ihn zu ermüden, und ich verstand ihn nur zu gut. Von dem Moment an, als ich mit Caine zusammengezogen war, waren die Klatschzeitschriften schier durchgedreht, und wenn man uns zusammen mit Henry und Nadia in der Öffentlichkeit sah, wurde es noch schlimmer. Wann immer wir gemeinsam zu irgendeiner Veranstaltung gingen, benahmen sich die Fotografen wie eine Herde wild gewordener Büffel, um Bilder von uns zu schießen. Dass Nadia einen Lexington datete, war natürlich eine heiße Story. Aber noch heißer war, dass die verlorene Tochter der Familie Holland (soll heißen: ich) ihren eigenen Halbbruder der Anstiftung zum Mord bezichtigt hatte und nun mit einem der reichsten Männer Bostons ausging.

O ja, das war gutes Futter für die Regenbogenpresse.

Weniger gut war es für meine Familie.

Man musste meinem Großvater zugutehalten, dass er während der ganzen Tortur zu mir hielt. Vielleicht tat er es auch, um für seine Rolle bei der Vertuschung vom Tod von Caines Mutter Wiedergutmachung zu leisten, aber ich wusste, dass er selbst eine schwere Zeit durchmachte, da meine Großmutter ihn verlassen hatte. Ihr Verhältnis war angespannt und kühl ... bis zu Matthews Vorverhandlung, während der sich herausstellte, dass tatsächlich ausreichend Beweise vorlagen, um ihm den Prozess zu machen. Danach musste auch meine Großmutter die Wahrheit einsehen, und nun arbeiteten sie und mein Großvater daran, ihre Beziehung zu kitten.

Mich wollte sie nach wie vor nicht sehen, aber ich brauchte sie auch nicht in meinem Leben. Ihre Zurückweisung schmerzte ein wenig, doch am Ende war ich nichts anderes gewohnt. Außerdem hatte ich vor langer Zeit gelernt, dass ich nur die Menschen in meinem Leben brauchte, die mir wichtig waren und denen ich wichtig war.

Vor sieben Monaten hatte das Verfahren gegen Holts und Matthew begonnen. Holts wurde wegen schwerer

Körperverletzung in drei Fällen sowie versuchten Mordes in einem Fall schuldig gesprochen. Sechs Wochen später wurde sein Strafmaß verkündet: achtundzwanzig Jahre Haft, die er in einem Hochsicherheitsgefängnis absitzen würde. Matthew hatte von seinen Anwälten den Rat bekommen, auf schuldig zu plädieren, weil die Beweislast gegen ihn erdrückend war. Es gab nicht nur Holts' Aussage, sondern da war außerdem noch der Schmuck, den Holts versetzt hatte: Jedes einzelne Stück hatte sich zu den Hollands, genauer zur Familie von Matthews Frau, zurückverfolgen lassen. Es handelte sich ausnahmslos um teure Stücke – Stücke, die im Tresor der Hollands aufbewahrt worden waren, dessen Zugangscode allein den Familienmitgliedern bekannt war. Es lagen Zeugenaussagen von Angestellten meines Großvaters vor, die Matthew dabei gesehen hatten, wie er Schmuck aus dem Tresor nahm. Doch was ihm letzten Endes das Genick brach, war, dass er so leichtsinnig gewesen war, seinem Schwiegervater das Verbrechen zu gestehen, nachdem er die Kontrolle über Holts verloren hatte. Aus welchem Grund auch immer – ob er seine Tochter und seinen Enkel vor den Folgen der Dummheit seines Schwiegersohns bewahren wollte oder ob er einfach ein starkes Gerechtigkeitsempfinden besaß –, jedenfalls sagte Matthews Schwiegervater als Zeuge für die Anklage aus.

Matthew wurde der Anstiftung zum Mord für schuldig befunden und war vor einem Monat zu zwanzig Jahren Haft verurteilt worden. Das verminderte Strafmaß hatte er in erster Linie seinem Geständnis zu verdanken.

Ich war heilfroh, dass die Tortur endlich vorbei war.

Und mein Großvater hatte mich wie versprochen aus seinem Testament gestrichen.

Mein Vater und ich hatten uns, wie ich im Vorfeld bereits geahnt hatte, seit Ende des Prozesses aus den Augen verloren. Ich nahm mir vor, ihm jedes Jahr zum Geburtstag und zu Weihnachten eine Karte zu schreiben, damit er wusste, dass ich an ihn dachte ... aber ich konnte keine Beziehung zu ihm erzwingen. So traurig es war, manchmal saßen die Verletzungen einfach zu tief. Manchmal war es besser, wenn man getrennte Wege ging.

Allein schien mein Vater ein besserer Mensch zu sein.

Es war kein Ende wie im Märchen, aber dafür war es echt.

Und ich hatte mich damit ausgesöhnt.

Ich schenkte meinem Mann ein schmeichelndes Lächeln. »Wenn du heute Abend mitkommst, gehöre ich morgen dir. Versprochen.«

»Den ganzen Tag?« Er hob eine Braue.

Ich tat es ihm nach. »Hast du morgen etwa den ganzen Tag frei?«

»Ich nehme mir frei.« Er streichelte mein Knie, und ich erschauerte, als ich die Glut in seinen Augen sah. »Ich habe diese Quickies so satt. Ich will mir wieder mehr Zeit lassen.«

»Dann schaltest du aber besser dein Handy aus, sonst nervt Rick uns den ganzen Tag.« Rick war der junge Betriebswirtschaftler, den Caine als Assistenten eingestellt hatte. Ja, er war besser als eine junge attraktive Frau ... aber nur ein bisschen. Er war unglaublich steif und sah mich immer so empört an, wenn ich Caine in der Mittagspause mit einem Besuch überraschte. Offenbar war ich, und ich zitiere: »Eine Ablenkung.« »Ich mag deinen Assistenten nicht.«

Caine grinste. »Er macht seinen Job hervorragend.«

»Er ist die reinste Pest.«

»Genau das meine ich.«

»Er kann mich nicht gut leiden.«

»Umso besser«, sagte er und schob die Hand unter meinen Rock. »Sonst müsste ich ihn nämlich feuern.«

Ich hielt seine Hand fest, ehe sie ihr Ziel erreichen konnte. »Wenn du jetzt damit anfängst, kennen wir kein Halten mehr«, mahnte ich ihn leise. Ich war von dem bisschen schon ganz schwindlig vor Lust.

Er nahm die Hand weg und legte sie an meine Wange, um mir einen zärtlichen Kuss auf den Mund zu geben. Auf einmal war seine Miene sehr ernst. »Die längste Zeit war meine Firma der Grund für mich, morgens aufzustehen. Der Gedanke daran hat mich angetrieben, jeden Tag, jede Sekunde. Aber seit du angefangen hast, für mich zu arbeiten, bist du es. Du bist das, was mich antreibt. Und ich will noch mehr von dir. Morgen gehört der Tag nur uns beiden. Es gibt da nämlich etwas, worüber ich mit dir reden will.«

Mein Puls beschleunigte sich. »Was denn?«

Er küsste mich und ließ mich los. »Das besprechen wir morgen.«

»O nein, Mister.« Ich hielt ihn am Arm fest und zog ihn zurück auf seinen Hocker. »Du kannst mir nicht einfach so was sagen. Wie soll ich es den ganzen Tag aushalten, wenn ich keine Ahnung habe, was du meinst?«

Er seufzte. »Ich fände es besser, wenn wir Zeit zum Reden hätten. Wir müssen beide zur Arbeit.« Er warf einen Blick auf seine Uhr und runzelte die Stirn. »Beziehungsweise hätten schon vor fünf Minuten auf der Arbeit sein müssen.«

»Caine«, warnte ich ihn. »Sag es mir jetzt sofort, sonst gehe ich vom Schlimmsten aus.«

»Es ist nichts Schlimmes.« Er legte mir beruhigend die Hand aufs Knie. »Es ist überhaupt nichts Schlimmes, Baby, im Gegenteil. Ich ... Ich habe die Diskussion bloß immer aufgeschoben, weil du so viel zu tun hattest, aber langsam wird mir klar, dass das bis zu Nadias Hochzeit so bleiben wird, und die ist erst in vier Monaten.«

Als ich sein konsterniertes Gesicht sah, lächelte ich neugierig. »Worum geht es denn?«

»Ich will ein Kind.«

Ich erstarrte.

»Ich möchte ein Kind mit dir.« Er ergriff meine Hände und blickte mir forschend ins Gesicht, um zu sehen, wie ich reagieren würde. »Lass uns ein Baby bekommen.«

Die Woge der Gefühle, die mich bei diesen Worten überschwemmte, machte mich fast sprachlos. Meine Kehle war wie zugeschnürt, und ich musste gegen die Tränen ankämpfen.

»Lexie?«

Im Laufe des vergangenen Jahres hatte ich öfter darüber nachgedacht, wie es wäre, mit Caine ein Kind zu bekommen, bis das Nachdenken irgendwann zu einem Sehnen geworden war. Aber wir waren beide beruflich so stark eingespannt, dass ich nicht gewusst hatte, wie ich ihn darauf ansprechen sollte. Zu Beginn unserer Beziehung hatte Caine ein paarmal ganz nebenbei von Kindern gesprochen, aber wir hatten uns nie wirklich mit dem Thema auseinandergesetzt, deshalb wusste ich nicht, wann ein Kinderwunsch überhaupt realistisch wäre. Die letzten Monate und der Prozess hatten uns viel abverlangt; der richtige Zeitpunkt hatte sich einfach nie ergeben.

Deshalb machten mich seine Worte so überglücklich.

Sie bedeuteten, dass Caine und ich, so Gott wollte, bald eine Familie haben würden.

»Ist das wahr?« Ich grinste, und Tränen liefen mir über die Wangen.

Caine zog mich auf die Füße und nahm mich in den

Arm. Er küsste meine Tränen weg und hielt mich ganz fest.
»Ja, das ist wahr, Baby.«

Es war absolut wahr.

Endlich.

Endlich würde ich bekommen, was ich mir immer schon gewünscht hatte.

Und Caine ... Caine würde bekommen, was er immer schon gebraucht hatte.

Danksagung

Von dem Moment an, als mir die Idee zu Alexas und Caines Geschichte kam, ging ich völlig darin auf; insofern muss ich mich zuallererst bei meinen Freunden und meiner Familie bedanken, die meine körperliche und geistige Abwesenheit, die noch schlimmere Formen annahm als sonst, klaglos ertragen haben. Es kann frustrierend sein, wenn man in einer Phantasiewelt lebt, die einen ganz und gar gefangennimmt, und von Menschen umgeben ist, die dies nicht wirklich nachvollziehen können. Umso schöner ist das Gefühl, wenn dann das Buch endlich fertig ist und sie es in den Händen halten und man sich zurücklehnen und sagen kann: »Seht ihr? *Da* war ich die letzten paar Monate ... hoffentlich versteht ihr mich jetzt?« Aber das Wundervolle ist, dass meine Freunde und meine Familie *immer* Verständnis haben. Und dafür liebe ich euch. Manchmal weiß ich gar nicht, wie gut ich es habe!

Insbesondere möchte ich meiner Freundin Shanine danken, weil sie extra mit mir nach Boston geflogen ist, um vor Ort zu recherchieren, damit ich mich in die Stadt, die Lexies und Caines Zuhause ist, verlieben konnte. Und ich habe mich in sie verliebt. Ich hoffe, diese Liebe kommt in der Geschichte zum Ausdruck.

Wie immer muss ich mich bei meiner phantastischen Agentin Lauren Abramo bedanken, weil sie an mich glaubt, oft mehr als ich selbst; weil sie mir immer zur Seite steht und unermüdlich dafür arbeitet, dass meine Geschichten den Weg in die Hände der Leser finden. Ein weiteres riesengroßes Dankeschön geht an meine Verlegerin Kara Welsh, meine Lektorin Kerry Donovan und das gesamte Team von New American Library für die großartige Unterstützung. Ihr habt ja keine Ahnung, wie viel ihr mir bedeutet!

Dank schulde ich auch Angela Phillips Lovvorn, ihres Zeichens erfahrene Schwester in der Notaufnahme und passionierte Leseratte. Vielen Dank für deine zahlreichen Tipps und Informationen ... sie waren für Lexies Geschichte von unschätzbarem Wert.

Und zum Schluss möchte ich euch danken, meinen Lesern.

Ihr seid meine wahren Helden.

Samantha Young
DUBLIN STREET
Gefährliche Sehnsucht

Der Mega-Bestseller

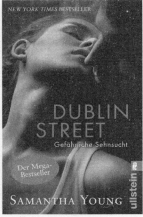

ISBN 978-3-548-28567-2

Jocelyn Butler ist jung, sexy und allein. Seit sie ihre gesamte Familie bei einem Unfall verloren hat, vertraut sie niemandem mehr. Braden Carmichael weiß, was er will und wie er es bekommt. Doch diesmal hat der attraktive Schotte ein Problem: Die kratzbürstige Jocelyn treibt ihn mit ihren Geheimnissen in den Wahnsinn. Zusammen sind sie wie Streichholz und Benzinkanister. Hochexplosiv. Bis zu dem Tag, als Braden mehr will als eine Affäre und Jocelyn sich entscheiden muss, ob sie jemals wieder ihr Herz verschenken kann.

Auch als ebook erhältlich e-book

www.ullstein-buchverlage.de

ullstein

Samantha Young
LONDON ROAD
Geheime Leidenschaft

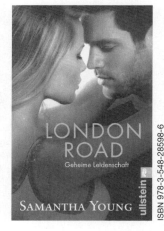

Der internationale Bestseller

ISBN 978-3-548-28598-6

Johanna Walker ist jung, attraktiv und kann sich vor Verehrern kaum retten. Aber jeder sieht nur ihre Schönheit, niemand kennt ihr Geheimnis. Sie will mit ihrem kleinen Bruder der Armut und der Gewalt in ihrer Familie entfliehen. Daher sucht Johanna einen soliden Mann, gutsituiert und zuverlässig. Stattdessen begegnet sie Cameron McCabe – gutaussehend, arrogant und irgendwie gefährlich. Gefährlich sexy. Er ist der Einzige, der wirklich in ihr Innerstes blicken will. Wird es ihm gelingen, ihre Mauer aus Zweifeln zu überwinden?

Auch als ebook erhältlich
e-book

www.ullstein-buchverlage.de

Samantha Young

Scotland Street

Sinnliches Versprechen

Roman.
Aus dem Englischen von
Nina Bader.
Taschenbuch.
Auch als E-Book erhältlich.
www.ullstein-taschenbuch.de

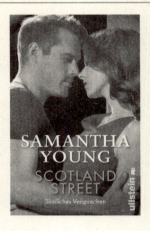

Sie hat mit der Liebe abgeschlossen. Er hat sie gerade erst entdeckt.

»Nicht schon wieder ein Bad Boy!« Als Shannon MacLeod zum ersten Mal Cole Walker sieht, weiß sie, dass Ärger in der Luft liegt. Cole ist an beiden Armen tätowiert, extrem selbstbewusst und heiß wie die Hölle. Und was noch schlimmer ist: Er ist ihr neuer Boss. Dabei sollte der Job als Assistentin der Anfang eines neuen Lebens werden. Ein Leben ohne Bad Boys, ohne Schmerz, ohne bittere Enttäuschungen. Shannon zeigt ihm die kalte Schulter. Womit sie nicht gerechnet hat, ist ein Mann, der es ernst mir ihr meint. Und der es hasst, wenn man ihm mit falschen Vorurteilen begegnet. Wird Cole ihr trotzdem eine Chance geben?